Janina Julklapp

Litho
Die Stadt des Falken

Ein Urban-Fantasy-Roman.

D1722130

Dieses Buch ist allen Menschen gewidmet,
die ein großes Herz und große Träume haben.

Lieber Finder
Liebe Finderin
meines Buches.
behalt es nicht, lass
es wandern – damit
auch andere Litho
bereisen können.
Viel Spaß damit
wünscht die Autorin
Janina
Julklapp

Impressum

Texte: Copyright © 2020 Janina Julklapp

Umschlaggestaltung:

       Copyright © Janina Julklapp

       Photos by Chad Madden, Sander Crombach, Uriel Soberanes, Denise Jans on Unsplash

Verlag: Janina Julklapp

       c/o AutorenServices.de

       Birkenallee 24

       36037 Fulda

Druck: epubli – ein Service der neopubli GmbH, Berlin

Printed in Germany

Janina Julklapp wurde 1987 geboren und lebt in Nürnberg. Sie studierte Literatur-, Kultur- und Medienwissenschaften, Sozialwissenschaften und Ethik. Nach einem Volontariat in der Pressestelle eines Forschungsinstituts ist sie heute im Marketing tätig. *Litho. Die Stadt des Falken* ist ihr Debütroman. Mehr zur Autorin unter www.wegemeisterin.de oder auf Instagram unter www.instagram.com/janinajulklapp.

Erster Teil

„Da sitzt die Nacht am Wegesaum,
Und neben ihr stehn Tod und Traum.
Das ist ein Geraune, ein Heimlichtun.
Ein Wind springt hinterm Wald hervor,
Erhascht ein Wort mit halbem Ohr,
Und ängstet feldein auf erschrocknen Schuhn.

Im Sumpfrohr hockt eine graue Gestalt,
Hundert graue Jahre alt,
Eine Frau, eine Hex, eine böse Seel.
Sie hat einen Kessel am Feuer und braut,
Ein Kind, eine Kröte, ein Schattenkraut,
Gestank und Geschwel.

Ein grüner Stern steht grad überm Haus,
Sieht wie ein böses Auge aus,
Und da hinten der Himmel brennt so rot.
Und horch, was war das? Die Uhr blieb stehn.
Wollen wir nicht lieber beten gehn?
Wir haben alle das Beten not.“

(Gustav Falke: *Unheimliche Stunde*)

Frida Iringa. Über Ursache und Wirkung.

Neunzehn Jahre, bevor diese Geschichte ihren Anfang nimmt, wurde in der freien Stadt Litho das Mädchen Frida geboren. Sie war das einzige Kind der Köchin Agnes und des Hafenarbeiters Jon Iringa. Frida wuchs in der Unterstadt auf und ihre beste Chance auf eine glänzende Zukunft für sie bestand darin, später einmal den Sohn des wohlhabenden Bäckers Erek Kornheber zu heiraten. So drohte Fridas junges Leben schon bald zwischen Getreidemehl und Gärschränken zu versauern. Doch als Frida sprechen und laufen gelernt hatte, wurde ihrer Mutter Agnes Iringa klar, dass daraus nichts werden würde. Mit drei Jahren war es ihr gelungen, in der Bäckerei Kornheber ein Feuer zu legen, welches das Schlafzimmer von Erek Kornheber und seiner Frau in Asche verwandelte. Agnes Iringa kaufte fortan ihr Brot einige Straßen weiter.

Im religiösen Unterricht in der Schule, den ein kleiner Falkenaut mit einem Buckel auf der Nase hielt, lernte Frida das Prinzip von Ursache und Wirkung, was sie tief beeindruckte.

„Alles, was geschieht", so sagte der Falkenaut, „wurde durch etwas bedingt. Nichts geschieht einfach nur so. Wenn ich eine Kugel anstoße, dann rollt sie. Sie rollt aber niemals von alleine. Und was geschieht, kann man meistens auch voraussagen. Wenn das, dann das. Deshalb gibt es kein Glück, kein Pech, keine Wunder. Dinge geschehen, weil jemand sie angestoßen hat. Dass wir leben, liegt alleine daran, dass der große Dogan, der heilige Himmelsfalke, unsere Existenz angestoßen hat. Ohne ihn wären wir nicht."

Frida hatte aufmerksam zugehört und war angetan. Diese Ansicht ergab Sinn. Wie oft hatte sie die Erfahrung gemacht, dass Spielzeuge sich nicht selbst aufräumten oder dass Frösche erst dann laut quakend loshüpften, wenn man sie ordentlich piekste. Als Frida eifrig nachfragte, wer oder was dann den großen Dogan angestoßen hatte, damit er losflog und das Leben schuf, bekam Frida die schlimmste Tracht Prügel an die sie sich erinnern konnte. Wenn du die falschen Fragen stellst, dann wirst du bestraft.

Ursache und Wirkung bestimmten Fridas Leben. Es war eine Regel, die alles erklärte. Wenn du nicht in die Schule gehst, dann verprügelt dich der Falkenaut nicht. Wenn du auf der Straße spielst, dann erlebst du was. Wenn du den Nachbarsjungen schlägst, dann wirst du von seinem Bruder härter geschlagen. Wenn du Oberstädter bestiehlst, dann bist du reich und es passiert nichts, weil du schneller laufen kannst und dich besser auskennst als die Stadtwache. Und: Wenn du jemandem sein Haus anzündest, dann will er dich nicht heiraten.

Je mehr Ursachen und Wirkungen sie kannte, desto besser ließ es sich leben. Denn wenn sie einmal gelernt hatte, eine Wirkung vorher zu sehen, konnte sie sich ihr entziehen. Wenn du nicht zur Schule gehst, dann wird Vater böse. Aber wenn du wenigstens so tust als ob du gehst, dann ist er zufrieden. Aber manchmal, da versagte das Prinzip. Halt, nein. Nicht das Prinzip. Manchmal, da versagte Frida. Und das kam so:

Als Frida neun Jahre alt war, gelang es ihr mit zwei anderen Straßenkindern und dem alten Graufell Hasenstab in einen verschlossenen Raum des Varietés in der Oberstadt einzubrechen, in dem der neu erworbene Filmprojektor aufbewahrt wurde. Es fiel ihr gar nicht schwer, herauszufinden wie das Ding funktionierte. Es stellte sich heraus, dass Frida begabt darin war, die Kurbel des Projektors in genau der richtigen Geschwindigkeit zu drehen, so dass die an der Wand flackernden Schattenmenschen sich naturgetreu bewegten. Hasenstab pfiff dazu auf seinem Kamm. Für ein paar Minuten war Frida das glücklichste Kind in Litho. Leider bekamen die

Stadtwächter Wind von der Sache und stürmten die Vorstellung. Frida wurde verhaftet und musste drei Tage lang in einer Zelle auf der Wache schmoren, bis ihr Vater herausgefunden hatte, was passiert war. Er kaufte sie für einen Monatslohn wieder frei.

Wenn du einbrichst, dann wirst du verhaftet. Das hatte sie vorher schon gewusst. Aber sie wollte nicht daran denken. Denn hier ging es nicht um Unbedeutendes. Es ging um Filmbilder. Und das war wichtig. Da nahm sie auch mal unangenehme Wirkungen in Kauf. Schon immer erfüllte Frida eine heiße Liebe für alle Arten von bewegten Bildern und seit diesem Tag auch der Hass gegen die Stadtwächter.

Doch da kam der Tag, an dem Fridas beinahe unbeschwertes Leben in der Unterstadt eine Wendung nahm. Das Frühjahr neigte sich dem Ende zu und die Hitze des Sommers legte sich über Litho. Und dann kam der Tag, an dem die unbescholtene Köchin Agnes Iringa, Fridas Mutter, in ihrer Küche ermordet wurde. Solche Dinge geschahen für gewöhnlich in der Unterstadt. Doch bei diesem Mord war das anders. An diesem Tag war Frida in der Schule und Jon Iringa bei der Arbeit im Hafen. Agnes Iringa hatte jemandem die Tür geöffnet, den sie kennen musste. Sie hatte diesen Unbekannten in die Wohnung gebeten, ihm einen Kuchen serviert (man fand zwei Teller auf dem Küchentisch stehen) und war vergiftet worden. Nichts fehlte, kein Schmuck, kein Geld, keine persönlichen Gegenstände. Selbstmord schloss die Stadtwache schnell aus, denn es gab keinen Abschiedsbrief und die Lebensfreude der jungen Frau war in der ganzen Nachbarschaft bekannt. Dazu war ein Gift verwendet worden, das in Litho nicht leicht zu beschaffen war. Rizin stammt aus den Samen des Wunderbaumes, der nur im Südland am Meer wuchs. Es war ein handfester Mord.

Die Stadtwache konnte sich das nicht erklären, denn Agnes Iringa hatte keine Feinde. Jon, so bestätigten dreißig Zeugen, hatte seinen Arbeitsplatz nicht verlassen. Agnes und Jon hatten keine Verwandten in der Stadt. Nachbarn und Freunde waren ratlos. Schließlich gab die Stadtwache nur wenige Tage später auf. Wie sie es immer taten, wenn ein Unterstädter den Tod fand.

Fast eine Woche nach dem Mord wurde die Asche von Agnes Iringa dem Fluss Aphel übergeben. Ein Falkenaut und sein Tempelläufer hielten die kleine Zeremonie ab. Jon und die wenigen Freunde hatten sich schon umgedreht und waren zurück in die Stadt gelaufen. Doch Frida war am Ufer stehen geblieben, nur wenige Schritte von dem Falkenauten entfernt. Sie sah zitternd ihrem Vater nach, der tränenüberströmt wie ein Blinder von zwei Hafenmännern fortgeführt wurde.

Gerade war der Tempelläufer dabei, das heilige Buch in seiner Tasche zu verstauen als der Falkenaut diese Worte zu ihm sagte, die Frida nie vergessen würde. Er sagte: „So hat die Ketzerin ihr gerechtes Urteil erfahren."

Der Tempelläufer nickte und beide gingen fort. Sie hatten Frida nicht bemerkt. Das kleine Mädchen stand bebend vor Zorn am Ufer.

„Mama…", flüsterte sie. „Das ist nicht wahr, er lügt! Bitte… bitte komm zurück. Bitte. Ich hab' Angst!"

Der Aphel glitzerte schillernd in der Sonne. Es war nichts zu hören außer das stetige Flüstern und Gluckern des Wassers. Frida kniete sich hin und griff nach einem kantigen Stein, der in der Erde lag. Sie drückte ihn so fest zusammen, dass sich die scharfen Kanten in ihre Haut ritzten. Kleine Blutstropfen quollen heraus. Frida starrte leer auf den Stein. Sie merkte kaum, dass schwere, salzige Tränen in ihre Hand tropften und das dunkle Blut hellrot färbten.

Eine Welle der Wut überschwemmte sie. Frida sprang auf, schleuderte den Stein ins Wasser soweit sie konnte und schrie:

„Er lügt! Er lügt! Komm zurück, Mama! Sag ihm, dass er lügt!"

Der Stein plumpste hinein. Große konzentrische Kreise markierten die Stelle wo er verschwunden war. Niemand antworte Frida. Sie atmete heftig und schluchzte. Plötzlich erhob sich am anderen Ufer ein Vogel in den blauen Himmel. Es war ein Falke. Frida beobachtete ihn, er flatterte steil hinauf zum Gebirge Perihel.

„Bring sie zurück!", brüllte Frida. „Bring sie zurück! Sie ist keine Ketzerin!"

Ihre Stimme überschlug sich. Sie weinte und weinte, während die Schwingen des Vogels in der Ferne unsichtbar wurden.

„Ich hasse dich!", schrie sie ihm in den Himmel nach.

Stundenlang stand Frida am Ufer des Flusses Aphel. Als die Tränen versiegten, setzte sie sich ins Gras und wiegte sich hin und her. Der Falke kam nicht wieder. Während die Sonne langsam hinter dem Gebirge Perihel verschwand und die Schatten durch das Tal krochen, dachte sie immer über diese Worte des Falkenauten nach. Und je länger sie grübelte, desto sicherer wurde sie. Agnes war ein guter, weichherziger Mensch gewesen. Sie hatte wunderbare Kuchen gebacken, verletzte Tiere von der Straße geholt und mit Frida so lange gepflegt, bis sie wieder gesund waren. Sie war die beste Mutter der Welt gewesen, das wusste Frida. Und wenn ihre Mutter eine Ketzerin gewesen war, dann waren Ketzer gute Menschen. Es war nicht gerecht, dass ihre Mutter sterben musste. Die Falkenauten waren böse. „Ich mache eine neue Wirkung", beschloss Frida. „Wer meine Mutter tötet, den werde ich jagen und bestrafen."

Als Frida im Dunkeln zurück schlich, hörte sie vor dem Haus ihren Vater mit der Nachbarin sprechen. Frida verharrte still am Eckstein.

„Kinners vergessen, Iringa. Des Fridle ist noch klein. Die weiß das nimmer in zehn Jahr'n. Heirat'n se nochmal, dann sin geordnete Verhältnisse."

Die Antwort ihres Vaters war sehr leise. Sie hörte nur, wie die Nachbarin scharf die Luft einzog, *„Horch, Dogan!"* zischte und davoneilte.

Wenn Menschen wie die Nachbarin glaubten, Kinder würden vergessen, irrten sie sich. Denn die Worte und Ereignisse, die Frida an diesem Tag hörte, gruben sich tief in ihre Seele. Wenn sie in den nächsten Jahren ihres jungen Lebens nachts schweißgebadet und zornig in ihrem Bett aufwachte, sah und hörte sie nur eines: „So hat die Ketzerin ihr gerechtes Urteil erfahren."

Ursache, Wirkung. Bisweilen liegen diese beiden Ereignisse sehr lange auseinander. Zum Beispiel zehn Jahre.

In der freien Stadt Litho in der Unterstadt saß eine junge Frau auf dem Boden ihres Kleiderschrankes, eine schwere Schreibmaschine auf den Knien und tippte. Über ihr brannte eine elektrische Glühlampe, die den dunklen Schrank erhellte. Es roch nach altem Holz, Farbbändern und muffiger Kleidung. Im Schein der Lampe schimmerten die schwarzen Locken, die auf die schmalen Schultern des Mädchens – der jungen Frau fielen. Die ‚Südländerin' wurde sie inzwischen nicht mehr genannt. Sie war blass geworden, als hätte sie schon Jahre in diesem Schrank gesessen. Ihre Augen, klein und perlmuttgrau, waren angestrengt zusammengekniffen. Wenn nicht die tiefe Zornesfalte über der Nase gewesen wäre, so wäre sie eine schöne Frau. Sie verlieh ihr ein grimmiges Aussehen.

Die junge Frau – ihr Name war Frida – trug Handschuhe aus Wolle und tippte mit nur einem Finger. Der Anschlag auf der Schreibmaschine verriet meist zu viel über den Verfasser, daher war die lange und mühsame Ein-Finger-Technik bedeutend sicherer. Neben ihr lag ein Stapel an beschriebenen Papierbögen.

Als sie hundert Bögen getippt hatte, hielt Frida inne und seufzte tief. Ihr Arm tat weh. Jedes Mal, wenn Frida aufsah, so wie jetzt, starrte sie auf ihren alten Wintermantel, der Mottenlöcher hatte. Vorsichtig rollte sie den letzten Papierbogen aus der Schreibwalze und legte ihn zuoberst auf den Stapel. Dann schob sie die Schreibmaschine in die linke hinterste Ecke des Schrankes und versteckte sie unter einem Stapel Nachthemden. Frida knipste das Licht aus, klemmte sich den Papierstapel unter den Arm und öffnete die Schranktür. Mühsam kletterte sie hinaus und als sie sich aufrichtete, knackten ihre Knie und Wirbel verdächtig. Seit Mitternacht hatte Frida in dem Kleiderschrank unter der elektrischen Glühlampe gesessen und mit einem Finger getippt. Sie war hungrig und müde. Vor allem fühlte sie sich krumm. Frida war größer als die meisten Frauen in Litho und das Sitzen im Kleiderschrank war anstrengend. Sorgfältig schloss sie den Schrank ab und steckte den Schlüssel in einen Beutel, der an ihrem Gürtel hing. Sie drehte sich zu den Fenstern um, vor die sie schon in der Nacht die Vorhänge gezogen hatte. Steif in den Knien stakste Frida zu ihrem Schreibtisch vor den Fenstern. Darauf lag eine verbeulte Schultasche. Frida öffnete sie, steckte den Papierstapel hinein und stellte sie zurück auf den Schreibtisch. Ein Blick auf den kleinen schwarzen Wecker sagte ihr, dass sie nicht mehr viel Zeit hatte. Sie zog den braunen Ledermantel über und band sich zuletzt ein Tuch um den Kopf, unter dem sie ihre schwarzen Locken versteckte. Sie klemmte sich die verbeulte Tasche unter den Arm und verließ pünktlich um halb vier in der Frühe die Wohnung.

Schon als Frida in das Treppenhaus trat, hörte sie leises Gemurmel. Sie lehnte sich über das breite Geländer und sah hinunter. Halb im Schatten der Treppe verborgen standen fünf Halbwüchsige und flüsterten aufgeregt miteinander. Schnell lief Frida ins Erdgeschoss. Die Jungen verstummten und beobachteten, wie sie die letzten Stufen hinunterstieg.

„Zum Dogan", sagte Frida leise. „Was genau soll das werden?"

Der Größte von ihnen, ein hellblonder, schlaksiger Junge von siebzehn Jahren trat auf sie zu und lächelte nervös. Er reichte ihr bis ans Kinn.

„Morgen, Frida."

Seine Stimme klang dünn und heiser.

„Tag, Leo."

Ihre Augen wanderten über die anderen Jungen. Keiner von ihnen war älter als fünfzehn Jahre. Sie sahen mager aus und blass. Frida räusperte sich und sagte so leise wie möglich, um die Nachbarn nicht aufzuwecken: „Ich weiß, was ihr wollt. Aber das kommt nicht in Frage. Ich mache das allein."

Die Jungen wechselten schnelle Blicke untereinander. Leo wandte sich wieder an Frida. Er richtete sich hoch auf und blickte sie unverwandt an. „Das kannst du nicht. Du brauchst uns."

Frida wusste, dass er Recht hatte. Sie hatte viel Zeit in der chaotischen und lumpigen Unterstadtbibliothek verbracht. In den Büchern, egal ob in Geschichtsbüchern oder in Romanen, begannen alle Revolutionen mit einem Haufen Halbwüchsiger, die heimlich Schriften im Keller, auf dem Dachboden oder im Kleiderschrank verfassten und Plakate an Wände klebten. Der entscheidende Punkt dabei schien zu sein, dass es immer ein Haufen Halbwüchsiger war, die sich tragende Namen wie *Die blauen Wölfe* oder *Der Antimagische Untergrund* oder *Violette Hexen Fraktion* gegeben hatten. Selten hatte eine einzige Frau ein ganzes Regierungssystem zum Einsturz gebracht. Abgesehen von der Muttergöttin Yetunde aber die war, ja, eine Göttin. Frida ballte die Fäuste und drückte die Tasche fester gegen ihren Bauch.

„Geht heim", zischte sie. „Ihr habt keine Ahnung, worauf ihr euch einlasst. Jetzt haut schon ab, los!"

Die Jungen sahen beunruhigt aus und begannen, mit den Füßen zu scharren. Leo blieb wie festgefroren stehen und starrte Frida an. Er rezitierte, leise und nachdrücklich:

„Du weißt, wie das jetzt läuft, Frida. Neuntes Gesetz der freien Stadt Litho: Alle Formen der Zauberei, Magie, Wahrsagerei, Astrologie, Alchemie und sonstiger Ketzerei sind in ihrer Ausübung verboten. Der Besitz, die Anfertigung oder Verbreitung von Büchern, Schriften oder Artefakten der Zauberei, Magie, Wahrsagerei, Astrologie, Alchemie oder sonstiger Ketzerei ist verboten. Verstöße gegen diese Verbote werden mit einer Anklage wegen Ketzerei verfolgt und bestraft. Ferner…"

„Ja, schon gut, schon gut, halt endlich die Klappe!", fauchte Frida.

„Siehst du", er triumphierte. „Wir wissen genau, worauf wir uns einlassen."

Frida wurde wütend und konnte ihre Stimme nur mit Mühe ruhig halten. „Nein. Nein Leo, du hast keine Ahnung, ihr habt keine Ahnung! Ihr seid bescheuert, dass ihr hergekommen seid."

Die Idee der Jungs war im Ansatz gut, das wusste Frida. Die Lithoaner – wie auch alle anderen Menschen in allen anderen Ländern und Zeitaltern – hatten ein festes Bild davon, wie ein Ketzer aussah und dem entsprachen diese Jungen nicht. Wenn es eine möglichst ungefährliche Art und Weise gab, ketzerische Schriften zu verteilen, dann diese. Aber Frida wollte es alleine tun. Sie wollte nicht, dass die Jungen wegen ihr in Gefahr gerieten.

Leo warf den Kopf zur Seite und begann, freudlos zu lachen. „Eher bist du die, die keine Ahnung hat!"

Die Augen des Jungen brannten hell. Er sah auf einmal schrecklich aus, wie ein Tier. Seine Stimme wurde schneidend. „Vor einem Monat haben sie meinen Vater verhaftet, weil er die Tempelsteuer nicht bezahlt hat. Er konnte nicht zahlen und jetzt ist er weg, im Gefängnis. Meine Mutter und meine Schwester verrecken bald vor Hunger, verstehst du? Ich habe gestern meine Mutter gesehen, wie sie in den Abfällen der Nachbarn nach irgendwas zu Essen gesucht hat."

Leo knirschte mit den Zähnen, schloss die Augen und atmete schwer.

„Weil mein Vater die Tempelsteuer nicht bezahlt hat, Frida, kapierst du das? Weil er den Falkenauten nicht noch mehr Geld in den Arsch geschoben hat, deswegen sperren sie ihn ein und meine Familie verhungert!"

Er ballte die Fäuste so, dass die Adern hervortraten. Er schlug einem Jungen neben ihm gegen die Schulter. „Sein Vater hier hat die Arbeit verloren, weil er gesagt hat, sein Falkenaut wäre ein Schwachkopf."

Leo wies auf einen blassen Jungen, der zuhinterst stand.

„Seine Mutter ist seit einem halben Jahr verschwunden, die Stadtwächter haben sie verschleppt und weggesperrt, weil sie Horoskope geschrieben hat."

Leos Stimme zitterte und er sah Frida lange und verzweifelt an. „Kapierst du's, Frida Iringa?"

Schweigend taxierte Frida die Jungen. Die kleine Gruppe stand dicht aneinander gedrängt in dem kühlen, stillen Treppenhaus und sie alle sahen Frida an als ob sie die Lösung hätte, ein Heilmittel für alles, was passiert ist. Sie fühlte die Wut, genau dieselbe Wut, die seit zehn Jahren auch durch ihre Adern floss.

„Ich weiß, Leo. Ich weiß das. Aber für ein paar Flugblätter dürft ihr euer Leben nicht riskieren", murmelte sie.

„Wir wollen was tun", sagte Leo heftig. „Irgendwas anderes als rumzusitzen und zuzusehen. Und du riskierst es auch. Du weißt es doch."

Da verstand Frida. Sie konnte sie nicht nach Hause schicken. Das war jetzt nicht mehr allein ihr Protest. Das ging alle an. Es wurde schlimmer mit den Falkenauten. Die Priester des Dogan schöpften den Armen das Geld ab und ihre Religion hatte zu viel Einfluss auf die Stadtwache. Die Jungen hatten genau wie sie ein Recht darauf sich zu wehren. Wer leidet, will und muss zurückschlagen. Sie nickte und zuckte mit den Schultern als würde sie sagen: *Wenn's sein muss*. Leo entspannte sich und die Jungen atmeten erleichtert auf.

„Wie heißt das Flugblatt?", fragte Leo.

Frida klopfte leicht auf ihre Tasche. „Die Schlafenden erwachen."

Die Jungen grinsten. „Passt gut zur Uhrzeit!", rief Leo.

Wenige Minuten später lief die kleine Gruppe verstohlen an den schäbigen Häusern der Hafenarbeiter vorbei, in Richtung des großen Handelsplatzes vor Govina in der Unterstadt. Frida ging voran, die Jungen liefen hinter ihr her und flüsterten leise miteinander. Frida war in Gedanken versunken. Sie wollte kämpfen, sich wehren gegen das Leid, das die Gesetze über die Unterstädter brachten. Sie wusste nur nicht, ob sie es richtig machte. Es war einfach, in einem Kleiderschrank zu sitzen und Worte hinzuschreiben. Aber es war etwas völlig anderes, auf der Straße zu sein und das Elend zu erleben, so wie Leo und seine Freunde. Sie hatte Glück, die Mutter hatte ihr Hausrat und Schmuck vermacht. Sie konnte sorgenfrei leben und schlug sich als Aushilfe in der Bibliothek durch, um die Kammer und Essen zu zahlen. Sie konnte sich ganz den Büchern und der Suche nach Antworten widmen. Wie konnte den Falkenauten die Macht genommen werden? Warum musste ihre Mutter sterben? Eine ewige Suche. Sie fühlte eine Leere, die schwer zu füllen war. Besonders wenn sie allein in ihrer Wohnung saß und draußen die Nacht aufzog. Irgendetwas fehlte. Sie konnte nicht sagen was es war. War es ihre Mutter, die fehlte? Der Glaube, wie die Falkenauten sicher sagen würden? Sie wusste es nicht. Aber sie ahnte, dass es etwas anderes sein musste. Diese Stadt war das ewig Gleiche und das Leben war das ewig Gleiche. Und das Gefühl hörte nur dann auf, wenn sie in den Schrank stieg und Worte hinschrieb.

Sie wollte den Unterstädtern helfen. Aber was sollte sie tun? Was konnte sie tun, ohne jemanden in Gefahr zu bringen? Die Dinge mussten sich ändern.

Dinge geschehen, weil jemand sie angestoßen hat. Und ich will diejenige sein, die die Dinge anstößt.

Die Stadt Litho war von Anfang an geteilt gewesen. Die Menschen der Oberstadt hatten keine Probleme mit den Falkenauten oder mit dem Dogan. Sie konnten alle Steuern zahlen, sie konnten jeden Tag in den Tempel laufen und großzügig spenden. Und wenn sie die Gesetze brachen, dann gab es genug Schweigegeld, das fließen konnte oder andere Druckmittel.

Im Stadtrat saßen nur Oberstädter, die keine Ahnung hatten wie das Leben südlich des Flusses Aphels war. Warum sollten sie Gesetze ändern, die funktionierten?

Der Himmel war bereits mehr grau als schwarz. Bald würde die Sonne aufgehen. Vor Frida und ihren Gefährten tauchte der große Handelsplatz auf. Er war menschenleer. Die Läden der Fenster rund herum waren fest geschlossen. In dem großen neuen Kaufhaus, das an den Handelsplatz angrenzte, waren einige Fenster von elektrischen Lampen erhellt. Oben auf dem Flachdach dampften zwei Schornsteine. Frida steuerte genau darauf zu. Als sie vor der verriegelten Doppeltür des Kaufhauses standen, blieb sie stehen.

„Fangen wir an!", sagte sie.

Als die Sonne die Berge Perihel im Osten erklommen hatte und Litho mit sanft sommerlichem Licht überflutete, erwachte auf dem großen Handelsplatz in Litho-Unterstadt das Leben. Heute ging der Wind und kleine Wolkenfetzen jagten über die Menschen hinweg. Pferdewagen fuhren vor und es wurden Tische ausgeladen, Körbe voller Obst, Gemüse, Flechtwerk und handgenähter Kleidung. Die Bauern aus den Dörfern vor Litho stritten um Standplätze, Wagenvorfahrt und die Größe der Kartoffeln. Graufelle, die Bettler der Stadt, tauchten auf, suchten sich die besten freien Flächen neben den Ständen, legten ihre Decken hin und machten sich zum Betteln bereit. Ein Trupp schmutziger Straßenkinder wurde zum Klauen ausgeschickt. Leute jammerten über die Fischhändler, die ihre Beute in der aufgehenden Sonne zerlegten und einen schrecklichen Gestank verbreiteten. Manchmal kam ein Windstoß, der eine mühsam errichtete Überdachung weit davontrug und schreiende Händler liefen hinterdrein, um sie wieder einzufangen. Es war wie immer.

Zwischen dem Treiben streunte, von den meisten Menschen unbeachtet, eine kleine Gruppe Schuljungen herum, die von einer Frau mit einem grauen Kopftuch begleitet wurden. Später konnte sich kaum einer an diese kleine Gruppe erinnern. Die Aufregung begann erst als sie schon lange wieder verschwunden war.

Der Besitzer des Kaufhauses kam um Punkt neun Uhr und wollte die große Doppeltür entriegeln. Doch schon im Näherkommen bemerkte er, dass sie scheinbar neu gestrichen worden war. Eine erkleckliche Menschenmenge hatte sich davor versammelt. Es war ungewöhnlich still. Als er seinen Schritt beschleunigte, da sah er, dass dies keine Farbe war, sondern die gesamte Türe von oben bis unten mit Papieren bepflastert war. Die Leute, die ihn kommen sahen, wichen stumm und feixend zur Seite und ließen ihn nach vorne durch.

Über das neue Schild, dass er gestern angebracht hatte – *Kaufen Sie exotische südländische Lampen (elektrisch), jetzt neu im ersten Stock!* – prangte eine andere Aufschrift: *Die Schlafenden erwachen – Krieger für die Freiheit der Religion in Litho.*

Doch damit nicht genug. Die Zettel tauchten den ganzen Morgen über an allen Stellen des Platzes auf. Zwischen den Hühnerkäfigen in Standreihe elf, in das Riemenzeug der Pferde gesteckt, in jeder Zeitung, die verkauft wurde und an den Rücken des Fischhändlers geklebt. Und jeder Windstoß fegte einen neuen Schwall der Zettel davon. Die Stadtwächter brauchten fünfzig Mann und bis zum Abend, um alle Zettel zu konfiszieren. Viele der Händler schienen keinen Finger rühren zu wollen, um ihnen dabei zu helfen. Der Skandal war ungeheuerlich und unaufhaltsam. Es war ein Tag wie kein anderer.

Mit einem Hochgefühl in der Brust verließ Frida am Abend ihre Wohnung. In dieser Nacht sollte ihre Schreibmaschine stillstehen. Heute Abend wollte sie David treffen.

Frida ging etwa zehn Minuten und gelangte an ein Haus in einer staubigen, ungepflasterten Straße. Über dem Hauseingang waren die abgeblätterten Buchstaben zu lesen: *Warenladen Kirsch & Sohn.* In den Fenstern klebten bunte Plakate, dahinter waren die Vorhänge geschlossen. Frida öffnete die Tür und trat ein.

Sie stand in einem schäbigen, kleinen Ladenlokal, das keines mehr war. In dem Raum drängelten aufgeregte Männer, Frauen und

Kinder auf den Tresen zu. Die Wände waren bestückt mit Kleiderhaken, an denen braune und graue Mänteln hingen. Davor standen Burschen mit löchrigen Mützen, die hie und da Worte in die Menge riefen und Leuten gegen Geld die Mäntel abnahmen. Verträumt wanderten Fridas Augen herum. Die Schaufenster waren mit schweren schwarzen Vorhängen verhüllt. An der Decke thronte ein verstaubter Kristallleuchter. Nahezu alle Männer rauchten Zigaretten und die Luft war schwer und vernebelt. Fridas Blick fiel auf ein Plakat, das achtlos an eine große Staffelei neben dem Eingang genagelt worden war. Die schlampig verschnörkelten Buchstaben verkündeten:

Willkommen im Kinematographen „Haus Ronyane" (Litho-U.)!

Frida schlängelte sich geschickt seitwärts an der Menge vorbei vor an die Theke. Dort stand eine dicke Frau mit noch dunklerer Haut als Frida und schwarzem Haar. Sie trug weite, pfirsichfarbene Kleider und war trotz des Chaos um sie herum gelassen und fröhlich. Als sie Frida entdeckte, blitzen ihre Augen kurz auf und sie ging, die anderen Kunden nicht mehr beachtend, auf Frida zu. Frida legte ihre Arme auf das zerschlissene Holz und beugte sich weit nach vorne, damit die Frau die verstehen konnte.

„N'abend, Canan. Zehn Uhr dreißig, ein Platz auf der richtigen Seite für eineinhalb Stunden, bitte."

Die Frau lächelte, griff in die Tasche, die sie um die Hüften geschnallt hatte und kramte einen roten, handgeschriebenen Nummernzettel hervor.

„Schön, dich mal wieder zu sehen, Frida. Wie geht's Jon?"

Frida zuckte zusammen und spürte ihr Hochgefühl wegfliegen. Den ganzen Tag hatte sie den Gedanken an ihren Vater vermieden. Sie zuckte mit den Schultern, legte drei Münzen auf den Tresen, griff den Nummernzettel und richtete sich kerzengerade auf.

„Viel Spaß mit den bewegten Bildern." Canan blinzelte und fügte leiser hinzu: „Und viel Glück mit… deinen weiteren… Aktionen."

Frida starrte sie mit offenem Mund an, doch Canan drehte sich zu ihrer schreienden Kundschaft um und begann, mit einer Familie zur Rechten zu reden.

Als Frida unsanft in den Rücken gestoßen wurde, machte sie, dass sie davonkam, am Tresen vorbei und durch eine klapprige Holztür. Es war doch nicht zu glauben, dass Canan Ronyane immer mehr wusste als der Rest der Unterstadt

Frida betrat einen tunnelartigen, dunklen Raum. Die Luft, die ihr entgegenschlug war so schlecht, dass ihr schwindelig wurde. Der Raum war voller Menschen. Stimmengewirr, Klaviermusik und lautes Lachen dröhnte in ihren Ohren. Links und rechts standen Reihen voller Klappstühle, die alle besetzt waren. In der Mitte des Raumes war ein großes, weißes Laken aufgespannt, dass an einer Stange hing, die mit Seilen am Dachgebälk befestigt waren. Frida steuerte direkt auf die Leinwand zu. Vorne stand eine kleine, dürre Frau, die Frida mühelos als die Witwe des Schuhmachers Graav erkannte. Ohne dass auch nur ein Ton in dem allgemeinen Lärm auszumachen war sah es so aus als schreie sie sich die Seele aus dem Leib. Als Frida näherkam, konnte sie die krähenartige Stimme verstehen.

„Nummer dreiundzwanzig bis siebenundsechzig verlassen jetzt bitte das Lichtspielhaus, ihre Zeit ist um! Zum Dogan noch mal! Raus, raus!"

Als Antwort erhielt sie nur heiseres Gelächter, ein Glas flog in hohem Bogen durch die Luft und verfehlte die rechte Schläfe der alten Frau nur um einen Fingerbreit. Frida schlug einen Bogen um sie und trat links an der Leinwand vorbei. Die Rückseite des Raumes schien wie ein absolut identisches Spiegelbild der Vorderseite. Auch hier waren Klappstühle aufgereiht, der Rückseite der Leinwand zugerichtet. Auch hier war es laut, nur mit dem Unterschied, dass etwas weniger Besucher auf dieser Seite saßen. Frida streunte durch die Reihen und ließ sich schließlich weit hinten am Innengang nieder. Nur wenige Meter hinter ihr stand der massive Filmprojektor, an dem gerade ein alter, aber muskelbepackter Mann mit einer dicken Zigarre im Mund herumwerkelte. Viele Stühle um Frida herum waren leer und sie begriff wieder einmal, wie viel Glück sie hatte, genug Geld für die richtige Seite zu besitzen. Die Menschen hinter der Leinwand würden den Film nur verkehrt herum sehen können.

Plötzlich johlte die Menge auf der anderen Seite auf und Frida beobachtete, wie zwei Männer (wahrscheinlich die Musiker) aufgestanden waren und sich nervös mehrfach Richtung Publikum verneigten. Dann traten die beiden hinter die Leinwand und Frida erhaschte einen Blick auf einen Mann mit langen Beinen, der einen geflickten Frack trug und einen kleinen Übergewichtigen, der gelangweilt hinter ihm her trottete. Wahrscheinlich hatte er den Film allein an diesem Tag schon zehnmal gesehen und dazu gespielt, seine Arbeit schien ihn nicht mehr begeistern zu können. Er trat an die Seite und setzte sich an ein schwarzes Klavier, der Lange gesellte sich zu ihm und hob eine Geige auf, die an der Wand gelehnt hatte. Sie tauschten gereizte Blicke mit dem Alten am Projektor, der wüste Gesten mit der Hand machte.

„Fangt aaan!", brüllte ein Junge ein paar Reihen vor Frida. Im nebligen Halbdunkel erkannte sie einen neunjährigen Taschendieb aus ihrer Straße. Er schwenkte einen großen Krug Bier und stieß damit ständig gegen den Arm seiner zwölfjährigen Schwester, die mit einer heruntergebrannten Zigarette zwischen den Fingern auf die Leinwand gaffte. Frida registrierte zufrieden, dass beide von dem großen Schild *Kinder unter 14 verboten* keine Notiz genommen hatten. Sie dachte an ihre eigene Kindheit in den dunkelsten und schmutzigsten Gassen von Litho-Unterstadt zurück. Sie hatte ein Leben geführt, in dem jeder Tag ein neuer Kampf war. An dem sie nicht der Schwächere sein durfte, egal was kam. In dem alles, was sie in ihrem Leben erreichen konnte davon abhing, wie viele andere Kinder ihren Namen mit Angst aussprachen. Gerade für ein Mädchen wie Frida war das wichtig, wenn man sich nicht auf außergewöhnliche Schönheit verlassen konnte um das Leben angenehm geregelt zu kriegen. Aber Frida war stark und mutig gewesen, ihr Faustschlag der Härteste im Viertel. Eigentlich, so dachte sie, hatte das Leben früher auch gute Seiten gehabt. Zum Beispiel die Erfindung der bewegten Bilder. Die Jagd nach gedankenlosen Oberstädtern. Oder nächtliche Bandenkriege um einen halbverrosteten Generator.

Endlich ratterte der Projektor los. Eine Gruppe von Männern schrie vor Freude über so viel Licht auf und begann mit einem Kartenspiel. Frida blickte sich nervös um. Wo war David?

Plötzlich griff jemand nach ihrem Arm.

„Ich würde sagen, wenn sogar du mich nicht erkennst ist meine Verkleidung diesmal wirklich gut", murmelte er.

„David, du siehst absolut dämlich aus!"

Der junge Mann trug den braunen Mantel eines Arbeiters, der mit Flicken an den unmöglichsten Stellen übersät war. Das blasse Gesicht war mit Ruß beschmiert und die Hände steckten in an den Fingern angeschnittenen Handschuhen. Er fühlte sich offenbar geschmeichelt und lächelte breit.

„Falka hat mir geholfen, sie hat die Kleidung ein bisschen… bearbeitet."

„Grandios", flüstere Frida amüsiert.

„Super oder?"

„Außer einer riecht an dir und jetzt halt bloß den Mund!"

Nervös warf Frida Seitenblicke nach links und rechts, doch der allgemeine Lärm hatte ihr Gespräch verschluckt, niemand lauschte.

„Oh, schon klar", knurrte David und ließ sich auf den Klappstuhl zurückgleiten.

Davids Stirn war in Falten gelegt und Frida betrachtete ihn nachdenklich. Er war besser verkleidet als das letzte Mal, vielleicht zu übertrieben. Außerdem kam es Frida so vor als ob die Verkleidung keinen Zweck hätte, würde nur einmal jemand genau hinsehen und Davids blasses, schön geschnittenes Gesicht und die weichen, viel zu sauberen Hände wahrnehmen. Er roch nach Seife. Er konnte es nicht verbergen, dass er aus der Oberstadt kam.

„Sie würden mir nichts tun", kam es jetzt erbittert von seinen Lippen.

„Doch, sie würden dich verprügeln und ausrauben und danach nackt in den Aphel werfen", zischte Frida.

David lachte. „Die Stadtwache würde mich schon rausziehen."

„Ja, nachdem sie dich ausgelacht haben, dass du arrogant genug bist in die Unterstadt zu gehen."

„Pfff…", machte David. Frida verstummte.

Auf der Leinwand flimmerte ein schlechtes Schwarzweiß-Bild hin und her. Frida wusste, dass es ihre Idee gewesen war David in die Unterstadt zu schmuggeln. Er kam wegen des Lichtspielhauses, wegen der billigen und anspruchslosen Filme, die es in der Oberstadt nicht gab. Er kam wegen seiner Liebe zu den laufenden Bildern. Der besten Erfindung des letzten Jahrzehnts, wie Frida dachte. Das Einzige, was sie beide wirklich gemeinsam hatten.

Das Bild an der Leinwand nahm endlich Gestalt an. Frida lehnte sich zurück, das Kurbeln und Knattern des Projektors im Ohr. In weißer Schrift auf schwarzem Grund, von weißen Linien eingerahmt, erschien das Wort WOCHENSCHAU.

„Ah…", hörte sie David dicht hinter sich flüstern, seinen warmen Atem am Hals spürend. „Was hat die Oberstadt diese Woche verbrochen?"

DREI-STÄDTE-TREFFEN IN LITHO, leuchtete es auf, gefolgt von Aufnahmen drei großzügig lächelnder und sich die Hände schüttelnder Männer in teuren Anzügen.

„Horcht", krächzte die Stimme der Witwe Graav durch den Raum. „Da sieht ma' jetz' die drei Präsidenten vo' Asthenos. Unsern aus Litho, den Nordländer aus Kaon und den Südländer aus Pion, na ja die ham was Politisches besproch'n. Sehn aber alle recht zufrieden aus, denk' ich, nä."

„Weiber ham doch keine Ahnung von sowas!", dröhnte es hinter Frida und laute Buhrufe drangen von der anderen Seite der Leinwand.

ABENDESSEN MIT WICHTIGEN PERSÖNLICHKEITEN DER STADT, dieselben drei Männer zwischen einem fetten Schnurrbärtigen und einer schönen Frau, die eine lange dünne Zigarette rauchte.

„HORCHT! Na und da seh'n wir jetzt nen Haufen wichtiger Oberstädter beim Vollstopf'n. Die Frau ist auch Witwe, glaub' ich", fügte sie mit einem Anflug von Interesse hinzu. Einige Leute johlten.

„Die würd ich schon nehmen!", brüllte ein Kartenspieler.

STADTWACHE BIRGT TOTEN AUS DEM APHEL, flimmerte es über die Leinwand.

„Ja und da seh' ma' jetzt die Stadtwache, da zieh'n se einen aus dem Aphel, der ist ersoffen worden. Auf dem Zettel da steht, das war ein Falkenaut mit dem Namen Ferrana, na ja, das glaub' ich aber nicht."

Frida spürte, wie David hinter ihr scharf die Luft ausstieß.

MANN WIRD VERMISST. Die Aufnahme einer unscharfen Fotografie ruckelte an der Leinwand auf und ab. Es zeigte einen blassen, glatzköpfigen Mann mit ausdruckslosem Gesicht, das über und über mit Tätowierungen bedeckt war.

„So, der Mann da wird von der Stadtwache gesucht, warum weiß keiner aber es soll auch ein Falkenaut sein, haha, na wer's glaubt. Wenn den einer gesehen hat, soll er das", sie stolperte kurz über das komplizierte Wort, „*mitteilen.*"

KUH VON AUTOMOBIL ÜBERFAHREN hieß es. Die Witwe Graav holte tief Luft. Frida wandte sich zu David um, der beunruhigt auf die Leinwand starrte.

„Was hältst du davon? Glaubst du das mit den Falkenauten?", flüsterte Frida.

David antwortete nicht sofort, sondern betrachtete seine Hände.

„Zufällig weiß ich, dass der Tempelherr seit einigen Tagen nicht mehr in Litho ist. Wer weiß, vielleicht hat ein Falkenaut die Gelegenheit genutzt."

„Für was, für Mord?"

David sah unbehaglich drein. „Mord gibt es in den Tempeln eigentlich nicht. Vielleicht war es ein Unfall, ein Streit, irgendwas Persönliches. Ich glaube", fuhr er etwas lauter fort, „da ist sowieso nichts dran. Es waren bestimmt beides keine Falkenauten."

Frida drehte sich auf ihrem Sitz wieder um. Sie konnte es auch nicht glauben. Falkenauten wurden heutzutage einfach nicht mehr ermordet, sondern bestochen. Die Zeiten gezielter Tötung, wie im Diamantenkrieg üblich, waren vorbei. Heute lebten sie in modernen, zivilisierten Zeiten.

FRÄULEIN MARIAS ZAUBERSCHUH – EIN FILM VON FRIDOLIN FRIEDHEIM erschien. Gleichzeitig begannen die Musiker wild drauflos zu spielen. In dieser Sekunde fiel Frida ein, was sie vor wenigen Minuten zu David gesagt hatte: Sie würden dich verprügeln und ausrauben und danach nackt in den Aphel werfen. Sie bereute, daran gedacht zu haben. Aber es war das, was die Menschen hier tun würden. War der Falkenaut von Unterstädtern getötet worden?

Vorsichtig schlug Frida den schweren Vorhang zurück, der den Vorführraum von der Straße trennte. Kalte, klare Luft streifte ihr Gesicht und sie trat auf den staubigen Schotter. David war direkt hinter ihr. Eine Gruppe kleiner Jungen stürmte schüchtern auf sie zu.

„Frollein Frida, können wir Ihre Karten haben?", fragte der Älteste von ihnen atemlos. Frida zog die beiden roten Zettel hervor und drückte sie ihm in die schmutzigen Finger. „Zeit ist keine mehr drauf, sie haben uns schon rausgerufen", warnte Frida.

„Macht nix", sagte der Junge, strahlte dabei und winkte einen schwarzhaarigen Kleinen herbei, der ein Stück Kohle aus den Hosentaschen zog und eifrig die Nummern der Zettel bearbeitete. Frida zog David weiter, der den Jungen fasziniert zugesehen hatte.

„Warum tun sie das? Können sie nicht einfach durch den Vorhang und sich drinnen irgendwo verstecken? Sieht doch keiner!"

„Pah… Canan sieht alles und kennt jeden dieser Bengel beim Namen und beim Haus, darauf kannst du dich verlassen."

Behutsam schüttelte David ihren festen Griff um sein Handgelenk ab und ging schweigend neben ihr her. Der Schotter knirschte leise unter seinen Schuhen. Sie gingen an den hohen, schmalen Häusern der Arbeiter vorbei, an den Backsteinhäusern der Händler und

Nachtabsteigen, an betrunkenen Unterstädtern, die die Straßen zur Stube gemacht hatten und Graufellen, deren Blicke ihnen misstrauisch folgten. An jeder Ecke stapelte sich Müll und altes Gerümpel, es roch nach Urin, Fisch und Moder, der den Kanaldeckeln entstieg. David atmete tief ein. „Es ist großartig! Du hast Glück, dass du hier lebst. Hier ist man so frei."

Frida schüttelte den Kopf, lächelte dabei aber breit. Sie hatte es aufgegeben, David vom Elend der Unterstadt zu überzeugen. Für ihn bedeutete das alles nur Freiheit, Ungehorsam, kurz alles, was er immer gewollt und nie gehabt hatte. Er summte leise vor sich hin, wie ein glücklicher Junge, der mit dem Stehlen davongekommen ist.

„Falka hat Neuigkeiten für dich", platzte es unvermittelt aus ihm heraus.

„Ach ja? Was denn?"

„Sie hat eine Idee, wie wir dich auf unsere Hochzeit schleusen können. Wegen meiner Verkleidung, da ist sie heute darauf gekommen. Es geht ja auch umgekehrt, man kann dich ja als Oberstädterin verkleiden!"

Es entstand eine sekundenlange Stille. Das Wort hallte in ihr wider, immer lauter, bis es schrie. *Hochzeit, Hochzeit, Hochzeit.* Es war als wären die Lampen um sie herum erloschen und die Nacht drang näher. Ein Gefühl, klein, kalt und schmerzhaft in ihrem Magen, dass sie schnell und ohne großes Nachdenken niederzwang.

„Nein", sagte Frida schließlich. „Es ist nicht dasselbe. In der Oberstadt werden sie wissen wollen, wie mein Name ist und aus welchem Haus ich komme. Ich kann nicht einfach… auftauchen und dann wieder in der Versenkung verschwinden."

Darauf hatte David nur gewartet. „Daran hat sie auch gedacht. Da du Jon ja nicht mitbringen willst…"

Frida schnaubte.

„Falka hat einen Vetter aus dem Nordland, ein Kaff, das keiner kennt, Landadel, weißt du. Er würde dich als seine Verlobte ausgeben."

„Nein!", rief Frida.

David sah verletzt aus und zuckte leicht mit den Schultern. Frida biss sich auf die Zunge. Wie sollte sie das erklären, ohne ihn zu beleidigen?

„Schau, ich würde gern auf eure Hochzeit kommen. Aber wenn ich komme, dann will ich als ich selber kommen. Als das, was ich bin. Frida Iringa, Unterstädterin, Tochter von Jon Iringa, dem Hafenarbeiter. Ich schäme mich nicht dafür, verstehst du? Und ich will, dass sie das sehen und schlucken, diese widerlichen…"

„Warum willst du Jon nicht mitnehmen? Bist du immer noch wütend auf ihn?", unterbrach sie David. Frida schluckte ärgerlich die Sätze herunter, die ihr im Hals steckten. Hatte er ein Wort von dem verstanden, was sie gerade gesagt hatte?

„Ich bin verdammt wütend auf ihn. Und… Jon würde niemals, nie seinen Fuß in die Oberstadt setzen. Selbst wenn der Aphel austrocknen würde!"

Vor ihnen tauchten die schwarzen, scharfkantigen Silhouetten der Bäume des Unterstadtparks auf, der sich über eine große Fläche entlang des Aphels erstreckte. Den Lärm und die grellen elektrischen Lichter der Unterstadt hinter sich lassend, tauchten sie in das Dunkel ein. Für ein paar Augenblicke blieben sie stehen, um ihre Augen an die nächtliche Finsternis zu gewöhnen. Es war hier deutlich kühler als zwischen den Backsteinhäusern des Hafenviertels. Bis zur Brücke in die Oberstadt war es noch eine halbe Meile. Der Pfad war schmal und schmutzig. Ein Tier huschte an ihnen vorbei und verschwand mit leisem Knacken in dem Unterholz der Bäume. Irgendwo schrie eine Katze.

„Bitte komm, Frida. Wir würden uns freuen", sagte David leise.

Frida spürte einen scharfen, kurzen Schmerz in ihrer Kehle und schluckte. Es war nicht Recht, dachte sie, dass sie David für den Hass zwischen Lithos Ober- und Unterstadt verantwortlich machte. Er und Falka von Bahlow waren die wenigen, die keinen Unterschied machten, ihre einzigen Freunde jenseits des Flusses. Frida hatte David und Falka im Wanderzirkus kennengelernt, der vor einigen Jahren außerhalb der Stadt aufgebaut worden war. Sie hatten in einem der Zelte Filme gesehen, auf Holzbänken sitzend und der großen Orgel gelauscht, die dazu gespielt hatte. David hatte sie ausgefragt. Ob es ein Lichtspielhaus in der Unterstadt geben würde? Was der Eintritt koste? Ob man als Oberstädter hingehen könnte? Frida war zuerst abweisend und misstrauisch gewesen. Doch genau wie Frida waren David und Falka jeden Tag in dem Zelt mit den Filmen gewesen und immer hatte David sie ausgefragt, bis sie schließlich bereit gewesen war, ihn einmal mit in ein Ladenkino in der Unterstadt zu nehmen. Er war jede Woche wiedergekommen, in absonderlichste Verkleidungen gehüllt und sie wurden Freunde. Doch da gab es noch etwas, ein anderes Gefühl, leise und warm. Frida verdrängte es aus ihrem Verstand, doch es war schwer. Es wurde noch schwerer, seit sie von David und Falkas bevorstehender Hochzeit erfahren hatte. Eine nagende, verzweifelte Sehnsucht, versteckt unter einem Feuerwerk brennender Blitze in ihrer Brust, immer wenn sie David ansah.

„Ich überlege es mir, ja?", murmelte sie.

David nickte. Schwacher Wind kam auf und ließ die Bäume erzittern. Frida glaubte, aus einiger Entfernung das Rauschen des Aphels zu hören. Endlich nahm Frida auch das betrübliche Dämmergrau des Parks wahr, den unterschwelligen Geruch nach Erde und Laub. Kein Tier war mehr zu hören. Die Stille um sie herum flirrte ihr in den Ohren. Nur ihre eigenen Schritte dröhnten durch die Nacht. Frida fröstelte mit einem Mal und tastete nach dem Messer, das sie immer in der Tasche ihres Mantels versteckt hielt. Fand es nicht. Sie konnte sich nicht erinnern, wann sie zuletzt so unvorsichtig durch die nächtliche Unterstadt gelaufen war. Etwas von Davids Arglosigkeit schien auf sie übergegangen zu sein. Doch es war nicht mehr weit bis zu der Brücke, an der sie David verabschieden wollte.

„Was hast du deinem Vater erzählt, wo du heute bist?"

„Oh, das Übliche. In Falkas Haus."

„Glaubst du, er findet nie raus, wo du in Wahrheit hingehst?"

David zuckte kurz mit den Schultern.

„Der großartige Adam Rothaar beschäftigt sich nicht mit so profanen Dingen wie seinen Söhnen. Er hat anderes zu tun, weißt du."

Frida öffnete den Mund, um zu antworten aber die Worte blieben in ihrem Hals stecken. Zwischen den Bäumen erklang ganz nah der erstickte Schrei eines Menschen. Die beide erstarrten.

„Was war das? Da hat doch einer geschrien", sagte Frida.

„Ja..."

David starrte angestrengt zu den Bäumen links von ihnen. Kein Laut war jetzt mehr zu hören. „Ich schau besser mal nach."

„Nein, warte." Frida packte seinen Ärmel. „Das ist nicht so klug in der Unterstadt. Wer weiß, was da los ist. Wir sollten zusehen, dass wir wegkommen."

„Ich bin vorbereitet auf die Unterstadt", sagte David, griff in eine Tasche und zog zu Fridas Erstaunen eine kleine Pistole hervor.

„Bleib hier stehen, ich rufe dich, wenn ich irgendwas sehe. Es ist bestimmt nichts aber zur Sicherheit."

David verschwand zwischen den Bäumen. Frida hörte, wie er sich durch das Gestrüpp bewegte. Dann war es still. *Fehler*, dachte Frida mit steigendem Puls, *das ist ein Fehler, er hätte nicht alleine gehen sollen. Was hast du dir nur gedacht? Gar nichts hast du gedacht, wie immer, wenn David in der Nähe ist.* Sie lief ein paar Schritte auf die Bäume zu, konnte nichts erkennen und blieb an der Stelle stehen, wo David verschwunden war. Der Wind blies wieder genau wie am Morgen, es rauschte in den Wipfeln. Frida fröstelte. Ihr langer Rock flatterte. Der Mond, bleich und sichelförmig, hing vor ihr über dem Pfad. Sie schaute sich um, doch auf dem Weg war niemand zu sehen.

„David?", rief sie halblaut. Keine Antwort. Mit unsicheren Beinen trat Frida zwischen die Bäume, schob mit der Hand die Zweige zur Seite. Sollte sie hineingehen oder nicht? Sie beugte sich etwas vor. Da konnte sie Stimmen hören, gedämpft, nur Wortfetzen drangen durch das Rauschen. Ein leiser, erstickter Laut in der Nähe ließ sie zusammenfahren. Und dann hörte sie einen Schuss.

„David!" Frida sprang zwischen die Bäume, stolperte, rannte ein paar Schritte, fiel über eine Wurzel am Boden, griff in das Geäst eines stacheligen Strauches und versuchte auf die Beine zu kommen. Mit der Linken stützte sie sich ab, mit der Rechten suchte sie hektisch nach ihrem Messer. „David!"

Vor ihr eine Regung. Es dauerte einen Augenblick, bis sie etwas erkennen konnte, denn die Schatten der Bäume verschluckten das Licht. Sie erkannte wie im Scherenschnitt zwei schwarze Gestalten, eine am Boden. Mitten in der Bewegung wurde sie auch zu Boden gerissen. Eine Hand presste sich auf ihren Mund. Sie wurde weggezerrt. Frida wehrte sich, schlug um sich. Dann hörte sie, wie eine Stimme knurrte: „Halt still, Mädchen! Ich will dir helfen!"

Frida wurde weitergezogen, mit den Händen versuchte sie den festen Griff um ihre Kehle zu lockern, ihre Beine schleiften über den Boden und schürften auf.

„Los, Kind, mach schon, beweg dich", knurrte die Stimme wieder.

Hilflos wurde Frida weitergezerrt, sie grub ihre Fingernägel in den Arm, der sie festhielt. Mit den Füßen trat sie hinter sich. Frida war mit schmutzigen Kämpfen vertraut. Wenn du mir wehtust, dann tu ich dir auch weh. Der Mann schien außer Puste zu kommen, ließ sie fallen und gab ihr eine heftige Ohrfeige, die sie fast die Besinnung verlieren ließ. Als Frida die Augen wieder öffnen konnte, blickte sie in das Gesicht eines alten, grimmigen Mannes, der ihr bekannt vorkam.

„Reiß dich zusammen, wir müssen weg hier!", murmelte er.

„David, was ist mit David?", keuchte sie.

Er packte ihre Hand und zog sie hoch, hastete weiter, Frida nicht loslassend. Sie stemmte sich mit aller Kraft dagegen und versuchte, in die andere Richtung zu entkommen.

„Oh nein, das wirste nicht tun", bellte der Mann. „Dein Freund bekommt schon Hilfe. Weiter, weiter!"

Frida spürte, wie sich einige Gedanken in ihrem Kopf zusammenfügten. „Ich weiß wer du bist", keuchte Frida. „Das Kino… du… du kurbelst den Projektor oder?"

Er antwortete nicht, sondern hastete weiter, doch Frida wehrte sich weiter. Als er ihr schließlich ein scharf riechendes Tuch auf den Mund drückte, schloss sie die Augen und spürte nichts mehr.

Graufell Aki von Jordengard, genannt Wegemeistersohn

Von weit oben, aus der Sicht des Falken, liegt der Inselkontinent Asthenos verloren im großen Ozean. Und doch ist er der Mittelpunkt der heute bekannten Welt. Kein Seemann wagt sich weiter als sieben Seemeilen von der Küste Asthenos weg. Denn weiß nicht jeder, es ist besser sich von allem fernzuhalten was hinter dem Horizont liegt?

Asthenos wird von der gewaltigen, zerklüfteten Gebirgskette Perihel und dem breiten Fluss Aphel genau in der Mitte durchtrennt. Diese natürliche Grenze hat die Politik der frühen Könige vereinfacht: Wo das Südland aufhört und wo das Nordland beginnt war deutlich und für jeden sichtbar. Darüber gab es niemals Streit. Oder, um ehrlich zu sein, wenigstens äußerst selten.

Direkt am Fuße des Gebirges Perihel, dort, wo der Fluss Aphel noch schmal ist – in der Mitte der heute bekannten Welt – liegt die große und freie Stadt Litho. Sie gehört keinem der beiden Länder an. Sie ist eine Grenzstadt. Litho, die geheimnisvolle, umtriebige Stadt, die Reisende von der Stadt Pion im Süden bis zu der Stadt Kaon im Norden seit hunderten von Jahren besingen. Sie hat alles gesehen, von der Großen Hexenjagd und dem Gesetz zur Magieausrottung im alt-acalanischen Zeitalter bis hin zur Erfindung des Kinematographen und der Fahrt der ersten Dampflok. Es heißt, ein heiliger Name sei in ihre Stadtmauer eingraviert, so dass niemand sie erobern kann. Diese Legende hat die Könige aus Süd- und Nordland niemals davon abgehalten es trotzdem zu versuchen. Doch die dunklen Zeitalter sind lange vorbei. Oh Litho, du goldene Stadt der Freiheit und des Fortschritts!

Mit sehnsüchtigen Blicken wird ein Reisender die strahlenden, entfernten Ufer der Oberstadt und mitten im bunten Dächermeer die goldene Kuppel des Dogantempels scheinen sehen, in dem der Tempelherr von Litho mit den Falkenauten lebt. Man sagt, der Tempelherr von Litho sei der mächtigste Mann des ganzen Kontinents. Was den Präsidenten der Stadt Litho gewaltig ärgerte.

Wenn der Reisende sich an der Oberstadt satt gesehen hat, so wird er sich der Unterstadt zuwenden. Die Häuser sind niedrig, schäbig und alt, die Dächer grau. So ist von jedem erhöhten Standpunkt die Stadtmauer zu erkennen.

Achtlos wird der Reisende vorübergehen, wenn er auf solche Unterstadt-Menschen wie den jungen Aki trifft. Ein dreckiger, stinkender und lumpiger Graufell, der nicht weit entfernt vom Hafen am Rande einer Seitenstraße stand und geduldig wartete.

Im Hafenviertel lebt die Mehrheit der Graufelle dieser Stadt. Meist sind es arme Menschen, Irre, Säufer, Diebe und übliches Gesindel, das auf den Straßen bettelt. In letzter Zeit sind viele Flüchtlinge aus dem Nord- und Südland darunter. Sie kommen nach Litho, weil sie sich ein besseres Leben erhoffen. Doch sie irrten sich. Niemand wusste das besser als Aki, genannt Wegemeistersohn.

Aki, das Graufell, verbarg sich im Schatten einer schmalen Gasse, die auf die belebte Seitenstraße hinausführte. Trotz der kühlen Abendluft rann ihm der Schweiß von den Achseln zu den Hüften hinunter und er fuhr sich immer wieder mit der Zunge über die aufgesprungenen Lippen. Vom langen Stehen taten ihm die Füße weh. Doch Hunger und Durst ließen ihn stocksteif ausharren.

Die wenigen Fußgänger, die an Aki vorbeiliefen, bemerkten ihn nicht. Und wenn ein zufälliger Blick ihn traf zuckte er wie verwundet zusammen. Er stellte sich vor, was sie über ihn denken mochten. Seine Gestalt war etwas zu klein für einen jungen Mann, wie die feinen und tagträumenden jungen Lithoanerinnen ihn sich vorstellten. Hätten nicht die Spuren einer langen Zeit von Hunger und Entbehrung ihr Mal auf seinem Körper hinterlassen, so wäre er kräftig gewesen. Die Augen in dem abgemagerten Gesicht standen schräg, was ihm einen heiteren, sanften Anschein geben konnte. Doch zeugten sie auch von der Listigkeit eines Fuchses. Sein ungewöhnlich helles Haar war dicht und von einer stumpfen Schere kurz geschnitten. Die Augen hatte er unverwandt geradeaus gerichtet. Er zog die Schultern hoch und stand wie geduckt, zur schnellen Flucht bereit. Sein Aussehen war das eines gutmütigen Menschen, der der Welt seit einiger Zeit großes Misstrauen entgegenbrachte. Und dieses war wahrhaftig nicht unbegründet, fand er.

In die Wand des gegenüberliegenden Hauses war in den Stein das Wort *Stormkoog* eingraviert worden und mit schwarzer Farbe nachgemalt. An dieses Haus grenzte ein schäbiges Straßenlokal, vor dem fünf Handwerker an einem Tisch saßen und mit abgegriffenen Karten *Köpf die Hexe* spielten. Sie rauchten ihre Pfeifen und tranken beißenden Schnaps, völlig vertieft in ihr Spiel ohne sich um die Menschen um sie herum zu kümmern. So ging es seit Stunden. Manchmal war einer stehengeblieben, um ihnen zuzusehen. Wenige, brummende Worte waren gewechselt worden und die Zuschauer entfernten sich bald wieder, da sie sich als Störenfriede fühlten oder eilige Geschäfte zu verrichten hatten. Manchmal kam der Wirt selbst heraus, ein schmutziger Mann der einem Weinfass glich und einen ausgefransten Schnurrbart trug. Er brachte Krüge und Tabak, stellte sich mit gekreuzten Armen und breitbeinig neben den Tisch, nickte, brummte, murmelte und drehte sich eine Zigarette zurecht, die halb in seinen Wurstfingern verschwand. Ausspuckend und Rauch zum Himmel blasend stand er so da, bis er den Stammgästen genug Anteilnahme gezollt hatte und verschwand wieder im Inneren des Straßenlokals. Diese Prozedur beobachtete Aki seit dem Mittag.

Die Zeit schien sich endlos zu dehnen. Doch jetzt ballten sich seine Hände zu Fäusten. Er entdeckte, worauf er so lange gewartet hatte.

Zwei Männer verließen das Straßenlokal, einer von ihnen trug ein langes, helles Gewand. Aki erschrak als er in das Gesicht des einen Mannes blickte. Es war bleich und mit dunklen Linien und Tätowierungen übersät. Doch schon zog der sich eine Kapuze über den Kopf und außer seinem Mund und dem kantigen Kinn konnte Aki nichts mehr erkennen. Aki hatte ihn noch nie zuvor gesehen. Den anderen Mann kannte Aki gut.

Er sah zu, wie sie mit gedämpfter Stimme Worte wechselten. Dann hob der seltsame Helle die Hand zum Abschied, drehte sich um und verschwand. Der Andere verharrte einen Augenblick und wandte sich um. Er kam Aki entgegen.

„Raik!", sagte Aki als der Mann ihn erreicht hatte. Der Angesprochene grinste müde. Er überragte Aki um gut zwei Kopflängen.

„Tut mir leid, hat länger gedauert. Hunger?"

Er kramte in seinen Hosentaschen, ohne Aki dabei anzusehen.

„Was denkst du denn? Warte schon eine Ewigkeit auf dich. Wer war dieser Kerl?"

Aki zögerte und runzelte die Stirn. „Sag mal, geht's dir… bist du in Ordnung?"

Aki sah Raik an. Seit ihrem letzten Treffen vor wenigen Tagen hatte er sich vollkommen verändert. Die Wangen waren eingefallen und fettige Strähnen seines hellblonden, langen Haares umrahmten die blutroten Augen. Die Lippen waren spröde, fast blutig. Er sah aus als hätte er seitdem weder gegessen oder getrunken, noch geschlafen. Raik murmelte undeutlich, zog ein handgroßes Stück Brot aus seiner Tasche und hielt es Aki hin. Er sah, dass Raik trotz der Hitze Handschuhe trug.

„Hör mal, ich habe endlich gute Nachrichten für dich…"

Unruhig trat Raik von einem Fuß auf den anderen. Dann unterbrach er sich wieder. „Nimm das Brot."

Aki griff gehorsam nach dem Stück und biss in die harte Rinde.

„Du wirst die Stadt verlassen."

Vor Überraschung verschluckte Aki ein zu großes Stück. Tränenden Auges würgte er es hinunter. „Was… meinst du?"

„Ich meine…", fuhr Raik leise fort, „du gehst fort von hier. Heute Nacht."

„Was? Aber wieso? Warum heute?", stammelte Aki.

Raik verzerrte sein Gesicht zu einem schiefen Lächeln.

„Die Scheiße ist vorbei. Ich habe jemanden gefunden, der uns hilft. Weißt du, was das bedeutet? Wir können wieder nach Hause. Nicht sofort aber bald. Uns wird alles vergeben, wenn ich… Wenn ich meine Aufgabe richtig mache."

Raiks Stimme brach und Aki sah die Hoffnung in seinem ausgezehrten Gesicht. Nach Hause… zurück nach Jordengard, zurück ins Nordland. Nichts hatte Aki sich mehr gewünscht, seit dem Tag als sie geflohen waren, seit dem Augenblick als er Litho zum ersten Mal betreten hatte, die gelobte Stadt, die wahre Hölle. Aber, das war ihnen beiden immer klar gewesen, einen Weg zurück gab es nicht.

„Das geht nicht. Die stecken uns sofort ins Gefängnis oder hängen uns… Bist du verrückt geworden?"

Raik straffte die hängenden Schultern. „Nein. Das werden sie nicht, wenn… Wenn ich alles richtig mach. Vertraust du mir, Aki?"

Aki starrte ihn an. „Klar. Habe ich immer. Trotzdem… was sollst du machen? Und für wen? Kann mir nicht vorstellen, dass jemand uns helfen kann. Keiner hilft… Mördern."

Raik war bei den Worten blass geworden und Aki wurde bewusst, dass keiner von ihnen es jemals so direkt ausgesprochen hatte. Beide waren verstummt. Das laute Stimmengewirr des Straßenlokals drang zu ihnen herüber und erinnerte Aki daran, dass er noch immer auf offener Straße stand, dass es gefährlich war, hier zu sein, zu reden, zu existieren. Bevor er Raik daran erinnern konnte, hatte der wieder zu sprechen begonnen.

„Es gibt jemanden, der uns hilft. Frag nicht weiter nach, das ist meine Sache. Ich hol uns da raus, hörst du? Geh jetzt heim, pack dein Zeug und warte. Heut Nacht holen sie dich ab und bringen dich erstmal aufs Land, in den Süden. Du bleibst da, bis ich nachkomme. Und dann gehen wir nach Hause. Das ist der Pakt."

„Verflucht, Raik, was für 'n Pakt, mit wem? Wer sind die?"

Raik zuckte abwehrend mit den Schultern. „Habe doch gesagt, frag mich nicht. Brauchst du nicht zu wissen."

Aki spürte, wie Wut in ihm zu kochen begann. „Ich habe aber ein Recht das zu wissen. Du hast denen gesagt wo sie mich finden können! Was ist, wenn das eine Falle ist? Wenn das Kopfgeldjäger sind?"

Raik spuckte auf den Boden. „Ich bin nicht bescheuert. Die haben mir zweifelsfrei bewiesen, dass sie's ernst meinen. Und jetzt geh packen."

Ohne ihn noch einmal anzusehen, drehte Raik sich auf dem Absatz um, ging die Straße hinunter und ließ einen verwirrten und wütenden Aki zurück. Er starrte seinem Freund nach bis er in der Menge verschwunden war.

Aki betrat das Lagerhaus als die Turmuhr neun Uhr schlug. Draußen war es dunkel geworden. Auch in dem Schutt und Dreck des verlassenen Hauses war es düster. Er stieg die bedenklich knarrenden Stufen in den obersten Stock hinauf. Dort, wo einst Waren vom

Hafen gelagert wurden, waren nur noch leere Kisten und Staub. Seine einzigen Mitbewohner hatten für gewöhnlich vier Beine oder sechs oder acht, er war sich nicht sicher. Nahe an den Fenstern stand ein kaputtes, kleines und unlackiertes Ruderboot. Dogan weiß wer es dort abgestellt hatte. Darin lagen schmutzige Decken und ein Kissen, aus Gewand und Stroh genäht. Aki ließ sich auf das Holz fallen. Er streifte sein schweißdurchtränktes Hemd über den Kopf und warf es über das Ruder, welches noch an der Seite des Bootes hing. Als Kind hatte er davon geträumt, eines Tages wie ein wahrer Wegemeister in einem Boot beerdigt und dem weiten Ozean und Dogan, dem großen Falken, Herr des Himmels, übergeben zu werden. Nicht als Untergetauchter in einem Kaputten zu schlafen, dass im obersten Stockwerk eines Lagerhauses ruhte. Im Grunde, dachte er, war in seinem Leben gar nichts so gekommen, wie er sich als Kind erträumt hatte. Und schuld daran war nur er selbst, er allein. Nur wegen Diamanten.

Pack dein Zeug, hatte Raik gesagt und Aki sah nach einem schäbigen Beutel, der in einer Ecke lag. Viel gab es nicht zu packen. Müde blieb er auf seinem Bett sitzen und legte den Kopf in seine Hände. Er konnte nicht begreifen, was geschehen war. Raik hatte jemanden gefunden, der ihnen helfen konnte nach Hause zurückzukehren! Der Wahnsinn hatte ein Ende, das Verstecken, Lügen, Hungern. Sie würden diese Stadt verlassen. Oder? Das glorreiche Litho, die goldene Stadt der Freiheit, wo alle Sünden vergessen sind, sagen die Idioten. Diese Stadt war nichts weiter als der nächste Alptraum, aus dem Aki nicht aufwachen konnte. Graufelle nannten sie Menschen wie ihn. *Pack dein Zeug*. Draußen dröhnte ein Automobil vorbei und seine Scheinwerfer warfen bizarre Schatten an die leere Wand. Es konnte alles gut werden. Zumindest glaubte Raik das. Aber Aki dachte das nicht. ‚Alles wird gut' spielte für ihn etwa in der gleichen

Liga wie ‚Abrakadabra'. Welchen Pakt hat Raik geschlossen? Und vor allem, mit wem?

Er fröstelte. Nicht weil es kühl geworden wäre, sondern weil sich ein dünner, eiskalter Schweißfilm über seinen Rücken gelegt hatte. Die Vorstellung, diesen engen Schuppen endlich zu verlassen in dem er die letzten Wochen fast ununterbrochen eingesperrt war, ließ sein Herz schneller schlagen. Die fremden Krankheiten der Stadt hatten ihn lange Zeit niedergerungen. Das Fieber, der Husten, der Schmerz hatten ihn ausgezehrt und mit Schatten im Geist gestraft. Seit der ersten Nacht, die er hier verbrachte, träumte er von Wäldern und Schnee. Aber er hatte ein schlechtes Gefühl. Manche Dinge können nicht mehr gut werden. *Anders würde mir reichen.*

„Hier sitzen, warten, keine Ahnung auf wen und Dogan weiß wohin gebracht werden…", sagte Aki laut. „Es ist nicht richtig."

Er rappelte sich auf, trat an das Fenster und sah auf die Straße hinunter. Es war still draußen, selten lief ein Mensch vorbei. Langsam und bedächtig seilte sich eine dicke, kastenförmige Spinne neben Aki auf dem Fenstersims ab. „N' schönen Abend Kollege", murmelte Aki und beobachtete, wie die Spinne in einem Loch verschwand. Raik hatte schrecklich ausgesehen. Aki hatte ihn nie vorher so gesehen, dabei kannte er ihn schon sein Leben lang. Raik war seine Familie geworden, vor langer Zeit. Die Einzige, die er hatte. Raik war einige Jahre älter als er und hatte sich um ihn gekümmert und ihn großgezogen, seit… seit dem Tag. Und es machte ihm Angst, wie er ausgesehen hatte. Andererseits war Raik in all den Wochen noch nie so sicher gewesen, so überzeugt davon, dass es einen Weg für sie gab alles ungeschehen zu machen. Mochten die Menschen in Jordengard ihn für einen Mörder halten, Aki wusste es besser. Einmal, weil er an diesem Tag dabei gewesen war, weil er sah, was wirklich geschehen ist. Und er wusste, dass Raik nie Böses gewollt hatte. Hatte er jetzt einen Weg zurück für sie gefunden? Aki konnte sich nicht vorstellen, was das für ein Weg sein sollte. Aber egal was es war, Aki würde Raik folgen. Auch in den Tod, wenn es das war. So wie er es immer getan hatte. Seit dem Tag, an dem sich die Bäume geneigt hatten. Ein hartes, entschlossenes Grinsen legte sich auf seine Lippen. Er zerrte eine klapprige Kiste vor das Fenster, setzte sich und starrte hinaus. Wann würden sie kommen?

Zwei Stunden bis Mitternacht. Aki saß am Fenster und starrte hinaus. Der kalte Schweiß auf seinem nackten Rücken war verschwunden und hatte sich wieder in eine drückende, lähmende Hitze verwandelt. Die abgestandene Luft in dem Haus war unerträglich. Er griff nach den Hebeln des Fensters und öffnete es. Sofort schwebte ein feiner Nieselregen aus abgeblätterter Farbe und Mauerwerk auf den Boden. Die trockene Nachtluft strömte herein und Aki sog sie gierig ein. Überrascht bemerkte er, dass seine Hände zitterten.

„Du kommst raus hier", knurrte er. „Weg. Denk dran."

Nein, er würde hier nichts vermissen. Gar nichts. Außer… Seine Augen wanderten zu dem Wohnblock gegenüber dem Lagerhaus. Die Fassade badete in trostlosem Grau. Aki beugte sich ein wenig hinaus. Es roch nach Staub und Teer und er erinnerte sich an die Sommer in Jordengard, an Bäume und Erde. Die Erinnerung war blass, wie ein Traum, den er beinahe vergessen hatte.

Das Haus gegenüber lag im Dunkeln. Aki starrte hinüber zu den Fenstern, die auf derselben Höhe lagen wie seine. Einmal über die Straße, hinter diesen Fenstern, war das Einzige was er vermissen würde. Denn dort lebte das Mädchen mit den Locken. Fast jede Nacht hatte er sie durch die Fenster gesehen, die er in diesem Haus gefangen war. Sie lief umher, aufrecht und stolz, die Lippen stumm bewegend, die Fäuste geballt, eine große, schlanke Gestalt im grauen Rock. Eine elektrische Lampe warf glänzende Muster auf ihr schwarzes Lockenhaar und ihr Gesicht, in dem er Züge von Wut und Entschlossenheit auszumachen glaubte. Und dann, wenn sie die Vorhänge schloss, ihr Schatten, der in der Dunkelheit verschwand. Aki konnte schwören, dass er einmal sah wie sie in ihren Kleiderschrank stieg, von innen die Schranktür schloss und nicht mehr herauskam. Stundenlang hatte er auf seinem Stuhl gesessen und darauf gewartet, dass die Schranktür sich wieder öffnen würde. Doch er war eingeschlafen. Nach dem Aufwachen beobachtete er den Sonnenaufgang. Er beschloss, dass er sich alles nur eingebildet hatte. Das Mädchen war immer allein, niemals hatte er einen Besucher in ihrer Kammer beobachtet. Und er hatte sie weinen sehen, den Kopf auf die verschränkten Arme gelegt, mit bebenden Schultern. Und dann stand sie auf und drehte sich zu dem Kleiderschrank. Ihre Schultern strafften sich. Sie stand hochaufgerichtet, den Kopf und das Kinn angriffslustig erhoben, wie eine Galionsfigur auf einem der Fischerboote. Oder wie eine der alten nordländischen Dogan-Priesterinnen mit den großen schwarzen Falkenmasken, die er aus Kinderbüchern kannte. Sie wischte sich unwirsch die Tränen vom Gesicht. Aki stockte jedes Mal der Atem und er ertappte sich dabei, wie er die Hand zum Fenstergriff erhoben hatte.

War diese düstere Kammer ihr Zuhause? Was versteckte sie in ihrem Schrank? Und was brachte sie so zum Weinen? Sie schlich sich in Akis Träume und tanzte zwischen Gedankenfetzen als Falkenkönigin mit einer Maske vor dem Kleiderschrank, der eine magische Tür war, die ihn direkt nach Jordengard führte. Er fragte sich, ob sie wie er sei. Ein Graufell, eine Ausgestoßene. Doch wollte er sich nichts vormachen. Fast alle Graufelle besaßen keine feste

Bleibe, sondern lebten auf der Straße, in den Gärten der Stadt, unter den Häusern oder in den weitverzweigten Tunneln der Unterstadt. Doch heute gab es noch andere Arten von Graufellen. Oder man hatte keinen besseren Namen für sie gefunden. Diese Leute waren nicht unbedingt arm. Sie kamen aus dem Nord- oder Südland und sie waren allein, sie verbargen sich vor den Menschen in der Stadt wie ein Graufell sich unter Eselsfell verbarg, um unsichtbar zu sein. Wer sie waren und warum sie das taten, das wusste Aki nicht. Vielleicht waren Ketzer darunter oder Verbrecher wie er selbst. Ja, er und Raik hatten Glück gehabt. Einen Lagerhausbesitzer zu treffen, der keine Fragen stellt. Raik hatte ihn gefunden, in einer der Kneipen am Pier und ihm beim Kartenspiel ausgenommen. Als Schuldausgleich bekamen sie einen Schlüssel zum Lagerhaus. Und so hatte er das Falkenmädchen mit den Locken finden können. Obwohl sie kein Graufell war lebte sie so. Wie er. Menschen haben einen untrüglichen Instinkt, wenn es darum geht, ihresgleichen zu finden. Und Aki war in dieser Disziplin besser als die meisten, auch wenn er davon nichts wusste. Aber es gab viele Dinge, von denen er zu diesem Zeitpunkt nichts wusste. Das Mädchen war ihm vertraut. Er kannte ihren Namen nicht und er war nie auf den Gedanken gekommen, ihn herauszufinden. Das war auch nicht wichtig, darum ging es nicht. Egal wer sie war, sie war da. Sie war für ihn das Wichtigste in dieser Stadt. *Aber heute*, dachte Aki, *ist sie fort*. Ihre Fenster blieben dunkel. *Was für eine beschissene Nacht*. Er kauerte sich auf dem Stuhl zusammen und schloss die Augen. Die stickige Hitze drückte auf seine Lider. *Was für eine verflucht beschissene Nacht…*

Schwach drangen Geräusche an Akis Ohr. Er war in einen tiefen Schlaf gesunken. Licht von einem Automobil streifte sein Gesicht. Jemand kam die Treppe herauf. Es dauerte einige Sekunden bis er bei Sinnen war und sich erinnerte. Ein Knarren ließ ihn aufspringen und der Stuhl fiel polternd zu Boden.

„Jetzt", dachte Aki. „Sie sind da."

Geräusche kamen näher und näher, dann waren sie da, verstummten für einen Augenblick und Aki sah eine große Ratte, die ihn böse anfunkelte. Er lehnte sich an die raue Wand. Seine Muskeln hatten sich verkrampft und taten ihm weh.

„Was ist los?", dachte Aki. „Kein Grund, panisch zu werden."

Aber er blieb unruhig bei dem Gedanken an die, die kommen würden. Wäre Aki älter und erfahrener gewesen, so hätte er begriffen, dass seine Unruhe eine warnende Stimme war auf die zu hören seine Vorfahren gelernt hatten. Denn Aki war kein geringerer als der Sohn eines Wegemeisters aus Jordengard, der vor den Kriegen die Grenze zum Truwenwald bewacht hatte. Ihre Aufgabe war es, Menschen sicher durch die verzweigten Wege des Truwenwaldes zu führen. Die Wegemeister gab es schon seit Menschengedenken. Der Vater lehrte den Sohn und ihre Sippe zeichnete sich durch eine Eigenschaft aus, die im Volksmund *Auge des Wegemeisters* genannt wurde. Nach dem Verbot der Magie ging diese Rede nur unter vorgehaltener Hand, was so viel bedeutete wie: „Noch nie zuvor hat man so gerne und so viel davon gesprochen". Es hieß, ein Wegemeister sehe die Gefahr schon lange bevor sie für das Auge sichtbar war. Während der gewöhnliche Mann unbeschwert an seinem Kamin sitzt und das Nachtmahl verzehrt, sagten sie, wohlwissend, dass alle Türen abgeschlossen, alles Eigentum und Vieh gesichert war, stand der Wegemeister mit der Waffe im Anschlag im Hof, weil seine Sinne vom Dieb schon wussten, bevor der sich auf den Weg gemacht hatte. Sei es eine Wahrnehmung, eine Ahnung von Verborgenen genannt, ein Instinkt für Gefahren, wie man es sonst nur annähernd bei Tieren kannte. Das Wort *Magie* auszusprechen wagte heute aber keiner mehr. Es hieß, die ständige Nähe zum verfluchten und von Wesen heimgesuchten Truwenwald hätte den Wegemeistern von Jordengard und Liliengard (und all den anderen Waldranddörfern) diese Fähigkeit aufgezwungen. Wie schwarze Tinte, die auf die Hand und den Hemdsärmel abfärbt und nicht mehr herausgewaschen werden kann. Der Beruf des Wegemeisters war seit den Diamantenkriegen abgeschafft worden. Akis Vater war gestorben (um präzise zu sein: er war gestorben worden, doch davon später), bevor er seinem Sohn lehren konnte, das Erbe des Wegemeisters zu gebrauchen. So hatte Aki keine Möglichkeit, zu verstehen, was seine Unruhe zu bedeuten hatte.

Aus der Ferne hörte er eine Glocke schlagen. Es war weit nach Mitternacht. Unten auf der Straße war immer noch nichts zu sehen, keine verdächtigen Menschen, kein Automobil oder eine Kutsche, gar nichts. Er fragte sich mittlerweile, ob überhaupt jemand kommen würde.

Da bemerkte er etwas Ungewöhnliches. In dem Haus gegenüber, dort, wo das Mädchen wohnte, war Licht. Und es war nicht das Licht einer Zimmerlampe. Nein, es bewegte sich. Jemand schlich in der Wohnung herum. Aki kniff die Augen zusammen, strengte sich an etwas zu erkennen. Gab es einen Stromausfall und das Mädchen musste mit einer Öllampe durch ihre Kammer irren?

Der Träger der Lampe streifte am Fenster vorbei, hielt kurz inne und wandte sich ihm zu. Mit einer Gewandtheit, die er sich selbst nicht im Traum zugetraut hatte, sprang Aki einen Schritt zur Seite. Wer immer dort am Fenster stand, es war nicht das Mädchen. Die Gestalt war viel größer und breiter gewesen. Ein Mann. Aki dachte schnell nach. Sie war bisher immer allein. Kein Besucher, niemand. Ein Stromausfall war zwar wahrscheinlich, dies geschah oft in

Litho. Aber die Gestalt schien ziellos durch die Wohnung zu schleichen.

„Diebe", dachte Aki. „Es sind Diebe. Das passiert doch ständig in dieser Unterstadt."

Sollte er Hilfe rufen? Aber das war lächerlich. Wollte er sich etwa selbst ausliefern? Und wo sollte er so schnell Hilfe finden? Ein Gedanke kam Aki unvermittelt und traf ihn mit der Wucht einer Ohrfeige. Was, wenn das Mädchen in der Wohnung war, schlafend, allein? Was würde geschehen, wenn der Dieb sie entdeckte? Würde er sie töten? Die Diebe der Unterstadt taten das für gewöhnlich. Schwach regte sich in seinem Unterbewusstsein die Stimme Raiks. Er konnte jetzt nicht gehen, denn sie kämen bald. Diese Stadt und ihre Menschen gingen ihn nichts mehr an. Er sah erneut hinüber. Die Gestalt hatte sich vom Fenster wegbewegt. Ein anderer Gedanke kam ihm: „Sie ist allein. Wie ich."

Aki richtete sich auf. Die Stille dröhnte in seinen Ohren. Sein Körper war wie von einem heißen Strom ergriffen. Die vage Unruhe hatte eine Macht erhalten, die wie ein klarer Befehl seine Gedanken in einen Würgegriff nahm. Dann drehte er sich um, griff kurzentschlossen seinen Beutel, warf ihn über die Schulter und stürmte die Treppen hinunter.

Als die Tür hinter Aki zufiel und er für einen kurzen Augenblick bewegungslos in der menschenleeren Nacht stand, hatte er ein jähes und alarmierendes Gefühl, das ihm den Atem raubte. Ihm war, als hörte er klar und deutlich, wie eine Stimme nah an seinem Ohr seinen Namen flüsterte. Erschrocken drehte er sich um, doch da war nichts als die Tür. Er starrte sie an und sie starrte holzig und unschuldig zurück. Er schauderte und lauschte, nichts war zu hören. Vielleicht war es nur ein Luftzug gewesen. Aki schüttelte das seltsame Gefühl ab und lief weiter.

Er schlich die wenigen Stufen hinunter und jeder Schritt, der ihn fort von dem Lagerhaus brachte, machte ihn leichter. Als er die Straße überquerte, benetzte Nieselregen seine Haut. Das graue Haus auf der anderen Seite lag still da. Er legte den Kopf zurück und sah zu den Fenstern des Mädchens hoch, doch er konnte nichts sehen, kein Licht, keine Gestalt. Aki lief über den ausgestorbenen, nach nassem Teer riechenden Bürgersteig, trat die Stufen zur Eingangstür hinauf, drückte die verkratzte Klinke und war überrascht als sie sich öffnete. Unverschlossene Türen waren in Litho sonst nicht zu finden, denn die Einwohner fürchteten sich vor allem, was nachts die Straßen bevölkerte. Die Bauweise des Hauses war identisch mit seinem. Nur gab es hier kleine Türen zu verschlossenen Kammern der Bewohner. Er rannte lautlos und geschwind die Treppen hinauf in das Stockwerk, in dem das Mädchen lebte. Die Tür, zu der Aki ihre Kammer vermutete, stand einen Spalt breit offen. Er ahnte Unheil und blieb stehen, um zu lauschen. Nichts rührte sich. Keine Schritte, keine Stimmen. Nur sein eigenes Herz raste und das Blut in seinen Ohren rauschte wie ein Wasserfall. Das Mädchen war nicht zu hören. Der Einbrecher schien verschwunden. Und ein leises, vages Gefühl aus seinem Inneren sagte Aki, dass sich kein lebendes Wesen mehr in der Wohnung befand. Ein Fenster im Treppenhaus war geöffnet und das Scheppern eines vorbeifahrenden Automobils drang herein. Aki drehte den Kopf und sah zu, wie es langsamer wurde und wendete. Es war ein modernes Modell, nicht mehr einer Kutsche ähnlich, denn es hatte ein geschlossenes Dach, die Räder waren kleiner und mit dickem Gummi bespannt. Vorne am aufklappbaren Fenster gab es Wischer, die man bei Regen betätigen konnte. Dunkelroter und schwarzer Lack schimmerten im Straßenlicht. Mühsam riss er sich von dem faszinierenden Anblick wieder los.

Der Türspalt blieb dunkel. Aki hoffte, wer immer in die Wohnung des Mädchens eingebrochen war, sei schon lange wieder weg. Aber er hatte niemanden gesehen. Jemand, der das Haus verließ, hätte ihm entgegenkommen müssen. Unschlüssig und alle Sinne wie Rasierklingen geschärft trat er weg von dem Fenster. Er schlich immer näher an die offene Tür als zöge ein unsichtbarer Faden ihn dorthin.

„Was tust du?", fragte er sich stumm. *Er wäre klüger, wieder zurückzugehen,* dachte er. Es ging ihn nichts an, er kannte das Mädchen nicht. Doch der Gedanke, wieder in seinem Lagerhaus zu sitzen und zu warten auf jemanden, von dem er nichts wusste, gefiel ihm nicht. Mechanisch hob er die Hand und versuchte, die Türe aufzustoßen. Mehreres geschah gleichzeitig: Hinter ihm ertönte ein Kratzen und Scharren und dann ein lautes, knarrendes Geräusch. Ein starker Luftzug fegte ihm durch die Kleider und die Tür, nach deren Klinke er greifen wollte, schlug mit einem Knall zu. Den eiskalten Schrecken im Nacken fuhr Aki herum und sah hinter sich auf dem Treppenabsatz das plötzlich weit offene Fenster, das zur Straßenseite wies. Er stürzte darauf zu und sah hinunter aber unter ihm war nur Abgrund und hartes Kopfsteinpflaster. Feiner Staub rieselte auf seine Haare. Aki blickte nach oben und glaubte, einen Schatten an der Hauswand über ihm zu erkennen, doch als er genauer hinsah, war er verschwunden. Ein eigentümliches Kribbeln in den Beinen und Handgelenken rief ihn zum Rückzug. Er bemühte sich, die Fassung wieder zu erlangen.

Ein Streifen von Licht wanderte die Wand entlang. Aki runzelte die Stirn und blickte wieder auf die Straße. Was er sah, war nicht das, was er erwartet hatte. Unten, auf der anderen Seite, standen zwei Automobile. Das war ungewöhnlich. Es gab kaum Automobile in der Unterstadt, diese neue Erfindung blieb bisher nur wenigen Oberstädtern vorbehalten. Die Lichter waren ausgeschaltet worden und nichts regte sich. Aki lehnte sich weiter aus dem Fenster und strengte sich an, hinter den dunklen Scheiben etwas zu erkennen. In diesem Augenblick öffneten sich die Seitentüren und aus dem einen Automobil stiegen drei Männer aus, die braune, lange Gewänder trugen wie die Tempelläufer, die Diener der Falkenauten. Sie gingen zu seinem Lagerhaus. Nach wenigen Sekunden hatten sie die Tür geöffnet und waren im Inneren verschwunden. Das Mädchen mit den Locken war aus seinen Gedanken verbannt und er harrte atemlos dem, was geschehen würde. Nach kurzer Zeit flackerte Licht in seiner Dachkammer auf. Sie waren da. Raiks Männer waren da, um ihn abzuholen.

„Ich gehe rüber und rede mit ihnen", murmelte Aki. Der Träger des Beutels schnürte sich schmerzhaft in seine Schulter. *Na los, beweg dich*, befahl er seinen Beinen. Doch die rührten sich nicht und er konnte seine Augen nicht von den Fenstern seines Lagerhauses lösen. Es war eigentümlich, die Szenerie von der anderen Seite zu betrachten. Dumpf pochte sein Herz gegen die Rippen und er schluckte angestrengt. Sein Mund war trocken. Dann sah er einen der Männer am Fenster vorbeigehen und Aki krächzte. Mehr kam nicht aus seiner Kehle. Der Mann war bewaffnet, er hatte eine Pistole, die er suchend durch die Kammer bewegte, das Gesicht im Schatten der Kapuze. Erstarrt beobachtete Aki was geschah. Die beiden anderen Männer gingen in der Kammer umher und rissen das Bettzeug von dem Ruderboot, so dass Stroh durch die Gegend flog. Der Mann mit der Pistole blieb an dem Fenster stehen und Aki sah, wie er eine Faust gegen den Rahmen rammte. Er schien wütend zu sein. Die zwei, die mit ihm gekommen waren, wichen zurück und schrumpften sichtbar in ihre Umhänge hinein. Aki sah wie hypnotisiert hinüber. Doch der Mann am anderen Fenster tat genau dasselbe. Für einen Moment glaubte Aki, seinen zornigen Blick zu spüren. Da gelang es ihm, wieder klar zu denken. Er ließ sich auf den Boden fallen und kroch rückwärts von dem Fenster weg.

Er hat dich nicht gesehen, sagte er sich. *Doch, das hat er*, dachte er gleich darauf. *Was zum Dogan ist hier los?*

Wenn er Aki gesehen hatte, würden sie kommen. Ihm blieben nur ein oder zwei Minuten, bis sie hier wären. Er tat das Einzige, was ihm einfiel. Aki stürmte die Treppen hinauf, immer weiter. Er versuchte, in jedem Stockwerk möglichst von dem Fenster wegzubleiben, das zur Straße führte. Seine Knie zitterten aber sein Kopf war klar wie schon lange nicht mehr. Das Blut des Wegemeisters in ihm, von dem er wenig wusste, trieb sein Handeln voran. Im letzten Stockwerk führte eine Tür auf den Dachboden. Aki riss sie auf. Es war dunkel, heiß und stank nach Taubenkot. Auf der rechten Seite sah Aki einige alte Möbel stehen. Er stolperte darauf zu und ließ sich hinter einer Kommode mit heraushängenden Schubladen fallen. Eng drückte er den Rücken gegen das Holz, zog die Beine an und umklammerte sie mit den Armen. Dort wartete er, erschrocken und angespannt. *Was hast du gemacht, Raik*? dachte Aki wütend, *was hast du gemacht?* Er wartete stundenlang. Vor Sonnenaufgang schlief er erschöpft ein.

Mann und Hund

Frida blutete. Ein dünner roter Faden rann ihr rechtes Schienbein herunter und ihr Knie wurde langsam blau. Die Knöchel an ihren Händen waren aufgerissen und sogar die Ellenbogen. Ihre Schulter schmerzte höllisch. Auf ihren Handflächen zeichneten sich als kleine rote Punkte die Spuren des Dornengebüschs ab, in das sie im Fallen gegriffen hatte. Doch Frida hatte trotz aller Schmerzen nichts unversucht gelassen, diese verdammte Tür aufzubrechen. Und sie hatte nicht aufgegeben. Neben der Tür, unter der elektrischen Wandlampe, stand ein Schirmständer, den Frida schon verzweifelt gegen die wuchtige Eschenholztür gerammt hatte. Immer schlug Frida mit der flachen Hand dagegen, doch sie hoffte nicht mehr, die Tür zu bezwingen. Das, so hatte sie inzwischen mitbekommen, war nicht möglich. Ihre Kehle war heiser vom Schreien und der Schock lähmte ihre Gedanken. Frida war auf dem Dachboden des Kinematographen Ronyane eingesperrt. Besser gesagt, auf Canans Dachboden. Frida kochte vor Wut. Der Alte, der sie die Treppen hochgetragen hatte, war mit Sicherheit von tiefen Kratzern und blauen Flecken übersäht. Doch dieser alte, sehnige Mann hatte weitaus mehr Kraft in seinen Armen gehabt als Frida für möglich gehalten hatte. Wenn sie jetzt darüber nachdachte, verblüffte sie das nicht mehr. Der Alte war schließlich der, der die Kurbel am Filmprojektor drehte. Beinahe zwölf Stunden am Tag, so gut wie ohne Pause. Frida war wie paralysiert. Es war ein Albtraum. Der Alte hatte sie hier hineingetrieben, die Tür zugeschlagen und von außen den Schlüssel umgedreht. Zusätzlich hatte er einen Stuhl oder einen Besen unter die Klinke geklemmt, sie war sich da nicht sicher. Es gab wenige Dinge, die Frida so hasste, wie eingesperrt zu sein und nicht weg zu können.

Jetzt ließ sie von der Tür ab und tigerte in einem Kreis an Schränken und Requisiten vorbei. Vor ein paar Stunden hätte sie alles dafür gegeben, hier herumstöbern zu können. Canan, deren Vater als Wandertheaterleiter nach Litho gekommen war, hatte genug Utensilien, um eigene Filme zu drehen - was sie manchmal auch taten. Die Schränke quollen über mit prächtigen Kleidern nord- und südländischer Tracht und Garderoben, die man für typisch kontinental hielt. Ein riesiger, weißverschnörkelter Vogelkäfig hing von der Decke, in dem ein ausgestopfter Papagei saß. Bänke, Tischchen und bunte Schirme standen in allen Variationen herum. Plastikblumen, ein altmodischer Kinderwagen, in dem eine Puppe lag und ein großer, auf Stöcken befestigter Pappdrache ruhten in einer Ecke. Und hinter einem gespannten schwarzen Leinentuch verborgen stand die Kamera. Sie war auf eine leere Seite des Dachbodens gerichtet. Die Wand dahinter war mit altmodischen Tapeten beklebt und die Köpfe von mindestens fünf elektrischen Stehlampen waren darauf gerichtet. An der Wand hing ein einzelner runder Spiegel.

Frida sah das alles nicht. Ihre Augen glitten stumpf darüber hinweg. Wie betäubt ging sie weiter im Kreis. Das Gehen beruhigte sie ein wenig. Sie konnte nicht nachdenken, alle Worte schienen weggeflogen zu sein. Nur Davids Gesicht tauchte manchmal klar auf. Sie brauchte einen Plan, eine Idee, wie sie hier abhauen konnte. Ihr fiel nichts ein. Wie eine Filmrolle liefen immer die gleichen Bilder und Fragen in ihrem Kopf ab. Warum habe ich David alleine gehen lassen? Wer hat ihn angegriffen? Ist er verletzt, lebt er? Woher kam der alte Mann? Wieso sperrt er mich hier ein? Wo ist Canan?

Da klingelte ein Telefon. Frida sprang erschrocken ein paar Schritte zurück. Auf einem kleinen Tischchen, links von der Tür, stand ein vergoldetes Telefon mit elfenbeinfarbenen Sprechmuscheln. Frida hatte es für ein weiteres Requisit gehalten. Erst jetzt sah sie das Kabel, das in einem kleinen Loch in der Wand verschwand. Einige Sekunden lang starrte Frida mit offenem Mund den Hörer an. Dann riss sie sich zusammen, rannte darauf zu, packte den Hörer und rief: „Hallo, bitte, Sie müssen mir helfen, ich wurde entführt und eingesperrt! Ich bin…"

„Das ist ein Haustelefon, Frida. Das funktioniert nur hier", dröhnte die Stimme von Canan in ihrem Ohr.

Frida verschlug es kurz die Sprache. Canan? Dann sagte sie, so gefasst wie sie konnte: „Lass mich frei."

Einige Sekunden war es still in der Leitung: „Nein."

„Warum nicht?"

Fridas Stimme zitterte ein wenig. *Bleib ruhig*, dachte sie, *dreh nicht durch…*

„Weil ich dir helfen will."

„Canan, was soll das? Was zum Dogan ist hier los? Was ist mit David?"

Wieder ein sekundenlanges Zögern am Hörer und dann:

„Vertrau mir einfach, Frida. Bitte."

Fridas Stimme drang aus ihrer Kehle wie zerbrochenes Glas. „Sag mir…. verflucht, wieso sperrst du mich ein? Du bist meine Freundin, ich habe dir vertraut!"

„Jetzt etwa nicht?"

„Canan, WIESO sperrst DU mich hier ein?"

„Wie ich schon sagte. Ich will dir helfen."

Der Schrecken, der ihr tief in den Knochen saß, veränderte sich. Begann hell und lichterloh zu brennen. Verzweiflung brach aus Frida wie Wasser aus einem Damm.

„DU HILFST MIR WIRKLICH UNGLAUBLICH! DANKE DASS DU MICH EINSPERRST, DAS HABE ICH WIRKLICH GEBRAUCHT!"

Fridas überanstrengte Stimmbänder gaben ein heiseres Krächzen von sich, dann schüttelte das Mädchen ein Hustenkrampf, bis ihre Augen tränten.

„Schon gut, hör mir bitte zu."

„Hm!", brummte Frida und schluckte.

„Sie suchen nach dir. Die Stadtwache. Und außerdem die Brut von Adam Rothaar."

„W'rum?", knurrte Frida.

„Weil sie glauben, dass du David angegriffen hast."

Canan würgte Fridas Protest ab. „Ich weiß, dass du nichts gemacht hast! Ich habe den Alten hinter dir hergeschickt, war ja klar, dass es irgendwann Probleme gibt mit diesem Rothaarjungen in der Unterstadt. Er hat euch beobachtet aber im Park ist er nicht schnell genug hinter euch hergekommen. Da war David schon verschwunden. Und als du ihm nachgerannt bist, hat er dich gerade noch erwischt."

„Der Alte", echote Frida und dachte an den Kurbler mit den kräftigen Armen. „Aber woher hast 'n das gewusst?"

„Dass du mit dem Rothaarjungen zu schaffen hast? Für wie blöd hältst du mich denn? Jedes Mal, wenn du dich mit ihm im Kino getroffen hast war mein Haus voll mit Rothaars Schergen und glaub mir, die Bande kenn ich!"

Frida brauchte einige Sekunden, um das Gesagte sacken zu lassen. „Davids Vater hat das gewusst? Er hat seine Leute hinter ihm hergeschickt? Aber David hat immer gesagt…"

Canan lachte. „Verflucht, das ist der Rothaar-Clan! Der alte Teufel Adam weiß genau, was seine Söhne treiben und wo und mit wem. Er weiß, wer du bist. Woher du kommst. Was du machst. Und jetzt sucht er nach dir! Frida, ihr seid vorgegangen wie die Kleinkinder.

Das ist Litho, zum Dogan! Du bist zwar noch nicht alt aber du solltest inzwischen klüger sein!"

Frida fühlte sich von der Wucht ihrer Worte erschlagen. „Wo ist David? Lebt er?"

„David lebt. Er liegt im Heilerhaus. Die Rothaar-Schergen haben ihn hingebracht. Dogan, ich weiß nicht genau, wie's ihm geht!"

Die Verzweiflung, die ihre schmerzhaften Krallen in Fridas Brust gegraben hatte, lockerte ihren Griff. Frida rang nach Luft. „Hör mal Canan, vielleicht muss ich zur Stadtwache gehen. Ich habe den Angreifer gesehen, ganz kurz!"

„Nein, da gehst du nicht hin." Canan sprach hastig und eindringlich. „Verstehst du nicht? Rothaars Leute waren im Kino und sind euch gefolgt. Sie haben gesehen, dass er mit dir unterwegs war. Dir ist scheinbar nichts passiert. Sie mussten glauben, dass du ihn angegriffen hast! Aber der Alte war schneller, er hat dich weggebracht, bevor die Brut kam, es waren aber nur Sekunden. Glaub mir, ob schuldig oder nicht, du willst nicht in die Hände der Brut Rothaars fallen. Natürlich weiß die Stadtwache inzwischen auch, nach wem sie suchen muss. Wenn es dir gelingt, Rothaar und die Stadtwache zu überzeugen, dass du David nichts getan hast, gibt es immer noch was, womit du dich an den Galgen lieferst!"

Fridas Atem ging schnell. „Die… die Schriften?"

„Ja, die Schriften. Frida, du bist eine Ketzerin! Du hast ja keine Ahnung, was das bedeutet, Kind…" Canans Stimme brach.

Frida lehnte sich zitternd an die Wand. Wie einfältig war sie gewesen zu glauben, sie wäre klüger als alle anderen, sie könne Geheimnisse vor Menschen verbergen, deren Augen und Ohren überall waren? Wer wusste noch alles von dem, was sie tat?

„Was hast du vor mit mir?", flüsterte Frida. Sie dachte an ihre Mutter, an das, was der Falkenaut damals gesagt hatte. Ketzerin, Ketzerin…

„Sobald es sicher ist, schaffen wir dich raus aus Litho."

„Was? Das kannst du vergessen! Ich gehe nicht weg!"

Grenzenlose Panik strömte in Fridas Brust. Ihr Zuhause, alles, was sie kannte aufgeben? Niemals!

„Das habe ich mir gedacht. Deshalb der Dachboden. Aber ich werde nicht mit dir streiten." Canan klang plötzlich müde.

„Jetzt bitte, denk darüber nach, gibt's irgendwas in deiner Wohnung, was dich als Ketzerin belasten könnte? Irgendwas?"

„Nur meine Schreibmaschine wo ich die Schriften drauf getippt hab aber…"

„Wo steht sie?"

„Im Schrank aber…"

„Sonst nichts? Auch nicht bei Jon?"

„Nein aber…", Frida stockte. „Moment mal, wieso bei Jon? Glaubst du, sie gehen auch zu Jon?"

„Das kann dir jetzt wirklich egal sein!", sagte Canan und legte auf.

Langsam legte Frida den Hörer wieder auf die Gabel. Der Schock fiel von ihr ab, allmählich kam sie wieder zu Sinnen. Ruhig, dachte Frida, ruhig. Was ist passiert? David wurde angegriffen. Warum bin ich nicht sofort hinter ihm her? Warum habe ich gezögert? Verdammt, wieso? Es ging so schnell. Und David hatte diese Pistole…

Das hatte sie gelähmt, David mit der Pistole zu sehen. Es passte nicht, es war einschüchternd gewesen. Das hatte sie die eine Minute zurückgehalten, diese eine Minute, die entscheidend war.

Gut, weiter. Adam Rothaar hat uns überwacht. Er wusste, dass David in die Unterstadt geht. Und seine Leute waren hinter uns… sie glauben, ich hätte David was getan. Sie suchen mich. Wenn der Alte nicht gewesen wär, hätten sie mich schon. Und die Stadtwache ist hinter mir her. Wenn sie rauskriegen, dass ich eine Ketzerin bin, komm ich nie wieder frei! Oder sie töten mich, wie Mutter…

Zitternd verschränkte Frida die Arme. Diese Gedanken brachten sie nicht weiter.

Wer wollte David töten? Und vor allem, warum? Ein gewalttätiger Bettler? Aber das ist jetzt egal. Was hat Canan gemeint mit: ob ich noch etwas bei Jon habe? Kreuzt die Rothaar Brut oder die Stadtwache bei Jon auf? Tun sie ihm was?

„Stinkende Stadtwächter!", fluchte Frida. Eins wusste sie genau: niemand würde sie aus Litho wegbringen. Um keinen Preis. Und, egal wie wütend sie auf ihren Vater war, sie würde es nicht zulassen, dass er wegen ihr in Schwierigkeiten geriet.

Endlich gelang es Frida, den Raum, in dem sie eingesperrt war genauer zu betrachten. Es gab keine Fenster, aus denen sie klettern hätte können, keinen Kamin oder eine zweite Tür. Aber Frida gab nicht auf. Sie sah nach oben. Über ihr waren dicke Balken, die das Dach stützten, ein Konglomerat aus ineinander gehakten Ziegeln. Isolierung war hier noch ein Fremdwort. Frida schritt auf und ab, das Dach nicht aus den Augen lassend. An einer Stelle schienen die Ziegel beschädigt zu sein, vielleicht von Hagelkörnern oder einem Sturm. Durch ein faustgroßes Loch in einem Ziegel glaubte Frida einen Stern blitzen zu sehen.

„Gut, Canan… wir werden ja sehen… du hast nicht an alles gedacht", flüsterte Frida.

Sie rannte zurück in die Ecke, in der die Kamera stand und betrachtete kurz das schwarze Tuch, das über einem Seil gespannt war. Frida löste das Seil aus den Befestigungen an den Wänden, rollte es zusammen und warf es sich um die Schultern. Dann sah sie sich wieder um. Neben einer südländischen Kommode stand ein hoher Schrank, dessen Türen offenstanden. Lampions und buntes Lametta leuchteten heraus. Frida stieg auf die Kommode, krabbelte von dort mit einiger Mühe auf den hohen Schrank, stellte sich mit wackeligen Beinen aufrecht hin und sah wieder nach oben. Mit der Hand konnte sie nach einem Querbalken greifen. Mit einem Sprung hing sie an dem Balken, schlang ihre Beine um ihn herum und gab ihr Bestes, sich hochzuziehen. Es hatte Vorteile, so groß wie Frida zu sein.

Sie brauchte mehrere Anläufe und das Seil rutschte von ihrer Schulter. Dann hatte sie es geschafft.

Sie balancierte auf dem Balken bis zu der Stelle, wo das Loch in dem Ziegel war. Mit der flachen Hand schlug sie dagegen. Er wackelte. Frida schlug härter zu und der Ziegel rutschte aus seiner Verankerung. Sie bekam ihn gerade noch zu fassen, bevor er auf den Boden fiel. Der zweite Ziegel war einfacher herauszunehmen, denn er war nicht mehr verhakt, genau wie der dritte und der vierte…

Frida lächelte räuberisch. Über ihr strahlte der Sternenhimmel. Sie atmete die kalte Luft ein und kletterte hinaus auf das Dach.

Es war schon Morgen, als Frida die Straße erreichte, in der das Haus ihres Vaters Jon stand. Sie hatte es nicht gewagt direkt dorthin zu laufen. Sie hatte weite Umwege gemacht, die sie durch Hintergassen und Keller führten. Das Besondere an den Kellern der Unterstadt war, dass sie durch ein verzweigtes Gangsystem miteinander verbunden waren. Dieses Gangsystem ging oft lückenlos in das Kanalsystem der Stadt über und es hieß, dass die Gänge antike Abwasserkanäle seien und bis weit in die Berge Perihel führten. Irgendein verrückter Wissenschaftler hatte einmal behauptet, dass die Gänge und Kanäle fast achtzig Meilen lang wären, was die

Unterstädter nur belächelten. Es war allgemein bekannt, dass es einhundertzweiundfünfzig Meilen waren.

Jemand, der sich nicht auskannte konnte sich leicht so verlaufen, dass er irgendwann einfach im Dunkeln unter der Erde verdurstete. Doch nicht Frida. Schon als Kind war sie mit ihrer Bande durch die Keller vor den erzürnten, weil bestohlenen Händlern und den Stadtwächtern geflüchtet. Mit verschieden großen Glasstücken hatten sie Zeichen an den Gabelungen gelegt, die ihnen den Weg wiesen. Die meisten lagen noch dort und Frida vermutete, dass sie Generationen von Straßenkindern wie Leo als Orientierung benutzt hatten. Tag und Nacht brannten Fackeln an den bekanntesten Eingängen. Jeder, der in die Gänge flüchten wollte, war so für die schwarze Kälte gewappnet. Wurde er verfolgt, konnte er wertvollen Vorsprung gewinnen indem er alle am Eingang verbliebenen Fackeln auslöschte.

Die Straße war verlassen. Zur rechten Seite lag das Haus, in dem ihr Vater lebte und in dem auch Frida aufgewachsen war. Ein niedriges und unscheinbares Backsteinhaus. Die Fenster aller Wohnungen waren wegen der Hitze weit geöffnet. Nicht aber die in Jons Wohnung im ersten Stock. Frida verbarg sich einige Häuser weiter hinter einem Haufen Sperrmüll, den die Bewohner auf den Gehweg geräumt hatten. Unschlüssig sah sie hinüber. Wie einfach wäre es, hin zu gehen und Steine an das Schlafzimmerfenster zu werfen. Jon würde aufwachen, verschlafen hinuntersehen und sie hineinlassen. Aber nein. So einfach war es nicht. Frida hatte so einige Erfahrungen mit den Stadtwächtern gemacht und dazu gehörte, dass sie listige Hunde waren. Erst musste sie sicher gehen, dass niemand vor ihr hergekommen war. Sie ging in die Knie, kauerte hinter einem Stapel Bretter und überlegte, wie sie mögliche Angreifer entdecken konnte.

Frida nahm eine Bewegung aus den Augenwinkeln war. Blitzschnell wandte sie sich um und sah, wie die alten Decken neben ihr zum Leben erwachten. Erschrocken zuckte Frida zur Seite. Eine Hand schob sich hervor und es tauchte das dunkle Gesicht eines Mannes mit zotteligen Haaren auf. Er stank fürchterlich. Ein Graufell. Frida starrte ihn fassungslos an. Der Graufell starrte zurück, doch Frida konnte seinen Gesichtsausdruck nicht deuten.

„Er hat gesagt, dass du kommst", murmelte der Graufell.

„Was?"

Verwirrt und angespannt betrachtete Frida den Mann, der sich aus den Laken kämpfte. Er war mit einer schmutzigen grauen Leinenhose und einem Hemd bekleidet, das eines Tages einmal weiß gewesen sein mochte. An beiden Handgelenken trug er breite Lederbänder.

„Iringa, Jon Iringa. Hat gesagt, ich soll auf dich warten. Soll dir was geben."

Er sprach so leise, dass Frida ihn kaum verstehen konnte. Er griff in seine Hosentasche und zog ein Stück Papier heraus, das hastig aus einem Almanach gerissen worden war. Er streckte es ihr hin. Fassungslos griff Frida danach. Auf der Rückseite standen Worte, eilig in Jons krakeliger und ungeübter Handschrift hingeschrieben.

Frida, versteck dich. Sie haben mich. Jon

Mit zitternder Stimme flüsterte Frida: „Woher hast du das?"

Der Graufell sah Frida lange scharf an, bevor er antwortete.

„Vor drei oder vier Stunden kam er raus. Hat mich bei den Schätzen", er wies mit der Hand auf den Sperrmüll, „hier gesehen. Dachte schon, dass er mich vertreiben will. Wollte er nicht. Hat mir den Zettel zugesteckt. Sollte auf eine junge Südländerin mit grauen Augen warten. Hat mir viel Geld dafür gegeben."

Er sprach knurrig und ungestüm. Frida ballte ihre Hände zu Fäusten. „Wo ist er hin?"

„Nirgends. Ist wieder rein. Kurz danach haben sie ihn geholt."

Frida hielt den Atem an. „Wer hat ihn geholt?"

„Die Uniformierten", sagte er und grinste wissend. Sofort sprang Frida auf und wollte auf das Haus zulaufen, doch der Graufell packte sie unsanft am Arm und zerrte sie wieder auf den Boden.

„Lass es. Die sind da noch drin. Warten auf dich. Besser du hörst auf den alten Kerl und tauchst ab."

„Wie denn?"

Verzweifelt ließ sich Frida auf dem staubigen Erdboden fallen. In ihre Wohnung konnte sie nicht, Jon war verschwunden. Zu Canan zurück war auch unmöglich, wenn sie nicht wieder eingesperrt werden wollte. Heiß brannte die Schuld in ihrer Brust. David war wegen ihr in die Unterstadt gekommen und sie hatte ihn alleine in diesen Wald gehen lassen. Und jetzt Jon, verhaftet, verschleppt. Nur wegen ihr. Hätte sie David niemals mit in das Ladenkino genommen, wäre sie ihm nachgelaufen… Hätte, wäre, wenn. Verzweifelt drückte Frida ihre Handflächen gegen die Schläfen. Sie war völlig erschlagen. Als sie die Hände wieder sinken ließ, sah sie zum ersten Mal die Wunden an den Knöcheln und das Blut, das schon getrocknet war und Spuren auf ihrem Rock hinterlassen hatte. *Oh Dogan*, dachte Frida, *was soll ich denn jetzt tun? Ich brauche Essen, einen Schlafplatz, Papiere…*

Der Graufell saß noch immer neben ihr und rührte sich nicht. Frida hob den Kopf und sah ihn an. Er hatte die Stirn in tiefe Falten gelegt und die Haare fielen in sein Gesicht. Er fixierte seine Hosenbeine und schien nachzudenken.

„Wenn ich dir einen Vorschlag machen darf…", sagte er nach einer Weile leise und unerwartet zungenfertig für einen normalen

Graufell. „Du kannst den Tag in meinem *cobijo* verbringen. Nachdenken. Natürlich…", seine Stimme wurde wieder zu einem Knurren, „nur wenn du gerade nichts Besseres hast."

Mit dem Mut der Verzweiflung lachte Frida leise auf. Die ruhigen Augen des Graufells fanden ihre und sie war verblüfft, wie düster sie waren, beinahe schwarz.

„Warum?", murmelte Frida und wandte den Blick ab.

„Ich weiß wie das ist", sagte er hart. Frida glaubte ihm kein Wort, er log, das wusste sie, doch sie hatte nicht die Kraft ihm zu widersprechen. Sie nickte kurz und kraftlos. Als der Mann geduckt aufstand, folgte sie ihm, denn etwas anderes fiel ihr nicht ein.

Es war Mittag geworden und schrecklich heiß. Frida wusste genau, warum der Mann so stank. Sie saß auf der festgestampften Erde im Schatten eines verlassenen Steinmetzbetriebes im äußersten Westen der Unterstadt. Die Bretter der Wände waren herausgebrochen und im Inneren konnte sie Staub und Scherben von Steinplatten aller Art sehen. Frida saß zurückgelehnt an eine große Metalltonne, die mit Wasser gefüllt war. Wenige Meter vor ihnen, zwischen Sträuchern und Bäumen hindurch, konnte sie das Rauschen des Aphels hören. Ein friedvoller Platz, wäre da nicht…

Frida rümpfte die Nase. Wenn ein leichter Windhauch das Gestrüpp etwas zur Seite wehte, konnte sie das Wasser des Aphels sehen, das grau-grün oder gelblich-rot-braun vorbeifloss. Jeder Windhauch – heute war unglücklicherweise Ostwind – brachte auch den scharfen und beißenden Geruch von Schwefel, zerfließender Säure und Verwesung herüber. Frida hatte schon viele Arten des Gestankes erlebt, was nur natürlich war, wenn man auf den Straßen der Unterstadt aufwuchs. Doch den grausigen Giftdunst der Gerbereien, den konnte selbst sie nur schwer ertragen. Der

Schweiß brach ihr aus. Tropfen rollten ihre Beine hinunter und brannten wie Feuer in den offenen Knien. Wenigsten konnte es kaum schlimmer kommen.

Der Graufell hatte eine Tonschüssel aus einem Sack genommen und schöpfte aus dem Metallfass Wasser. Vorsichtig beugte er sich zu ihr hinunter, schob ihren Rock bis zu den Schenkeln hoch und ließ das lauwarme Wasser auf ihre ausgestreckten Hände und die langen Beine fließen. Frida wusch sich das Blut von der Haut, so gut sie konnte. Dann hielt ihr der Graufell die Schüssel an den Mund und Frida trank gierig.

„Ich habe auch noch einen Apfel für dich."

Frida zog eine Grimasse. Essen war das Letzte, woran sie denken mochte. Doch der Graufell zog einen Apfel aus dem Sack, wischte ihn an seinem Hemd sauber und reichte ihn ihr. Mit dem Apfel in der Hand blieb Frida unbeweglich sitzen. Der Graufell lachte bellend, holte eine Flasche aus dem Schatten der Tonne und setzte sich ihr gegenüber auf den Boden. Das Sonnenlicht strahlte ihm in die zusammengekniffenen Augen. Er mochte kaum dreißig Jahre alt sein und, dies wunderte Frida, er war ein schöner Mann. Seine dunklen Augen waren schmal und die Haut war schmutzig aber glatt. Er hatte das Gesicht eines südländischen Nomaden. Unruhig sah Frida zur Seite.

„Niemand wird dich hier finden", sagte er, sie beobachtend. Seine Aussprache des Neu-Acalanischen war ausgezeichnet, nur der Hauch eines südländischen Klanges durchdrang seine Worte. Es war das *rrrr*, das ihn verriet. Es klang wie ein anlaufender Filmprojektor. Und er sprach schnell und heftig.

„Wie heißt du?", fragte Frida neugierig.

„Ich bin Samuel", antwortete er. „Aber ich will von dir wissen. Was ist geschehen?"

Frida seufzte und legte den Kopf gegen das kalte Metall der Wassertonne. Was sollte sie ihm sagen? Dogan, wo sollte sie nur anfangen?

„Ich verstehe", knurrte er plötzlich, bevor sie ein Wort gesagt hatte. „Es ist so eine Geschichte. Warte."

Er nahm ihr die kleine Schüssel ab, schüttete etwas aus seiner Flasche hinein und reichte sie ihr wieder.

„Was ist das?", fragte Frida misstrauisch.

„Es hilft", sagte er und machte eine elegante Handbewegung, „gegen beinahe alles. Nur nicht gegen den Gestank."

Frida trank einen Schluck. Es war starker Schnaps, der ihr die Luft zum Atmen nahm.

„Jetzt sag mir. Wer war der Mann? Der mir den Zettel gegeben hat?"

„Mein Vater", stieß Frida hervor. „Das ist mein Vater. Und es ist alles meine Schuld!"

Verzweifelt griff Frida mit beiden Händen in ihre Haare. Samuel, der Graufell, legte den Kopf zur Seite und sah ihr offen ins Gesicht. Seine Mundwinkel zuckten leicht.

„Alles deine Schuld…"

Für einen eigentümlichen, kurzen Augenblick war sich Frida sicher, dass Samuel in Lachen ausbrechen würde. Dann zog er die Beine an, legte seinen Kopf auf die Knie und verbarg sein Gesicht. Frida fühlte, wie eine angenehme Taubheit sich über ihre Arme und Beine legte. Sie musste versuchen, ihre Nerven zu bewahren. Was konnte sie einem unbekannten Graufell anvertrauen? So wenig wie möglich, wie Frida schon als Kind auf der Straße gelernt hatte.

„Kurz gesagt, ist das passiert: ein Freund von mir wurde überfallen und schwer verletzt. Die Stadtwache glaubt, dass ich das gewesen wäre, weil ich mit ihm zusammen war. Ich kann nicht beweisen, dass es wer anders war und jetzt haben sie meinen Vater mitgenommen."

Gedämpft bellte die Stimme des Graufells zu ihr durch. „Und, warst du es?"

„Nein!", sagte Frida scharf. „Ich war es nicht."

„Und du kannst nicht zur Stadtwache und die Wahrheit sagen warum?"

„Weil…" Frida rang nach Worten. „Weil mein Freund ein Oberstädter ist und… na ja."

Sollte sie erwähnen, dass sie Angst vor einer Anklage als Ketzerin hatte? Es war eine einfache Rechnung: Wenn Samuel religiös war, dann würde er ihr, der Ketzerin, nicht mehr helfen. Wenn er nicht gläubig war, dann würde er ihr, der Ketzerin, zwar helfen. Aber es bestand die Gefahr, dass er sie an die Stadtwache verkaufte. Das auf Ketzer ausgesetzte Kopfgeld war das Höchste. So oder so: Es war immer am besten, nicht über Religion zu sprechen. Sie handelte sich nur Ärger damit ein. Und auf die Hilfe von Samuel konnte sie im Moment nicht verzichten.

Samuel hob den Kopf, seine Augen waren weit aufgerissen. „Ein Oberstädter? Ist das ernst? Aber warte…", erregt beugte sich Samuel nach vorne. „Du redest von David Rothaar."

Es war keine Frage. Frida nickte. Und da begann Samuel zu lachen. Er warf seine zottigen Haare zurück und johlte gegen den Himmel. Tränen liefen aus seinen schwarzen Augen.

„He! Was soll das? Bist du wahnsinnig? Wie kannst du lachen!"

Zornig sprang Frida auf. Da beruhigte sich der Graufell und fuhr mit einem schmutzigen Ärmel über sein Gesicht. Seine Miene war halb ernst, halb zynisch als er sagte: „Du bist schon tot, weißt du das?"

Zornig warf Frida den Apfel, den sie in der Hand hielt, in den Fluss. Er flog in einem flachen Bogen und platschte ins trübe Wasser.

„Zum Dogan noch mal, ich weiß, dass ich so gut wie tot bin! Warum, denkst du, stehe ich hier? Willst du dich über mich lustig machen?"

„Nicht fluchen", sagte Samuel scharf. „Du stehst hier, weil du sehr, sehr dumm warst, Frau Frida. So dumm. Ein Rothaar… das ist gefährlich für Menschen wie uns."

Die Sonne war hinter die Bäume am Fluss gewandert und die Schatten zeichneten lustig hüpfende Muster auf Gesicht und Hemd des Graufells.

„Kann ja jetzt nichts mehr ändern. War ich eben dumm. Und? Was soll ich machen?"

Unruhig begann Frida, im Kreis herum zu laufen. Das trockene, gelbe Gras unter ihr würde bald nachgegeben haben und die Erde würde hindurchscheinen. Litho schrie nach Regen.

„Geh fort", sagte Samuel.

„Nein", antwortete Frida.

Samuel lächelte. „Wegen deinem Vater. Obwohl er dir anders befohlen hat?"

„Mein Vater befiehlt mir nichts", sagte Frida steif.

„Oho!" Samuels Augen blitzten. „Da ist noch was anderes, Frau Frida. Nicht? Mit deinem Vater. Du bist böse auf ihn. Warum?"

Frida gefror. Für einen Moment stand sie still da. Samuel wartete. Zögernd kamen die Worte von Fridas Lippen.

„Als ich klein war, wurde meine Mutter ermordet. Seitdem versuche ich herauszufinden, wer das getan hat und warum. Und mein Vater… mein Vater könnte mir helfen. Aber er will es nicht. Er hat

alle Fotos von Mutter verbrannt und er hat alle ihre Sachen wegge-
geben."

„Das ist böse", brummelte Samuel, als Frida nicht weitersprach.

„Es ist ungerecht", sagte Frida. „Ich weiß nicht einmal, wo meine
Mutter herkam. Sie hat nur mal erwähnt, dass sie nicht in Litho geboren worden ist. Ich meine, schau mich an!"

Frida griff in ihre schwarzen Locken.

„Sehe ich aus wie eine Nordländerin? Nicht mit den Haaren!
Mein Vater ist Südländer, er ist dunkel wie ich. Ich bin auch dunkel
aber ich habe graue Augen, Nordlandaugen!"

Samuel lächelte und schüttelte den Kopf, so dass Strähnen seines
langen Haares in das Gesicht fielen. „Ja, hast du. Und weiter? Du
bist ein Gemisch, hörst du? Aber das gibt es heute viel in Litho. Das
ist nicht wichtig und nicht besonders."

Eine tiefe Zornesfalte grub sich in Fridas Gesicht. Sie ließ sich wieder auf den Boden fallen. Die Herkunft ihrer Mutter verfolgte Frida
mehr als alles andere. Sie war sich sicher, dass dort der Schlüssel zu
ihrem Tod lag.

„Vor einem halben Jahr", sann Frida, „war ich immer wieder als
Tagelöhnerin im Stadtarchiv Unterstadt. Putzen und sortieren. Ich
dachte, dass ich dort was finden könnte. Und das habe ich auch! Ich
habe den Vermerk gefunden, dass vor fast zwanzig Jahren Agnes
und Jon Iringa geheiratet haben. Sonst nichts."

„Was ist daran so besonders?"

„Das Besondere ist, dass dieser Hochzeitsvermerk der einzige unter tausend anderen war, in dem weder der Mädchenname der Frau,
Geburts- oder Wohnort des Paares oder der durchführende Falkenaut genannt wurde. Damit bin ich zu meinem Vater gegangen. Und
er…"

„Was hat er getan?"

Fridas Stimme zitterte. „Er riss mir das Papier aus der Hand und warf es in den Ofen. Als ich es wieder rausholen wollte, hielt er mich fest. Wir kämpften und mein Vater schlug mich mit der flachen Hand. Da habe ich das Haus verlassen."

Den Mund seltsam verzerrt sah Samuel auf.

„Hast du dich eines Tages gefragt, ob dein Vater es war?"

Heftig zuckte Frida zusammen. Dieser Graufell war schlau und feinfühlig. Sie musste sich in Acht nehmen. „Natürlich. Oft. Aber die Antwort ist einfach. Wenn Jon meine Mutter geliebt hat, dann hat er sie nicht getötet."

„Und er liebte sie?"

„Ja."

Still saßen beide nebeneinander da. Samuel wagte offenbar nicht, weiter zu fragen oder er hatte das Interesse verloren. Eine Zeitlang schloss er die Augen und schien zu schlafen. Leise rauschte der Fluss Aphel und verbreitete seinen beißenden Geruch.

„Du willst deinen Vater befreien, ja?", fragte Samuel plötzlich unter geschlossenen Lidern. Frida nickte schwerfällig. Ihre Schläfen begannen dumpf zu pochen. Da war er, der nächste Schritt. Dieser Graufell hatte ihn einfach ausgesprochen. Ihren Vater befreien, ja, das war der nächste Schritt.

„Und du willst wissen, wer deine Mutter getötet hat? Und du musst beweisen, dass du nicht deinen Freund angegriffen hast. Das ist viel. Das ist Großes, nicht einfach. Vielleicht helfe ich dir."

Überrascht sah Frida den Graufell an.

„Warum solltest du das tun?", fragte sie feindselig. Und, nach einer Pause: „Wer bist du?"

„Ich bin…", Samuel grinste. „Nur ein Graufell. Ein armer Südländer, der sich viel erhofft hat in der Stadt aus Gold und Edelsteinen und der gescheitert ist. Der große Dogan hat mir aber eine Gabe geschenkt, weißt du. Die Menschen erzählen mir zu viel. Das ist gut für mich und schlecht für die Menschen."

Er streckte seine Zunge heraus und verdrehte die Augen. Frida schreckte zurück. Wieder brach der Graufell in lautes Lachen aus, stand auf und sagte:

„Du magst meine Witze nicht. Ich gehe jetzt, komme später zurück. Bleib in der Nähe." Dann lief er davon.

Vorsichtig richtete sich Frida auf. Wie abrupt er das Gespräch beendet hatte. Frida wunderte sich über ihn. Dieser Graufell war grotesk aber intelligent. Frida war überzeugt davon, dass er seine helle Freude hatte an ihr und dem, was ihr passiert war. Wie ernst hatte er die letzten Worte gemeint? Vielleicht verkaufte er sie an die Stadtwache. Deshalb war er so plötzlich gegangen. Ja, vielleicht… Es war besser, wenn sie ein Stück fortging. Sie konnte sich alleine durchschlagen. Aber ihr Kopf tat weh, es war heiß und es stank.

„Mir wird übel werden", dachte sie. „Was für ein vom Dogan verfluchter Schnaps."

Sie ging langsam zum Flussufer. Hier, im Westen der Unterstadt, war der Fluss verseucht von allen denkbaren Abwässern. Die ekelhafte Brühe der Gerbereinen verdarb alles Leben im Fluss und er würde dampfend und dreckig in das viele Meilen entfernte Meer fließen. Zum ersten Mal fragte Frida sich, ob die Menschen, die noch westlicher am Meer lebten, sauberes Wasser bekommen konnten. Frida kannte nur Litho. Niemals hatte sie diese Stadt verlassen. Aber jetzt, wenn sie darüber nachdachte, wo ihre Mutter geboren sein mochte, wohin der Aphel floss oder wie ein Meer aussah, kam ihr die große Stadt Litho klein vor. Sie dachte an David im Heilerhaus und an Jon, der irgendwo hin verschleppt wurde, für etwas, das er nicht getan hatte und womit er nicht das Geringste zu tun hatte. Sie dachte an den jungen Leo und seine Bande, die nun ohne sie weiter

Berta vernehmlich, die ihren Onkel nicht aus den Augen gelassen hatte. Sie warf ihren Hut mit den blauen Bändern auf den Boden, stellte die Fußspitzen auf den Stuhl ihres Vordermanns, richtete die Puppe auf ihrem Schoß aus und begann, sich neugierig umzusehen. Edgar Vonnegut murmelte ein paar strafende Worte und versuchte, sich nach dem Hut zu bücken. Schließlich gab er seufzend auf und tat es Berta gleich.

Dieser Morgen war… anders. Edgar hatte es bemerkt und wie hätte er es auch nicht bemerken sollen. Schon in dem Augenblick als er mit seinem nagelneuen Automobil in den Tempelhof eingefahren war, sah er es. Die gesamte Oberstadt hatte beschlossen heute zur Predigt zu erscheinen. Edgar wusste, die Gerüchte, die waren schuld. Das Gerede, die Sensationsgier und der Wunsch, es wie Besorgnis aussehen zu lassen. Aber Oberstädter machen sich äußerst selten Sorgen. Warum sollten sie auch? Konnte doch niemand Sicherheit in Gefahr bringen, die von zentnerweise Diamanten und Stacheldraht geschützt wurde. Edgars Augen schweiften umher. Erste Reihe, das Haus Sternberg mit Zia, Tochter und Gefolge. Daneben Marciella von Bahlow, die vollständig verschleiert war und, wie Edgar feststellte, ohne Großmutter Lyssa und Tochter Falka. Ganz in der Nähe die reiche Tänzerin Eleonora Bonadimani. Links außen der komplette Stadtrat mit Familien aufgereiht: Präsidentenfamilie Caspote, Magritte, Cixous und… *Verdammmich Dogan*, dachte Edgar. *Mendax der elende Dreckwühler*! Adam Rothaar war nicht zu sehen und auch seine Frau nicht. Eigentlich niemand aus dem Haus. Edgar spürte ein kurzes Gefühl der Besorgnis. Konnte an dem Gerücht etwas dran sein, welches ihm heute vom Dienstmädchen mit der Milch überbracht wurde, dass Rothaars eigener Sohn genau in dieser Nacht…

In diesem Moment trat ein großer, hagerer Falkenaut auf den Steinblock in dem Wasserbassin. Er war barfuß und trug eine Kette um den Hals, an der eine einzelne weiße Feder befestigt war. Die Menge verstummte, nur um kurz darauf wieder in erregtes Murmeln auszubrechen.

Wo ist der Tempelherr, dachte Edgar, *warum dieser einfache Falkenaut? Stimmt es, hat er die Stadt verlassen?*

Der Falkenaut hob eine Hand und das Durcheinander erstarb. Sein ruhiger Blick wanderte über die Stuhlreihen.

„Anhänger des Dogan, Zirkel der Wahrheit, Lithoaner, hört, was das heilige Buch Ga'an über den Beginn der Welten sagt."

Dogan, nicht das, dachte Edgar, *heute wo Berta hier ist, Ruth wird mich umbringen…*

„Am Anfang war Stille und eisige Todeskälte. Es gab keinen Horizont und keine Erde, die an den Himmel grenzte. Aber aus der Stille erhob sich der mächtige Himmelsfalke Dogan. Der Raum breitete sich vor ihm aus und die Zeit maß sich an seinem Flügelschlag. Auf verborgenen Wegen durchstreifte er die Sphären und erschuf so den Himmel. Denn dort, wo er war, begann alles zu sein. Da sah er unter sich zwei neugeborene Zwillingssterne und ein Himmelssturm erhob sich, fuhr durch das silbermatte Gefieder des Falken. Und Dogan wusste, hier sollte das Leben beginnen. Als der Sturm sich legte, fielen vom Himmel zwei Federn auf die Sterne. Eine schwarze und eine weiße Feder. Ein Raunen ging durch die Sphären. Und die dunklen Wesen begannen, auf dem schwarzen Planeten Do'on zu leben und die erleuchteten Wesen kamen und taten ihre ersten Atemzüge auf dem weißen Planeten Ga'an.

Der Himmelsfalke sah das Leben. Getragen auf den ersten Sonnenstrahlen flog er weiter. Die Wesen der beiden Sterne vergaßen den Falken nie und sie lebten die Wege ihres Lebens nach dem, was er ihnen gegeben hatte. Do'on die Zauberei und Ga'an die Weisheit. Dieses Wunder wurde verkündet von den Ergrauten und so wurde es zum Zeugnis vom Beginn des Lebens."

In der Halle war es ruhig geworden und Edgar Vonnegut rutschte ungemütlich auf seinem Platz herum. Die Sache gefiel ihm gar nicht, vor allem wegen Berta.

„Die Wesen der Sterne lebten friedlich nebeneinander und gingen ihre eigenen Wege des Dogan. Bis zu dem Tag, an dem der Herr von Ga'an dem Wissenschaftler Asis befahl, ein Teleskop zu bauen, um den Falken am Himmel sehen zu können. Asis tat wie ihm geheißen und er schaute lange hinaus, doch den Falken fand er nicht. Als er müde wurde, die Sterne zu betrachten, wurde er von Neugier gepackt und sah hinüber zu dem Stern Do'on, um zu erfahren, was sie täten um dem Falken gefällig zu sein. Und da erblickte er die listige Hexe Yetunde, die von großer Schönheit war. Und Asis begehrte sie von diesem Augenblick an. Er baute einen mechanischen Falken, welcher ihn nach Do'on zu Yetunde bringen sollte. Es gelang, er flog hinüber und trat Yetunde gegenüber und sie erwiderte seine Liebe. Und ihre Liebe brachte Kinder hervor.

Die Wesen der Zwillingssterne wussten nicht was mit den Kindern zu tun sei, auf welchen Weg des Lebens sie sich begeben sollten, trugen sie doch beide Wege in sich. So beschlossen sie, mithilfe der Zauberei und des Wissens einen dritten Stern zu schaffen, auf dem diese Kinder leben sollten, bis sie ihren Weg gefunden hatten. Und so schufen sie die Welt und brachten ihre Kinder dort hin. Und sie nannten sie Menschen. Sie gaben ihnen ein Buch, das sie den Dogan nannten. Darin war der Weg des Do'on und der Weg des Ga'an geschrieben. Sie versprachen, ihre Kinder zurückzuholen, wenn sie bereit wären. Und die ersten Menschen schlugen den Weg des Do'on ein, denn er war mächtig und verheißungsvoll."

Der Falkenaut räusperte sich mehrmals. Aus den Augenwinkeln sah Edgar Vonnegut zu seiner kleinen Nichte hin, die mit leuchtenden Augen an den Lippen des Falkenauten hing. Sie umklammerte ihre hässliche Stoffpuppe, die einen verrutschten Strohhut trug und dümmlich grinste.

Tausend schwache Punkte, dachte Edgar Vonnegut und sein methodischer Geist rebellierte. *Woher kam der Falke? Und wie viele Kinder hatten Asis und Yetunde, damit sie einen ganzen Planeten bevölkern konnten? Der Do'on ist hier deutlich plausibler, wenn er von drei heiligen Kindern spricht. Und von den Fängern sagt dieser Prediger kein Wort – so als würde nicht die Hälfte von Litho von ihnen sprechen. Elender Schwachsinn und Berta wird daran glauben.*

„Doch die Menschen missbrauchten den Weg. Sie kannten keine Mäßigung. Hass beherrschte die Welt. Riesige Reiche wurden geschaffen und die Menschen machten sich Himmelswesen zu Untertan, feuerspuckende, grauenhafte Flugmonster mit Hornpanzern, Dämonen und Geister. Manche Menschen wurden von der Zauberei übermannt und verwandelten sich in bösartige Flügelwesen. Schreckliche Kriege zerstörten unsere Welt. Der Himmel war erleuchtet von meilenhohen Feuern. Tod und Verderben herrschte über uns. Dann wurden die Meere schwarz und verschluckten Schiffe und Kreaturen und die Zeit begann sich zu krümmen. Ein großer Krieg entbrannte unter den Hexenvölkern. In der hundertjährigen Schlacht von Harmadon starben tausende von Menschen auf die schlimmsten Weisen. Als Yetunde sah, was aus ihren Kindern geworden war, schrie sie voller Schmerz. Alle Wesen, auch der Himmelsfalke, weinten. Am nächsten Morgen ging Yetunde und brach mit ihren bloßen Händen Steine aus der Erde Do'ons. Der Zorn der Hexe war groß. Sie schleuderte die schwarzen Steine auf die Welt, um ihre Kinder zu vernichten."

Stummes Entsetzen folgte auf die Rede des Falkenauten und Edgar sah, dass Berta kerzengerade und mit offenem Mund saß. Ihr Kindergesicht war bleich geworden, Angst stand darin geschrieben. Die Puppe war ihr aus den Händen geglitten und zu Boden gefallen. Mühevoll hob Edgar sie wieder auf. *Geistergeschichten*, dachte er wütend, doch er konnte, er durfte nichts sagen.

Der Falkenaut fuhr fort:

„So steht es in den Schriften Ga'ans geschrieben. Nur wenige Menschen überlebten diese jammervolle Tat. Unter ihnen waren drei Krieger aus dem letzten Reich. Sie nahmen die ihnen verbliebenen vertrauenswürdigen Gefährten, bestiegen große Schiffe und verließen den Kontinent. Sie nahmen das Buch Dogan, rissen alle Seiten vom Weg des Do'on heraus und warfen sie ins Meer. Sie schworen, von nun an den Weg des Ga'an zu folgen und verbannten die Zauberei aus der Welt. Als sie den Inselkontinent Asthenos erreichten, trennten sie sich: Einer ging in den Norden, einer blieb im Süden und einer, König Vento, ließ sich mit seiner Frau Königin Eira in der Mitte des Landes am Fluss Aphel nieder und gründete die freie Stadt Litho. Von diesem Tag an hatte ein neues Zeitalter unter den Menschen begonnen. Wir, Lithoaner, müssen dafür sorgen, dass der Weg des Ga'an weiterbesteht und jede Ketzerei zerstört wird. Denn sie ist gefährlich und bedeutet den Tod!"

„Was du nicht sagst", murmelte Edgar leise.

Eine halbe Stunde später stand Edgar Vonnegut vor seinem Automobil und mühte sich, mit schwitzigen Fingern den Schlüssel in das Schloss der Fahrertür zu zwängen. Berta hielt sich an seinem freien Arm fest und Edgar leierte immer dieselben Worte auf und ab:

„Das war nur eine Geschichte, Berta. Es gibt keine feuerspuckenden Flugmonster!"

„Aber", wandte Berta heulend ein. „Der Falkenaut hat gesagt, die gibt es!"

Edgar verfluchte innerlich den Falkenaut und den ganzen Mist, der im Dogan stand. „Ja, das sagt er, weil er daran glaubt. Aber nicht alles, woran Leute so glauben ist wahr. Schau, Tante Ruth glaubt, dass wenn sie nicht jeden Abend eine Schale Milch vor die Tür stellt, Wichtel kommen und das Haus verwüsten. Sie hat's schon so oft vergessen und gar nichts ist passiert!"

Berta schien kurz darüber nachzudenken.

„Aber", bohrte sie hartnäckig weiter. „Falkenauten lügen niemals!"

„Doch, manchmal schon…", sagte Edgar ohne nachzudenken.

„Glauben Sie, Vonnegut?"

Edgar zuckte zusammen. Klirrend fiel der Schlüssel auf den Kies. Langsam drehte er sich um.

„Oh", grüßte Edgar verstimmt. „Herr Mendax."

Der Herr des Hauses Mendax, der das Varieté Oberstadt gebaut hatte und außerdem einige Theater und Lichtspielhäuser betrieb, stand breit grinsend hinter Edgar und Berta.

Er war ein Mitglied des Stadtrates und in der Oberstadt genauso berühmt wie gefürchtet. Man hielt es für das Beste, sich von Mendax möglichst fern zu halten. Vielleicht rührte diese Angst daher, dass Mendax, der über alle Vorgänge in seinen Vergnügungsetablissements genau Bescheid wusste, über das Privatleben vieler Oberstädter delikate Details angesammelt hatte. Natürlich sprach er nie davon. Keiner wunderte sich, wie es dem armen und unbekannten Gehilfen einer Schaustellerfamilie aus dem Südland innerhalb von wenigen Jahren gelungen war, zum reichsten und mächtigsten

Mann in Litho zu werden. Mendax war groß und schmal. Meist war er nach der neuesten Mode gekleidet. Heute trug er einen langen, grünen Mantel, einen schwarzen Zylinder und einen Stock mit einem silbernen Falkenkopf. Sein Gesicht erinnerte Edgar an einen Pantomimen, wegen der Blässe, dem breiten Mund und den schwarzen, blitzenden Augen. Er glich – so kam es Edgar an jenem Morgen vor – viel eher einer Figur aus dem Theater als einem realen Menschen. Wie gewöhnlich sprach er langsam und amüsiert:

„Ein Ratsherr der den Dogan in Frage stellt… Netter Skandal, wie? Hoffentlich hat das niemand gehört."

Er lachte, nahm seinen Zylinder ab und sah Berta an, die verweint hinter Edgar stand und seine Hand hielt.

„Ich habe nicht den Dogan in Frage gestellt, sondern die Falkenauten", sagte Edgar schwach.

„Das ist durchaus dasselbe!"

Mendax sah ausgesprochen fröhlich aus und schwieg. Edgar ärgerte sich. Wenn er nur gewartet hätte, bis sie im Auto saßen. Dann hätte er abfällig über den Dogan sprechen können und niemand hätte es mitbekommen. Mendax… Aber es passte. Mendax war immer zur richtigen Zeit am richtigen Ort.

„Was willst du von mir?", fragte Edgar ungehalten.

Endlich wandte Mendax den Blick ab und es schien als gelte seine Aufmerksamkeit plötzlich kilometerweit entfernten Dingen.

„Genau wie du, lieber Edgar, habe ich mir die Frage gestellt, was an den… sagen wir, Märchen dran ist, die hier herumgeistern."

„Ich weiß nicht mehr als du auch."

Mendax Mundwinkel krümmten sich etwas nach unten, doch Edgar hatte nicht den Eindruck, dass seine Laune sich verschlechtert hätte.

„Da haben wir einen ermordeten Falkenaut und einen, der abgehauen ist. Der Tempelherr wurde seit mindestens einer Woche nicht mehr in Litho gesehen. Und dann diese haarsträubende Geschichte mit Adam Rothaars Sohn. Die Oberstadt wird unruhig, mein Freund."

Edgar bemühte sich, tief durchzuatmen.

„In Litho werden ständig Leute angegriffen. Und getötet. So ist das Leben."

Ein Leuchten ging über Mendax Gesicht, als hätte Edgar endlich den Punkt getroffen, an den er gelangen wollte.

„Natürlich! Ja! Das ist Litho! Aber für gewöhnlich sind das Graufelle oder Unterstädter. Jedoch ein Falkenaut und der Sohn eines Ratsherrn… Ich denke, das hatten wir seit *vierzig Jahren* nicht mehr."

Die Blicke der beiden Männer trafen sich. Edgar erbleichte und flehte zu allen Göttern, Falken und Wichteln, dass er es schaffen würde, sein Gesicht unter Kontrolle zu halten. Was wusste Mendax? Der Herr des mächtigen Hauses drehte sich mit einem kurzen Gruß und einem strahlenden Lächeln um und spazierte davon.

Edgar blieb fassungslos stehen und sah ihm nach. Gedanken rasten an ihm vorbei, Erinnerungen, dunkle Vorahnungen. *Wenn ich nur wüsste*, grübelte Edgar, *wo er steckt…* Eine kleine angstvolle Stimme neben ihm riss ihn aus seiner Erstarrung.

„Werde ich auch getötet?"

Verdammte Yetunde, Ruth wird mich bei lebendigem Leib häuten, dachte Edgar.

Im Raum des Schweigens

Als Aki am nächsten Morgen erwachte, war die Sonne schon aufgegangen. Das Haus war still und ihn hatte die beginnende Hitze des Dachbodens geweckt. Bevor er es wagte, das Haus zu verlassen, stand er lange am Fenster und sah hinüber zu seinem Lagerhaus. Erst als er sich sicher war, dass dort keiner wartete und niemand in der Umgebung ihn beobachtete, ging er auf Zehenspitzen und geduckt die Treppen hinunter. Er verharrte für einen kurzen Moment vor der Kammer des Mädchens mit den Locken. Aki konnte wieder keine Menschenseele wahrnehmen und verließ das Haus. So schnell er konnte und, wie er hoffte, ohne zu verdächtig auszusehen, lief er davon. Er ließ die Straße hinter sich, das Viertel und ging nach Südwesten. Vage erinnerte er sich, dass dort eines der beiden wichtigsten Stadttore sein musste von dem Raik sehr oft gesprochen hatte. Vielleicht hatte jemand Raik dort gesehen. Einen anderen Plan hatte Aki nicht. Das Lagerhaus, in dem Aki gelebt hatte lag nahe am Hafenviertel. Nicht weit vom Aphel entfernt. Und das Viertel im Südwesten der Unterstadt, dass er mehr durch Glück als Verstand am späten Vormittag erreichte, war einzigartig in Litho. Es war das Viertel der Händler und es trug einen eigenen Namen: Govina.

Schon die Straßen in Govina waren anders als im restlichen Litho. Während das Hafenviertel von einem geradlinigen Wegeverlauf durchzogen war und sich diagonal und parallel am Verlauf des Aphels orientierte, hatte das Straßenmuster in Govina keinen erkennbaren Sinn. Die Wege zogen sich krumm und verschachtelt durch ein Meer von ebenso krummen und verschachtelten Häusern. Manche Straßen waren gepflastert, andere waren nur aus fest gestampfter Erde. Doch damit nicht genug: Die Häuser in Govina waren viele Stockwerke höher als im Hafenviertel. Und so hatten die Bewohner

Stege und Brücken hoch über dem Boden gebaut. Wenn man nach oben sah, so blickte man auf ein Gewirr von Hängebrücken, die knarrten und schwankten und sich bogen. Überall standen Wegweiser, die in jede erdenkliche Richtung weisen konnten, auch senkrecht nach oben: – *USMANI Litho-U. Öle Stoffe Gewürze. Alles halber Preis NUR JETZT! – Vierter Stock, Haus Schaar, blaue Treppe*. Zwischen den Häusern und Brücken waren Seile aufgespannt, an denen bunte Wäsche trocknete. Die Bewohner liefen aufgescheucht durcheinander, als gäbe es in ihrem Leben keinen Platz für Ruhe und Bedacht. Aki drehte den Kopf hin und her und versuchte, möglichst viel auf einmal zu sehen. Er war sich sicher, dass, von allen Orten in Litho, Govina derjenige war, an dem man ihn am wenigsten finden und verfolgen konnte. Die Menschen liefen von einem Laden zum anderen. Die Frauen trugen schwere Körbe. Auf offener Straße wurde gezankt und gefeilscht. Um einen dicken kahlen Mann herum hatte sich eine kleine Menge versammelt und seine leiernde Stimme dröhnte zwischen den aufgeregten Worten der anderen hindurch: „Stählerne Messer, gute Messer, scharf, für alles stabil, unzerbrechlich, zum Schneiden, Kochen, Halsabschneiden! Nur hier, nur heute, nur jetzt für Sie an den Höchstbietenden, drei Silbermünzen Mindestgebot! Leute, kauft nur heute, nur jetzt…"

Es gab nichts, was es nicht zu kaufen gab. Handel um Handel, Geschäfte und Läden für Essen, Kleider, Schmuck, Waffen, Möbel, Teppiche, Bücher, Lampen, Parfum, Gerätschaften, Überfluss. Niemals hatte Aki so etwas zuvor gesehen. Mit offenem Mund ging er die Straße entlang. Hie und da wurde er von Vorbeihastenden angerempelt.

An einer Straßenkreuzung hatte sich eine größere Menschentraube gebildet. In der Mitte standen zwei Männer. Der eine war splitterfasernackt, nur die Schuhe hatte er an den Füßen. Der andere hielt eine in der Sonne glänzende und reflektierende Rolle hoch, damit jeder sie sehen konnte. Die Frauen in der ersten Reihe kreischten, kicherten und johlten, die Männer stießen höhnische Rufe aus.

„Gnä' Weiber und sonstiches Gesindel, hier präsentiere ich Ihnen die neueste und allerwunderlichste Erfindung unserer Maschinenfabriken, ein Stoff, der gar keiner is', eine Substanz so wandlungsfähich wie die Kleider der gnä' Eheweiber aus der Oberstadt, in seiner Wirkung scheinbar gar nich' da, durchsichtich wie der Aphel an der Quelle im Perihel. Aber nich' flüssich, sondern erstarrt und glatt wie Eis. N' Stoff, den Se in der Natur und an der Haut keines Tieres nich' wiederfinden werden, is' er von unseren Maschinen erschaffen und kann in jede beliebiche Form gepresst und gegossen werd'n. Und wie ist der Name von ebendessen jenem neuen Wunderstoff? Die Wissenschaft nennt ihn – Plastich!"

Kreischender Beifall erhob sich. Sodann schritt der Anpreiser zu dem nackten Mann, dessen weiße Haut an den empfindlichen Stellen schon rot wurde, weil die Sonne ungehindert auf ihn niederbrannte. Als ob er einen Verband an einen Verwundeten anlegen wollte, begann der Anpreiser, den Nackten in das Plastik einzuwickeln. Rundherum um den Leib, die Arme an den Körper gepresst, die Beine zusammengebunden. Schon bald begann der arme Mann zu schwitzen und zu taumeln. Er erweckte den Anschein einer glänzenden, wässrigen Presswurst. Der Kopf lief puterrot an. Unter dem Gelächter der Zuschauer fiel er bald um wie ein gefällter Baum und rollte einige Schritte zur Seite.

„Auswickeln, auswickeln!", intonierten da die ersten und einige Burschen packten den Schausteller, um ihm beim Ausrollen einen gehörigen Drehwurm zu verpassen.

Aki wandte sich ab und ging weiter die Straße hinunter. Er wusste nicht, was er tun sollte. Zunächst galt es, mögliche Verfolger abzuschütteln. Er brauchte einen sicheren Schlafplatz, Essen. Er musste sein Aussehen verändern und sich einen Umhang besorgen oder etwas in der Art. Und dann Raik suchen. Genau an diesem Punkt verschwammen seine Überlegungen im Nebel. Wie nur? Wo mit der Suche beginnen? Oder sollte er sich lieber an den Kerl mit den Tätowierungen halten? Nein, er wusste es nicht. Noch nicht.

Bald erreichte er einen engen Kanal, der vom Aphel abgeleitet wurde. Etwa zwei Meter über dem Wasser erhob sich eine schmale Brücke aus Stein. Links und rechts gab es kein Geländer. Die Fußgänger drängten sich in einem Pulk durch die Mitte, bemüht, nicht in die Nähe des Randes zu kommen. Aki wurde von einem alten Mann energisch an die Seite gedrängt. Aus den Augenwinkeln nahm Aki ein Mädchen wahr, das mit dem Rücken zu den Passanten am äußersten Rand der Brücke stand und offenbar in das Wasser zu ihren Füßen starrte. Aki wurde weiter auf sie zu geschoben. Er lehnte sich weit in die Mitte der Brücke, drückte sich, so gut er konnte, gegen den alten Mann, um nicht mit dem Mädchen zusammenzustoßen. Er ging an ihr vorbei, zwischen ihrem Rücken und seinem Ellbogen zwei Handbreit Platz. Aki berührte sie nicht. Für einen kurzen Augenblick war er sich sicher, dass er unbeschadet an ihr vorbeigekommen war. Aki erstarrte, als sie einen schrillen, überraschten Schrei ausstieß, mit den Armen ruderte und kopfüber mit einem lauten *Platsch* in das Wasser fiel. Jeder auf der Brücke blieb stehen. Einige traten an den Rand und sahen hinunter. Von dort, wo das Mädchen in das Wasser eingetaucht war, waberten große wellige Kreise bis an die Kanalwände. Fassungslos stand Aki da. Und spürte den Blick des alten Mannes im Rücken. Rasch wandte er den Kopf. Der alte Mann starrte wiederum Aki an und nach einigen Sekunden der erwartungsvollen, angespannten Stille erhob sich seine

Stimme anklagend. Den Finger auf Aki gerichtet schrie er: „Du! Du hast sie gestoßen!"

Alle Köpfe wandten sich zu Aki. Augenpaare verengten sich und feindseliges Geflüster ertönte.

„Ich? Was… nein, ich habe nicht…", stammelte Aki. Zwei Burschen traten drohend einen Schritt auf ihn zu. Verzweifelt ging Aki in die Knie und starrte in den Kanal. Das Mädchen war nicht aufgetaucht.

„Mörder!", kreischte eine Stimme hinter ihm.

„Warum tut denn keiner was?", polterte der alte Mann. „Fasst ihn!"

Fasst ihn, dachte Aki erzürnt, *ist das das Einzige, was euch einfällt? Ich habe da eine bessere Idee.*

Und mit diesem Gedanken sprang Aki von der Brücke, dem Mädchen hinterher. Das Wasser verschlang ihn und als er eingetaucht war, erschlug ihn die Kälte des Kanals, flutete schmerzhaft in seinen Kopf und presste die Luft aus seiner Lunge. Eine klare Erkenntnis drang sich ihm auf: Wer nicht zufällig am Wasser aufgewachsen ist, kann nicht gut schwimmen. Aki hatte noch niemals größere Gewässer aus der Nähe gesehen. Er strampelte verzweifelt mit den Beinen und fühlte, dass er immer noch seinen Beutel um die Schulter geschnallt hatte. Der ihn rückwärts hinunter. Aki kämpfte mit den Riemen, trat wild um sich, um an die Oberfläche zu kommen. Die Kälte machte es ihm unmöglich, seine Finger richtig zu bewegen. Er schaffte es nicht, den Beutel abzustreifen. Er würde ertrinken, hier in diesem verdammten Kanal. Schwarze Punkte tanzten vor seinen Augen.

Eine kalte Hand berührte Akis Kopf, tastete über seine Haare, suchte und fand den Beutel. Mit einer unbeschreiblichen Wucht wurde er nach oben gezogen. Sein Kopf durchbrach die Oberfläche und der erste Atemzug kam fast wie ein Schrei von seinen Lippen. Hustend und keuchend ruderte er mit den Armen, suchte Halt. Jemand hielt ihn mit Gewalt an der Oberfläche.

„Alles in Ordnung! Mir geht's gut! War nicht seine Schuld!", schrie jemand neben ihm. Und da sah er den Arm, der seinen Beutel gepackt hielt und das Mädchen, das am Ende des Armes schwamm, mit der freien Hand ruhige Halbkreise rudernd. Dunkle Haarsträhnen klebten in ihrem Gesicht. Dann schwamm sie weiter, Aki fest umklammernd, bis an den Rand des Kanals. Eingemauerte Stahlringe bildeten eine Treppe nach oben. Sie schob Aki dort hin. Er griff nach dem ersten Ring und zog sich hoch, während das Mädchen mühelos seinen Beutel hinter ihm herschob.

„Los, mach schneller. Mir ist kalt!", rief sie.

Mit zitternden Fingern und steifen Knien quälte sich Aki die provisorische Treppe hinauf und brach, als er oben angelangt war, auf dem Boden zusammen. Das Mädchen folgte ihm.

„Ich war's nicht", waren die ersten Worte, die Aki herauspresste, mit dem Gesicht auf den schmutzigen Steinen. „Habe dich nicht gestoßen, ehrlich nicht."

Er richtete sich auf. Das Mädchen saß neben ihm auf den Boden und wrang ihre dunklen Haare aus, die, wie Aki jetzt sah, bis zu ihrem Bauch reichten. Sie war dunkel und mochte aus dem Südland stammen.

„Weiß schon", sagte sie, ihn nicht aus den Augen lassend. Ihr Blick taxierte ihn und es schien, als könne sie nicht begreifen, was sie sah. Das lange, ausgeblichene Gewand klebte an ihr und von der schwarzen Strickjacke, die sie darüber trug tropfte es geräuschvoll auf den Boden.

„Gestoßen hast du mich nicht."

Sie sagte das so, als möge sie es nicht gerne zugeben oder als zweifelte sie daran. „Wer bist du?", fragte sie.

Verwirrt sah Aki sich um. Die meisten Menschen auf der Brücke waren weitergegangen, ein paar standen noch da und sahen herüber, zeigten auf ihn.

„Aki… Aki aus Jordengard. Genannt Wegemeistersohn", flüsterte er. Das Mädchen riss die Augen weit auf und nickte mehrmals in sich versunken.

„Du… mit dir alles in Ordnung?", fragte er.

Belustigt nickte sie wieder. Dann legte sie den Kopf zur Seite als wolle sie ihn aus einer anderen Perspektive betrachten. Aki fühlte sich nass, kalt, ungerecht behandelt und zunehmend ungeduldiger.

„Ja… ja…", stammelte er. „Dann geh ich mal weiter, wie?"

„Was?", fragte sie, als hätte sie nicht zugehört. „Nein!"

„Wieso nicht?"

Ihre Augen waren weit aufgerissen, die Augenbrauen bildeten eine gerade Linie. Stumm saß sie da wie jemand, der nicht fassen konnte, was vor sich ging.

„Vielleicht hast du einen Schock?", zweifelte Aki und bewegte die Hand vor ihrem Gesicht hin und her. Blitzschnell packte das Mädchen sein Handgelenk. „Oh nein… das nicht", sagte sie und lächelte. Ihr Lächeln wurde immer breiter, diebisch.

Sie hat den Mund wie Raik, dachte Aki, *sie lächelt genauso schief, ist das nicht irrsinnig?*

„Bring mich nach Hause", forderte sie.

„Was?"

„Bring mich nach Hause!" Sie fuhr fort wie jemand, dem ein guter Einfall gekommen war. „Du kannst doch nicht eine junge Frau, durchnässt bis auf die Knochen, knapp dem Tod entronnen, alles durch deine Schuld, alleine nach Hause schicken?"

„Ja wie… ich meine, nein… wieso meine Schuld?", klagte Aki. „Du hast zugegeben, dass ich dich nicht gestoßen hab!"

Er befreite sich von ihrem festen Griff um sein Handgelenk.

„Ja, du hast mich nicht gestoßen aber deine Schuld war's trotzdem!"

Sie stand auf.

„Ich…", setzte Aki an, wurde aber unterbrochen. Eine ältere Frau, um die vierzig, rund wie ein Fass, war zu ihnen getreten und hielt einen großen Salatkopf drohend in der Hand.

„Heda, Frollein, will der was von dir?"

„Nein, nein, er bringt mich jetzt nach Hause", erwiderte das Mädchen freundlich.

„Na dann…", knurrte die dicke Frau und beäugte Aki misstrauisch.

„Los komm, steh auf, wir gehen!", flüsterte das Mädchen zu Aki, der verdattert auf die Beine kam, nach seinem triefenden, schweren Beutel griff und sich fortzerren ließ, als sei jeglicher Widerstand im Aphel ertränkt worden.

Das Mädchen, dessen Name Esra war, zog Aki über eine der wackeligen Holzbrücken viele Meter über dem Boden. Aki hatte völlig die Orientierung verloren. Unter ihnen drängelten sich die Menschen durch die gewundenen Gassen von Govina.

„Wohin gehen wir?", hatte Aki sie gefragt.

„Zum Haus Liga", hatte Esra geantwortet und seitdem hatte sie nichts mehr gesagt. Die heiße Mittagssonne trocknete Akis nasse Kleider und sein Misstrauen gegenüber dem seltsamen Mädchen, das ihn zielstrebig fortzerrte, wuchs. Dringend wollte er in Govina nach Raik suchen und zu dem Stadttor gehen, von dem er erzählt hatte. Spuren finden, die ihm sagen konnten, wo sein Freund jetzt war und was ihm zugestoßen sein mochte. Diese Esra durchkreuzte seine Pläne.

Vielleicht, dachte Aki, *wär es das Beste, ihr einfach von hinten eins überzubraten und zu verschwinden.*

Sie hatte doch schon zugegeben, dass er sie nicht in den Kanal gestoßen hatte. War es wirklich notwendig, sie zu ihrem Haus zu begleiten und zornigen Eltern und Brüdern Rede und Antwort zu stehen, warum Esra wie eine ersoffene Ratte aussah? Andererseits hatte sie ihn aus dem Kanal gezogen, in dem er auf jeden Fall ertrunken wäre. Und außerdem brächte er es ohnehin nicht über das Herz, ein entschlossenes Mädchen zu enttäuschen.

Du hast andere Probleme, drang es in seine Erinnerung. Doch er kam nicht mehr dazu, einen Entschluss zu fassen.

„Da sind wir!", erklärte Esra.

Am Ende der Brücke erreichten sie eine Art große, schwindelerregende Terrasse aus Balken und Brettern, die an den vierten Stock eines Sandsteinhauses grenzte. Von dort aus führten zwei weitere Hängebrücken zu anderen Häusern und eine Wendeltreppe wies nach unten. Es gab keine Fenster in das Haus hinein, nur eine massive Tür aus dunklem Holz. Die war geschlossen. Kein Schild und kein Wegweiser erklärten, wer dort lebte. Esra trat zu der Tür und klopfte. Daraufhin öffnete sich eine Klappe von der Größe eines Taschentuchs in Augenhöhe. Überrascht und neugierig trat Aki einen Schritt näher. Dahinter war ein Gitter zu sehen und ein blassblaues Auge unter buschigen Augenbrauen.

„Tag, Väterchen", sprach Esra hinein. „Ich komme auf Besuch und bringe einen Freund mit."

Die Klappe schlug zu. Kurz geschah gar nichts, dann hörte Aki zahlreiche Schlösser klicken, die Tür öffnete sich einen Spalt und Esra schob Aki unsanft hinein. Bevor Aki sich in dem dunklen

Raum zurechtfinden konnte, schlug die Tür schon hinter ihnen zu. Schlösser klickten und ein Riegel wurde vorgeschoben. Sie standen in einem kleinen Zimmer, das wie das Empfangszimmer eines Hotels der untersten Klasse aussah. An der Wand war ein Tresen und hinter ihm stand ein Knabe von vielleicht sechzehn Jahren, das Gesicht voller Pockennarben. Vor ihm lag ein Buch. Es standen einige alte Stühle vor hölzernen Tischen, an der Decke baumelte eine staubige grüne Glaslampe. Das war alles. Es gab keine Fenster in den kahlen Wänden.

„Willkommen, Esra und Freund."

Aki drehte sich erschrocken herum. An der Tür stand ein großer, glatzköpfiger Mann, der Aki sofort unsympathisch war. Das eine Auge schimmerte blassblau unter mächtigen Augenbrauen, das andere war rot unterlaufen und schielte. Außerdem roch er eindeutig nach Schnaps.

„Hallo, Väterchen." Esra lächelte und sagte zu Aki: „Das hier ist Väterchen. Ich habe leider nie seinen richtigen Namen erfahren. Aber es ist besser so."

Väterchen nickte Aki grimmig zu. Aki schluckte.

„Was kann ich für euch tun?", fragte Väterchen leise.

„Wir hätten da gerne einen Raum des Schweigens."

„W…w… was hast du vor?", stammelte Aki erschrocken.

Väterchen grinste breit.

„Au, Esra, au weh! Einen Raum des Schweigens für die beiden… Ja wenn das so ist…"

Er nickte dem Jungen am Tresen zu, der sofort in sein Buch zu kritzeln begann.

„Au Esra", feixte Väterchen, Aki mit einem Auge fixierend. „Raum elf ist frei. Ha!" Er ging zu einer Tür, die Aki vorher nicht bemerkt hatte, holte einen Schlüsselbund heraus und schloss auf. Esra folgte ihm.

„H… halt! Was machen wir denn jetzt?"

„Vertrau mir", sagte Esra. „Es ist sehr wichtig."

Väterchen warf Aki einen Blick zu, der ihn ohne weitere Worte hinter Esra her trotten ließ. Hinter dieser Tür verbarg sich ein nur schwach beleuchteter Gang. Von diesem zweigten beinahe zwanzig Türen ab, die mit silbernen Nummern am oberen Rahmen gekennzeichnet waren. An Tür elf blieb Väterchen stehen, zückte wieder seinen Schlüsselbund und öffnete eine Tür, die eine Hand breit dick war. Fast wie eine Bunkertüre. Sie sah so bedrohlich und endgültig aus, dass Aki zurückwich. Väterchen lachte, packte Aki hart an der Schulter und stieß ihn hindurch. Taumelnd fing sich Aki wieder, als Esra schon durch die Tür getreten war. Sie schloss sich hinter ihnen und das übliche Klicken von vielen Schlössern erklang. Und dann war Stille.

Der Raum war recht klein. Wände, Boden und Decken hatten eine eintönige braune Farbe. Es gab keine Fenster. Von der Decke baumelte eine einzelne Glühlampe und in der Mitte des Raumes stand ein Tisch mit Schreibzeug, davor zwei Hocker. Sonst war der Raum leer.

„Willkommen im Raum des Schweigens", sagte Esra und wies auf einen der Hocker. „Setz dich Aki, genannt Wegemeistersohn."

Einen Augenblick zögerte Aki, dann ließ sich er sich nieder.

„Was, in Dogans Namen willst du eigentlich von mir?", fragte er.

„Ich will mit dir reden", sagte Esra schlicht und Aki schnaubte. Das Mädchen lachte herzlich auf und plötzlich kam sie Aki älter vor. Eine energische Frau, die sich aus einem geheimen Grund köstlich amüsierte. Ihr Gesicht war fein und nur ihr Mund mit dem schiefen Lächeln erinnerte Aki an Raik. Sie hatte große und strahlende dunkle Augen. Ihr pechschwarzes, gewelltes Haar reichte bis zu ihrem Bauch. Sie bewegte sich leichtfüßig und fließend. Die Arme im Rücken verschränkt, tigerte sie vor Aki auf und ab.

„Weißt du, ich will wirklich nur mit dir reden. Und es gibt keinen besseren Ort dafür als die Räume des Schweigens im Hause Liga."

„Was ist das hier?"

„Es ist…" Esra grübelte. „Ein Ort für Menschen, die Dinge tun, die besser niemand erfahren soll. Eine Menge Unterstädter kommen hier her. Das Besondere an diesem Raum hier ist, dass dich niemand belauschen kann. Unter keinen Umständen. Was hier geschieht, bleibt auch hier, wie man so sagt. Kein Laut dringt nach draußen. Du könntest fünfzig Graufelle das Lied *Bettler Gabo* brüllen und im Takt auf Pauken schlagen lassen, kein Mensch würde etwas davon mitbekommen. Hier werden geheime Vereinbarungen getroffen und fragwürdige Geschäfte abgewickelt. Hier geschieht, was die Stadtwächter und die Falkenauten nichts angeht."

„Und warum sind wir hier?"

„Weil… Ach Dogan, ich weiß nicht wie ich anfangen soll!"

Esra warf die Arme hoch, verschränkte sie hinter ihrem Nacken und blickte Aki direkt in die zusammengekniffenen Augen. Sie wirkte aufgeregt.

„Kennst du das, wenn du dein Leben lang auf eine bestimmte Gelegenheit gewartet hast und dann ist es soweit und du weißt zum Dogan nicht, wie du es am besten anpackst, ohne was kaputt zu machen?"

Aki schwieg. Er begriff nicht, was das Mädchen meinte. Trotz allem war er neugierig. Sie hatte wieder begonnen, vor ihm hin und her zu tigern. Ein lauernder, zurückhaltender Tanz.

„Gut oder nicht…" Sie rieb sich in einer Geste der Unsicherheit die hohe Stirn. „Ich muss irgendwo anfangen. Würdest du sagen, dass dir in letzter Zeit in deinem Leben ein paar eigenartige Dinge passiert sind?"

Aki zog die Augenbrauen hoch. „Tja, ja, das könnte man schon sagen…"

Und du bist definitiv eines davon, dachte er.

„Vielleicht auch Dinge, die gefährlich waren und dich fast umgebracht hätten?"

„Hm, ja…"

Esra nickte versunken, zufrieden.

„Die nächste Frage ist wichtig, denk gut drüber nach. Hattest du in letzter Zeit einmal das eigentümliche Gefühl, dass irgendetwas oder irgendjemand dicht hinter dir geflüstert hat, ohne dass wirklich jemand da war?"

„Ähm."

Das ist verrückt, dachte Aki. Und er dachte kurz an die Sekunden, nachdem er damals seine Wohnung verlassen hatte. Als er fortging und knapp den bewaffneten Fremden entkommen war. Dieses Flüstern und ein starker Windstoß im Treppenhaus.

„Vielleicht habe ich das", sagte Aki vorsichtig.

„Ja… ich wusste es."

Ihre schwarzen, unergründlichen Südlandaugen blitzten und funkelten wie ein Sommergewitter. Sie sah ihn kurz aus den Augenwinkeln und sagte: „Ich erzähl dir mal was. Musst mir nicht glauben… ach was, das tust du eh nicht. Aber hör's dir mal an, ja? Nur… nur zuhören."

Aki rieb sich resigniert den Nasenrücken.

„Fein, danke… Du bist nicht gläubig oder? Nein, du siehst nicht so aus. Das ist gut. Denn es ist so…" Sie holte tief Luft. „Es gibt da eine Geschichte. Teile davon stehen im heiligen Buch Ga'an. Die Geschichte sagt, dass alle Dinge, die geschehen, von irgendetwas…

angestoßen worden sind. Für alles, was passiert gibt es eine Ursache. Einen Anfang. Es heißt, wenn etwas angestoßen wurde dann bildet die Kette der Ereignisse, die daraufhin folgen, einen Pfad in der Zeit. Soviel sagt das Buch Ga'an. Das Buch Do'on sagt aber mehr."

„Es gibt kein Buch Do'on!", unterbrach Aki das Mädchen.

Ungeduldig winkte Esra ab. „Ja, nicht mehr. Es wurde vernichtet. Aber weißt du, Menschen haben einen Hang dazu, alte Geschichten zu erzählen, vor allem Großmütter und Großväter. Legenden, mit denen sie groß geworden sind. Ich glaube, dass Teile vom Buch Do'on noch immer in den Köpfen herumgeistern, nur weiß keiner mehr so genau, dass sie wirklich aus dem Buch Do'on sind. Man findet sie in Liedern, Gedichten oder… in Kinderreimen."

Sie machte eine kurze Pause. Da Aki nichts erwiderte, erzählte sie weiter.

„Es gibt da eine Legende aus dem Nordland. Und die sagt, dass manchmal Dinge auf der Erde angestoßen werden, die einen auffälligen Pfad in die Zeit graben. Es heißt, dass diese Pfade oder Ereignisse von heiligen Wesen angestoßen werden. Es sind… ihre Spuren."

Esra warf Aki einen schnellen, ängstlichen Blick zu, der keine Regung zeigte. „Was aber wirklich, wirklich interessant an der Legende ist… es heißt, dass Menschen, die auf einen solchen Pfad stoßen, ihn streifen oder betreten und Teil der angestoßenen Ereignisse werden, dass diese Menschen es deutlich spüren können. Im Nordland nennt man ihn den *Weg der dunklen Königin*."

Ein Schimmer des Erinnerns verunsicherte Aki. Der *Weg der dunklen Königin*, das hatte er schon einmal gehört. Als er klein war. Aber von wem?

„Als du vorhin an mir vorbeigegangen bist, da hast du mich nicht gestoßen. Du hast mich gar nicht berührt. Und ich habe dich nicht gesehen. Aber… ich habe dich gefühlt. Du hast… ich weiß nicht, es war wie eine Sturmbö. Es hat mir die Haare ins Gesicht geweht. Und dann hörte ich ein Flüstern, genau an meinem Ohr. Ich bin so erschrocken. Und da habe ich das Gleichgewicht verloren."

„Was? Ich habe Wind gemacht? Was soll das denn heißen?"

„Natürlich hast du nicht wirklich Wind gemacht." Esra blinzelte, schien nach Worten zu ringen. „Ich weiß nicht wie ich's sonst sagen soll. Aber ich habe es gespürt. Und als ich im Wasser war, da habe ich gewusst was es ist. Oh Dogan, ich habe so ewig darauf gewartet, du kannst dir nicht vorstellen, wie lange! Schon mein ganzes Leben habe ich nach einer Spur gesucht und hier ist sie, hier sitzt sie, genau vor mir! Und was sagst du mir? Dass du ein Wegemeister bist! Das klingt nach einer Spur!"

Ihre Stimme war jetzt laut, hektisch und überschlug sich. Aki neigte sich zurück als fürchtete er, von ihr angefallen zu werden. „Nach einer Spur von was?"

Bebend sagte Esra: „Nach einer Spur von Magie, natürlich."

Aki wagte nicht, sich zu rühren. Er fühlte, wie sich die feinen Härchen in seinem Nacken sträubten. Und dann hörte er das Schloss klicken. Jemand öffnete die Türe, doch die versprochene Stunde war noch nicht um. Esra schrie, machte einen Satz zur Seite und riss den Hocker zu Boden. Sekunden später stürmte ein bärtiger Mann in den Raum, breit und bullig, schwarzes kurzes Haar und offenbar zu allem bereit.

„ESRA!", brüllte er. „WAS GEHT HIER VOR?"

Zielsicher griff er nach Akis Kehle und zerrte ihn hoch. Akis Luftröhre quetschte sich zusammen und er röchelte, die Hände hilflos an den Armen des Mannes.

„Nein! Nein, lass ihn, lass ihn heil! Ich brauche ihn!", kreischte Esra, sprang dem Mann auf den Rücken und packte seine Arme.

„WAS REDEST DU?"

„Er wandelt auf dem Weg der dunklen Königin, verstehst du?"

Etwas Seltsames geschah mit dem Gesicht des Mannes. Die wilden, wütenden Züge erschlafften und fielen in sich zusammen. Für einen Augenblick war sein Gesicht leer. Da löste er die Hände von Aki, der keuchend gegen den Tisch krachte.

„Oh Dogan, bitte nicht schon wieder!", stöhnte der Mann.

„Nein, du verstehst nicht, diesmal ist es wirklich wahr! Ich bin mir absolut sicher!", rief Esra.

Der Mann schüttelte sie wie eine lästige Fliege von seinen Schultern. „Du bist dir immer *absolut sicher*! Verdammter Dogan, wann hört dieser Mist nur endlich auf? Hast du ihn hergebracht um ihm deinen Hokuspokus einzureden? Ich fass es nicht! Andelin und ich haben uns Sorgen gemacht, es hieß, du wärst mit einem Mann nach Liga verschwunden und…"

Er brach ab und biss sich auf die Lippen. Ein dunkles, wildes Rot flammte bis hinauf zu den Haarwurzeln. Esra hörte nicht zu.

„Saleh, er zeigt alle Zeichen, ich habe es selbst gespürt, es haftet Magie an ihm! Ich weiß ich habe es schon oft gesagt aber diesmal ist es anders, alles ist anders, es ist die Wahrheit!"

Aki stützte sich mit einem Arm auf dem Tisch ab, mit dem anderen rieb er seine schmerzende Kehle. Er konnte kaum schlucken und ein grässlicher Hustenreiz juckte ihn im Hals. Der Mann, Saleh, ein Berg von einem Südländer, ließ von Esra ab und streckte Aki eine Hand hin.

„Tut mir leid, mein Freund. Ich habe Falsches gedacht."

Wütend, mit tränenden Augen wandte Aki sich ab und hustete.

„Oh Dogan", sagte Saleh entschuldigend. „Das war meine Schuld. Besser, du gehst nach Hause, mein Freund und vergisst das alles. Du darfst diesem Mädchen kein Wort glauben."

„Nein!", Esra warf sich vor die Tür. „Wenn du ihn wegschickst, rede ich nie mehr ein Wort mit dir, nie mehr, bis an dein Lebensende und deine Asche wird in den Abfluss fließen! Dogan verfluche dich, Saleh! Er ist meine einzige Chance!"

Verdutzt strich Saleh über seinen kurzen, dichten Bart und schüttelte den Kopf. Zu Aki, der allmählich wieder Luft bekam, sagte er:

„Sie ist ein dummes Kind, weißt du, besessen von Magie aber sonst ganz in Ordnung."

Er seufzte. „Vielleicht kann ich dir einen Vorschlag machen, mein Freund. Du siehst verhungert aus. Komm mit uns Abendessen, damit ich das gut machen kann. Und so macht auch Esra keinen Aufstand. Wir können deine Kleider trocknen", fügte er mit einem Blick auf Akis Beutel hinzu. „Und ich stelle dich später Herrn Andelin vor."

Aki zog eine Grimasse. Es gab nicht viele Dinge, die er weniger wollte als länger mit diesen Beiden in einem Raum zu sein. Saleh indessen hatte nachdenklich Aki, Akis Beutel und Esra betrachtet, die mit ausgebreiteten Armen vor der Tür stand, heftig atmend. Sein Gesichtsausdruck als er Esra ansah wurde sanft, nachgiebig. Für einen Augenblick schien er sich angestrengt zu besinnen.

„Man sieht, dass du ein Graufell bist", sagte Saleh plötzlich. „Suchst du vielleicht Arbeit? Oder etwas Anderes? Ausweispapiere? Es würde sich für dich lohnen, Herrn Andelin kennen zu lernen. Man sagt, dass er alles für dich finden kann, egal was es ist."

„Alles?", fragte Aki nach einigen Sekunden des Schweigens langsam.

Der Laden von Andelin Novac war in Govina bekannt. Andelin bewohnte ein Haus im fünften Stockwerk direkt unter dem Dach. Man erreichte ihn vom Hause Liga in weniger als zehn Minuten. Es genügte, zwei weitere Brücken zu überqueren, eine Treppe hinauf. Die Tür zu seinem Laden war rot gestrichen und ein kleines goldenes Schild begrüßte den Besucher: *Konsum und Antiquitäten Andelin Novac, Öffnungszeiten 7 Uhr morgens bis 9 Uhr abends, Willkommen.*

In Govina sagte man sich, dass man alles bei ihm finden konnte was man sich wünschte. Und wenn etwas nicht verfügbar war, dann besorgte Herr Andelin das Gewünschte in weniger als drei Tagen, auch seltene Stücke aus Süd- und Nordland. Herr Andelin hatte zwei Mitarbeiter, die für ihn verkauften, seine Regale in Ordnung hielten und Buch führten. Es waren ein Mädchen namens Esra und ein Mann, der hieß Saleh.

Soweit man wusste lebten sie bei Herrn Andelin. Neben seiner Kammer im Dachgeschoss. Angeblich waren sie früher einmal Graufelle gewesen, die Herr Andelin von der Straße holte als er noch Falkenaut im Tempel war. Doch das waren nur Gerüchte und denen schenkte keiner Beachtung.

Aki, Saleh und Esra stiegen die Treppe hinauf und Saleh sagte: „Herr Andelin hat bis neun Uhr ein Geschäft abzuwickeln. Besser, wir stören ihn nicht. Gehen wir gleich hinten hinauf, dann kann Aki seinen Beutel abstellen."

Und die Drei gingen an der Tür vorbei. Eine kleine Feuerleiter reichte von der hölzernen Ebene vor dem Laden weg, kroch am Haus entlang und endete scheinbar sinnlos in der Luft. Esra kletterte behände auf die Leiter und verschwand nach kurzer Zeit im Dach des Hauses.

„Geh du zuerst", sagte Saleh zu Aki.

Zittrig zog sich Aki auf die Feuerleiter. Unter ihm, weit unter ihm war die Straße, in der sich viele Menschen drängten. Sofort bekam er ein flaues Gefühl im Magen und schwitzige Hände.

„Komm schon!"

Esras Kopf tauchte aus dem Dach auf und er sah das große Loch unter den Ziegeln, wo sie hineingeklettert war. Sie streckte eine Hand aus und half ihm. Dann stand Aki in dem wunderlichsten Zimmer, das er jemals gesehen hatte. Saleh und Esra bewohnten, treffend gesagt, das Dach des Hauses. Über seinem Kopf und schräg zur Seite waren die Dachziegel. An den schweren Dachbalken hingen Kleider und Zettel. An Nägeln, die in die Balken hineingeschlagen wurden, waren Taschen, eine Öllampe und Werkzeug befestigt.

„Das da ist meine Ecke." Esra wies nach links auf einen Platz zwischen dem Dach und der eigentlichen Hauswand, wo ein Haufen Decken und Kissen sich türmten. Auf einer Kiste stand eine heruntergetropfte Kerze im Halter und daneben lag ein Stapel Bücher. Ein halbgegessener Apfel vertrocknete friedlich auf dem obersten Buch. An einem Balken daneben waren in einem wilden Durcheinander Zeitungsausschnitte geheftet, die man vom Bett aus betrachten konnte. Auf der rechten Seite lag eine Matratze mit Leinendecke, halb verhängt von einem bunten Tuch, wie Aki es aus den südländischen Stoffläden kannte. Eine Landkarte von Asthenos war auf dem Boden ausgebreitet, in der Punkte mit Farbe markiert worden waren. Auf einem silberüberzogenen Tablett lag eine Pfeife, daneben Bücher in der Sprache des Südlandes.

„Hier schlafe ich", erklärte Saleh, der hinter Aki hereingeklettert war. Staunend betrachtete Aki den Raum. Es roch nach Apfel, Zimt und etwas Würzigem, das Aki nicht einordnen konnte. Saleh, der große Südländer, hatte sich auf der Matratze niedergelassen. Nachdenklich betrachtete Aki ihn. Etwas in seinem Ausdruck erinnerte

Aki an die fahrenden Schausteller aus Pion, die manchmal nach Jordengard gekommen waren. Er sah Aki gerade und mit klarem Blick in die Augen. Sein kurzer, schwarzer Bart war ebenso sauber nach der Art der Schausteller geschoren. Er trug darüber einen kunstvollen, langen Schnauzer. Ein schmaler Bartstreifen zog sich um das Kinn und die Kiefer hinauf bis zum Haaransatz. Seine Kleider waren nach neu-acalanischer und nicht nach südländischer Art. War er ein Südländer oder doch Lithoaner? Aki war sich nicht sicher.

Esra stand stolz und lauernd neben ihm. Die beiden hätten Geschwister sein mögen, doch Aki wurde den Eindruck nicht los, dass sie beide in ihrer neu-acalanischen, trüb-gräulichen Gewandung wie verkleidet aussahen. Er dachte sich die bunten, verzierten und bestickten Kleider des Südlandes. Der verwahrloste Dachboden schien nicht die richtige Umgebung für diese beiden ungewöhnlichen Menschen zu sein. Seine Wut auf die beiden war verflogen, so schnell wie ein Flügelschlag.

„Was macht ihr denn im Winter?", wollte Aki wissen, das große Loch im Dach im Blick.

„Im Winter ziehen wir in die Vorratskammer neben Andelins Zimmer. Dann werden die Sachen zum Kühlen hergebracht und wir tragen unsere Habseligkeiten rein. Im Sommer ist's hier aber sehr schön!", sagte Esra.

„Wenn es kalt ist, schlafen wir auch bei Andelin auf dem Boden, er hat einen Ofen. Zum Glück kommt das aber nicht oft vor", kam es von Saleh.

„Ja, er schnarcht ganz fürchterlich!", klagte Esra.

„Und…", verwirrt griff Aki nach einem Fernglas, das an einer Schnur vom Dachbalken herabhing. „Wieso nehmt ihr euch nicht eigene Kammern? Bezahlt er euch nicht?"

Esra lachte nachsichtig. „Doch, sogar gut. Aber versuch mal, in Govina eine Kammer zu mieten! Die meisten Leute schlafen direkt in dem Raum, in dem sie auch arbeiten. Wir leben ja schon beinahe wie die Oberstädter hier."

„Andelin zahlt uns außerdem das Essen, Kleider und die Schmiergelder an die Stadtwache. Wir sind nicht gemeldet in Litho, wir zahlen keine Steuern. Eigentlich… sind wir wie du, mein Freund, nur haben wir mehr Glück gehabt."

Esra hatte ein trockenes Gebäck aus einem Kästchen an der Wand gezogen und streckte es Aki hin. „Bis heute Abend muss das reichen. Andelin kocht immer, als ob wir in feiner Gesellschaft wären. Du wirst dich wundern."

Eine Stunde später lag Aki ausgestreckt auf Esras Bett. Sie hatte sich mit einem vergilbten Buch neben den rauchenden Saleh gesetzt und flüsterte leise mit ihm. Er solle doch schlafen hatten sie gesagt aber Aki dachte nicht im Traum daran. Den Kopf zur Seite gelegt starrte er direkt auf die Zeitungsausschnitte, die Esra an das Holz geklebt hatte („Hinweise auf magische Vorgänge, ich mach sie jede Woche neu!"): KETZER IN DER UNTERSTADT: WER VERTEILTE DIE HETZSCHRIFTEN? – WO IST DER TEMPELHERR – OBERSTÄDTER SCHWER VERLETZT – TOD EINES FALKENAUTEN: MORD?

Aber diese Neuigkeiten waren nicht der Grund, weshalb Aki nicht schlafen konnte. Es war ein Bild in einem Artikel, der betitelt war mit: WER HAT IHN GESEHEN? Das schwarz-weiße Porträt zeigte einen blassen Mann, der eine Kapuze über den Kopf gezogen hatte und dessen ausdrucksloses Gesicht über und über bedeckt war mit Tätowierungen. Es war der Mann, der Raik begleitet hatte, an dem Tag als Aki ihn zum letzten Mal gesehen hatte. Zweifellos, es war genau dieser Mann.

Fräulein Unbekannt

Der Nachmittag war dahingegangen. Die brütende Hitze verschwand und mit ihr der unerträgliche Gestank des Aphels. Frida kniete im Schatten der verfallenen Hütte. Vor ihr lag der kleine Hund mit dem braunen, verklumpten Fell. Stundenlang hatte Frida ihm Wasser eingeflößt und das blutige Ohr gereinigt. Mit dem Abend erwachte auch das Leben in dem Tier. Zaghaft strich Frida über den schwachen Körper. Sie fühlte sich ruhig. Die Sonne stand schon so tief, dass die Schatten der Hütte fast bis zum Aphel reichten. Als Frida die Dunkelheit der untergehenden Sonne erreichte, warf sie klirrender Lärm aus dem Tagtraum, in den sie gesunken war.

„Keine Angst. Ich bin's nur", sagte Samuel hinter ihr. Er trug einen großen Beutel mit sich, den er auf den Boden gestellt hatte. Die Gegenstände darin schepperten wieder laut als er mit der Fußspitze dagegen stieß.

„Was hast du gemacht?"

Frida bemühte sich, den Schrecken in ihrer Stimme so gut wie möglich zu verbergen. Sie hatte Samuels Existenz beinahe vergessen und auch die Furcht, dass er sie an die Stadtwache verkaufen könnte. Samuel grinste und kam zu Frida. Als er den kleinen Hund sah, traten die Knochen seiner Unterkiefer plötzlich deutlich in seinem dunklen Gesicht hervor. Frida drehte den Kopf, konnte aber seine Augen in dem Schatten der Hütte nicht erkennen.

„Frau Frida, was machst *du* da?"

Schnell legte sie eine Hand auf den bebenden Körper des Hundes, den die scharfen Worte des Graufells erschreckt hatten.

„Er wäre verdurstet. Ich habe ihm geholfen!", sagte Frida. Samuel kniete sich neben sie. Er war auf einer Augenhöhe mit ihr und er sah zornig aus.

„Ich hasse Viecher", knurrte Samuel. „Jag ihn fort."

„Bestimmt nicht", sagte Frida grantig.

Für einen kleinen Moment glaubte Frida, Samuel würde sie schlagen. Da war ein Schatten in seine Augen getreten, den sie auf der Straße schon öfter gesehen hatte. Ihre Muskeln versteiften sich. Aber er zuckte nur mit den Schultern, machte ein gleichgültiges Gesicht und ging zurück zu dem Beutel.

„Während du deine Zeit verschwendet hast", sagte er, „habe ich mich nützlich gemacht. Habe mit einem Freund gesprochen. Aaaah das habe ich gesucht! Für dich."

Er zog etwas Längliches aus dem Beutel und warf es Frida zu. Sie fing es in der Luft auf. Es war ein Fächer aus Stoff, der auf dunklem Holz gespannt war. Perplex hielt Frida den Fächer in der Hand. „Was soll ich damit?"

„Sage ich dir später. Ich habe einen Freund getroffen und er sagt, dass Adam Rothaars Sohn den Angriff überleben wird."

„Was? Wirklich? Dogan sei Dank!"

Frida fühlte eine Erleichterung, die sie hochzuheben schien. Tränen traten in ihre Augen. David würde überleben, alles würde gut werden. Bald würde er den Stadtwächtern sagen können, dass es nicht Frida war, die ihn angegriffen hatte.

„Der Angreifer war nicht gründlich. Er hat als Assassine schlichtweg versagt", sagte Samuel und zog eine Rolle aus seinem Beutel.

„Das ist für dich. Zur Erheiterung."

Er gab Frida ein zusammengerolltes Papier. Sie strich es glatt und las: *Verfassungsfeindliche Gewalttäterin – Wegen versuchten Mordes, schwerer Körperverletzung, bewaffneten Raubüberfalls wird steckbrieflich gesucht: Frida Iringa. Herkunft: Litho-Unterstadt.*

Darunter war Fridas altes Ausweisbild gedruckt und eingerahmt. Frida schmunzelte unwillkürlich, obwohl sie sich elend fühlte.

„Man sieht auf diesen Bildern immer wie ein Verbrecher aus, nicht wahr, Frau Frida? Ob du es bist oder nicht", sagte Samuel und lachte. Stumm hielt Frida das Papier in der Hand.

„Canan hat die Wahrheit gesagt", murmelte Frida. Hier stand es, auf Papier gedruckt, in Worte gebannt. Sie musste es glauben. Ihr freies Leben war vorbei. Zumindest bis David wieder sprechen konnte.

„Assassine", sagte sie. „Du hast Assassine gesagt. Warum?"

Samuel senkte den Kopf. „Es war ein Mordversuch. Kein Raubüberfall. Sagt mein Freund. Und wenn du sterben sollst, wenn es keinen anderen Grund gibt, so hat es ein Auftragsmörder getan."

„Aber wer…", ihre Stimme bebte, „wer sollte David töten wollen. Ich meine, wieso? Was hat er getan?"

„Das weiß ich nicht. Aber wir suchen die Antwort, nicht wahr?"

Der kleine Hund hob den Kopf und reckte eine Pfote zu Fridas Unterschenkel. Vorsichtig hob sie den kleinen Körper hoch und setzte ihn auf ihren Schoß. Der Kleine schnaufte und rollte sich in den Falten ihres Rockes zusammen.

„Ja… Ich muss mich verstecken!"

Der Gedanke kam Frida so plötzlich als hätte sie heißes Wasser verbrüht. „Ich kann nicht hier unter freiem Himmel herumsitzen und darauf warten, dass die Stadtwache vorbeiläuft und mich findet!"

„Und wo willst du hin?", fragte Samuel interessiert.

Unruhig blickte Frida sich um. Von der Seite des Aphels her war es unmöglich, dass jemand sich unbemerkt an sie heranschlich.

Aber die Hütte stand frei. Sie war nicht weit von den Gerbereien, es war gut möglich, dass Leute vorbeikommen würden. Wohin, das war eine gute Frage.

„Vielleicht könnte ich in Govina untertauchen", schlug Frida vor.

„Das Handelsviertel? Wirklich, jeder Dahergelaufene versteckt sich dort", lachte Samuel. „Das ist der erste Ort, wo sie dich suchen werden. Und dort wirst du bestimmt nicht erfahren, wo dein Vater ist."

„So!", knurrte Frida. „Und wieso nicht? Wenn du irgendwas weißt was mir weiterhilft, dann sag es jetzt, verflucht nochmal!"

„Ich habe etwas", sagte Samuel. „Das da."

Er deutete auf den Fächer, den er Frida gegeben hatte. Überrascht hob ihn Frida wieder hoch und betrachtete ihn.

„Wovon redest du?"

„Es ist schön, wenn du mir blind vertraust, Frau Frida. Aber es ist so dumm. Hast du nicht darüber nachgedacht, dass ich viel Geld bekommen könnte, wenn ich dich der Stadtwache übergebe?"

„Da du es noch nicht gemacht hast…", erwiderte sie trocken, „gehe ich davon aus, dass du mir helfen willst. Nur Dogan weiß, warum. Trotzdem wär' es gut zu wissen, was du im Gegenzug von mir verlangst."

„Nichts ist umsonst in Litho", sagte der dunkle Graufell fröhlich und strich sich die schmutzigen Haare aus dem schönen Gesicht. „Aber du hast Glück. Du weißt nichts von mir aber du musst mir glauben, dass ich dir mit Freuden helfe."

Frida erinnerte sich, wie amüsiert er schien als sie ihm erzählt hatte, was ihr geschehen war. Wie er gelacht hatte. Wie er seine helle Freude an ihrem Unglück hatte.

„Ich glaube dir, weil du ekelhaft und schadenfroh bist", sagte Frida.

„Oh nein!", rief er gekränkt. „Das ist nicht nett, Fräulein. Ich bin zwei Dinge, nur zwei: Ich bin ein Sadist und ich bin ein Spieler. Und das ist das Beste für mich."

„Ach." Fridas Ärger über den Graufell flammte wieder auf, doch er schnitt ihr das Wort ab.

„Ich bin ein Sadist, weil es mir gefällt, Macht über Menschen zu haben, die sich mächtig fühlen. Und ein Spieler bin ich, weil ich gerne täusche. Am liebsten täusche ich die Mächtigen und sie rennen mir nach, sie lieben mich. Deshalb habe ich eine Lösung für dich, wo du dich verbergen kannst und wo du viele Informationen gewinnen kannst. Deshalb helfe ich dir, weil es mir in meinem Spiel weiterhilft."

„Und das heißt was?", fragte Frida, die keinen Sinn in seinen Worten erkennen konnte.

„Das heißt, wir gehen in die Oberstadt. Der einzige Ort, wo niemand nach dir suchen wird. Der Ort, wo du über jeden Verdacht erhaben bist. Weil du Teil meines Spieles bist."

Er grinste so breit, dass sein Gesicht wie eine verzerrte Clownsmaske wirkte, skurril, erschreckend.

„In die Oberstadt?", echote Frida fassungslos. „Wie stellst du dir das vor? Dass ich mit dem Fächer vorm Gesicht den Bürgersteig lang gleite und hoffe, dass mich keiner erkennt?"

„Keiner wird dich erkennen. Weil du jemand anderes sein wirst. In Litho habe ich gelernt, dass die Menschen sich gerne täuschen lassen. Ja, sie lieben es. Sie hinterfragen nichts, solange sie Spaß haben. Und sie haben ihren Spaß mit uns."

„Was soll das bedeuten? Rede nicht so wirr!", sagte Frida heftig.

Er stimmte sein bellendes Lachen an. „In der Oberstadt nennen sie mich den Herrn Martinez vom Südland. Ich bin jung, ich bin schön, ich bin unvermählt und ich bin so charmant. Sie sehen, was sie sehen wollen. Ich bin über jeden Verdacht erhaben und die Frauen wollen mich als Mann für ihre Töchter. Aber nur, damit sie in meiner Nähe sein können. Ich spiele und ich habe noch nie verloren. Und du, Frau Frida, du passt so gut hinein. Sie werden eine gesuchte Mörderin an ihre Tische laden. Eine schmutzige Unterstädterin wird Arm an Arm mit den Obersten Tee trinken und den Fächer wedeln. Das wird der größte Spaß seit Jahren!"

Frida sah ihn an, seine Augen funkelten wie schwarze Diamanten. Er strahlte und lachte über die Vorstellung, die Oberstädter zu täuschen wie ein kleines Kind, das einen bitterbösen Streich plant.

„Du willst mir sagen, dass du öfter in der Oberstadt bist und den adligen Schnösel gibst, einfach nur aus Spaß?", krächzte Frida.

„Schlaues Fräulein", sagte Samuel und sein Gelächter dröhnte über die Hütte hinweg. Der Wind trug es über das Wasser des Aphels bis in die Oberstadt. Frida dachte über seinen Vorschlag nach. Auf der einen Seite erschien es ihr unmöglich. Wahnsinnig. Sie dachte an ihren einzigen Ausflug in die Oberstadt als sie neun Jahre alt war und wie schnell er damals zu Ende ging. Auf der anderen Seite gab sie Samuel Recht: es gab kein besseres Versteck für sie in Litho. Man suchte nach einer Unterstädterin, einer schmutzigen, armen, anstandslosen Frau. Niemand würde auf den Gedanken kommen, diese Frau hinter einem schönen Fächer auf den Straßen der Oberstadt zu suchen. Samuel, der dreckige Graufell mit dem glattrasierten Gesicht war ein Grenzgänger zwischen den Stadtteilen. Ein Täuscher, ein Hochstapler. Vielleicht war diese Idee genial. Und plötzlich kam Frida noch etwas in den Sinn: Die Idee war nicht neu. Hatte nicht David Rothaar selbst ihr vorgeschlagen, zu seiner Hochzeit verkleidet in der Oberstadt zu erscheinen? Und, begriff Frida, hatte nicht David selbst das Gleiche getan, wenn er als Oberstädter verkleidet in die Unterstadt kam? David war auch ein solcher Täuscher zwischen den Stadtteilen gewesen.

Ursache und Wirkung, dachte Frida schaudernd. Was war mit David geschehen, weil er das getan hat? Er hatte es beinahe mit dem Leben bezahlt. Sofort krochen die Zweifel hervor. *Du kennst schon die Wirkung*, dachte sie. *Willst du das in Kauf nehmen? Ist es das wert?* Wieder dachte sie an ihren Ausflug in die Oberstadt, in das Varieté. Obwohl Frida verhaftet worden war, hatte sie es niemals bereut. Denn wenn sie damals nicht dort gewesen wäre, hätte sie niemals die Liebe zum Film entdeckt. Und wäre niemals in das Wanderkino gegangen, hätte niemals David kennen gelernt.

Vielleicht gibt es verschiedene Formen von Wirkung, überlegte Frida. *Eine, die sofort kommt, die man vorhersehen kann. Und eine, die später kommt und die man erst hinterher begreift.*

Außerdem wäre Frida nicht Frida gewesen, wenn sie vor der Gefahr zurückschreckte. Samuels Vorschlag war gefährlich, aber nicht ohne Reiz. Und er war außerdem logisch. In der Oberstadt wurden die Entscheidungen getroffen, in der Oberstadt lagen die Antworten auf Fridas Fragen. Dort war der Stadtrat, der Dogantempel, das Heilerhaus, das Hauptquartier der Stadtwache. In der Oberstadt war das Gewirr der Macht am dichtesten.

„Schön!", sagte Frida laut. „Dein Vorschlag ist nicht dumm. Lass uns in die Oberstadt gehen. Aber wenn du mich hintergehen willst…"

„Dann kannst du nichts dagegen tun", vollendete Samuel feixend.

„Oh doch", versetzte Frida kühl. „Dann werde ich dir langsam und qualvoll den Kopf abreißen, Samuel Graufell."

Der Südländer grinste und betrachtete sie wie einen seltenen Vogel.

„Schön, dass wir das geklärt haben. Und wie kommen wir in die Oberstadt?", fragte Frida.

Die Eisenbahn fuhr langsam und zischend in den Bahnhof Unterstadt ein. Schwarzer Rauch dampfte aus der Esse und verlor sich im Morgenhimmel. Der Gestank von verbrannter Kohle drang bis zu Samuel und Frida, die sich an einer Seite des Empfangsgebäudes duckten. Ihren kleinen Hund fest an sich gedrückt beobachtete Frida, wie der Zug anhielt. Die Wägen der ersten Klasse befanden sich mit dem Speisewagen direkt hinter der Lokomotive, während die zweite, dritte und vierte Klasse hinten angehängt war.

Dort wo die erste Klasse endete war auf dem Bahnsteig quer ein Drahtzaun angebracht, der es den Passagieren unmöglich machte, beim Aussteigen aufeinanderzutreffen.

„Pion-Litho-Express, Ankunft in Litho-Unterstadt sechs Uhr und dreiundzwanzig Minuten. Aufenthalt dreißig Minuten. Wir bitten um Geduld. Halten Sie Ihren Ausweist parat. Ausstieg rechts", murmelte Samuel monoton.

Die Zugtüren öffneten sich und aus den Abteilen strömten Menschen auf den Bahnsteig. Sie sahen müde und abgespannt aus. Eine Frau trug einen kleinen Jungen im Arm, der tief schlief. Am Gitterzaun versammelte sich eine Gruppe junger Männer, die Zigaretten anzündeten und einem herbeigelaufenen Burschen mit Schiebermütze die Zeitungen abkauften. Stadtwächter, die am Bahnsteig gewartet hatten, betraten den Zug um die üblichen Ausweiskontrollen durchzuführen.

Die Türen der ersten Klasse wurden geöffnet. Nur wenige stiegen aus, die meisten streckten nur kurz den Kopf aus dem Fenster und schlossen es schnell wieder. Der Bahnhofsvorsteher trat mit geschwellter Brust aus dem Empfangsgebäude, um den Zugführer zu begrüßen. Kaum hatte Samuel ihn gesehen, packte er Frida am Arm.

„Los jetzt! Er ist draußen!"

Samuel zerrte Frida um das Gebäude herum. Auf der anderen Seite dasselbe Bild: Ein Gitterzaun machte es unmöglich, auf den Bahnsteig der ersten Klasse zu gelangen. Doch Samuel interessierte sich nicht dafür. Er trat nah an das Gebäude heran, wo im Erdgeschoss ein Fenster weit offenstand.

„Es ist jeden Tag dasselbe, weißt du? Der Morgenexpress kommt, der Herr lässt das Frühstück stehen, schmeißt die Zigarre weg und macht die Hose zu. Zieht die Jacke an, öffnet das Fenster für frische Luft und geht hinaus."

Ungefragt kniete sich Samuel auf den Boden und formte mit den Händen einen Steigbügel.

„Ich soll da rein?", flüsterte Frida. „Was ist, wenn er zurückkommt?"

„So schnell kommt er nicht."

Frida starrte Samuel zweifelnd an. Es war völlig anders, den Graufell mit sauberem Gesicht und gekämmten Haaren zu sehen. Zumindest hatte er daran gedacht, dass Oberstädter nicht so stanken wie er. Früh am Morgen waren sie durch den Keller in ein Badehaus der Unterstadt eingestiegen, das Samuel immer nutzte bevor er in die Oberstadt ging. Nach einem kalten Bad in Seifenlauge war die Unterstadt aus ihren Gesichtern getilgt. Mutig setzte Frida den kleinen Hund auf das Fensterbrett, packte den Fenstersims mit beiden Händen und zog sich alleine hoch. Das Zimmer war verlassen, die Vorhänge zum Bahnsteig noch zugezogen und die einzige Tür geschlossen. Frida setzte den Hund wieder auf ihren

Arm, schwang die Beine nach innen und sprang hinunter. Samuel tauchte Sekunden später am Fenster auf.

Ein gewöhnlicher Schreibtisch aus dunklem Holz stand links von Frida. Darauf verteilt einige Unterlagen, ein Teller mit einem angebissenen Butterbrot, eine Kanne voll Kaffee. Obwohl kein Aschenbecher zu sehen war roch es nach Zigarrenqualm. Auf einem Schild neben der Tür stand: *Rauchen im Gebäude untersagt.* Frida grinste.

Samuel ging an ihr vorbei zur Tür, legte einen Finger an die Lippen und öffnete sie einen Spalt. Ungeduldig und mit einem bangen Gefühl im Bauch wanderte Frida durch das Zimmer. Eine Reihe von Plakaten an der Wand hinter dem Schreibtisch erweckten Fridas Interesse. Es waren Fahndungsplakate. Neben einem, auf dem das Gesicht des tätowierten Falkenauten abgebildet war, den Frida in der Wochenschau gesehen hatte, hing eines das Frida schon kannte. *Verfassungsfeindliche Gewalttäterin.* Frida schauderte als sie in ihr eigenes Gesicht blickte. Der Hund begann leise zu fiepen und grub seine Schnauze in ihren Ellenbogen.

„Halt den Köter still!", zischte es von der Tür. „Ich glaube wir können jetzt."

Frida trat hinter Samuel. Der Gang draußen schien verlassen zu sein. Samuel schob sie hinaus. Die Fliesen am Boden waren dreckverschmiert. Eine einzelne Topfpflanze vertrocknete links. Zur rechten Seite war die Tür, die zum Bahnsteig führte. Sie war nur angelehnt. Flink schlüpfte Samuel an Frida und der Topfpflanze vorbei. Vor einer anderen Tür blieb er stehen. An einem Messingschild am Türstock war zu lesen: *Asservatenkammer.*

Samuel drückte die Klinke herunter. „Warum ist das nicht abgeschlossen?", fragte Frida misstrauisch.

„Weil dieser Gebäudeteil für Außenstehende nicht zugänglich ist", flüsterte Samuel zurück.

Die beiden betraten die Kammer. Samuel betätigte einen Licht-schalter und eine spärliche Glühbirne leuchtete auf. Vorsichtig schloss er die Tür hinter ihnen zu. Die Kammer war klein. Hohe Regale waren in Reihen angeordnet, die sich unter der Last der Gegen-stände bogen. Meist waren es Koffer, Taschen und Schirme. An jedem Gegenstand hing, mit einem Bindfaden befestigt, ein kleiner gelber Zettel.

„Verlorengegangenes, Verdächtiges, Vergessenes", murmelte Sa-muel. Frida setzte den Hund auf dem kalten Betonboden ab. Er war schwer auf ihrem Arm geworden. Sofort senkte er die Schnauze und begann zu schnüffeln.

„Wenn wir hier nichts Passendes finden, dann nirgends", sagte Samuel und verschwand zielstrebig hinter einem Regal. Neugierig griff Frida in eine Ablage und zog einen Hut hervor. Er war dunkel-blau, flach wie ein Teller. Auf dem Zettel stand: *Beweisstück 271a*.

Frida setzte ihn auf ihren Kopf. Anscheinend wurde er schräg be-festigt. Vorsichtig steckte sie die großen Klammern in ihre lockigen Haare. Auf dem seltsamen Teller war ein Netzschleier befestigt, der halb über die andere Gesichtshälfte gezogen werden konnte. Ein si-cherer Garant dafür, nicht einmal von seinem eigenen Ehemann er-kannt zu werden. Frida lächelte. Als Samuel zurückkehrte, hielt er zwei hässliche, aufgebauschte Kleider in die Höhe.

„Der Hut steht dir gut", knurrte er. „Versuche diese Kleider. Sind nicht die besten aber lang genug für deine Beine."

Frida griff nach einem, dessen Farbe ähnlich dem des Hutes war und warf Samuel einen kurzen, vieldeutigen Blick zu. Er lächelte, drehte sich um und verschwand wieder zwischen den Regalen. Hastig streifte sie ihren alten Rock und die Jacke ab und schlüpfte in das blaue Kleid, dass ihr viel zu weit war. Um wenigstens den Anschein von Eleganz zu wahren wickelte sie den Stoffgürtel gleich zweimal um die Taille und versteckte die Zipfel darunter. Nach einem kurzen, ernüchternden Augenblick seufzte sie tief, nahm das dünne Hemd, das sie unter der Jacke getragen hatte und stopfte es sich formgerecht in den Ausschnitt. Das Kleid war lang genug, um ihre abgetretenen Schuhe zu verstecken. Der kleine Hund war neugierig auf Fridas am Boden liegende Jacke zugelaufen, probeweise darauf getreten und ließ sich mit einem zufriedenen Grunzen darauf nieder.

Samuel trat lautlos wieder hervor und Frida verschlug es den Atem. Er hatte einen dunkelbraunen, teuren Anzug gefunden, der ihm wie auf den Leib geschneidert schien. Darunter trug er eine dunkelrote Weste und ein blütenweißes Hemd. Er war ein perfektes Abbild eines Oberstädters geworden.

„Was denkst du Fräulein, soll der hier auch noch sein?"

Er schwenkte einen hohen schwarzen Zylinder in der Hand. Widerwillig lachte Frida auf.

„Wenn du wie n' exzentrischer Reicher aussehen willst, warum nicht."

Samuel platzierte den Zylinder auf seinem Kopf und sammelte Fridas Kleider ein. Den kleinen Hund warf er unsanft von der Jacke, so dass er aufjaulte.

„Sei vorsichtig!", rief Frida zornig. Samuel beachtete das nicht. Er packte ihre Kleider und versteckte sie zwischen den Gegenständen auf den Regalen. Frida hob den kleinen Hund auf. Er sah zottelig aus, gar nicht wie ein Oberstadthund. Kurzentschlossen nahm Frida ein Tuch aus dem Regal und band es ihm wie eine Schleife um den Hals. Sie nickte zufrieden. Zusammen mit Samuel verließ sie die Asservatenkammer. Sie waren nur wenige Meter gekommen als sich die Tür zum Bahnsteig unvermutet öffnete. Samuel erstarrte neben ihr zu Eis. Entsetzt drückte Frida den Hund an ihre Brust, der Unheil gewittert hatte und sich still verhielt.

Der Bahnhofsvorsteher, ein kleiner, schwammiger Mann mit Halbglatze, trat herein und das Lächeln auf seinen Lippen flog davon als er sie bemerkte. Sekundenlang standen sie sich gegenüber, jeder gleichermaßen geschockt. Der Mann presste heraus:

„Wer sind Sie? Hier ist Zutritt streng verboten!"

Er trat einen Schritt zurück und griff mit der Hand an die Tür, bereit, sie jeden Augenblick aufzureißen und um Hilfe zu rufen.

Entweder, dachte Frida, *geschieht jetzt ein Wunder oder wir sind geliefert.*

Verblüfft räusperte sich Samuel neben ihr und setzte an: „Wir… wollten…"

Er brach ab und schluckte. Misstrauisch machte der Bahnhofsvorsteher noch einen Schritt zurück und langte betont unauffällig in seine Jackentasche.

„Wir wollten uns beschweren", sagte Frida hell. Samuel und der Mann starrten sie an. Inständig flehte Frida, der Hut möge seinen Zweck erfüllen oder der Mann sah sich die Fahndungsplakate nicht so genau an.

„Wir wollten uns beschweren und wir dachten, hier drinnen wäre es besser als auf dem Bahnsteig", fuhr sie schnell fort. Die Augenbrauen des Mannes wanderten hinauf. Seine Augen schimmerten vom Zweifel aber er ließ die Hand sinken.

„Natürlich können wir wieder hinausgehen", fiel Samuel ein, eine Chance witternd. „Damit jeder anhören kann, was wir zu sagen haben. Ja, das wäre besser. Solche Unverschämtheiten."

Er machte einen Schritt auf die Tür zu.

„Ähm", machte der Mann alarmiert. Sorgenfalten erschienen auf dem weichen Gesicht. „Wollen Sie nicht lieber in mein Büro kommen?" Plötzlich entschlossen griff er nach Samuels Arm und zog ihn eilig zu seinem Büro, Blicke auf die Tür zum Bahnsteig werfend. Frida lief hinterher und suchte verzweifelt nach dem Fächer, den Samuel ihr gegeben hatte. Der Mann drückte die Tür hinter ihnen zu.

„Was ähm…. kann ich für Sie tun?", fragte er höflich, Schweiß war auf seine Stirn getreten. Krampfhaft suchte Frida nach Worten.

„Es ist eine Unverschämtheit wie man hier behandelt wird", sagte sie.

„Respektlos, wirklich. Wir können das nicht hinnehmen!", sagte Samuel.

„Wie Recht du hast, mein Lieber. Ich bin empört und bestürzt!", sagte Frida.

„Ja aber…", der Mann riss die Augen auf. „Was ist denn das Problem?"

„Das wissen Sie genau, Sie Wicht!", knurrte Samuel.

Frida stockte der Atem. Hinter der Stirn des Mannes arbeitete es wild. Samuel hielt seinem Blick stand. Sie rechnete damit, dass er ihr Spiel sofort durchschauen würde, dass er jeden Augenblick eine Pistole aus der Jackentasche ziehen und auf sie beide richten würde. Was kam überraschte sie.

„Es tut mir wirklich leid", stammelte der Mann. „Aber die Durchsuchung und Kontrolle des Gepäcks dient zu Ihrer eigenen Sicherheit!"

„Zu unserer eigenen Sicherheit?", polterte Samuel erleichtert los. „Sicherheit, wenn die private Wäsche meiner Base von niederen Hunden betatscht wird?"

Frida verkniff sich ein Grinsen. Samuel spielte seine Rolle wie ein Profi. Seine Wortwahl, seine Aussprache, alles hatte sich verändert.

„Es tut mir leid aber das muss sein, das ist die Vorschrift!"

Der Mann sah verzweifelt aber nicht schuldbewusst aus.

„So", sagte Samuel leise, doch unter seinem Gesichtsausdruck schrumpfte der Bahnhofsvorsteher zusammen. „Ihre Vorgesetzten wollen wegen Belästigung angeklagt werden?"

„Ich… ich…", der schwitzende Mann wand sich wie ein Wurm. „Ich bitte Sie, seien Sie vernünftig! Das ist Vorschrift, das ist Gesetz!"

„Ich würde Sie gerne schlagen, um die Ehre meiner Base wiederherzustellen."

Blässe breitete sich auf dem teigigen Gesicht aus.

„Aber ich bin bereit, den Vorfall zu vergessen, wenn wir den Rest der Fahrt nicht mehr behelligt werden. Mit gar nichts."

Erleichtert atmete der Mann auf. „Selbstverständlich. Keine Frage. Niemand wird Sie belästigen. Ich werde Sie persönlich zu Ihrem Platz zurückbringen."

Frida und Samuel tauschten einen kurzen, gehetzten Blick, dann sagte Frida mit weinerlicher Stimme: „Da will ich nicht mehr hin. Ich schäme mich vor den Fahrgästen. Ich will woanders sitzen."

„Ich bringe Sie zum Speisewagen", beeilte sich der Mann zu versichern. „Dort können Sie sitzen, es ist nicht mehr weit, nur zwei Minuten Fahrtzeit."

Er riss die Tür auf. Samuel nahm Fridas Hand und kniff sie so fest, dass es fast wehtat. Hinter dem Bahnhofsvorsteher her schreitend konnte sie es kaum fassen, aus dieser Situation entkommen zu sein.

Die anderen Leute auf dem Bahnsteig starrten sie an, doch niemand sagte ein Wort und der Kontrolleur, dem der Bahnhofsvorsteher hitzig ins Ohr flüsterte, erbleichte und wandte den Blick von ihnen ab. Frida und Samuel nahmen an einem Tisch im Speisewagen Platz und als der Zug sich in Bewegung setzte, legte Frida den

Kopf auf den Arm und lachte erleichtert und ungläubig in ihren Ellenbogen hinein, bis ihr Tränen die Wangen hinunterliefen. Sie hörte nicht mehr auf, bis der Zug am Bahnhof Oberstadt zum Stehen kam.

In der Oberstadt war Frida nicht mehr fröhlich zumute. Zum ersten Mal wurde dem Mädchen aus der Unterstadt lebhaft vor Augen geführt, was sie in Litho wert war: nichts. Mit neun Jahren war Frida zwar schon einmal in der Oberstadt gewesen, doch damals war es Nacht und der Schleier der Vorfreude auf den Einbruch in das Varieté hatte sie blind gemacht. Heute war das anders. Die Oberstadt war mit nichts aus der Unterstadt vergleichbar. Es waren nicht nur die Häuser, die größer, imposanter, verzierter und heller auf sie herunterstarrten, nicht nur die ebenmäßigen, sauberen Straßen mit elektrischen Laternen aus weißem Metall. Nicht nur die Automobile, die Kutschen mit den glöckchenbehangenen Pferden. Es waren nicht die blühenden Gärten, nicht die sauberen Menschen, die mit erhobenem Kopf hindurchliefen. Nein, es war der Geruch, der Frida erschlug. In der Unterstadt war sie gewohnt, dass es an jeder Ecke anders roch. Dort nach Bäcker, hier nach Urin, da vorne nach Alkohol, hinten nach Schlamm, Schornstein, Schinken oder Kohle. Seit sie in der Oberstadt angekommen war, hatte es überall gleich gerochen: nach nasser Straße und etwas, dass sie nicht einordnen konnte. Etwas zwischen Kohle und brennendem Öl aber süßer.

„Abgase", sagte Samuel, der ihr Gesicht genau studiert hatte. „Wegen der Automobile. Die verbreiten sich hier langsam."

„Und warum sind die Straßen so nass?", fragte Frida, unbestimmt darauf deutend.

„Wegen der Pferdekutschen."

Als er Fridas Ratlosigkeit bemerkte, lächelte er. „Sie spülen dauernd den Pferdemist von der Straße."

„Den ganzen Tag?", fragte sie ungläubig. Samuel nickte. Frida schwieg. Mit einem Mal verstand Frida einiges, was sie vorher nicht verstanden hatte. Sicher, sie hatte gewusst, dass sich die Oberstädter nicht um den Rest von Litho scherten. Aber sie hatte nicht damit gerechnet, dass nördlich des Aphels nicht ein anderer Stadtteil, sondern eine andere Welt lag. Eine blitzblanke, schneeweiße, verzierte Welt in der Automobile fuhren und elektrisches Licht an jeder Ecke die Diebstähle in der Nacht unmöglich machte. Und in der es nach nasser Straße und süßer Kohle roch. Wer an einem so schönen Ort wohnt möchte nicht dorthin sehen, wo es hässlich ist, wo es stinkt und die Menschen nicht spazieren fahren, sondern zum Betteln gehen. Das hat nichts mit der Welt zu tun, in der sie lebten, selbst wenn nur ein Fluss das Leben trennt. Schließlich hatten sie es durch harte Arbeit verdient, an so einem schönen Ort zu wohnen. Und wem es schlechter geht, der hat sich das selbst zuzuschreiben. Niemand zwingt die Menschen, Bäcker zu werden oder Fabrikarbeiter. Das haben sie sich selbst ausgesucht, selbst schuld. Die Welt ist gerecht, Dogan ist gerecht und dann ist alles gut, nicht wahr?

„Hier ist die Stadt aus Gold und Diamanten. Alle Graufelle wollen hier her. Schafft aber keiner. Landen alle auf der Schnauze", sagte Samuel.

„Die goldene Stadt der Freiheit, wo alle Sünden vergessen sind", murmelte Frida. Lauter sagte sie: „Aber du hast es hierhergeschafft, nicht wahr?"

Samuel schnitt eine Grimasse. „Noch nicht ganz."

„Was ist dein Plan?" Frida schüttelte die Betäubung ab, die die Oberstadt auf sie gelegt hatte. „Willst du dich weiterhin in die Oberstadt schleichen, dich bei reichen Frauen einschmeicheln, heiraten und deine Gemahlin um die Ecke bringen, bevor sie die Wahrheit rauskriegt?"

„Ist mein Plan, ja", entgegnete Samuel.

„Das ist nicht dein Ernst?"

„Doch natürlich", sagte er. „Sieh mal, da vorne."

Am Ende der Straße, die sie entlanggingen, tauchte ein großer, offener Platz auf. Die Pflastersteine hier waren heller und hatten eine vollkommen glatte, schimmernde Oberfläche. In der Mitte des kreisrunden Platzes war eine Insel aus gelben Blumen und darin stand eine hohe schwarze Säule. Auf der Spitze ruhte die Nachbildung eines goldenen Falken. Auf der rechten Seite des Platzes erhob sich der Tempel von Litho mit seiner runden schimmernden Kuppel und den beiden Fackeltürmen. Der eine hatte ein dunkelgraues, der andere ein helles Dach und die gewaltige Kuppel leuchtete in tiefem, sattem Blau. Am anderen Ende des Platzes war ein mächtiger Triumphbogen aus einem hellroten Stein. Auf dessen Haupt thronten Figuren, die wie lebende Menschen aussahen. Frida glaubte den Wissenschaftler Asis mit seinem Teleskop zu sehen, das er auf die Falkensäule in der Mitte des Platzes gerichtet hatte. Neben ihm war das steinerne Abbild der Hexe Yetunde, deren Haar wild flog und die mit zornigem Gesicht Felsbrocken drohend in den Händen hielt. Zu Asis anderer Seite stand ein Mann. Ein Krieger mit einem Schwert, von dem Strahlen auszugehen schienen. Eine Hand hatte er hinter Asis Rücken nach der Hexe ausgestreckt. Frida erinnerte sich an Bilder aus ihren alten Schulbüchern. Dieser Krieger war der Stadtgründer von Litho. Das Strahlenschwert und die nach der Hexe ausgestreckte Hand kamen ihr seltsam vor, doch Frida war von dem Anblick zu ergriffen, um es zu hinterfragen.

„Es heißt, dass sie jeden Ketzer mit Steinen erschlägt, der unter dem Torbogen hindurch läuft.", sagte Samuel.

Frida erwiderte nichts. Ob die Statue zum Leben erwachen und ihr Steine auf den Kopf schmeißen würde, sobald sie darunter weg ging?

Den Platz säumten außerdem viele Häuser, die so alt waren, dass Frida sich in eine andere Zeit zurückversetzt fühlte. Von den Dächern und Balkonen grinsten die steinernen Köpfe feuerspuckender Drachen und behörnter Bestien. Von dem größten Haus am Platz, dem Hotel *Zum Tempel*, einem quadratischen Palast aus Stein und Säulen, hingen schwere Fahnen herunter mit den Stadtwappen von Litho, Kaon und Pion. Das Wappen von Litho war ein blaues Schwert auf goldgelben Grund, dessen Spitze auf ein geflügeltes Fabelwesen mit Klauen und Reißzähnen deutete. Kaons sonst schneeweißes Wappen zeigte einen schwarzen, fünfzackigen Stern, in dessen Mitte ein Buch mit unlesbarer Schrift prangte und rechts außen wehte sanft das Wappen der Stadt Pion, blutrot und in der Mitte ein Schiff mit dunkelgrünem Segel.

„Das Drei-Städte-Treffen", fiel Frida plötzlich ein. „Es ist schon vorbei, nicht wahr?"

„Ein paar Gäste sind noch da."

Samuel schien das Thema zu langweilen. „Willst du zum Präsidentenpalast gehen?"

Er wies mit dem Arm zu der Straße, die genau unter dem Triumphbogen wegführte.

„Nein, das will ich nicht", sagte Frida. Sie war nie abergläubisch gewesen, doch ihre heikle Situation hielt sie davon ab, ihr Glück auf die Probe zu stellen. Eine Ketzerin sollte heute nicht unter Yetundes Tor hindurchlaufen.

„Wie du meinst."

Er zuckte mit den Schultern. „Dann gehen wir stattdessen zu meinem Spielplatz."

Dieser befand sich in einer Seitenstraße nicht weit von dem Tempelplatz. Es war das Haus einer Oberstädterin mit tausenden von Balkonen und flatternden Vorhängen. Die Haustür stand offen und davor warteten zwei Diener, die jedem Eintretenden kleine Geschenke übergaben.

„Sieh dir das genau an, Frau Frida. Das Gerüchtezentrum der Oberstadt, der Teesalon von Zia Sternberg, mein Schlüssel für die Zukunft und Tempel der immerwährenden Belustigung."

Seine Augen bekamen wieder das teuflische Funkeln, das Frida schon einmal bemerkt hatte.

Wie mit Samuel besprochen, band Frida ihren unglücklich jaulenden Hund mit seinem Tuch an den Gartenzaun. Er tat ihr leid, aber er durfte auf keinen Fall mit hinein. Sie beschloss ihm endlich einen Namen zu geben, wenn sie wieder herauskam. Noch einmal wiederholte Samuel leise die Geschichte, die sie sich über Fridas Herkunft ausgedacht hatten, dann schritt Frida an seiner Seite mit wild klopfendem Herzen auf den Eingang zu. Nachdem sie von einem Diener ein kleines Stofftaschentuch in die Hand gedrückt bekommen hatten, betraten sie einen Gang, der in aufdringlichem Gelb gestrichen war. Unzählige Bilder hingen an den Wänden und ein einziges rot bespanntes Ledersofa stand an der Wand. Auf diesem Sofa saß eine wunderschöne Frau, die gelangweilt ins Leere starrte. Sie hatte kinnlanges, mahagonifarbenes Haar, das wie poliert glänzte, ein gleichmäßiges Gesicht mit vollen Lippen und deutlichen Zügen von Eleganz und Selbstsicherheit. Ihr Kleid war ebenso rot wie das Sofa auf dem sie saß, sie schien fast darin zu versinken. Von Samuel und Frida nahm sie keinerlei Notiz.

An den Gang grenzte ein großer Raum an, der voll mit Tischen und Stühlen und Menschen war. Bevor sie eintreten konnten, versperrten zwei Frauen ihnen den Weg. Eine grauhaarige Dame in einem langen dunkelroten Samtkleid, mit einem Fuchs um die Schultern und einem hochaufgetürmten Hut mit halbseitigem Schleier stand aufrecht da wie eine Lehrerin an der Türe, wenn man zu spät kam. Neben ihr, den einen Arm in die Hüfte gestemmt, ein strohblondes, diebisch-schlau dreinblickendes Mädchen in einem ausladenden hellblauen Kleid und einem goldenen Fächer in der Hand.

„Ich grüße Sie, Frau Caspote."

Elegant führte Samuel die Hand der grauhaarigen Dame an seine Lippen. Sie trug, so bemerkte Frida, ein einzelnes Brillenglas mit goldener Umrandung und einer langen Kette in ihrer faltigen Hand.

„Der Herr Martinez. Es ist eine Freude, nach so langer Zeit."

Das Brillenglas richtete sich auf Frida.

„Und wer ist das Fräulein Unbekannt da neben Ihnen?", fragte Frau Caspote streng.

„Ja, wen haben Sie denn da mitgebracht?", fauchte das Mädchen mit dem goldenen Fächer.

„Kristine, ich habe die Ehre, dir Fräulein Susanna Caspote vorzustellen, die Tochter des ehrenvollen Ratsvorsitzenden und Präsidenten von Litho und deren liebe Frau Mutter."

Schockiert und unbeholfen knickste Frida kurz. Susanna Caspote hielt ihr Gesicht hinter dem Fächer versteckt, die Augen zu Schlitzen verengt.

„Fräulein Susanna, das ist meine liebe kleine Base Kristine, Tochter meiner Frau Mutter Schwester, die nach dem Nordland geheiratet hat in das ländliche doch adlige Haus von Hohenstein."

Die Augen hinter dem Fächer weiteten sich.

„Ich hoffte, für meine Base eine geeignete Partie in Litho zu finden, ist sie doch im heiratsfähigen Alter und langweilt sich auf dem Land", fügte Samuel feixend hinzu.

Der Fächer flog weg von dem Gesicht der Susanna Caspote.

„Nein, wie schön!", rief sie aus. „Die liebe Base unseres lieben Herrn Martinez vom Lande auf der Suche nach einem Bräutigam!"

„Zauberhaft. Ein so… interessantes Kind", sagte Frau Caspote, Frida mit dem erhobenen Brillenglas betrachtend. „In Litho wird es Ihnen gefallen. Es gibt talentierte Bader und Schneider hier, die Ihr Anliegen erleichtern werden."

Ruhig, dachte Frida, bleib ruhig, lächeln, nicken…

„Die Base vom Herrn Martinez. Da wollen wir gleich Freundschaft schließen, nicht wahr, Susanna?", sagte Frau Caspote, einen warnenden Ton in der Stimme, zu ihrer Tochter.

„Darf ich Sie an meinem Tisch begleiten, Fräulein Kristine?", zwitscherte Susanna munter und hakte sich bei Frida unter. Sie zerrte Frida an einen Tisch nahe am Eingang, um den sich vier herausgeputzte Mädchen in Fridas Alter scharten. Samuel folgte ihnen.

Steif wie eine Statue ließ Frida sich auf einem anderen moosgrünen Sessel nieder und presste hart die Lippen zusammen. Vor ihr auf dem runden Tisch dampfte eine Schale mit Tee. Susanna Caspote hatte sich neben ihr niedergelassen und war, soweit es der Anstand erlaubte, mit dem Stuhl an sie herangerückt.

„Fräulein Kristine, es ist so ein glücklicher Zufall, dass wir uns kennen lernen dürfen."

„Fürwahr", presste Frida hervor und griff nach der Schale, um nicht sprechen zu müssen.

„Die Base von Herrn Martinez, wunderbar, sie sehen sich wahrhaftig ähnlich!", rief Susanna Caspote aus, heftig mit ihrem Fächer wedelnd. Die vier Mädchen am Tisch nickten eifrig und kicherten.

„Großmutter sagt das auch immer. Als ob wir Geschwister wären", fügte Samuel fröhlich hinzu. Frida nahm einen großen Schluck Tee und verbrühte sich die Zungenspitze.

„Erzählen Sie etwas von sich. Was sind Ihre liebsten Interessen?", säuselte Susanna.

„Interessen…" Angestrengt dachte Frida nach. „Ich, äh, tippe gerne mit der Schreibmaschine? Und, äh, interessiere mich für Hunde."

„Nein wirklich?", rief Susanna. „Ich schreibe ebenfalls gerne, besonders Gedichte und darf sagen, bin sehr talentiert. Eines meiner Gedichte und zwar *Der adlige Falkenaut und die arme Näherin* wurde auf einer Abendveranstaltung des Lithoanischen Frauenklubs zur geistigen Erbauung vorgetragen. Meine kleine Schwester hat zudem auch eine eigene Zucht von südländischen Windwasserhündchen. Und sonst?"

„Äh", stotterte Frida. „Tja. Das war schon das… Wichtigste."

„Auf dem Lande passiert vermutlich allgemein nicht viel.", sagte Susanna genüsslich. „Fräulein Kristine, erzählen Sie von Ihrem Zuhause. Wo leben Ihre Eltern?"

„Ich lebe nicht bei meinen Eltern. Ich lebe allein", sagte Frida impulsiv. Die Gesichter der Mädchen fielen in sich zusammen. Der Tisch verstummte.

„Meine dumme kleine Base beliebt zu scherzen, geehrte Fräuleins. Sie möchte sagen, dass sie nicht mehr im Haus ihrer Eltern verweilt, seit unsere Frau Großmutter gebrechlich wird. Sie lebt in deren Anwesen, um für sie zu sorgen", fiel Samuel rettend ein.

„Oh, wie sanftmütig!", seufzte Susanna Caspote auf. Die Mädchen am Tisch stießen den angehaltenen Atem aus. „Wundervoll!" - „Weichherzig!" - „Wie artig!"

Klappernd setzte Frida die Teeschale wieder auf den Untersetzer und vermied es, Samuel anzusehen.

„Großmütter sind ein Geschenk!", sagte Susanna. „Ich liebe meine sehr und wenn sie auch eines Tages Hilfe bräuchte, so wäre ich bereit."

Schnell pflichteten die Anderen ihr bei. Ja, Großmütter, ein Geschenk, wahrlich, voller Liebe, ein erfülltes Leben hinter sich, man helfe ihnen gerne und immer.

„Nicht für jede Großmutter wäre ich dankbar", setzte ein Mädchen gehässig hinzu, das ein prunkvolles Diadem in den roten Haaren trug und zur anderen Seite Susannas saß. „An Falkas Stelle würde ich weinen."

Die Mädchen brachen wieder in verhaltenes Gekicher aus.

„Falka?", fragte Frida, plötzlich aufmerksam.

„Falka von Bahlow", sagte Susanna Caspote mit klatschbereiter Stimme. „Armes Kind, soviel Unglück!"

„Wieso?" Frida spürte einen dicken Kloß in ihrem Hals.

Susanna blühte auf und neigte sich weit vor in die Mitte des Tisches.

„Sie kommen vom Land, Sie können das ja nicht wissen. Da ist der Vater so früh gestorben und da hat sie nur noch die Mutter. Die läuft seit Jahren nur noch verschleiert herum."

„Ja und zwar trägt sie seit Jahren denselben Schleier!", warf das rothaarige Mädchen ein, von hysterischem Gelächter gefolgt.

„So hat sie nur noch diese gruselige Mutter und ihre gestörte Großmutter, die Frau Lyssa."

„Frau Lyssa, die alte Hexe", kam es wieder von dem rothaarigen Mädchen.

„Ich bitte dich, Silvia. Sprich nicht so unga'anisch", wies Susanna sie zurecht.

„Verzeih." Die rothaarige Silvia schlug die Augen nieder und legte die Hände in den Schoß.

„Wie ich sagte, so hat sie nur noch die trauernde Mutter und eine geistig verwirrte Großmutter und jetzt ist auch noch ihr Verlobter David Rothaar im Heilerhaus gelandet, nur knapp dem Tod entronnen. Wenn das kein Unglück ist!"

„Aber es heißt, dass alle Männer, die sich den von Bahlow-Frauen nähern nicht lange zu leben haben", flüsterte Silvia in ihren Schoß hinein. „Dogan, unser mächtiger Falke, bestraft das Haus der Ketzer bis zum jüngsten Spross."

„Silvia, still jetzt!", zischte Susanna.

Frida spürte eine jähe Welle des Zornes in sich aufwallen. *Ja, halt's Maul, Silvia, sonst steck ich dir dein verfluchtes Krönchen in deinen doganverfluchten…*

„Verwendet solche Worte nicht in Gesellschaft meiner lieben Kristine. Sie ist sehr gläubig. Seht, wie blass sie geworden ist!", sagte Samuel, Unheil ahnend.

Die Mädchen schlugen gemeinsam die Augen nieder.

„Entschuldigt mich einen Augenblick", presste Frida hervor, stand ruckartig auf, so dass die Schalen klirrten und lief zu den Badezimmern.

„Entschuldigt auch mich, geehrte Fräuleins, ich werde nach ihr sehen. Sehr leicht fällt sie ihn Ohnmacht, wenn sie aufgeregt ist", hörte sie Samuel hinter sich flöten. Kurz vor den Badezimmern hatte er sie eingeholt.

„Danke mir. Sie halten dich für eine Göttin der Tugend", flüsterte er Frida ins Ohr.

„Ich scheiß drauf", knurrte Frida. „Ich halt's hier nicht aus, das ist alles krank! Wie reden sie über Falka? Zum Kotzen und Reinschlagen!"

„Reiß dich zusammen, Frau Frida. Wir werden beobachtet."

Frida sah sich um und bemerkte wieder die elegante Frau im roten Kleid, die bei ihrer Ankunft auf dem Sofa gesessen hatte. Sie stand gar nicht weit entfernt mit einer älteren Dame zusammen, die munter erzählte. Doch die Frau hörte ihr nicht zu. Angestrengt sah sie herüber. Frida drehte schnell den Kopf.

„Das ist Frau Eleonora Bonadimani. Witwe. So schön und so reich, dass unser Dogan es verbieten sollte. Hat überall ihre Finger im Spiel", sagte Samuel hörbar interessiert.

„Lass uns…", Frida zögerte. „Lass uns auf einen der Balkone gehen. Ich brauche Luft."

Samuel führte sie weg und sie traten auf einen kleinen Balkon, der verlassen war. Er ging hinaus zum Garten. Frida streckte sich und verschlang die Arme hinter dem Kopf.

„Ich mein's ernst. Ich kann hier nicht lang bleiben. Diese hirnlosen, hinterhältigen, heuchlerischen Miststücke! Es war eine nette Idee aber es bringt einfach nichts, hier zu sein."

„Sag das nicht", kam es bedeutungsvoll von Samuel, der mit dem Rücken zu ihr stand.

Eine weich und tief klingende Frauenstimme ertönte hinter ihr: „Herr Martinez, ich habe viel von Ihnen gehört. Ich erbitte deshalb eine Unterhaltung."

Frida fuhr auf der Stelle herum. Eleonora Bonadimani war auf den Balkon getreten und schloss die Flügeltüren hinter sich.

„Überrascht mich nicht. Ihre Spione haben sicher viel von mir erzählt", sagte Samuel lächelnd. Frau Bonadimani warf ihm einen kurzen, stechenden Blick zu, schob sich das mahagonifarbene Haar hinter das Ohr und reckte das Kinn nach vorne. „Ich habe von Ihnen gehört, dass Sie gute Kenntnis über die Unterstadt haben."

„Wirklich?", Samuel warf den Kopf in den Nacken. „Ich glaube, ich weiß nicht mehr als Sie selbst."

Frau Bonadimani tat diese Bemerkung mit einer katzengleichen Geste ab. „Ich bin in einer schwierigen Lage und ich brauche Hilfe. Bitte antworten Sie nicht vorschnell."

„Ich höre?"

„Haben Sie je den Namen Iringa vernommen?"

Die Welt schien auf einen Schlag in Eis getaucht zu sein. Frida schnappte nach Luft.

„Nein, den Namen habe ich niemals gehört", erwiderte Samuel freundlich.

„Natürlich, natürlich", Frau Bonadimani wurde ungeduldig. „Ich werde Ihnen erklären, worum es sich handelt. Wenn Sie bitte Ihre Begleitung fortschicken möchten."

Samuel sah Frida an, die schneeweiß und mit klopfendem Herzen zurückgewichen war.

„Ich fürchte, das kann ich nicht", sagte Samuel. „Fahren Sie bitte fort, sie wird nicht stören."

Wütend sah Frau Bonadimani Frida an, der nichts lieber gewesen wäre als sofort zu verschwinden.

„Gut, ich habe keine Wahl. Ich bin nicht erfreut", sagte sie nach einer Weile frostig. „Aber ich muss mich Ihren Bedingungen beugen."

Sie machte eine kurze Pause.

„Um mein Anliegen zu erläutern, muss ich einige Jahre zurückgehen."

Sie schloss die dunklen Augen als falle ihr schwer, was kam.

„Früher… kannte ich einen Mann mit dem Namen Jon Iringa. Ich kannte ihn gut, wir waren Freunde, das könnte man sagen. Der Kontakt brach, als Herr Iringa… die Ehe einging. Dennoch habe ich ihn niemals aus den Augen verloren. Ich habe immer versucht, ihn zu beschützen, seine Frau zu beschützen, seine Tochter."

Samuel zog die Augenbrauen hoch. Atemlos starrte Frida die Frau an, die noch immer die Augen fest geschlossen hielt.

„Meine… Freunde haben mir mitgeteilt, dass Herrn Iringa Schreckliches widerfahren ist. Dinge, für die er nicht verantwortlich sein kann. Ich glaube nicht daran und sehen Sie, ich fühle mich verantwortlich, ihm zu helfen. Soweit ich weiß, hat er sonst niemanden, der genug Macht und Mittel hat, um sich für ihn einzusetzen. Ich muss ihn finden."

„Das sind schöne Worte, Frau Bonadimani. Aber sie erwecken kein Vertrauen. Können Sie denn beweisen, dass Sie ihm helfen wollen?", fragte Samuel.

Die Bonadimani öffnete die Augen. „Beweisen kann ich gar nichts. Aber vielleicht, Herr Martinez, möchten Sie mehr erfahren. Das ist Ihr gutes Recht. Denn ich weiß noch mehr." Sie atmete tief ein.

„Vorgestern Abend wurde der Sohn von Adam Rothaar im Unterstadtpark angegriffen. Sie müssen wissen, Herr Iringa hat eine Tochter. Es heißt, sie war mit Rothaars Sohn zusammen als der Angriff geschah. Es wird allgemein behauptet, dass sie es war, die ihn töten wollte. Seitdem ist sie verschwunden und Herr Iringa auch. Aber, sehen Sie, ich habe einen anderen Verdacht. Ich möchte ihn hier nicht aussprechen. Aber ich habe stichhaltige Informationen. Ich glaube, ich weiß was geschehen ist."

„Dann teilen Sie diese der Stadtwache mit!", sagte Samuel.

„Nein!", zischte die Bonadimani zwischen zusammengebissenen Zähnen hervor, „Nein, Sie verstehen nicht. Ich denke nicht, dass Herr Iringa von der Stadtwache verhaftet worden ist."

„Wo ist er?", brach Frida verzweifelt hervor. Überrascht wandte sich die Bonadimani ihr zu.

„Beachten Sie das Kind nicht", warf Samuel ein. „Sie steigert sich gerne in Geschichten hinein. Was denken Sie denn, wie ich Ihnen helfen kann?"

„Ich denke…", sagte die Bonadimani, sich zögerlich von Frida abwendend. „Sie können mir helfen, Herrn Iringa zu finden. Oder zumindest seine Tochter. Ich möchte gerne mit ihr sprechen. Es gibt vieles, was ich ihr zu berichten habe, auch von früher."

„Und warum ist das Ihr Wunsch?", bohrte Samuel weiter nach. Die Bonadimani schien mit sich zu kämpfen. In den Händen schob sie den roten Fächer von Hand zu Hand.

„Mit Herrn Iringa verbinden mich… Gefühle", sagte sie steif. „Es ist lange her, doch ich habe nicht vergessen, was er für mich getan hat. Ohne ihn wäre ich nicht in der Position, die ich jetzt innehabe. Jetzt braucht er meine Hilfe und ich will sie ihm nicht vorenthalten. Zuerst wollte ich mich an Herrn Mendax wenden, der auch gute Verbindungen in die Unterstadt hat. Ich… ich beschloss, vorsichtig zu sein. Dann wurde mir berichtet, dass Sie, Herr Martinez, über ebenso starke Verbindungen verfügen. Sie kommen nicht aus Litho und das bedeutet, dass Sie hier keine eigenen Interessen verfolgen. Sie können neutral sein. Ich wünsche Ihre Hilfe in der Suche nach Jon und Frida Iringa und ich bin bereit, eine hohe Gegenleistung zu erbringen."

„Ich werde darüber nachdenken und Sie meine Entscheidung wissen lassen", sagte Samuel hart. „Wenn Sie uns jetzt bitte entschuldigen, ich habe verschiedenen Verpflichtungen nachzukommen. Wir gehen."

Und mit diesen Worten packte er Frida am Arm, die wie gelähmt neben ihm stand und zog sie von dem Balkon. Bevor sie die Flügeltüren aus den Augen verlor, sah Frida Frau Bonadimani, die draußen an derselben Stelle verharrte, den Fächer vor das undurchschaubare, schöne Gesicht hob und den Kopf senkte.

Der junge Unterstädter Leo ging durch die Gänge des Govina-Viertels, die Ebene unter der Straße. Es war dunkel, aber er kannte den Weg und war ihn oft gegangen. Außerdem war er gekennzeichnet. Doch nur für die, die die Zeichen auch lesen konnten. Er hatte vor, im Händlerviertel Flugblätter zu verteilen. Schließlich war das jetzt seine Aufgabe seit Frida nicht mehr da war. Leo und die Unterstadt-Jungen machten sich große Sorgen. Sie vermuteten, dass Frida untertauchen musste, weil die Stadtwächter Wind von ihren Aktionen bekommen hatten. Die Jungen hatten Angst und gingen kaum mehr auf die Straße. So war er heute allein. Aber er hatte keine Angst. Nicht Leo. Es ging um etwas.

Die Gänge unter der Stadt waren meistens verlassen, so dass jemand, der sich verirrte oft genug verdurstete, bis ein anderer ihn fand. Umso mehr erstaunte es Leo, als er weit vor ihm einen Mann sah, eine Fackel in der Hand. Er bog gerade ab. Etwas an ihm - Leo konnte nicht genau sagen was - kam ihm sonderbar vor. Vielleicht lag es daran, dass plötzlich ein eiskalter Luftzug in den Tunneln war, der Leo um die Beine streifte und um seinen Kopf flüsterte. Und so ging Leo vom Weg ab und folgte dem Mann. Er ging einige Minuten hinter ihm her, mit so viel Abstand, dass er nur das Licht erahnen konnte, das von der Fackel ausging. Dann entfernte sich das Licht nicht mehr. Es war stehen geblieben. Er sah Schatten von dem Gang, der den seinen kreuzte. Behutsam schlich Leo bis zum Ende des Ganges. Er spähte um die Ecke. Im Schatten der flackernden Fackel erkannte er drei Männer, die von Umhängen verhüllt nur wenige Schritte entfernt standen. Ihre Stimmen hallten als zischendes Flüstern in den Gängen. Leo kannte sie nicht. Der Erste war klein und erstaunlich dick. Der Zweite trug eine Brille, an der sich das Licht glitzernd brach. Der Dritte war groß und hielt sich aufrecht. Leo lauschte.

„Wo warst du nur? Warum hast du uns keine Nachricht hinterlassen?", flüsterte der Dicke aufgeregt.

„Eine Nachricht? Es gibt nichts, was unsicherer ist. Und Zeit hatte ich keine mehr. Es war notwendig, sofort zu gehen", erwiderte der Große.

„Gerüchte gingen, du wärst im Nordland", sagte der mit der Brille.

„Gerüchte, ja?", der Große schien nachzudenken. „Ich war im Nordland. In Jordengard."

„Was hast du nur dort getan? Es war Wahnsinn, einfach zu verschwinden. Deine Position ist in Gefahr!", rief der Dicke.

„Es war notwendig", wiederholte der Große. „Erzähl mir, was in Litho geschehen ist, solange ich fort war. Lasst nichts aus, auch kleine Dinge können jetzt von Bedeutung sein."

Angestrengt beugte sich Leo vor. Wer sprach da nur? Wer waren diese Männer? Ihr Flüstern war kaum mehr vernehmbar. Nur einzelne Wortfetzen drangen zu ihm durch.

„Anden… Mord… Stadtwache sucht… Rothaar… misslungen. Tochter von… Soldaten… aus Jordengard geflohen. Pakt… gefangen. Ich weiß… angestoßen. Iringa… ihr müsst… töten… bringt mir – halt!"

„Ich muss die Hexe sehen", sagte der Große laut. „Muss Frau Lyssa sprechen."

Leo hielt den Atem an und schob den Kopf weiter vor.

„Mir gefällt das nicht", zischte der Dicke nervös. „Will nichts mehr damit zu tun haben. Meine Frau… die Kinder…"

„Du kannst nicht zurück", sagte der mit der Brille ruhig. „Willst du sie im Stich lassen? Vor deiner Verantwortung davonlaufen?"

„Selbstverständlich kannst du zurück. Aber du weißt, was die Konsequenzen sind. Es geht um mehr, um viel mehr als dein Leben. Es geht um die Zukunft unserer Stadt", der Große verbesserte sich. „Es geht um Asthenos, Herrdogan, um unser aller Leben!"

Der Dicke erwiderte nichts.

„Gut. Ich werde Frau Lyssa besuchen. Ihr bringt mir die, von denen ich gesprochen habe. Es muss schnell gehen. Sie dürfen keinen Verdacht schöpfen. Dinge wurden angestoßen. Wir müssen eingreifen so lange wir noch können, sofort. Geht."

Die Drei stoben auseinander. Leo drückte sich so fest er konnte, gegen den kalten Stein, das Herz laut klopfend. Einer würde an dem Gang in dem er sich verbarg vorübergehen. Ein Schatten strich vorbei, er hörte das Gewand rascheln. Es war der Große. Er wand den Kopf in Leos Richtung und schien zu zögern. Und in diesem kurzen Moment, als das Profil des Mannes zu erahnen war, da wusste Leo, wer dieser Mann war. Obwohl er ihn noch nie zuvor gesehen hatte. Er wusste es. Und beim heiligen Dogan, es war gar nicht gut. Der Schreck fuhr ihm bis in die Fingerspitzen. Wenn er kam, wenn er sah, dass Leo gelauscht hätte... würde er ihn töten? Leo kniff vor Angst die Augen zusammen. Dann ging der Mann davon. Sobald Leo sich sicher fühlte, drehte er sich um und lief. Er rannte wie ein Hase auf weichen Sohlen durch die Dunkelheit, ohne ein Geräusch zu machen. Weit weg von diesem Ort. Seine Aufgabe war vergessen.

Razzia

Herr Andelin war mit Abstand der beste Koch, von dessen Tellern Aki jemals gegessen hatte. Im Laden roch es nach frischem Braten, nach Zitronengras, dampfenden Kartoffeln, Knoblauch. Ein feiner Dunst hing in der Luft, gepaart mit frischer, kühler Nachtluft, die durch ein Fenster hereinströmte. Aki saß an einem Tisch in der Mitte des Ladens. Vor ihm ein Teller von feinstem Porzellan und ein silberner Becher gefüllt mit tiefrotem Wein. Eine Öllampe flackerte und tauchte den Raum in ein Spiel aus Licht und Schatten. Ihm war, als träumte er. Saleh saß ihm gegenüber und drehte in Gedanken eine Gabel in seiner Hand. In einem nicht einsehbaren Teil des Raumes klapperten Töpfe und Esra kicherte und plauderte mit gedämpfter Stimme. Andelin antwortete bedächtig. Um Aki herum türmten sich Regale an den Wänden, geordnet nach Nahrungsmitteln, Gebrauchsgegenständen, Stoffen, Schmuck, Gerätschaften und Büchern. In einer Vitrine neben der Tür war eine Lochkamera ausgestellt. Ein Preisschild verriet, dass sie drei Goldmünzen kostete. Auf einem Tisch lagen Brillen aller Art. Kleine runde Lesebrillen, große Hornbrillen, Monokel und Operngläser mit Goldrand. An der Wand thronte der Kopf eines Bären. Darunter hingen Bilder aus geometrischen Formen, deren Anblick Aki völlig fremd war. Boden, Wände und Decke des Raumes waren aus dunklem Holz. Auf einem Tresen gegenüber der Eingangstür stand eine große Kassiermaschine. An der Decke baumelte ein riesiger Fisch, der, wie Aki fand, zu viele Zähne für einen gewöhnlichen Fisch hatte.

Da erschien Esra mit einem großen, rauchenden Topf. Herr Andelin folgte ihr mit zwei weiteren. Saleh tat sich Braten und Kartoffeln auf und Aki folgte seinem Beispiel. Es schien ihm Jahre und

Ewigkeiten her, dass er friedlich mit Menschen an einem gedeckten Tisch saß. Andelin setzte sich neben Aki.

„Ich dachte mir, wenn wir schon einen Gast haben, sollten wir was Gutes auftischen."

Dankbar blickte Aki zu Andelin. Dieser war ein schon älterer Mann. Er hatte graues, schulterlanges Haar, eine schmale, kurze Nase und kleine, eisblaue Augen. Er trug ein südländisches, dunkelgrünes Gewand mit Bommeln und eine der runden kleinen Lesebrillen, in denen sich das Licht glitzernd brach. Der dicke Bauch verriet, dass ihm sein eigenes Essen schmeckte. Er sah aus wie ein Mann, der schon vieles im Leben gesehen hat und den nichts mehr aus der Ruhe bringen konnte. Obwohl man ihn für einen guten Mann halten konnte, leuchtete ab und an ein gieriger, berechnender Blick in seinen Augen auf. Andelin war Geschäftsmann und noch dazu einer der erfolgreichsten Kleinhändler in Litho.

Eine ganze Weile aßen sie stumm, jeden Bissen genießend, bis Esra das Wort ergriff.

„Andelin, du hast ja gesagt, dass ich meine Suche nicht aufgeben sollte. Und du hattest Recht. Ich habe Aki gefunden und Aki wandelt auf dem Weg der dunklen Königin, weißt du."

„Wahrhaftig?", fragte Andelin freundlich an Aki gewandt. Saleh seufzte laut und murmelte unverständliche Worte in den Bart.

„Nei... na ja", murmelte Aki.

„Erzähl von dir, Aki. Wie ist dein ganzer Name, woher kommst du und wie kann ich dir helfen?"

Sorgfältig wog Aki die Worte ab, die er an Andelin richten wollte. Er steckte sich eine große Kartoffel in den Mund und kaute lange darauf herum, um Zeit zu gewinnen.

„Ich bin Aki, genannt Wegemeistersohn. Ich komme aus Jordengard. Seit ein paar Wochen bin ich hier. Und… und ich bin mehr oder weniger auf der Suche", sagte er vorsichtig.

Andelin lächelte, seine Zähne blitzten. Aki bemerkte, dass seine Eckzähne spitz wie die einer Raubkatze waren.

„Einer ohne Nachnamen, ein Genannter. So etwas habe ich schon seit Jahrzehnten nicht mehr gehört. In Litho ist es inzwischen verboten, keinen Nachnamen zu führen. Aber gut, auf dem Land… aus Jordengard also. Deshalb sprichst du für einen Nordländer so gutes Neu-Acalanisch, nehme ich an? Ja, die meisten, die kommen, sind auf der Suche. Ich kann dir schon einmal sagen, dass Govina ein guter Ort ist, um Verschwundenes wieder zu finden und Neues zu entdecken."

„Ich suche nach meinem Freund, Raik. Er ist… untergetaucht."

„Und du hast Grund zur Annahme, dass ihm etwas zugestoßen ist?"

„Ja", sagte Aki und biss in eine Kartoffel. Er hatte jeden Grund dazu. Dieser Pakt, den Raik eingegangen war und der Aki fast das Leben gekostet hätte, konnte nichts Anderes bedeuten: Raik saß tief in der Patsche. Wahrscheinlich glaubte er, dass Aki sicher in einem Dorf außerhalb Lithos saß und auf ihn wartete. Und wenn Raik den Pakt erfüllte, dann… würde er sterben müssen, vermutete Aki.

„Wenn er auch auf dem Weg der dunklen Königin wandelt, was wahrscheinlich ist, weil du es ja tust, *muss*t du das annehmen!", ließ Esra verlauten.

„Du hast völlig Recht, Esra", sagte Herr Andelin. „Also du möchtest, dass ich deinen Freund Raik suche, ein junger Mann aus Jordengard, der seit ein paar Wochen in Litho ist, wahrscheinlich Graufell?"

„Es wäre… ich würde…", stotterte Aki.

„Was kannst du mir denn im Gegenzug anbieten?", fragte Andelin mit glitzernden Augen. Akis Blick verdüsterte sich. Andelin sah ihn streng durch seine Brillengläser hindurch an. „Nichts ist umsonst in Litho, weißt du das nicht? Vor allem in Govina kommt es immer darauf an, was du anzubieten hast."

„Ich habe kein Geld, wenn Sie das meinen."

„Das habe ich mir gedacht. Wie wäre es, wenn du Esra und Saleh ein wenig zur Hand gehen könntest, bis mir eingefallen ist, was ich von dir haben will?"

Aki nickte unbehaglich. *Was ich von dir haben will*, das klang nicht nach einem netten Mann, der einfach nur Gutes tut.

„Das ist schon in Ordnung. Aber Sie müssen mir versprechen, dass Sie Raik finden."

„Tut mir leid, das kann ich dir nicht versprechen", sagte Andelin trocken. „Einen Mann in dieser Stadt zu finden ist keine Kleinigkeit." Er schob seinen leeren Teller weit von sich und rieb sich den Bauch.

„Wie ist heute deine geschäftliche Besprechung gelaufen, Andelin?", fragte Saleh, um Akis Gegenrede im Voraus abzuwürgen.

„Oh, wirklich gut. Mein Partner und ich sind uns über das Ziel einig. Aber noch nicht über die Mittel, die wir brauchen, um es zu erreichen. Ich denke aber das hat sich erübrigt. Das Ziel hat gewissermaßen uns erreicht, bevor wir auch nur einen einzigen Schritt gemacht haben."

Er lächelte und nickte Aki zu.

„Und was war das für Ziel?", wollte Esra wissen.

Andelin lächelte wieder. „Auch wir suchten jemanden."

Saleh zog die Augenbrauen hoch und schwieg.

„Oh und wer ist dein Partner?" fragte Esra unbekümmert, ihre listigen schwarzen Augen auf den Mann gerichtet.

„Es ist mein alter Freund, Edgar Vonnegut."

„Und nach wem…"

Esras Frage ging unter in dem, was daraufhin geschah. Sie hörten laute, schnelle Fußtritte. Dann klopfte es an der Tür. Dreimal schnell, zweimal langsam. Dann lief der, der geklopft hatte, mit genauso schnellen Schritten davon. Andelin, Saleh und Esra waren bleich geworden. Keiner rührte sich. Fassungslos sah Aki von einem zum anderen. Und wieder Schritte, wieder ein Klopfen, dreimal schnell, zweimal langsam. Andelin fuhr so ruckartig in die Höhe, dass der Tisch wackelte.

„Schnell, Esra, Saleh, schnell!", rief er heiser und stürmte davon. Überrumpelt stand Aki von seinem Platz auf. Esra ergriff so viel Geschirr wie sie tragen konnte und rannte damit weg. Saleh griff die Stühle und schleppte sie hinter den Tresen. Dort stand Andelin und packte, für Aki nicht sichtbar, Gegenstände in einen kleinen Karton. Als er damit fertig war, trat er in die Mitte des Ladens, hob eines der Bodenbretter an und platzierte den Karton darunter. Saleh schob den schweren Esstisch darüber. Esra kam wieder angelaufen, eine Kerze in der Hand, die sie am Fenster positionierte. Keiner sprach während dieser merkwürdigen, hastigen Prozedur. Andelin sah sich mit stechendem Blick um.

„Alles am Platz. Schnell, hoch jetzt", raunte er und schob Aki, der immer noch verwirrt und bewegungslos an demselben Fleck stand, in Richtung der Treppe zu Andelins Kammer hin. Esra stürmte an ihnen vorbei, ergriff Akis Arm und zog ihn die Treppen hinauf. Sie liefen in Andelins Kammer und zu der schiefen Holztür, die zum Dach hinaufführte. Esra zerrte Aki hinein, Saleh folgte, die Tür schlug zu und Aki hörte, wie ein Möbelstück vor der Tür in Bewegung gesetzt wurde. Es krachte gegen das Holz, dann war Stille.

Aki sah Esras Augen im Schein des Lichtes, das durch das Loch in der Wand fiel, unheimlich hell leuchten.

„Was ist los? Warum verstecken wir uns?"

„Razzia. Wir sind illegal Wohnende. Das heißt Gefängnis, Schmiergeld hin oder her", antwortete Saleh kurz. Esra ging zu dem Loch im Dach und streckte den Kopf hinaus.

„Razzia?", echote Aki. „Von wem?"

„Von der Stadtwache. Senke deine Stimme!", knurrte Saleh, der sich auf sein Bett fallen ließ. Esra wandte sich wieder um.

„Ist jetzt schon lange her, dass sie eine gemacht haben. Bestimmt ein Jahr", flüsterte sie nachdenklich.

„Ja und ich weiß, was sie suchen", zischte eine gedämpfte Stimme hinter den Dreien.

Esra schrie leise auf und Aki erkannte den Umriss eines Mannes mit Wuschelhaaren, der von draußen den Kopf durch das Loch streckte.

„Zum Dogan, Nachbar, du alter Hexensohn! Musst du uns so erschrecken? Seit wann quietscht die Feuerleiter denn nicht mehr?", keuchte Saleh, die Hand an die Brust gepresst.

„Mensch, habe nicht viel Zeit, kann nicht so lange einleiten! Die kommen gleich hier vorbei", zischte der Mann, der leise auf die Feuerleiter geklettert war und den Kopf durch das Loch in der Wand steckte.

„Was suchen sie?" Esra hatte sich schnell wieder im Griff.

„Eine Frau", sagte der Mann hastig. „Iringa. Bisher kennt sie keiner."

„Iringa?", wiederholte Saleh gedehnt.

„Wo waren sie schon überall?", fragte Esra.

„In den Straßen und den unteren Etagen. Aber jeder weiß Bescheid. Überall brennen die Kerzen. Sie werden keinen überraschen. Wenn diese Frau hier irgendwo ist, sie ist gewarnt."

„Was hat sie denn angestellt? Dogan, eine eigene Razzia für eine Frau…"

Der Mann zuckte im Schatten mit den Schultern. „Mord, sagen sie."

„Iringa?", wiederholte Saleh noch einmal, zögerlich.

Der Mann mit den Wuschelhaaren erstarrte, angestrengt lauschend. „Sie kommen", hauchte er und sein Kopf verschwand.

Saleh flüsterte: „Ich kenne den Namen. Bringe den mit dem Hafen in Verbindung. Aber eher mit einem Mann. Wird nicht so wichtig sein."

Dann hörten sie die Stadtwache. Dutzende schwere Stiefel, die im Gleichschritt über die Ebene donnerten. Aki schauderte. *Kein Wunder*, dachte er, *dass die Stadtwache allein schon dadurch Angst verbreitet*. Wie Trommelschläge dröhnten ihre Schritte über die Planken der Holzbrücken. Sie hörten, wie sie unten an die Tür hämmerten und dann die Stimme von Andelin. Esra stand furchtlos in der Mitte des engen Raumes und starrte, ohne einmal zu zwinkern, auf die schiefe Holztür. Saleh saß kerzengerade, die Hände zu Fäusten geballt, den Kopf zornig in den Nacken geworfen. Sie hörten die Stiefel hineinstürmen und die Treppe erbebte. Esra sog die Luft scharf ein und schlug sich eine Hand vor den Mund, als würde sie sich selbst nicht zutrauen, keinen Laut von sich zu geben. Aki legte sich lautlos auf das Bett von Esra und presste ein Kissen über den Kopf, um nichts weiter hören und sehen zu müssen.

„Aki? Aki!"

Eine Hand legte sich auf seinen Rücken. Aki zog das Kissen von seinem Kopf. Esra beugte sich über ihn, ihre langen Haare fielen auf ihn herunter. „Sie sind weg."

Aki richtete sich auf.

„Andelin hat den Schrank noch nicht wieder weggeschoben. Wahrscheinlich sollen wir erst Mal hier oben bleiben."

„Wir sollten versuchen zu schlafen", sagte Saleh.

„Was ist falsch mit dir?", brauste Esra auf. „Als ob nur einer von uns jetzt schlafen könnte!"

„Schön, was willst du tun? Wir können's nicht riskieren Licht zu machen."

„Was ich tun will?"

Der leise Wortwechsel von Esra und Saleh erreichte Aki nicht. Er starrte wieder auf die Zeitungsartikel vor ihm. Im fahlen Licht sahen die Tätowierungen des Mannes unheimlich aus. Aki streckte den Arm aus und berührte das Papier vorsichtig mit dem Zeigefinger. Wer war dieser Mann? Wie war sein Name? Was hatte er Raik gesagt? Warum hatte Esra diesen Artikel aufgehängt? Er fuhr gedankenverloren mit dem Finger über das Gesicht des Mannes. Aus den Augenwinkeln sah er eine Bewegung. Es war Esra. Sie stand auf, ergriff eine kleine goldene Schale von einem Brett und platzierte sie auf den Boden. In ihrer Mitte war ein Kegel aus fest gepresstem, braunem Pulver. Sie entzündete ein Streichholz und hielt die zuckende Flamme an den Kegel. Ein dünner Streifen von Rauch kräuselte sich und stieg langsam nach oben. Mit einem Hauch blies Esra den Rauch an. Er begann zu tanzen. Aki atmete tief ein und ein scharfer, zugleich bitterer Geschmack legte sich auf seine Zunge. Es roch nach Erde, Harz und Honig, nach Moos und Mond und Lagerfeuer. Er fühlte, wie sich Ruhe in seinem Bauch und ein kitzelndes

Flirren in seinem Kopf ausbreitete. Narkotisch und klar. Wie gefangen starrte er in das Halbdunkel, in dem der Rauch tanzte.

„Vielleicht ist jetzt die richtige Zeit, Geschichten zu erzählen."

Erschrocken zog Aki die Hand von dem Zeitungsausschnitt zurück, als er Esras Stimme dicht an seinem Ohr hörte.

„Erzählen sollst du nur von ihm, der unser Leben lenkt und den kein Gedanke denkt. Schweigen aber musst du von *ihr*, dass selbst deine Lippen das Geheimnis nicht kennen. Kein Sterblicher darf *ihren* Namen nennen", rezitierte Saleh träge aus dem Ga'an, tief in sich und den Rauch versunken.

„So sagen sie", murmelte Esra mit einem Lächeln.

„Ich…", sie sprach leise und so nah, dass Aki ihren Atem wie einen gehauchten Kuss an der Wange spüren konnte. „Ich möchte gerne eine Geschichte hören, die beginnt mit: Es lebte einmal ein junger Mann in Jordengard, der den Namen Aki trug und von diesen und jenen der Wegemeistersohn genannt wurde. Er lebte glücklich und zufrieden, bis er eines Tages seine Heimat verließ um nach Litho zu gehen. Und das kam so…"

Ihre großen, schwarzen Augen waren auf Akis Gesicht geheftet und sie lächelte sanft. Ihre Stimme floss wie süßer Wein in Akis Gedanken. Es fühlte sich wohlig an, einschläfernd, kribbelnd. Aki löste sich auf und flog weg, hinauf in den Sternenhimmel und die Zeit rieselte in Strömen aus Bildern rückwärts durch den Raum und dann, klar und scharf und mit Kanten wie eine handkolorierte Fotografie, erhob sich Jordengard aus dem Rauch.

„Und das kam so." Akis Stimme schien wie im Traum von weit weg zu kommen.

„Jordengard… meine Heimat liegt am Rande des Truwenwaldes. Mein Vater war ein Wegemeister, einer der letzten im Nordland. Früher hat der nordländische König ihnen Lohn und Brot gezahlt, doch seit den Diamantenkriegen war kein Geld mehr da. Aber die Leute in Jordengard hatten Angst vor dem Wald. So hat das Dorf meinen Vater gezahlt, jahrzehntelang. Sie hatten alle solche Angst, weil es heißt, im Truwenwald lebt eine Hexe. Und nur die Wegemeister, sagen sie, lassen sich vom Hexenwerk nicht blenden und in den tiefen Wald locken. Sie verlassen niemals ihre Wege und fürchten sich nicht vor dem, was im Dunkeln haust. Aber das ist Unsinn. Ich glaube, all die Jahre hat mein Vater nur Wild geschossen, tote Bäume gefällt und Holz gemacht und nachts die Wölfe verjagt. Er kam nach Hause, wenn die Sonne aufgegangen ist. Ich… ich weiß noch, wie mein Vater mich oft mit an den Waldrand genommen hat. Aber das meiste habe ich vergessen. Ich weiß noch… blitzendes Sonnenlicht auf den Blättern und die Dunkelheit der dichten, hohen Tannen weit weg. Leuchtendes Grün und ein riesiger, endloser Teppich aus Glockenblumen. Im Rücken das Dorf und knackende Äste. Rennen und springen über große Wurzeln, ein Astschwert in der Hand. Mückenschwärme und… *bleib in der Nähe, hörst du nicht die Wölfe*!" Aki schluckte und Esra atmete schnell und flach. Der Rauch hatte sich in dem Raum verteilt und biss in den Augen.

„Und dann… dann kam der Tag, an dem sich die Bäume verneigt haben."

Die Luft in dem kleinen Raum flirrte, wurde unmerklich kälter und Saleh erschauderte.

„Ich weiß nicht mehr viel. Ich war neun Jahre alt. Und ihr müsst wissen, was ich jetzt erzähle, es kann nicht wahr sein. Es ist niemals geschehen. Aber es ist da, in meinem Kopf ist es so. Ein Märchen. Sie sagten, meine Mutter und ich wären zur Dämmerung in den Wald gegangen um meinem Vater Essen zu bringen. Es gab dort einen hohen, schwankenden Wegemeisterstand auf einem Felsvorsprung. Von dort aus konnte mein Vater die Baumwipfel der

Ostseite des Waldes beobachten. Dort… dort war es. Damals habe ich noch gerne im Wald gespielt. Ich wollte auch so gerne ein Wegemeister sein und ich hatte ein Schwert aus Holz. Das hat mir mein Vater gemacht. Aus dem Ast eines Baumes, der nach einem Gewitter abgebrochen war, weil ein Blitz in ihn eingeschlagen hatte. Er hat immer gesagt, der Blitz wäre immer noch in dem Holz gefangen, für alle Zeit. Ein Schwert, in dem ein Blitz auf ewig gefangen ist. Ich habe allein gespielt und bin immer wieder ein Stück von meinen Eltern weggegangen. Außer uns war nie jemand in dem Wald, ich hatte dort noch niemals eine Menschenseele gesehen. Aber an dem Tag… plötzlich… war da etwas. Ich konnte es zwischen den Bäumen sehen, wie ein Schatten. Es hat uns beobachtet. Vielleicht ein Tier, habe ich gedacht. Ein Wolf vielleicht, der verletzt im Unterholz rumschleicht. Oder etwas anderes. Es war mal hier und mal dort. Ich habe versucht, es zu verfolgen. Bin seinem Rascheln nach. Ich bin durch Ranken gekrochen und durch das Laub aber es war verrückt: je näher ich dem Rascheln gekommen bin, desto weiter schien sich der Schatten von mir zu entfernen. Und dann kreischte ein Vogel. Ich hörte wildes Flügelschlagen. Ein Ast knackte. Ich blieb stehen und habe nicht mehr gewusst, wo ich war. Meine Mutter schrie." Aki begann zu zittern.

„Ich bin losgerannt und wusste aber nicht wohin. Überall Löcher im Boden, Steine und Wurzeln an meinen Beinen. Ich war langsam, so langsam wie noch nie. Als ob der Wald mich festhalten wollte. Ich konnte nichts sehen. Und dann hat mein Vater geschrien, laut und wild und ich glaube ich habe auch geschrien, immer wieder seinen Namen. Ich wusste nicht wo er war oder wo ich war. Überall nur Wald und kein Weg. Und dann hörte ich meinen Vater pfeifen. Er konnte laut auf den Fingern pfeifen, es gab viele unterschiedliche Melodien. Ich kannte sie alle. Ich bin hier, hörte ich, ich bin hier.

Zwei kurze Töne, ein langer, nach oben gezogener Laut. Und plötzlich konnte ich sagen, aus welcher Richtung das kam. Hinter den Bäumen habe ich den Wegemeisterstand gesehen auf dem Felsvorsprung und meine Beine bewegten sich wieder frei. Ich bin dort hingerannt und die Leiter hochgeklettert. Aber da war die Melodie weg, ich habe nichts mehr gehört. Ich habe versucht hinunter zu schauen wo meine Eltern waren. Und dann…"

„Und dann?", echote Esra flüsternd.

„Mich hat was an den Haaren gepackt, über den Rand hinausgezogen und ich hing in der Luft. Der Wegemeisterstand ist viele Meter hoch. Wenn man runterfällt schlägt man auf spitzen Felsen auf. Ich habe gekämpft, gebissen und getreten, mich festgeklammert aber wer oder was auch immer mich gehalten hat… war stark. Ich habe nichts gesehen, gar nichts, weil mir mein Hemd über meinen Kopf gerutscht ist. Er wollte mich runterwerfen, glaube ich. Und dann… geschah… dann…", die Sätze kamen wie Pistolenkugel aus Akis Mund.

„Dann ist mein Hemd zurück bis an die Nasenspitze gerutscht und ich konnte den Wald sehen. Und ich sah… ich sah, wie sich die großen Tannen neben dem Wegemeisterstand langsam bewegten. Ganz, ganz langsam. Das Holz knarrte und quietschte laut. Sie beugten die Kronen und neigten sich hinunter. Immer tiefer, immer näher zu mir, als würden sie sich verbeugen. Ich sah es, es war so, ich kann's schwören vor dem Falken. Und eine Stimme rief… und es war ein Vogel der mir das zurief, weil ich den Flügelschlag hören konnte… er hat gesungen…. *Halte, halte*…. Und ich habe mich mit aller Kraft, mit Armen und Beinen an den Arm des Kerls geklammert, der versucht hat, mich hinunterzuwerfen. Und die Bäume kamen auf mich zu. Zumindest… ich mein, ich weiß, dass es nicht sein kann, es ist unmöglich. Vielleicht war ich auch nicht richtig im Kopf vor Angst. Bäume können sich nicht bewegen. Und dann… hat mir die Gestalt ins Gesicht geschlagen und ich habe losgelassen und bin gefallen – und dann war nichts außer Fallen. Und plötzlich bin in der Baumkrone aufgeschlagen, die Zweige sind mir ins Gesicht gepeitscht. Ich bin gerutscht und bekam den Stamm zu fassen. Meine Beine haben sich in den Ästen verfangen und dann richtete der Baum sich wieder auf. Oder… zumindest ist irgendwas passiert, es fühlte sich an wie… wie schaukeln. Als ich wieder deutlich was sehen konnte, saß ich in der Baumkrone auf einer hohen Tanne, die ein Stück weit entfernt von dem Wegemeisterstand ist. Ich bin einfach sitzen geblieben… wie festgefroren, mein Kopf war wie… leer und es gab keine Zeit mehr, nichts. Irgendwann, später, kamen Leute aus dem Dorf, mitten in der Nacht. Sie liefen rum und dann schrie jemand und alle rannten zusammen und es war lange still. Ich habe es gewusst, die ganze Zeit, dass meine Eltern nicht mehr am Leben waren. Sie riefen nach mir. Es war dunkel und sie hatten Fackeln aber ich konnte mich nicht rühren, meine Stimme war weggeflogen wie… wie eine Nachtigall. Der alte Dujak hat mich gefunden, der Tischler. Wie der das gemacht hat weiß ich bis heute nicht. Aber er kennt sich mit Holz aus und er hat gesagt mit dem Baum war etwas nicht in Ordnung. Sie haben gerufen ich soll runterklettern, aber ich konnte nicht. Ich war erstarrt, *katatonisch* hat Dujak gesagt. Dann hat Dujak seinen Lehrling hochgeschickt, Raik. Er war dreizehn. Er ist bis in die Krone hochgeklettert, flink wie ein Eichhörnchen. *Vertrau mir, Aki*. Hat er gesagt. Mich auf den Rücken genommen und ist mit mir wieder runtergeklettert. Und dann… naja… Sie haben dann gesagt, dass umherziehende Verbrecher meine Eltern überfallen und umgebracht hatten. Sie haben gesagt, der Waldboden war nass von ihrem Blut. Sie haben mich die Leichen nicht sehen lassen. Ich bin beim alten Dujak und Raik geblieben, für die nächsten zehn Jahre. Ich bin nicht mehr in den Wald gegangen, ich habe nie mehr von dem Tag gesprochen und es gab keinen Wegemeister mehr."

Eine Weile war es still. Aki hing seinen Gedanken nach und Esra und Saleh wagten es nicht, einen Laut von sich zu geben. Irgendwann schien Aki wie aus einem langen Schlaf zu erwachen und schüttelte den Kopf, als wolle er Wasser aus den Ohren bekommen.

„In all den Jahren habe ich vergessen, was passiert ist. Raik und ich haben zusammen unsere Lehre als Tischler gemacht. Das war gut aber Jordengard ist nicht groß. Wirklich gut verdient hätten wir erst, wenn der alte Dujak gestorben wäre und uns seine Werkstatt überlassen hätte. Er hat keine Kinder und keine Frau." Aki schluckte. „Aber ich hoff mal der lebt noch tausend Jahre. Wir hätten auch fortgehen können, aber das hätten wir niemals gewollt. Wenn ihr einmal die alte Stadt gesehen habt, nach einem Sommerregen, wenn die Bäume schwer sind und es nach Erde riecht und die Straßen glänzen... oder wenn im Winter der Truwenwald aussieht wie ein schneeweißes, gewaltiges Gebirge... wenn ihr wisst, dass alle Menschen, die euch nachts begegnen, keine Fremden sind - dann wollt ihr nicht mehr weg."

Atemlos saßen Esra und Saleh zwischen den Kissen und lauschten. Schatten hatten sich über Akis Gesicht gelegt.

„Jordengard war meine Welt... und dann kam Raik mit dieser Geschichte."

„Wie? Was hat er erzählt?", fragte Esra atemlos.

„Es hat schon immer geheißen, der Truwenwald ist von der Hexe verflucht. Seit wann sie das sagen, weiß ich nicht, länger als ich lebe. Raik hat immer gedacht, dass käme aus der Zeit des Diamantenkriegs vor vierzig Jahren. Wisst ihr, im Truwenwald gibt es noch Minen, aus denen sie früher die Diamanten geholt haben. Sie sind verfallen und keiner wagt es dahin zu gehen. Außerdem weiß man nicht so genau, wo sie liegen. Und dann kam ein Städtebettler aus Kaon mit dieser irren Geschichte. Angeblich war im Frühjahr ein Mann nach Kaon gekommen, der ein Graufell war. Und der war zu Geld gekommen. Hatte einen goldenen Zahn im Maul und Pelz umgehängt und schwere Ringe an den Fingern und eine südländische Dompteurin hatte er gekauft, mitsamt Peitsche und Zwerg. Wie er das gemacht hätte, haben sie ihn gefragt und abgefüllt haben sie ihn vorher. Und er hat gemeint, dass er im Truwenwald gewesen wäre, in den Minen. Und dass da immer noch Diamanten wären, weil sie damals alles stehen und liegen lassen haben, als die südländische Armee in Jordengard eingefallen ist. Eigentlich habe ich das nicht geglaubt. Kein Mensch lässt Diamanten vierzig Jahre im Wald verstauben, wenn er weiß, dass sie da liegen. Und außerdem, warum sollte der Graufell rausrücken, woher er sein Geld hat? Sogar wenn er besoffen ist wird er noch einen Funken Verstand gehabt haben." Aki atmete schwer. „Aber den Hals hat man ihm trotzdem umgedreht am nächsten Morgen. Die Dompteurin war verschwunden und das Geld auch."

Saleh schüttelte den Kopf und murmelte vor sich hin.

„Aber die Geschichte war einfach zu gut, versteht ihr? Wir haben gedacht, was kann es denn schaden, wenn man mal nachschaut. Wenn er gelogen hat, dann hat er eben gelogen, wir drehen um und gehen wieder heim. Das haben wir gedacht."

„Und dann seid ihr in den Truwenwald gegangen und habt nach den Minen gesucht?", forschte Esra.

„Ja", sagte Aki bitter. „Raik hat sich den Plan ausgedacht. Wir haben unsere Sachen gepackt, dem alten Dujak erzählt, wir gehen auf Wanderschaft nach Kaon. Arbeit suchen. Das macht man so, wenn zuhause keine Arbeit ist, wisst ihr."

Saleh nickte beflissen.

„Wir wollten in den Truwenwald, die Minen suchen und wenn wir Diamanten finden weiter nach Kaon. Sie dort verkaufen und mit Händen voller Geld zurück nach Jordengard. Im Frühsommer sind wir los." Er lachte traurig auf.

„Ein schöner Plan, so einfach, wie eine Schatzsuche. Wir haben nicht die geringste Ahnung gehabt wo wir hingehen sollten. So sind wir auf gut Glück gewandert. Zuerst den alten Pfad der Wegemeister. Den hatte mein Vater mir früher gezeigt – und nein, ich hatte auch keine Angst mehr. Und als wir so tief im Wald waren wie noch nie vorher, haben wir den Weg verlassen und sind nach Norden, grob in die Richtung von Kaon. Es war seltsam…", Aki senkte die Stimme.

„Je weiter wir kamen und je dichter der Wald wurde, desto mehr hatte ich das Gefühl, dass jemand uns verfolgt. Ich dachte, jemand ist hinter uns. Manchmal habe ich Schritte gehört und ab und zu etwas rennen sehen. Ein Schatten. Wie damals, damals, an dem Tag… das war schrecklich. Raik hat gesagt, das wäre Schwachsinn, ich sollte nicht darauf achten, es wären nur Tiere und ich hätte nur Angst wegen meinen Eltern, ihr wisst schon. Wahrscheinlich war es der Wind. Wenn die Zweige sich im Wind bewegen und knacken, dann klingt es eben wie Schritte und es sieht aus, als husche was. Nachts war es besonders schlimm. Es war, als ginge jemand um unseren Schlafplatz herum. Jemand beobachtet uns. Wartet, du weißt nicht, worauf. Und der Wind rüttelt an deinen Decken. Aber ich habe versucht nicht dran zu denken. Geschlafen habe ich fast nicht. Raik lag auch wach, in vielen Nächten. Irgendwann haben wir sie gefunden."

„Ihr habt die Minen gefunden?", rief Esra aus.

„Eine", berichtigte Aki sie. „Nur eine. Wir waren schon seit Tagen den Berg hinaufgegangen und irgendwann begannen die Felsen. Und am selben Abend sahen wir den Eingang. Eine kleine Höhle aber man konnte die Schienen sehen und eine verfallene Hütte stand in der Nähe. Auf einem Felsen stand noch eine verrostete Öllampe und ein altes Messer lag da, gerade so, als ob sie hier vor vierzig Jahren wirklich plötzlich geflohen wären. Ein Platz, an dem du nicht sein willst, wenn die Nacht gekommen ist. Raik wollte sofort in die Höhle hinein. Ich glaube, er wollte nicht länger hierbleiben als es nötig war. Ihm hat der Wald auch nicht gefallen, egal was er zu mir gesagt hat. Ich hab gesehen, wie er immer blasser wurde und am Schluss hat er fast nicht mehr gesprochen. Der Wald hat uns nicht gutgetan. So haben wir schnell unsere Lampen angezündet und sind reingegangen. Es war alles verfallen. Der Hauptweg war uns schon nach fünf Minuten versperrt, er war eingefallen. Wir sind abgebogen, einen schmalen Gang entlang. An den Wänden waren Zeichen eingeritzt, Wegweiser. Nach einiger Zeit kamen wir wieder in eine größere Höhle, von wo aus verschiedene Wege abzweigten. Wir haben überlegt und beraten, wo wir langgehen sollten. Und dann…", Akis Stimme zitterte.

„Dann sah ich hinter einem Stein eine Kerze brennen. Wir hatten sie nicht bemerkt, wir waren damit beschäftigt, den Weg zu finden. Und da hörte ich wieder Schritte und diesmal war es echt, es war nicht der Wind und kein Tier, es war jemand hier und er stand genau hinter uns. Ein Soldat. Er trug einen Bart, sah schmutzig aus und grinste so, dass man alle seine Zähne sah. Für eine Sekunde hielt ich ihn für einen Geist, ein Gespenst von vor vierzig Jahren. Aber er war ein Mensch. Er trug ein Gewehr."

„Dogan!", schrie Esra und alle zuckten zusammen. „Was sagte er?"

„Wenig. Er sagte: *Mitkommen*. Er drängte uns einen schmalen Durchgang entlang zu einer kleineren Höhle, wo überall Kisten standen. Raik versuchte mit ihm zu reden aber er antwortete nicht, grinste nur weiter. Er sagte: *Stehenbleiben. Umdrehen.* Wir wussten, was jetzt passieren würde, wir wussten es einfach. Raik sagte: *Lass uns gehen, wir haben nichts gestohlen. Wir verschwinden sofort und sagen nichts.* Der Soldat lachte, sagte *Sicher, Bastard* und hielt Raik das Gewehr an den Kopf.

Was zum Dogan hätten wir machen sollen? Ich wollte nicht sterben und Raik auch nicht. Er schafft es, sich auf den Gewehrarm des Soldaten zu stürzen, bevor der abdrückt. Der Schuss prallt gegen eine Kiste. Und dann kämpfen sie. Ich kann dem Soldaten das Gewehr aus der Hand reißen. Er hat plötzlich ein Messer in der Hand und streift Raik am Hals, es beginnt sofort zu bluten. Ich schieße auf ihn, ich treffe ihn am Arm. Er lässt das Messer fallen. Raik stößt ihn weg und er taumelt, stolpert über einen Stein, fällt rückwärts um und schlägt mit dem Hinterkopf gegen die Kante einer Kiste. Und dann ist er tot."

„Und ihr haut ab", vervollständigte Saleh.

„Was hättest du getan?", stieß Aki hervor. „Er war schon tot, was hätten wir noch tun können? Warten, bis sie uns verhaften und hinrichten? Wir haben einen nordländischen Soldaten getötet, zum Dogan! Wir sind raus gerannt. Und als wir draußen waren, haben wir sie kommen sehen. Sie waren weiter unten am Berg, vielleicht fünf oder sechs weitere Soldaten. Und uns haben sie auch gesehen. Sie brüllten rum, zogen die Gewehre und stürmten den Berg hoch. Wir sind zur anderen Seite, den Hang hinunter. Hatten so verdammt viel Glück, dass wir einen Vorsprung hatten. Sie brauchten länger den Berg hinauf zu kommen als wir hinunter. Am Schluss bin ich nicht mehr gerannt. Ich flog einfach, schlug ein paar Mal gegen einen Baumstamm. Den Boden unter den Füßen hab ich sowieso nicht mehr gespürt. Wir sind gerannt, ich glaube bestimmt eine Stunde lang, bis wir sie nicht mehr hinter uns hörten. Und trotzdem sind wir weiter, nicht stehen geblieben, keine Sekunde. Ich hab sie nicht mehr gehört aber ich habe gespürt, dass immer noch einer dicht hinter uns ist. Tja und das war's dann. Sobald wir aus dem Wald waren sind wir abgebogen und haben uns auf den Weg nach Litho gemacht, solange noch keiner uns aufgehalten hat. Es war vielleicht eine Frage von Stunden oder einem Tag, bis sie in Jordengard rausgekriegt hätten, wer wir sind, um an den Grenzen unsere Steckbriefe zu verteilen. Soldatenmörder. Landesverräter. Dogan, was haben wir getan! Und alles wegen dieser verfluchten Geschichte! Wir können niemals mehr nach Jordengard zurück, geschweige denn ins Nordland!"

Er schlug die Hände vor das Gesicht. Esra streckte einen Arm nach ihm aus und ließ ihn auf halber Strecke wieder fallen.

„Und was ist jetzt mit Raik?", fragte sie nachdenklich. Aki nahm sich zusammen, ballte die Fäuste.

„Als ich ihn das letzte Mal gesehen hab, da hat er gesagt, er hätte einen Weg gefunden, wieder nach Hause zurückkehren zu können. Er hätte einen Pakt geschlossen und wenn er den erfüllt, dürfen wir wieder nach Jordengard und alles ist uns vergeben. Mit wem auch immer er diesen verfluchten Pakt geschlossen hat – diese Leute haben nur ein paar Stunden später versucht, mich zu töten. Und deshalb muss ich ihn finden, bevor sie dasselbe mit ihm machen."

Bevor Esra reagieren konnte, war Saleh aufgesprungen, zu Aki getreten und packte im festen Griff seine Schulter.

„Das wird in Ordnung kommen. Wir finden deinen Freund. Vertrau auf Andelin. Gleich morgen kannst du die Suche beginnen", sagte er zuversichtlich. „Im Grunde habt ihr den Soldaten ja nicht ermordet. Es war mehr… ein Unfall. Überhaupt ist ja seltsam was diese Soldaten dort getan haben, mitten im Truwenwald in einer stillgelegten Mine. Das ist nicht normal. Niemand hat damit rechnen können, dass sie da sind. Es war ja nicht verboten, in die Minen zu gehen oder? Er hat kein Recht gehabt, euch dafür zu töten. Notwehr, das war es. Kein Mord. So kannst du es auch Andelin schildern, wenn er nach deiner Geschichte fragt."

„Still!", rief Esra. „Ich hab was gehört."

Sie sprang auf und lief zu dem Loch im Dach. Hatte sie es sich nur eingebildet? Aki glaubte, Geräusche zu hören, ein blechernes Schlittern, als sei jemand auf der Feuerleiter ausgeglitten. Doch draußen war nichts, alles war still und lag im Dunkeln. Esra zuckte mit den Schultern.

„Hört mal…", Aki sah die beiden offen an. „Danke, dass ihr mir zugehört habt. Aber ich will nicht mit Andelin darüber reden. Ich weiß nicht einmal, warum ich euch das erzählt hab. Und es wär gut, wenn auch sonst keiner von euch über die Sache redet. Alles klar? Ich will jetzt schlafen."

Aki war unendlich müde und ein dumpfer Schmerz pochte in seinen Schläfen. Warum hatte er so viel erzählt? Warum nur? Warum hatte er von dem Tag erzählt, an dem die Bäume sich verneigt hatten? Das war dumm. Der seltsame Rauch aus Esras Schüssel war schuld gewesen. Der hatte seine Gedanken völlig vernebelt. Die Bilder waren von selbst gekommen, er konnte es gar nicht verhindern. Er hatte niemandem zuvor davon erzählt, niemandem außer Raik. Aber zwei völlig Fremden? Die beiden hatten es scheinbar gut aufgenommen, dass er und Raik den Soldaten getötet hatten. Man wusste nicht… er konnte nicht sicher sein. Sie waren Fremde, vielleicht Feinde. Warum hatte er es nicht bleiben lassen können? Es machte alles nur noch schwieriger, wenn zu viele Menschen

Bescheid wussten. Aber Saleh und Esra waren freundlich zu ihm und die ersten Menschen seit einer gefühlten Ewigkeit, die mit ihm redeten. Sie mochten die Verbündeten in dieser doganverfluchten Stadt sein, die er brauchte. War das zu viel gehofft? Dieser Andelin… er konnte der Mann sein, ihm zu helfen – doch sein gieriger Ausdruck gefiel Aki nicht. Er zweifelte aber nicht daran, dass es Andelin gelingen könnte, Raik zu finden, denn er war schlau und kannte sicher die nötigen Menschen. Was mochte mit Raik geschehen sein? Aki verlor sich ins Grübeln. Was musste er tun, um den Pakt zu erfüllen? Wo war er?

Als Saleh seine Stiefel auszog, kam Esra noch einmal zu Aki an das Bett. Sie beugte sich tief hinunter und wieder spürte er den Hauch ihrer Worte an seinem Ohr. Er fühlte, wie ein Schauer über seinen Körper ging. In kindlichem Singsang, den Saleh nicht hören konnte, sagte sie einen Reim auf, den er seit seiner Kindheit nicht mehr gehört aber immer gefürchtet hatte. Es war, als hätte sie allein verstanden was im Wald mit ihm geschehen ist:

„Die Hexe lebt im Truwenwald, pass auf, sie kommt und holt dich bald! Wenn sie an dir vorübergeht, spürst du, wie der Wind sich dreht. Du siehst sie nicht doch ist sie da, hinter dir und immer nah. Fängt sie deine Seele ein, kommst du nimmer wieder heim. Jeder, der den Wald betritt, der nimmt ihren Zauber mit. Der Weg, den nur die Meister gehen, lässt dich das Unsichtbare sehen."

Der alte Mann und der Falkenaut

Einen Monat zuvor ereigneten sich zwei äußerst seltsame Begebenheiten. Nur wenige Menschen sollten je von ihnen erfahren. Eine trug sich im Tempel der Stadt Litho zu, die andere einige Tage danach in einem Dorf im Südland. Es geschah Folgendes:

Die großen Wandtücher im Zimmer des Tempelherrn flatterten. Niemand wagte es, diesen Raum zu betreten, denn Hinrichtung wegen Hochverrat drohte dem, der sich hier mit einem Einbruch Zutritt verschaffte. Ferrana fröstelte. Es gab keine Sekunde zu verlieren. Er begann, sich umzusehen. Ferrana wusste noch nicht genau, wonach er suchen sollte. Vielleicht gab es ketzerische Schriften, die die böse Absicht des Tempelherrn bewiesen, Fotografien oder Gegenstände der Magie. Das Zimmer war kahl und leer, wie es sich für einen Falkenauten gehörte. Ferrana war enttäuscht. Auf den ersten Blick schien das Zimmer kein Geheimnis zu verbergen. Er war nicht bereit, aufzugeben. *Alles, was wir besitzen, ist unser Geist, das Wissen und die Wahrheit*, dachte Ferrana. *Unsere Bücher sind heilig*. Aus einer Eingebung heraus trat er zu einem Regal an der Stirnseite des Zimmers. Mit einem Ruck riss er die Bücher der obersten Ablage heraus und warf sie auf den Boden. Dann kniete er sich nieder und hektisch fuhren seine sehnigen Hände über die Einbände. Willkürlich schlug er ein Buch nach dem anderen auf und überflog das Inhaltsverzeichnis. Fand er nichts, schüttelte er den Kopf und warf das Buch in eine Ecke des Raumes. Buch um Buch landete auf dem wachsenden Stapel.

Je länger die Suche dauerte desto rasender wurde sein Eifer. Immer wieder stand er auf und fegte Bücher auf den Boden. Es gefiel ihm, nachlässig mit dem Eigentum des Tempelherrn umzugehen.

Schließlich erfasste er ein Buch, auf dessen Einband die Worte „Ga'an – Der Weg der Wahrheit" geprägt waren. Ehrerbietig hob er den Deckel des obersten heiligen Buches an und ein Schwall loser Blätter rutschte auf den Boden. Als er danach griff, sah er, dass die Seiten unterschiedlich groß waren. Viele waren Teil des heiligen Buches, doch einige waren kleiner und von dünnem Papier. Schwungvolle Linien einer Feder füllten die Seiten mit Worten. Atemlos überflog er die Schrift, während draußen das beginnende Dämmerlicht vom Fluss zu den gewaltigen Mauern des Tempels hinaufkroch. Als er bis zu letzten Absatz vorgedrungen war, rutschten die Blätter aus seiner Hand. Er fuhr mit der Zunge über seine trockenen Lippen. Niemals, nicht in seinen kühnsten Träumen, hatte er erwartet, auf so etwas zu stoßen. Oh, dieser elende Ketzer! Solcher Frevel, versteckt im heiligen Buch! Der Tempelherr war vernichtet. Hier war die Waffe. Es war nur die Frage, wen er dazu erwählen würde, sie zu führen. Ferrana selbst durfte seine Hände nicht beschmutzen, wenn er der neue Tempelherr werden wollte. Der kleine Mann lächelte. So viel Macht in seinen Händen! Er raffte die Blätter zusammen und schob sie in die Taschen seines Gewandes. Rasch erhob er sich und eilte, ohne sich noch einmal umzusehen, aus dem Raum.

Es war dunkel als er in den fensterlosen Gang hinaustrat. Keiner hatte die Lampen entzündet, die den Tempel bei Nacht erhellten. Ferrana war noch dabei, sich darüber zu wundern, da nahm er eine Gestalt wahr, die wenige Meter von ihm entfernt reglos stand. Er zuckte zusammen. War es möglich? All sein Mut verließ ihn auf der Stelle.

„Wer ist da?", brachte er unter Anstrengung heraus, während seine Schultern zusammensackten.

Die Gestalt trat vor und Ferranas Blick schärfte sich ein wenig.

„Ich, Anden."

Tief seufzend vor Erleichterung blickte Ferrana auf den Mann, der Anden hieß, ein Falkenaut aus dem Nordland. Sein Gesicht war mit Tätowierungen überzogen, die, wie Ferrana vermutete, von Ritualen der Bewohner des hohen Nordlandes stammten. Ferrana kannte Anden nicht gut, doch er wusste, dass auch er ein Feind des Tempelherrn war. Was tat er hier?

„Ich frage mich wirklich, ob dich jeglicher Verstand verlassen hat, Ferrana. Die Räume des Tempelherrn sind unantastbar."

Mit einer Handbewegung tat Ferrana die Worte des Mannes ab.

„Egal, was du denkst. Du hasst den Tempelherrn so wie ich. Und ich habe endlich den Beweist gefunden."

Ferrana griff in die Taschen seines Gewandes.

„Den Beweis, dass Lithos Tempelherr ein Verbrecher gegenüber Dogan ist. Verstehst du? Hier!"

Zitternd vor Stolz und ohne Nachdenken drückte Ferrana dem Falkenauten Anden das Bündel von etwa dreißig losen Seiten in die Hände. Anden nahm die Blätter und las. Ferranas Herz klopfte. Erwartungsvoll starrte er sein Gegenüber an. Minuten um Minuten verstrichen und in Andens Gesicht spiegelte sich keine Emotion. Keine Regung ließ auf die Reaktion hoffen, die Ferrana erwartet hatte.

„Verstehst du?", fügte er drängend hinzu.

Stirnrunzelnd blickte Anden Ferrana an, als hätte er vergessen, dass er vor ihm stand. Ferranas Gesicht glühte vor Begeisterung, doch Andens Gesicht war wie versteinert. Er richtete die Augen wieder auf die Blätter und schwieg. „Ich verstehe", begann er schließlich, „nicht im Geringsten, was das beweisen soll."

Enttäuscht entriss Ferrana die Seiten wieder Andens Händen und stopfte sie in die Tiefen seines Gewandes zurück.

„Wirklich, du hast keine Ahnung. Deine Blindheit tut weh, Anden. Aber was will man von einem idiotischen Nordländer schon erwarten", fügte er gehässig hinzu. „Im Gegensatz zu dir weiß ich genau, was jetzt zu tun ist. Da gibt es jemanden, der wohl weiß, was meine Entdeckung wert ist. Ich werde mich auf den Weg machen." Mit einem letzten, herablassenden Blick auf Anden wandte sich Ferrana um und eilte den Gang hinunter. Mit jedem Schritt, den er sich weiter entfernte, schwand sein Ärger und ein Gefühl des Triumphs breitete sich in ihm aus.

Wenn ein Mann den Konflikt zwischen Recht und Gewissen in seinem Inneren bewältigt hat, so wird auch der Tag kommen, an dem er die Konsequenzen für seine Entscheidung zu tragen hat. Manchmal dauert es wenige Stunden und manchmal viele Jahre. Doch der Tag wird kommen. Das gilt nicht nur für einen Falkenauten, sondern auch für einen gewöhnlichen Mann.

Einige Tage nach dem Vorfall im Tempel, saß der alte Krumpmann gegen Mitternacht aufrecht in seinem Bett und las unter dem Licht einer scharf riechenden Öllampe in einem Buch über die Wissenschaft der kleinsten Teilchen. Ab und an zuckten die rundgebeugten, breiten Schultern, erbebte der knochige Körper und eine Hand, übersät mit Altersflecken, fuhr durch das dichte Gewirr des langen, grauen Bartes. Dumpfer Schmerz pochte in seinen Schläfen und er hatte den Verdacht, dass er bald kurzsichtig sein würde, wenn er seine müden Augen jeden Abend diesem schlechten Licht aussetzte. Doch an Schlaf war nicht zu denken.

Ja, seit vielen Jahren war ihm Schlaf verhasst, vor allem das Träumen. Krumpmann hielt sich für zu alt, um jede Nacht mit seinen Erinnerungen zu kämpfen. So schlief er selten und es geschah, dass er manchmal am Tage vor Übermüdung einfach umfiel und wie in Bewusstlosigkeit davon glitt. Das Besondere an dieser Art des Einschlafens war, dass er niemals träumte oder sich zumindest selten daran erinnerte.

Nun legte er das Buch auf seinen Bauch und rieb sich die schmerzende Stirn. Wie so oft dachte er daran, dass es besser wäre, in der Stadt zu wohnen. Denn dort war es auch in der Nacht laut und niemand wunderte sich, wenn ein alter Mann in der Dunkelheit auf einem Stock gestützt durch die Straßen wanderte. Natürlich war dies in dem kleinen Dorf anders, hier konnte er nicht einfach nachts herumlaufen. Nachts betrat niemand die Straßen und die wenigen Betrunkenen, die von der Kneipe nach Hause wankten, taten dies unter dem argwöhnischen Auge des Nachtwächters. Doch auch Krumpmann war in der Tat ein Wächter, seit vielen Jahren. Wartete in diesem verfluchten Dorf. Immer wachsam, auf jedes Zeichen, dass die Dinge in Bewegung kamen. Dinge, die er selbst mit verursacht hatte. Vor vielen Jahren. Schuld haftet ein Leben lang. *Aber bin ich schuld? Nein, ich habe richtig gehandelt. Wir haben Zeit gewonnen. Großer Dogan, nur du allein weißt, wie viel.* Unruhig knetete er seine zittrigen, vom Alter gezeichneten Finger. Er war müde, unendlich müde. Endlich lehnte Krumpmann sich zurück und schloss die Augen. Er fühlte, wie seine Gedanken zusammenhanglos abschweiften und er ärgerte sich. In seinem Kopf tauchte das flackernde Bild Jordengards auf.

„Verdammt!", dachte Krumpmann. „Nicht das…"

Das Traumbild trug ihn fort. Doch bevor er den nächtlichen Kampf beginnen konnte, drang ein leises Geräusch in den Traum hinein. So schnell, wie man ein Schwert aus der Scheide zog, hatte Krumpmann sich wiederaufgerichtet. Verschwunden war die Müdigkeit, die zittrigen Finger, die gebeugten Schultern. Er lauschte angespannt in die Stille hinein. Schritte vor seiner Tür, ein leises Jammern. Mit einer Hand griff Krumpmann nach seinem Gehstock, der am Nachtschrank lehnte, mit der anderen schlug er die dünne Wolldecke zurück.

„Hallo? Was ist los?"

Mühsam schwang er sich aus dem Bett und stand auf, das Gewicht auf den Stock gestützt. Er humpelte zu der Tür.

„Ach…", hauchte eine gequälte Stimme dahinter. „Dogan sei Dank, Sie sind wach. Ich wusste nicht… wusste nicht, was… Herr Krumpmann!"

„Susedka?"

Mit einem Ruck riss Krumpmann die Tür auf und blickte in das Gesicht einer kleinen, älteren Frau. Sie stand da im fuchsroten Nachthemd und Umhang, ein Nerv um ihren faltigen Mund herum zuckte nervös. Die Augen waren so weit aufgerissen, dass Krumpmann an eine Schleiereule denken musste.

„Da… da ist… jemand, ich meine Fremde! Ich wusste nicht wohin… alle schlafen schon, außer Ihnen. Die sind so eigenartig, diese Leute. Sie sind nicht von hier, Herr Krumpmann, das sehe ich sofort."

Die Worte, gepresst hervorgehaucht, gipfelten im letzten Satz und offenbarten ihm die tiefsten Ängste und den Argwohn einer jeden Dorfbevölkerung. *Sie sind nicht von hier!*

Während Krumpmann sich noch verwirrt bemühte, den Worten seiner Hausverwalterin Sinn zu geben, hatte Susedka ihn schon am Hemdsärmel gepackt und zerrte ihn die Treppe hinunter, wo ihre Kammer lag. Es war dunkel, kein Licht brannte. Anders als Krumpmanns Schlafkammer lag die von Frau Susedka zur Straße hin und sie zerrte ihn an das Fenster.

„Da unten sind sie, diese Fremden und ich meine… was machen die nachts da auf der Straße, das ist so… so eigenartig."

Susedka beharrte auf diesem Wort. Neugierig drückte Krumpmann seine Nase an die Glasscheibe und sah nach unten. Für einen Augenblick sah er einige dunkle Gestalten mit Umhängen am Straßenrand stehen. Sie schienen zu streiten. Krumpmann kniff die Augen zusammen.

Just in dieser Sekunde bog der Schreinerlehrling Kazim Largio mit seinem Hund Dino um die Ecke in die Straße ein. Trotz des flackernden Lichts der Straßenlampen fiel es Kazim schwer, irgendwas zu erkennen. Ihm war schwindelig und außerdem übel. Das letzte Glas war das berühmte Gläschen zu viel. Doch hatte er sich vor Marco, dem jungen Wirt, keine Blöße geben wollen. Alle haben noch einen getrunken, alle. Hätte er nur die Stärke besessen… Nach wenigen, wackligen Metern lehnte er sich an die nächstbeste Hauswand und erbrach sich auf dem glatten Pflaster. Der schale Geschmack von Magensäure und rotem Wein in seinem Mund widerte ihn an und es kostete ihn viel Selbstbeherrschung, seinen Magen zu beruhigen. Besorgt stupste der kleine Hund sein Herrchen mit der Schnauze an. Mit schwitzigen Händen strich ihm Kazim kurz über den Kopf und zwang sich, ein paar Schritte weiter zu gehen. Bald war er zu Hause. Langsam und Stück für Stück stolperte er die Straße hinunter, den Blick auf seine Schuhe gerichtet. Er sah erst auf, als sein Hund stehen geblieben war, die Haare gesträubt, tief und wild knurrend und vor ihm ein Paar schmutziger Stiefel auftauchte.

Vor Kazim stand ein Fremder. Er sprach in einem fremden Dialekt zu ihm und lachte. Und plötzlich – er wusste nicht genau, wie das vor sich ging – starrte Kazim in die Mündung einer südländischen R2S Pistole. Als Kazims Blut von Adrenalin überschwemmt wurde, handelte sein Körper eigenständig, ohne das Gehirn mit einzubeziehen, was ihm das Leben rettete. Sekundenbruchteile, bevor sich der Schuss löste, zuckte Kazims Hand nach vorne und erwischte mit voller Wucht seitlich den Lauf der R2S, so dass der Schuss an ihm vorbei ging. Und schon bevor er den Schlag ausgeführt hatte begannen seine Beine mit der Flucht. Zwei weitere Schüsse schlugen, wie halbherzig abgefeuert, hinter ihm auf das Pflaster aber Kazims Überlebensinstinkt trieb ihn in unglaublicher Geschwindigkeit, beinahe nüchtern, über die nächste Hecke in den nächsten Garten und von dort aus quer über alle ihm bekannten Seitenstraßen nach Hause. Auf seiner Flucht fühlte er einen heftigen Windstoß, eine Art Böe, hinter sich herjagen. Er schrieb sie später ahnungslos den vorbeizischenden Kugeln zu.

„Bei Dogan, was tun Sie denn da? Hören Sie auf!"

Mit offenem Mund starrte Susedka Krumpmann an, der mit aller Kraft, zu der der alte Mann fähig war, am Fenstergriff rüttelte, zog und sich gegen den Rahmen warf.

„Ich habe doch gesagt, dass das Fenster nicht aufgeht, es ist zugeklebt, wegen der Kälte, wissen Sie? Sie machen's noch kaputt!"

„Los, schauen Sie runter, was ist mit Kazim?", herrschte Krumpmann sie an.

Ein Schniefen erklang.

„Beim heiligen Dogan, nichts, ich meine, er ist fortgelaufen. Der arme Junge!"

„Er lebt? Er ist weg?"

„Oh ja und… dieses Pack ist auch fort, eigenartig, nicht?"

Dramatisch fasste Susedka mit beiden Händen an ihr Herz. Sie wirkte erschrocken aber in den nun umso größer wirkenden Augen funkelte und blitzte es vor Sensationsgier.

„Eigenartig? Eigenartig?"

Krumpmann schleuderte wütend den nutzlosen Stock von sich und rieb sich den schmerzenden Rücken. Die Aufregung und der widerspenstige Fenstergriff hatten ihm nicht gutgetan.

„Jemand muss zur Stadtwache gehen", sagte Susedka, die schwer erschüttert aussah.

Krumpmann schnaubte leise und schob sich wieder an das Fenster zurück. Die Straße war leer. Einige Lichter in den Nachbarhäusern waren entzündet worden und aufgeregte Gesichter ragten zwischen den Gardinen hervor.

„Das wird schon einer besorgen", murmelte er harsch.

Er wandte den Kopf und blickte die breite Pflasterstraße hinauf, die, wenn man sie weiterging, direkt auf die große Handelsstraße nach Norden, den einzigen Weg zu der Stadt Litho, führte. Er fühlte sich elend und alt. So viele Jahre waren in Frieden vergangen und nun das. War dies das Zeichen, auf das er gewartet hatte? War es das Ereignis, dass ihm offenbaren sollte, dass die Dinge sich in Bewegung gesetzt hatten? Krumpmann wusste und er wusste dies besser als die meisten Menschen auf dem Inselkontinent Asthenos, dass nichts ohne Ursache geschah. Was Krumpmann aber am meisten Kopfzerbrechen bereitete, war, dass Kazim diese scheinbar aussichtlose Situation ohne einen Kratzer überlebt hatte. Und, dass Dino, sein Hund, von diesem Zeitpunkt an spurlos verschwunden war und (zunächst) auch blieb.

Doch noch viel wichtiger als das war die Frage, wie Krumpmann es schaffen konnte dem Mann, für den er seit vielen Jahren Wache in diesem kleinen Dorf hielt, über das Geschehen zu informieren, ohne dass die Falkenauten von diesem Ereignis erfahren würden. Die Spione waren überall, schriftliche Nachrichten wurden abgefangen, ein Telefon gab es nicht in dem Dorf – und selbst wenn,

Krumpmann hätte auch diesem Kanal misstraut. Je länger er darüber nachdachte, desto klarer wurde ihm, dass es nur einen Weg gab. Er holte seinen alten, verstaubten Lederkoffer aus dem Schrank, warf ihn auf sein Bett und trat ans Fenster, den Blick nachdenklich und besorgt in die Ferne gerichtet, dorthin, wo die große Stadt Litho liegt.

Hexenjagd

„Und deshalb stelle ich den Antrag, dass die Verfolgung der Hexen und Zauberer wieder ernster genommen wird. Die Magie hat in unserer Zeit wieder Fuß gefasst und sie muss ausgerottet werden! Ein Rückfall in das Zeitalter des Do'on wird von uns Falkenauten nicht akzeptiert. Ich verknüpfe diesen Antrag mit dem Vorschlag, dass wir den Frauen in Litho den Besuch der Schulen und das Ausüben von Berufen wieder verbieten. Das neue Aufflammen der Magie mag zu einem großen Teil daran liegen, dass den Frauen mit mehr Buchwissen gefährliche Ideen in ihren Geist gekommen sind, die sich ketzerisch äußern. Dies muss mit allen Mitteln verhindert werden. Wir sollten über neue Hexenprozesse und Hinrichtungen nachdenken."

Tosender Beifall brandete im Flügelsaal des Tempels von Litho auf. Einige der Falkenauten waren aufgestanden und klopften dem Mann auf die Schultern, ein Falkenaut von großer, hagerer Gestalt, der an einer Kette eine einzelne weiße Feder um den Hals trug. Er räusperte sich und kniete sich wieder auf den Boden. Zufrieden blickte er sich um. Der Flügelsaal, ein einfacher Raum ohne Möbel, war bis auf den letzten Zentimeter besetzt. An der niedrigen Decke hatte ein Künstler große, realistische Flügel gemalt, die sich über den Raum erstreckten. Sie repräsentierten den großen Falken Dogan. Seit jeher waren die Tempelversammlungen hier abgehalten worden. Die Falkenauten knieten in einem Kreis auf dem Boden und in der Mitte saß der Tempelherr von Litho, der ein helles Gewand trug. Die Kapuze hatte er tief ins Gesicht gezogen.

Nach langen Tagen der Abwesenheit war der verschollene Tempelherr Lithos im Morgengrauen vor den Toren des Tempels erschienen. Die Nachrichten vom Tod des Falkenauten Ferrana und vom Verschwinden des Falkenauten Anden nahm er mit unbewegter Miene entgegen. Er beantwortete keine Fragen und zog sich sofort in seine Räume zurück. Die Falkenauten murrten hinter vorgehaltener Hand. Manche waren erleichtert. Die Kunde seiner Rückkehr hatte noch vor dem Morgengebet jeden Falkenauten erreicht. Zur Versammlung im Flügelsaal war ihr Herr wiedererschienen. Jetzt hob er die Hand und der Beifall ebbte ab.

„Vielen Dank, Sturmio", sagte er. „Und nun möchte ich die Gegenseite hören."

Ein anderer Falkenaut erhob sich langsam. Genau wie die Männer, die um ihn herumsaßen, war er jung und hatte dunkelbraunes, lockiges Haar. Seine Hände zitterten, als er einen Zettel mit seiner vorbereiteten Rede aus der Tasche zog.

„Hört!", begann er mit schwacher Stimme. „Ich spreche für eine neue Generation der Falkenauten. Meine Brüder und ich sind der Meinung, dass eine verschärfte Verfolgung von Magie der falsche Weg ist."

Verhaltenes Gemurmel und leise Buhrufe ließen den jungen Mann bis in die Haarspitzen erröten.

„Was sind heute schon Hexen und Zauberer?", fuhr er lauter fort. „Es sind Männer und Frauen, die Horoskope erstellen, die Karten legen und Kräutermischungen anrühren. Das ist nicht die Magie, die wir fürchten! Meine Brüder und ich, wir sind der Meinung, dass die wahre und echte Magie schon lange ausgestorben ist. Es gibt sie nicht mehr. Und wir glauben auch nicht, dass sie zurückkehren wird. Wir leben in einem Zeitalter der Vernunft, des Fortschritts und der Technik. Die Menschen brauchen keine Zauberer, die ihnen in einer Glaskugel fremde Länder zeigen, denn wir haben den Kinematographen. Sie brauchen keine Hexen, die ihnen das Wetter vorhersagen, denn wir haben die Meteorologie. Und wir brauchen keine Schamanen, denn wir haben große Fortschritte in der Medizin gemacht. Wir wissen über Bakterien und Viren Bescheid, wir können alles erklären, was um uns herum geschieht. Wir brauchen die Natur nicht länger fürchten, denn wir haben Elektrizität und die Physik. Warum immer mehr Menschen vor allem in der Unterstadt sich wieder dieser Pseudomagie zuwenden erklären wir damit, dass wir die Menschen der Unterstadt in den letzten Jahren nicht ernst genommen haben. Ihre Belange und Nöte. Ich möchte euch daran erinnern, als die Droge Splitterlauf in der Unterstadt großen Anklang fand und tausende von Menschen zu Grunde richtete, unternahmen die Falkenauten nichts. Die Menschen wüten nicht gegen den Ga'an, nein, sie fordern nur Beachtung, sie fordern wirtschaftliche und technische Einbindung. Deshalb lehnen wir den Antrag auf eine verschärfte Verfolgung von Hexen und Zauberern ab. Gleichzeitig muss ich betonen, dass es gerade die Frauen waren, die einen großen Anteil an unserem Fortschritt geleistet haben. Ich möchte euch an die große Physikerin Maria Kara erinnern, die als Erste eine elektrische Glühlampe baute. So lehnen wir auch den Vorschlag ab, Frauen den Besuch von Schulen und das Ausüben von Berufen zu verbieten."

Der junge Falkenaut straffte die Schulter, seine zittrige Stimme wurde fest und laut. Mit jedem Wort schien er an Mut zu gewinnen. So schrie er über den aufbrandenden Protest hinweg: „Ihr sprecht davon, dass gefährliche Ideen in ihren Geist gekommen sind. Ihr nennt euch Falkenauten. Ihr nennt euch Reisende im Universum der Seele, doch das seid ihr schon lange nicht mehr. War es nicht Asis selbst, der uns gezeigt hat, dass die Reise in das Unbekannte Fortschritt bringen kann? Und nun so ein Rückschritt? Niemand von euch bemüht sich noch, die Anhänger des Dogan zu verstehen, niemand hat sich je mehr mit dem Geist eines Gläubigen wirklich auseinandergesetzt. Ihr seid fett, faul, verängstigt und voller Wut geworden. Die Seelen der anderen sind euch fremd und ihr trachtet danach, sie zu zerstören. Ihr seid keine Falkenauten, ihr seid Mörder!"

Als er sich setzte, brach lautes Geschrei aus. Überall waren wutverzerrte Gesichter zu sehen und der arme junge Mann wurde beschimpft. Die kleine Gruppe von Falkenauten, die sich um ihn geschert hatte, senkte die Köpfe und rückte enger zusammen.

„Wir, wir sollen Mörder sein?", schrie einer.

„Er unterstützt die moralisch verdorbenen Unterstädter! Hat er denn den Sohn von Adam Rothaar vergessen?", rief ein anderer.

„Unverschämtheit! Magie muss bis auf den letzten Blutstropfen ausgerottet werden, sonst sind wir alle in großer Gefahr!", dröhnte Sturmio, der große, hagere Falkenaut, der zuerst gesprochen hatte. „Der ehrenwerte südländische Tempelherr von Pion hat schon vor Monaten ein Pamphlet dazu veröffentlicht. Die Ketzerei muss endlich ein Ende haben. Sie wird uns hinterrücks überfallen, uns im Schlaf erdolchen, so wie es mit unserem armen Bruder Ferrana geschehen ist!"

Der Tempelherr von Litho erhob sich. Widerwillig verstummten die Falkenauten.

„Niemand weiß, warum unser Bruder Ferrana zu Tode gekommen ist", sagte er mit tiefer Stimme. „Genauso wenig weiß irgendjemand, was mit Bruder Anden ist oder warum David Rothaar angegriffen wurde. Ich möchte nicht, dass ihr Gerüchte darüber verbreitet. Es gibt keine Beweise, dass ketzerische Motive im Spiel waren. Und nun möchte ich etwas zu unserem jungen Falkenauten hier sagen."

Er drehte sich zu dem nervösen jungen Mann um, der unter dem Blick des Tempelherrn erbleichte. Der große, hagere Falkenaut beugte sich begierig vor.

„Bruder Widekind, ich habe schon lange keinen Falkenauten mehr sprechen hören, der so von wahrem Glauben an den Weg des Ga'an erfüllt war."

Bestürzt starrten die Falkenauten den Tempelherrn an. Sie konnten kaum glauben, was sie hörten.

„Ihr könnt euch ein Beispiel an Widekind nehmen. Denn er ist überzeugt, dass die Gedanken des Ga'an, Wahrheit, Fortschritt und Wissenschaft, mächtiger sind als die des Do'on. Und dass der Ga'an deshalb den Do'on von selbst zerstören wird. Er vertraut so stark in die Seelen der Gläubigen, er ist überzeugt davon, dass das Universum der Seele eines jeden Gläubigen von der Wahrheit geleitet wird. Das sind fromme, gute Gedanken. Leider…", fuhr er fort, „bin ich anderer Meinung."

Entsetzte Stille breitete sich im Flügelsaal aus.

„Es ist genug", sagte der Tempelherr leise und bei dem Klang seiner Stimme erschauderten die Falkenauten. „Die Magie tut nichts Gutes, sie ist ein heimtückischer Fluch, den wir nicht verhaften, nicht verurteilen, nicht auslöschen können. Sie ist geistiger Natur, sie lebt in den Köpfen der einfachen Leute. Keiner von euch kann heute noch richtig verstehen, welche unvorstellbare, grauenhafte Macht die Magie hat und wie Menschen sich ihrer bemächtigen. Wir nennen uns Falkenauten, ja. Wir gaben uns diesen Namen einst, weil wir verstehen wollten, was die Magie mit den Menschen gemacht hatte, was ihre Seelen so böse werden ließ und was sie den Menschen gegeben hat, was sie offenbar brauchten. Die Seelen der Menschen sind so groß, so vielschichtig und immer in Veränderung wie das weite Meer. Dorthin zu reisen und zu verstehen, das war unsere Bestimmung. Der junge Widekind hat Recht – davon ist nicht mehr viel übrig. Wir sind keine Falkenauten mehr, wenn wir zerstören statt retten. Ja, ich kenne das Pamphlet des ehrenwerten Tempelherrn von Pion zur modernen Hexenjagd. Aber ich will, dass ihr euch eines merkt, liebe Brüder…" Der Saal schnappte geschlossen nach Luft. „ICH bin der Tempelherr von Litho. Auch, wenn ich die Stadt für ein paar Tage verlassen habe. Nun bin ich zurück. Ich bin hier. Ich bin euer Tempelherr und ich entscheide was in Litho geschieht und was nicht. Ich entscheide, es wird keine neue Hexenjagd in Litho geben. Wenn euch das nicht passt, packt eure Sachen und verschwindet nach Pion. Wenn ihr es bis zur Stadtmauer schafft", setzte er verächtlich hinzu.

Die Worte des Tempelherrn peitschten durch den Raum und die Falkenauten versteckten die Gesichter unter ihren Kapuzen. Sie dachten an Ferrana. Nur der eine Falkenaut, Sturmio, der eine einzelne Feder um seinen Hals trug, starrte den Tempelherrn unverwandt an. Etwas sanfter fuhr der fort:

„Ihr solltet eines nicht vergessen: Die Menschen sind Kinder des Ga'an *und* des Do'on. Und solange ich der Tempelherr von Litho bin, liegt es an mir, die Magie zu bekämpfen. Auf welche Art und Weise ich das aber tue, bleibt mir allein überlassen."

Sein stechender Blick wanderte über die gesenkten Köpfe und erstarrten Körper vor ihm.

„Oh ja, ich habe meine eigenen Wege. Ich entsinne mich der alten Gesetze, die uns Falkenauten zu Falkenauten machten und nicht zur Justiz für pseudomagische Strafdelikte. Ich erkläre diese Versammlung für beendet."

Als der Tempelherr durch die Tür seines Zimmers trat, fühlte er sich zum ersten Mal alt.

Fahnan und der Torwächter

Vor einigen Stunden war die Sonne über Litho erneut aufgegangen. Andelin hatte schon früh das Haus verlassen und Saleh war weg, um Verwandte zu besuchen. Als Aki erwachte, hatte Esra dagesessen und ihn blinzelnd beobachtet, wie er sich aus den Decken kämpfte und schlaftrunken in seine Kleidung stolperte. Es fiel ihr gar nicht ein den Blick abzuwenden. Danach hatte sie ihn genötigt, eine Tasse Kaffee zu trinken und Dörrobst hinunter zu würgen, um ihn am Ärmel aus dem Haus zu zerren. Sie wollte mit ihm zur Fahnan-Mauer gehen und nach Nachrichten von Raik suchen. Aki hatte es nicht gewagt zu fragen, was die Fahnan-Mauer sei und wieso dort Nachrichten von Raik sein könnten.

Aki hatte vorgehabt, so lange wie möglich an diesem Morgen nicht zu sprechen, denn er hatte gestern schon zu viel verraten. Doch Esra hatte das Gespräch bald geschickt auf ein Thema ihrer Wahl gelenkt. Sie liefen durch die äußersten südlichen Bezirke der Unterstadt. Seine Beklommenheit der gestrigen Nacht und über den Truwenwald war vollständig verschwunden. Heute, bei hellem Tageslicht, kam ihm alles lächerlich vor.

„Das heißt, ich bin deiner Meinung nach von einer Art Gottheit oder Hexe ausgewählt worden, ab sofort an einer Leine durchs Leben zu gehen und ihre Befehle auszuführen, ob ich will oder nicht. Das klingt wie der Anfang jedes zweiten Märchens, das ich kenne", fasste Aki zynisch ihre verworrenen Reden zusammen.

Esra schien entgeistert. „Was? Das glaubst du nicht wirklich."

„Wieso denn ich? Du glaubst das!"

„So einen Schwachsinn würde ich nie glauben", erklärte sie verächtlich. Aki konnte nicht anders als zum ersten Mal seit langen, langen Wochen, zu lachen. Es war als knirschte sein steifer Kiefer.

„Ich dachte die Regeln sind klar: angestoßen werden, Schicksal von Göttern bestimmt, Märtyrertod…?"

Esra lachte. „Unfug. Aki, du liest zu viele Märchen."

Eine ironische Bemerkung lag ihm auf der Zunge, die er hinunterschluckte. „Also dann? Was ist dieser *Weg der dunklen Königin*?"

Esra blickte sich um. Zwischen den niedrigen Steinhäusern, deren Schatten in der Mittagssonne scharfe Kanten auf den staubigen Boden warfen, zwischen streunenden Katzen und dem Geruch von Urin, Rauch und Armut verwandelte das Mädchen mit den langen schwarzen Haaren und dem schiefen Lächeln die Unterstadt in eine Kulisse, die so falsch war wie eine Plastikmünze. Sie sagte: „Mir scheint, als hätten wir uns kennengelernt, um uns Geschichten zu erzählen, nicht wahr?" Esra lacht leise und klatschte in die Hände. „Ich liebe Geschichten. Gut, Aki von Jordengard, genannt Wegemeistersohn, höre was die Hexen, Zauberer und Ketzer über den Weg der dunklen Königin sagen."

Lächelnd fuhr sie mit der Hand über ihr Gesicht, streckte sie dann Aki hin, drehte die Handfläche nach oben und blies einen sanften Atemzug in seine Richtung, der ihm einen Schauer über den Rücken jagte, bevor sie wieder zu sprechen begann. Ihm war als verdunkelte sich die gleißende Mittagssonne, als stieg dichter unsichtbarer Nebel in den Gassen auf.

„Die Worte des Do'on, des verlorenen, vernichteten und verbotenen heiligen Buches, existieren nur noch in Bruchstücken und Sagen. Eine dieser Sagen von denen sich die Alten erzählen, spricht vom Weg der dunklen Königin. Der Weg der dunklen Königin, so sagen sie, ist ein Pfad in Zeit und Raum, der die Gesetze der Natur durchbricht. Er vermag den Aphel zu trocknen, den Perihel auf seine Gipfel zu stellen, die Sterne zum Fallen zu bringen. Er bahnt sich seinen Weg durch den Lauf der Welt wie ein reißender Fluss, der die Dämme der Ordnung in Stücke reißt – und dabei eine Spur oder eine Schneise im Lebensgewirr hinterlässt. So, wie der große Himmelsfalke einst das Leben anstieß, wird dieser Fluss von einem heiligen Wesen angestoßen. Weil es den Willen und Wunsch hat, etwas auf der Welt zu verändern, was sich von selbst nicht verändern würde. Die Magie des Wegs der dunklen Königin hinterlässt Abdrücke. Sie wird überall da, wo sie einmal gewesen ist, noch viele Jahre danach die Naturgesetze in alle Richtungen ziehen und dehnen. Doch es gibt nicht mehr viele heilige Wesen auf unserer Welt, die den Weg der dunklen Königin bereiten können. Sie sind alle geflohen oder wurden in dem größten aller Kriege, der hundertjährigen Schlacht zu Harmadon auf dem Kontinent vernichtet. Als der Zorn der großen Mutter Yetunde über ihre kriegsschreienden Kinder niedergegangen war und die schwarzen Steine Do'ons vom Himmel regneten. Als kein Wesen und nichts mehr übrig war und nur eine Handvoll Menschen auf Schiffen den Kontinent in Richtung Asthenos verließ, verwandelten sich die letzten drei überlebenden Kinder von Vater der Weisheit Asis und Mutter der Magie Yetunde in Tiere und versteckten sich auf den Schiffen, um mit nach Asthenos zu reisen. Yetunde und Asis bemerkten ihr Verschwinden und sie sandten Diener aus, um sie aufzuspüren."

Esra presste für einen Augenblick die Lider fest zusammen und lächelte. Gebannt hing Aki an ihren Worten.

„Diese Diener wurden von den Menschen *Fänger* genannt, weil sie die Kinder einfangen sollten. Zuerst lebten sie offen unter den Menschen. Die Könige kannten ihre Namen, die heilig und nicht von dieser Welt waren. Sie trugen sie wie mächtige Waffen. Doch es half nichts. Den Fängern gelang es trotz aller Anstrengung nicht, die heiligen Kinder zu finden. Und so fielen sie zuerst in Ungnade und gerieten dann in Vergessenheit. Sie begannen nach Jahrhunderten selbst zu vergessen, wer sie waren. Sie vergaßen ihre eigenen heiligen Namen. Die Fänger wurden immer mehr zu Menschen und ihre Kräfte verließen sie."

„Die Fänger wurden zu Menschen, sagst du? Wie wir?"

„Ja oder zumindest den Menschen ähnlich. Fern von ihrer Heimat konnten sie ihr heiliges Wesen nicht behalten. Ihre Körper wurden menschlich, ihr Geist wurde menschlich. Sie konnten ihre Namen nicht mehr im menschlich gewordenen Gedächtnis tragen. Wer weiß, vielleicht sind sie auch sterblich geworden. Ich hoffe es nicht. Und doch… sollten sie leben, sollten sie sich erinnern können, so suchen sie. Immer noch, nach all den tausend Jahren. Denn sie wagen nicht in ihre Heimat zurückkehren bis sie die Kinder gefunden haben. Auch wenn wir Menschen nicht mehr viel davon merken, da wir die Magie und den Do'on verbannt haben, an keine Wesen mehr glauben und nichts sehen als das, was wir mit den Händen ergreifen können. Die Fänger wandeln wie Gespenster unter den Menschen auf der Erde, halb vergessen und unendlich verzweifelt, einsam und namenlos. Ein Schatten von dem, was sie einst waren, suchen sie noch heute nach den Kindern. Die Furcht der Kinder vor ihrer Mutter und ihrem Zorn hat in den letzten tausend Jahren nicht nachgelassen. Ihr Wille, frei und unbewacht zu sein noch weniger. Noch immer leben sie im Verborgenen. Sie wagen es nicht, den Weg der dunklen Königin zu gehen, einen Pfad in Zeit und Raum anzustoßen… denn er könnte die Fänger zu ihnen führen."

Esra seufzte tief.

„Sie müssten nur die Spuren verfolgen, die Schneise rückwärtsgehen, bis zu ihrem Ursprung. So könnten sie die Kinder erwischen. Die Kinder wissen das. Es ist riskant, sich einzumischen. Sie tun es daher selten und geheimnisvoll. Sie planen viele Jahre voraus. Die Zeit spielt keine große Rolle. Sie wählen verschlungene Pfade.

Vielleicht legen sie falsche Spuren. Doch dieser Tage, Aki aus Jordengard, wurden wieder Dinge in Bewegung gesetzt, um eine bestimmte Wirkung auf der Erde zu erreichen. Das weiß ich einfach, ich weiß es, seit ich dich gefunden habe. Denn wenn ein Mensch auf den Weg der dunklen Königin stößt, dann kann er das fühlen, nicht wahr? Du bist so ein Mensch, Wegemeistersohn. Und von dir gibt es nicht mehr viele unter den Menschen."

Aki schwieg eine lange Zeit. Sein Geist bemühte sich, ihre Worte und den unsichtbaren Nebel abzuschütteln, der ihn weg von der Unterstadt in einen dunklen Traum gebracht hatte. Es war nur eine Geschichte, ein Märchen aus alten abergläubischen Tagen als es noch kein elektrisches Licht und keine Lichtspielhäuser gab. Als er die heißen Sonnenstrahlen auf seiner Haut wieder fühlen konnte und den harten Staubboden unter ihm und den Geruch der Unterstadt wieder in der Nase hatte, da sagte er endlich:

„Das hast du schon mal gesagt. Und wie war das? Wenn du wandelst auf ihren Pfaden in heiligen Gnaden wird's blutig. Schöne Aussichten für mich."

Esra gab einen Laut von sich wie ein knurrender Wolf.

„Du bist ein respektloser Trottel. Es ist eine unglaubliche Ehre auf diesen Weg zu stoßen und du bist selbst schuld!"

„Wieso bin ich selbst schuld? Sowas würde ich mir nie freiwillig aussuchen!", empörte Aki sich.

„Eben genau das hast du gemacht! Begreifst du nicht? Die heiligen Wesen stoßen keine Menschen, sondern Dinge an. Sie leiten niemals einen Menschen auf diesen Weg. Die Menschen stoßen *selbst* auf den Weg, wenn sich ihre Ziele und die Ziele der Kinder von Asis und Yetunde überschneiden. Es gibt kein Schicksal, keine Vorherbestimmtheit. Die Leben der Menschen sind frei, denn sie treffen ihre Entscheidungen allein!"

„Aber wenn ich einmal drauf bin ist's vorbei, richtig?"

„Falsch. Du kannst den Weg immer verlassen. Aber ich denke das wirst du nicht."

„Und weshalb nicht?", fragte Aki bitter.

„Weil du Raik nicht im Stich lässt. Und Raik steckt ganz tief drin in den angestoßenen Dingen, das wette ich."

Esra hatte ihm den Wind aus den Segeln genommen. Für einen kurzen Moment war er bereit, sich auf ihre Gedankengänge einzulassen. „Glaubst du das? Aber wie?"

„Euer Auftritt im Wald. Die Sache ist komisch. Wieso wollte der Soldat euch töten? Was machen denn Soldaten in einer stillgelegten Diamantenmine im Truwenwald? Wieso musstet ihr fliehen? Was hatte Raik mit diesem nordländischen Falkenauten zu schaffen, den du auf meinem Zeitungsausschnitt erkannt hast? Und wieso hat man hier in Litho noch einmal versucht, dich umzubringen?"

„Genau das würde ich gern wissen."

„Für jemanden ist Raik nützlich und du gefährlich."

„Ich denke eher, ich bin einfach überflüssig."

„Warum sollte ich jemanden beiseiteschaffen wollen, der nur überflüssig ist? Nein, irgendetwas macht dich gefährlich. Was hast du in den Minen gesehen?"

„Gar nichts, außer einen Haufen Soldaten."

„Und die hättest du nicht sehen dürfen. Deswegen hat dieser Soldat auch versucht euch zu töten. Weil er die Anweisung hatte, dass jeder, der reinkommt ganz bestimmt nicht mehr rausgeht."

„Wir sind ja erst hin, weil der Städtebettler uns diese Geschichte erzählt hat, dass noch Diamanten in der Mine sind."

„Stimmt. Das lässt zwei Lösungen offen: Entweder waren die nordländischen Soldaten da, weil sie selber von der Geschichte gehört hatten, die Diamanten gefunden haben und sie einfach nicht mit euch teilen wollten oder…"

„Oder?"

„Oder aber, sie hatten die Anweisung, dort zu sein. Und diese Lösung ist viel interessanter."

„Weil…. Weil es bedeutet, dass irgendein Mitglied der nordländischen Regierung diesen Auftrag auch erteilt hat? Natürlich… Aber ich weiß nicht ob das jetzt zu verrückt ist. Ich meine Raik hat zu mir gesagt, dass er eine Möglichkeit gefunden hat wie wir wieder nach Hause können. Und das würde nur gehen, wenn wir nicht mehr als Soldatenmörder gesucht werden."

„Und jemand, der so etwas versprechen kann, muss die Macht haben, dass der Haftbefehl gegen euch offiziell aufgehoben wird. Verdammter Dogan, Aki! Wenn das wahr ist, dann steckt da eine richtig große Sache dahinter! Wenn das nicht beweist, dass diese Dinge von heiligen Wesen angestoßen wurden dann weiß ich auch nicht!"

Akis Gedanken schweiften völlig ab und fixierten sich auf Raik. Ja, es war seltsam, dass eine alte stillgelegte Diamantenmine von Soldaten bewacht wurde. Und dass er und Raik sterben sollten, weil sie diese Soldaten gesehen haben. Dann die Männer, die in seine Wohnung kamen um ihn zu töten. Und der Pakt, den Raik geschlossen hat, der das Unmögliche für sie beide wahr werden lassen sollte: vergessen und vergeben, zurück nach Hause. Dumpf hörte er Esra reden, doch er achtete nicht weiter auf ihre Worte. Esras Erzählung verstrickte sich in verworrene Erklärungen, die Aki nicht verstand und die ihm ehrlich gesagt auch egal waren. Die Grenze zwischen Scharf- und Wahnsinn, fand Aki, war bei Esra fließend. Mit leuchtenden Augen sagte sie, dass er auf jeden Fall auf einen Fänger treffen würde, jetzt, wo er auf dem Weg der dunklen Königin wandelte.

Und dann sprach sie von Namen. Hitzig redete sie auf Aki ein, der mit leeren Augen auf den Boden starrte. Namen.

Namen. Wie heißt dieser Falkenaut, dessen tätowiertes Gesicht immer wieder auftaucht? Das würde ich gern wissen. Er ist der Schlüssel. Er weiß, wo Raik ist. Vielleicht hat Raik mit ihm diesen Pakt geschlossen. Vielleicht hat dieser Falkenaut irgendwelche Beziehungen ins Nordland, zum Militär oder zur Regierung oder dem Dogantempel in Kaon. Oder steckt jemand anders dahinter? Ich weiß es nicht.

Esra verfiel auch in grübelndes Schweigen. Sie gingen noch eine halbe Stunde weiter. Die Häuser der Stadt wurden immer kleiner und die Steine, aus denen sie gebaut waren ebenso. Die Dächer und Mauern waren moosbewachsen. Efeu und wilder Wein rankte sich an den klapprigen Fensterläden entlang. Eine bucklige Frau leerte einen Eimer schwarzen Wassers in den Rinnstein und verschwand in einem Hauseingang. Die Gassen wurden immer enger und dunkler und aus den Tavernen dröhnte betrunkenes Gelächter obwohl helllichter Tag war.

Eine laute Lachsalve riss Aki aus seinen Gedanken. Esras kindliches dunkles Gesicht war noch immer in Nachdenken gehüllt. Sie sah ernst, beunruhigt aus und biss sich auf die Lippen.

„Esra! Sag mal, was denkst du, wer hinter dieser Sache steckt?"

Überrumpelt sah Esra Aki mit großen Augen an.

„Eine gute Frage. Es kommt nur einer in Frage."

Mit dieser Antwort hatte Aki nicht gerechnet. „Was? Wer?"

„Der Tempelherr von Litho.", sagte Esra.

Fassungslos klappte Aki der Mund auf. „Wie kommst du darauf?"

Esra straffte die Schultern und sah sich mit scharfen Augen um. „Wenn man alle Ereignisse zusammennimmt und sie auch zeitlich ordnet, ist folgendes passiert: Du und Raik, ihr seid im Truwenwald in der stillgelegten Mine auf nordländische Soldaten gestoßen, die versucht haben euch zu töten. Dann seid ihr nach Litho geflohen. Kurz darauf verlässt der Tempelherr Litho und verschwindet irgendwo ins Nordland. Während der Tempelherr fort ist, wird ein Falkenaut umgebracht und in den Fluss geworfen. In derselben Nacht verschwindet der nordländische Falkenaut, den du auf dem Foto erkannt hast. Wahrscheinlich hat er den anderen Falkenaut umgebracht. Raik trifft sich später mit ihm und erzählt dir von dem Pakt mit den Unbekannten. Angeblich könnt ihr wieder nach Hause. So weit, so logisch. Was wäre, wenn der Tempelherr ins Nordland gegangen ist… wegen euch?"

„Wegen uns?"

„Ja. Der Tempelherr hat Litho noch nie verlassen. Zumindest seit er Tempelherr ist. Niemand weiß, warum er plötzlich gegangen ist."

„Was war der Tempelherr denn, bevor er Tempelherr war?"

„Natürlich ein Falkenaut. Und zwar…", Esra Augen wurden weit. „Dogan, Aki, der Tempelherr stammt aus dem Nordland und er kam zur Zeit der Diamantenkriege nach Litho, vor vierzig Jahren! Das hat Herr Andelin vor ein paar Monaten erzählt. Was, wenn…"

„Was wenn was?"

„Du hast gesagt, die Männer, die in deine Wohnung eingedrungen sind waren Tempelläufer, oder?"

Angestrengt versuchte Aki sich an die Szene vor dem Fenster zu erinnern. „Ja, zumindest sahen sie so aus. Aber ich verstehe nicht worauf du hinauswillst?"

„Was, wenn der Tempelherr früher, als er Falkenaut im Nordland war, was mit den Diamantenminen und dem Krieg zu schaffen hatte? Was auch immer. Als er erfährt, dass jemand dort umgebracht wurde, fährt er dorthin zurück. Warum bleibt offen. Aber während er fort ist passiert etwas im Tempel. Vielleicht hat der arme ermordete Falkenaut mitbekommen, weshalb der Tempelherr weggegangen ist. Deshalb musste er sterben. Umgebracht hat ihn der seltsame Falkenaut mit den Tätowierungen, der auch aus dem Nordland kommt und vielleicht ein Vertrauter des Tempelherrn ist. Nach dem Mord musste er natürlich fliehen. Inzwischen aber hat er Nachricht vom Tempelherrn aus dem Truwenwald bekommen, vielleicht eine Personenbeschreibung von dir und Raik. Der nordländische Falkenaut nimmt Kontakt mit Raik auf und ködert ihn mit dem Versprechen, dass ihr beide zurück nach Hause könnt."

Aufgekratzt griff Aki den Faden auf. „Und das konnte er Raik glaubhaft machen, weil der Tempelherr von Litho auf jeden Fall genug Einfluss hat, so was zu erreichen!"

„Genau. Raik beißt an aber du stehst noch im Weg. Der Tempelherr befiehlt dem tätowierten Falkenaut, dich zu töten. Er schickt ein paar seiner untergebenen Tempelläufer, die das tun sollen. Aber es geht schief."

„Das könnte Sinn ergeben. Aber die Frage ist: Warum zum Dogan? Was ist in diesen Minen? Was haben Raik und ich gesehen, was gefährlich ist? Wozu brauchen die Raik jetzt?"

Bedrückt schüttelte Esra den Kopf. „Ich weiß nicht."

Wieder zweifelnd fuhr Aki fort: „Wieso um Dogans Willen passiert vierzig Jahre lang gar nichts in den Minen? Und was hat der Tempelherr von Litho mit denen zu schaffen? Es ergibt keinen Sinn. Weißt du, Esra, je länger ich über deine Theorie nachdenke desto weniger glaub ich es. Das ist einfach zu weit hergeholt, da gibt's gar keine Beweise dafür. Vielleicht hat der tätowierte Falkenaut eigenmächtig gehandelt? Was weiß ich. Jedenfalls glaube ich nicht, dass die Sache so einfach ist."

Akis Worte ärgerte Esra. Sie schnalzte zweimal mit der Zunge. „Du bist misstrauisch. Wahrscheinlich ist das der Grund, wieso du noch am Leben bist."

„Misstrauisch? Nach allem, was mir passiert ist in letzter Zeit nennst du mich misstrauisch? Ich hatte Recht, misstrauisch zu sein!", rief Aki.

„Oder paranoid."

„Jemand will mich umbringen!"

„Anscheinend aus gutem Grund, wenn ich das sagen darf."

„Auf wessen Seite stehst du eigentlich, verdammt?", warf Aki halb belustigt, halb wütend ein.

„Auf meiner", sagte Esra nur.

„Du hilfst mir nur, weil du denkst, dass ich auf einem Hokuspokus-Weg wandle und dich zu irgendwelchen magischen Fängern führen kann!"

„Du hast mir überhaupt nicht zugehört, oder?", klagte Esra.

„Manchmal bist du ganz vernünftig. Wenn du nicht über Magie redest."

„Weil ich davon überzeugt bin, dass wir Raik nur finden können, wenn wir die Magie mit einrechnen."

„Hör einfach auf damit."

„Aki…"

„Hör auf habe ich gesagt!"

„Aki, wir sind da."

Die Stadtmauer rückte in Akis Blick. Zwischen einigen heruntergekommen Häusern hindurch konnte er sehen, dass sie von einem dunklen Grau war und sich aus massiven Steinen zusammensetzte. An einigen Stellen war sie schon eingebrochen. Sie bestand aus mehreren Steinschichten und mochte gut zwanzig Fuß dick sein.

Ein Wall, an dem sich die Soldaten des Südlandes zu Tode gekämpft hatten. Oben an der Mauer konnten die Stadtwächter entlanggehen. Dieser Durchgang war mit einem hölzernen Dach versehen. Die letzten Häuser drängten sich nahe an die Mauer heran. Nur ein schmaler Graben trennte sie und Gras wuchs davor. Es führten einige Trampelpfade zur Mauer hin. Als sie näherkamen, bemerkte Aki, dass die Steine der Mauer im unteren Bereich glattgeschliffen waren. Und diese glatten Stellen waren übersäht mit eingeritzten Zeichen und Symbolen. Manche waren so tief, dass sie zentimeterdicke Kerben in den Stein geschlagen hatten. Andere waren fast unsichtbar als hätte jemand seine Fingernägel benutzt oder wäre zu schwach gewesen, ein Messer zu führen. Das war nicht alles. In die Zwischenräume und Rillen der Steine hatte jemand unzählige Zettel geklemmt. Einige davon hatten sich gelöst und verteilten sich auf der Erde.

„Das, Aki, ist die Fahnan-Mauer."

„Was sollen diese Zeichen? Woher kommen die?"

„Es sind Botschaften. Angeblich gibt es diese Mauer schon seit den ersten Tagen der Stadt. Die Legende sagt, dass der vollständige heilige Name eines von Yetunde gesandten Fängers hier eingraviert war, um die Stadt für alle Zeit magisch gegen Angreifer zu schützen. Daher hat sie auch ihren Namen: Fahnan, *Fänger* auf alt-acalanisch. Selbst wenn das so ist, sehen werden wir das nie. Der Name ist verloren, für immer. Und damit auch das, was die Stadt so lange geschützt hat."

Esras Augen funkelten sehnsüchtig und unendlich traurig. Aki beschloss, vorsichtig zu schweigen, denn er hatte vorhin ihre Erzählungen über Fänger und Namen ausgeblendet. Doch schnell hatte Esra sich wieder gefangen.

„Die Fahnan-Mauer ist seit der Gründung der Stadt so etwas wie die autonome Poststelle der Unterstadt und der Graufelle. Natürlich haben die Stadtwächter die Steine schon oft abgeschliffen und die Zettel entfernt, um die Botschaften zu vernichten. Die letzte Säuberungsaktion ist ungefähr ein halbes Jahr her."

„Da hat sich aber schon wieder einiges angesammelt. Glaubst du, dass wir hier eine Spur von Raik finden?"

„Es ist möglich, dass er dir eine Botschaft hinterlassen hat oder nicht? Es schadet nichts, wenn wir hier mit der Suche anfangen."

Beherzt trat Aki in den Graben hinunter und berührte die Wand.

„Aber ich kann diese Zeichen nicht lesen! Das sind ja nur Zahlen!"

Esra lächelte.

„Natürlich kannst du das nicht. Wir verwenden eine Verschlüsselung, die die Stadtwächter nicht sofort entziffern können."

Sie sprang ebenfalls hinunter in den Graben und stellte sich neben Aki. Nach einem kurzen Blick über ihre Schulter beugte sie sich näher an die Wand und flüsterte: „Aber ich verrate ihn dir, wenn du nicht sowieso selbst darauf kommst. Es ist im Grunde einfach. Das neu-acalanische Alphabet kennt sechsundzwanzig Buchstaben. Jedem Buchstaben ist eine Zahl zugeordnet und die Zahlen werden durch Punkte voneinander getrennt. Zuerst kommt immer der Name des Senders, dann folgt ein senkrechter Strich, dann der Name des Empfängers, wieder ein senkrechter Strich und zuletzt die Botschaft."

„Das ist wirklich nicht so kompliziert, dass die Stadtwächter das nicht rauskriegen könnten."

„Nein, das natürlich nicht. Aber wenn sie nach einer bestimmten Botschaft suchen, zum Beispiel nach Nachrichten von gefahndeten Personen, müssen sie sich erst mal durch alle verschlüsselten Botschaften durcharbeiten… glaub mir, das dauert und Spaß macht das auch keinen! Letztendlich ist es nur eine Möglichkeit, einen Vorsprung zu gewinnen."

„Ja… aber wir müssen uns jetzt auch durcharbeiten."

Triumphierend warf Esra den Kopf zurück.

„Falsch. Die Botschaften sind zeitlich geordnet. Aber nach einem Prinzip, dass die Stadtwächter noch nicht kennen. Siehst du den großen Kreis mit den zwei Linien dort oben?"

Aki hob den Kopf und sah einen dicken Kreis mit zwei horizontalen Linien auf einer Höhe von etwa drei Metern.

„Und wenn du da drüben schaust…", Esra deutete auf eine Stelle etwa fünf Meter entfernt. „Dann siehst du denselben Kreis noch mal. Das ist das Zeichen für diese Woche. Wird mündlich in der Unterstadt weitergegeben."

„Das ist zwar gut, wenn man bedenkt, dass die Mauer ein paar Kilometer weiter geht aber ich find das immer noch viel zu viel um das alles zu lesen."

Ärgerlich wandte sich Esra von ihm ab. „Deswegen kannst du auch sofort anfangen."

„Welcher Buchstabe ist denn welcher Zahl zugeordnet?", fragte Aki verzweifelt.

„A ist eins, bis Z ist sechsundzwanzig, ganz einfach", knurrte Esra.

Aki starrte auf die Mauer. Es schien ihm unmöglich, auf diese Weise eine Botschaft von Raik zu finden. Dafür würden sie Tage brauchen.

„Das wird nichts", sagte er. Der Schlag von Esra kam unverhofft, traf ihn an der Schulter und ließ ihn gegen die Mauer stolpern. „Hör endlich auf, dich zu beschweren und fang an!"

Ärgerlich rieb Aki die schmerzende Schulter. „Seit ich dich kenne, Esra, zerrst und ziehst und stößt du mich wohin du willst."

Das Mädchen lachte herzlich. Ihr langer, dicker Zopf, den sie heute trug, flog über ihre Schulter. „Bei manchen Menschen muss nachgeholfen werden, Aki, genannt Wegemeistersohn aus Jordengard", erwiderte sie vergnügt.

„Und du hilfst mir nur deshalb nach, weil ich dein magischer Köder bin."

„Ein Geschäft auf Gegenseitigkeit. In Litho kriegt man nichts geschenkt, hast du Andelin nicht gehört?"

Mit diesen Worten richtete Esra ihre Aufmerksamkeit auf die Zeichen in der Mauer und begann leise zu murmeln. Mit geringer Hoffnung im Bauch berührte Aki den kalten Stein und fuhr mit dem Finger über die unebene Fläche. Er beschloss, die Entschlüsselung einmal willkürlich zu versuchen. Die erste Botschaft begann so:

10.15.8.1.14/4.9.18.11/1.14.11.21.14.6.20.19.3.8.9.6.6.13.15.18.7.5.14.

Tief seufzend versuchte sich Aki an der Übersetzung. Wenn jede dieser Botschaften so lang war, würde er in drei Jahren vielleicht eine Botschaft von Raik gefunden haben.

„J-O-H-A-N. Das ist der Name des Senders. D-I-S… falsch, achtzehn ist R, R-K. Dirk, der Empfänger. Dann die Nachricht. A-N-K-U-N-F… Ankunft. S-C-H-I-F-F-M-O-R-G-E-N. Ankunftschiffmorgen? Ach so, Ankunft, Schiff, Morgen. Eine Niete."

Kopfschüttelnd betrachtete Aki die Botschaft, die darunter war. Wer auch immer sie geschrieben hatte, war ein verdammt schlechter Schreiber. Die Zahlen waren kaum zu entziffern. Fünf Zahlenreihen weiter wurde Aki ungeduldig. Esra, die nur wenige Meter von ihm entfernt kniete, war unermüdlich. Aki beobachtete eine Zeitlang, wie sich ihre Stirn krauste und wieder glättete und der lange dunkle Zopf ungeduldig hin und her geschüttelt wurde. Ihre Finger glitten behände über den glatten Stein, die Lippen bewegten sich lautlos. Sie schien so vertieft wie eine Dogan-Priesterin, die den Ga'an rezitiert. Bald riss er sich von ihrem Anblick wieder los.

12.9.14.1/3.1.14.1.14/19.15.12.4.1.20.5.14.9.14.4.5.18.19.20.1.4.20.

Aki beschloss, nur noch die Namen der Sender und Empfänger zu lesen, um Zeit einzusparen. Es begann: L-I-N-A, Sender. C-A-N-A-N, Empfänger. Resigniert ließ Aki die Nachricht ungelesen stehen. Er schlenderte ein paar Schritte zur Seite und suchte nach einer Zahlenreihe, in der er Raiks Handschrift zu erkennen glaubte. Aber es war nicht so einfach, denn die Handschrift eines Menschen an Zahlen zu erkennen, ist weitaus schwieriger als an Worten. Eine Zahlenreihe erweckte sein Interesse. Die Zahlen brachen an einer Stelle plötzlich ab, eine tiefe Kerbe zog sich von der letzten Zahl ein paar Zentimeter weit nach unten als wäre das Messer, mit dem die Zahlen geritzt wurden, unwillkürlich abgerutscht und der Schreiber gewaltsam unterbrochen worden. Die Reihe lautete:

12.5.15/6.18.9.4.1/20.5.13.16.5.12.8.5

Neugierig begann Aki mit der Übersetzung. L-E-O, Sender. Empfänger ist F-R-I-D-A. Die Botschaft begann: T-E-M-P-E-L-H-E. Dann brach sie ab.

„Tempelhe was?", murmelte Aki. „Tempelherr? Das ist seltsam."

„Hast du was gefunden?"

Aki zuckte zusammen als Esra plötzlich wieder neben ihm stand. Sie las den Anfang der Botschaft, schnaubte und sagte: „Die Botschaft ist nicht für dich! Hast du denn nicht nur Reihen übersetzt, die mit achtzehn, eins, neun, elf beginnen für Raik oder als Empfänger eins, elf, neun für Aki haben?"

Verlegen schwieg Aki. Daran hatte er nicht gedacht. Esra verdrehte die Augen.

„Ich habe nie behauptet, dass ich klug bin. Ich bin nur ein Tischler", verteidigte er sich lächelnd.

„Für einen Tischler siehst du auch noch ganz schön klein und ab-gemagert aus. Und wenn du überleben willst, tätest du gut daran, langsam das Denken anzufangen", sagte Esra. Bevor Aki die Belei-digung verdauen konnte, sprach Esra weiter. „Ich habe eine andere Idee. Eine, die vielleicht schneller geht als die Mauer hier abzusu-chen. Das können wir eigentlich später auch noch machen, wenn Herr Andelin nichts Neues berichten kann. Ich denke, wir gehen jetzt mal noch ein bisschen weiter und besuchen Spatz."

„Wer ist Spatz?", wollte Aki wissen, doch Esra hatte sich schon umgedreht und war die Mauer entlang weitergelaufen. Aki blieb nichts außer ihr zu folgen.

Die Fahnan-Mauer endete am Südtor der Stadt. Pferdewagen, Kutschen und Ochsenkarren stauten sich schon viele hundert Meter davor. Aufgeregte Menschen liefen zwischen den Wägen herum und die Pferde schnaubten. Wer die Stadt zu geschäftlichen Zwe-cken verließ oder sie betrat hatte Zoll zu zahlen und ein armdickes, gedrehtes Seil war zwischen zwei blau-gelb gestreiften Holzpflö-cken gespannt, das von einem Stadtwächter für jeden Wagen ein-zeln geöffnet und wieder geschlossen wurde.

„Seit einigen Jahren ist hier nicht mehr so viel Betrieb", sagte Esra. „Eigentlich seit es die Eisenbahn gibt."

Aki konnte sich nur wundern, wie es vor einigen Jahren hier aus-gesehen haben mochte. Unvermutet hatte er das Bild einer riesigen Sanduhr vor Augen, nur dass der Sand aus kleinen, sich windenden und drängenden Punkten mit Armen und Füßen bestand.

„Ich will nicht so nahe rangehen", sagte Aki mit Blick auf die Stadtwächter am Zoll.

„Unwahrscheinlich, dass du steckbrieflich gesucht wirst. Außer-dem wollen wir ja nicht handeln oder raus. Aber du hast Recht. Ich will nicht zum Tor", erwiderte Esra.

Aki folgte Esras ausgestrecktem Arm und sah, am Rand der Tor-
straße, unter einem winzigen Baldachin vor einer Taverne ein paar
Stühle stehen, auf denen sechs uralte Frauen und Männer saßen.
Esra steuerte auf sie zu. Am äußersten Rand saß die älteste Frau, die
Aki jemals gesehen hatte. Sie trug ein schwarzes Kleid, eine schmutzige Schürze und ein Kopftuch. Und unter diesem Kopftuch sah Aki
nur noch unzählige tiefe Falten und zwei verschleierte Augen. Die
alte Frau stütze Hände und Kinn auf einen Stock, den sie vor sich
hingestellt hatte.

Esra kniete sich neben sie hin und die Frau blinzelte schwach.
„Die Esra", sagte die alte Frau und ihre dünne, brüchige Kinder-
stimme ließ sofort eine Welle der Zuneigung in Aki aufwallen. Sie
erinnerte ihn an seine Urgroßmutter, besonders, als die Falten sich
zu einem glücklichen Lächeln ausbreiteten.

„Hallo, Frau Spatz", sagte Esra lächelnd. Die alte Frau nahm Esras
Hand und begann, sie unbeholfen zu tätscheln.

„Gut, gut, gut, mein Kind", flüsterte Frau Spatz mehrmals hintereinander und wippte leicht vor und zurück.

„Frau Spatz, es ist schön, Sie zu sehen", sagte Esra, „aber wir müssen dringend mit ihrem Enkel reden. Mit Spatz. Ist er hier?"

Die alte Frau nickte leicht und rief, so leise, dass Aki niemals
glaubte, irgendjemand außer ihnen dreien könnte es hören: „Spatz,
kommst her! Sie brauchen dich!"

Sekunden später trat ein junger Mann aus der Taverne, der Aki,
genau wie die uralte Frau, in Erstaunen versetzte. Er hinkte und die
Arbeitskleidung, die er trug, war ein paar Nummern zu groß für
ihn. Er war so groß und so alt wie Aki selbst. Die blonden Haare
hatte er stoppelkurz geschnitten und er trug einen kaum sichtbaren
Flaumbart. Sein geschäftiger aber, wie Aki fand, verschwommener
Blick verwandelte sich in wilde, kindische Freude.

„ESRA!", brüllte er und stürmte auf sie zu. „BIST AH WIEDA DA!" Taumelnd kam er vor ihnen zum Halt.

„Tag, Spatz. Wie geht's dir?"

Der junge Mann strahlte. „GUT GEHT'S MIR AH! VIEL ZU TUN!"

„Spatz, das ist Aki, ein Freund von mir. Aki, das ist Spatz, unser Torwächter."

Aki nickte kurz und versteckte seine Verwirrung.

„Spatz ist schon seit er Kind ist unser Torwächter. Es gibt niemanden, der von hier aus der Stadt raus oder reinkommt ohne, dass Spatz es weiß. Er kann sich jedes Gesicht und jeden Wagen merken wie sonst keiner."

Stolz strahlte Spatz Aki an, der unsicher „Oh" sagte. Es erschien ihm seltsam, dass ein sicher geistig verwirrter Mann wie Spatz zu so etwas in der Lage war. Aber es gab die ungewöhnlichsten Dinge auf der Welt und sicher genug, was er, Aki, selbst nicht verstand.

„Hör mal, wir müssen dir ein paar Fragen stellen. Es ist wirklich unglaublich wichtig! Du darfst aber niemanden davon erzählen, dass wir hier waren, einverstanden?", sagte Esra.

Spatz setzte eine ernste Miene auf und nickte beflissen. „Erzähl ich ah niemandem, Esra!"

„Vielen Dank", Esra grübelte und sah Aki an. „Fragen wir zuerst, ob er Raik gesehen hat. Spatz, Aki wird dir jetzt einen Mann beschreiben. Du musst uns sagen, ob du ihn vielleicht am Tor gesehen hast, ob er die Stadt verlassen hat oder so was."

Ermutigend stieß sie Aki an, der Raik so knapp und treffend wie möglich beschrieb.

Spatz schüttelte betrübt den Kopf. „Nein, so ah Mann war nicht hier, Esra."

„Bist du dir sicher?", fragte Aki. Spatz hob überrascht den Kopf und sein Mund stand offen.

„Wenn Spatz sagt, dass Raik nicht hier war, dann war er nicht hier. Das kannst du ihm glauben", sagte Esra scharf. Unbefriedigt schwieg Aki.

„Na gut…", Esra dachte wieder nach. „Hast du irgendwas Anderes bemerkt, in letzter Zeit, ungewöhnliche Menschen, hier am Tor?"

Aki dachte an die nordländischen Soldaten aber ihm fiel ein, dass dies hier ja das Südtor war. Dann dachte er an die Tempelläufer, die in seine Wohnung eingedrungen waren und ihn schauderte. So oder so, es war unwahrscheinlich, dass sie am Südtor gewesen waren. Wieso auch?

Spatz dachte angestrengt nach und sagte: „Einmal da warn ah Männer. Schon ungewöhnlich! Habe mich ah gefragt, was die machen."

„Was waren das für Männer?", fragte Esra gespannt.

„Kamen nachts, hatten Umhange, warn ah Südländer, von draußen nach Litho rein."

Spatz zögerte etwas. „Solche haben ah nichts zu suchen in Litho!" Sein Gesicht verfinsterte sich.

„Was meinst du damit?", drängte Aki und Esra zwickte ihn in den Arm.

„Nicht so schnell", flüsterte sie. Spatz schien ärgerlich zu werden. Dann sagte er: „Hatten einen Sack dabei. Und der hat ah geheult."

„Was?", fragten Esra und Aki gleichzeitig. „Wie kann ein Sack denn heulen?", fragte Aki.

„Der Sack hat geheult?", hakte Esra ungläubig nach.

„Geheult hat er ah", wiederholte Spatz fest.

„Was kann denn heulen in einem Sack?"

„Wölfe heulen", sagte Esra unbestimmt.

„Ein Tier denkst du? Oder ein Hund vielleicht? Wieso sollte jemand ein Tier in einem Sack herumschleppen?"

„Keine Ahnung." Esra zuckte mit den Schultern. „Für uns bedeutet das sowieso nichts."

Aki gab ihr Recht. Ein heulender Sack brachte ihn keine Spur näher zu Raik. Einer plötzlichen Eingebung folgend fragte Aki: „Hast du in den letzten Tagen vielleicht einen Falkenaut gesehen? Nordländer, heller Umhang, tätowiertes Gesicht?"

„Falkenaut. Nordländer. Ah tätowiertes Gesicht", wiederholte Spatz. Seine Augen flackerten schwach. „Ja."

„Ja?", rief Aki. „Wann? Wo?"

Geschäftsmäßig beugte Spatz sich vor. „Gestern genau nach Sonnenuntergang, hat Litho ah verlassen, allein, kein Gepäck. Ah noch nicht zurück!"

„Meine Güte!", sagte Esra und drehte sich zur Seite. „Das habe ich nicht erwartet."

„Er war allein", sprudelte Aki hervor. „Raik war nicht bei ihm."

„Nein, das war er nicht. Und er hat kein Gepäck mitgenommen, deshalb kann er auch keine lange Reise vorgehabt haben. Vielleicht wollte er in eines der umliegenden Dörfer. Oder aber... Saleh...", ihre Stimme verlor sich.

„Esra?"

Sie riss die Augen weit auf und trat einen Schritt auf Spatz zu. „Danke, tausend Dank, du hast uns geholfen! Wir müssen jetzt sofort wieder los. Bitte denk dran, du darfst niemandem sagen, dass wir hier warn und was wir dich gefragt haben, ja?"

Spatz nickte und lächelte traurig. „Ja. Auf Wiedersehen ah, Esra und Aki!"

Esra griff wieder nach Akis Arm und versuchte, ihn mit sich wegzuziehen, doch Aki bewegte sich nicht. Die alte Frau, die während des Gespräches still und stocksteif wie eine Statue neben ihnen gesessen hatte, regte etwas den Kopf und sah Aki unverwandt an. Er erstarrte, es war als hielte ihn etwas an den Beinen fest. Es schimmerte unnatürlich in den verschleierten, alten Augen.

„Die Hex, die Hex!", sagte die alte Frau krächzend. Gänsehaut breitete sich auf Akis Körper aus.

„Esra?", flüsterte er alarmiert.

„Schon gut", murmelte sie über ihre Schulter. „Frau Spatz ist wirklich verdammt alt. Komm mit!"

Der seltsame Bann löste sich und Aki wurde von Esra weggezerrt, doch er konnte nicht wegsehen von der alten Frau, die unbewegt unter dem Baldachin saß wie eine Schaufensterpuppe.

„Das war unheimlich", sagte Aki bedrückt als sie außer Hörweite waren. Esra zuckte nur mit den Schultern und Aki runzelte die Stirn. „Denkst du nicht? Hast du gehört, was sie gesagt hat?"

„Schon", erwiderte Esra ausweichend. „Aber ich habe doch gesagt, sie ist alt und manchmal ist sie in Gedanken woanders."

Eine Antwort starb auf Akis Lippen. Er hätte alles darauf gewettet, dass sich Esra auf solche prophetischen Worte gestürzt hätte wie ein Falkenaut auf das Originalexemplar des Ga'ans. Und jetzt… Gleichgültigkeit. Aber vielleicht hatte die alte Frau Spatz öfter solche Anwandlungen.

„Was ist dir eigentlich gerade eingefallen?", fragte er stattdessen. Esra fuhr sich zerstreut durch die schwarzen Haare.

„Es ist bald Mittag und dann kommt Saleh zurück. Ich will ihn abfangen, wenn er durchs Tor reinkommt. Wir stellen uns so nah wie's geht ran."

„Saleh ist nicht in Litho? Wo ist er?"

„Außerhalb", versetzte Esra knapp. Sie gingen so nah an das Tor wie möglich, bemüht, sich nicht im Blickfeld der Stadtwächter aufzuhalten. Aki registrierte die massiven Metallpfeiler oberhalb des Tores, die nach Bedarf herabgelassen werden konnten. Die Spitzen schwebten drohend über den Köpfen der Händler. Ein Mechanismus von schweren Zahnrädern hielt das Tor an einer Ankerkette in seiner Position. Früher, so dachte Aki, war die Stadt so gut wie uneinnehmbar gewesen. Die meterdicken Stadtmauern, die Eisentore... Litho war von außen eine Festung und Aki erinnerte sich, als er die Stadt zum ersten Mal von einer Anhöhe aus gesehen hatte. Vor ein paar Wochen, als er und Raik die Grenzen des Nordlandes passierten. Eine Stadt aus Stein am Fuße des Gebirges Perihel mit den weißen Schneegipfeln, an denen die Wolken sich verfingen. Der glitzernde Fluss Aphel im Tal, der direkt in die Stadt hineinfloss, Schiffe mit großen Segeln und Dampfschiffe, eine dunkelgraue Festung, aus der sich die mit brennenden Fackeln geschmückten Türme des Dogantempels erhoben, die blaue Kuppe des Observatoriums, an dessen Oberfläche das Sonnenlicht reflektierte, die Fahnen und Spitzen des Präsidentenpalastes, die dunklen Türme der Stadtwache, der rote Triumphbogen, ein Meer von Häuserdächern, gewaltige Schlöte und eine seltsame graue Dunstwolke über der Stadt. Litho war in der Vergangenheit ständiger Schauplatz der Kriege zwischen dem Nord- und dem Südland gewesen, der Dreh- und Angelpunkt von Asthenos, durch den Handel und die Zölle unermesslich reich, die Stadtmauern unüberwindbar. Und nun stand er hier am Südtor der Stadt und er bräuchte nur unter den Metallspitzen hindurch zu gehen und er würde eine Welt betreten, die er noch nie gesehen hatte. Wie das Südland sein mochte? Zum ersten Mal fragte sich Aki, wie es sein mochte, in Pion am Hafen zu stehen, hinauszublicken und zu wissen, dass ihn nur das bis zum Horizont reichende Meer von dem geheimnisvollen, weit entfernten und unbekannten Kontinent trennte, den seine Vorfahren hinter sich gelassen hatten und den seither kein Lebender wieder betreten hatte.

Es kribbelte an seinen bloßen Armen. Aki sah an sich herab und bemerkte, dass ein Luftzug Esras langes Haar streifte. Einige Strähnen hatten sich aus dem Zopf gelöst und deren Spitzen kitzelten an seiner Haut. Ein seltsames Gefühl, wie schnelles, warmes Fallen, wallte in seiner Brust auf. Plötzlich drängte es ihn, die minutenlange Stille zu durchbrechen, in denen er seinen Gedanken nachgehangen war.

„Sieh dir das mal an", murmelte Esra und kam ihm zuvor. „Wenn man vom Südländer spricht, dann kommt er schon."

Saleh durchquerte gerade den Passantenzoll am Tor.

„Ach herrje", sagte Esra schwer. „Da stimmt was nicht. Schau dir sein Gesicht an. Ach großer Dogan!"

Bestürzt folgte Aki Esra Blick. Kaum war Saleh an dem blau-gelb gestreiften Holzpflock vorbei, rannte er wie von Wölfen gehetzt los, den Weg an der Mauer entlang, den Esra und Aki auf dem Hinweg genommen hatten.

„Was hat er?", rief Aki.

„Verflucht!" Esra jagte hinter ihm her, doch Saleh war schnell. Was immer geschehen war, dachte Aki, Saleh hatte ein Gesicht gemacht, als sei ihm Yetunde persönlich begegnet.

Das Haus der Tänzerin

Im Ostteil der Oberstadt, abseits vom Treiben des Tages und nur wenige Straßen vom Präsidentenpalast entfernt, stand ein Haus, das weithin als das *Haus der Tänzerin* bekannt war. Die Straße in der es stand war still und ausgestorben und wenn man an den hohen Zäunen und dem Eibengebüsch entlangging, beschlich jeden Passanten das Gefühl, beobachtet zu werden. Es war diese Art von Stille, die in jenen gewissen Teilen einer großen Stadt zu finden war, in denen Macht und Reichtum sich wie eine menschliche Faust zusammenballten und ungewiss in der Luft hingen. Jeden Augenblick bereit, den Schlag auszuführen. Ja, es war still. Eine Stille, die in den Ohren rauschte und auf die Schultern drückte und jeden Augenblick zu schreien schien: *Du gehörst nicht dazu.*

Die Häuser, wenn man denn einen Blick auf sie erhaschen konnte, thronten meist inmitten eines großen Gartens und waren im neuacalanischen Stil gebaut. Flache Dächer, helle Fassade, runde Türen und Fenster. Zwischen ihnen stand, wie eine Erinnerung aus magischen Tagen, das Haus der Tänzerin. Die Vorderseite war schmal und hatte einen hohen Giebel, der oben mit kleinen Säulen und merkwürdigen Spiralen verziert war. Das Dach selbst war mit graublauen Schindeln bedeckt an denen Moos wuchs. Die weißen Fenster waren aufwendig umrandet worden. In Marmor geritzte Doppellinien schnörkelten sich um sie herum. Dabei gab es eine raffinierte perspektivische Verzerrung, denn je weiter oben die Fenster waren, desto kleiner waren sie gebaut, so dass das Haus höher zu sein schien als es war. Am obersten Punkt des Giebels, auf der Spitze, prangte auf einem kleinen Sockel eine überdimensionale Taschenuhr aus Metall, auf der die Figur einer Tänzerin stand.

„Kurios, was?", fragte Samuel gedämpft.

„In der Tat", sagte Frida.

„Steht seit vielen Jahren. Nicht die Uhr, ist neu. Ihr Mann hat sie gewollt."

„Wieso?"

„Alles misst sich an der Zeit, sagt er. Und wir Menschen tanzen nur für sie."

Verdutzt schüttelte Frida den Kopf. „Und woher weißt du das schon wieder?"

„Man hört viel im Teesalon."

Frida rutschte mit dem Rücken an der Mauer herunter, bis sie in der Hocke saß. Der kleine Hund kam mit vor Freude wedelndem Schwanz auf sie zugestürmt und leckte ihre Hände ab. Samuel macht ein würgendes Geräusch. „Hat die Platzverschwendung einen Namen?"

„Oh ja", murmelte Frida, den kleinen Hund versunken betrachtend. „Ich nenne ihn Wolf."

„Reizend", kam es zynisch von Samuel. „Hoffentlich hast du die letzte Stunde nicht nur darüber nachgedacht."

Als Frida nicht antwortete, wurde Samuel unruhig.

„Nicht dein Ernst, oder?", knurrte er. „Entscheide dich! Was willst du tun, Frau Frida?"

Doch diese Entscheidung war nicht leicht für Frida. Die letzten Tage waren voll von Entscheidungen, folgenschweren dazu, deren Wirkungen sie nicht im Traum vorhersagen konnte. Und ob sie bisher die Richtigen getroffen hatte, daran zweifelte sie.

„Wie kann ich wissen, dass diese Frau nicht lügt?"

„Kannst du nicht wissen. Du kannst nie wissen, wer lügt und wer nicht."

„Ach ja? Glaubst du das?"

„Oh ja. Wenn ein guter Lügner lügt, kannst du ihn auch nicht ent-larven, wenn er dein Bruder ist, sagen sie." Samuel grinste. „Ich denke, hör sie an. Was willst du sonst tun?"

„Ja, was sonst?", fragte Frida langsam. Zu Canan würde Frida nicht mehr gehen. Selbst wenn Canan ihr helfen wollte, sie tat es auf eine Art, die Frida nicht gefiel. Jon im Stich lassen? Litho verlassen? Niemals und wenn der Falke wiederkehren würde, nicht einmal dann. *Falka*, sagte eine leise Stimme. *Warum gehst du nicht zu Falka von Bahlow?*

Weil ich nicht weiß, ob sie mir glaubt, dachte Frida und der Gedanke daran, dass Falka denken könnte, es sei ihre Schuld was mit David geschehen war, stach in ihrer Brust. Der Gedanke an David nahm ihr die Luft zum Atmen.

David liegt im Heilerhaus, sprach die leise Stimme weiter. *Willst du ihn nicht sehen, wissen, wie es ihm geht, ob er den Angreifer beschreiben kann?*

Nein, dachte Frida, *wenn David bei Bewusstsein wäre, den Angreifer hätte beschreiben können, würden sie nicht nach mir suchen. Und wenn er nicht bei Bewusstsein ist, dann wird der alte Rothaar Wachen dort haben. Sie werden darauf vorbereitet sein, dass ich komme. Dann bin ich allein. Wer ist auf meiner Seite? Niemand.*

Nachdenklich sah Frida zu Samuel, der ungeduldig die Straße be-obachtete.

„Was soll ich tun, kleiner Wolf?", flüsterte Frida und vergrub das Gesicht im struppigen Fell des Hundes.

„Frag nicht den Köter, frag mich. Ich sage dir, hör sie an!", fauchte Samuel mit einem Blick über seine Schulter.

„Und was gewinnst du dabei?", fragte Frida mit einem schiefen Lächeln. „Du hast mir gesagt, nichts ist in Litho umsonst. Und das ist auch so. Wenn ich zu dieser Frau gehe, brauch ich deine Hilfe. Was willst du dafür?"

Die schönen schwarzen Augen des Graufells blieben geistesabwesend an ihren haften. „Vielleicht mag ich dich, Frau Frida. Vielleicht tust du mir leid. Vielleicht kann ich dich verstehen. Und vielleicht…", die Augen zogen sich zu Schlitzen zusammen, „ist die reiche Frau einsam."

Frida blinzelte ein paar Mal überrascht und brach in lautes Lachen aus. „Du willst das unbedingt, oder?", fragte sie und wischte sich über die Augen.

„Was?" Samuel fletschte die Zähne.

„Du weißt schon. Reich sein. Mächtig sein. Dazugehören."

„Deshalb bin ich hier. Sonst wäre ich zuhause", sagte er trocken. „Und du bist mein Schlüssel zur goldenen Tür, Frau Frida."

„Nicht gerade ruhmvoll aber ehrlich", versetzte sie.

„Hast du entschieden?", fragte Samuel leise. „Das solltest du jetzt. Da kommt sie."

Ein Automobil war in die Straße eingebogen und dröhnte den Weg entlang. Auf der Höhe des Hauses der Tänzerin wurde es langsamer und hielt schließlich an. Ein Mann sprang aus dem Wagen und öffnete das Eisentor zum Garten und das Automobil fuhr hindurch.

„Ich hab mich entschieden. Ich will hören, was sie zu sagen hat", brach es von Fridas Lippen.

„Gut", sagte Samuel und packte ihren Arm. „Dann lauf!"

Das Haus der Tänzerin war nicht nur von außen Aufsehen erregend. Es hieß, das Haus sei eines der ältesten in Litho und die Räume darin zeigten Spuren der Zeit. Die Wände waren getäfelt und Bilder mit goldenem Rahmen säumten die Flure. Tische und

Stühle waren feingliedrig, die Beine dünn wie Vogelbeine und gebogen. Es hingen bunte Tücher an den Wänden, Masken und Lampen aus dem Südland. Manche Tische waren niedrig und mit tausenden kleinen Spiegelmosaiksteinen besetzt und davor schwere Polster mit Goldfäden und Seide durchwirkt.

Die Frau, die auf einem dieser Polster saß und eine lange dünne Zigarette rauchte, wirkte wie eine südländische Königin. Frida betrachtete überwältigt die kühle dunkle Haut, das bittere Lächeln und ihre weiten, dramatischen Gesten, wenn sie sprach.

„Herr Martinez, ich freue mich außerordentlich, dass Sie gekommen sind. Gedacht hätte ich das nicht mehr. Ich lese daraus, dass Sie mir helfen werden. Ist das richtig, kann ich darauf hoffen?"

„Es wird sich zeigen", sagte Samuel mit einem leichten Kopfnicken. Er beugte sich ein wenig vor und sagte sanft: „Aber da wir unter uns Südländern sind, lassen Sie uns das unkonventionell angehen."

Eleonora Bonadimani nahm einen tiefen Zug von ihrer Zigarette. „Gut", sagte sie amüsiert und, ohne den Blick von ihm abzuwenden: „Dina, verschwinde."

Ein Mädchen im blauen Kleid, das an der Tür gestanden hatte, knickste tief und ging aus dem Raum.

„Sie nehmen Ihre Base überall mithin?", fragte Frau Bonadimani spöttisch.

„Überall", sagte Samuel lächelnd. Frida rutschte unangenehm berührt auf ihrem Polster herum. Schöpfte die Bonadimani schon Verdacht?

„Wie kann ich Sie davon überzeugen, mir zu helfen?", fragte die Bonadimani.

„Mit der Wahrheit. Der Ganzen", antwortete Samuel. „Woher kennen Sie Jon Iringa?"

Bedächtig lehnte sich die Bonadimani in ihren Kissen zurück, betrachtete stumm die Spitze ihrer Zigarette und sagte: „Ich hoffe Sie haben viel Zeit mitgebracht. Das wird eine lange Geschichte." Als Samuel ungerührt weiter lächelte, nickte die Bonadimani wie geistesabwesend.

„Als ich klein war lebte ich in Pion. Meine Familie war im klassischen Sinne arm. Wir aßen hauptsächlich Fisch den mein Vater gefangen hatte." Sie verzog ihr Gesicht vor Ekel.

„Ich hatte zwei ältere Brüder und auf denen ruhte die Hoffnung meiner Eltern. Begabt waren beide für nichts und der Älteste wurde später verhaftet, weil er Drogen verkauft hat. Und da entdeckte meine Mutter plötzlich, dass ich tanzen konnte."

Triumphierend lächelnd dachte die Bonadimani daran zurück. „Sie brachten mich zu einem Schausteller, der in unserer Nachbarschaft angefangen hatte eine Truppe zusammenzustellen. Und er nahm mich auf. Zahlte ordentliches Geld an meine Eltern und seine Frau fing an, mich zu unterrichten. Sie war wirklich genial, berufen zu tanzen. Und sie dachte dasselbe von mir. Damals war sie schwanger und sie wusste, dass sie eine Zeitlang nicht mehr tanzen konnte. Sie brachte mir ihre Rollen bei, damit ich sie vertreten konnte. Vierzehn war ich da. Ihr Mann experimentierte zu der Zeit mit einer neuen Technik, die er *Dunkles Gewölbe* nannte. Das war ein kleiner dunkler Raum, in dem durch ein Loch in der Decke Licht über eine Linse fiel und unten auf einer weißen Leinwand sah man plötzlich die Menschen von draußen herumspazieren. Faszinierend und verrückt. Der Mann glaubte an diese Technik. Er ließ auch bunt bemalte Glasplatten mit Licht anstrahlen, die an die Wand projiziert wurden."

„Die Vorläufer der bewegten Bilder", sagte Frida aufgewühlt.

„Film, ja", sagte die Bonadimani gleichgültig. „Er hatte einen Jungen dabei, den er ausbildete. Der war begeistert von so was. Konnte großartige Bilder auf die Glasplatten malen, bastelte Figuren, die er draufklebte und die mit Stäbchen bewegt werden konnten. Der Junge…", sie zögerte, „hieß Jon Iringa."

„Was?", schrie Frida. Blitzschnell legte sich Samuels Hand auf ihr Bein und kniff sie schmerzhaft. Doch die Bonadimani hatte ihren Aufschrei kaum registriert, so sehr war sie in der Vergangenheit verhaftet.

„Ja, das war Jon. Er war damals siebzehn, glaube ich. Und, was euch vielleicht auch interessieren wird…", sie lachte. „Wir hatten noch einen anderen Jungen, der das Programm für die Vorführungen festlegte und meistens wegen der Zensur und der Lizenz mitverhandelte, der hieß Mischa. Später nannte er sich aber nur noch Mendax."

„Mendax? DER Mendax?", fuhr Samuel auf und Wolf zuckte zu Fridas Füßen erschrocken zusammen.

„Ja, Sie sehen sicher, wieso ich beschlossen habe, mich nicht an ihn zu wenden. Er ist zu verstrickt in alles."

„Unglaublich!"

„Wenn man das heute hört, klingt das vielleicht unglaublich. Aber damals waren wir alle gleich, bettelarm, talentiert und fest entschlossen, in Litho, der goldenen Stadt reich zu werden. Pion zu entkommen, das gezeichnet war von den Zerstörungen der Diamantenkriege."

Sie schüttelte resigniert den Kopf. „Das haben wir auch geschafft. Den Sommer nachdem ich zu der Truppe gestoßen war, zogen wir mit den Wägen los nach Litho. Auf der Fahrt sind Mendax, Jon und ich Freunde geworden. Wir waren eine Familie. Wir schworen uns, es gemeinsam zu schaffen. In Litho traten wir auf. Zuerst außerhalb der Stadt, beim Wanderzirkus. Bis uns die Bühne eines ehemaligen kleinen Spezialitätentheaters in der Oberstadt angeboten wurde. Bis heute weiß keiner, wie der alte Ronyane das geschafft hat. Es heißt, er hätte den Besitzer unter den Tisch gesoffen."

„Einen Moment mal", sagte Frida mit zitternder Stimme. „Der Besitzer der südländischen Truppe hieß Ronyane? Wie… wie Canan Ronyane?"

Überrascht zog die Bonadimani ihre Augenbrauen hoch.

„Ja, das ist der Name seiner Tochter glaube ich. Sie war noch ein Baby, als ich bei der Truppe war." Energisch drückte sie ihre Zigarette aus. „Aber dann hatten wir es geschafft. Die Bühne in der Oberstadt war unser Sprungbrett, ein Glücksfall, der vielleicht einmal in tausend Jahren vorkommt. Wir eröffneten dort ein Varieté. Wir traten auf, ich tanzte, Jon führte optische Effekte auf und Mendax machte das Haus voll. Der alte Ronyane war aus dem Häuschen. Es war auch Jon, der schließlich mit der neuen Erfindung Film ankam. Das Publikum war verrückt danach."

Zitternd saß Frida auf ihren Polstern und wagte nicht zu atmen. Ihr Vater, der mürrische, verschlossene Mann mit einem Hass auf die Oberstadt kam aus Pion. Er war in einer Wandertruppe gewesen. Er hatte Film gezeigt. Er hatte *in der Oberstadt* Film gezeigt. Warum, um Dogans Willen, hatte er niemals ein Wort darüber gesagt? Er war mit Mendax, dem reichsten Mann Lithos, zusammen gewesen bei Canans Vater.

„Jon lernte den alten Fuhrmann kennen, ein Ratsvorsitzender von Litho, ledig und mit Sinn für optisches Spielzeug. Er stellte mich vor. Und die Dinge nahmen ihren Lauf." Das bittere Lächeln kam auf Eleonora Bonadimanis Gesicht zurück. „Endlich war ich reich, reich und mächtig, wenigstens theoretisch, als die Frau eines Ratsvorsitzenden aus Litho. Ich, die arme kleine Tänzerin!", sie lachte.

„Mendax und Jon kauften von ihrem Lohn ein eigenes Varieté und machten einen Kinematographen Palast daraus. Innerhalb eines einzigen Jahres waren sie beide erfolgreicher als der alte Ronyane geworden. Wir feierten jeden Abend Feste mit Wein und Kaviar und Schnaps, wir hatten das Unmögliche geschafft! Aber dann fing das mit Jon an."

„Was ist passiert?", fragte Frida mit zugeschnürter Kehle.

„Es begann damit, dass Film in der Oberstadt nicht mehr als schick angesehen wurde. Wochenschau, schön und gut, Reisefilme, schön und gut aber triviale Unterhaltung… das ist nicht kultiviert. Außerdem hetzten die Theaterleute gegen uns, sie hatten Angst, sie würden durch den Film alle Besucher verlieren. Und so zog der Film um, in die Unterstadt. Mendax reagierte schnell, er hat wirklich einen Sinn fürs Geschäft. Dann eben zurück zu den Tänzern, Sängern, Akrobaten und dressierten Pferden. Jon hat das nicht so gut verkraftet. Er ging öfter in die Unterstadt, zum alten Ronyane, der dort inzwischen eine Filmproduktion betrieb. Und dort lernte er Agnes kennen."

Frida erschauderte. Agnes, ihre Mutter.

„Er erzählte nicht viel von ihr. Aber er veränderte sich. Zuerst schimpfte er über die Theaterleute in der Oberstadt, dann über die Oberstadt im Allgemeinen, über Luxus, Dekadenz und Gleichgültigkeit und schließlich über die Falkenauten, den Dogan und die Regierung. Das heißt, auch über meinen Ehemann. Er sagte, Mendax und ich hätten vergessen, woher wir kommen, wir hätten unsere Seele verkauft für Geld und Ansehen. Vielleicht hatte er Recht. Wahrscheinlich haben wir das getan." Die Bonadimani griff in eine kleine Tasche auf dem Tisch, holte eine frische Zigarette heraus und zündete sie an.

„Was… was war mit dieser Agnes?", fragte Frida.

Die Miene der Bonadimani wurde finster. „Ich weiß wenig über sie. Sie kam aus dem Nordland, eine Waise. Half in einer Bäckerei. Gerüchte gingen, sie sei ein politischer Flüchtling, trüge einen falschen Namen. Aber ich weiß nichts darüber, es war nichts herauszubekommen." Das schien die Bonadimani aufrichtig zu erzürnen. „Man sagte sich, sie käme aus der Nähe des Truwenwaldes. Ihr Vater hatte angeblich irgendwas mit dem Militär zu tun. Wie das so ist mit Gerüchten. Es mag ganz anders sein."

Paralysiert saß Frida in den südländischen Polstern und starrte die Frau an, die eine Freundin ihres Vaters gewesen war. *Du wolltest Antworten haben… da hast du sie.*

Wolf fühlte offenbar, dass etwas nicht stimmte. Leise fiepend stieß er mit der Schnauze gegen Fridas Bein, doch sie war zu benommen, um zu reagieren. Sie begann ihren Vater zu verstehen. Sein Hass auf die Oberstadt, ja ihre eigene Liebe zu Film, die im Blut liegen musste. Dann die Heirat mit ihrer Mutter, deren Herkunft ein Geheimnis war. Ein politischer Flüchtling in Gefahr, ja, wenn es denn stimmte, wenn es die Wahrheit war. Oder war es ganz anders?

Ketzerin, flüsterte es in ihrem Kopf, *sie starb, weil sie eine Ketzerin war, der Falkenaut hat es gesagt. Nicht, weil sie ein politischer Flüchtling war.*

„Und dann heiratete Jon diese Frau. Er betrat niemals wieder den Boden der Oberstadt. Kein Wort mehr von ihm." Ihre Stimme klang plötzlich gequält und dünn.

„Ich habe versucht, durch Spione wenigstens etwas über sein Leben herauszufinden. Sie berichteten mir, dass er als Hafenarbeiter angefangen hatte. Dass er eine Tochter bekam, Frida. Und schließlich starb Agnes, es hieß, es sei Mord gewesen. Ich erzählte Mendax davon aber ihm war das gleichgültig. Seit Jon die Oberstadt verlassen hatte, hatte Mendax kein Interesse mehr an ihm. Sogar ich war ihm irgendwann egal. Als mein Mann starb, brach er den Kontakt ab. Schließlich hatte er jetzt nichts mehr von mir. Mein politischer Einfluss war mit dem alten Fuhrmann gestorben. Und die Oberstädter… was glauben Sie, was die von mir hielten? Eine südländische Tänzerin, die sich reich eingeheiratet hatte. Ich war nichts. Niemand ist mir geblieben."

Eleonora Bonadimani seufzte tief und richtete sich kerzengerade auf. „Aber ich mag Jon immer noch gerne und ich habe ihm verziehen. Ohne ihn wäre ich eine bitterarme kleine Tänzerin geblieben. Und jetzt braucht er meine Hilfe. Verstehen Sie, deshalb will ich ihn finden und seine Tochter. Ich weiß vieles, was ihnen helfen kann. Jon Iringa ist ein guter Mensch und ich bin mir sicher, dass seine Tochter wie er ist. Sie hat diesen Rothaarjungen nicht angegriffen, das weiß ich."

Samuel räusperte sich geräuschvoll. „Dann erzählen Sie, was Sie wissen."

Misstrauisch verzog die Bonadimani ihr Gesicht „Warum sollte ich das tun? Wissen Sie nicht schon genug? Es reicht, um Jon und Frida Iringa zu finden."

„Ich verstehe, dass Sie mir nicht trauen. Das ist klug. Aber haben Sie das wirklich nötig?"

Die Bonadimani lachte. „Nein, nötig nicht. Wenn Sie mich betrügen, würde es keine Viertelstunde dauern, bis Sie tot wären."

„Dann können Sie auch gleich erzählen. Ich hänge an meinem Leben", sagte Samuel.

„Und der Strick ist dünn", sagte die Bonadimani herausfordernd. „Lassen wir es darauf ankommen. Ich glaube, dass David Rothaar auf Befehl von Lyssa von Bahlow angegriffen wurde."

„Lyssa von Bahlow? Das ist unmöglich!", rief Frida. *Falkas Großmutter will ihren Verlobten ermorden lassen? Niemals!*

„Warum?", fragte Samuel die Bonadimani.

Sie kniff die Lippen zusammen, so dass sie eine schmale Linie bildeten. „Das ist wirklich streng vertraulich, was ich sage. Schwach ausgedrückt. Es ist zum Dogan noch mal gefährlich und kann jeden von uns das Leben kosten, was ich jetzt sagen werde." Sie warf den Kopf in den Nacken. „Ich glaube, dass in Litho eine Verschwörung geplant wird, ein Komplott auf höchster Ebene. Und mittendrin stecken die alte Hexe Lyssa von Bahlow und…", sie schluckte schwer. „Der Tempelherr von Litho."

„Heiliger Dogan!" Beeindruckt pfiff Samuel mit gespitzten Lippen. „Schwere Anschuldigung. Und Beweise?"

„Jon und Frida Iringa", sagte die Bonadimani mit einem endgültigen Ton. „Dann hören Sie auch die Beweise. Und fünfzig Goldmünzen dazu, für jeden."

„So", machte Samuel und blickte Frida tief in die Augen. „Was sagst du? Faires Angebot?"

Frida wischte mit der Hand über ihr Gesicht. *Noch eine Entscheidung. Jetzt.* Sie legte den Kopf schräg und lächelte der Bonadimani zu.

„Ich hoffe sie haben viel Bargeld im Haus."

„Optimistisch, das kleine Fräulein", lachte Eleonora Bonadimani spöttisch.

Frida holte tief Luft. „Wohl kaum, Frau Bonadimani. Weil Frida Iringa… das bin ich."

„Ich kann es nicht fassen." Die Bonadimani bemerkte nicht einmal, dass die Asche ihrer Zigarettenspitze leise auf ihre Kleider rieselte. Unter ihrem Blick wurde Frida verlegen. Die Bonadimani schüttelte den Kopf.

„Nimm den hässlichen Hut ab, Mädchen. Ich kann dich nicht einmal richtig sehen."

Vorsichtig zog Frida den Hut und den Schleier von ihren Locken. Hungrig suchte die Bonadimani ihr Gesicht ab.

„Jons Tochter", murmelte sie. „Ich kann es einfach nicht glauben. Und doch, ich kann es sehen. Du bist Frida, du musst es sein. Aber wieso diese Maskerade?"

„Ernste Frage?", sagte Samuel. „Das können Sie sich denken. Fridas Bild hängt in allen Stadtwachen. Sie kennt Sie nicht, Sie hätten ihr ein Feind sein können. Aber jetzt können Sie alles erzählen oder nicht?"

Die Bonadimani rang um Fassung. „Ja, das kann ich. Im Grunde ist die Erklärung einfach. Der Tempelherr ist nicht das, was er zu sein vorgibt. Diesen Verdacht hatte ich schon lange. Schon, als mein Mann noch lebte und erzählte, wie der Tempelherr sich in die Stadtpolitik einmischte. Er ist ein böser Mann. Nach den Diamantenkriegen kam er nach Litho. Er war ein guter Freund eines Generals der nordländischen Armee, der direkt dem Kriegsminister unterstellt war. Das Nordland hatte den Verlust seiner Diamantenminen nicht gut aufgenommen, akzeptierte die ihnen aufgezwungenen Handelsverträge nicht. Aber sie hatten keine Wahl. Wenn Litho sich während des Krieges nicht auf die Seite der Südländer gestellt hätte, so würde das Nordland inzwischen Asthenos regieren. Und so kam der Tempelherr, damals ein kleiner Falkenaut, nach Litho, aufgehetzt von dem gekränkten General. Mit dem Ziel…", ihre Gesichtszüge verhärteten sich. „Mit dem Ziel, im nächsten Kriegsfall dafür zu sorgen, dass Litho sich auf die Seite des Nordlandes stellen würde."

„Es wird keinen Krieg zwischen Nordland und Südland mehr geben", fiel Frida ein. „Die Friedens- und Handelsverträge sind nicht kündbar. Das Zeitalter der Könige ist schon ewig vorbei!"

„Ja, die Friedensverträge…", die Bonadimani lächelte bitter. „Vor ein paar Tagen war das große Drei-Länder-Treffen. Ich hatte das Glück, bei den Feierlichkeiten dabei zu sein."

Frida erinnerte sich an die Bilder aus der Wochenschau, das Essen mit dem dicken Mann und der schönen Witwe.

„Und was glaubst du, Frida, welchen Vertrag die drei Präsidenten dort unterzeichnet haben? Den Vertrag der Friedensallianz. Das klingt wunderschön, nicht wahr? Nur dass darin eine Klausel versteckt ist, welche folgendermaßen lautet: Gesetz dem Falle, die freie Stadt Litho wird von einem der Vertragspartner oder einer fremden Macht unverschuldet und ohne vorherige Provokation angegriffen, dann verpflichtet sich der übrige Vertragspartner oder, im Falle einer fremden Macht, beide anderen Vertragspartner, militärische Soforthilfe zu leisten."

„Was bedeutet das?", fragte Frida atemlos.

„Es bedeutet, dass, wenn glaubhaft gemacht werden kann, das Südland oder eine fremde Macht würde Litho bedrohen, die nordländische Armee in Litho einmarschieren und die Stadt einnehmen kann ohne gegen Verträge zu verstoßen. Und wer Litho hat, hat Asthenos. Das war von jeher so."

„Und Sie glauben, dass der Tempelherr das erreichen will? Aber wie?"

„Der Vertrag der Friedensallianz wurde vom ehemaligen nordländischen Kriegsminister angeregt, derselbe, der für die Diamantenkriege verantwortlich ist. Absurd, nicht wahr? Um diese Klausel in Kraft zu setzen muss Litho in einen Ausnahmezustand kommen. Einen Zustand der äußersten Bedrohung. Und ich glaube, es hat vor ein paar Tagen begonnen. Mit dem Tod eines Falkenauten namens Ferrana und… und dem Angriff auf David Rothaar. Und das war noch lange nicht das Ende. Viel mehr Menschen werden sterben, Oberstädter und Falkenauten werden von unsichtbaren Assassinen hingerichtet, die der Tempelherr befiehlt, solange bis der Präsident von Litho vor Angst um Hilfe von außen bittet. Und das nordländische Militär wird bereit sein."

„Großer Dogan!", murmelte Samuel.

„Aber wie macht der Tempelherr das? Was sind das für Assassinen?"

„Einen Namen kenne ich. Aber es hilft nichts, er ist nicht zu finden. Es ist ein Falkenaut, er heißt Anden. Nordländer, über und über tätowiert. Ich sollte meinen, es wäre leicht, ihn zu finden. Doch es ist nichts zu machen. Anden ist ein Diener des Tempelherrn, er tötet für ihn. Es ist nicht einmal unwahrscheinlich, dass er es war, der David Rothaar angegriffen hat."

Frida erinnerte sich an das Gesicht aus der Wochenschau und die Wut begann in ihr zu brodeln.

„Sie haben vorhin gesagt, Sie glauben, David Rothaar wäre auf Befehl von Lyssa von Bahlow angegriffen worden, der Großmutter von Falka von Bahlow."

„Ja", sagte die Bonadimani. „Der Tempelherr und die alte Hexe sind Verbündete. Dessen bin ich mir sicher. Frau Lyssa ist unglaublich mächtig, wer in Litho etwas erreichen will, braucht sie. Sie ist eine der letzten echten Hexen, heißt es zumindest. Ich vermute, sie haben einen Pakt geschlossen, der vorsieht, dass, wenn Litho erobert ist, der Do'on und die Magie wieder erlaubt sein werden."

„Niemals!" Samuel schüttelte sich vor Ekel.

Religiöse Fragen waren für Frida nicht von Bedeutung. Die Freiheit der Religion war das, was Frida wollte. Die Falkenauten waren sowieso unerträglich geworden. Aber der Tod von vielen unschuldigen Lithoanern, das war grauenhaft.

„Aber wieso sollte Frau Lyssa befehlen, David Rothaar anzugreifen? Ich meine, er ist der Verlobte ihrer Enkelin."

„Ganz genau", Eleonora Bonadimanis Augen leuchteten fiebrig. „Und Hexen heiraten nicht. Frau Lyssa hat auch schon ihren Schwiegersohn getötet, um ihre Tochter frei zu bekommen. Und ihre Enkelin darf sich auch nicht binden. Hexen leben allein, wenn sie wirklich mächtig sein wollen. Frau Lyssa will das Hexenblut reinhalten. Da kam ihr der Plan des Tempelherrn, wahllos führende Oberstädter hinzurichten um Panik in der Stadt zu verbreiten gerade Recht. Praktisch für sie."

Der Schock traf Frida tief. „Das ist so widerlich. Ich kann's nicht glauben. Niemand würde so was tun!"

Die Bonadimani drehte in einer dramatischen Bewegung den Kopf zur Seite und sah auf den Boden. „Ich konnte es auch kaum glauben. Ich kann es immer noch nicht wirklich glauben. Aber es muss so sein. Es passt alles zusammen."

Sie stand unvermittelt auf, trat an einen der kleinen, neu-acalanischen Tische und berührte sachte mit den Fingern eine der Blumenvasen. „Das Schlimme aber ist, dass niemand mir Glauben schenken darf. Dem Tempelherrn so etwas zu unterstellen ist so gut wie Hochverrat. Und vor der alten Hexe Lyssa fürchtet sich ganz Litho. Keiner will sich mit ihr anlegen, verstehst du, Frida? Sie könnte dein Haus und Geschlecht verwünschen. Und dann? Wer von den Oberstädtern glaubt einer Tänzerin von niederer Geburt, egal wie viel Geld sie hat?"

„Ich glaube Ihnen", sagte Frida leidenschaftlich. „Ich versteh's, Frau Bonadimani. Mir wollte auch nie jemand zuhören. Für mich interessiert sich auch niemand. Weil was bin ich denn schon? Die Tochter eines Hafenarbeiters und einer Bäckerin."

„Sei nicht so bescheiden…", sagte die Bonadimani trocken. „Die Tochter des Erfinders von bewegten Bildern und einer geheimnisvollen Nordländerin. Dogan lenkt die Wege der Gläubigen, wohin sie auch führen."

Wiederum fragte sich Frida, ob sie Eleonora Bonadimani und Samuel von ihrer Meinung über den Ga'an und die Falkenauten erzählen sollte. Dass sie selbst eine Ketzerin war. Und wieder entschied sich Frida dafür, nichts zu sagen. Es war nur ein schwaches Gefühl, klein wie eine Nadelspitze. Sie hatte schon den Mund geöffnet und schloss ihn doch wieder. Samuel war religiös, darüber war sich Frida sicher. Und nun, da Frau Bonadimani sie endlich gefunden hatte, ihr all diese Dinge über ihren Vater, ihre Mutter und Frau Lyssa erzählt hatte, wollte Frida sie nicht enttäuschen. Hatte sie nicht gerade dem Tempelherrn ebenfalls vorgeworfen ein Ketzer zu sein? Das war er doch schließlich, wenn er einen Pakt mit einer Hexe geschlossen hatte. Was würde sie über Frida denken, wäre sie immer noch so freundlich zu ihr?

„Wie kann ich Ihnen helfen?", fragte sie stattdessen.

„Helfen?", fragte die Bonadimani gedehnt. „Frida, du musst mir nicht helfen. Ich bin nur froh, dich heil gefunden zu haben. Wenn mir das auch mit deinem Vater gelingt, war ich wenigstens zu irgendwas nutze. Nebenbei…", sie wandte sich an Samuel. „Herr Martinez, nach diesem Gespräch kann ich verstehen, wenn fünfzig Goldmünzen für Ihr Schweigen nicht genug sind. Ich biete Ihnen hundert Goldmünzen, wenn Sie Litho sofort verlassen und alles vergessen."

Samuel blinzelte. „Bestimmt würde ich das annehmen. Das ist viel. Aber, Frau Eleonora, ich bin nicht so gutgläubig. Ihre

Handlanger werden meine Kehle durchschneiden, noch bevor ich raus aus Ihrem Haus bin. Weil auch Sie niemandem trauen. Nicht wahr?"

Das Gesicht der Bonadimani verriet keine einzige Regung. „Was wollen Sie stattdessen? Als Dank?"

„Kost und Logis in Ihrem schönen Haus, bis alles vorüber ist. Wer weiß? Vielleicht kann ich Ihnen von Nutzen sein. Wie Sie wissen, ich kenne mich aus in der Unterstadt."

Und du wirst dich unentbehrlich machen, schlauer Hund, dachte Frida belustigt. *Wenn du diese Frau dazu bringst, dich zu heiraten, werde ich aber dafür sorgen, dass ihr nichts passiert…*

„Einverstanden", sagte die Bonadimani. „Aber Sie werden keinen Schritt tun, den ich nicht überwachen werde. Ich werde jede Hilfe brauchen, wenn ich den Tempelherrn und die Hexe aufhalten will."

„Sie haben auch meine. Ich muss Jon finden. Bitte!", flehte Frida. *Und ich werde Falka und David von dieser elenden alten Hexe Lyssa befreien,* dachte sie. *Und die Unterstadt von den Falkenauten. Endlich kann ich etwas tun. Etwas sinnvolleres als Flugblätter aufhängen.*

„Dina!", schrie Frau Bonadimani. Nach ein paar Sekunden erschien das Mädchen in dem blauen Kleid, den Blick auf dem Boden haftend. „Lass zwei Zimmer vorbereiten, im obersten Stock. Herr Martinez und Fräulein Kristine bleiben."

Zia Sternberg stirbt

Nein. Nein es darf nicht wahr sein. Bitte nicht.
Aber es ist geschehen.
Zia…

Edgar Vonnegut stand im Schatten einer uralten Eibe im Garten des Präsidentenpalastes. Die Krisenversammlung des Stadtrates war zu Ende und die Menschen schlichen mit gesenkten Köpfen an ihm vorbei. Die Versammlung war zu keinem Ergebnis gekommen. In dieser Nacht war die einzige weibliche Ratsvorsitzende gestorben, Zia Sternberg. Die Tradition verpflichtete den Stadtrat, schon am nächsten Tag einen Nachfolger zu bestimmen. Das war nicht gelungen.

Es war kein schöner Tod gewesen. Ihr Mädchen hatte Zia gefunden, früh am Morgen, als sie die Vorhänge im Schlafzimmer aufziehen wollte. Das Mädchen war erstaunt, dass der Boden klebte. Und als das Sonnenlicht in das Zimmer fiel, da sah sie es. Zia Sternberg lag im Nachtgewand auf ihrem Bett, ein Arm hing auf den Boden. Ihr Haar war wild über dem Laken ausgebreitet, ein Laken das am Abend noch himmelblau gewesen war. Zia Sternbergs Blut hatte es tiefrot gefärbt, war auf den Boden geflossen und haftete an den Schuhsohlen des Mädchens, das so entsetzlich schrie, dass die Menschen unten auf dem Bürgersteig stehen blieben und den Kopf nach oben wandten. Der Heiler, der sie untersuchte, fand zwei gerade Schnitte an den Handgelenken und einen kleinen Schnitt hinter dem Ohr, direkt an der Halsschlagader. Im Kampf hatte die Sterbende die gläserne Nachtischlampe vom Tisch gefegt und die grünen Scherben glitzerten in dem getrockneten Blut. Ein Kissen war auf ihr Gesicht gedrückt und nur ein Stück heruntergerutscht, um ein vor Entsetzten geweitetes Auge freizugeben.

Die Versammlung hatte den Heiler befragt, der zusammengesunken und blass auf der Bank in der Mitte des Zimmers saß. Die Versammlung hatte das Mädchen befragt, das von Weinkrämpfen geschüttelt wie eine Blinde herausgeführt werden musste. Die Versammlung hatte abstimmen lassen, was zu tun sei. Und niemand hatte seine Stimme erhoben. Sie alle saßen steif in ihren Stühlen und schwiegen, Trauer und Furcht standen in den Gesichtern geschrieben.

Die Menschen wollten sich noch nicht trennen. Sie gingen auf Zehenspitzen im Garten des Präsidentenpalastes herum und warfen sich panische Blicke zu. Wer? Und warum? Diese Fragen klangen als leises Flüstern durch die Luft.

Edgar Vonnegut rieb sich die kalten Hände. Der Sommer war nicht vorbei aber er fühlte sich, als hätte sich eine dünne Decke aus Eis um seine Schultern gelegt. Zia Sternberg war eine Freundin gewesen, eine Frau, die Außergewöhnliches in Litho erreicht hatte. Die erste Frau, die im Sessel der Ratsvorsitzenden Platz genommen hatte. Sie war ein ernsthafter, strenger Mensch gewesen. Edgar sah sie vor sich, mit der hohen, intelligenten Stirn, dem hellbraunen Knoten ihrer Haare, der zitterte, wenn sie aufgeregt war. Er sah sie, wie sie sich lächelnd über seine Nichte Berta beugte, die kleine Margaret auf ihrem Schoß hüpfen ließ. In der Hand die hässliche, grinsende Puppe aus Stroh, die sie Berta geschenkt hatte. Edgar glaubte nicht an die Dinge wie ein Leben nach dem Tod, er wusste, dass er sie nie wiedersehen würde. Ruth würde Tränen darüber vergießen, doch er nicht, er hatte anderes zu tun und er wusste, Zia würde ihn verstehen, wäre auf seiner Seite. Er musste diesem Mord auf den Grund gehen und dazu brauchte er einen klaren Kopf. Er trauerte nicht wieder um Zia Sternberg.

Aufmerksam beobachtete er die Menschen im Garten. Nicht weit von ihm ging der Präsident von Litho, Daniel Caspote. Einem Impuls folgend lief Edgar ihm hinterher. Caspote blieb auf dem Gras stehen und wischte sich mit einem Taschentuch zuerst über die Augen und über die Halbglatze. Tiefe Falten gruben sich in die Stirn und um seinen harten Mund. Edgar wollte ihn rufen, doch da trat ein Mann an Caspotes Seite. Edgar erkannte ihn als einen Falkenaut aus dem Tempel und blieb abrupt stehen. Er trug eine einzelne weiße Feder an einem Band um den Hals. Seinen Namen kannte Edgar nicht, aber es war derselbe Mann, der am Tempeltag die unheilvolle Predigt gehalten hatte. Ein unsympathischer Mensch. Der Falkenaut klopfte Caspote mit der Hand auf die Schulter und begann, mit ihm zu sprechen. Neugierig steuerte Edgar einen Rhododendronstrauch in der Nähe an, um unauffällig lauschen zu können. Doch das Gespräch zweier anderer Männer störte ihn und so konnte er nichts tun, außer Caspote und den Falkenauten zu beobachten. Scheinbar versuchte der Falkenaut, Caspote um etwas zu bitten. Doch Caspote blockte ab, verschränkte die Arme, sah auf den Boden und schüttelte ab und zu den Kopf. Der Falkenaut schien sich darüber nicht zu stören. Er winkte einen Mann herbei, der in der Nähe gewartet hatte. Überrascht erkannte Edgar in ihm einen Sekretär des Tempelherrn von Pion, der nach dem Drei-Länder-Treffen noch in Litho verblieben war, um den Schriftverkehr für den Tempel in Pion zu organisieren. Er näherte sich Caspote fast unterwürfig, den Kopf gesenkt, lächelnd. Caspote nickte kühl. Der Mann zog ein Papier hervor, das er Caspote zeigte. Kurz warf dieser einen Blick darauf, dann sprach er wieder zu dem Falkenauten. Caspote schien ärgerlich zu werden und eilte schließlich davon.

Erschrocken begriff Edgar mit einem Mal, worum es in diesem Gespräch gegangen sein könnte. Schon seit einiger Zeit war das

Gerücht im Umlauf, der Tempelherr von Pion hätte ein neues Pamphlet über die moderne Hexenjagd verfasst und dessen Praktiken seien im Geheimen in Pion bereits auf politischer Ebene zur Anwendung gekommen. Es hieß, dass einige konservative Falkenauten in Litho den Tempelherrn überzeugen wollten, es auch in Litho einzusetzen.

Wenn es darum ging, dachte Edgar entsetzt, *so hat gerade ein kleiner Falkenaut den Tempelherrn von Litho hintergangen*. Sich eigenmächtig an den Präsidenten zu wenden war ein gefährliches Unterfangen. Wer so etwas tat, war entweder jenseits der Realität oder… oder was?

Gleich neben dem großen Rhododendronstrauch hinter dem sich Edgar Vonnegut verbarg, standen zwei Männer im Gespräch. Es handelte sich dabei um Adrian Magritte und Helor Cixous, zwei Ratsvorsitzende. Magritte war ein großer, schlanker Mann mit nervösem Blick und zittrigen Händen, die in ledernen Handschuhen steckten. Cixous dagegen war klein und untersetzt. Er trug einen Zylinder auf dem runden Schädel und rauchte eine Zigarre, ein Mann der alten Schule.

„Was glaubst du, wer ist der Nächste?", flüsterte Magritte.

„Was meinst du denn damit, mein lieber Magritte?", dröhnte Cixous irritiert.

„Siehst du es denn nicht? Zuerst Rothaars Sohn, jetzt Zia Sternberg! Jemand hat es auf die Ratsvorsitzenden abgesehen!"

Cixous räusperte sich. „Auch ein Falkenaut ist gestorben. Man kann keine übereilten Schlüsse ziehen. Zuerst muss ein Untersuchungsausschuss her."

Mit weit aufgerissenen Augen stammelte Magritte: „Dann ist es zu spät! Zu spät! Morgen kann ich tot sein!"

„Was ist denn nur los mit dir, mein Freund? Was befürchtest du denn? Dass Terroristen uns alle umbringen werden? Ich bitte dich, wo bleibt dein gesunder Menschenverstand. Man muss zuerst die Tatsachen betrachten."

„Hast du nicht gehört, was das Mädchen erzählt hat? Ein Blutbad, ein grauenvoller Tod. Ich will nicht so sterben!"

Konsterniert musterte Cixous Magritte. Sein alter Freund schien nicht er selbst zu sein. Nach einer Pause sagte er: „Alles, was dir fehlt, ist ein Glas guten Schnapses und ein wenig Schlaf. Morgen wird alles schon anders aussehen. Wirklich, ich kann deine Aufregung nicht verstehen. Man muss die Ruhe bewahren."

Magritte ließ ein leises Wimmern von sich. Was war nur mit dem Kerl los, fragte sich Cixous. So kannte er den sonst recht besonnenen Adrian nicht. Er schien vor Angst völlig überwältigt zu sein. Cixous war kein Mann, der mit Kopflosigkeit umgehen konnte. Erpicht, dieser für ihn unangenehmen Situation zu entgehen, sah er sich im Garten des Präsidentenpalastes um. Ein Stück weiter, zwischen zwei Eibenbüschen, sah er Adam Rothaar und Mendax stehen.

Wie aus einer tiefen Trance gerissen, starrte Magritte zu den beiden hinüber. Cixous bemerkte, dass er stark schwitzte, die Pupillen geweitet.

„Armer Rothaar. Man muss sich wünschen, dass sein Sohn wieder wird. Wahrscheinlich erhofft er sich von Mendax Hilfe, den Täter zu fassen. Denkst du nicht auch?"

Magritte knurrte ein wenig und zeigte kein Interesse an der Frage seines Freundes. Zunehmend verzweifelt versuchte Cixous einen Themenwechsel.

„Was denkst du, wer Zia Sternbergs Nachfolger werden wird? Angeblich will Caspote wieder eine Frau einsetzen. Glaubst du, es wird die Bonadimani sein?"

Doch Magritte schien ihn nicht gehört zu haben. „Cixous, ich habe Angst. Wem kann man noch trauen?", keuchte er.

Resigniert beschloss Cixous, endlich nach Hause zu fahren. Mit Magritte war heute keine Konversation mehr zu machen. Der arme Kerl hatte ein wenig Schlaf dringend nötig.

Eleonora Bonadimani war fest entschlossen. Direkt nach der Versammlung hatte sie sich in einer Nische nahe der Tür platziert und wartete darauf, dass der Tempelherr vorbeiging. Nach diesem scheußlichen Mord konnte er sich nicht mehr fernhalten, nicht mehr hinter den geschützten Mauern des Tempels bleiben. Es brauchte geistlichen Beistand und dieser Aufgabe hatte er sich zu stellen. Als er letztendlich aus der Tür trat, war er nicht allein. Neben ihm ging der ehemalige Kriegsminister des Nordlandes, Leopold Karven.

Sieh an, dachte Eleonora Bonadimani, *wie außerordentlich passend*.

Der Tempelherr hatte dem alten Karven eine Hand auf den Rücken gelegt und schob ihn eilig vorwärts, den langen Gang entlang. Eleonora rechnete damit, dass sie hinaus in den Garten gehen würden. Doch dem war nicht so. Der Tempelherr öffnete die Tür zu einem Vorzimmer des Versammlungsraumes und schob den scheinbar nicht erfreuten Karven hinein. Eleonora beschleunigte ihren Schritt. Sie wollte nichts von dieser geheimen Unterredung verpassen.

„Hallo, liebe Nora."

Erschrocken fuhr sie auf der Stelle herum. Mendax war vom Garten zurückgekommen und stand direkt hinter ihr. Er grinste.

„Mischa", sagte sie zähneknirschend.

„Das ist nicht mehr mein Name", antwortete Mendax freundlich.

„Und was willst du hier?", fragte sie wütend.

„Oh, ich wollte nach dir sehen. Du bist nicht in den Garten gekommen. Ich habe schon befürchtet, du wärst womöglich in deiner dunklen Nische eingeschlafen."

„Wie schön, dass du dich wieder um mich sorgst", höhnte Eleonora. „Hat das einen bestimmten Grund?"

Mendax Blick ruhte auf dem Spazierstock in seiner Hand. „Man erzählt sich, dass du die Nachfolgerin von Zia Sternberg werden sollst."

„Was?", rief Eleonora fassungslos. „Ich? Wer sagt das?"

Mendax Mundwinkel zuckten. „Wie überrascht du bist. Das bringt dich natürlich in eine unangenehme Situation."

„Was meinst du damit?", fragte Eleonora aufgebracht.

„Weil es bedeutet, dass auch du in Gefahr bist, sollte es jemand wirklich auf die Ratsvorsitzenden abgesehen haben."

Eleonora schwieg. Beschwingt sagte Mendax: „In einer so aussichtsreichen Position würde es sich natürlich für dich lohnen, wenn du morgen Abend zu meiner neuen Programmpremiere im Varieté erscheinst."

„Du meinst selbstverständlich, es würde sich für dich lohnen. Aber ich glaube kaum, dass irgendwem in der Oberstadt der Sinn nach Ausgehen steht."

„Du irrst dich", sagte Mendax beschwingt. „Sie alle werden kommen, denn keiner aus der Oberstadt will mehr alleine in seinem Haus sitzen, so ohne Zeugen. Sie werden vergessen wollen."

„Vielleicht werde ich kommen", sagte Eleonora nachdenklich. Es klang interessant. Wer wusste schon, was dort herauszubekommen war? Diese Chance hier war dank Mendax jedenfalls vertan.

„Stört es dich, wenn ich Gäste mitbringe?"

Splitterlauf und Feuerspucker

„Saleh! Saleh, bleib stehen! Saleh!"

Der breite Saleh schien Esras Rufen nicht zu hören. Er rannte weiter, so schnell, dass Aki schon etliche Meter hinter den beiden zurückgefallen war. Endlich schien Esra ihn einzuholen. Aki fragte sich einmal mehr, wie stark und schnell Esra wirklich sein mochte. Wie sie ihn damals mit einer Hand aus dem Wasser gezogen hatte. So sah sie nicht aus, nein wirklich nicht. Sie streckte einen Arm aus und fasste den kräftigen Mann an den Rücken. Der schrie auf, packte ihren Arm und riss ihn schmerzhaft herum.

„Dogan, lass mich los! Verflucht, Saleh, ich bin's!"

Saleh erstarrte und fiel in sich zusammen. „Esra… es tut mir leid…"

Endlich hatte auch Aki, keuchend und die Hand gegen die Seite gepresst, die beiden erreicht. Salehs Gesicht war bleich. Er atmete schnell und flach.

„Was ist los mit dir? Ist was passiert?"

Saleh schüttelte den Kopf, erst ein halbes Nicken, dann ein klägliches Verneinen. Ein Muskel an seiner Schläfe zuckte rhythmisch. Aki begriff, dass Saleh in einem Zustand war, der jenseits von Verzweiflung, Angst und Wut lag. Esra begriff ebenso schnell. Sie packte ihn an beiden Schultern und schüttelte ihn so fest sie konnte.

„Saleh, komm zu dir! Was ist passiert? Was ist los mit dir? Saleh!"

Die Worte schienen endlich zu ihm durchzudringen. Er sah sie an und plötzlich konnte Aki bitteren Kummer in dem stolzen, dunklen Gesicht erkennen.

„Es ist wieder da", stieß er hervor.

„Was? Was ist wieder da? Saleh!"

„Splitterlauf", stieß er hervor.

„Nein."

„Ja", sagte er und Aki bemerkte betroffen, dass eine Träne über seine Wange rollte.

„Das kann nicht sein. Das ist unmöglich. Es war verschwunden", sagte Esra leer.

Da legte der Südländer das Gesicht in die Hände und schluchzte.

„Große Yetunde. Heiliger Dogan, bitte nicht", stammelte Esra und streichelte seinen Arm. „Nicht Saleh, hör auf, hör auf. Bitte." Saleh beruhigte sich, rieb das Gesicht am Ärmel und sah Esra aus roten, glasigen Augen heraus an.

„Wer?", fragte sie.

„Mein Onkel", antwortete er erstickt.

„Wie weit?", fragte sie.

„Zu spät", sagte Saleh. „Großer Dogan, es ist zu spät, viel zu spät!"

„Was...", bestürzt bemühte sich Aki, die Worte zu begreifen. „Was ist Splitterlauf? Was ist mit deinem Onkel?"

Langsam drehte Esra den Kopf zu ihm. In den Zügen der jungen Frau stand eine Düsterkeit und Gram, die ihn erschreckte.

„Splitterlauf", sagte sie. „Es ist eine Droge. Eine gefährliche, tödliche Droge. Vor vielen Jahren war sie schon mal in Litho im Umlauf und es hat so vielen Unterstädtern das Leben gekostet, bis wir sie wieder loshatten."

„Und meinem Vater", sagte Saleh völlig ausdruckslos.

„Das kannst du dir nicht vorstellen, Aki", flüsterte sie. „Es war so grauenhaft. Wer einmal Splitterlauf genommen hat, kommt so gut wie gar nicht mehr weg. Und es heißt nicht umsonst Splitterlauf." Esra schüttelte sich. „So viele Unterstädter waren abhängig. Graufelle, Schausteller, die am Ende erbärmlich schrien, sich quälten..."

„Oh Dogan", sagte Aki. Mehr brachte er nicht heraus.

„Aber es ist noch nicht in Litho angekommen. Es ist noch außerhalb der Stadtmauern. Ich habe noch keine Anzeichen gesehen."

„Was sind die Anzeichen?", fragte Aki.

„Angst", sagte Esra. „Panische Angst zu sterben. Verfolgungswahn. Nervosität. Man glaubt, überall wären Feinde. Starkes Schwitzen und Zittern, Schmerzen, Krämpfe. Vor allen Dingen aber bläulich verfärbte Fingerkuppen. Die Paranoia kann richtig den Verstand zerstören, so dass die Abhängigen sich selbst oder andere umbringen."

Als Aki nichts sagte, murmelte Esra: „Glaub mir, ich habe das alles schon gesehen. Ich habe es gesehen." Aki glaubte ihr.

„Und jetzt Saleh", sagte sie. „Ich will deinen Onkel sehen. Vielleicht ist es noch nicht zu spät. Andelin ist nicht da aber ich kann auch helfen. Tut mir leid, Aki, aber Raik muss warten. Komm schon Saleh. Bring mich hin."

„Ich komme mit", sagte Aki.

„Vergiss es, dazu musst du durch das Tor und die Stadtwache kontrolliert die Papiere. Wir haben jetzt verdammt nochmal keine Zeit, dir falsche Papiere zu besorgen! Geh einfach zurück zu Andelin, das ist sicherer für dich und einfacher für uns", fauchte Esra.

„Ach halt die Klappe, Esra. Ist mir egal", gab Aki zurück. „Kann ich mir nicht einfach welche borgen? Was ist mit Spatz? Wir sind gleich groß, gleich alt und beide blond und hinken kann ich zur Not auch."

Esra starrte ihn ein paar Sekunden lang mit offenem Mund an als hätte sie eine Ohrfeige erhalten. „Das ist ein Risiko", sagte sie schließlich.

„Ja und? Vielleicht kann ich was tun. Ihr wolltet mir auch helfen."

Esra tauschte einen kurzen, ungläubigen Blick mit Saleh, der mit einer Schulter zuckte.

„Ich frage ihn", kam es über ihre Lippen, sie wandte sich um und lief, so schnell sie konnte, zu der Taverne am Tor zurück, während Saleh und Aki ihr schweigend folgten.

Der Ort, den sie Kipkadi nennen, lag nur eine halbe Meile von den Stadtmauern Lithos entfernt. Der letzte König in Litho hatte diesen Mindestabstand befohlen und er wurde aus Gewohnheit von dem adlig-demokratischen System übernommen. Die Argumente dafür hatten sich gewandelt. War es zuerst, weil man die Nähe der Zauberer und niederen Künstler scheute, so waren es heute wirtschaftliche Gründe. Denn die Bewohner Kipkadis zahlten keine Steuern und waren somit auch keine Bürger der Stadt Litho. Die Unterstädter kamen gerne nach Kipkadi um sich die Zeit zu vertreiben. Manchmal kamen auch Oberstädter, jedoch nur, wenn ein neuer Künstler als Geheimtipp galt. Meist dauerte es nicht lange, bis der Herr des Hauses Mendax, der Besitzer des Varietés Oberstadt kam um ihn abzuwerben. „Mendax kommt" war indes zu einem geflügelten Wort geworden, vergleichbar mit „Es regnet Gold" oder „Die Tore von Litho haben sich geöffnet". Während die Tore von Litho sich genauso wenig öffneten wie der Aphel austrocknete und Goldregen seit den Belohnungen, die der letzte König von Litho an verdienstvolle Kipkadis von der Stadtmauer geworfen hatte, nicht mehr so häufig vorkam, war Mendax etwas, was einem jungen Künstler wirklich passieren konnte. Denn es bedeutete den Aufstieg auf die Bühnen der Oberstadt. Nun wusste jedes Kind in Kipkadi, dass Mendax selbst zu Fuß den Weg nach Litho gemacht hatte, in Lumpen gehüllt und als kleiner Schausteller. Und er hatte es geschafft. Warum sollte es nicht ein jeder schaffen? Ja, so dachten sie. Und wer würde ihnen ein wenig Hoffnung verübeln?

Kipkadi blieb über Jahrhunderte ein fester Rummelplatz, ein Vergnügungspark, der niemals verschwand. Künstler aus dem Südland kamen und gingen, brachten neue Erfindungen, neue Kunststücke und neue Attraktionen. Und Kipkadi blieb über Jahrhunderte auch eine Zeltstadt, eine Heimat für Nomaden, die nicht umherzogen. Viele wurden hier geboren, viele wurden hier begraben. Man sprach südländisch.

Vor vielen Jahren – zumindest kam den meisten das so vor – wütete die Droge Splitterlauf in Kipkadi, infizierte die Unterstadt Lithos und hinterließ Kipkadi als Geisterstadt. Denn jeder, der konnte, war geflohen. Nicht lange später kehrten sie wieder zurück, denn es liegt in der Natur der Menschen, schnell zu vergessen. Heute, mit großer Verspätung, kehrte jedoch die Erinnerung zurück.

Esra, Aki und Saleh näherten sich der Zeltstadt in östlicher Richtung. Abseits von den Schaubuden, Wandertheatern und Karussellen schimmerten die schmutzig-weißen Planen der Bewohner Kipkadis. Windschiefe Holzstangen stützen die ersten Stromkabel, die hierher verlegt worden waren. Dazwischen türmte sich hellbraune Erde und Steine. Gras gab es hier nur vereinzelt, schließlich war alles in ständiger Bewegung. Vor den Zelten saßen kaum Menschen. Wenige Frauen wuschen Wäsche in großen Bottichen, kleine Kinder stolperten dazwischen herum, ein Mann mit Krücken saß auf einer Decke und rauchte.

Saleh führte Aki und Esra zu einem großen auffälligen Zelt, aus karminroten und weizengelben Bahnen gespannt und mit einer kleinen Blechhütte davor. Eine dünne Frau mit glatten, schwarzen Haaren, die von grauen Strähnen durchzogen waren, saß im aufgeschlagenen Eingang auf einer Apfelkiste und wippte ein Baby auf den Knien, das fröhlich gluckste und mit ihren bunten Halsketten spielte. Als sie überrascht aufblickte, sah Aki, dass ihre Augen rot und geschwollen waren.

„Saleh", sagte sie leise. „Du bist aber schnell zurück. Schau, das ist Judits Sohn. Er wird ein schöner Mann sein."

Saleh nickte und das Baby streckte neugierig die dicken Ärmchen nach ihm aus.

„Wo ist er?", fragte Esra. Ohne den Blick von dem Baby abzuwenden wies die Frau mit einer Kopfbewegung in das Innere des Zeltes. Esra lief hinein und Aki, neugierig, folgte ihr unaufgefordert. Es war schattig im Zelt. Ein paar Sonnenflecken auf dem Boden zeigten, dass die Stoffbahnen Löcher hatten. Selbst gezimmerte Tische und Regale standen an den Seiten, dicke runde Polster mit Troddeln lagen auf dem Boden, Töpfe waren an einer Seite hoch aufgestapelt. Hinten an der Zeltwand reihten sich Decken auf dem Boden, rotrosa gestreifte, blaue mit roten Blumen, gelbe mit grünen Palmwedeln. Aki sah zwei nackte Füße zwischen den Decken herausragen. Esra nahm eine davon und schob sie etwas zurück. Darunter lag ein Mann, der tief und fest schlief. Er hatte kurz geschorenes Haar und einen stoppeligen grauen Bart. Sein Gesicht war eingefallen. An seinem Atem hörte Aki, dass er krank war. Er röchelte und atmete unregelmäßig. Die Lippen waren trocken und aufgesprungen. Schweiß hatte die Decke durchtränkt. Esra griff vorsichtig nach der Hand des Mannes. Aki sah, dass seine Fingerkuppen dunkelblau waren.

„Weck ihn bitte nicht auf", sagte die Frau müde, die leise hinter ihnen hergegangen war.

„Was hast du ihm gegeben?", fragte Esra.

„Schlafmohnmilch", sagte die Frau.

„Das ist gut", sagte Esra. „Aber gib ihm das nicht so oft und nur nachts. Es ist nicht gut für das Atmen."

Die Frau schwieg und schien Esra Worte abzuwägen. Sie durchbohrte das Mädchen mit Blicken, die Aki nicht deuten konnte. „Kannst du mir was Anderes geben?", fragte sie unvermittelt.

Esra nickte. „Hast du Götterkraut, Flügelbeere und Beißapfel?"

„Ich lauf zur Bolwetzerin."

Die Frau klang unendlich erleichtert und eilte aus dem Zelt.

„Wär's nicht besser, ihn in ein Heilerhaus zu bringen?", fragte Aki.

Esra schüttelte den Kopf. „Die lassen ihn nur sterben. Die glauben nicht, dass man's heilen kann."

„Kann man denn? Ich mein… kannst du's denn?"

„Wenn's der Falke will, dann kann ich das", sagte sie mit einer Überzeugung, die Aki überraschte. Er dachte nach. Ein leiser Verdacht hatte sich in seinen Kopf geschlichen. Aki entschloss sich, direkt zu fragen, denn einfache Ehrlichkeit lag ihm mehr als vorsichtiges Aushorchen. „Sagt man denn nicht immer von Hexen und Zauberern, dass sie so was können?"

„Denkst du, ich wäre eine Hexe? Du glaubst eh nicht an Magie, oder?", fragte Esra und lachte leise. „Ich wünschte ich wäre eine, ehrlich. Aber leider bin ich's nicht."

„Woher kannst du dann so was?"

„Habe es gelernt", sagte sie abweisend. Es war klar, dass nicht mehr aus ihr heraus zu bekommen war. Aki sah auf den Mann herunter, der im Schlaf stöhnte. „Kommt Saleh von hier?"

„Frag ihn doch", versetzte Esra.

Saleh war gerade in das Zelt getreten. Er setzte sich neben seinen schlafenden Onkel und sah ihn traurig an. „Wie geht's ihm?"

„Ja", murmelte Esra. „Es geht. Ich mach das schon. Verlier nicht den Kopf."

Die Frau kam zurück mit kleine Schüsseln in ihren Händen. Sie stellte sie vor Esra ab und floh wieder nach draußen.

„Meine Tante", sagte Saleh. „Tut mir leid, sie hat sich nicht vorgestellt. Aber sie ist gerade…" Er machte eine wegwerfende Handbewegung.

„Versteh ich", sagte Aki schnell. Eine andere Frau spitzte kurz in das Zelt hinein und machte sofort kehrt, als sie die drei erblickte. Saleh biss die Zähne zusammen.

„Die Nachbarin. Jetzt wollen sie plötzlich nicht mehr reden hier! Sie fürchten sich. Sie wollen's nicht hören, dass es wieder da ist."

„Ist dein Onkel der Erste?", fragte Aki leise.

„Ich weiß nicht", sagte Saleh. „Bei Dogan, ich weiß nicht. Niemand weiß es. Keiner will darüber sprechen. Tantchen hat mir nichts gesagt, sie redet auch nicht."

Ein markerschütterndes Kreischen aus den Decken ließ Aki aufspringen. Das Kreischen hielt an. Es hörte sich nicht menschlich an, eher wie ein Tier, dachte Aki erschaudernd. Es hörte auf und der Mann begann zu schreien: „Nein! NEIIIIN!"

Er schlug um sich. Saleh versuchte, ihn möglichst sanft festzuhalten, doch der Mann wehrte sich umso mehr. „SIE WOLLEN MICH TÖTEN! SIE BRINGEN MICH UM! HILF MIR!"

Aki hörte Salehs Tante draußen laut schluchzen. Da beugte sich Esra hinunter zu dem Mann und begann, ihm eindringlich und leise ins Ohr zu flüstern. Aki verstand nicht, was sie sagte, doch der Mann riss die Augen weit auf, stöhnte tief und dann erschlafften seine Muskeln. Die verkrampften Händen glitten schwach an Salehs Armen hinunter und der Mann schloss die Augen. Saleh ergriff mit beiden zitternden Händen die Kapuze seines Hemdes, zog sie weit über sein Gesicht und legte den Kopf auf die Arme. Aki stand stocksteif, bereit, er wusste nicht, für was, denn der Anfall war vorbei.

„Was hast du ihm gesagt?", wollte Aki wissen.

„Ich habe gebetet", flüsterte Esra.

„Du hast… was?", echote Aki ungläubig.

„Gebetet", sagte Saleh und er klang unendlich erschöpft. „Was sie sagen will: Sie hat gebetet wie die Alten es tun. Mein Onkel ist gläubig und manche Worte erreichen ihn noch. Den Teil, der noch nicht von Splitterlauf zerfressen ist."

Aki war nicht überzeugt davon, dass ein Gebet den Anfall des Mannes beenden konnte. Aber er wagte es nicht, noch etwas zu sagen. Schweigend sah er zu, wie Esra die Zutaten zerdrückte und mit Wasser vermengte, die Salehs Tante gebracht hatte. Da kam eine Frau in das Zelt. Eine wahrhaftig außergewöhnliche Frau. Sie war ebenso groß, wenn nicht größer und breiter als Saleh, hatte eine geschorene Glatze und ein freundliches Vollmondgesicht, aus dem strahlende Mitternachtsaugen blickten. Sie trug schwarze Männerkleidung. Vor Saleh blieb sie stehen und blickte auf ihn herunter. Saleh schaute nicht auf. Die Frau drehte sich zu Aki.

„Ich bin Judit", sagte sie in einer angenehmen, sanften Stimme südländischen Klangs. Aki nickte ihr zu. „Es ist gut, dass Esra gekommen ist", fuhr sie fort. „Seine Tante hat das Baby zu meinem Mann gebracht. Sie wollte zur Bolwetzerin."

Sie ließ sich neben Saleh zu Boden sinken und begann, die goldenen Ringe an ihren Fingern zu drehen. „Armer alter Kerl. Vor drei Tagen habe ich ihn von der Arbeit nach Hause geschickt. Wurde gefährlich. Hat einen der Feuerspucker mit Petroleum übergossen, weil er dachte, der will ihn mit falschen Brennmitteln vergiften."

„W'rum hat mir keiner was gesagt?", kam es erstickt von Saleh.

„Ehrlich…", sagte Judit langsam. „Du kennst uns Feuerspucker. Kriegen das Maul nicht auf."

„SALEH!"

Saleh, Aki und Judit sprangen gleichzeitig auf und bemerkten, dass der Mann in eine seltsame Starre gefallen war und sein Rückgrat sich immer weiter verbog. Esra mühte sich, ihn festzuhalten.

„Er krampft!", schrie sie. Die Arme und Beine von Salehs Onkel begannen heftig zu zucken und rötlicher Schaum sammelte sich vor seinem Mund. „Helft mir, ihn rüber zu tragen, hier in die Mitte, da steht nichts!"

Saleh, Judit und Aki gelang es vereint, ihn hochzuheben und wegzutragen. Sie legten ihn auf den Boden in der Mitte des Zeltes und wichen zurück. Seine Frau stürzte in das Zelt und auf ihn zu, doch Esra hielt sie fest. „Nicht, es geht vorbei, es geht vorbei! Fass ihn nicht an!"

Nach quälenden, endlosen Sekunden, in denen er sich krümmte und bog wie ein verwundetes Tier, wurde der Mann ruhig. Aki stieß den angehaltenen Atem aus. Salehs Tante fiel neben Esra in die Knie und weinte. Am ganzen Körper zitternd hob Saleh den Kopf seines Onkels hoch und wischte ihm den Schweiß von den Augen.

„Esra… was bedeutet das?"

„Nichts. Es wird besser werden. Hör mir zu." Sie schüttelte die Frau an der Schulter. „Er darf auf keinen Fall mehr Splitterlauf nehmen. Niemals wieder. Such in seinen Taschen, was du findest und verbrenn's. Lass niemanden sonst rein, hörst du? Keinen. Nimm dir einen, dem du vertraust. Wenn du müde bist oder weg musst soll der bei ihm bleiben. Gib ihm alle sechs Stunden von dem Medikament, das ich dir gemacht hab. Wenn er starke Schmerzen hat, gib ihm Schlafmohn. Aber nicht zu oft. Und hör nicht auf das, was er sagt, da spricht nur Splitterlauf. In drei Tagen hat er das Schlimmste geschafft. Er weiß wieder wer er ist. Dann darfst du ihm keinen Schlafmohn mehr geben. Wenn er zu stark für dich wird, bind ihn fest. Hast du mich verstanden?"

Die Frau nickte hilflos. Aki konnte Esras unbarmherzige Art nur bewundern. Er selbst war noch wie gelähmt von der entsetzlichen Szene, die sich gerade abgespielt hatte.

„Ich werde bleiben, Tante", sagte Saleh düster.

„Sei nicht dumm, Saleh. Du hast Arbeit bei Andelin in der Stadt", warf Judit ein.

„Das ist nicht so wichtig!"

„Nein, stimmt nicht. *Ich* werde bleiben. Rede nicht rein! Mein Mann kommt ein paar Tage ohne mich zurecht. Er ist sowieso die bessere Hausfrau von uns beiden. Die Feuerspucker halten zusammen, Saleh. Wir schaffen das!"

Eine halbe Stunde später saßen Aki, Esra, Saleh und Judit vor dem Zelt und tranken bitteren Tee.

„Wenn ich den Sohn einer Hure erwische, der Schuld daran hat, dann Gnade ihm Dogan", zischte Saleh voller Wut.

„Du wirst ihn nicht kriegen", sagte Esra. „Das ist ja das mit Splitterlauf. Keiner weiß, wer's von wem hat. Am Anfang weiß ja auch keiner, dass es Splitterlauf ist."

„Falkenpulver, Ga'ans Erde, Himmelsstaub und wie's noch geheißen hat…", murmelte Judit.

„Es ist so übel", zischte Esra. „Wieso ist es wieder da? Wer hat's wieder verteilt?"

„Das letzte Mal hat's auch in Kipkadi angefangen", erklärte Judit Aki. „Immer Kipkadi. Dann Unterstadt."

„Klingt, als hätte einer was gegen euch", mutmaßte Aki.

„Einer? Jeder hat was gegen uns. Vorne dran die Falkenauten. Die denken immer noch, wir wären alle Hexen und Zauberer. Das glaubt doch sonst kein Mensch mehr."

Grübelnd blickte Aki auf Judit, Saleh und Esra, die betrübt und erschöpft ihre Becher in den Händen drehten.

„Wann war's denn das letzte Mal?", fragte Aki.

„Ist schon eine Weile her. Vielleicht vor fünfzehn Jahren."

„Was ist damals passiert?"

„Tja…", Judit schüttelte den Kopf. „Kipkadi wurde eine Geisterstadt. Die halbe Unterstadt stürzte ins Chaos. Sie wollten fast den Kriegszustand ausrufen aber weil's die Oberstadt verschont hat, haben sie einfach abgewartet. Und dann ging's vorbei."

Unter dem Vorwand, noch mehr Tee einzuschenken, beugte sich Aki zu Esra und flüsterte leise: „Glaubst du denn immer noch, dass das alles der Weg der dunklen Königin ist? Der blutige Pfad der heiligen Wesen? Immer noch?"

„Ja", hauchte sie zurück. „Immer noch."

„Das ist lächerlich", flüsterte Aki. „Da stecken Menschen dahinter, verstehst du? Menschen. Splitterlauf haben Menschen verteilt, keine Geister."

„Natürlich. Aber du verstehst gar nichts."

Ärgerlich drehte Aki ihr den Rücken zu. Esra würde keine Vernunft annehmen. Sie konnte alles so sehen, wie es ihr passte. *Übernatürliches*, dachte Aki, *existiert nicht. Zumindest nicht so.* Drogen waren so weltlich wie kaum etwas Anderes. Sie fielen nicht vom Himmel, sie wurden hergestellt, verkauft, geschluckt. Aki konnte nicht umhin, einzugestehen, dass Esras Gerede über Hexen und Wege und Fänger ihn berührt hatte. Und sei es nur wegen dieses einen Gefühls gewesen, das er hatte als er damals aus seiner Kammer getreten war. Das Gefühl, da wäre jemand. Ein Wispern seines Namens, ein Luftzug. Das Wissen, beobachtet zu werden. Ja, dasselbe Gefühl wie in diesen Nächten im Truwenwald mit Raik. Dasselbe Gefühl wie an dem Tag, an dem sich die Bäume vor ihm verneigten… Oder war das Einbildung? Vielleicht reagierten Menschen so, wenn sie Angst hatten? Er erinnerte sich an die Unruhe in dem Lagerhaus, die ihn ergriffen und hinausgetrieben hatte. Wenn er an seine Jugend zurückdachte, so kam es ihm plötzlich vor als hätte es viele Gelegenheiten gegeben zu denen er diese Unruhe gespürt hatte. Und jedes Mal folgte er dem, was ihm die Unruhe einflüsterte. War es nicht sein Vater gewesen, der ihm auf einem Spaziergang am Rande des Truwenwaldes gesagt hatte, dass er nur auf das hören sollte was er fühlte und nicht auf das, was er sah? Aber wer wäre so verrückt, das zu tun?

Wenn es solche Dinge gab wie einen Weg der dunklen Königin und wenn er diesen betreten hatte, dann – das hatte Esra selbst gesagt – stand es ihm frei, ihn wieder zu verlassen. *Splitterlauf,* dachte Aki, *hat nichts mit mir oder Raik zu tun, nichts mit den Soldaten in der Diamantenmine*. Natürlich würde er Esra und Saleh soweit helfen, wie er konnte. Aber er durfte sein eigenes Ziel nicht aus den Augen verlieren. Raik war in großer Gefahr. Er würde ihn rausholen und dann würden sie nach Hause gehen, egal wie. Er würde Esra fragen, was ihr vorhin eingefallen war als Spatz über den geheimnisvollen tätowierten Falkenauten gesprochen hatte. Und dann, so schien es ihm, würden sich seine und Esras und Salehs Wege wieder trennen. Darüber freute er sich nicht. Und es tat ihm leid, dass dieses Splitterlauf zurückgekommen war. Aber was konnte er schon ausrichten? Ein Tischler aus Jordengard? Er konnte froh sein, wenn es ihm gelang, Raiks und sein eigenes Leben zu retten. Und dann weg aus Litho, weit weg.

„Wenn wir diesmal nur wüssten, wer das war", knurrte Saleh und unterbrach Akis Überlegungen.

„Mit wem hatte dein Onkel Kontakt? Vielleicht mit jemandem, der nicht von hier war?", fragte Esra.

„Er war natürlich oft in der Oberstadt in letzter Zeit. Da kann er alle möglichen Leute von überall getroffen haben", kam es von Judit.

„Onkel war in der Oberstadt?", staunte Saleh.

„Ja, er und ich und ein paar der Jüngeren treten manchmal auf Festen auf. Dein Onkel war wichtig für die Feuerkette, er konnte den Drachen wie sonst keiner."

„Glaub mal nicht, dass Splitterlauf aus der Oberstadt kommt", sagte Saleh.

„Ne, kaum. Ich habe neulich mit einem Nordländer beim Feuertanz gesprochen, der meinte, dass es aus dem Südland ist."

„Das würde bestimmt jeder Nordländer sagen", warf Esra ein.

„Vielleicht aber er sagte…" Judit runzelte die Stirn. „Er sagte, er weiß, dass es aus dem Südland ist."

„Woher will er das wissen? Das ist bloß Hetze gegen die Südländer. Dämliche alte Feindschaft! Vor allem dachte ich, dass sowieso keiner über Splitterlauf redet?"

„Ja, das stimmt. Ich habe auch mit sonst keinem darüber gesprochen, weiß nicht mehr, wie wir drauf gekommen sind…", verwirrt hielt Judit inne. „Es ging um Handschuhe. Ich sagte, dass Handschuhe beim Feuerspucken nichts bringen würden, weil man sich die Hände als Letztes verbrennt und er meinte: ‚Aber wenn man was zu verbergen hat…' und dann sprach er von Splitterlauf."

„Was war das für ein Kerl?"

Judit zuckte mit den Achseln. „Keine Ahnung. Habe das damals nicht ernst genommen, außerdem war ich betrunken. Ja… So ein großer Typ, so wie ich etwa aber total blass. Trug einen Umhang wie die Falkenauten und hatte das Gesicht tätowiert."

Aki hörte das dumpfe Scheppern, als Esras Becher auf die Erde fiel, geräuschvoll bis zum Weg rollte und dort unschuldig liegen blieb. Er fühlte ihren beißenden Blick im Nacken und presste die Lippen fest aufeinander. *So ein heiliger Pfad*, dachte er, *ist ein hinterhältiges und gerissenes Miststück. Ich wollte nur ein paar Diamanten finden. Wie lange muss ich dafür büßen?*

Eine dicke Frau stand vor dem Spiegelkabinett. Sie trug einen Rock, ein buntes Hemd und hatte ein Tuch mit Blumen auf dem Kopf. Ihr Gesicht war eigenartig verformt. Ihr rechter Mundwinkel zeigte weit nach unten und das rechte Auge ließ sich nur halb öffnen. Sie hob die Arme gegen den Himmel und rief ein Gebet an Dogan, den Himmelsfalken, dass die Besucher heute Nachmittag viele sein mögen. Zumindest stellte Aki sich das vor, denn er verstand das Südländische nicht.

Von allen Dialekten in Asthenos war das Südländische, Volta-Acalanisch, noch dem Alt-Acalanischen am nächsten. In Litho wurde Neu-Acalanisch gesprochen, während das Nordländische, je weiter man hinaufging, sich in Amu-Acalanisch verwandelte. Wie die Wissenschaftler sagten. Acalan selbst war die Ursprache gewesen, die von den Menschen im magischen Zeitalter, vor der hundertjährigen Schlacht zu Harmadon, auf dem fernen Kontinent gesprochen wurde. Wie die Großmütter sagten.

Aki beobachtete die Frau genau. Die Melodie ihrer Worte machte ihn leicht und kribbelig im Magen. Die Gesänge im Nordland waren anders. Langsamer, schwerer, vertrauter. Und doch stand auch diese Frau wie seine eigene Mutter früher, die Arme und das Gesicht zum Himmel gewandt. Hinter dem Spiegelkabinett tat sich die steile Berg-und-Tal-Bahn auf und das irrwitzige Bild, die Frau bete das Fahrgeschäft an, schlich sich in Akis Kopf. Doch Judit, die Esra und Aki durch Kipkadi führte, eilte an ihr vorbei.

„Dogan weiß wo dieser Kerl sich rumtreibt. Ich habe ihn vor ein paar Tagen das letzte Mal gesehen. Vielleicht ist er gar nicht mehr hier."

„Das ist er", sagte Esra bestimmt. „Spatz hat gesagt, er ist noch nicht zurückgekommen." Zu Aki gewandt sagte sie: „Fast habe ich's schon gedacht, dass er nach Kipkadi verschwunden ist."

„Wieso eigentlich?", wollte Aki wissen.

„Na Spatz hat gesagt, er hat kein Gepäck mitgenommen, das heißt er wollte nicht weit. Der nächste Ort von Litho ist eben Kipkadi. Das liegt nahe, oder?"

„Was will er hier?"

„Weiß auch nicht. Vielleicht will er sich verstecken, weil sein Bild in Litho aushängt. Komisch ist nur, dass dieser Falkenaut und Splitterlauf gleichzeitig hier angekommen sind…"

„Wenn er noch hier ist und wenn er dahintersteckt, wird er heute sterben, das schwör ich beim Falken", sagte Judit kalt.

„Da bin ich froh, dass Saleh bei seiner Tante und seinem Onkel geblieben ist. Der würde ihn wahrscheinlich erschlagen, bevor wir ihn befragen können", murmelte Esra.

„Saleh hat heute Morgen gesagt, dass sein Vater damals an Splitterlauf gestorben ist", sagte Aki. Esra nickte.

„Und… und bei dir? Ich meine… du kennst dich mit Splitterlauf ja aus."

Esra lachte freudlos. „Erst sagst du, ich bin eine Hexe. Jetzt willst du mir wieder was unterstellen."

„Nein, das will ich gar nicht", verteidigte sich Aki. „Ich will eigentlich nur wissen… wo du herkommst und was dir passiert ist. Ich weiß ja jetzt, dass Saleh aus Kipkadi kommt und dass er nach Litho zu Andelin gegangen ist. Und du… du weißt eine Menge über Magie, du kennst die Do'on Geschichten mit dem Weg der dunklen

Königin, den angeblich die Kinder von Asis und Yetunde auf der Erde angestoßen haben, du weißt von diesen… Fängern oder wie immer sie heißen, du kannst Medikamente machen und mit beten heilen… du kennst Kinderlieder aus dem Nordland, siehst aber aus wie eine Südländerin… du warst ein Graufell bevor du zu Andelin gekommen bist aber du kannst eigentlich keine Lithoanerin sein… Es ist, als kämst du von überall und nirgends her. Ich will gern wissen, wer du bist und woher du kommst. Bisher kenne ich nur deinen Namen."

Aki betrachtete Esras feines, glattes Gesicht, das energische Kinn über dem ein schiefes Lächeln thronte. Sie war schön, aber viel stärker als ihre Schönheit strahlten ihr starker Wille und die Lebendigkeit. Eine Weile schwieg sie und betrachtete Aki mit einem nachdenklichen, abwesenden Blick. Aki meinte, ein kaum merklicher Schleier aus Schmerz legte sich über ihre Augen und trug ihre Gedanken fort aus Kipkadi.

„Musst du erst überlegen, ob du mir das erzählen willst?"

„Was?" Esra zuckte kaum merklich zusammen, dann grinste sie. „Da gibt es nichts zu überlegen, Wegemeistersohn. Du weißt schon alles, was es über mich zu wissen gibt und mehr kann ich nicht sagen." So sprach sie und wandte das Gesicht von ihm ab.

Judit war vor einem großen Gebäude stehen geblieben. Eine Gruppe Männer stand neben der Kasse. Sie ging auf sie zu und redete mit ihnen. Aki sah nach oben. Das Haus hatte eine pompöse Fassade, die am höchsten Punkt weit über zehn Meter hoch sein mochte. Frauenfiguren, südländische Säulen aus Holz und Malereien von fremden Orten zierten die Stirnseite. Oben auf dem Dach wehten Fahnen. Riesige Flammenbogenlampen waren auf den Schriftzug über dem Eingang gerichtet: *Theater – Kinematograph – Ausstellung*. Aki staunte. Auf der rechten Seite stand eine große

Orgel mit Ornamenten und silbernen Pfeifen, auf der linken Seite konnte man durch eine Glasscheibe einen monströsen Generator sehen, der auf Rädern stand.

„Was ist das?", fragte Aki.

„Das ist das Wanderkino. War noch nicht so oft dort aber sie sollen gute Lichtbilder zeigen", sagte Esra.

Judit kam wieder zu ihnen.

„Sie sagen, dass sie den Nordländer vor ein paar Stunden gesehen haben. Er soll sich bei den Artisten rumtreiben."

„Na dann los, da müssen wir hin!", rief Esra.

Sehnsüchtig blickte Aki auf das Wanderkino, während Esra ihn mit sich weiterzog. Er hätte einiges dafür gegeben, dieses faszinierende Gebäude besuchen zu können. Doch Judit lief voran, zwischen den Holzbuden hindurch. Es waren heute nur wenige Menschen in Kipkadi, denn es war kein Tempeltag und die Unterstädter, die sich sonst in Kipkadi vergnügten waren arbeiten. Die Holzbuden wurden Zelte, die dicht beieinanderstanden. Eine junge Frau ging an ihnen vorbei. Sie war barfuß und trug klingelnde, goldene Kettchen um die Knöchel. Ihr Gesicht war von einem Schleier verdeckt und ließ nur die Augen frei. Leise murmelte sie vor sich hin. Als sie die Drei bemerkte, blieb sie stehen und starrte mit aufgerissenen Augen unverhohlen. Sie kreuzte die Arme vor der Brust und ihre Finger bewegten sich schnell und in einem seltsamen Rhythmus, wie ein Tanz. Aki wunderte sich, doch Judit und Esra beachteten sie nicht. Sie ließen die Frau hinter sich und gelangten an den westlichen Rand der Zeltstadt. Ein Platz aus festgestampfter Erde erstreckte sich kreisförmig von den letzten Zelten bis zu einem Waldrand. Hunderte von Menschen tummelten sich um ihn und gingen ihren Tagesgeschäften nach. Links lag ein Hügel, der mit einem alten Holzzaun abgegrenzt war. Zwischen hohen Gräsern sahen die Spitzen von windschiefen Gedenksteinen hervor. Aki berührte Esra am Arm.

„Sag mal, sind das Grabsteine? Von damals, als sie die Toten noch nicht dem Feuer und dem Wasser gaben?"

„Oh", machte Esra abwesend, den Blick über den Platz schweifend. „Ja, das ist ein alter Grabhügel. Wieso fragst du?"

Aki antwortete nicht. Ihn schauderte ein wenig. Der Gedanke, dass dort unter diesem Hügel die verrotteten Gebeine von Toten lagen, gefiel ihm gar nicht. Seit fast zweihundert Jahren war es in Asthenos üblich, die Toten zu verbrennen und ihre Asche im Wind oder am Wasser zu verstreuen. Oder sie in Booten liegend zum ewigen Horizont zu schicken. Am Ort des Todes oder im Garten des Hauses wurden nur kleine Gedenksteine aufgestellt. Begonnen hatte dieser Brauch mit bösen Geschichten. Es hieß, dass der Geist der Toten im Körper unter der Erde gefangen blieb und finstere Hexer die Körper als gefügige Sklaven auferstehen lassen konnten. Verbrannte man jedoch den Körper, so befreite sich der Geist von der Welt und konnte den Falken auf seinem Flug begleiten. Und schickte man sie hinaus aufs Meer, so holte der Falke selbst sie ab. Natürlich nur dann, wenn der Tote ein falkengefälliges Leben geführt hatte. Dieser Gedanke gefiel Aki um vieles besser als der von Knochen und insektenzersetzten Fleisch in einer verfaulenden Holzkiste. Esra schien der Anblick des Hügels nichts auszumachen. Sie und Judit suchten den Platz nach dem nordländischen Falkenaut ab. Doch er war nicht hier, das konnte Aki schon nach einem kurzen Blick über den Platz erkennen. Frauen und Kinder saßen auf Decken um den Platz herum und werkelten mit Töpfen. Einige dunkelhäutige Männer standen in einer Gruppe und beschäftigten sich mit Messerjonglage. In der Mitte des Platzes dampften die Reste eines

Lagerfeuers. Über der schwarzen Asche flimmerte die Luft. Der Geruch nach Feuer und Asche in der Tageshitze machte Aki schläfrig.

„Sie haben gesagt, dass er oft hierherkommt. Am besten warten wir aber nicht zu auffällig, er muss nicht gleich Verdacht schöpfen."

Die Drei setzten sich in den Schatten eines der letzten Zelte am Rande des Platzes.

„Was wollen wir eigentlich machen, wenn er kommt?", fragte Aki.

„Ihn festhalten und ein paar Fragen an ihn stellen", sagte Judit grimmig.

„Wir können nicht einfach jemanden so festhalten, er wird sich bestimmt wehren", mahnte Aki.

Judit und Esra lächelten. „Glaub mir, niemand in Kipkadi wird uns davon abhalten", entgegnete Judit.

„Ja aber wenn er nichts sagen will, zu Raik nicht und zu Splitterlauf nicht, was machen wir dann?"

„Dann schlagen wir ihm vor, ihn freiwillig nach Litho zu bringen. Die Stadtwache freut sich schon auf ihn", sagte Esra heiter.

„Und wenn ihm das egal ist?"

„Dann können wir ihm immer noch wehtun", schloss Esra.

Aki fragte sich insgeheim, ob Esra diesen Satz ernst meinte. Nach einem Blick auf ihr schiefes Grinsen und die eiskalten Augen fragte er sich jedoch, wie er auf die Idee kommen konnte, sie würde es nicht ernst meinen. Was für ein verrücktes, gefährliches Mädchen hatte er da aufgetan. Ein Leben als Esras Feind war bestimmt kein besonders unbeschwertes oder langes Leben. Was sie erlebt haben mochte? Woher sie kam? Dogan weiß, was sie schon alles getan hatte. Er schüttelte den Gedanken weg. Seine Fantasie, das wusste er, spielte zu gern Szenen in seinem Kopf ab, die sich zu weit von der Realität entfernten. Das war schon immer seine Schwäche gewesen. Und natürlich, Frauen zu retten. Wenn er doch nur früher angefangen hätte, auf seine Vernunft zu hören, auf blanke, rationale Tatsachen, dann wäre er niemals in den Truwenwald und in die Diamantenmine gegangen. Und wäre niemals Esra in den Kanal hinterher gesprungen. Und er hätte niemals seine Wohnung verlassen, um dem lockigen Mädchen von gegenüber zu helfen. Dann jedoch wäre er jetzt genauso lebendig wie die Knochen unter den steinernen Brocken auf dem Hügel da drüben, den er immer noch nicht aus den Augen lassen konnte. Er wollte nicht sagen, dass es unheimlich war, diese Grabsteine zu sehen. Nein, es störte ihn, es war nicht richtig, wie sie sich verschlagen in dem hohen Gras und den Büschen versteckten. Er schluckte.

Die Nachmittagssonne zeichnete immer längere Schatten in den Staub. Sie mochten schon eine halbe Stunde schweigend hinter dem Zelt gesessen haben. Zu den Messerjongleuren hatten sich andere gesellt. Männer, die sich in riesige Räder schnallten, eine Frau, die mit einer Hand auf eine am Boden stehende Glasflasche gestützt Kunststücke in der Luft vollführte. Jemand brachte Holz und Zweige und schickte sich an, das noch immer glühende Lagerfeuer neu zu entfachen. Aki fühlte, wie sein Kopf immer schwerer wurde. Er blinzelte angestrengt und seufzte.

„Wag es ja nicht, einzuschlafen", sagte Esra plötzlich laut. Aki schreckte auf.

„Nein", sagte er ärgerlich. Sein Blick wanderte wieder zu dem Grabhügel an der Seite.

Esra lächelte. „Willst du eine Geschichte zu diesen Gräbern da drüben hören?", fragte sie.

„Nein", versicherte Aki wiederum eilig.

„Ich erzähl's dir trotzdem, damit du nicht einschläfst."

Aki stöhnte, aber Esra blieb hart.

„Die Geschichte nennt sich *Die Legende vom Grab der ersten König-*
in", fuhr sie munter fort. Aki schlug die Hände vor das Gesicht,
bemühte sich aber, dass Esra es nicht sah. „Du weißt ja, dass die drei
großen Städte von Asthenos – Litho, Kaon und Pion – von drei Krie-
gern gegründet wurden, die in Schiffen vom Kontinent herüberka-
men." Aki nickte resigniert. „Litho wurde von einem Krieger
gegründet, den wir heute Vento nennen. Keine Ahnung, ob er wirklich so geheißen hat. Jedenfalls wurde Vento der erste König von
Litho. Vento hatte eine Frau, Königin Eira. Man sagt, dass sie damals auf dem Kontinent eine mächtige und sagenumwobene Hexe
gewesen war, die Tochter des Höchsten Hexenmeisters des Do'on,
Nukan, der in der Schlacht von Harmadon zu Tode kam. Es heißt
auch, dass ihr vertrautester und engster Freund ein Fänger wurde,
der nach Litho kam um nach den verlorenen Kindern der Yetunde
zu suchen. Es ist sein Name, der nach Gründung der Stadt Litho in
die Fahnanmauer eingraviert wurde, um Litho für alle Zeit zu
schützen. Natürlich musste Eira in Litho irgendwann der Zauberei
abschwören, denn Asthenos sollte ein Land ohne den Einfluss des
Do'on sein. Aber Eira konnte ohne die Magie nicht leben und so
starb sie schließlich. Der Fänger wandte sich ab von Litho und seinen Menschen und kehrte niemals zurück. Vento hatte seine Frau
geliebt und versank in Trauer. Er ließ den Triumphbogen aus rotem
Stein in Lithos Oberstadt zu ihrem Gedenken errichten. Ich weiß
nicht, ob du den schon gesehen hast? Er ließ sich selbst darauf ab-
bilden, mit einem ketzerischen Strahlenschwert und die mythischen
Figuren Asis und Yetunde. Der Hexe Yetunde allerdings ließ er das
Gesicht seiner verstorbenen Frau Eira einmeißeln, ihr zu Ehren als
die große Hexe, die sie selbst einst gewesen war. Stell dir das vor,
was für eine wundervolle Ketzerei!" Esra strahlte. „Es heißt, der
Fänger selbst beerdigte Eira außerhalb der Mauern an einem

unbekannten Ort. Denn die ersten Falkenauten fürchteten, Anhänger der Magie könnten ihr Grab als eine Art Wallfahrtsstätte nutzen."

Verstohlen deutete Esra hinüber zu dem Grabhügel. „Manche Menschen sagen sich seit jeher, dass Königin Eira genau hier beerdigt wurde, vor dem Südtor Lithos, bei Kipkadi, am Rande des Waldes mit Blick über das weite Land in Richtung des Kontinents."

„Und, glaubst du das stimmt?", fragte Aki, wieder hellwach, den unheimlichen Hügel fixierend, der friedlich und still dalag.

„Wer weiß das schon", sagte Esra dunkel. „Aber wenn das wahr ist, dann wundert es mich, dass der Hügel noch so unversehrt ist. Wenn man bedenkt, woraus der Fänger den Sarg der Königin angeblich gemacht hat…"

„Esra, sieh nur!", unterbrach Judit die Erzählung. Das Mädchen verstummte angespannt. Aki reckte den Hals, um etwas zu erkennen. Zwischen den Zelten, gar nicht weit von ihnen, war eine kleine Gruppe hervorgekommen. Sie bewegten sich unschlüssig am Rande des Platzes.

„Was sind denn das für Gestalten?", fragte Esra.

„Die kommen sicher nicht aus Kipkadi. Schau dir die blassen Gesichter an. Und was tragen die an so einem heißen Tag für Umhänge?", fragte Judit. Esra schickte sich an, aufzustehen aber Judit drückte sie an den Schultern zurück auf den Boden.

„Wart mal", flüsterte sie.

„Wieso?", wollte Esra aufgebracht wissen aber Judit legte einen Finger an die Lippen.

„Meinst du nicht, die könnten zu dem nordländischen Falkenauten gehören?"

„Könnte sein." Esra schielte hinüber. „Sind genauso blass wie Aki, das sind sicher Nordländer. He, Aki...", sie stieß ihn unsanft gegen die Rippen. „Schau sie dir mal an, was denkst du?"

Aki beobachtete die verhüllten Gestalten. Sie waren im Schatten stehen geblieben und machten den Eindruck, auf etwas zu warten. Die Gesichter lugten unter den Umhängen weiß hervor und er sah, dass ihnen der Stoff schweißdurchtränkt am Rücken klebte.

„Ja", sagte er langsam. „Könnte schon sein, so wie die schwitzen. Aber warum ziehen sie die Umhänge nicht aus?"

„Weil sie nicht gesehen werden wollen", sagte Judit. „Aber der Falkenaut ist nicht dabei. Die lassen wir jetzt nicht mehr aus den Augen. Ihr bleibt einfach hier, könnte gefährlich sein, wenn der Falkenaut ihnen erzählt hat, wie Aki aussieht. Ich geh rüber zu den Jongleuren, dann bin ich näher dran. Wir unternehmen nichts, solange der Falkenaut nicht da ist."

Ohne ein weiteres Wort erhob sich die glatzköpfige Judit und trollte sich davon. Aki sah ihr nach, wie sie auf die Jongleure zuging, die sie mit einem Nicken begrüßten. Judit stellte sich mit verschränkten Armen vor sie hin, scheinbar, um ihre Arbeit zu begutachten aber so konnte sie auch direkt auf die Gruppe der vermummten Gestalten blicken. Aki bemerkte, dass diese Judit für ein paar Minuten misstrauisch beobachteten. Dann verloren sie das Interesse und begannen, leise miteinander zu reden.

Eine gefühlte Ewigkeit später war immer noch nichts geschehen. Judit war in ein Gespräch mit den Jongleuren vertieft, doch Aki zweifelte nicht, dass sie die Gruppe immer noch im Auge behielt. Drei der Verhüllten hatten sich auch niedergelassen. Zwei standen weiterhin da und schwenkten den Kopf mal hierhin, mal dahin.

„Die sehen fast so aus, als würden sie Wache halten, oder?", flüsterte Esra, die ungeduldig begonnen hatte, Fäden aus ihrem Rock zu ziehen.

„Mhm", machte Aki. Die schläfrige Müdigkeit hatte ihn wieder eingeholt. Wochenlanger Hunger und die Geschehnisse der letzten Tage fielen über ihn her wie wilde Hunde. Er bemühte sich, die Augen offen zu halten, doch es fiel ihm nicht leicht. Mit schweren Lidern sah er, dass das Lagerfeuer wieder entzündet worden war. Er starrte eine Weile friedlich auf die fliegenden Messer der Jongleure und die monotonen Bewegungen taten ihre Wirkung. Akis Kopf fiel zur Seite, genau auf Esras Arm, doch er spürte davon nichts mehr. Er war eingeschlafen.

Das nächste, was er wahrnahm, war ein undeutliches Gemurmel von Stimmen, die ihm vertraut vorkamen. Etwas kitzelte seine Nase. Genau wir vorhin, als er eingeschlafen war verspürte er ein Gefühl von Ruhe und tiefer Zufriedenheit. Langsam kehrten seine Gedanken von weit her zurück. Es war kälter geworden. Und seine Nase kitzelte immer mehr. Probeweise öffnete er ein Auge und er sah verschwommene, gelbe Schatten tanzen. Das Lagerfeuer, erinnerte er sich. Und es war beinahe dunkel. Unbeholfen strich er über seine Nase und fegte ein paar lästige Fäden weg. *Fäden*, dachte Aki. *Haare?* So plötzlich wie ihn der eiskalte Aphel erwischt hatte, begriff Aki, wo und wie er dalag. Mit brennendem Gesicht fuhr er senkrecht in die Höhe.

„Na endlich! Wie tief kann ein Mensch schlafen?", fragte Esra und strich ihren zerknitterten Rock glatt. Sprachlos fuhr Aki über seine heißen Wangen. Mit Sicherheit hatte sich ihr Stoffmuster in seine Haut gezeichnet. Neben Esra kniete, wie Aki überrascht feststellte, Saleh, der ihm blass und erschöpft entgegensah. Fest entschlossen, von sich selbst abzulenken, fragte Aki: „Wie geht's deinem Onkel?"

„Besser", sagte Saleh matt. „Er schläft jetzt. Ich denke er wird wieder."

„Dogan sei Dank", murmelte Aki.

„Esra sei Dank", verbesserte Saleh und sah das Mädchen dabei mit einem Blick an, der Aki die Augenbrauen hochziehen ließ. Esra erwiderte ihn unverwandt und stumm.

Aki wollte nicht wissen wie lange er geschlafen hatte. Die Sonne war schon hinter den Bäumen verschwunden. Obwohl es noch nicht ganz dunkel war veränderten sich die Farben um ihn herum allmählich. Die blaue Stunde hatte begonnen, die die Welt auf die Dämmerung vorbereitete. Judit saß noch immer bei den Jongleuren, die schon lange mit ihren Übungen aufgehört hatten und jetzt offenbar um Geld würfelten. Am Rande des Platzes, zwischen zwei Großfamilien, harrten die verhüllten Gestalten. Zwei von ihnen liefen umher wie Wachhunde.

„Sie werden ungeduldig", sagte Esra. „Und ich kann's ihnen gar nicht verdenken. Seit Stunden sitzen wir hier rum und nichts passiert!"

„Was wenn der Falkenaut gar nicht kommt? Wenn er nichts mit denen hier zu tun hat?"

„Ich habe ganz Kipkadi abgelaufen", sagte Saleh. „Keine Spur von dem Bastard. Die Artisten haben schon zu Judit gesagt, dass er öfter mal hier war. Und schau dir die da mal an! Die warten wie wir. Und es sind Nordländer. Er wird kommen. Er muss kommen. Und dann werde ich ihm jeden einzelnen Knochen zermalmen."

„Wie gesagt, spar dir das auf", sagte Esra bedächtig. „He, was ist jetzt los?"

Eine der verhüllten Wachen war stehen geblieben, den Zelten von Kipkadi zugewandt. Er machte einen Schritt vor, dann wieder zurück. Zögernd wandte er sich halb zu den anderen um, dann raffte er sich auf und verschwand schnellen Schrittes zwischen den Zelten. Saleh und Esra sprangen gleichzeitig auf. Die Gefährten der Wache reckten ihm die Hälse hinterher und rappelten sich auf, doch keiner ging ihm nach. Esra hielt Salehs Hemd fest, damit er nicht loslaufen konnte. Wie ein Raubtier auf der Jagd standen beide da, die Muskeln angespannt, den Kopf leicht gesenkt und die Schulter angezogen. In ihren Mitternachtsaugen spiegelte sich das Lagerfeuer. Saleh zitterte vor Wut und Aufregung. Da setzte sich die kleine Gruppe in Bewegung, dem anderen verhüllten Wächter hinterher. Aki fühlte, wie Esras Körper neben ihm bebte. Die verhüllten Menschen verschwanden hinter der ersten Zeltreihe und im selben Moment war Esra losgelaufen. Überrumpelt sah Aki ihr hinterher. Ihre Beine glitten fast geräuschlos und schnell wie der Wind über die Erde, die schwarzen Haare flogen wie ein Umhang hinter ihr. Sie war schneller als ein Wolf. Noch lange bevor Aki begriff, dass es Zeit wäre in Gang zu kommen, war Saleh Esra auf den Fersen. Aus den Augenwinkeln sah Aki, dass die glatzköpfige Feuerspuckerin Judit ebenso losgelaufen war. Er musste sich beeilen, wenn er die anderen nicht verlieren wollte. Er kannte sich nicht aus in Kipkadi. Fast zwanzig Sekunden, nachdem Esra zwischen den Zelten verschwunden war tauchte auch Aki in das dämmrige Licht abseits des Lagerfeuers ein. Der Durchgang vor ihm war leer. Links von ihm, viele Zelte weiter vorne, glaubte Aki eine Bewegung zu erkennen, eine Gestalt, die hinter einem großen weißen Tuch verschwunden war, das einsam zwischen zwei Zelten hing. Aki stürzte dorthin. Doch als er an dem Tuch vorbei war, lag ein genauso ausgestorbener Durchgang vor ihm. Aki fluchte leise. Wohin waren sie verschwunden? Orientierungslos lief er, so schnell er konnte, den schmalen Weg entlang, stolperte über einen Hering im Boden und fing sich gerade noch. Nirgends war ein Mensch zu sehen, kein

Licht brannte, keine Stimmen waren zu hören. Hoffnungslos bog er wieder nach rechts und erreichte ein rotes Zelt, vor dem Töpfe und Pfannen an einer Stange hingen. Er umrundete es und als sich vor ihm ein weiterer Durchgang Richtung Westen auftat, sah er dort zwei Menschen stehen. Schlingernd kam er zum Halt und tauchte hinter einem Handwagen in Deckung. Das Blut rauschte in seinem Kopf. Er drückte die Faust gegen seine schmerzende Seite. Neben ihm bewegte sich etwas. Es gelang ihm in letzter Sekunde, einen entsetzten Schrei zu unterdrücken. Esra war von der Rückwand eines kleineren Zeltes wie eine riesige Spinne auf allen Vieren auf ihn zu gekrochen. Ihr Gesicht war angespannt. Sie drückte Aki gegen das Holz des Handwagens und beugte sich weit vor, um die beiden Gestalten nicht weit von ihnen zu beobachten.

„Das ist er!", hauchte Aki. „Das ist er, ich habe ihn erkannt, das ist der Falkenaut!"

Esra nickte. Der nordländische Falkenaut trug diesmal ein dunkles Gewand. Er hatte keine Kapuze über sein Gesicht gezogen und die dunklen Linien überzogen seine Haut mit einem grotesken Muster. Neben ihm war ein Mann, das konnten sie jetzt hören. Ihre gedämpften Stimmen drangen zu ihnen herüber. Dessen Gesicht war immer noch verhüllt.

„Was jetzt?", flüsterte Aki.

„Weiß nicht genau... ich habe Saleh und Judit verloren. Zwei gegen zwei könnte riskant sein", murmelte sie zurück.

„Dogan, nein! Was macht er!", stöhnte sie plötzlich auf. Von rechts war eine große, massive Gestalt aus dem Dunkel gekommen und stürmte geradewegs auf den Falkenaut zu. Es war Saleh. Die beiden Männer zuckten zusammen und griffen an ihre Gürtel, als wollten sie Waffen ziehen. Esra sprang hinter dem Handwagen hervor und rannte auf Saleh zu, versuchte, ihn festzuhalten. Judit, die

Feuerspuckerin, erreichte völlig außer Atem das rote Zelt und entdeckte Esra und Saleh. Die anderen verhüllten Gestalten kamen hinter einer Biegung hervor und blieben wie vom Donner gerührt hinter dem Falkenaut stehen. Dieser starrte auf Saleh, der versuchte, Esra abzuschütteln. Eine quälende Sekunde lang schien niemand zu wissen, was vor sich ging und was jetzt zu tun war. Dann fiel der Blick des Mannes neben dem Falkenaut auf Aki, der hinter dem Handwagen hervorgekrabbelt war, halb entschlossen, Esra wieder zurückzuziehen. Aki erwiderte den Blick. Und dann begriff Aki, dass er dieses Gesicht kannte, dass er es schon einmal gesehen hatte. Vor wenigen Tagen, an der Scheibe seines eigenen Fensters, mit einer Pistole in der Hand und dass dieser Mann derjenige gewesen war, der als Tempelläufer verkleidet versucht hatte ihn zu töten. In dieser Nacht, als er durch eine schnelle und unüberlegte Entscheidung aus seinem Lagerhaus verschwunden war, obwohl Raik es ihm verboten hatte.

Der Mann schien nicht weniger überrascht. „Anden… Anden, großer Dogan, das ist der Wegemeistersohn!"

Und Aki sah, dass der nordländische tätowierte Falkenaut den Mann aufgeregt an der Schulter packte. Eine Spur zu heftig, so dass der Umhang von dieser Schulter rutschte und ein Stück einer blauen Uniform freigab, einer nordländischen Uniform und Aki verstand, verstand im selben Moment und wollte es dennoch nicht glauben. Soldaten, wie in den Minen und der Soldat, nicht minder geschockt über das unerwartete Zusammentreffen, griff fahrig in seinen Umhang. Esra schrie, schrie laut und verzweifelt: „Aki, hau ab! Lauf!", und riss ihn aus der Zeitlupe, in die seine Gedanken geraten waren. Er drehte sich um und rannte und hörte Geschrei hinter sich, Chaos, trampelnde Füße und wie im Truwenwald flog er davon. Seine

Füße schneller als der Verstand, kreuz und quer durch das Labyrinth der Zelte, die Verfolger dicht hinter ihm.

Dreimal drohte er zu fallen, über die Eisenstangen, die die Zelte aufrecht hielten. Die Nacht war hereingebrochen, gnadenlos und schnell. Er hörte Schreie und Befehle in dem hochnordländischen Dialekt Amu-Acalan der Stadt Pion, den er nur halb verstand. *Ratsch.* Aus einer der Stangen stand ein langer Nagel heraus, der sich in seine Haut bohrte. Aki zuckte vor Schmerzen. Weit hinter ihm war ein Kampf entbrannt. Er hörte einen Mann vor Wut brüllen, einen Schuss. *Esra*, dachte er. Eine Hand gegen seinen Arm gepresst, aus dem warmes Blut rann, ging er weiter, bald strauchelnd, bald in langen Sätzen. Wenn sie schneller waren, wenn sie ihn erreichen würden… Er hatte die Orientierung verloren. Die Zeltreihen vor ihm schienen kein Ende zu nehmen und nirgends ein Mensch, nicht einmal Licht. Was hatte sein Vater über die völlige Dunkelheit gesagt? *Folge nicht deinen Augen. Sie irren in der Nacht.* Links schimmerte etwas in der Entfernung. Doch vielleicht sollte er hier rechts gehen? Ja. Der Weg tat sich ihm auf, wenn er genau hinhörte. Zielstrebig ging er weiter. Dann sah er den Fetzen eines Rockes an einem der Zelte vorbei gleiten. Schon wollte er rufen, da schlang sich eine Hand fest um seinen Hals und zog ihn brutal nach hinten. Aki verlor das Gleichgewicht und stürzte hart auf den Boden. Keuchend beugte sich einer der verhüllten Männer über ihn, ein Soldat. Er drückte langsam ein Messer auf ihn nieder.

„Stirb endlich, Wegemeistersohn!"

„Weg", quälte Aki undeutlich von seinen Lippen. Das verzerrte Schattengesicht des Soldaten näherte sich seinem Ohr. „Stirb… endlich", presste der vor Anstrengung hervor.

Panik und Wut brandeten in Aki auf. Er zog die Beine an und stieß sie heftig gegen Brust und Gesicht des Soldaten. Der Griff lockerte sich und mit einer Schnelligkeit, zu der ein Mensch nur im Todeskampf fähig ist, entwand sich Aki den Soldatenhänden. Der Mann rappelte sich auf und stürzte wieder auf ihn zu. Aki duckte sich weg. Ohne nachzudenken ballte er eine Faust und traf den Soldaten an der Schläfe. Der taumelte zur Seite. Aki ergriff die einzige mögliche Sekunde zur Flucht. Er wusste, dass er den Soldaten nur überrascht hatte, dass er im Kampf keine Chance hatte. Seine Kraft hatte er in den letzten Wochen des Hungers verloren. Er rannte an den Zelten vorbei. Ohne zu bemerken, dass direkt vor ihm, nur ein paar Schritte entfernt, der Stoff eines Zelteingangs zur Seite geschoben wurde. Ein langer, dürrer und goldberingter Arm schob sich geisterhaft heraus. Aki sah nichts, er lief weiter. Flüchtig streifte sein Hemd die Finger und wie eine Spinne, die sich auf ihre Opfer stürzt packten die Finger zu. Sie packten seinen Gürtel und rissen ihn mit einem gewaltigen Schwung in das Innere des Zeltes. Wieder schlug Aki unsanft auf dem Boden auf. Das Stück Stoff fuhr wieder vor den Zelteingang und er hatte kaum eine Sekunde um sich aufzusetzen, als er die dröhnenden Schritte des Soldaten hörte, die auf das Zelt zukamen. Und sich wieder entfernten. Mit rasendem Puls saß Aki auf dem Boden und lauschte. Der Soldat war an dem Zelt vorbeigelaufen. Er hatte nicht gesehen was geschehen war. Keuchend zuckte Aki zusammen, als jemand sich vor ihm bewegte. Er hörte das Rascheln von langen Kleidern und aus der pechschwarzen Dunkelheit trat eine bizarre Gestalt heraus.

Leise klingelten bei jedem Schritt kleine Kettchen an ihren Füßen. Sie war barfuß. Unter einem langen roten Schleier starrten ihm zwei weit aufgerissene Augen entgegen, die Pupillen so groß wie Münzen. Aki wich zurück. Die Frau hatte die Arme vor sich gestreckt und krümmte die dürren Finger wie Krallen.

„Lass mich", stieß Aki hervor.

Sie erstarrte und legte den Kopf schräg wie eine Eule. Aki dachte, dass er sie schon einmal gesehen hatte, doch ihm fiel nicht ein wo und wann. Wie eine groteske Marionette stand sie da, ohne zu blinzeln, das linke Ohr an der linken Schulter, die Arme mit den gekrümmten Fingern vor sich ausgestreckt. Er hätte lachen mögen, wenn ihm nicht übel vor Angst gewesen wäre. Er glaubte, den Verstand zu verlieren.

„Wer bist du?"

In einer langsamen, gespannten Bewegung legte sie einen der Finger gegen ihre Lippen. Zwei Sekunden später hörte er wieder Fußgetrappel, laute Stimmen. Die anderen Soldaten. Sie schienen in der Nähe zu sein. Wenige Augenblicke später verloren auch sie sich wieder irgendwo in der Zeltstadt. Die Frau grinste und begann auf den Zehenspitzen zu tanzen und zu summen. Mit offenem Mund saß Aki vor ihr und versuchte, seine sirrenden Gedanken zu ordnen. Es musste einen Sinn geben, eine Erklärung.

Sie tanzte zu einer Öllampe, die an einem langen Seil von dem Gestänge des Zeltes hing, zog Streichhölzer heraus und entzündete sie. Sie warf der Flamme eine Kusshand zu und tanzte weiter, drehte sich im Kreis, so schnell, dass ihr Schleier davonflog. Darunter hatte sie wenige Zentimeter kurze Haare. Unregelmäßige, ringförmige Flecken waren an den Seiten in ihr Haar gebleicht. Es sah aus, dachte Aki, wie das Fell eines wilden Tieres, wie er es in Kinderbuchzeichnungen gesehen hatte. Sie war jung und ihre Kleider waren von scharlachroter Farbe. Das Zelt selbst war fast leer, nur ein paar Kisten und Fässer. Es schien so etwas wie eine Versorgungskammer zu sein.

„Eh… verstehst du mich?", wagte Aki einen neuen Anlauf. Sie lächelte ihm benommen zu und legte den Kopf weit in den Nacken.

Aki dachte, dass das nicht besonders gesund aussah. „Hast du… irgendwas genommen? Vielleicht Splitterlauf?"

Bei dem Klang des Wortes *Splitterlauf* wurde sie steif und unterbrach ihr Tanzen. Ängstlich blickte sie sich um, als wäre sie aus einer Trance erwacht. Dann sprang sie auf ihn zu und packte seinen verletzten Arm. Das Blut hatte sich auf seinem Hemd ausgebreitet. Er sah ihr Gesicht ganz nah und begriff, dass sie nicht bei Sinnen sein konnte. Die schwarzen Pupillen glänzten riesig und fahl.

„Er will dich haben. Er sucht nach dir", sagte sie heiser und in einem tiefen Klang, den er nicht erwartet hatte. Ihre Stimme war durchtränkt von der südländischen Melodie.

„Wer?", fragte Aki erstickt.

„Der Herr", sie stockte.

„Der *Tempelherr*?", vollendete er atemlos. Die Hand, mit der sie ihn hielt, zitterte. Er bekam keine Antwort.

„Und *sie* sucht er auch."

„Sie? Wen? Meinst du Esra?"

Ärgerlich zuckten ihre Lippen. „Nein. Sie."

„Wer ist sie?"

„Die Tochter."

Aki begriff nicht. „Welche Tochter?"

„Kabale. Eine Falle!", sagte sie rüde. „Du musst entscheiden. Der Fänger muss wiedererwachen. Erwachen, sich erinnern. An seinen Namen erinnern. Sonst ist Litho verloren."

„Wie… wer?", stammelte Aki.

Heftig stieß sie seinen Arm weg, stand auf und sagte: „Geh!"

Dann schlich sie rückwärts zu der anderen Zeltwand.

„Was? Wieso?"

„Geh!", wiederholte sie, plötzlich wütend. Benommen stand Aki auf. Der Schmerz pochte in seinem Arm.

„Geh, geh!" Sie schrie jetzt fast.

„Schon gut", murmelte Aki. Mit einem misstrauischen Blick auf die Frau schob er den Stoff zur Seite und trat aus dem Zelt. Ihr Schatten zeichnete sich hinter dem erleuchteten Stoff ab. Sie hatte wieder zu tanzen begonnen.

Es dauerte gut eine halbe Stunde bis Aki den Feuerplatz wiedergefunden hatte. Schon aus einiger Entfernung sah er das Flackern des Lagerfeuers und als er zwischen den Zelten hervor stolperte, sah er auf einen Blick, dass Chaos herrschte. Viele Menschen liefen aufgeregt umher und dort am Boden, zwischen einer Gruppe von abenteuerlich gekleideten Männern, saß…

„Esra!" Der Ruf kam heiser aus seiner Kehle. Das Mädchen riss den Kopf hoch. Sie schien verletzt zu sein, drückte ein zusammengeknülltes Hemd gegen ihren Hals. Dann entdeckte sie ihn, sprang auf, rannte auf ihn zu und schlang wortlos die Arme um seine Brust. Die Blicke der Männer waren ihr gefolgt und Aki sah, dass auch Saleh und Judit darunter waren. Froh, sie lebendig zu sehen, fuhr Aki Esra über die schweißnassen Haare. Endlich ließ sie wieder ab von ihm.

„Ich wusste, dass du's schaffst", murmelte sie.

„Was ist passiert?", fragte er.

„Der Soldat wollte hinter dir her. Er hatte eine Pistole. Ich habe mich auf ihn geschmissen und er hat danebengeschossen. Dann hat der Falkenaut ein Messer gezogen. Hat versucht, mir die Kehle durchzuschneiden. Hat aber nicht funktioniert, sein Messer war nicht scharf genug für meinen Hals." Sie grinste. „Saleh konnte ihn wegziehen. Drei der anderen sind dir hinterher. Ich habe dem Soldaten in die Hand gebissen aber der Dreckskerl hat die Pistole nicht fallen lassen. Hat auf Judit gezielt. Saleh hat mit dem Falkenaut gekämpft aber es war schwierig, er hatte das Messer. Aber dann sind die Feuerspucker gekommen." Sie nickte mit dem Kopf zu den seltsam gekleideten Männern hinüber. „Da sind sie geflohen, diese Feiglinge. Wir konnten sie nicht aufhalten. Sie sind uns entkommen." Vor Erbitterung spuckte Esra auf den Boden.

Saleh war zu ihnen gekommen. Er sah mitgenommen, aber unverletzt aus. Besorgt betrachtete er Akis Arm.

„Mir geht's gut", versicherte Aki. Saleh nickte langsam.

„Dieser eine Soldat", sagte Aki. „Ich habe ihn erkannt. Das war der, der in meine Kammer gekommen ist. Als ich abgehauen bin."

Esra kniff die Lippen zusammen. „Dann hatte ich Recht."

„Erzähl es mir", forderte Saleh.

Esras dunkle Augen suchten Akis. „Das mit der Diamantenmine. Ihr habt dort was gesehen. Da geht was vor, etwas, das mit dem Tempelherrn zu tun hat. Nachdem ihr geflohen seid ist er dorthin gefahren. Dann hat er Soldaten hinter euch hergeschickt. Keine Tempelläufer, wie ich zuerst dachte. Sie hatten sich verkleidet. Aber das heißt…", sie biss sich auf die Unterlippe. „Das muss bedeuten, der Tempelherr hat Verbindungen zum nordländischen Militär. Der Tempelherr schickt seinen nordländischen Falkenaut aus, Raik und dich zu finden. Er findet Raik. Er erzählt ihm eine Geschichte, dass ihr wieder ins Nordland zurückkönnt, wenn Raik ihm hilft. Er quetscht aus Raik heraus, wo du lebst. Er schickt die Soldaten als Tempelläufer verkleidet zu dir, um dich zu töten. Aber du entkommst. Jetzt bist du gefährlich. Du weißt etwas. Du hast die Soldaten in den Minen gesehen. Du hast den nordländischen Falkenaut gesehen. Du weißt, dass der Tempelherr irgendetwas vorhat."

„Ja aber was zum Dogan hat das zu bedeuten? Ich mein, was passiert hier denn? Was ist mit Splitterlauf?", schrie Saleh voller Wut.

„Es sieht so aus als ob der nordländische Falkenaut Splitterlauf nach Kipkadi gebracht hat. Ich mein, wir haben keine Beweise und wir können ihn nicht fragen."

Saleh knirschte mit den Zähnen. „Aber das muss mit den anderen Ereignissen zusammenhängen. Was ist, wenn der Tempelherr so was wie einen Umsturz plant in Litho? Mit Hilfe des nordländischen Militärs? Vielleicht will er alles was mit Magie zu tun hat endgültig ausrotten und deswegen hat er Splitterlauf in Kipkadi verbreiten lassen?"

„Das macht Sinn!", rief Aki. „Ja, natürlich. Splitterlauf ist tödlich. Und es beginnt immer in Kipkadi, wo angeblich die Leute leben, die am meisten mit Magie zu tun haben!"

„Nehmen wir an", drängte Saleh, „dass das wirklich der Grund ist… was hat das mit der Diamantenmine zu tun, die Aki gesehen hat?"

Esras Antwort kam wie aus der Pistole geschossen. „Der Diamantenkrieg damals hat begonnen, weil die Nordländer Diamanten in den Minen entdeckt haben und damit eine Armee aufstellen konnten, um Litho einzunehmen. Es heißt, dass der damalige Kriegsminister unbedingt dem Nordland die Vormachtstellung in Asthenos sichern wollte. Der Tempelherr war damals noch im Nordland. Nach dem Krieg kam er nach Litho. Aber er muss über die militärischen Vorgänge damals gut Bescheid gewusst haben. Vielleicht kannte er den damaligen Kriegsminister oder einen General! Du lieber Dogan!" Esra riss die Augen auf und griff Aki so fest am Arm, dass er aufstöhnte. „Was ist, wenn in den stillgelegten Minen wieder Diamanten gefunden worden sind? Wenn sie wieder Diamanten aus den Minen herausschaffen?"

„Du meinst, dass das Nordland noch mal versucht, eine Armee aufzustellen?", keuchte Saleh.

„Ja, nur diesmal muss es klappen. Es muss absolut geheim bleiben, was in den Minen passiert. Und dann kamt ihr daher und habt die Soldaten in den Minen gesehen!"

„Großer Dogan", sagte Aki platt.

„Jemand aus dem Militär im Nordland plant wieder, Litho einzunehmen, nur diesmal haben sie den Tempelherrn aus Litho auf ihrer Seite, einen mächtigen, einflussreichen Mann. Der Tempelherr hofft wahrscheinlich, wenn Litho eingenommen wird, dass er dort alles durchsetzen kann, was er will. So kann er endlich den letzten Funken Magie vernichten! Er hat sogar schon damit angefangen." Esra deutete auf die Zelte.

„Esra…", sagte Saleh. „Wir müssen zurück nach Litho. Wir müssen so schnell wie möglich zu Andelin und ihm das erzählen!"

„Ja", sagte Esra. „Wir brechen sofort auf."

Blendwerk

Frida erwachte. Es war vollkommen still. Nur ein kleiner Spalt von Licht drang durch die schweren Vorhängen und warf eine lange Linie bis zu ihrem Gesicht. Blinzelnd setzte sie sich auf dem Fußboden auf. Direkt neben ihr stand das Himmelbett, in das sie sich gestern Abend gelegt hatte. Vage glaubte sie sich an Rückenschmerzen zu erinnern, an das unangenehme Gefühl, zentimeterweit in die überweiche, nach Rosenwasser stinkende Matratze hinein zu sinken. Dann erinnerte sie sich an einen sanften Absturz auf den Boden und an unglaubliche Erleichterung, festen, kalten Grund unter sich zu spüren.

Sie rappelte sich auf und schob den Vorhang zur Seite. Draußen war die Sonne aufgegangen und sie blickte hinunter in den Garten der Eleonora Bonadimani. Mit einem Ruck zog sie das Schiebefenster auf und kühle Luft strömte ihr entgegen. Unentschlossen tapste sie zu ihrer Zimmertür und warf einen Blick nach draußen. Von der Treppe war kein Geräusch zu hören. Wenn noch nicht einmal die Hausangestellten wach waren musste es sehr früh sein. Frida war nicht mehr müde. Kribbelnde Unruhe trieb sie umher. Gestern Vormittag hatte es eine Krisensitzung des Stadtrates gegeben. Ein Ratsmitglied, Zia Sternberg, war ermordet worden. Eleonora Bonadimani hatte gesagt, dass es nun umso dringender war den Tempelherrn zu überführen, bevor er sein Ziel erreichen konnte: Chaos in der Oberstadt, den Stadtrat auslöschen, den Weg freimachen für die nordländische Armee. Frau Bonadimani hatte gestern außerdem erwähnt, dass sie heute zu einem besonders interessanten Ereignis fahren würden. Aber mehr hatte sie nicht sagen wollen.

Vorsichtig drückte Frida die Tür wieder zu und wandte sich um. Auf dem Bett lag der kleine Hund Wolf, der sich eingerollt hatte und leise schnarchte. Frida lächelte. Als sie ihn am Ufer des Aphels gefunden hatte war er schwach und abgemagert gewesen. Inzwischen sah er bedeutend besser aus, immer noch abgemagert aber viel lebendiger. Es beruhigte Frida, ihn anzusehen. Die Bonadimani hatte bisher kein Wort über ihn verloren. Frida ließ sich wieder auf das Bett fallen und starrte an die Decke.

Ihr ging durch den Kopf, was die Bonadimani über ihren Vater gesagt hatte. Warum hatte er es seiner eigenen Tochter niemals gesagt? Er war aus dem Südland gekommen, aus Pion, mit dem Spezialitätentheater von Canans Vater. Er hatte den Film nach Litho gebracht. Ob Canan das wusste? Wollte sie Frida deswegen helfen?

Sie sind, dachte Frida, *wahrscheinlich in Kipkadi gelandet.* In Kipkadi hatte sie selbst David und Falka kennengelernt, kam ihr schmerzhaft in den Sinn. Damals, im Wanderkino. Und ihr Vater war von dort aus in die Oberstadt gekommen. Zusammen mit Mendax, *ausgerechnet Mendax!* hatte er das Varieté Oberstadt geführt. Frida schauderte. Sie erinnerte sich gut daran, wie sie selbst mit als Kind dort eingebrochen war. Ihr einziger Ausflug in die Oberstadt. Sie wurden festgenommen und Jon musste sie freikaufen. Wenn sie jetzt darüber nachdachte, so war es seltsam, dass Jon sie dafür nicht härter bestraft hatte. Aber natürlich… In gewisser Weise besaß Jon das Varieté Oberstadt. Wie hätte er seine eigene Tochter dafür bestrafen können dort einzubrechen? Frida fuhr sich durch die Haare und unterdrückte ein wütendes Stöhnen. Er hätte es ihr sagen können, nein müssen! Und ihre Mutter Agnes… Frida rollte sich auf die Seite und zog die Beine an den Bauch. Eine Nordländerin, aus der Nähe des Truwenwaldes. Ein politischer Flüchtling? Geflüchtet aber wovor? Was hatte Jon ihr noch alles verschwiegen? Agnes' Vater hatte mit dem Militär zu tun… Der Tempelherr, hatte die

Bonadimani gesagt, ebenso. Er kannte einen General. *Was wäre, wenn… aber nein, das wäre zu absurd.*

Der Tempelherr. Irgendwo, das wusste Frida, lief der nordländische Falkenaut Anden umher und führte die Befehlen des Tempelherrn aus. Er hatte David angegriffen. Er hatte wahrscheinlich Zia Sternberg ermordet, um die Oberstadt ins Chaos zu stürzen und dem nordländischen Militär den Einmarsch zu ermöglichen. *Und, dachte Frida, als eine Welle von Übelkeit sie überrollte, Lyssa von Bahlow, Falkas Großmutter, hat das alles geduldet, sogar gewollt.* Ja, sie wollte David Rothaar tot sehen. Ihren David.

Es gab nur eines, was Frida nicht verstand. Was keinen Sinn ergab. Ein Loch in dem ansonsten wunderbaren Muster, dass Eleonora Bonadimani gewebt hatte. Der Tempelherr war berühmt dafür, alles, was nach Magie stank auszulöschen. Sie dachte an Leo und die anderen Jungs aus der Unterstadt. Sie selbst hatte sich gegen die Falkenauten gewehrt. Warum sollte ein solcher Mann mit einer Hexe ein Bündnis schließen? *Vielleicht hätte ich der Bonadimani das sagen sollen,* dachte Frida. Aber dann, überlegte sie, wäre möglicherweise auch herausgekommen, dass sie selbst eine Ketzerin war. Und die Bonadimani hätte das wahrscheinlich nicht so gut aufgenommen. Und erst Samuel… Nein, es war richtig, dass sie geschwiegen hatte. Es ist gefährlich zu viel von sich preiszugeben und sie hatte schon viel zu viel erzählt.

Aber wo ist Jon? Hält die Stadtwache ihn gefangen? Wenn ich beweisen kann, dass ich's nicht war, die David Rothaar angegriffen hat, dass es dieser nordländische Falkenaut gewesen ist und Lyssa von Bahlow den Auftrag gegeben hat, dann müssen sie ihn freilassen. Und dann kann er mir endlich erzählen was mit meiner Mutter war. Warum sie behauptet haben, dass sie eine Ketzerin gewesen ist. Dann muss er mir einfach die Wahrheit sagen. Und dann werde ich den, der sie getötet hat, finden…

Heftig warf sich Frida auf die andere Seite. Wolf schreckte auf. Als er Frida erkannte, fiepte er freudig und rutschte vor, um ihre Hand zu lecken. Geistesabwesend strich Frida ihm über das Fell. *Ich weiß einfach noch viel zu wenig,* dachte Frida und sank in den Halbschlaf zurück.

Das Automobil sprang wackelnd über das Kopfsteinpflaster und bog haarnadelscharf an der nächsten Kurve ein.

„Auch wenn wir es eilig haben, mein Lieber, Sie könnten ruhig etwas behutsamer fahren", sagte Frau Bonadimani tadelnd zu dem Fahrer. Sie saß hinten links auf dem Rücksitz und hielt die eiskalte Hand von Frida fest, die sich auf der rechten Seite aus dem aufgeklappten Fenster beugte. Frida gab ein Würgen von sich und Samuel auf dem Vordersitz lachte böse. Möglich, dass er noch ärgerlich auf Frida war.

Als Frida mit Frau Bonadimani und Samuel das Haus der Tänzerin verlassen wollten, war der kleine Wolf wild kläffend hinter ihnen hergejagt. Die Bonadimani hatte Frida eingeschärft, dass sie Wolf unmöglich mit ins Varieté Oberstadt mitnehmen konnte. Wolf sah das anders. Frida wollte ihn beruhigen. Samuel hatte die Geduld verloren und den Hund am Schwanz gezogen, was dieser mit einem berserkerartigen Beißanfall quittierte. Frida musste den Kleinen in das Haus zurücktragen, während Samuel, laut über abartige Drecksviecher fluchend seine verletzte Hand in ein Taschentuch der Bonadimani wickelte.

Weiß im Gesicht zog Frida den Kopf wieder in das Fahrzeuginnere herein. „Dogan…", murmelte sie. „Diese Bürgerkäfige sind ja schrecklich. Das ist keine normale Art vorwärts zu kommen."

„Wie bitte? Bürgerkäfige?", wiederholte die Bonadimani entgeistert. Samuel jedoch krümmte sich vor Lachen.

„Willkommen in der modernen Welt, Frau Frida", gluckste er.

Erschreckt zischte die Bonadimani und deutete auf den Fahrer, der jedoch nichts mitbekommen hatte, da der Kutschenverkehr ihn ablenkte.

„Fräulein *Kristine* ist das eben nicht gewohnt", sagte sie überdeutlich und, etwas leiser zu Frida, „wenigstens hast du das Kleid nicht ruiniert. Das ist eins meiner Besten. Wisch dir schnell den Mund ab, Kind."

Stöhnend legte Frida ihre Stirn an die kühlende Glasscheibe.

„Merke dir bitte alles, was ich gesagt habe", flüsterte die Bonadimani. „Bleib immer bei mir und Samuel. Sprich niemanden von selbst an. Tu einfach gar nichts. Wenn dich jemand fragt, du bist Fräulein Kristine und zu Besuch bei Eleonora Bonadimani. Du bist zum ersten Mal in Litho. Es gefällt dir hier."

„Jaja", murmelte Frida gepresst und rieb ihre Schläfen.

„Du darfst keinen Fehler machen! Und, in Dogans Namen, halt dich von Lyssa von Bahlow fern."

„Was?", schrie Frida auf, bereute es jedoch sofort. Ein Schmerzblitz ließ schwarze Punkte vor ihren Augen tanzen. „Die ist auch da?"

„Natürlich", sagte Frau Bonadimani gedrückt. Anscheinend zweifelte sie daran, ob es eine gute Idee gewesen war Frida mitzunehmen. „Sprich sie nicht an. Schau sie nicht einmal an. Bleib weg von ihr. Hast du das verstanden?"

„Ja", zischte Frida zwischen den Zähnen hindurch.

„Gut", sagte die Bonadimani erleichtert. Sie wäre nicht so erleichtert gewesen, wenn sie Frida ein wenig besser gekannt hätte.

Nach einer, wie Frida schien, langen Fahrt tauchte das Varieté Oberstadt vor ihnen auf. Es war ein beeindruckender, runder Bau, der sich über die Häuser erhob und mit bunten Fahnen geschmückt war. Die verzierte Front war von schlanken Säulen gestützt und über dem Eingang war eine große Uhr angebracht, deren Zeiger die Form von menschlichen Figuren hatten. Ein kunstvoll gewebter Teppichläufer führte die Eingangstreppe hinauf. Frida konnte kaum glauben, dass ihr Vater, der einfache Hafenarbeiter Jon Iringa, genau diese Treppen einmal hinauf geschritten war. Der Fahrer hielt in der Nähe des Eingangs. Frida riss die Türe auf und fegte einen Mann im Anzug von den Schuhen, der ihr gerade aus dem Wagen helfen wollte.

„Tschuldigung", sagte Frida über die Schulter und lehnte sich rückwärts gegen das Automobil. Ihr war immer noch hundserbärmlich schlecht. Eleonora Bonadimani trat zu Frida und schob ihr ein silberweißes Stirnband über den Kopf.

„Das dürfte gehen", sagte sie nervös und betrachtete Frida. Sie war in eines von Eleonoras Abendkleidern gesteckt worden, das schwarz und schulterfrei war. Es hing bis zu Fridas Knöcheln. Schwere Perlenketten drückten gegen ihren Nacken. Eleonora Bonadimani dagegen trug, was Frida zuerst nicht hatte glauben wollen, lange Hosen und eine Boa.

„Ich will das auch!", hatte Frida gefordert. „Die Hosen aber nicht die Boa." Hosen, für eine Frau. So etwas hatte sie noch nie gesehen, das war ein Skandal.

„Wir wollen keine Aufmerksamkeit auf dich ziehen. Sie werden stattdessen alle mich ansehen", hatte die Bonadimani barsch geantwortet.

„Benimm dich unauffällig", schärfte Eleonora ihr wieder ein. Dann hakte sie bei Frida unter und zog sie zu den Treppen. Samuel, in einem weißen Anzug mit Hut schlenderte hinter ihnen her. Er zwinkerte Frida zu, was etwa so viel heißen sollte wie: *Ich liebe dieses*

Spiel und das ist die Krönung, nicht wahr, du gesuchte Gewaltverbreche-
rin?

Gutgekleidete Menschen gingen verhalten plaudernd mit ihnen
hinauf. Eine der anderen Frauen hatte eine riesige Pfauenfeder in
den Haaren, die wie eine kleine Fahne auf- und ab wippte. Nahezu
alle Menschen rauchten. Eine neue Mode schien es außerdem zu
sein, dünne Handschuhe auch im Sommer zu tragen. Frida erkannte
plötzlich eines der Mädchen, dass in dem Teesalon mit an ihrem
Tisch gesessen war. Diese trug noch ein typisches Ballkleid und einen riesigen Hut. Angewidert starrte sie auf Eleonoras Beine.

Eleonora Bonadimani zog Frida eilig in den Prachtbau hinein. Die
Gänge auf jedem Stockwerk waren mit Marmor ausgekleidet und
dekoriert. Überall gingen sie über dicken Teppichboden und Frida
wagte nicht, fest aufzutreten. Eleonora ging hinauf bis in den dritten
Stock, wo Bedienstete mit Tabletten umherliefen und gefüllte Gläser
verteilten. Eleonora versteifte sich und Frida schloss daraus, dass
hier viele wichtige Oberstädter herumstehen mussten. Sie muster-
ten Frida ungeniert. Ein älterer Mann mit vergrämten, harten Gesicht, das Frida an ihren alten Lehrer erinnerte, löste sich aus einer
Gruppe und ging mit langen energischen Schritten auf Eleonora zu.
Schon zwei Meter vor ihnen streckte er gewinnend die Hand aus
und lächelte breit. Es kam Frida einstudiert vor.

„Mein liebe Eleonora. Wer hätte gedacht, dass wir uns hier treffen?", dröhnte er. Seine feuchte Halbglatze spiegelte das Licht der
Lampen um ihn herum.

Eleonora schien für einen Augenblick aus der Fassung zu geraten.
Sie warf Frida einen kurzen, scharfen Blick zu und sagte gedehnt:
„Daniel Caspote. Sehr schön. Fräulein Kristine, Herr Martinez, darf
ich Ihnen den Präsidenten von Litho vorstellen?"

Frida klappte der Mund auf. Sie spürte, wie Samuel aufgeregt mit dem Zeigefinger unablässig in ihren Rücken piekste. Der Präsident von Litho, der höchste Mann in der Stadt! Sie schaffte es gerade noch, freundlich zu lächeln, da sagte Caspote schon: „Wie nett, jaja, meine Tochter Susanna hat von Ihnen erzählt, glaube ich. Eleonora, bitte, auf ein Wort, Ratsangelegenheit…" Entschlossen nahm er Eleonora Bonadimanis Arm und versuchte, sie mit sich zu ziehen. Eleonora blickte erschrocken auf Frida und gab Samuel ein energisches Zeichen, bei Frida zu bleiben. Samuel tippte amüsiert gegen seinen Hut und wollte Frida gerade sanft vorwärts schieben, als…

„Herr Martinez, Herr Martinez!"

Völlig ungeniert rannte Susanna Caspote mit rot angelaufenen Wangen auf ihn zu, wieder einmal fünf andere, kichernde Mädchen hinter ihr her. Samuel wurde von ihnen bestürmt. Er sah diesmal gar nicht froh aus und Frida hörte viele „Nein so was…", „Wer hätte gedacht, dass…", „Wie schön, wie nett, wie zauberhaft, haha, hihi" und so weiter. Unauffällig drückte sie sich zur Seite weg. Als auch noch Frau Caspote mit hoch erhobenem Monokel herangeeilt kam, flüchtete Frida. Sie schlüpfte durch einen Vorhang in eine der Logen, die hinunter zur Bühne gerichtet war. Sie war leer. Frida ging bis vorne an das Geländer und lehnte sich darüber. Es verschlug ihr den Atem.

Sie starrte direkt auf die zehn Meter hohe, kunstvoll gemalte Kulisse eines märchenhaften Waldes. Links und rechts und oben war der monströse Vorhang mit armdicken Seilen zurückgebunden. Er musste fast eine Tonne wiegen. Das Licht war aus, nur die Bühne wurde in warmen Tönen angestrahlt. Frida nahm mehrere hunderte Gesichter wahr, in den Logen unter ihr, in den Rängen am Boden. Operngläser blitzen überall. Vorne, in einem Art Graben versteckte sich ein ganzes Orchester. Da erlosch auch das Licht auf der Bühne.

Zwei Scheinwerfer waren auf eine Figur gerichtet, die hinter den Kulissen hervor schwebte. Es war eine Frau mit einem Kleid, das eine lange Schleppe hatte. Es schimmerte und war mit ineinander verlaufenden Farben bedruckt. Sie ging bis in die Mitte der Bühne und wartete. Da begann das Orchester zu spielen. Auch die Frau begann sich zu drehen und Frida begriff wozu die lange Schleppe gedacht war. Sie schwang den leichten Stoff wie flüssige Seide um sich herum. Die Farben vermischten sich kaleidoskopisch, zauberten ein Feuerwerk und machten Frida schwindlig. Sie tanzte wie ein Vogel oder wie ein Schmetterling. Die Musik schwoll an und zwei weitere Frauen traten hinter den Kulissen hervor. Die Eine war in Gold gehüllt, die Andere in Silber. *Die Sonne und der Mond*, dachte Frida hingerissen. Zu dritt drehten sie sich, ihre Kleider flogen umeinander, ineinander, ohne sich zu berühren in einer fantastischen Choreographie. Die Musik dröhnte in Fridas Ohren und dann war es vorbei. Als das Licht wieder aufleuchtete, zwinkerte Frida benommen. Applaus brandete auf und die drei Tänzerinnen verbeugten sich tief und eilten von der Bühne. Die Stimme eines dicken Mannes, der mit einem Megafon am Rand stand, verkündete: „Vielen Dank den drei Schwester Kowalski mit ihrer Performanz *Tanz des Schmetterlings im Abendrot*. Das war doch berührend, nicht wahr, meine Herren und Damen. Nun muss kommen, worauf Sie alle gewartet haben. Denn nach dem Abendrot, geehrtes Publikum, wenn die Röte und das Gold und das Blau dem tiefen Schwarz gewichen ist, dann kommt die Nacht. Und jetzt…", ein Raunen ging durch das Publikum, ein paar Gäste erhoben sich von ihren Plätzen, um besser sehen zu können, „folgt das Lentorium!"

Der dicke Mann mit dem Megafon verschwand eilig hinter dem Bühnenrand. Für einen Augenblick erloschen die Lichter im Varieté. Frida hörte, wie die Pauken und Trommeln des Orchesters einen zuerst langsamen und dann immer schneller und schneller werdenden Rhythmus anstimmten. Frida umklammerte das Geländer fest mit beiden Händen. Schließlich ertönte ein Horn und mit den Streichinstrumenten erstrahlte helles Scheinwerferlicht auf der Bühne. Frida schreckte zurück und ihr taten es viele gleich. Direkt vor ihr, auf ihrer Höhe, strahlte sie ein überdimensionales Auge an, mit goldenem Rand und eine Pupille, die eine riesige Sonne war. Dazwischen glitzerte schwarzblaues Meer und silberne und goldene Sprenkel in Form dutzender kleiner Sterne und Monde in dem Auge. Frida blinzelte. Dann, mit dem Spiel der Flöten, begann das Auge langsam zu kippen. Frida sah, wie vier armdicke Ketten, die an den Seiten des Auges befestigt waren, maschinell gezogen wurden. Das Auge kippte weiter, bis es eine Plattform in der Luft bildete und nichts mehr zu sehen war außer dem kunstvoll bemalten äußeren Rand. Da wurde die Plattform Stück für Stück weiter heruntergelassen, bis sie nur noch wenige Meter über dem Boden schwebte. Frida konnte von oben auf die Plattform blicken. Da sah sie, wie Bühnenarbeiter mit meterlangen Stöcken Rohre auf die Plattform hoben. Kurz darauf sprudelte Wasser in die Plattform. Sie erkannte, dass das Auge eine Art Wasserbassin war. Das Wasser ergoss sich zwischen die Sonnenpupille und die kleinen Sterne und Monde, die winzige Inseln in dem Augenmeer bildeten.

„Dies ist das schönste und zugleich schrecklichste und gefährlichste Spiel, das sie in Asthenos zu Gesicht bekommen werden. Es ist ein Wunderwerk der modernen Wissenschaften und absolut tödlich, denn es funktioniert mit Strom. Doch wer es bezwingen kann dem winkt eine große Belohnung von drei echten Goldmünzen aus dem persönlichen Besitz des Herrn Mendax! Das Lentorium sucht seinen Meister!"

Der dicke Mann mit dem Megafon war wieder auf den Bühnenrand getreten. Neben ihm stand ein junger Mann in einem glänzenden Turnanzug. Er wirkte nervös aber vielleicht tat er auch nur so, überlegte Frida.

„Hier in meiner Hand", der dicke Mann hob einen kleinen viereckigen Kasten, an dessen Ende Antennen befestigt waren, „ist der automatische Funkschalter, mit dem ich das Lentorium ein- und ausschalten kann. Wenn ich auf den silbernen Kopf drücke, so beginnt das Spiel. Eine Melodie wird erklingen, denn das Lentorium ist wie eine gewaltige Spieluhr. Und dann wird das Lentorium Strom durch das Wasser jagen, zuerst nur fünfzig Volt, doch es wird immer und immer mehr, bis zu tödlichen dreihundert Volt."

Schreie gingen durch das Publikum, der junge Mann in dem Turnanzug trat aufgeregt von einem Bein auf das andere.

„Die Plattformen des Auges sind isoliert. Sie leiten den Strom nicht. Zumindest solange nicht, bis ein geheimer Mechanismus die Isolation aufhebt. Und das ist das Rätsel: Welche Plattformen sind sicher und wann sind sie es nicht? Das gilt es herauszufinden. Der Proband muss dem Rhythmus der Musik folgen. Das ist der einzige Hinweis, dem der Konstrukteur ihm gibt. Und wer ist der Konstrukteur dieses diabolischen, zauberhaften Werkzeugs? Ein modernes Experimentatorium, voll Strom und Funk und Mechanik, besser als jede Zauberei? Meine Damen und Herren, es ist unser Herr Mendax selbst."

Jubelschreie und Geklatschte jagte durch das Publikum. Frida sah, wie alle sich nervös umschauten, ob Mendax nicht irgendwo zu sehen sei. Doch er ließ sich nicht blicken.

„Seid Ihr bereit, junger Stanislaw?"

Der Turner nickte langsam. Er kletterte behände an einer der vier Ketten hinauf, die zu der Plattform führten. Frida beugte sich vor.

Kaum war er oben, hüpfte er von einer Sternenplattform über zwei Mondplattformen bis in die Mitte, die Sonnenpupille. Dort stelle er sich auf und hob den Arm.

„Stanislaw ist mutig und steht bereit. Meine Damen und Herren, mögen die Spiele des Lentoriums beginnen."

Dramatisch hob der dicke Mann den Kasten in die Höhe und drückte. Ein lautes Klicken und Knirschen ertönte, als habe sich ein riesiger, langsamer Filmprojektor in Gang gesetzt. Kurz darauf erklang eine unheimliche, blecherne Melodie, die aus dem Inneren des Auges zu kommen schien, denn das Orchester bewegte sich nicht. Frida glaubte, die Melodie zu kennen. Es war ein altes, südländisches Kinderlied. Der Turner verharrte wie erstarrt auf der Sonnenpupille und blickte sich nervös um. Nichts schien weiter zu geschehen. Da stieß er plötzlich einen kleinen Schrei aus und Frida sah, wie er eilig auf eine andere Plattform sprang.

„Da hat ihn der erste Schlag getroffen. Die Sonnenpupille hat den Strom geleitet. Bei fünfzig Volt ist das fast noch angenehm. Hoffen wir, dass er sich gemerkt hat an welcher Stelle des Liedes die Plattform elektrisch war. Bei hundert Volt wird es schon deutlich ungemütlicher!"

Gebannt verfolgte Frida die Sprünge des jungen Turners. Die Melodie tönte immer wieder gleich, doch immer schneller. Frida sah ihn springen, aufschreien, schneller springen. Sie konnte sehen, dass er ein Muster erkannt hatte. Bei besonders tiefen Tönen sprang er nur auf Monde. Bei Halbtonschritten nur auf goldene Plattformen. Es musste noch feinere Abstufungen, mehr Unterschiede als Sterne und Monde und Silber und Gold geben, denn immer wieder wurde er getroffen. Frida ahnte, dass es ein Logikrätsel war – die Stromschaltungen folgten einem geografischen Muster. Sie glaubte beinahe, es erkannt zu haben, doch der junge Stanislaw fand es nicht. Seine Bewegungen wurden hektischer, sein Gesicht war schneeweiß und seine Schreie wurden lauter, panischer. Schließlich kreischte er, torkelte und fiel fast hin. Zitternd schlug sich Frida die Hände vors Gesicht.

„Oh, ob er es schafft? Mir scheint, er hat die Melodie noch nicht ganz begriffen!"

Der Turner stolperte wieder, jetzt scheinbar in großer Angst.

„Ausschalten! Ausschalten!", quiekte eine Frau von einer der Tribünen. „Nein, nein, noch nicht!", riefen andere. Immer mehr Zuschauer erhoben sich von ihren Sitzplätzen, schrien durcheinander.

Frida hatte ein seltsames Gefühl. Ein Britzeln schien den Raum zu füllen, ein Kribbeln, ein Summen, dass ihr über die Arme und in den Nacken kroch. Was war das? In diesem Augenblick sank der Turner ohnmächtig auf einem Mond zusammen.

„Aufhören, es reicht!", schrie auch Frida über das Geländer in die aufgebrachte Menge hinein.

Der dicke Mann mit dem Megafon sprang auf die Bühne, streckte den Kasten in die Luft und drückte einen Kopf. Schlagartig verstummte die Musik und das Surren und Summen und Britzeln verschwand. Für Sekunden war es still und das Orchester spielte die Zwischenmusik auf. Erleichtertes Murmeln breitete sich aus. Die Ketten wurden herabgelassen und als das Auge den Bühnenboden erreichte, eilten einige Artisten hinzu. Der Turner wurde mehrfach geohrfeigt und als er wieder zu sich kam, redete der Dicke kurz auf ihn ein und schließlich wurde er von zwei anderen gestützt von der Bühne gebracht. Er hatte ein seltsames, verwirrtes Grinsen aufgesetzt.

„Schade, schade, schade, das Lentorium hat seinen Meister nicht gefunden. Stanislaw entgehen drei goldene Münzen. Vielleicht hat ein anderer das nächste Mal mehr Glück! Bevor wir den dritten

Programmpunkt, Fräulein Semira mit ihrem sprechenden Pferd begrüßen dürfen, hören wie eine Rede des südländischen Liedermachers Din Malakin über die Hotelkrise in Pion."

Frida schüttelte den Kopf. Ihre Hände schwitzten und für einen Augenblick hatte sie alles um sich herum vergessen. Sie blickte sich um. Es ging nicht nur ihr so. Alles hier machte den Eindruck als hätten die Oberstädter den Tod von Zia Sternberg schon vergessen. Gab es nichts Wichtigeres als eine Hotelkrise in Pion? Reichte ein wenig schauderhafter Stromgrusel aus, um alles in den Köpfen zu zerstreuen? Es war unglaublich. Frida verließ den Zuschauerraum und schlüpfte wieder auf den Gang hinaus. Samuel stand etwas abseits zwischen einem Pulk Frauen, die sich mit vereinten Kräften bemühten ihn betrunken zu machen. Er wehrte die Gläser ab, die sie ihm an den Mund schoben und versuchte über die Köpfe hinweg zu spähen, wahrscheinlich um herauszufinden, wo Frida hingegangen war. Aber Frida hatte es nicht eilig. *Geschieht ihm Recht*, dachte sie vergnügt, *das hat er jetzt davon, sich bei denen einzuschleimen*. Neugierig sah sie sich um. Nicht weit von ihr stand eine Frau, die eindeutig verdächtig aussah. Sie war dick geschminkt und trug ein Kleid, dessen einer Träger so weit hinuntergerutscht war, dass man ungehemmt ihre schneeweiße Brust betrachten konnte. Sie kicherte frivol und der Mann mit Oberlippenbart, der neben ihr stand, trat ungemütlich von einem Bein auf das Andere. Unauffällig schob er ihr einen Geldschein zu und die beiden verschwanden in eine der Logen, die von der Bühne wegzugehen schienen. Frida hatte sich schon gewundert, wofür diese da waren. *Hätte ich selbst draufkommen können*, dachte sie.

Zwei Oberstädter spazierten in ein Streitgespräch versunken an Frida vorbei. Einer von beiden hatte schon rote Flecken im Gesicht und fuchtelte aufgeregt mit den Armen.

„Das muss man sich mal vorstellen, fünfzehn Stockwerke! Stellen Sie sich vor, wie hoch das ist, mein lieber Cixous! Das Ding stößt doch beinahe an den Himmel. Wenn Sie mich fragen, so ist das Doganlästerung."

„Man muss bedenken, in Kaon steht ein noch höheres Gebäude! Zwanzig Stockwerke! Ich habe es zwar selbst noch nicht gesehen aber man muss das doch mal in Betracht ziehen, nicht wahr? Oder Magritte?"

„Aber mein Lieber Cixous, wie soll denn das halten? Und wie sollen die Menschen in den oberen Stockwerken noch atmen können? Nein, nein, bei zehn ist Schluss, das habe ich auch Caspote gesagt."

„Es gibt neue Stahlgerüste, an denen man das Haus hochziehen kann, nicht wahr? Man muss doch erstmal die Meinung der Wissenschaftler abwarten. Im Gebirge Perihel kann man auch atmen, oder?"

„Ja… jaja aber nein, der Himmel ist heilige Zone! Das ist genauso abenteuerlich wie Flugmaschinen! Solche Himmelsstoßer werden den Dogan ärgern und wenn sie umfallen… bedenken Sie, mein lieber Cixous, wenn sie umfallen!"

„Man muss aber anerkennen…"

Beeindruckt versuchte Frida, sich diese hohen Gebäude vorzustellen. Es wäre unglaublich, wenn so etwas in Litho gebaut werden würde. Litho würde von so weit oben bestimmt seltsam wirken… ob sie das Meer von dort sehen konnte? Da bemerkte sie, dass sie beobachtet wurde. An der Seite des Ganges lehnte ein hoch gewachsener, weißgeschminkter Mann, dessen Haare streng zurückgekämmt waren. Er hatte einen moosgrünen Anzug an und grinste. In einer Hand hatte er einen Gehstock. Trotz seiner skurrilen Erscheinung hatte er für Frida nichts Furchteinflößendes an sich, nein, er erschien ihr wie ein Artist, der geduldig seinen Auftritt abwartete. Da durchfuhr sie ein Gedanke.

Großer Dogan, das muss Mendax sein! Unbefangen starrte Frida zurück. Ja, sie hatte sein Gesicht und seine Gestalt schon oft im Kinematographen Ronyane gesehen. Kein Wunder, dass er so reich geworden war. Mit Prostitution im eigenen Haus konnte nur Geld fließen. Und diese Höllenmaschinen wie das Lentorium warf sicher auch eine Menge ab. Ob Jon sich damals hatte träumen lassen… Großer Dogan! Mit einem Mal fiel Frida ein, dass dieser Mann, wie er dort stand und sie angrinste, ihren Vater gut gekannt hatte. Widerstrebend drehte Frida sich um und ging ein Stück davon. Eleonora Bonadimani hatte Recht, sie musste gut aufpassen, wenn sie sich nicht selbst in Gefahr bringen wollte. Sie drängte sich an zwei jungen Frauen vorbei, die aufgeregt tuschelten.

„Hast du sie gesehen?"

„Nein, wen?"

„Falka von Bahlow. Sie sitzt draußen bei den Toiletten und heult."

Jäh blieb Frida stehen. Die beiden Frauen waren schon weitergegangen. Hatte sie sich gerade verhört? Falka war hier? Das war nicht möglich. Oder doch? Lyssa von Bahlow war auch hier. Ungläubig lief Frida los. *Nicht rennen*, dachte sie angestrengt, *das fällt auf*. Falka war hier. Was, in Dogans Namen, hatte das zu bedeuten? Sie vergaß Eleonora und alle ihre Ermahnungen, immer bei Samuel zu bleiben. Mit steigendem Puls hastete Frida die Treppen hinunter, stieß gegen andere Gäste, die ihr empört hinterherriefen. Wo waren die Toiletten? Wo waren diese doganverdammten Toiletten?

Eine alte Frau mit einem Wischmopp in der Hand hatte ihr den Weg gewiesen. Der Gang, der zu den Toiletten führte, war verlassen. Gedämpft drang die Musik aus dem Varieté bis hier durch, von

Zeit zu Zeit eine Lachsalve. Vom Stimmengewirr aus den oberen Stockwerken war jedoch nichts mehr zu hören. Es roch scharf nach chlorhaltigem Reinigungsmittel. Niemand war hier. Enttäuscht und unschlüssig blieb Frida stehen. Wahrscheinlich hatte sie das falsch verstanden und die Frauen hatten von jemand anderem gesprochen. Und dann schluchzte etwas hinter ihr. Frida fuhr herum und entdeckte, hinter einer Kommode versteckt, auf dem Boden sitzend und die Knie angezogen, ein Mädchen mit wild verstrubbelten, kurzen hellblonden Haaren, das eine Handtasche umklammerte. Frida keuchte und stürzte auf sie zu.

„Falka…" Behutsam kniete sie sich vor das Mädchen, dem unablässig Tränen über die Wangen liefen. Verschwommen blickte Falka zu ihr auf. „Oh", machte sie und sonst nichts.

„Falka, ich bin's, Frida, erkennst du mich?"

„Frida", sagte das Mädchen und strahlte, was skurril aussah, denn ihre Tränen strömten weiter. Frida kämpfte mit den Worten. Sie wusste nicht, was sie sagen sollte oder tun. Ob sie von David sprechen sollte oder nicht, ob Falka zusammenbrechen würde. Frida fühlte sich schlecht, denn sie war schließlich dabei gewesen, als David, Falkas Verlobter, schwer verletzt wurde. Und sie fühlte sich noch schlechter, wenn sie daran dachte, was sie selbst für David fühlte. Sollte sie besser erklären, wie sie hierher gelangt war? Doch es war Falka, die Frida die Entscheidung abnahm.

„Zia Sternberg ist tot", sagte sie leise und unsicher.

„J…ja", gab Frida verblüfft zurück.

„Sie sprechen nicht davon. Alles Blendwerk", flüsterte das Mädchen vage und legte den Kopf gegen die Wand.

„Ich… nein, du hast Recht, sie sprechen nicht davon. Falka, ich mein, geht's dir… geht's dir gut?" *So ein Quatsch*, dachte Frida im selben Moment traurig, *geht's dir gut, was für eine scheiß dumme Frage, schau sie doch an…*

Falka hob den Kopf wieder und begann, zu Fridas Bestürzung, haltlos zu kichern.

„Es geht mir gut, sehr gut", sagte sie und lachte. Es schwoll immer mehr an und wurde schließlich schrill und hemmungslos.

„Aber…" Entsetzt griff Frida nach der Hand des Mädchens, das in einem seidenen Handschuh steckte. Panisch überlegte sie, ob Falka verrückt geworden war in ihrer Trauer um David. „Bist du nicht… hast du keine Angst wegen David?"

„David?", fragte das Mädchen scharf und schüttelte Fridas Hand ab. Plötzlich sah sie verschlagen aus. „Was soll sein mit David?"

Gut, dachte Frida, *ganz ruhig, was ist hier los? Das kann nicht wahr sein. Irgendwas stimmte hier ganz und gar nicht.* Sie starrte Falka an, deren Augenlider zuckten und die böse zurück starrte. Irgendetwas war absolut nicht in Ordnung. Was war mit Falka passiert? Sie betrachtete die verlaufene, fleckige Schminke des Mädchens, die dünnen, blassen Arme, die wie ein Schraubstock um ihre Handtasche geklammert waren. Die übergroßen schwarzen Pupillen. Mit der Wucht eines Schlaghammers kam Frida ein Verdacht, der so schrecklich war, dass sie zu zittern begann.

„Gib deine Tasche her", forderte sie ruppig.

Das Mädchen drückte sie fester an sich. „Nein", fauchte sie.

„Falka, gib sofort her, sofort."

„Nein", kreischte Falka. Blitzschnell packte Frida ihren Arm und drehte ihn um. Das Mädchen schrie auf vor Schreck und Schmerz und die Tasche glitt ihr aus der Hand. Frida packte sie und riss sie auf. Sie wühlte und fand eine kleine, runde Dose, auf die Blumen gemalt waren. Ihre Hände zitterten jetzt so stark, dass sie Mühe

hatte sie aufzubekommen. Und dann gelang es ihr. Darin war weißes, feines Pulver.

„Falka was ist das?", hörte sie sich fragen, mit hoher, schriller
Stimme. „Was ist das?"

Dabei hätte Frida nicht fragen müssen. Sie wusste was es war. Sie
wusste es.

Wie ein bockiges Kind schürzte Falka die Lippen und sagte gereizt: „Was willst du? Das ist Ga'ans Erde."

„Nein", sagte Frida, die ihre eigene Stimme hörte wie zerbrochenes Glas. „Falka, das ist *Splitterlauf*!"

Falka gab keine Antwort und betrachtete stur den Rücken der
Kommode.

„Au!", schrie sie, als Frida jäh das Ende ihres seidenen Handschuhs packte und ihn herunterriss. Frida keuchte wie unter
Schmerzen, als Falkas Fingerkuppen, blau schimmernd, darunter
hervorkamen.

„Seit wann nimmst du das?", blaffte Frida. „Wer hat dir das gegeben? Mach den Mund auf! Dogan, wer hat dir das gegeben?" Die
letzten Worte schrie sie in das Gesicht des Mädchens, packte sie an
den Schultern und schüttelte und zerrte. Für ein paar Sekunden erstarrte Falkas Ausdruck. Dann flackerte es darin und Frida sah, wie
die schützende Mauer der Droge in sich zusammenfiel.

„Frida!", schluchzte das Mädchen und schlang die Arme um ihren Hals wie ein verzweifelter Ertrinkender. Unter ihrem haltlosen
Weinen verstand Frida nur wenig von dem, was sie sagte. „Z… Zia
ist tot… und… und sie h-haben David verletzt… F… Frida ich habe
solche Angst, h-hilf mir…"

Fassungslos drückte Frida den Kopf des Mädchens an ihre Schulter. Splitterlauf. Jedes Kind in der Unterstadt hatte davon gehört,
wusste, wie man es erkannte und wie es wirkte. Jon hatte ihr

monatelang damit in den Ohren gelegen. Sie konnte sich gut erinnern: „Es ist egal, was du anstellst. Und wenn du Leute beklaust oder dich prügelst oder Häuser niederbrennst. Du bleibst immer meine Tochter. Wenn du aber jemals Splitterlauf nimmst, dann kenn' ich dich nicht mehr."

„Wieso?", hatte Frida wissen wollen. Und Jon hatte gesagt: „Weil deine Seele dann weg ist und ein hässlicher Dämon in deinen Mund reinkriecht und dich von Innen auffrisst. Wenn dir jemand Splitterlauf geben will, dann spuck ihm ins Gesicht und lauf so schnell du kannst davon."

Jemand berührte sachte Fridas Rücken und sie fuhr erschrocken zusammen. Eine Frau stand hinter ihnen. Ein schwarzer Spitzenschleier hing ihr über das Gesicht.

„Da bist du ja, Falka", sagte sie ausdruckslos. „Nun reiß dich aber zusammen. Fräulein, Sie können wieder gehen."

„Wer sind sie?", fragte Frida bissig.

„Marciella von Bahlow", antwortete sie kühl. Sie richtete das Wort an die schluchzende Falka. „Großmama wollte wissen, wo du bist. Was sitzt du hier rum. Steh auf."

„Sie…" Frida unterbrach die bösen Worte, die ihr auf der Zunge lagen. Die Frau sprach langsam, monoton und die Augen hinter dem Schleier waren leer, kein Leben war darin. Sie sah krank aus. Frida schob Falka weg und stand auf, bebend vor Wut.

„Wo ist Lyssa von Bahlow?", fragte sie die Frau. „Wo ist Ihre Mutter?"

„Oben", gab Marciella gelangweilt zur Antwort. Frida drückte das kleine Döschen, das sie immer noch in der Hand hielt, mit ihren Fingern zusammen.

„Sie können jetzt gehen, Fräulein." Marciella beugte sich zu ihrer Tochter, ohne Frida weiter zu beachten. Frida rannte davon. Alles drehte sich, die Wände schienen näher zu rücken. Sie rannte die Treppen hinauf. Zurück in den Gang, von wo sie gekommen war. Ein Bediensteter ging an ihr vorbei. Sie packte ihn am Ärmel. Das Tablett in seiner Hand wackelte gefährlich.

„Wo ist Lyssa von Bahlow?"

„In… in ihrer Loge, Nummer Acht", sagte der Mann verdutzt.

Frida stürmte an ihm vorbei. Nummer Acht. Sie hastete den Gang entlang. Die Oberstädter blickten ihr überrascht nach und Frida sah Handschuhe, Handschuhe überall. Lichtblitze tanzten vor ihren Augen. Nummer Acht. Da. Sie riss den Vorhang beiseite. Es war dunkel, sie hörte die Musik des Orchesters von der Bühne. Sessel standen in der Loge. Drei alte Frauen saßen dort, den Blick hinunter gerichtet. Eine von ihnen, eine steife, weißhaarige Frau sah auf, als sie Frida bemerkte.

„Sind Sie Lyssa von Bahlow?"

„Die bin ich", sagte die Frau unfreundlich. „Und mit wem habe ich die Ehre?"

„Ich will mit Ihnen sprechen. Sofort."

Kühl musterte Lyssa von Bahlow Frida. Nach einer Pause sagte sie ablehnend: „Sie werden verstehen, dass das ein ungünstiger Augenblick ist. Wir können später…"

„Nein!", brach es aus Frida hervor. „Jetzt."

„So eine Unverschämtheit!", rief eine der anderen Frauen und zückte ein Monokel. Frida sah sie nicht an.

„Und um was soll es gehen?", fragte Lyssa von Bahlow gereizt.

„Um Falka."

Lyssa von Bahlow zögerte nur wenige Sekunden. Sie stand auf.

„Lyssa, soll ich…", begann die dritte Frau.

„Alles in Ordnung", sagte die von Bahlow und ging an Frida vorbei zum Vorhang. Sie war genauso groß, wenn nicht größer als Frida.

Frida folgte ihr nach draußen. Ohne lange zu überlegen steuerte Lyssa von Bahlow eine der Logen an, die von der Bühne wegführten. Sie ergriff die Klinke.

„Ich hoffe, dass diese hier frei ist. Ich will keine unangenehme Überraschung erleben."

Frida gab keine Antwort. Sie hatte die Fäuste geballt und biss so fest die Zähne aufeinander, dass ihr Kiefer schmerzte. Sie brauchte ihre ganze Kraft um sich unter Kontrolle zur halten.

Lyssa von Bahlow öffnete die Tür zu einem kleinen, verlassenen Raum und ging hinein. Frida folgte ihr und als die Tür ins Schloss fiel, lehnte sie sich mit dem Rücken dagegen und atmete langsam und gequält aus.

„Und?", fragte Lyssa von Bahlow.

Frida starrte auf die Frau, die den Befehl gegeben hatte, David Rothaar zu töten. Die Frau, die Schuld hatte, dass Jon verschleppt wurde. Sie stand dieser Hexe gegenüber, die es zugelassen hatte, dass Falka nun zerstört war. Schweigend betrachtete sie den silbernen Schmuck an ihren Fingern, an ihrem Hals, die glitzernden, teuren Perlen auf ihrem dunkelgrünen Kleid, die weißen, kunstvoll frisierten Haare, das faltige, selbstgerechte Gesicht. Hass strömte durch jede Ader ihres Körpers, sie hätte diese Frau schlagen mögen, ihr Gesicht zerkratzen, egal, ihr einfach Schmerzen zufügen. Frida dachte nicht an Angst.

„Was wollen Sie denn nun? Was ist los?", wiederholte die von Bahlow streng.

„Was los ist?", echote Frida gedehnt. „Sie wollen wissen, was los ist? Das ist los!"

Bei den letzten Worten hatte Frida die kleine Blümchendose gepackt und von sich weggeschleudert. Sie fiel scheppernd auf den Boden, der Deckel löste sich und das weiße Pulver verstreute sich auf dem Boden, vor den Füßen der von Bahlow.

„Was soll das sein?", fragte Lyssa von Bahlow erschreckt.

„Das habe ich gerade aus der Tasche ihrer Enkelin gezogen. Sie wissen nicht, was das ist? Natürlich wissen Sie das nicht, ganz sicher nicht, nein! Dann denken Sie mal scharf nach. Es war eine Zeitlang sehr beliebt in Litho, Ga'ans Erde sagen sie", ätzte Frida.

Lyssa von Bahlow blickte verwirrt auf das Pulver, auf Frida, dann wieder auf das Pulver.

„Heiliger Dogan, große Mutter Yetunde", sagte sie plötzlich und griff sich ans Herz.

„Na, haben Sie's begriffen? Oder spielen Sie mir ein lustiges Spielchen vor?", zischte Frida.

„Wollen Sie mir sagen… meinen Sie, dass meine Enkelin Falka… *Splitterlauf* nimmt? Oh Yetunde, wo soll sie das herhaben?", keuchte die von Bahlow und suchte verzweifelt eine Stütze. Sie fand einen Tisch.

„Ja, wo könnte sie das nur herhaben, Frau von Bahlow? Das frag' ich mich auch."

„Wie… wie reden Sie denn… was soll denn das? Wer sind Sie?"

„ODER HABEN SIE IHR DAS VIELLEICHT GEGEBEN, DAMIT SIE DAVID VERGISST UND EINE BRAVE HEXE WIRD?", schrie Frida, völlig außer sich und trat ein paar Schritte vor.

Rums. Die Tür zu dem kleinen Zimmer flog auf und krachte gegen die Wand. Samuel erschien im Türrahmen mit weißem Gesicht, rote Weinflecken auf seinem weißen Anzug.

„Kristine!", rief er, Panik und Wut im flackernden Blick. „Wir gehen jetzt."

Er sprang vor, packte Frida und zerrte sie gewaltsam aus dem Zimmer. Frida warf der alten von Bahlow einen letzten, hasserfüllten Blick zu, die stumm, bleich und mitgenommen an dem Tisch lehnte.

„Was habe ich dir gesagt? Wie konntest du das nur tun?"

Aufgelöst versuchte Eleonora Bonadimani, Frida in das wartende Automobil zu ziehen. „Halt dich von dieser Frau fern, habe ich dir gesagt! Willst du uns in Schwierigkeiten bringen? Was ist, wenn sie dich erkannt hat? Hast du ihr deinen Namen gesagt?"

„Natürlich nicht!", wehrte sich Frida. „Halten Sie mich für total bescheuert?"

Einige der Varietégäste, die mit aus dem Theater gekommen waren, drehten sich zu ihnen um. Samuel stellte sich vor Frida und verdeckte ihnen die Sicht.

„Wieso hast du das gemacht?", fragte Eleonora etwas leiser.

„Wegen Falka!", schrie Frida. „Sie haben sie nicht gesehen, Dogan noch mal, sie nimmt Splitterlauf! Und ganz bestimmt nicht nur sie!"

„Sei still!", zischte die Bonadimani, stieß Frida in die offene Automobiltür, knallte sie zu und stieg selbst auf der anderen Seite ein.

„Ist Ihnen das eigentlich egal? Verdammt, das ist Splitterlauf! Wissen Sie überhaupt, was das ist?"

„Natürlich weiß ich, was das ist!", stöhnte die Bonadimani, kramte eine Zigarette und eine Packung Streichhölzer aus ihrer Handtasche. Frida sah ihr einige Augenblicke schweigend dabei zu.

„Sie haben das gewusst, oder?", sagte sie langsam.

Eleonora gab keine Antwort. Sie nahm ein Streichholz und bemühte sich, es anzuzünden, doch sie drückte so fest auf das Holz, dass es brach.

„Sie haben's gewusst", wiederholte Frida, halb ungläubig, halb erzürnt. „Das ist…"

„Jetzt hör mir bitte zu. Wenigstens jetzt!" Zum ersten Mal sah Frida, wie Eleonora Bonadimani die Beherrschung verlor. „Hast du eine Ahnung was es heißt, gegen den Tempelherrn zu arbeiten? Was es bedeutet sich einzumischen, wenn Lyssa von Bahlow Pläne schmiedet? Du hast nicht den geringsten Schimmer, wie nah ich am Abgrund stehe. Ja, ich habe von Splitterlauf gewusst aber es waren nur Gerüchte, keine konkreten Beweise. Und es bedeutet auch nicht viel."

„Was soll, das heißen, es bedeutet nicht…?", brauste Frida auf, doch die Bonadimani schnitt ihr das Wort ab.

„Es sagt uns nur, dass der Tempelherr sich noch mehr ausgedacht hat als ein paar Attentäter durch die Oberstadt zu schicken, um Panik zu verbreiten. Splitterlauf macht ängstlich, es fördert Halluzinationen. Es ist perfekt, um die richtigen Leute gefügig zu machen."

„Aber Falka wird sterben! Das kann Ihnen nicht egal sein! Wir hätten sie wegbringen müssen, weg von der Hexe!", schrie Frida.

„Und wie stellst du dir das vor? Dass keiner was davon mitbekommt und Lyssa von Bahlow Däumchen dreht?", fauchte Eleonora zurück.

„Sie haben nur Angst, dass Sie nicht mehr die Nachfolgerin von Zia Sternberg werden, wenn Sie was Falsches machen. Falka ist Ihnen egal", sagte Frida gehässig und bereute es im gleichen Moment. Sie war zu weit gegangen und wenn Sie Eleonora Bonadimani verlieren würde, hätte sie niemanden mehr auf ihrer Seite. Ihre Schläfen pochten heftig.

Die Bonadimani sah aus als hätte Frida sie geohrfeigt. Endlich sagte sie: „Wer hat dir denn das erzählt?"

Fridas Blick zu Samuel war nur flüchtig gewesen aber die Bonadimani begriff. Sie presste die Lippen aufeinander und Samuel, der sie über den Rückspiegel beobachtet hatte, schaute schnell aus dem Fenster.

„Sage mir nur Frida…", flüsterte Eleonora. „Was soll ich mit so einem Posten, wenn die Stadt sowieso von den Nordländern eingenommen wird und ich wahrscheinlich vorher noch umgebracht werde?"

Peinlich berührt schwieg Frida. Sie fühlte, wie ihre Kopfschmerzen zurückkamen und die Übelkeit ihren Hals hinaufkroch.

„Du bist genauso impulsiv und kurzsichtig wie Jon", sagte Eleonora verbittert. „Ich will dir helfen und ich will das Schlimmste in Litho verhindern. Aber wir haben den denkbar listigsten Feind, den man sich vorstellen kann. Es kann nicht immer alles gerade heraus gehen. Wir dürfen keine Aufmerksamkeit auf uns ziehen."

Geknickt presste Frida wieder ihre glühende Stirn an die Scheibe. Es war wirklich dumm gewesen, Lyssa von Bahlow so eine Szene zu machen. Natürlich würde die Hexe nun alles daransetzen, herauszufinden, wer Frida war. Sie hätte die Sache kaum mehr vermasseln können. Aber bei Splitterlauf waren ihre Nerven durchgebrannt. Frida war erleichtert, dass Eleonora Bonadimani immer noch „wir" sagte. Es musste bedeuten, dass sie Frida, so kurzsichtig sie sich auch verhalten mochte, noch nicht aufgegeben hatte. Und das machte ihr Mut.

Kabale

Der Fußweg von Kipkadi nach Litho war kurz. Er führte an einem kleinen, an den Feldweg geduckten Wäldchen vorbei und über ein offenes Feld mit tiefen Furchen vom Ackerpflug. Keine Menschenseele, kein Tier, kein Wesen war zu sehen. Sie mieden die breite Wagenstraße. Es war Nacht und Vollmond, eine tiefstehende und übergroße Münze am Sternenhimmel. Sein Licht war so stark und hell, dass sich weiche Silhouetten ihrer eigenen Gestalt unter ihren Füßen abzeichneten: Mondschatten. Das letzte Mal hatte Aki so etwas zuhause gesehen. Zuhause, vor langer, langer Zeit…

In den letzten Tagen hatte Aki kaum mehr an Jordengard gedacht. Jetzt trat alles wieder deutlich in sein Bewusstsein. Der alten Dujak, der gute Kerl. Mit viel Glück wusste er von nichts. Aber sicherlich waren die Soldaten in die Dörfer um den Truwenwald gegangen. Sie wussten genau, wer er und Raik waren und das war Beweist genug. Er dachte an die Enttäuschung im Gesicht des alten Dujaks, einen Ausdruck, den er mehr als alles fürchtete. Ein Loch tat sich in seinem Bauch auf, das kalt und beißend alles in sich hineinzuziehen schien. Was hatten die Soldaten mit ihm gemacht? Hatten sie ihn in Ruhe gelassen oder…? Nein, er durfte nicht darüber nachdenken, nicht jetzt oder er würde den Verstand verlieren. Nicht jetzt, nicht jetzt, später, wenn Zeit war, wenn Ruhe war. Wenn es sowas jemals wieder für ihn geben würde.

Esra warf ihm einen scharfen Blick aus den Augenwinkeln zu. Seit Kipkadi hatten alle drei kein Wort gesprochen. Sie rannten keuchenden Atems den Weg nach Litho, angespannt, auf dem Weg zu Andelin. Sie starrten in die helle Nacht hinein.

Angestrengt lenkte Aki seine Gedanken fort. Weit kam er nicht. Jordengard zeichnete sich unerbittlich ein Bild in seinem Kopf, als ob eine unsichtbare Hand den Pinsel führen würde. Die kleinen Häuser, der Wald – *mein Gott der Wald!* – und dieser Geruch nach schwerer Erde und nassem Laub. Die weiten Felder, in denen die Sonne ihr Abendlicht wie ein Seidentuch über ein Meer aus langhaarigen Halmen legte und die Wölfe in der Nacht furchtlos und herrisch bis an die Dorfgrenze kamen. Wege in der Ferne, Wege, die er nie gegangen war aber er kannte sie. Er konnte sie sehen, wenn er am Feldrand stand. Die Wege der Meister. Er folgte ihnen nicht, denn es war einfach schön, dass es sie gab. Sie konnten überall hinführen solange er nichts anderes wusste. Ein Wegemeistersteig aus verwittertem Holz und wenn er versuchte, hinaufzuklettern, so riss er sich Splitter in die Handflächen. Es machte nichts, es war egal, denn es war Jordengard, es war Zuhause, es war gut und sonst nur… Ruhe. Und die Gedenksteine seiner Eltern.

Nein, das waren auch keine guten Gedanken, weil die Sehnsucht wie scharfe Säure in der Kehle und in den Augen brannte und ein Kieselstein in der Kehle steckte. Er musste sich auf das besinnen was jetzt wichtig war. Und so dachte er an Raik, von dem er genauso wenig wusste, was mit ihm geschehen war, ob es ihm gut ging und welche Aufgabe der Plan des Tempelherrn für ihn bereithielt. Auch an Raik mochte er nicht denken und er wünschte, es hätte einfach nichts zum Denken gegeben.

„Esra."

„Was?"

„In Kipkadi", stieß er hervor. „Als ich geflohen bin. Jemand hat mir geholfen. Eine Frau. Sie war…" Ihm fehlten die richtigen Worte. „Nicht normal. Sie hatte einen roten Schleier. Kurze Haare, mit Flecken. Sie hat wirres Zeug geredet. Von einer Tochter und einem Fänger, der sich an seinen Namen erinnern muss. Wer ist sie?"

Es verstrichen viele erstickte Sekunden, bis Saleh schließlich überrascht sagte: „Du meinst die Handleserin. Sie ist nicht richtig im
Kopf, weißt du. Wie hat sie dir geholfen?"

„Hat mich versteckt", murmelte Aki. Saleh warf ihm einen ungläubigen Blick zu, doch nun schwieg er. Esra war stumm und stur
weitergelaufen, sie hatte sich nicht einmal umgewandt. Ihr Mondschatten tanzte vor Akis Füßen her, ihr langes Haar und ihr Schweigen dazu.

Überall Fragen, die keinen Sinn ergaben. Sinnlose Gedanken. *Sich
einfach ein Loch in die Stirn zu bohren und die Gedanken herausreißen,
das wäre gut*, dachte Aki. Oder an etwas Schönes denken. Wie
mochte es sein, an etwas Schönes zu denken? Er konnte sich nicht
erinnern.

Jetzt saß er in seiner Kammer, am Fenster. Und er sah hinaus. Auf
der anderen Seite brannte Licht. Es war das Mädchen, das dunkle
Mädchen, das wie er war. Sie war allein, sie weinte, er sah ihre
schwarzen Locken vor das Gesicht fallen. Er wollte sie trösten aber
wie? Sie war weit weg. Wer war sie und war sie noch immer da, wo
er sie zurückgelassen hatte, in dieser Wohnung? Er sah ihr zu und
spürte, dass endlich, endlich alles ruhig wurde.

Sie liefen die Straße entlang. Da. Die ewigalten Mauern von Litho
erhoben sich in den nun wolkenzerfetzten Himmel. Er sah die Fahnen stumm wehen.

Von der Sekunde an als Frida, Samuel und Eleonora Bonadimani
zum Haus der Tänzerin zurückgekehrt waren, wusste Frida, dass
der Widerstand endlich in Gang gekommen war. Eleonora hatte
leise mit Samuel gesprochen und ihn gebeten, jemanden her zu
bringen. Frida fragte nicht nach, um die Bonadimani nicht weiter zu
reizen nach der Aktion im Varieté. Sie beschloss, zuerst nach Wolf

zu sehen. Der kleine Hund wartete in ihrem Gästezimmer. Er sprang wild umher und war unruhig, als fühlte er, dass Aufregung in das Haus gekommen war. Frida ließ sich wieder auf das Bett fallen, genau wie am Morgen. Sie versuchte, Wolf zu besänftigen. Frida dachte an ihren Vater, an Jon. Sie waren kein Stück weitergekommen. Er mochte in einem Verlies bei den Stadtwächtern sitzen und sich fragen, was Frida angestellt hatte. *Ich hol dich raus, Jon,* dachte Frida, bei Dogan, *ich schwöre, ich hol dich da raus. Es ist alles meine Schuld.* Was war jetzt mit Falka geschehen? Bestimmt hatten die von Bahlows sie nach Hause gebracht. Frida bezweifelte, dass sich Falka erinnern konnte, dass sie in dem Varieté Frida gesehen hatte. Und wenn sie sich doch erinnern konnte, würde Falka ihrer Großmutter die Wahrheit sagen? Vielleicht glaubten sie ihr auch nicht. Jemanden, der Splitterlauf nahm konnte man gar nichts mehr glauben. Lyssa von Bahlow hatte selbst gehört als Samuel in das Zimmer kam, dass er sie Kristine genannt hatte. Reichte es aus, um Lyssa von Bahlow zu täuschen, angeblich die letzte Hexe, die in Litho übriggeblieben war? Sie hatte gar nicht wie eine Hexe ausgesehen. Eher wie eine alte, herrische, reiche Frau, die sich für den Mittelpunkt der Welt hielt. Würde die Hexe dem Tempelherrn von dem Vorfall im Varieté berichten? Würde sie ihm sagen, dass eine junge Frau herausgefunden hatte, dass sie Falka Splitterlauf verabreichten? Frida schauderte.

Wolf jagte in dem Zimmer umher, als hätte er einen unsichtbaren Verfolger. *Wie soll es denn jetzt weitergehen?* fragte sich Frida. *Was soll ich als nächstes tun?* Vielleicht plante die Bonadimani was. Ja, so hatte es ausgesehen. Eleonora würde etwas einfallen. Plötzlich blieb Wolf stehen und spitzte die Ohren. Frida setzte sich auf. Jemand kam die Treppe zu ihrem Zimmer hinauf. Die Schritte gingen an ihrer Tür vorbei, ein Stück weiter und verstummten. Ganz als sei die Person stehen geblieben und wartete. Schnell griff Frida nach der Klinke, als ein jäher Luftzug ihre Haare verwirbelte und Wolf wild zu Knurren begann. Wie in Zeitlupe drehte sie sich um. Die Vorhänge in ihrem Zimmer waren noch geschlossen. Wolf stand da, die Nackenhaare gesträubt, die Zähne gefletscht und knurrte tief und voller Angst eine leere Zimmerecke an, vor der das Ende eines Vorhangs flatterte. Auch Fridas Haare sträubten sich. Atmen war unmöglich geworden. Niemand war da und Wolf hatte Angst, panische Angst vor… was? Sanft tanzte der Vorhang im Wind. *Das ist doch Unsinn*, dachte Frida, sprang vor Wolf und riss den Vorhang zur Seite. Sonnenlicht flutete herein. Eines der Fenster zum Garten hin war aufgesprungen. Sie drückte es zu und verriegelte es.

„Du Angsthund", sagte sie zu Wolf. „Was hast du denn gesehen? Hier war doch gar nix."

Sie drehte dem Hund den Rücken zu, ging wieder zu der Tür, öffnete sie und trat auf den Gang. Sie sah nach rechts und der Gang war leer. Sie sah nach links und der Gang war… halt. Ganz hinten, auf einem Stuhl saß ein Mann, der in einen langen Umhang gehüllt war. Er saß so aufrecht, dass es Frida vorkam, ein Seil ziehe seinen Hinterkopf nach oben. Mit beiden Händen umklammerte er ein dickes Buch. Oh ja, Frida wusste, was das für Einer war. Sie hatte schon viele von denen gesehen. Still wunderte sie sich, was Eleonora für einen Plan geschmiedet hatte. Sie schlenderte zu ihm hin.

„Hallo!", sagte sie.

Der Mann, das Kinn erhoben, sah sie würdevoll an. „Guten Tag, Fräulein."

„Und, was machen Sie hier?"

„Ich wurde zu einem Treffen mit Frau Bonadimani gebeten", antwortete er reserviert. Und dann setzte er hinzu, beinahe stolz: „Ich bin Falkenaut und ihr neuer Vertrauter."

„Aha", machte Frida. „Was ist denn mit ihrem alten Vertrauten passiert?"

Der Falkenaut verzog säuerlich das Gesicht. Er klappte beleidigt den Mund auf, doch bevor ein Ton herauskommen konnte, brach hinter ihnen Lärm aus. Wolf, der kleine Hund, kratzte wild jaulend und bellend gegen Fridas Zimmertür. Es polterte, als versuche er sich mit seinem Körper gegen das Holz zu werfen. Erschrocken rannte Frida zurück und riss die Tür auf. Wolf kam pfeilschnell herausgeschossen, stürmte mit eingezogenem Schwanz zwischen Fridas Beinen hindurch und jagte die Treppe hinunter.

„Oh zur Yetunde, was ist denn mit dir los?", rief Frida ihm hinterher. Bestimmt würde er etwas anstellen. Sie ignorierte den Falkenaut und folgte dem kleinen Hund nach unten.

Er stürmte in den ersten Stock und weiter ins Erdgeschoss. So schnell war Frida nicht. Sie beugte sich über das Geländer und sah ihn gerade noch in Richtung der Küchen abbiegen. Als sie selbst unten angekommen war, war von ihm jedoch keine Schwanzspitze mehr zu sehen. Frida ging zu der großen Hausküche und stieß im Türrahmen beinahe mit Dina, dem Hausmädchen der Bonadimani, zusammen. Dina trug einen großen Korb.

„Fräulein Kristine!", rief sie atemlos. „Sie haben mich aber jetzt erschreckt!"

„Hast du einen kleinen Hund vorbeirennen sehen?", fragte Frida und spitzte in die Küche hinein.

„Nein", sagte Dina verwirrt. „Hier ist keiner lang gekommen. Meinen Sie ihren kleinen, schmutzigen Wolf?"

„Ja, genau den", sagte Frida enttäuscht.

„Der war hier nicht. Gehen Sie besser wieder hoch oder die gnä' Frau wird böse." Sie verzerrte das Gesicht vor Schmerzen und stellte den Korb auf dem Boden ab. Mit einem lauten *Plong* schlug er auf.

„Was hast du denn da? Kann ich dir beim Tragen helfen?", fragte Frida.

„Ähm…", Dina riss die Augen auf. „Nein. Nein, wirklich. Ich muss nur schnell was aus dem Keller holen." Ihre Augen wanderten zu einer kleineren, lumpigen Tür unter dem Treppenabsatz.

„Ich kann dir kurz helfen, das ist echt kein Problem", sagte Frida freundlich und griff nach dem Korb.

„Ne!", rief Dina und riss den Korb vor Fridas Nase weg. „Ne, die gnä' Frau würd' das nicht gut finden, wenn das gnä' Fräulein die Arbeit für mich macht. Ne, ne. Gehen Sie mal schnell wieder hoch aber wirklich schnell."

Frida zuckte mit den Achseln und ließ Dina stehen. Wenn sie sich nicht helfen lassen wollte, auch gut. Aber wo war Wolf hin verschwunden? Sie hatte ihn in diese Richtung laufen sehen. Hatte sich verkrochen. Vielleicht kam er irgendwann von selbst wieder. Daher schnell zurück in ihr Zimmer. Frida stieg die Treppen wieder hoch. Im ersten Stock warf sie einen flüchtigen Blick in den Gang. Eine Tür stand offen und Stimmengewirr kam heraus. Samuel kam heraus auf den Gang. Er sah Frida und winkte sie zu sich. Zögerlich kam Frida näher. Er lächelte breit. Dann tat er etwas Seltsames. Er legte ihr eine Hand auf den Rücken, strich mit der anderen ihre schwarzen Locken aus dem Gesicht und küsste sie auf die Stirn. Frida sprang einen Meter rückwärts. Das Blut schoss ihr ins Gesicht.

„Hätt ich mir denken können. Frau Frida hält sich nicht dran, in ihrem Zimmer zu bleiben", sagte er feixend.

„Was soll das?", zischte Frida überrumpelt. Samuel ging nicht darauf ein.

„Ich will dir ein paar Leute vorstellen", sagte er und deutete in die offene Tür. Frida folgte der Einladung, immer noch mit brennenden Wangen. Der Raum war eine Art Schreibzimmer. Fünf Männer, alles Südländer, saßen vor Tischen, die voll beladen waren. Auf einem Tisch lagen Messer, Sägen und Schusswaffen in allen Größenordnungen und dazwischen Papier, darunter ein Stadtplan von Litho. Die Männer hoben den Kopf, als Frida hereinkam.

„Freunde von mir", sagte Samuel leichthin. „Das ist Frida", sagte er zu ihnen. Die Männer grinsten schief und nickten. Einer von ihnen stand auf. Ein großer Südländer, der einen Flickenmantel aus struppigem grauem und braunem Fell über einem Hemd trug. Seine stieren, aufgerissenen Augen traten aus den Höhlen hervor, als wären sie künstlich eingesetzt worden. „Das ist Jaru", sagte Samuel fröhlich. „Wir nennen ihn auch… den Sammler."

„So nenne ich mich nicht, Samuel", erwiderte Jaru leise, dessen Stimme Frida mit Schrecken an den fahrenden Unterstadt-Zahnarzt erinnerte, immer wenn er sagte *Das könnte jetzt n' bisschen unangenehm werden*. Mit einer leichten Verbeugung vor Frida sagte er: „Die rote Arbeit ist mein Kunsthandwerk, hohes Fräulein."

Die Männer brachen in johlendes Lachen aus. Frida runzelte die Stirn. Vor ihr saß ein Mann, der still und völlig unbeeindruckt damit beschäftigt war, an einem Brief zu schreiben. Samuel sah sie wieder an. „Und das ist Giacomo. Der beste Handschriftenfälscher, den ich jemals treffen durfte."

Wieder brüllten die Männer vor Lachen. Unangenehm berührt wich Frida zurück. Sie wusste nicht, was es war aber sie mochte diese Leute nicht. Sie starrten Frida an wie ein Tier im Käfig. Und sie fragte sich, warum Samuel ihnen ihren echten Namen genannt hatte.

„Und was macht ihr da?", fragte Frida misstrauisch.

„Es muss endlich was geschehen, Frau Frida. Dafür sind wir zuständig. Frau Bonadimani hat Pläne mit uns", sagte er ruhig.

Frida dachte an die Waffen, die auf einem Tisch lagen. Nein, ihr gefiel das gar nicht. Sie konnte aber nicht sagen, wieso.

„Hm. Gut, ich… wollte Frau Bonadimani suchen", sagte Frida. Nichts hielt sie mehr in diesem Raum.

„Auf Wiedersehen, Fräulein Frida", sagte der große Jaru leise. Seine Augen ließen keine Sekunde von ihr ab.

Frida suchte Samuels Blick aber er starrte an einen unsichtbaren Punkt an der Wand und lächelte immer noch. Stumm glitt sie auf den Gang zurück und lief zur Treppe. Sie hörte, dass Samuel hinter ihr etwas sagte und die Männer lachten wieder auf. Frida wollte nichts mehr davon wissen. Mit dem vagen Gefühl, Eleonora Bonadimani zu suchen und nach diesen unsympathischen Männern zu fragen, schlich Frida die Treppe hinauf. Doch wieder wurde sie davon abgehalten. Ein lautes Fiepen dröhnte vom Erdgeschoss herauf. Unten stand der kleine Wolf, er hatte Frida gesehen und wedelte traurig mit dem Schwanz.

„Was ist nur los mit dir?", murmelte sie unglücklich und wusste einen Augenblick lang nicht, ob sie damit Wolf oder sich selbst gemeint hatte. Sie ging zu ihm hinunter und hob ihn hoch. Er bebte vor Angst, so, wie sie ihn gefunden hatte, vor ein paar Tagen am Ufer des Aphels.

„Musst du mal raus?", fragte sie ihn leise. Wolf festhaltend lief sie zu der großen Eingangstür. Sie war verschlossen. Ärgerlich zischelte Frida. Da niemand im Erdgeschoss zu sehen war, auch Dina nicht, schlich sie sich in die Küche. Sie wusste, dass es dort große Fenster zum Garten gab. Sicherlich würde niemand etwas dagegen haben, wenn sie Wolf dort kurz spazieren führte. Und selbst wenn, Frida ließe sich ohnehin nicht aufhalten. Sie ging zum Fenster.

Esra, Saleh und Aki hatten das Tor passiert. Sie gingen an der Mauer entlang, denselben Weg, den Aki noch diesen Morgen mit Esra genommen hatte. Vorbei an der Fahnan-Mauer. Aki konnte die eingeritzten Schriftzeichen im Mondlicht sehen. Alles schien weit weg zu sein. Es war nicht er, der dort durch die Dunkelheit ging. Es war, als schwebte er über seinem Körper und er träumte. Er fühlte die Kühle nicht, den sanften Luftzug, der seinen verletzten Arm hinauf strich. Litho schien wie ausgestorben. Die Zeit dehnte sich. Esra neben ihm murmelte leise etwas vor sich hin. Ein heller Fleck an der Mauer Fahnan. Aki sah ihn und sah ihn nicht. Er bewegte sich. Esra schrie leise auf vor Schreck. Ein Junge trat von der Mauer weg und kam auf sie zu. Saleh packte Esra und schob sie ein Stück zurück. Verwundert blieb Aki stehen. Einen Meter vor ihnen verharrte auch der Junge. Er sah nicht bedrohlich aus. Sein Gesicht leuchtete weiß, seine Haare waren hellblond, er war dünn. Ein leichter Flaum um seine Lippen verriet, dass er nicht so jung war wie er zuerst gedacht hatte.

„Esra?", fragte er mit belegter Stimme.

„Die bin ich", flüsterte Esra. „Wer bist du?"

„Leo", sagte er.

„Und was willst du von mir, Leo?"

„Andelin schickt mich. Es ist wichtig. Er hat eine Botschaft für dich."

„Andelin?" Esra schien verunsichert. „Wie lautet sie?"

„Triff mich im Raum des Schweigens. So schnell du kannst. Ich weiß, was passiert ist", wiederholte der Jugendliche teilnahmslos. Esra und Saleh tauschten erstaunte Blicke aus.

„Wie kann er das so schnell wissen?", fragte Saleh zweifelnd.

„Was weiß ich. Aber ich trau's ihm zu", sagte Esra. „Was sollen wir tun? Gehen wir zum Raum des Schweigens? Aki, was denkst du?" Sie drehte sich zu ihm um.

„Was ich denke?", fragte Aki befangen. „Wieso ich?"

Ungeduldig zog Esra ihn ein Stück zur Seite. „Weil du derjenige von uns bist, der Sohn eines Wegemeisters ist. Und das heißt, dass deine Entscheidungen die sind, die zählen. Stell dich gefälligst nicht so an", hauchte sie an sein Ohr.

Aki schnitt eine Grimasse.

„Los, sag mir, was du denkst", drängte sie.

Saleh und der Jugendliche, der Leo hieß, standen wenige Schritte entfernt. Saleh fühlte sich offenbar nicht wohl, er beobachtete Aki lauernd. Leo jedoch starrte unbewegt ins Leere.

Ich denke, dass mit Leo etwas nicht stimmt. Ich denke, dass ich den Namen Leo schon einmal gehört habe. Ich weiß nicht, wo. Leo, Leo, Leo. Ich kenn das. Was hat diese verrückte Tänzerin in dem Zelt gesagt? Wirres Zeug. Was hat sie gesagt? Sie hatte was genommen, das ist doch klar. Denk nicht daran. Es ist meine Entscheidung, hat sie gesagt. Was noch? Die Tochter, hat sie gesagt. Welche Tochter? Und der Fänger, der seinen eigenen Namen vergessen hat. Nein, das ist alles falsch. Ich denke, dass Andelin diesen Jungen geschickt haben könnte. Und ich bin neugierig. Schau ihn dir an. Was ist das für einer?

„Hast du diesen Kerl schon mal gesehen, Esra?"

„Nein." Sie schien beunruhigt.

„Hat Andelin schon mal jemand Fremden zu dir geschickt mit einer Botschaft?"

Esra atmete ein wenig auf. „Ja. Das hat er schon öfter getan. Und es waren oft Kinder oder Jugendliche."

„Weißt du, was ich denke?"

Leo. Leo. Leo an Frida. Was? Nein, wie kommst du jetzt darauf? Welche Frida? Hör auf damit. Du musst dich konzentrieren. Warum kann Esra das nicht selbst entscheiden? Es ist ungerecht. Dieser blöde Pfad-Wahn. Ist das eine Scheiße! Ich muss Raik finden. Und ich glaube, wir müssen in den Raum des Schweigens… Wir müssen, das kann ich fühlen, ich weiß das. Ich weiß aber nicht, warum.

„Kommt mir so vor, dass mit diesem Kerl was nicht stimmt. Aber ich glaube, dass wir zum Raum des Schweigens gehen sollten. Wir müssen eben vorsichtig sein, oder?"

Esra nickte ruhig. „Deine Entscheidung, Aki. Gehen wir zum Raum des Schweigens."

Bevor Aki zweifeln oder widersprechen konnte, lief sie zu Saleh und sagte: „Wir gehen da hin."

Salehs dunkle, ruhige Augen streiften ihr Gesicht, nachdenklich und unergründlich. Nach ein paar Augenblicken sagte er, mit einem eigentümlichen Klang in der Stimme: „Wohin du willst, Esra. Ich folge dir wohin du willst."

Wortlos trabte der junge Leo voraus. Mit dem immer stärker werdenden Gefühl, dass keine einzige Entscheidung, die er gerade hätte treffen können, die Richtige gewesen wäre, folgte Aki ihm. Die Zeichnungen auf der Fahnan-Mauer grinsten ihm aus der Dunkelheit wie ein riesiges, bösartiges Gesicht entgegen. Über ihnen wehte die Fahne, die das Schwert und die besiegte Kreatur der Stadt Litho trug. Er wusste nicht genau, wieso aber es wühlte ihn auf, dass es plötzlich absolut windstill geworden war.

Fridas Füße berührten das Gras. Leise zog sie das Küchenfenster hinter sich zu. Später würde sie es einfach wieder aufdrücken. Wolf schnüffelte schon auf der Erde herum. Der Garten der Bonadimani sah aus, als hätte sie mindestens zwei Gärtner angestellt. Links ging es zur Straße hin, rechts hinter das Haus und direkt vor ihr lag eine hochgewachsene Hecke. Auf die ging Frida jetzt zu. Hinter einem dichten, blühenden Meer aus Rhododendron gab es eine kleine Lücke. Sie hob Wolf auf, steckte ihn hindurch und kletterte hinterher. Sie kam in dem Garten des Nachbarhauses heraus. Doch es sah aus als seien die Besitzer nicht da. Die Vorhänge waren zugezogen, obwohl es taghell war und das Gras war schon seit Wochen nicht mehr geschnitten worden. Frida ging zu der Rückseite des Hauses. Hier gab es nur eine niedrige Hecke und dahinter sah Frida einen schmalen Weg, der noch nicht bepflastert worden war. Er schien sich lange hinzuziehen, an den Rückseiten der Villen entlang und war von kleinen Apfelbäumen gesäumt. Vielleicht war es ein Zugangsweg für die Hausangestellten, abgelegen von den großen Straßen, die nur für die Kutschen und Automobile der Oberstädter zu existieren schienen. Er war perfekt für einen kleinen Spaziergang mit Wolf. Frida schwang sich mit dem kleinen Hund im Arm über die Hecke. Sie gingen einige Minuten, Frida hinter Wolf, der sich offenbar eilte, von dem Haus der Tänzerin wegzukommen. Bald müsste sie ihn wieder einfangen und zurücktragen, noch bevor Frau Bonadimani ihre Abwesenheit bemerkte. Frida hatte keine Lust, ihre einzige Verbündete weiter zu verärgern.

Dass Falka Splitterlauf nahm hatte Frida tief erschüttert. Dem elenden Tempelherrn und der alten Hexe Lyssa war es gelungen, die Droge in der Oberstadt zu verteilen. Wie hatten sie das gemacht? Was hatten sie den Leuten erzählt? Jeder kannte die Geschichten, als Splitterlauf die Unterstadt beinahe ausgerottet hatte. Aber Falka… Falka, die vom Angriff auf David geschockt sein musste, die sich nicht wehren konnte oder wollte, als ihre eigene Großmutter ihr die Droge gegeben hatte, die ihr ein Märchen erzählt hatte, dass dies Ga'ans Erde sei und ihren Schmerz lindern würde… Diese widerliche, verschlagene Drude, die den Angriff auf David selbst befohlen hatte! Was hatte sie für ein wunderbares Schauspiel abgeliefert, als Frida sie damit konfrontierte. Wegen ihr hatten sie Jon verschleppt, wegen ihr hielten sie Frida für eine Verbrecherin. Und der Tempelherr, der alles daransetzte, Litho den Nordländern auszuliefern. Dem kein Mittel dafür zu schade war. Keines! Nicht einmal die Tatsache, dass er mit einer Hexe zusammenarbeiten musste. Einer echten Hexe. Das war der eine Punkt, den Frida immer noch nicht begreifen konnte, der einfach keinen Sinn ergab, egal wie man es drehte und wendete. Der Tempelherr jagte Ketzer, er war ein großer Anhänger des Ga'an. Warum tat er sich mit der vollkommensten Ketzerin zusammen, die es in Litho geben musste? Es war unsinnig, Wahnsinn. Vielleicht hatte er ja vor, Lyssa von Bahlow loszuwerden, sobald das Nordland in Litho herrschte. Doch das würde nicht einfach werden. Konnte man eine Hexe täuschen? Frida wusste es nicht. Angst stach ihr in der Brust. Hatte sie selbst Lyssa täuschen können oder ahnte sie, wer das Mädchen war, das im Varieté mit ihr gesprochen hatte? Hatte Falka ihr gesagt, dass Frida Iringa im Varieté gewesen war?

Ich habe nicht nachgedacht… mal wieder nicht nachgedacht. Dabei hätte ich das tun müssen. Hast du vergessen, Frida? Ursache und Wirkung. Was hast du jetzt nur für eine Wirkung heraufbeschworen?

Geistesabwesend schlenderte Frida den Weg entlang. Die Häuser standen nun immer dichter beieinander und ab und an konnte sie Stimmen aus den kleiner werdenden Gärten hören. Sie schien sich dem Kern der Oberstadt anzunähern. Sie kam an einem Garten vorbei, in denen fünf oder sechs kleine Mädchen Seilspringen spielten. Sie lachten und tobten.

„FRIIIIIDAAA!"

Getroffen kam Frida zum Halt und starrte über den Zaun in den Garten. Doch die Kinder hatten nicht sie gemeint. Eines der Mädchen schien Frida zu heißen. Sie war vielleicht sieben Jahre alt, hatte flammendrotes Haar und ein dichtes Meer aus Sommersprossen überzog ihre nackten Schultern. Sie trat zu dem Seil und war an der Reihe, zu springen.

„Du musst den Reim weitermachen!", johlten die anderen und das Mädchen Frida begann laut im Takt des drehenden Seiles aufzusagen:

„Im Wald da wohnt die Hex-e und jeden Am'd um sechs-e, da schickt sie ihren Raben n'aus, der holt dann eine Flügelmaus, zum Kochen und zum Bra-ten, für die ganzen Ga-ben, an die dunkle Königin, die sitzt in einem Felsen drin und muss dort immer wa-rten. Und wenn sie nicht… *Lauf, die Finsternis verfolgt dich.*"

Zaff. Das Seil glitt im vollen Fluge aus den Händen der Mädchen und schlug der kleinen Frida an den Arm.

„Autsch!", heulte sie auf.

„Das war aber falsch!", sagte ein anderes Mädchen zornig.

„Ja, so ein Quatsch!", sagte ein Drittes.

„Das geht ganz anders. Du bist voll blöd, Frida!", murrte ein Viertes. „Anna soll weitermachen!"

Der kleinen Frida schossen Tränen in die Augen. Sie rieb sich den Arm und schlüpfte betrübt zur Seite, als das fünfte Mädchen wieder nach dem Seil griff. Und so ging das Spiel weiter.

Frida stand noch immer wie erstarrt vor der Hecke, ihre Finger fühlten sich taub an, die Haut ihres Rückens kribbelte. Sie hatte es schon wieder gefühlt, es war da, als ob jemand die Worte nahe an ihrem Ohr geflüstert hätte. Das war schon öfter passiert, oder nicht? Aber Frida glaubte nicht an solchen Unsinn. So leicht ließ sie sich nicht bang machen. Sie drehte sich um und nichts war da, gar nichts.

Nur der leere Weg und ein Apfelbaum, sonst nichts. Auch kein Wolf.

„Oh verflucht!", zischte Frida und konnte gerade noch sehen, wie der kleine Hund ein Stück weiter vorne von dem Weg abbog. Frida rannte ihm hinterher. Er durfte nicht abhauen, sie mussten zurück zu Frau Bonadimani. Es war schon viel zu viel Zeit vergangen, vielleicht hatten sie Fridas Verschwinden schon bemerkt. An der Stelle, wo Wolf sich in Luft aufgelöst hatte zweigte ein weiterer kleiner Fußweg ab und führte wieder auf die Hauptstraße. Viel mehr Oberstädter waren auf den Straßen. Die Häuser standen nun dicht an dicht. Dieses Viertel konnte nicht besonders weit vom Regierungsviertel sein. Wolf jagte über die Straße auf den Bürgersteig und Frida verlor ihn hinter einem geparkten Automobil aus den Augen. Sie setzte ihm nach und wurde beinahe von einer Kutsche erfasst, die gerade in diesem Augenblick in die Straße gefahren kam. Die Pferde scheuten. Mit pochendem Herzen sprang Frida auf den Bürgersteig. Wolf schien verschwunden. Sie stand vor einem hohen Stadthaus. Rechts hatte es einen Anbau, der tiefer lag als das Haus selbst. Eine kleine Abfahrt führte hinunter zu einem riesigen Tor aus dunklem Stahl. Ein schwarzes Schild mit goldenen Buchstaben war darauf angebracht. Frida las: *Vonnegut und Katzgetier, Spielwarenfabrik*. Wo war Wolf nur hingerannt? Da hörte sie ein Bellen, dann eine Stimme. Langsam ging Frida an dem Haus entlang und blieb abrupt stehen. Hinter dem zweiten geparkten Automobil stand ein Pferdewagen. Frida konnte den verschwitzten, gedrungenen Schimmel davor sehen wie er den Kopf zurückwarf. Oben auf dem Bock saß eine ältere Frau in bescheidener Reisekleidung und mit einem Kopftuch. Vor dem Wagen aber war...

„Wolf!", rief Frida leise. Der Hund beachtete sie nicht. Er kläffte und wedelte und sprang an den Beinen eines dunkelhäutigen

Jugendlichen hoch, der mit ungläubiger, kindlicher Freude den Hund zu fassen versuchte.

„Nein, das gibt's ja nicht, ich glaub es nicht!", schrie der junge Mann.

„Was ist denn los, Kazim?", fragte die alte Frau mit dünner Stimme von dem Wagen herunter.

„KRUMPMANN!", brüllte der Jugendliche. „Krumpmann, komm her und schau dir das an, das ist Dino! Das ist mein Dino! Dogan, wo kommst du denn her, Junge?"

Frida gefror das Blut in den Adern. Wolf, Dino, was sollte das? Da hörte sie ein durchdringendes, rhythmisches *Klonk*. Hinter dem Wagen kam ein alter, bärtiger Mann mit einer großen Reisetasche hervor, der hinkte und sich auf einen Stock stützte.

„Krumpmann, schau doch, schau her! Ich habe meinen Dino wieder! Dogan, das gibt's ja gar nicht!", heulte der junge Mann, während ihm Tränen der Freude über das Gesicht liefen.

„Erstaunlich", sagte der alte Mann mit tiefer, gebrochener Stimme. „Ja, ganz erstaunlich. Susedka, kommen Sie endlich von dem Wagen herunter, Litho wird Sie nicht fressen!"

Die Frau auf dem Wagen verzog den Mund und stand umständlich auf. „Ich weiß nicht, Herr Krumpmann. Was soll ich denn bloß hier? Ich wäre lieber in unserem Dorf geblieben. Was soll das? ", fragte sie vorwurfsvoll.

„Das werden Sie bald erfahren", brummte der alte Mann, der Krumpmann hieß.

„Ich bin ja so froh, dass Sie mich mitgenommen haben", schluchzte der junge Südländer. „Sonst hätt' ich meinen Dino nicht wiedergekriegt! Wie kommt er nur her? Litho ist doch so weit weg von unserm Dorf."

„Nun… das ist eine spannende Frage", knurrte Krumpmann. Er sah nun zum ersten Mal auf. Sein wachsamer Blick wanderte über die Straße, vorbei an den Automobilen und dann sah er Frida, die stocksteif auf dem Bürgersteig verharrte und nicht wusste was geschah, was sie tun sollte, was das alles zu bedeuten hatte. Der alte Mann hat eisige Augen und sein Blick war so durchdringend, so bedrohlich, dass Frida schwankte. Sie machte einen Schritt rückwärts.

„He da, Fräulein!", rief er plötzlich aus. „Herkommen!"

Oh nein, dachte Frida, *oh nein, bestimmt nicht*. Sie wusste nicht, weshalb, doch dieser alte Mann war ihr unheimlich. Er sah gefährlich aus mit seinem Gehstock, der einen silbernen Falkenkopf trug und die Feindseligkeit mit der er Frida betrachtete ließen sie nichts Gutes hoffen.

„He da, sind Sie taub?", schrie er. „Herkommen sag ich!"

Frida fuhr auf dem Absatz herum und rannte, als sei die Stadtwache hinter ihr her. Sie rannte über die Straße, zwischen die Häuser und zurück zu dem kleinen Weg mit den Apfelbäumen, rannte und rannte und rannte, bis das Stechen in ihrer Seite unerträglich wurde, bis sie keuchend und würgend anhalten musste, nach Luft schnappend und die Tränen ihren Blick vernebelten und ihre Kehle sich zuschnürte. Sie ahnte, nein, sie wusste, dass sie ihren kleinen Wolf für immer verloren hatte, aber sie begriff nicht, wieso.

Das Haus Liga lag im Dunkeln. Da es keine Fenster gab wusste Aki nicht, ob da drin noch jemand auf den Beinen war. Leo, der blasse Junge, klopfte an die massive Tür aus dunklem Holz und genau wie damals, als Aki mit Esra den Raum des Schweigens besucht hatte, öffnete sich beinahe sofort eine kleine Klappe. Aki sah wieder das Gitter und ein blassblaues Auge unter buschigen Augenbrauen.

„Väterchen", murmelte Leo. „Sie sind da."

Die Klappe wurde zugeschlagen. Aki hörte die tausend Schlösser der Türe klicken und rumpeln. Die Tür öffnete sich einen Spalt und Aki wurde von Esra mit Nachdruck hineingeschubst. Als der junge Leo, Esra, Aki und Saleh alle in dem dunklen Raum standen, schlug die Tür hinter ihnen zu und die zahlreichen Mechanismen zum Verschließen wurden in Gang gesetzt. Aki blickte sich um. Dort an der Wand war der Tresen, auf dem ein dickes Buch lag. Eine einzige der von der Decke baumelnden grünen Glaslampen war angezündet. Der pockennarbige Junge, der beim letzten Mal hinter dem Tresen gestanden hatte, war weg.

„Au Leo", sagte der große, glatzköpfige Mann, der sie hereingelassen hatte. „Au, au au. Hast sie gefunden, was?"

Leo antwortete nicht. Er sah den Mann nicht einmal an. Aki konnte es ihm nicht verdenken. Er tat sich auch schwer, diesem Mann in die Augen zu sehen, von denen eines rot unterlaufen war und nach oben schielte. Außerdem roch er heute nicht einfach nur nach Schnaps, er stank wie eine Eckkneipe. Mit angehaltenem Atem starrte Aki auf seine Füße. Väterchen oder wie auch immer dieser Mann heißen mochte, zog den großen Schlüsselbund aus seiner Tasche und sagte leise: „Raum vier müsst ihr hin."

Er ging zu der unauffälligen Tür an der Seite und schloss auf. Mit unruhigem Gefühl schlichen die anderen hinterher. Aki sah den schwach beleuchteten Gang, von dem etwa zwanzig Türen abzweigten, die mit silbernen Nummern versehen waren.

Väterchen ging zu Tür vier, steckte den Schlüsselbund in das Schloss und öffnete die dicke Bunkertüre. Sie quietschte und der Raum dahinter war pechschwarz. Ohne zu zögern stieg Leo hinein. Esra hingegen packte Aki am Arm und sah verzweifelt aus. Sie wechselte einen Blick mit Saleh, der die Stirn gerunzelt hatte und sich keinen Millimeter bewegte.

„Andelin!", rief Esra in den Raum hinein. „Bist du da drin?"

„Komm schon rein, Esra!", tönte die Stimme von Herrn Andelin zurück. Es klang ungeduldig aber sonst nicht verdächtig. Hilflos zuckte Esra mit den Schultern und tauchte in das Dunkel des Raumes, Saleh folgte ihr eilig. Väterchen gab Aki einen heftigen Stoß in den Rücken. Die Tür wurde zugeknallt und das übliche Klicken der Schlösser erklang. Aki konnte nicht einmal die Hand vor Augen sehen. Er hörte Esra neben sich atmen. Irgendetwas lief hier gewaltig schief.

„Andelin!", rief Saleh. „Was soll denn das? Warum machst du kein Licht?"

„Nun, du hast Recht. Ich wollte nur sichergehen, dass ihr auch wirklich hereinkommt", kam Andelins Antwort diffus einige Meter entfernt. „Erschreckt jetzt bitte nicht."

„Wa…?", machte Esra, doch das Wort blieb ihr in der Kehle stecken. Ein Streichholz wurde entzündet und erhellte das Gesicht von Andelin Novac. Das Licht tanzte glitzernd in den Gläsern seiner runden kleinen Lesebrille, das graue, schulterlange Haar war zerzaust. Aki sah jedoch noch mehr. Andelin war nicht allein. Er nahm eine Lampe, hielt das Streichholz hinein und entzündete den Docht. Mit einem Mal wurde es hell in dem Raum und Aki starrte fassungslos auf drei Falkenauten, die, in ihre Kutten gehüllt, neben Andelin standen und sich nicht rührten. Leo stand mit gesenktem Kopf in einer Ecke. Aki mochte es nicht zugeben aber er hatte geahnt, dass so etwas geschehen würde.

„Andelin, was soll das?", ächzte Saleh. Esra schien es die Sprache verschlagen zu haben. Sie sah entsetzt und kraftlos aus. Andelin wandte sich an Leo, der wie geschlagen dastand.

„Vielen Dank", sagte er. „Vor allem, dass du keine Dummheiten gemacht hast."

Leo erwiderte nichts, sondern hielt weiter den Kopf tief gesenkt. Die Gesichter der Falkenauten waren nicht zu erkennen.

„Du hast uns eine Falle gestellt", stieß Esra zermürbt hervor. „Aber wieso denn? Ich verstehe nicht…"

Andelin ließ seine gelben Zähne hervorblitzen. „Ich wollte euch möglichst vorbehaltlos erwischen. Ihr wärt sicher nicht gekommen, wenn ich euch gesagt hätte, warum."

„Und? Warum?", fauchte Esra mit ansteigender Wut und Enttäuschung in der Stimme.

Andelin machte eine kleine Verbeugung in seinem samtigen, südländischen Gewand. Einer der Falkenauten trat hervor. „Ich habe die unzweifelhafte Ehre, euch den Tempelherrn von Litho vorzustellen!"

Aki schnappte nach Luft. Esra stieß einen schrillen Schrei aus und Saleh ballte die Fäuste. „Du dreckiges Verräterschwein!", brüllte er Andelin entgegen.

„Nein, Andelin! Andelin!", schrie Esra.

Der Falkenaut zog die Kapuze von seinem Kopf. Esra, Aki und Saleh rückten dichter zusammen. „Ich grüße euch", sagte der Tempelherr von Litho mit unergründlicher Stimme. „Bitte, hört mich an. Ich habe euch einen Pakt vorzuschlagen."

Die Apfelbäume auf dem Weg waren eine Mauer des Schweigens. Kein Rascheln, kein Flügelschlag. Aus den Gärten der Reichen kam kein Laut. Alles, was Frida hörte, war ihr eigener rasender Atem. Ihre Hände, mit denen sie die Seite rieb, waren eiskalt. Der schmale Weg kam Frida vor wie ein Klischee von Idylle, Tarnung, um den Abgrund der Oberstadt nicht sehen zu müssen. Ein Weg, der nur für Diener war. Anders als die großen Straßen, in denen die Macht Wellen schlug. Frida stand still, sie fühlte sich schwach. Die Zeit verging seltsam schleppend, abgehackt. Ob es so kommen musste? Sie hatte Wolf gefunden, ja, doch sie hatte nicht daran gedacht, dass er vorher jemand anderem gehört haben mochte. Der Junge war außer sich vor Freude gewesen. Vielleicht hätte Frida mit ihm gesprochen, sich von Wolf verabschiedet, wenn da nicht der alte Mann mit dem Stock gewesen wäre. Durch das heftige Seitenstechen ausgebremst ging Frida langsamer weiter. Es war zu plötzlich passiert. Es war nicht mehr zu ändern. Die Wirkung war abgeschlossen. Sie hatte keine Zeit mehr zum Umkehren. Frida rieb sich den Schweiß von der Stirn. Kein Windhauch. Sie lief wieder schneller, denn das Gefühl, verfolgt zu werden, saß ihr im Nacken. Sie gelangte endlich an die Hecke des leerstehenden Hauses, dem neben dem Haus der Tänzerin. Sie wollte hinübersteigen, wie auf dem Hinweg. Doch Frida war fahrig, hektisch. Ihr langes Kleid blieb hängen. Kurz taumelte sie in der Luft, das Kleid riss mit einem Ruck, sie stolperte über den Saum, der plötzlich zu lang war und stürzte. Es gelang ihr, sich mit einem Arm abzustützen. Ein Stein ragte aus der Erde heraus und traf sie an der Schläfe. Die Hände an den Kopf gepresst krümmte Frida sich zusammen. Sie versuchte, sich aufzusetzen. Ihre Finger ertasteten eine Schwellung an der Schläfe. Kaum saß sie aufrecht, sagte das Blut in ihrem Kopf ab. Schwarze Punkte zogen sich wie der Vorhang am Ende einer Vorstellung vor ihren Augen zusammen, ein lautes, kratziges Summen wie das eines Grammophons schwoll in ihren Ohren an und sie klappte wehrlos zur Seite.

Müde, dachte Frida. *So müde. Kann nichts sehen. Sehen. Frida. Das bin ich. Die Finsternis verfolgt dich. Ich habe sie vor Augen, denn ich bin immer hinter dir. Finster, so finster. Wolf. Hör auf zu bellen, du Angsthund. Hier ist nichts. Fell, grau und struppig. Fellmantel. Das ist Jaru. Wir nennen ihn auch den Sammler. Nicht sammeln, falsch. Rote Arbeit. Jagen. Hexen jagen. Es wird immer schlimmer mit den Falkenauten. Ein*

elender Ketzer, das ist er. Mit einer Hexe hat er sich zusammengetan.
Frida, du bist eine Ketzerin und zwar eine hochgradige! Wo steht deine
Schreibmaschine? Im Schrank, das Mädchen mit der Falkenmaske ist in
den Schrank gestiegen und nicht mehr herausgekommen. Jon, Nachricht,
Zettel. Das ist Giacomo, der Fälscher. Au, mein Kopf! Wo bin ich?

Blinzelnd öffnete Frida die Augen. Sie lag in dem hohen, unge-
mähten Gras des verlassenen Gartens. Ein heftiger Schmerz pochte
durch ihre Schläfe. Für wenige Augenblicke war sie ohnmächtig gewesen. Vorsichtig rappelte Frida sich auf. Diesmal sackte sie nicht
zusammen. Sie zitterte. Neben ihr lag der Stein, auf den sie gefallen
war. Frida nahm ihn in die Hand und schleuderte ihn wütend weg.
Er flog nur einen Meter. Frida fühlte sich, als wäre sie aus einem
Traum gerissen worden. Woran hatte sie gerade gedacht? Es war
wichtig gewesen. Die Gedanken liefen vor ihr davon und je mehr
sie ihnen nachsetzte, desto schneller liefen sie. Probeweise stand
Frida auf. Es klappte. Ein Glas Wasser würde ihr guttun. Sie erinnerte sich, dass in ihrem Schlafzimmer ein Krug stand. Großer Dogan! Sie musste zurück. Wie lange war sie hier gelegen? Lange
konnte es nicht gewesen sein. Nur noch ein Zaun trennte sie vom
Grundstück der Bonadimani. Sie riss sich zusammen und durchquerte den Garten, kletterte durch eine Lücke im Zaun und lief ge-
bückt zu den Küchenfenstern. Das eine war noch immer angelehnt.
Frida vergewisserte sich, dass Dina und auch sonst keiner der Hausangestellten in der Küche stand, dann kletterte sie hinauf. Frida
schlich zur Türe. Draußen im Gang stand Dina, die leise vor sich
hinmurmelte. Dina griff in ihre Taschen und schien etwas zu suchen. Ein ärgerlicher Laut entfuhr ihr, denn sie fand das Gesuchte
nicht. Sie warf einen Blick zur Kellertür unter dem Treppenabsatz
und Frida sah, dass das Vorhängeschloss offen an dem Riegel hing.
Dina zischte ungeduldig, drehte sich um und verschwand durch

eine Nebentür, die in den Dienstbotentrakt führte. Kaum war Dina außer Sicht, hetzte Frida zur Treppe und rannte nach oben. Sie hatte keine Lust, Fragen zu ihrer Beule zu beantworten. Sie erreichte ihr Stockwerk und sah jemanden am Ende des Ganges, schlingerte gerade noch zurück und legte sich flach auf die Treppen. Doch niemand kam auf sie zu. Vorsichtig schlich sie vorwärts und lugte an dem Geländer vorbei. Samuel trat soeben in den Raum, vor dem der Falkenaut gewartet hatte, als Frida aus ihrem Zimmer gekommen war. Erleichtert stand Frida auf, ging zu ihrem Zimmer und legte die Hand auf die Klinke. In diesem Moment fuhr ein Luftzug um ihre Knöchel, gefolgt von dem Lachen einer Frau. Frida erstarrte und sah sich um. Der Gang war verlassen. Sie glaubte, die Stimme der Bonadimani zu hören, recht klar. Langsam ging Frida den Gang entlang. Dort war Samuel hineingegangen und hier stand auch der Stuhl, auf dem der Falkenaut gesessen hatte. Die Stimme kam nicht von der Tür, wie Frida zuerst geglaubt hatte. Die Stimme kam aus dem Stuhl. Überrascht ging Frida in die Knie. Wie konnte das sein? Sie griff die Armlehnen mit beiden Händen und schob den Stuhl zur Seite. Und da sah sie hinter dem Stuhl, unten an der Wand, eine kleine vergitterte Klappe. Frida begriff sofort. Es war die Lüftungsklappe des Ofens, der in dem Zimmer stehen musste.

Frida kannte das gut. Als Kind hatte sie einen Freund gehabt, dessen Familie ebenfalls einen solchen Ofen besaß. Er stand im Schlafzimmer einer alten Tante. Die Lüftungsklappe endete jedoch im Wohnzimmer. Sie hatten sich einen Spaß daraus gemacht, dort hineinzusprechen. Die Tante, schon etwas senil, behauptete beim Abendessen felsenfest, der große Dogan habe zu ihr gesprochen und befohlen, dass es bei Tisch nur noch Süßspeisen geben durfte und weigerte sich, auch nur einen Löffel von der Suppe zu nehmen.

Leider war der Vater nach einigem Ausfragen schnell dahintergekommen und der Lüftungsschacht wurde zugenagelt.

Frida saß vor der Klappe und kämpfte mit sich. Sie erinnerte sich, was ihre Mutter zu ihr oft gesagt hatte: *Lauscher an der Wand hört nur die eigne Schand.*

Na und, dachte Frida. *Ich will wissen, was die Bonadimani plant.* Aber es war nicht anständig zu lauschen, egal wie neugierig man war. *Doch seit wann,* dachte Frida, *bin ich anständig?* Sie grinste. Ihre Neugier siegte. Sie musste wissen, was die Bonadimani gegen den Tempelherrn plante und wenn sie es ihr nicht von sich aus erzählte, dann würde sie schon merken, was sie davon hatte.

Mit bebenden Fingern öffnete Frida die Klappe. Schnell blickte sie sich um, ob nicht jemand zusah, doch keiner war da. Sie legte den Kopf an das kalte, rostige Eisen. Sofort hörte sie die Stimme von Eleonora so deutlich, als stünde sie neben ihr im Zimmer.

„… können wir in Ruhe reden. Samuel, sag mir, hättest du vor einem Jahr geglaubt, dass sich alles für mich zum Guten wendet? Zuerst eine reiche aber vollkommen machtlose Witwe. Und jetzt auf dem Weg, zur einflussreichsten Frau in Litho zu werden, ein Ratsmitglied…"

„Nein, geglaubt zwar nicht aber gehofft." Samuels Stimme, trocken, zynisch, mit dem südländischen Klang.

Eleonora lachte schrill auf. „Du bist schrecklich!"

„Wie gefällt dir übrigens dein neuer Falkenaut?"

„Er ist nicht übel. Hat aber kaum Neuigkeiten aus dem Tempel mitgebracht. Ist noch etwas steif, weißt du, misstrauisch. Redet nicht viel, außer über den Dogan. Das wird sich noch ändern."

„Jemanden wie Ferrana findest du nicht wieder."

„Ferrana! Der Gute. Dogan, was er sich alles eingebildet hat. Dass er Tempelherr werden könnte. Ein Wicht wie er! Aber nützlich, ja, nützlich, da hast du Recht. Schade, dass er sterben musste."

„Solche Worte passen gar nicht zu dir", feixte Samuel.

„Wie besessen er war, den Tempelherrn in Misskredit zu bringen... Wundervoll. Aber dass er so etwas ausgräbt, hätte ich mir nie träumen lassen. Mitten in der Nacht kam er, aufgeregt, machte Andeutungen meinen Dienstboten gegenüber, wedelte mit den Blättern herum als hätte er eine Auszeichnung bekommen. So kurzsichtig kann nur ein Falkenaut sein. Ich ließ ihn in mein Schlafzimmer kommen. Und er brachte mir Wilfands Tagebuch. Konnte es gar nicht fassen. Und wie er faselte, dass der Tempelherr nun entlarvt sei. Um nichts anderes ging es ihm! Hatte keine Ahnung, was seine Entdeckung bedeutete. Aber ich, ich wusste es. Das war die schönste Nacht seit langem."

„Kann ich mir vorstellen. War kompliziert, ihn in den Fluss zu werfen, ohne dass es die Stadtwache mitbekommt. Ich musste bis zu den Außenbezirken rausfahren."

Eleonora machte ein abwehrendes Geräusch, ein Zungenschnalzen. „Aber es hat geklappt, nicht wahr? Alles wunderbar. Alles läuft wunderbar für uns."

„Aber, mein Liebling, nicht alles. Tut mir leid für dich." Samuel konnte einen Hauch von Schadenfreude nicht unterdrücken.

„Und dass Ferrana beim nächstbesten Falkenaut rumprahlen musste! Dieser Anden ist mir zuwider. Niemand weiß, was er jetzt treibt, nicht wahr?", fragte Eleonora nachdenklich.

„Das habe ich nicht gemeint."

„Von was redest du?"

„Von diesem verdammten Köter."

Eleonora stöhnte. „Lass den Hund, der ist völlig egal."

„Nein, ist er nicht. Das unbedingt Frida Iringa ihn finden musste! Litho ist so verdammt groß und sie zieht dieses eine Mistvieh aus den Büschen."

„Es weiß keiner, wo er herkommt. Und reden kann der Hund auch nicht, oder?"

„Vielleicht nicht. Aber es stört mich. Mir passieren keine Fehler und das ist schon der zweite nach David Rothaar. Hätte den Sammler erschlagen können. Aber so ist Jaru eben. Haben den Hund in einem Dorf aufgegabelt, drei Tagesmärsche von Litho entfernt. Der Sammler wollte ihn unbedingt haben. Sein Fell abziehen, du weißt schon. Ihm gefällt so was, es reizt ihn, eine Erinnerung an den Schrecken, den er verbreitet. Kann ich verstehen, ja. Besser als Menschenhaut, wenn du mich fragst. Hätten sie ihm wenigstens da schon den Hals umgedreht! Aber nein. Sie schleppen den Hund lebend, in einen Sack gesteckt nach Litho rein. Irrsinn! Der Sammler braucht Zeit zum Häuten. Verrückt. Dachte, sie wären schon am Tor aufgefallen. Südländer, die ein jaulendes Viech im Sack anschleifen. Das merkt sich doch einer, das zieht Aufmerksamkeit. Keine Spuren, das ist unser Gesetz. Hat aber keiner mitbekommen. Und dann entkommt dieser verfluchte Bastard! Zur Krönung der Dummheit muss Frida ihn finden. Das ist unfassbar. Fast schon…"

„Fast schon was?", fragte Eleonora scharf.

„Fast schon Hexerei." Samuel sagte das ruhig, fast sachlich. Doch Eleonora überhörte ihn.

„Nun vergiss endlich dieses Tier! Der Hund beweist gar nichts. Niemand kann die Spur deiner Männer zurückverfolgen. Keiner wird merken, dass Pion seine Hände im Spiel hat. Ihr seid die besten Mörder, die es gibt, perfekte Tarnung, perfekte Ausführung. Ihr kostet mich ein Vermögen. Aber wo du von Frida redest… wo ist sie denn?"

„In ihrem Zimmer, hoffe ich."

„Hast du sie nicht eingeschlossen?"

„Nein, ich hatte keine Zeit. Außerdem hätte es sie nur misstrauisch gemacht."

„Ach, von wegen. Sie frisst dir aus der Hand. Ich muss zugeben, bei ihr hast du ganze Arbeit geleistet. Warst dein Geld endlich wert."

„Das war keine Arbeit. Es war so einfach. Fast langweilig. So ein unfassbar dummes Mädchen. Musste nur ihr Vertrauen gewinnen. Giacomo der Fälscher hat diesen Zettel geschrieben. Und sie glaubt, er ist von ihrem Vater. Nicht einmal hat sie gezweifelt! Sie kommt mit mir mit, ohne Sorge, ohne Misstrauen. Lässt sich so einfach in die Oberstadt locken, zu dir. Dabei habe ich ihr die Wahrheit gesagt. Über mich, meine ich. Habe ihr gesagt, ich bin ein Spieler, habe ihr gesagt, ich bin ein Sadist. Verstehst du, ich habe es ihr gesagt! Dummes, dummes Fräulein."

„Oh, nicht annähernd so dumm wie ihr Vater. Nein, das kann ich wirklich nicht sagen. Wieso hat er die Oberstadt verlassen? Ich kann es immer noch nicht begreifen. Alles hätte er haben können, Litho wäre ihm zu Füßen gelegen! Aber er geht. Und ich sitze in der Oberstadt, verheiratet mit einem hässlichen alten Dreckskerl, der einfach nicht sterben will. Aber jetzt, jetzt ist alles anders. Weißt du, es war gefährlich. Jon wusste genau, dass ich Splitterlauf habe. Er wusste, dass ich es aus Pion bekommen konnte. Aber jetzt kann er nichts mehr sagen. Ich habe Frida. Und Jon wird sehen, was er davon hat. Sie glaubt mir alles. Sie wird tun, was ich ihr sage. Sie denkt, der Tempelherr ist ein Ketzer, der sich mit einer Hexe eingelassen hat. Und sie wird sich für David rächen wollen, ihren Liebling."

„Ja, für den Rothaar-Jungen. Das ist lustig, finde ich. Aber ob Frida so viel auf Ketzerei gibt? Bin nicht sicher."

„Frida ist wie jedes andere Unterstadtmädchen mit dem Glauben an den Dogan aufgewachsen. Ketzerei ist ihr ein Gräuel, genau wie mir."

„Sie spricht nie vom Dogan", sagte Samuel zögernd.

„Wirst sie nicht gefragt haben. Wenn das sie nicht überzeugt, ist es Splitterlauf. Du hast gesehen, wie entsetzt sie war, dass die Enkelin der alten Hexe dafür gefallen ist."

Neugierig fragte Samuel: „Wie kam es dazu?"

„Nun, es war einfach, die Kleine zu überzeugen. Nachdem du den Rothaar-Jungen fast eliminiert hast, war sie völlig am Boden. Ich gab es ihr, sagte, ein Arzt verschrieb es mir, es würde helfen. Wie immer einfach. Und so befriedigend, der Hexe in die eigene Suppe gespuckt zu haben. Ich hoffe, wir haben genug Vorrat an Splitterlauf um es weiter unter die Leute zu bringen."

„Was soll als Nächstes geschehen?"

„Frida. Sie muss überzeugt werden. Erst wenn ich sichergehen kann, dass sie tun wird was wir ihr einflüstern… erst dann werde ich sie zu ihrem Rachefeldzug schicken."

„Dina sagte vorhin, Frida habe versucht, in den Keller zu gehen."

„Was? Wieso?" Eleonoras Stimme klang alarmiert.

„Sie wollte ihr helfen, einen Korb zu tragen. War stur."

„Um Dogans Willen, sieh zu, dass sie dem Keller fernbleibt. Sperr sie ein."

Das laute Krachen eines zuschlagenden Fensters im Erdgeschoss ließ Frida zurückfahren. Benommen starrte sie auf die Lüftungsklappe. Sie merkte nicht, dass ihre Finger sich noch immer an das Eisen klammerten. Frida fühlte sich, als hätte sich ihr der Magen umgedreht.

„Nein…", flüsterte sie leise. „Das glaub ich nicht."

Ein zweites Fenster schepperte, diesmal im ersten Stock. Es ging ein starker Luftzug durch das Haus, als ziehe ein Gewitter auf und jemand hätte alle Türen und Fenster geöffnet. Seine Ausläufer packten sie, Frida konnte es spüren. Er fuhr durch ihre Glieder und rüttelte sie auf. Schritte ertönten. Ungeschickt stieß Frida die Lüftungsklappe zu. Sie hatte keine Zeit mehr, den Stuhl zurückzustellen. Am anderen Ende des Ganges gab es ein Fenster mit langen Vorhängen, die sich im Luftzug aufbauschten. Kopflos stürzte sie hin und zerrte den Stoff vor ihren Körper. Die Tür öffnete sich und Samuel kam heraus. Eine unheimliche Stille breitete sich aus. Frida konnte hören, wie Samuel atmete. Er ging langsam zu Fridas Zimmertür.

„Mach nicht auf, schau nicht rein!", flehte Frida stumm. Er legte die Hand auf den Griff.

„Oh Dogan, bitte!", betete sie.

Ein lauter Schlag ertönte, als ein weiteres Fenster im Stock direkt unter ihnen zugeworfen wurde. Frida fuhr schmerzhaft zusammen. Samuel zog seine Hand zurück. Es war, dachte Frida, als ob der Wind in Gestalt die Treppen hinaufkäme. Samuel griff in seine Tasche und zog einen Schlüssel hervor. Ohne noch einmal den Griff in die Hand zu nehmen, schloss er Fridas Zimmer ab und drehte sich um. Voller Angst, auch nur einen Laut von sich zu geben, presste Frida ihre Faust gegen den Mund. Das Fenster hinter ihrem Rücken knarrte. Samuels Blick wanderte zu den Vorhängen.

Oh Dogan, wenn es auch zuschlägt…

Es klirrte heftig, als das Glas erschüttert wurde. Wütend schrie Samuel auf und lief zum Fenster, um es zu schließen. Frida sank auf die Knie. Das metallische Klicken des Schlussmechanismus ertönte. Zufrieden trat Samuel zurück, wandte sich um und lief an Frida hinter dem Fenster direkt daneben vorbei, ohne sich umzusehen. Er ging zurück zu Eleonora und erst als die Tür hinter ihm zugefallen war, wagte Frida zu atmen. Die Luft strich wie Samt über ihre trockenen Lippen, sie röchelte. Wie lange Frida den Atem angehalten hatte, vermochte sie nicht zu sagen. Bebend starrte sie zu der Lüftungsklappe.

„Ich habe dir vertraut", flüsterte sie. „Du mieses Miststück."

Ihr erster Impuls war, sofort zu verschwinden, raus aus diesem Haus, weg von diesen Verrätern, von den Mördern, diesen dogan-verdammten...

Aber etwas hielt sie zurück, etwas, das Eleonora gesagt hatte. Was war es?

Um Dogans Willen, sieh zu, dass sie dem Keller fernbleibt.

Wieso? Das war schlicht und einfach die Frage. Was war im Keller, was sollte Frida nicht sehen, nicht finden? Was war im Keller?

Frida riss den Vorhang beiseite und ging zur Treppe. Lautlos schlich sie hinunter. Niemand begegnete ihr. Immer noch war das Haus ausgestorben, Samuels Männer und die Bediensteten in Räumen verborgen, es war völlig still. Durch das Haus der Tänzerin geisterte nur Frida allein. Sie erreichte das Erdgeschoss und ging zu der Kellertür. Noch immer war das Vorhängeschloss offen und von Dina keine Spur. Ohne zu zögern riss Frida das Schloss herunter und schlüpfte durch die Tür. Dahinter war eine Steintreppe, die steil hinab ins Dunkle führte. Es war kalt und es roch nach feuchtem Mörtel. Unvermutet trafen Fridas Finger an der Wand einen Schalter und eine schwache Birne begann über ihr zu brennen. Vorsichtig stieg sie die Stufen hinunter. Sie waren von unterschiedlicher Höhe und manche fielen schräg ab. Beinahe wäre Frida ausgeglitten. Atemlos und wie getrieben ging Frida weiter. Das Licht der Glühlampe reichte kaum bis unten. Frida erreichte einen kleinen Raum mit runder Decke, in dem Regale, Körbe und Kisten standen. Hier roch es nach Kartoffeln. Es dauerte eine Sekunde, bis Frida sich an die Dunkelheit gewöhnt hatte. Es gab hier nichts, gar nichts, was ungewöhnlich war. Ein normaler Keller mit Kartoffelkisten, Weinkörben und Regalen voller Einmachgläser. Dennoch musste hier etwas zu finden sein. Die Bonadimani hatten einen Grund, warum sie Frida vom Keller fernhalten wollte. Nur konnte sie diesen Grund nicht sehen. Im Dämmerlicht schritt Frida die Wände ab. Da bemerkte sie, dass ein breites Regal ihr die Sicht auf eine Nische versperrt hatte. Dort befand sich eine zweite Tür. Sie war aus Stahl und mit einem Schieberiegel gesichert. Frida legte ihre Hand darauf. Im selben Moment hörte sie jemanden oben an der Treppe.

„Ist da jemand?"

Frida erkannte die Stimme von Dina, sie hallte in dem Gewölbe. Mit zusammengepressten Lippen schob Frida so leise sie vermochte den Riegel zur Seite.

„Wieso brennt denn hier Licht?", hörte sie Dina mit sich selbst sprechen. Das Licht wurde ausgeschaltet. Nach einer kurzen Pause, in der Dina oben an der Tür nachdachte, ging das Licht wieder an und Frida hörte, wie sie die Treppen hinunterkam. Es gab keinen Ausweg, das begriff Frida. Sie musste wissen, was sich hinter dieser Tür verbarg. Die Tür war schwer, sie ging nach innen auf und Frida schlüpfte hindurch. Dina würde bemerken, dass der Riegel offenstand. Aber Frida kümmerte das nicht mehr. An der Innenseite der Tür gab es auch einen Riegel, das Gegenstück zu dem Äußeren. Frida legte ihn vor. Auf dem Boden neben ihr lagen Bretter. Frida griff sich das flachste und schlug es mit dem Fuß unter den Rand der Tür, so dass sie beim Öffnen blockieren würde. Zwei Hindernisse, die zu überwinden waren, bevor sie hereinkommen konnten.

Atemlos wandte Frida sich um. Dieser Teil des Kellers war größer als der Vorratsraum. Es war ebenso düster, nur eine einzelne Kerze brannte auf einer Kiste, doch fiel etwas Licht durch zwei schmale Fensterluken oben an der Wand. Sie waren vergittert. Hier war kein Entkommen. Der Keller war leer, bis auf…

„He! Was ist denn hier los? Wieso ist die Tür abgeschlossen? Wer ist da drin?", polterte Dinas Stimme durch die Tür. Frida hörte sie nicht. Ein Schrei kam von ihren Lippen, erschüttert und angstverzerrt.

„Jon!"

Hinten an der Wand stand ein Stuhl und auf diesem Stuhl, zusammengesunken und mit Stricken verzurrt, saß ihr Vater, saß Jon Iringa, der schwarze Bart zur Hälfte ergraut, leblos wie eine Puppe. Frida stürzte an seine Seite, ergriff seinen Kopf, der auf die Brust gesunken war.

„Oh Papa, Papa, wach auf, bitte, oh Dogan, nein, nein… nein…"

Schluchzend schüttelte sie ihn, riss an den Seilen, die in seine Haut schnitten, doch sie rührten sich nicht und Jon Iringa blieb stumm.

„Oh Jon bitte…"

„Fräulein, bist du das? Das kann nicht sein!", kreischte Dina draußen. „Na warte!"

Fridas Finger zitterten so stark, dass sie Jons Handgelenk nicht sofort fand. Sie fühlte ein schwaches Pulsieren. Er war noch am Leben.

„Jon wach auf…"

Wieder zerrte sie an den Seilen aber sie hatte keine Kraft mehr, sie bewegten sich nicht, sie konnte ihn nicht losmachen. Erschaudernd brach sie neben Jon zusammen. Die Zeit sickerte langsam dahin. Sie konnte nichts tun als den Namen ihres Vaters zu wiederholen, immer und immer wieder. Weinkrämpfe schüttelten sie. Und plötzlich…

„Frida? Bist du da drin? Mach die Tür auf!"

Eleonoras Stimme, besorgt, ängstlich. Jemand schlug heftig gegen die Tür.

„Frida, mach auf!", Samuels Stimme.

„Ich kann das erklären!", schrie Eleonora. „Mach auf, dann erzähle ich dir alles! Es gibt einen einfachen Grund…"

Frida brach in hysterisches Lachen aus. Danach wurde ihr übel.

„Frida, du kannst nicht ewig drin bleiben. Wie willst du da rauskommen?", hörte sie Samuel.

„Verdammt sei Yetunde!", kreischte die Bonadimani und ein weiterer heftiger Schlag gegen die Tür ertönte. Frida klemmte den Kopf zwischen ihre Knie.

„Wenn du jetzt aufmachst, dann verspreche ich dir, dass deinem Vater nichts geschehen wird", rief die Bonadimani wieder.

Frida überwand den Drang, sich übergeben zu müssen. Jetzt brach ihre Wut hervor.

„Halts Maul!", brüllte sie vage in Richtung der Tür. „Ich weiß alles, verstehst du?"

Einen Augenblick war es still, da lachte Samuel laut.

„Du weißt, Frau Frida, dass du aus dem Keller nicht mehr herauskommst. Wir kriegen diese Tür auf, das ist dir doch klar? Und dann komm ich herein, Frau Frida. Dann komm ich herein! Wenn du jetzt aufmachst, dauert es nicht so lange."

Zitternd legte Frida die Stirn gegen das Bein ihres Vaters. Ja, es gab keinen Ausweg. Und dann würde Samuel kommen. Aber sie hatte Jon gefunden, ihren Vater gefunden. Jetzt war er nicht mehr allein.

„Es tut mir so leid", flüsterte sie. „Ich bin hier."

Nichts anderes war mehr wichtig.

Sie schlugen rhythmisch gegen die Tür. *Poch, Poch, Poch.* Frida zuckte nicht mehr zusammen. Sie war still und leer. Nicht mehr lange. Sie starrte auf den Boden. Der Schock hatte ihr Innerstes gefrieren lassen. Sie fühlte nichts außer Leere und die kalte Hand ihres Vaters. Das Licht warf den Schatten der Fenstergitter auf den Staub. Frida schwebte irgendwo über ihrem Kopf, weit weg. Es war ein Traum. Es musste ein Traum sein. *Poch, Poch, Poch.* Der Schatten auf dem Boden nahm plötzlich scharfe Konturen an und Frida atmete tief ein und schlug sich die Hand gegen die Stirn. *Komm schon, reiß dich zusammen. Raus hier! Meinen Vater kriegt ihr nicht auch noch!*

Sie sah sich um. *Natürlich, die Kerze!* Frida stürzte zu der Kiste auf der in einem kleinen Halter die Kerze brannte, packte sie und lief zu ihrem Vater. Sie kniete sich hin und hielt die Kerze an die Seile. Langsam, sehr langsam, begann das Seil zu kokeln. Frida zerrte und brannte und endlich riss das Seil. Sie band ihren Vater frei und schüttelte ihn. „Jon, wach auf, komm schon! Ich brauche dich wach!" Doch er rührte sich nicht. Der Lärm an der Tür nahm zu, Samuels Männer waren dazugekommen. Frida sprang auf, griff die Reste des Seils und rannte wieder zu den vergitterten Fenstern. Es musste doch möglich sein, die Gitter herauszureißen. Sie erinnerte sich an ihre Flucht bei Canan. Frida schob eine Kiste unter das Fenster und kletterte hinauf. Doch das Seil war nicht schwer genug, sie würde es nicht über die Gitter werfen können, so dass es auch auf der anderen Seite herunterkam. *Poch, poch, poch.* Sie sprang von der Kiste und rannte hektisch umher. *Etwas Schweres, etwas Schweres…* Frida riss den Deckel einer Kister herunter. Darin waren Kartoffeln. *Das wird genügen…* Ein erschütternder Schlag ertönte an der Tür. Frida zuckte zusammen. Doch nicht nur an der Tür. Erschrocken starrte Frida zu dem vergitterten Fenster. Eine Wolke von glitzerndem Staub rieselte auf den Boden. Es gab einen zweiten Schlag und

Frida sah, wie schwere Stiefel von oben das Gitter mit Wucht aus den Angeln hebelten. Es fiel laut scheppernd auf den Kellerboden.

Oh verdammt! Frida stockte der Atem. *Oh verflucht nochmal…*

Eine Strickleiter fiel nach unten. Eine Gestalt kam herunter. Aber das war nicht Samuel. Es war eine Frau. Frida hatte sie noch nie gesehen. Sie legte einen Finger auf die Lippen. *Schrei nicht*, sagte sie.

Frida starrte die Frau an. Sie hatte schwarze Augen und schwarze Haare, die in einem Zopf zusammengebunden waren. Ein feines Kindergesicht aber ein harter, grausamer, schiefer Mund. Sie hatte ein Messer in der Hand.

„Was im Namen von Yetunde machst du denn hier?", flüsterte sie zu Frida. Fridas verschwommener Blick klärte sich. Die Worte drangen durch den tiefen Schock wie ein ordentlicher Schwall Eiswasser über dem Kopf. Das war keine von Bonadimanis Leuten. *Großer Dogan*. Mit offenem Mund blickte Frida zu ihr auf. *Poch, Poch, Poch*. Die Südländerin sah schnell zu der Tür.

„Du bist diese Frida Iringa, oder? Verrückt. Naja, das macht es einfacher."

Frida blinzelte. Gerade kletterte noch jemand herunter. Es war ein junger Mann. Lautlos sprang er auf den Boden. Er war das Gegenteil der Südländerin. Er war blass und sein Haar war lichterhell, sein Blick aus den schrägen Fuchsaugen mürrisch und verwirrt. Er lief geduckt und sah aus, als hätte er lange nicht richtig gegessen.

„Aki", hauchte die Südländerin. „Komm her und hilf mir. Beeil dich!"

Der Helle trat zu ihr und half, Jon vom Stuhl zu heben. Frida sprang vorwärts. Gemeinsam stemmten sie ihn hoch. Jon stöhnte. Es schien, dass er langsam das Bewusstsein wiedererlangte. Sie trugen ihn zu der Leiter. *Wer zur Yetunde sind diese Leute und warum retten sie Jon?*

„Saleh, zieh!", zischte die Südländerin. Die Leiter wurde mühsam nach oben gezogen. Jon hing an dem Hellblonden, der sich an der Leiter festhielt. Die Südländerin schob die beiden. Sie schien stark zu sein. Oben kam eine Hand zum Vorschein und zog Jon und den Jungen mit einem gewaltigen Kraftakt durch die Fensteröffnung. Die Südländerin sah sich nach Frida um.

„Frida komm schon!", hauchte sie.

Frida rannte zu der Leiter. *Poch, Poch, Poch.* Die Südländerin griff sie und legte ihre Hände an die Sprossen. Frida fühlte einen Ruck, sie wurde hochgezogen. Oben zerrte ein großer Südländer sie durch das zersplitterte Fenster. Sie landete im Garten. Das grelle Sonnenlicht blendete sie. Hinter ihr tauchte die Südländerin aus dem Fenster auf. Dann hörten sie einen dröhnenden Schlag von unten.

„Schnell, schnell! Sie haben's gesehen!", stöhnte der Südländer. Sie hörte Eleonora Bonadimani fürchterlich schreien. Arme griffen nach ihr, zerrten sie vorwärts, in Richtung der Straße. Dort stand ein Automobil. Der Blonde rannte flink voraus und riss die Türen auf. Frida wurde mit Wucht hineingestoßen. Jon landete neben ihr auf dem Sitz. Reifen quietschten, das Automobil fuhr los. Dahinter sah sie Samuel und den Sammler auf die Straße rennen, das Gesicht von blanker Wut verzerrt.

„Edgar, fahr, fahr!", kreischte die Südländerin auf dem Beifahrersitz. Frida wurde in den Sitz gedrückt, das Automobil bog schlingernd um eine Ecke.

„Dogan im Himmel!", brüllte der dicke, verschwitzte Mann am Steuer. „Das wär beinahe ins Auge gegangen! Hundertmal habe ich dir gesagt Esra, seid leise! Wie haben sie euch gehört?"

Die Südländerin mit dem Namen Esra warf einen Blick nach hinten.

„Wir können nix dafür. Sie waren schon auf dem Weg in den Keller. Wenn's mich nicht irrt, wegen dem Mädchen."

Frida griff nach der Hand ihres Vaters. Sein Blick war verschwommen, die Augenlider flackerten. Er schien nicht zu begreifen, was um ihn herum vorging.

„Jon", flüsterte sie. „Ich bin da. Alles wird gut."

„Frida Iringa", keuchte der dicke Mann am Steuer erstaunt. „Dogan sei Dank!"

„Wer seid ihr? Wieso kennt ihr meinen Namen?", gelang es Frida endlich zu sagen. „Was zur dreimal verfluchten Yetunde passiert hier?"

Sie hob den Kopf und traf den Blick des hellblonden Nordländers, den sie Aki genannt hatten. Er erwiderte den Blick. Und riss die Fuchsaugen auf.

„Das… Das gibt's nicht…", stammelte er.

„Was?", fragte der Südländer Saleh zu ihrer Rechten scharf.

„Ich weiß wer du bist", sagte er fassungslos zu Frida. „Du bist das Mädchen, das gegenüber von mir gewohnt hat. Das in den Schrank gestiegen ist. Das Mädchen, das eine eigene Razzia in Govina bekommen hat."

Zitternd vor Aufregung sah Frida ihn an. Sie begriff nicht, wovon er sprach, ihre Gedanken rasten, schrien gegeneinander und überschlugen sich, sie hatte den Fuchsjungen noch nie gesehen.

„Ja", sagte Esra langsam. „Das wundert mich nicht. Sind wir nicht alle auf dem Weg zur dunklen Königin? Mir scheint, wir kommen näher." Sie lachte.

„Was?", kam es von Frida. „Wer…"

„Hör nicht auf sie. Sie ist verrückt", sagte der große, breitschultrige Südländer neben ihr. „Wir wissen selbst nicht, was hier los ist. Wir sollten den gefesselten Mann aus dem Kellerverlies im Haus der Tänzerin befreien. Den, den dieser Kazim im Kellerfenster gesehen hat, als er das Mädchen verfolgte, das seinen Hund hatte. Warst das du? Das war der Pakt. Und dann sollten wir dich aus dem Haus holen und zu ihm bringen. Dann lässt er den Unterstadt-Jungen wieder gehen, den er als Geisel behalten hat."

„Wer ist er?"

„Nonim."

„Wer ist *Nonim*?", fragte Frida aggressiv. Sie fühlte sich unwirklich, weit weg. Esra machte ein undefinierbares Geräusch mit den Zähnen.

„So nennt sich der Tempelherr von Litho! Ich weiß nicht, was er mit uns vorhat."

Zweiter Teil

„Seltsame Gottheit, düster wie die Nacht,
Drin Moschus- und Havannaduft sich mischen,
Fremdartig Werk des Großen, Zauberischen,
Hexe aus Ebenholz, Kind schwarzer Mitternacht.
Der Trank von deinem Mund hat süßen Opiums Macht.
Zu dir in Zügen langen, träumerischen
Die Wünsche ziehn. Dein schwarzes Aug' inzwischen
Stillt der Zisterne gleich den Durst, den es entfacht. […]"

(Charles Baudelaire: *Sed non satiata* aus
Die Blumen des Bösen)

Nonims Wahrheit

Ein kalter Schleier hatte sich wieder über die verdammte Stadt gehängt. Vor ihnen tat sich der hohe Backsteinbau eines Stadthauses auf. Das Automobil wurde langsamer und wendete. Sie fuhren eine kleine Abfahrt hinunter bis zu einem großen Tor. Auf dem Tor war ein schwarzes Schild geschraubt, das in goldenen Buchstaben verkündete: *Vonnegut & Katzgetier, Spielwarenfabrik*. Frida hatte es schon einmal gesehen. Diesmal kam sie nahe genug heran, um die kleinen Buchstaben darunter lesen zu können. Dort stand: *Haus E. Vonnegut & R. Vonnegut-Katzgetier*. Langsam öffneten sich die Flügeltüren aus Stahl und ließen das Auto hindurch. Sie fuhren in einen kleinen Innenhof, der komplett eingeschlossen war von hohen, efeubewachsenen Backsteinmauern. Links grenzte das ehrwürdige Stadthaus an den Hof. Zur Rechten erhob sich ein Fabrikgebäude mit waagerechten, schmalen Glasfenstern aus Mosaiksteinchen in allen Rotschattierungen. Nach hinten weg schirmten Mauern mit blutroten Kletterrosen und Stacheldraht den Hof von den Nachbarhäusern ab. Das Anwesen erweckte den beunruhigenden Eindruck einer begrünten Festung, die sich im Feindesland zu behaupten hat. Knirschend hielt das Auto auf dem Kies. Am Stadthaus öffnete sich eine Nebentüre, bewacht von einem steinernen Löwen. Im Restlicht der Abendsonne trat eine schlanke, ältere Frau mit einem kleinen Mädchen auf dem Arm heraus. Sie hatte rotbraune Haare, eine kunstvolle Wellenfrisur und schmale braune Augen. Harte Falten um ihren Mund gaben ihre eine Aura von kühler Strenge. Sie hielt sich aufrecht, doch als Saleh die Tür aufschlug und Frida hinauszog, ließ sie erleichtert die Schultern sinken. Sie ging festen Schrittes auf Frida zu und legte eine Hand auf ihre Schulter.

„Willkommen. Ich bin Ruth Vonnegut-Katzgetier und ich denke, Sie sind Frida Iringa, nicht wahr? Nennen Sie mich Ruth."

Frida nickte. Von Näherem sah Ruth Vonnegut-Katzgetier älter aus als Frida gedacht hatte. Sie hatte braune Flecken auf dem Handrücken. Das Mädchen rutschte herab und Ruth stellte es auf den Boden. Es ergriff mit einer pummeligen Hand den Rock von Ruth und sah mit riesigen himmelblauen Augen zu Frida auf.

„Das ist meine Nichte Margaret Katzgetier. Sie lebt bei uns. Und hier…" Zu Fridas Überraschung griff Ruth einmal hinter sich und zog ein etwa zehnjähriges, ängstlich quiekendes Mädchen hinter ihrem Rücken hervor. „Hier ist Berta."

Mit ganzem Gewicht lehnte sich Berta rückwärts gegen ihre Tante und hielt eine hässliche Strohpuppe wie ein Schutzschild vor ihr Gesicht. Frida konnte nichts von alldem aufnehmen. Das Stadthaus und die Frau flimmerten vor ihr wie die fernen Bilder eines Reisefilms.

Eine andere Hand legte sich auf Fridas Arm. Neben ihr stand ihr Vater Jon, von Saleh halb getragen. Nachdenklich betrachtete Ruth sein abgekämpftes Gesicht. Der dicke Mann, der das Automobil gefahren hatte, ging zu ihr und nickte.

„Ruth, das ist Jon. Vielleicht erinnerst du dich an ihn."

„Ja Edgar, natürlich. Gehen wir hinein, dann können wir reden", sagte Ruth sanft und winkte mit einer Hand Saleh und Jon vor. Frida folgte den beiden. Esra, die zuletzt aus dem Automobil geklettert war, blieb eine Sekunde stehen und blickte auf die hohen Fenster der Fabrikhalle. Sie runzelte die Stirn als würde sie etwas sehen was sie bedrückte. Da rief Saleh nach ihr. Sie riss sich los und folgte den anderen in das Haus.

Aki saß auf einem Stuhl und umklammerte die Lehnen. Vor einigen Stunden war er schon einmal hier gesessen und deshalb wusste er genau, wie Frida sich fühlte. Aufrecht saß sie da. Aber ihre Augen hetzten umher.

Gib ihr jetzt eine Tasse Tee in die Hand, dachte Aki, *und innerhalb von Sekunden wär der Boden getränkt davon.*

Nichts konnte seine Bestürzung in Worte fassen als er in dieser Frida Iringa das geheimnisvolle Falkenmädchen erkannte, das ihm geholfen hatte, die Nächte durchzustehen. Das Mädchen mit den schwarzen lockigen Haaren, das in den Schrank gestiegen war. Wegen der er seine Kammer verlassen hatte, die Schuld war – aber *Schuld* war der falsche Ausdruck – die der Grund war, weshalb er noch lebte. Mochte Esra plappern was sie wollte und mochte sie noch so verblendet sein was diesen Weg der dunklen Königin betraf. Sie hatte Recht: Dieser Zufall war so unmöglich, dass man ihn nicht Zufall nennen konnte. Aki war angespannt, weil er den Tempelherrn wiedersehen würde. Weil er nicht wusste, was der Tempelherr plante mit ihnen. Und weil nichts davon einen Sinn ergab, was in den letzten Stunden geschehen war. Dort saß das Mädchen, mit wirren schwarzen Locken, wütendem und verwirrten Ausdruck, kein Muskel in ihrem Gesicht mehr unter willentlicher Kontrolle. Das schwarze Kleid war eingerissen, über und über mit Staub bedeckt. Ihre Schläfe schimmerte lila-rot, die Pupillen pechschwarz und übergroß, so dass Aki nicht sagen konnte, welche Farbe ihre Augen hatten. Ruth legte ihr eine Strickjacke um die Schultern, weil sie zu zittern begonnen hatte. Vielleicht war es der Schock.

Sie saßen in einem Raum im vierten Stock, der zur Straßenseite hinausging. Der Raum schien die Bibliothek des Hauses zu sein. Fünf große Fenster versteckten sich hinter schweren Vorhängen. An den Deckenbalken hingen zwei elektronische Lampen aus grünem

Glas. Ihnen gegenüber stand ein Sekretär, der überladen war mit Büchern und Papieren. Stühle waren dahinter aufgereiht. Die Wände waren voller Bücherregale, die vom Boden bis zur Decke reichten. Eine rollbare Leiter mit Rosenschnitzereien war an eines gelehnt. Unter den Fenstern stand ein Sofa mit dunkelrotem Bezug.

Neben Aki flüsterten Esra und Saleh hektisch. Noch war nichts zu sehen vom Tempelherrn, von Edgar Vonnegut oder Andelin, dem jungen Falkenauten und dem uralten, garstigen Mann mit dem Stock. Und sie hatten keine Ahnung, wo der Unterstadt-Junge Leo steckte. Sie hatten getan was von ihnen verlangt wurde. Jetzt konnte Nonim sie alle gehen lassen. Aber Aki wusste, das war nur ein frommer Wunsch. Gehen lassen, ha! Es war der Tempelherr. Und mehr gab es dazu nicht zu sagen. Er konnte seinen Blick nicht von Frida losreißen, aber er brachte kein Wort über seine zitternden Lippen.

Fridas Hände bebten. Jon schlief inzwischen, hoffentlich. So ganz allein da zu sitzen neben diesen Fremden war beängstigend. Der kleine Nordländer starrte sie ständig an. Was hatte er gesagt? Er kannte sie? Das war nicht möglich. Die Südländerin war Frida unheimlich. *Wie alt ist die? Sie schaut so jung aus. Und… ja, wütend. Beklemmend. Wie ein wildes Tier*. Es erinnerte sie an ein Gedicht aus der Schulzeit. Über einen Panther, der hinter Gittern auf und ab lief. Oder dachte sie das bloß, weil alles so beklemmend war? Das Anwesen, das einer Festung glich, der düstere Raum mit den zugezogenen Vorhängen und die Ungewissheit. Der große Südländer, was war mit dem? Der sah völlig fehl am Platz aus. Wieso nur? Ihre Gedanken konnten nicht mehr Schritt halten. Ihre Schläfe tat so weh.

Die Tür ging wieder auf. Sie sah, wie der kleine Nordländer erstarrte und die Südländerin sich in ein tollwütiges Raubtier verwandelte, das die Zähne bleckte. Der dicke Mann aus dem Automobil kam herein. Er trug breite Hosenträger, die sich über dem Bauch dehnten und hielt ein Notizbuch in der Hand. Er sah vollkommen harmlos aus. Hinter ihm ging ein furchtbar alter, bärtiger Mann, der sich auf einen Stock stützte und finster schaute. Frida wusste, wer das war: Der Mann, der sie mit Wolf gesehen hatte als sie schon einmal vor diesem Haus stand. Das war heute gewesen. Es kam ihr vor wie eine Ewigkeit. *Großer Dogan, das war heute.* Neben dem alten Mann ging einer, der ein südländisches Gewand mit Bommeln trug und eine glitzernde Brille auf der Nase hatte. Den drei alten Männern folgte ein junger Falkenaut mit braunen Locken. Er sah nervös aus. Und hinter ihm ging…

„Leo", stieß Frida aus. „Großer Dogan, Leo! *Du* bist die Geisel!"

Sie konnte es nicht fassen als sie den Jungen aus der Unterstadt-Bande erkannte, der ihr beim Verteilen ihrer Flugblätter geholfen hatte. Im Gesicht des Jugendlichen zuckte es.

„Es tut mir leid. Ich wollte nicht…", stammelte er.

„Nicht dein Fehler", knurrte Esra.

„Er meint Frida!", rief Saleh.

„Ich weiß", sagte sie. „Aber jemand hat's ihm sagen müssen."

Der Mann, der hinter Leo den Raum betreten hatte, beugte sich vor und murmelte etwas. Leo nickte. Dann wurde er von dem Mann wieder aus dem Raum geschoben. Er schloss die Tür und drehte sich um.

Frida erlebte etwas Eigentümliches. Er sah aus wie ein gewöhnlicher älterer Mann. Mehr wie ein Südländer, aber das war schwer zu sagen. Er hatte geschorene, schwarz-graue Haare und weit zurückreichende Geheimratsecken. Die wenigen Falten, die er um Augen, Stirn und Mund hatte, waren tief. Unter den Bartstoppeln schimmerte die Haut durch. Man sah ihm an, dass er früher stark und gutaussehend gewesen sein musste, jetzt sah er müde und alt aus.

Das alles sah Frida und dann begriff sie, wer dieser Mann war. Nichts an ihm war gewöhnlich. Er war der Tempelherr von Litho.

Nonim, der Tempelherr, ging langsam zu dem Sekretär und ließ sich neben dem dicken Edgar Vonnegut in einem der Stühle nieder. Seine Augen wanderten über die jungen Menschen vor ihm. Links saß Frida Iringa mit bebenden Schultern. Aki, der Wegemeistersohn und Esra mit Saleh rechts. Er spürte ihre Feindseligkeit. Und doch hatte er sie hierher bekommen. Leicht war es nicht gewesen. Er hatte lange nicht geglaubt, dass er es schaffen könne. Nun hing alles von der Wahrheit ab. Ob Dogan heute mit ihm war? Wenn nicht, das wusste er, war er auf dem falschen Weg. Es würde kommen wie es musste. Sein Schicksal lag nun in den Händen des allsehenden Falken.

„Und jetzt, Nonim? Hast du ein paar Antworten für uns?", ätzte Esra. „Ich habe noch nicht entschieden, ob ich dich nicht töten sollte."

„Zu Recht", sagte Nonim. „Aber ihr müsst mich erst anhören. Danach seid ihr frei, zu entscheiden, was ihr tun wollt."

„Frei im Sinne von: die Alternative zwischen Tod und Leben?"

„Wenn ihr entscheidet, dass euch nicht gefällt was ich zu sagen habe, dann verlasst ihr dieses Haus lebendig und unbeschadet."

„Dein Wort bei Dogan, Tempelherr?", fragte Saleh leise.

„Mein Wort bei Dogan", gab er zurück. Er legte die Hände vor sich auf den Tisch. Die Spuren der Zeit waren deutlich zu sehen. Er nickte wie zu sich selbst. Esra lehnte sich langsam zurück.

„Ich werde euch sagen, wie es passiert ist. Alles begann mit dir, Aki."

„Mit mir?", Aki schreckte hoch. „Wie meinen Sie das?"

„Es begann, weil du und dein Freund Raik unbedingt Diamanten finden wolltet."

Nonim lächelte. Seine Augen suchten Frida.

„Aki und Raik kommen aus dem Nordland, aus der kleinen Stadt Jordengard. Sie hatten eines Tages eine Geschichte gehört, dass es im Truwenwald in den Diamantenminen noch immer Reichtümer zu finden gab. Sie gingen dorthin, doch sie hatten nicht erwartet, dass die Minen auch heute noch von nordländischen Soldaten bewacht werden. Und so gerieten sie in Schwierigkeiten. In Notwehr tötete Raik einen Soldaten und die beiden flohen nach Litho."

Frida nickte kurz. Sie begriff nicht, was diese Sache mit ihr zu tun hatte.

„Und zu diesem Zeitpunkt beging ich den größten Fehler meines Lebens", sagte Nonim bedrückt. „Ich habe einen Spion in der nordländischen Armee, ein treuer junger Mann, der einst mein Tempelläufer war. Er berichtete mir, dass in den Minen ein Soldat getötet wurde. Ich verließ Litho und den Tempel zum ersten Mal seit fünfundzwanzig Jahren. Ich fuhr ins Nordland, nach Jordengard. Ich war sehr beunruhigt und wollte wissen, was dort geschehen war."

„Wieso eigentlich?", warf Aki ein. „Was gehen Sie die Minen an?"

„Das werde ich euch gleich noch erzählen. Aber zuerst möchte ich erklären, wie die jüngsten Geschehnisse abgelaufen sind. Es ist wichtig, die Verstrickungen nach und nach aufzulösen und das Gewirr zu glätten. Damit wir die Wahrheit klar erkennen können."

Aki verstummte.

„Ich fuhr also ins Nordland. Schon seit ein paar Jahren habe ich Feinde im Tempel. Falkenauten, die sich wünschten, ich würde härter gegen Ketzerei vorgehen. Ich geriet bei einigen in den Verruf selbst ein Ketzer zu sein. Einer von denen, die dies glaubten, war der Falkenaut Ferrana."

„Den sie tot im Fluss gefunden haben?", rief Esra.

„Samuel hat ihn getötet", sagte Frida leise. Esra starrte sie ungläubig an und öffnete den Mund. Nonim schnitt ihr das Wort ab.

„Ganz recht, Frida. Ferrana, der Falkenaut wurde von dem südländischen Assassinen Samuel getötet. Als ich die Stadt verlassen hatte, nutzte Ferrana die Gelegenheit und brach in meine Räume ein. Er durchsuchte meine Habseligkeiten und fand… ein Dokument. Das bewies für Ferrana zweifelsfrei, dass ich ein Ketzer sein musste. Ich hätte es voraussehen sollen. Ich hätte das Dokument besser verstecken müssen. Das war absolut unverzeihlich. Doch ich hatte keine Zeit, ich war kopflos und dachte an nichts anderes als an die Minen."

„Und, was hat Ferrana gefunden? Was war das für ein Dokument?", verlangte Saleh zu wissen.

„Nun… es war ein Tagebuch. Von…"

„Wilfand", vollendete Frida abrupt, die sich an Eleonoras Worte von vorhin erinnerte.

„Ach und wer ist das jetzt? Und wieso zum Dogan weiß die eigentlich schon alles?", fauchte Esra.

„Henry Theodor Wilfand", sagte der Tempelherr. „Er war ein Freund von mir. Ein außergewöhnlicher Mann. Aber zuerst zurück zu Ferrana, dem unglücklichen Falkenauten. Er dachte, nun hätte er alles erreicht, was er sich jemals erträumt hatte. Ich glaube, Ferrana hegte den Wunsch, selbst Tempelherr zu werden. Er wollte mich stürzen. Aber Ferrana war leichtgläubig in seinem Wahn. Er brachte das Tagebuch zu dem Menschen, von dem er hoffte, dass er helfen würde mich zu stürzen. Ferrana brachte die Tagebücher zu einer Frau, die Eleonora Bonadimani heißt."

„Ich muss euch erklären, wer sie ist", sagte Nonim zu Esra, Aki und Saleh gewandt. „Eleonora Bonadimani, aus deren Haus ihr vorhin Frida und Jon geholt habt, kam vor vielen Jahren aus Pion nach Litho. Sie war Tänzerin in der Truppe des Schaustellers Ronyane."

„Ja, den kenne ich", sagte Saleh. „In dieser Truppe war auch Mendax, nicht wahr? Sie sind zuerst in Kipkadi im Wanderkino aufgetreten. Dann hat Ronyane ein Theater in der Oberstadt gekauft und Mendax hat es irgendwann übernommen. Jetzt gehört ihm das Varieté Oberstadt. Jeder aus Kipkadi kennt diese Geschichte."

„So ist es. In dieser Truppe war aber auch der Vater von Frida hier. Jon Iringa. Sie kamen alle mit Ronyane nach Litho. Mendax kaufte das Varieté Oberstadt. Eleonora Bonadimani heiratete aus Machtgier den alten Fuhrmann, einen Ratsvorsitzenden. Jon, Fridas Vater, heiratete und kehrte der Oberstadt den Rücken. Er wurde Hafenarbeiter in der Unterstadt. Eleonora verzieh ihm das nicht. Sie musste sich einsam gefühlt haben. In der Oberstadt wurde sie wegen ihrer Herkunft verschmäht und ihr Mann starb bald. Auch Mendax wandte sich von ihr ab, denn ihn hatte vor allem Eleonoras Einfluss auf den Rat interessiert. Darüber mag sie verbittert sein. Ihr Groll wurde über die Jahre immer größer. Und sie wollte nun endlich eines haben, was ihr immer verwehrt gewesen war: Macht und Ansehen. Es kümmerte sie nicht, was sie tun musste um ihr Ziel zu erreichen. Sie zog den Falkenauten Ferrana auf ihre Seite, machte ihn glauben, dass auch sie den Tempelherrn, mich, für einen Ketzer hielt. So gewann sie einen wertvollen Spion im Tempel. Doch das reichte ihr nicht. Vor etwa einem Jahr kaufte sie die Dienste eines Mannes, der in Pion ein legendärer Assassine war. Wie sie an ihn herangekommen sein mag, weiß ich nicht. Ich vermute, dass einer ihrer Brüder in Pion den Kontakt hergestellt hatte. Der Name des Mörders ist Samuel."

Frida vergrub ihr Gesicht in den Händen. Samuel.

„Sie benutzte Samuel, um ihr Netzwerk aus Spionen weiterzubauen. Samuel trat sowohl in der Unterstadt als auch in der Oberstadt in Erscheinung, immer in verschiedenen Verkleidungen. Sie plante damals schon den Mord an Zia Sternberg, der einzigen Frau im Stadtrat. Präsident Caspote muss angedeutet haben, dass er in Eleonora eine mögliche Nachfolgerin sah, wenn Zia Sternberg den Rat verlassen würde. Sie wartete nur noch auf eine günstige Gelegenheit. Und diese kam als Ferrana ihr das Tagebuch brachte. Ferrana hatte seinen Zweck erfüllt. Er musste sterben. Samuel warf die Leiche in den Aphel."

„Aber", warf Esra ein. „Was ist mit dem nordländischen Falkenauten? Der mit dem tätowierten Gesicht? Wir dachten, dass er das gewesen wäre."

„Du meinst den Falkenauten Anden?", fragte Nonim.

„Nein, Ferrana wurde von Samuel und Eleonora Bonadimani getötet.", murmelte Frida leise.

„Der Falkenaut Anden spielt in dieser Geschichte eine andere Rolle als ihr glaubt", sagte Nonim. „Doch lasst mich fortfahren. Dann kam das Drei-Städte-Treffen in Litho. Eleonora war dort als Gesellschaftsdame bei den Feierlichkeiten."

Nun mischte sich der dicke Edgar Vonnegut ein. Er beugte sich weit vor auf seinem Stuhl.

„Das Treffen ist leider nicht so gelaufen wie ich mir das vorgestellt hatte. Leopold Karven, der alte Kriegsminister aus Kaon, brachte den Vertrag der *Friedensallianz* durch. Dieser elende alte Hund! Ich war dagegen, auch Zia Sternberg und Magritte. Aber der Rat hat uns überstimmt. Präsident Caspote hat arglos den Nord-

und Südländern eine Möglichkeit auf dem Silbertablett serviert, um in Litho einzumarschieren. Nun, nichts mehr zu machen. Bei den Feierlichkeiten passte ich gut auf was gesprochen wurde. Die Bonadimani fiel mir auf, weil sie für lange Zeit mit dem Präsidenten von Pion im Park flanierte."

„Bei dieser Gelegenheit hat sie ihm das Tagebuch gezeigt", schloss Nonim. „Und hat ihm eine gute Möglichkeit eröffnet, wie er sich Litho zu Eigen machen kann. Wenn er ihrem Plan zugestimmt hat, so konnte sie endlich aktiv werden."

„Moment!", protestierte Esra. „Was verdammt noch mal stand denn nun in diesem Tagebuch? Wieso bringt das den Südländern was, wenn sie in Litho einfallen wollen? Jetzt reden Sie endlich mal!"

„Du musst dich noch einen Augenblick gedulden, Esra. Eleonora hatte zwei Dinge zu tun: Sie musste den Rat glauben machen, dass Litho von einer fremden Macht bedroht wird, so dass Präsident Caspote das Südland um Hilfe bittet. Und dann musste sie alle ausschalten, die ihr in die Quere kommen konnten. Den Rat und damit die ganze Oberstadt ins Chaos stürzen wollte sie mit einem Mittel erreichen. Mit Splitterlauf."

„Zur dreimal verfluchten Yetunde!"

„Diese Frau war es? Diese Frau, sagen Sie hat Splitterlauf verbreitet?", krächzte Saleh.

„Ja", sagte Frida leise. „Sie war es. Ich kann es bezeugen. Ich hab gehört, wie sie es zugegeben hat. Sie hat auch Falka abhängig gemacht. Meine Freundin. Falka von Bahlow."

„Ja, sie brachte es als neue Modedroge in der Oberstadt-Gesellschaft unter die Leute. Es war leicht. Denn Splitterlauf ist nur in der Unterstadt bekannt."

„Dein Onkel muss es bekommen haben als er in der Oberstadt aufgetreten ist, Saleh", sagte Esra erschüttert.

„Splitterlauf verursacht Angst und Verfolgungswahn. Genau das, was Eleonora brauchte. Es würde den Präsidenten irgendwann dazu bewegen, um Hilfe von außen zu bitten, weil angeblich eine fremde Macht Litho bedroht. Und Eleonora kannte sich aus mit Splitterlauf. Ihr Bruder aus Pion war Drogenhändler. Und sobald Splitterlauf seinen Weg genommen hatte, begann sie mit dem Töten. Der erste Versuch war David Rothaar, der Sohn des Ratsmitglieds Adam Rothaar."

Nonim nickte Frida zu, die zusammengesunken in ihrem Stuhl saß.

„Das war natürlich schlau von ihr. Denn seht ihr, sie wusste, dass Frida dafür die Schuld bekommen würde."

„Woher hat sie es gewusst?", fragte Frida matt.

„Ich bin mir sicher, dass es Adam Rothaar selbst war, der Eleonora sagte, dass sein Sohn mit der Unterstädterin Frida Iringa befreundet war. Adam Rothaar wusste genau darüber Bescheid, was seine Söhne trieben, Frida. Eure Freundschaft war keineswegs so ein Geheimnis wie ihr dachtet. Und als Eleonora das hörte, wurde ihr klar, dass sie in Frida einen guten Sündenbock gefunden hatte. Es muss ihr wie eine Fügung des Schicksals, ein Geschenk des Falken, vorgekommen sein. Die Tochter des Mannes, der sie im Stich gelassen hatte. Sie sorgte dafür, dass Samuel dich einfing. Du durftest keinen Verdacht schöpfen. Es sollte alles wie ein Zufall aussehen als Samuel dich zu Eleonora brachte. Sie brauchte dich. Es sollte nicht bei diesem einen Mord bleiben und irgendjemand musste am Ende dafür verantwortlich gemacht werden."

„Aber es gab keinen Mord", sagte Frida schwach.

„Nein, David überlebte. Ich denke, dies können wir Canan Ron-yane zu Gute halten. Sie schickte jemanden hinter euch her. Als Samuel hörte, dass du nicht allein warst, musste er unverrichteter Dinge fliehen. Canan war nicht dumm. Sie tat alles, um dir zu helfen aber sie unterschätzte deinen Starrsinn. Du liefst ihr davon. Und direkt in die Arme von Samuel. Als nächstes musste Zia Sternberg sterben, die Frau, die den Platz im Rat innehatte, den Eleonora sich erhoffte. Zia zu töten war nicht leicht, denn sie hatte Leibwächter. Samuel konnte das nicht alleine tun. Er hatte sich Männer aus Pion geholt, Assassinen, die im Töten erfahren sind. Er tat dies heimlich aber wie durch ein Wunder erfuhr ich davon, nicht wahr, Krump-mann?"

Zum ersten Mal regte sich der alte, bärtige Mann in der Ecke. Wütend klopfte er mit seinem Stock auf den Boden.

„Verfluchte Schurken", knurrte er. „Kamen durch mein Dorf. Wusste gleich, dass es Assassinen aus Pion sind. Haben Kazims Hund mitgenommen. Nicht normal. Wusste, dass sich da was zusammenbraut, dass Dinge in Bewegungen gekommen sind. War meine Pflicht, nach Litho zu fahren."

„Die Männer aus dem Südland, mit dem Sack der heult...", sagte Aki langsam. „He Esra, das hat Spatz erzählt."

„Warum haben die Assassinen Wolf... äh den Hund in einem Sack mit nach Litho genommen? Das ergibt keinen Sinn!", krächzte Frida.

Nonim nickte. „Ja, das habe ich mich auch gefragt. Aber inzwischen weiß ich viel mehr über diese Männer. Sie gerieten in Streit in einem südländischen Dorf. Wie Krumpmann berichtet hat nachdem ich ihm die Steckbriefe der Assassinen aus dem Südland gezeigt habe. Jaru machte Ärger. Der Assassine Jaru ist sehr bekannt im Südland. Er begann als Tierschlächter und tötete aus Spaß. Er machte sich Kleidungsstücke aus seinen Opfern. Einer der gefährlichsten Menschen in ganz Asthenos. Der junge Kazim konnte der Bande entkommen. Vielleicht ließen sie ihn auch entkommen um keine Aufmerksamkeit zu erregen. Aber nicht den Hund, der sein Herrchen verteidigt hat. Statt das Tier noch auf der Straße zu töten und damit die grausame Identität der Männer zu offenbaren, packte Jaru den Hund und nahm ihn mit. Erst an seinem Ziel in Litho wollte Jaru ihn schlachten und ihm das Fell abziehen. Das war schlau. So denke ich jedenfalls, könnte es gewesen sein."

„Aber warum ließen sie den Hund dann frei?"

Nonim zuckte mit den Schultern. „Schwer zu sagen. Ich vermute, dass Samuel Jaru bestrafen wollte für den Vorfall in dem Dorf. Aber man kann es nicht wissen. Vielleicht ist der Hund nur durch Zufall entkommen. Vielleicht wurde er von einem mitleidigen Hausmädchen der Bonadimani freigelassen. Wir werden es nie erfahren."

„Aber wie konnten Sie das alles herausfinden?", wollte Esra von Nonim wissen.

„Ich hatte Eleonora schon lange im Auge. Als ich zurück nach Litho kam, berichtete Edgar mir von Rothaars Sohn David und von Frida. Canan Ronyane hatte ihm noch am selben Tag telefoniert. Andelin und Edgar erzählten mir auch von Splitterlauf. Ich wusste, dass nur eine Person dafür verantwortlich sein konnte, denn ich wusste von Eleonoras Drogenkontakten und ihrer Verbindung zu den Assassinen im Südland. Doch absolut sicher war ich erst als Lyssa von Bahlow mir heute erzählte, dass Frida mit Samuel und Eleonora im Varieté Oberstadt aufgetaucht war und ihr eine beeindruckende Szene gemacht hatte. Lyssa war verzweifelt, denn sie hatte nichts von der Drogenabhängigkeit ihrer Enkelin gewusst. Sie vermutete richtig, dass Eleonora dir vorgemacht hatte, Lyssa und ich seien an allem schuld."

Frida nickte müde.

„Ich denke, dies war Eleonoras letzter Schachzug. Denn Lyssa von Bahlow und ich waren ihr noch im Wege. Unser Einfluss auf den Rat und den Präsidenten ist groß. Wir sollten als nächstes sterben. Und sie hoffte, wenn sie Frida genug anstachelte…"

„Ich sollte Sie töten", sagte Frida hohl. „Ich sollte Lyssa und Sie töten oder wenigstens dabei helfen. Heiliger Falke, sie war so kurz davor. Ich weiß nicht, ob ich es nicht getan hätte."

Der Tempelherr sah sie lange und nachdenklich an. „Glaubst du das wirklich, Frida? Hättest du Falkas Großmutter getötet?"

Frida schluckte schwer. „Ich weiß es nicht", flüsterte sie. „Ich habe noch niemals getötet. Ich weiß nicht, ob ich es könnte."

Der Tempelherr lächelte ihr zu. „Nein, Frida, niemand kann wissen ob er dazu in der Lage wäre. Ich glaube, jeder Mensch ist zum Töten imstande, wenn seine Wut, seine Verzweiflung und der bedingungslose Glaube an die Rechtmäßigkeit seines Tuns groß genug sind. Aber du, Frida, bist nicht so leichtgläubig wie du selbst vielleicht denkst. Du magst in Eleonoras Falle getappt sein, aber du musst Zweifel gehabt haben. Denn du hast die Wahrheit selbst herausgefunden, lange bevor es geplant war. Sonst hättest du kaum zusammen mit deinem Vater im Verlies gesessen. Nein Frida, du hättest Lyssa von Bahlow niemals getötet."

Frida starrte ihn an. Tränen liefen über ihr Gesicht und tropften auf das verschmutzte schwarze Kleid. Dann nickte sie.

„Zu gegebener Zeit hätte Eleonora deinen Vater töten lassen, dir die Leiche gezeigt und es mir, dem Tempelherrn zugeschrieben."

Frida stieß ein trockenes Schluchzen aus.

„Und dann sollte ein Zufall das Blatt wenden. Krumpmann kam bei Edgar an, um ihn zu warnen. Und wer spaziert genau in diesem Moment vorbei? Frida mit Kazims kleinem Hund Dino.

Krumpmann hätte dich niemals erkannt, er wusste nicht, wer du bist und hätte keinen Blick auf dich geworfen, wenn der kleine Dino nicht sein Herrchen Kazim erkannt hätte. Natürlich begriff Krumpmann schnell."

Der alte bärtige Mann brummelte leise.

„Ihm war klar, dass er die Spur zu den Assassinen aus dem Südland gefunden hatte. Du ranntest davon, doch er schickte Kazim hinter dir her. Kazim sah, wie du in Eleonoras Haus gegangen bist. Er schlich herum und spähte durch alle Fenster, die er finden konnte. Auch durch das Kellerfenster. Er sah Jon."

Nonim räusperte sich. „Sobald Kazim zurück war, berichtete er mir davon und ich beschloss, auf der Stelle zu handeln. Ich schickte Edgar mit diesen Dreien los, um Jon zu befreien und dann dich. Auch wenn sie es nicht ganz freiwillig getan haben." Er lächelte.

„Er hat den jungen Leo als Geisel behalten", sagte Esra grimmig zu Frida.

„Leo", murmelte Frida. Sie lachte verzweifelt.

„Leo ist ein schlauer Bursche. Er hat alles getan, um dir zu helfen, Frida. Er hat Andelin, Edgar und mich belauscht aber er zog die falschen Schlüsse aus dem Gespräch. Er dachte, wir wollten dich töten und versuchte dich zu warnen. Ich brachte ihn dazu uns zu helfen. Es tut mir leid, dass ich ihm drohen musste. Anders wäre es nicht gegangen. Und dasselbe gilt für euch", sagte er zu Esra, Aki und Saleh.

„Reden Sie, so viel Sie wollen. Solange Sie nicht erklären können, was wir damit zu tun haben, glaube ich Ihnen gar nichts."

Mit finsterer Miene lehnte Esra sich in ihrem Stuhl zurück.

Nonim nickte. „Ich sagte bereits, dass es mit Aki begonnen hat."

„Warum waren Soldaten in den Mienen?", fragte Aki leise. „Und warum haben Sie selber dort einen Spion gehabt?"

„Das ist der schwierige Teil der Geschichte. Während der Zeit der Diamantenkriege wurde dort etwas gefunden, wovon ihr noch hören werdet. Mein alter Freund Henry Theodor Wilfand war dort als General stationiert. Er hatte die Aufgabe, die Minen vor den Südländern zu bewachen. Doch Wilfand beging Hochverrat. Er verheimlichte dem Kriegsminister den Fund."

„Karven? Der mit dem Vertrag der Friedensallianz, der lebt immer noch?"

„Ja. Karven erfuhr durch einen Verräter aus Wilfands Truppe davon und ließ Wilfand töten. Was er wollte das bekam er nicht, denn der Fund war verschwunden. Dann stellte Litho sich auf die Seite des Südlandes und der Krieg war für das Nordland verloren. Karven, der diesen Schlag nie verkraftet hat, hatte bis heute Soldaten die Bewachung der Minen befohlen."

„Und Sie ja auch, wenn Sie einen Spion reingestellt haben. Ist es zu viel verlangt, dass Sie uns endlich sagen, warum?"

„Sofort. Ihr sollt es auf andere Weise erfahren. Natürlich war ich nicht der Einzige, der misstrauisch war. Karven schob auch mir einen Spion unter." Nonim presste die Lippen zusammen. „Anden, den Nordländer."

„Anden, dieser Anden? Der Falkenaut mit den Tätowierungen?" Aki krallte sich in die Lehnen seines Stuhles. „Er hat Raik!"

„Ich weiß nicht, wie Anden erfahren hat, dass Ferrana Wilfands Tagebuch gefunden hat. Aber Anden erfuhr in derselben Nacht davon, in der Ferrana starb. Und er verschwand spurlos. Zumindest eine Zeit lang. Er ging zu dem nordländischen Kriegsminister Karven, der wegen des Drei-Städte-Treffens in Litho war und erzählte ihm, dass Wilfands Aufzeichnungen wiederaufgetaucht sind. Zu dieser Zeit ließ Karven schon nach Raik und dir suchen. Genau wie Eleonora Bonadimani erkannte Karven die Möglichkeit, die in

Wilfands Tagebuch steckte. Dann schickte er Anden los, dich und Raik zu finden. Doch Anden gelang es nur, Raik aufzustöbern. Er erzählte ihm, dass es eine Möglichkeit gibt wie ihr straffrei zurück ins Nordland gehen könnt. Und Raik musste es ihm glauben. Schließlich sprach er im Namen des Kriegsministers des Nordlandes. Er versprach, dich in Sicherheit zu bringen und fand so heraus, wo du lebst. Er schickte als Tempelläufer verkleidete Soldaten dorthin, die dich töten sollten, denn du wusstest über die Minen Bescheid. Doch Aki, du konntest fliehen, zusammen mit dem Wissen über die Vorgänge in den Minen und dem Bild des nordländischen Falkenauten im Kopf. Und ausgerechnet, unter allen tausend Menschen, die dich hätten finden können, läufst du Andelins Schützling Esra in die Arme."

Aki wagte es nicht, Esra in die Augen zu sehen.

Sie sagte: „So hast du zufällig den Jungen in die Hände bekommen, nach dem Nonim gesucht hat. Der, der in den Minen war, nicht wahr Andelin?"

Andelin grinste. „Ein glücklicher Zufall, liebe Esra. So konnte ich meinem alten Freund und Tempelherrn einen äußerst großen Gefallen erweisen."

„Kurz gesagt", fauchte Esra wütend, „uns steht ein neuer Krieg in Litho bevor. Karven, der alte nordländische Kriegsminister, hat den Vertrag der Friedensallianz mit einer Sonderklausel versehen. Er hat vor, demnächst wieder in Litho einzumarschieren, sobald sich ein Anlass dafür findet. Und diese verrückte Bonadimani will dasselbe, nur, dass sie die Südländer einmarschieren lassen will. Zwei größenwahnsinnige Idioten, ein tödlicher Gedanke, wie man so schön sagt. Die Bonadimani hat einen Haufen Meuchelmörder aus Pion und eine gefährliche Droge in die Oberstadt gesetzt.

Gleichzeitig rennen gerade ein Dutzend nordländischer Soldaten im Falkenauten-Kostüm durch Litho, nur um Aki zu erledigen?"

„Vermutlich nicht nur", sagte Nonim. „Vergiss nicht, sie haben Raik. Sie brauchen ihn für irgendetwas. Er hat einen Pakt zu erfüllen. Wir wissen noch nicht, welchen. Du musst bedenken, dass Karven nichts von Eleonora Bonadimani und ihren Absichten weiß. Damit aber Karven mit seiner Armee in Litho einmarschieren kann, braucht es einen vorgeschobenen Grund nach den Klauseln der Friedensallianz."

„Raik soll ihnen den Grund zum Einmarsch liefern. Er muss etwas tun. Irgendwas, was so schlimm ist, dass Litho sich bedroht fühlt und um Hilfe ruft", stieß Aki hervor.

„Zum dreimal verfluchten Dogan, Sie sind der Tempelherr!", rief Frida plötzlich. „Gehen Sie in den Rat, reden Sie mit den Leuten, tun Sie irgendwas! Die hören auf Sie!"

Der Tempelherr rieb sich die Augen. Unruhig tauschten Edgar Vonnegut und Andelin Blicke aus. „Nein", sagte Nonim gebrochen. „Nicht mehr. Es ist zu spät."

„Was soll das…"

„Der Tempelherr", der junge Mann im Falkenautengewand sprach nun zum ersten Mal. „Nonim ist angeklagt für Verbrechen gegen den Dogan und seines Amtes enthoben. Es ist seit ein paar Stunden raus. Die Stadtwache sucht nach ihm. Mit dem Vorwurf ein Ketzer zu sein wird er keine Chance bekommen, vor dem Rat auch nur den Mund aufzutun. Das war's dann wohl", fügte er hohl hinzu.

„Das wirklich Schlimme daran ist, dass auf Litho deshalb noch etwas ganz anderes zukommen wird", sagte Edgar Vonnegut.

„Schlimmer als ein zwei-Fronten-Krieg gegen Nord- und Südland, hochbezahlte Assassinen aus Pion, verkleidete nordländische

Soldaten mit einem ungewissen Plan und eine tödliche Droge mit höllischem Abhängigkeitspotential?"

„Esra, halt die Klappe", brachte Saleh sie zum Schweigen.

„Es geht um das Pamphlet des Tempelherrn von Pion zur endgültigen und restlosen Ausrottung von Magie und Ketzerei in all ihren Formen, so wahr Dogan helfe", stöhnte der junge Falkenaut.

Bevor Aki oder Saleh reagieren konnten, war Esra aufgesprungen, in schnellen, ja fast unnatürlich schnellen Sätzen zu dem Sekretär geeilt, schlug mit solcher Wucht die Fäuste auf das Holz, dass es splitterte und näherte sich dem Gesicht des Tempelherrn auf wenige Zentimeter.

„Das darf nicht geschehen."

Aki fühlte ein kaltes Schaudern. Als wäre die Temperatur in dem Raum innerhalb weniger Sekunden um zehn Grad gefallen. Ihre Stimme war furchterregend, wie ein Dolch der tief in das Fleisch schneidet. Nonim war keinen Millimeter vor Esra zurückgewichen. Im Stillen bewunderte Aki die Nerven dieses Mannes.

„Ich werde alles tun, damit es nicht geschieht. Aber ich brauche eure Hilfe", sagte er.

Esra drehte sich ruckartig um. Sie starrte auf einen unsichtbaren Fleck an der Wand.

„Und das alles wegen einem Tagebuch?", rief Frida.

Nonim seufzte. „Ich habe eine Abschrift in Edgars Haus gelassen. Das ist nun wirklich das einzig Gute, das ich von mir selbst behaupten kann."

Edgar Vonnegut reichte Nonim ein kleines Notizbuch, das er festgehalten hatte. Nonim öffnete es. „Ich würde euch gerne eine Pause gönnen. Aber wir haben keine Zeit mehr. Ich glaube es ist absolut notwendig, dass ihr euch jetzt anhört, welche Geschichte Henry Theodor Wilfand zu erzählen hat."

Henry Theodor Wilfand. Was vor vierzig Jahren geschah.

Noch fünf Tage bis zur Wintersonnenwende, drittes Jahr des Diamantenkrieges.

Meine Geschichte muss niedergeschrieben werden. Viel Zeit bleibt nicht mehr. Heute fliehen wir nach Litho. Und Dogan, der Gnädige, ist alles, worauf wir noch hoffen können. Ich war immer ein gläubiger Mann und ich bin es noch heute. Mit all meiner Kraft habe ich dem Nordland gedient, ich habe Treue geschworen, bis meine Asche dem Wind übergeben wird. Ich habe mein Land betrogen. Keine größere Schande hätte über mich kommen können. Doch ich habe nach meinem Gewissen gehandelt und wenn ich vor Dogan, dem Herrn unserm Falken stehe, so wird er gerecht über mich urteilen und meine Seele ist gerettet. In höchster Dringlichkeit bringe ich diese Worte zu Papier, damit der, der sie erhalte, alles tue, was ihm nötig erscheint, um sein Land und seine Kinder zu schützen. Ich werde mich bemühen, alle Einzelheiten genau wiederzugeben, wenn es mein Gedächtnis zulässt.

Es begann in Jordengard, im östlichen Teil des Truwenwaldes. Unser Kriegsminister Leopold Karven hatte weitere Grabungen befohlen; die Geologen vermuteten neue Diamantenvorkommen. Ich meldete mich freiwillig, denn die Oberaufsicht in der Abgeschiedenheit bedeutete, dass ich zum General ernannt wurde. Dies war sicherlich der Augenblick, der meinen Untergang besiegelte. Schreckliches sollte sich zutragen.

So ging ich, davon nichts ahnend, im Auftrag Karvens in den Truwenwald. Die Ausgrabungen sollte Nicolas Virilio leiten, ein Wissenschaftler und Geologe und zu meiner großen Freude ein alter Freund von mir. Er hatte seinen Soldatendienst in derselben Kompanie abgeleistet, in der auch ich tätig war. Virilio war verheiratet und er brachte seine Frau und seine kleine Tochter nach Jordengard. Wir legten die Stollen an, sicherten die Firste und gruben Rösche. Unter der Zeit von einem Monat konnten wir die ersten Diamanten zu Tage holen. Während Virilio hauptsächlich vor Ort arbeitete, war ich in den provisorischen Lagern um den Stollen herum tätig. Wir bauten Hütten und bewachten die Diamantenmine vor Spionen und Südlandtruppen. Ich muss zugeben, dass sich keiner von uns hier wohl fühlte. Ob es die Einsamkeit war oder die Tatsache, dass durch die hohen Bäume des Waldes wenig Tageslicht fiel, ich vermag es nicht zu sagen. Mit der Zeit wurde ich versessen auf den Gedanken, dass die südländischen Spione uns beobachteten und bald zuschlagen würden. Wir unternahmen immer weitere Kontrollgänge in die Tiefen des Waldes hinein. In all der Zeit fanden wir niemals auch nur die Spur eines anderen menschlichen Lebewesens. Die Wegemeister von Jordengard und Liliengard, wenn wir denn einmal an den Rand des Waldes kamen, arbeiteten uns zu. Sie meldeten jeden Fremden, der die Stadt betreten hatte. So wurde es Winter und die Bäume bekamen das Aussehen schwarzer Nadeln, die den Himmel aufspießten. Wenn ich des Morgens aus der Hütte trat, sah ich nur Nebel. Aber es schneite nicht. Dieser Winter war zu mild.

Eines Tages bat mich Virilio darum, seiner kleinen Tochter die Mine zeigen zu dürfen. Ich erteilte die Genehmigung, da ich meinem Freund den Gefallen tun wollte, doch nicht ohne Bedingungen festzusetzen: seine Frau durfte den Wald nicht betreten, die Tochter wurde nicht auf direktem Weg zur Mine gebracht, sie durfte keinen Blick auf die Diamanten werfen und nicht in den Stollen hinein. Es war nicht so, dass ich Virilio nicht vertraute oder seiner Familie; es waren militärische Sicherheitsmaßnahmen, sonst nichts.

So wurde seine Tochter hergebracht. Sie war ein aufgewecktes Kind, neugierig, fantasievoll. Ihr Name war Agnes. Sie lenkte uns von der beklemmenden Atmosphäre des Waldes ab. Gegen Nachmittag begleitete sie eine Einheit auf den üblichen Kontrollgängen um die Minen herum. Eine halbe Stunde später kehrte der Major alleine und völlig außer sich zurück, der Schweiß tropfte die bleiche Nase hinunter. Agnes war weggelaufen. Die Soldaten suchten nach ihr aber er brauche mehr Männer, da sie sich nicht zu weit voneinander entfernen konnten, ohne die Orientierung zu verlieren. Ich stellte zwanzig Männer ab und ließ meine Wut und Sorge um die Tochter meines Freundes an dem Major aus. Er tat sich schwer, zu erklären, was vor sich gegangen war. Sie waren eine Weile gelaufen und Agnes sei immer stiller geworden. Er fürchtete zuerst, das Mädchen sei erschöpft. Doch Agnes erzählte dem Major, eine Frau gehe vor ihnen her. Ob er nicht wisse, wer sie sei. Natürlich habe er geschaut. Natürlich war niemand da gewesen. Er hielt Agnes Gerede für ein Spiel und fragte, wie die Frau denn aussehen würde. Ein schwarzes Kleid hätte sie an und winken würde sie. Der Major erinnerte sich, dass Agnes Mutter oft schwarze Kleider trug und lachte nur. Als sie den ersten Halt am Kontrollpunkt machten, war Agnes weg.

Sie war nur eine Minute aus den Augen des Majors gewesen, nicht mehr. Einfach weg! Ich sah, dass der Mann kurz vor einem Zusammenbruch stand. Schnaps wurde gebracht und ich beruhigte ihn, soweit ich konnte. Sie würde bald wiederauftauchen, weit konnte sie nicht sein. Ich hoffte, Virilio möge nicht so bald davon erfahren. Ich sah zwischen die kahlen Wipfel hinauf. Noch war genug Licht. Die Wolken jagten und Äste knarrten, denn der Wind hatte sich gedreht. Es war kein gutes Zeichen.

Zwei Stunden später befahl ich alle Männer aus den Stollen, ein heftiger Regenfall hatte begonnen. Ich wartete in meiner Hütte auf Virilio. Seine Tochter war immer noch nicht gefunden. Offen kann ich sagen, ja, ich fürchtete mich. Ich mochte den Schock in seinem Gesicht nicht sehen. Virilio kam herein und ich sah an seinem Blick, wie er sich in der Hütte umschaute, dass er es ahnte. Mein Herz war schwer. Noch bevor ich den Mund auftat, um die fürchterlichen Worte auszusprechen, klopfte es wild, die Tür wurde aufgerissen. Mein Major stürmte hinein und auf seinem Arm war Agnes. Meine Reaktion kam rasch. Mit einer Handbewegung gebot ich ihm zu schweigen. Er begriff, setzte Agnes ab und ging ohne ein Wort hinaus. Virilio schnalzte missbilligend mit der Zunge, griff nach seinem Mantel und legte ihm der Kleinen um.

„Wilfand, du hättest schon dafür sorgen können, dass sie vor dem Regen wieder drin ist!"

Ich brachte nur ein Nicken zustande.

„Wo hast du dich rumgetrieben?", fragte er das Mädchen. Ihre folgenden Worte sollten mir immer wieder ins Gedächtnis kommen, wenn ich nachts schweißgebadet aus meinen Albträumen aufwachte.

„Ich war bei der Hexe", sagte Agnes.

„Was für eine Hexe denn?"

„Sie wohnt hier im Wald und sie ist freundlich."

Virilio, offenbar gewohnt an die Märchen seiner Tochter, erwiderte nur: „Das ist aber schön."

„Ja", machte Agnes nachdenklich, „und ich soll dir was von ihr ausrichten!"

„So, was denn?"

„Bald wirst du's finden!"

„Was?"

„Weiß nicht, was. Das hat sie nicht gesagt", murmelte Agnes. „Ich habe Hunger."

So und so trugen sich die Ereignisse zu. Agnes kehrte sicher und fröhlich nach Jordengard zurück. Das Wetter war am nächsten Tag gut, doch der Regen hatte einen Stollen unsicher gemacht. Ein neuer musste angelegt werden, etwas tiefer im Berg. Zwei Wochen darauf war er endlich fertiggestellt und die Männer konnten mit dem Rohstoffabbau beginnen. Der Stollen sollte sich als ertragreich erweisen. Deshalb verwunderte es mich, dass bald darauf ein Mann zu mir kam und berichtete, Virilio hätte die Arbeiten in dem neuen Stollen einstellen lassen. Ich ließ ihn zu mir rufen, doch der Soldat, den ich geschickt hatte, kam mit der Nachricht zurück, Virilio sei nach Jordengard aufgebrochen. Er wollte erst abends zurückkehren.

Ich ärgerte mich, denn Virilio war verpflichtet, mich dafür um Erlaubnis zu bitten.

Virilio war mir unterstellt, gewiss, doch er war ein Freund. Wenn er nach Jordengard ging, mochte es einen Grund haben. Also wartete ich. Gegen Einbruch der Nacht kam er in meine Hütte. Ich sah sofort, dass er nicht er selbst war. Er ging zu jedem Fenster, prüfte, ob es geschlossen sei, stellte die Holzplatten davor, die ich bei Nacht befestigte, um es wilden Tieren unmöglich zu machen, über die Scheiben in die Hütte einzudringen. Dreimal öffnete er ruckartig die Tür, blickte hinaus, nur um sie gleich wieder zu schließen. Ich fuhr ihn scharf an, denn meine Geduld war ausgereizt. Endlich setzte Virilio sich. Ich fragte ihn, warum er die Arbeiten in dem neuen Stollen aufgegeben hatte. Ich fragte dreimal. Virilio stöhnte nur und legte den Kopf auf die verschränkten Arme. Ich musste an mich halten, um ihn nicht zu schütteln.

„Nun sprich!", stieß ich hervor und schlug meine Faust auf den Tisch. Das rüttelte den armen Mann ein wenig auf.

„Wilfand, seit zwanzig Jahren bin ich jetzt Geologe und ich behaupte, dass ich gut bin."

Gespannt wartete ich, was folgen mochte.

„Ich habe den Großen Mineralienatlas Asthenos mitverfasst."

Wollte er sich rechtfertigen? Aber für was?

„Und als Wissenschaftler glaube ich an den Weg der Wahrheit, Ga'an, der Weg des Falken."

„Virilio", sagte ich leise. Mehr nicht. Ohne ein weiteres Wort zu verlieren griff er mit zitternden Fingern in seine Jackentasche und holte ein weiß glänzendes Gebilde heraus.

„Was ist das?", fragte ich scharf.

„Zelluliodpapier", sagte Virilio angespannt, „aber darum geht es nicht."

Mit, wie es schien, klammen Fingern wickelte er das knisternde Papier auseinander und breitete es aus. Ein Haufen kleiner, schwarzer Splitter kam zum Vorschein. Sie erinnerten mich an Glassplitter. Ich begriff nicht.

„Ein Arbeiter kam und sagte, ich solle mir es unbedingt ansehen. Sie hätten schwarze Diamanten gefunden." Virilio schluckte. „Er hielt es für einen Spaß."

„Und das ist es nicht?", fragte ich beherrscht.

„Nein. Oh nein."

Ich griff nach den Splittern, doch Virilio packte meine Hand.

„Fass das nicht an!"

„Was zum dreimal verfluchten Südländer ist das für ein Zeug?"

Stumm bewegten sich die Lippen des Mannes. Schweiß rann seine Schläfen hinunter.

„Ich weiß nicht sicher. Es ist eine Kohlenstoffmodifikation, soviel steht fest. Bisher sind davon nur zwei bekannt, Graphit und Diamant. Eine solche Modifikation kann nur unter enormen Druck und hoher Temperatur entstehen. Keine Bedingungen, die auf der Welt natürlich vorstellbar sind."

„Ein Himmelsstein?" Ärgerlich verbesserte ich mich. Virilio sollte mich nicht für unwissend halten. „Du meinst, ein Uranolith?"

„Zweifellos." Virilio fuhr sich über die Stirn.

Ich sammelte meine Gedanken. „Wir müssen den Fund melden."

„Das werden wir nicht."

Ich starrte Virilio an. „Das kommt nicht in Frage. Wir sind dazu verpflichtet."

Virilio stand auf und blickte mir gerade in die Augen.

„Begreif doch! Das ist kein gewöhnlicher Uranolith."

Vorsichtig hob er das Zelluloid an, trat zur Seite, kniete sich auf den Boden und platzierte das Papier sorgfältig. Schweigend und höchst verwundert beobachtete ich sein Tun. Mit einem Ruck riss er das Papier unter den Kristallen weg und trat einige Schritte zurück. Nichts geschah. Ich räusperte mich.

„Im Ernst, Virilio, ich…", die Worte blieben mir im Halse stecken. Vor meinen Augen geschah das Eigentümlichste, das ich in meinem ganzen Leben gesehen hatte. Wenige Zentimeter über den Splittern, in der freien Luft schwebend, erschien eine helle Kugel. Sie war kaum größer als mein Uniformknopf und ging diffus in die Luft um sie herum über. Der Ball schien einen Augenblick zu zittern und schwebte auf den Tisch zu. Unfähig zur Bewegung sah ich, wie er den Tisch berührte, scheinbar durch ihn hindurch glitt, ohne das Holz in Brand zu setzen und dann verschwand. Ich glotzte mit offenem Mund an die Stelle im Tisch, wo die Kugel hindurch gegangen war. Ein schwarzes, glattes Loch, wie ein perfekter Durchschuss war dort, wo Holz sein sollte.

„Du hast es selbst gesehen", flüsterte Virilio.

„Wa… wie…", stammelte ich.

„Ein Plasmaball, das heißt eine Gasentzündung, die von einer elektrischen Feldstärke verursacht wurde, glaube ich. Einer hohen elektrischen Feldstärke. Ich habe schon davon gelesen, es aber noch niemals selbst gesehen. Um ehrlich zu sein, hielt ich es für eine Fehlinterpretation optischer Täuschungen."

„Und das haben diese Dinger gemacht?"

Virilio drückte das Zelluloid wieder über die Splitter, hob sie an und legte sie auf den Tisch.

„Ja. Ich glaube, ich spiele mit meiner Gesundheit, sie in der Jackentasche zu tragen. Aber das Zelluloid ist ein Isolator und die Splitter reagieren offenbar nur in Bodennähe."

„Aber was bedeutet das?"

„Um es kurz zu sagen: Diese Splitter senden offenbar eine gefährlich hohe elektromagnetische Strahlung aus."

„Und das wiederum bedeutet…?"

„Sie erhitzen Feststoffe von innen heraus. Keine äußerlichen Schäden", sagte Virilio kurz angebunden.

„Wie viele hast du davon? Noch mehr?"

„Viel mehr."

„Großer Dogan", sagte ich. „Das ist…"

Er sah mit lange und fest in die Augen. „Eine neue Waffe."

Allmählich begann ich zu verstehen. „Was hast du in Jordengard gemacht?", fragte ich.

„Meine Seele erleichtert", sagte er.

„Du hast dich einem Falkenauten anvertraut?", begehrte ich auf. „Ohne mich vorher zu fragen?"

„Ja. Weil ich glaube…", murmelte Virilio, „dass es Do'ons Erde ist."

„Do'ons Erde", wiederholte ich beinahe hysterisch.

„Ich bin ein Kind des Falken!", rief Virilio außer sich. Seine angespannte Gefasstheit brach in tausend Stücke. „Und du selbst weißt, was im heiligen Buch steht: Am nächsten Morgen ging Yetunde und brach mit ihren bloßen Händen Steine aus der Erde Do'ons. Der Zorn der Hexe war groß und sie schleuderte die Steine auf die Welt, um ihre Kinder zu vernichten. Und es heißt auch, dass in den Schriften Do'ons diese Steine beschrieben werden. Das schwarze Glas, heißt es dort. Voller böser Kräfte. Und das heilige Feuer durchdrang alles."

„Die Schriften Do'ons gibt es nicht mehr", sagte ich hilflos, bemüht, meine Gedanken beisammen zu halten.

„So oder so, Karven darf das schwarze Glas nicht in die Hände bekommen. Du weißt genau wie ich, dass er es einsetzen würde. Dieser Krieg wäre ein Vernichtungskrieg. Und wir wissen nicht einmal, welche Kräfte diese Splitter haben! Wir hätten keine Kontrolle über seine Wirkung! Wilfand!" Er griff meine Schultern. Ich stieß ihn von mir. Virilio kam mir fremd vor.

„Ich liebe mein Land", sagte ich.

Virilio musterte mich mit brennenden Augen. „Ja, das tue ich auch."

Ein Knarren ließ uns zusammenfahren. Doch es war nur das Holz gewesen.

„Lass mich allein", sagte ich und drehte ihm den Rücken zu.

Ich wartete, bis er sich rührte. „Und sag mir noch den Namen des Falkenauten, den du eingeweiht hast."

Er zögerte. „Krumpmann."

Als die Tür hinter ihm zufiel, gaben meine Knie nach und ich legte mich auf den kalten Boden.

In der darauffolgenden Nacht hatte ich zum ersten Mal diesen Albtraum. Ich ging alleine durch den Wald, in meiner Hand fühlte ich die scharfen Kanten des schwarzen Glases. So sehr ich mich bemühte, ich konnte die Hand nicht öffnen. Je weiter ich ging, desto dichter wurde der Wald und endlich stand ich vor einer Hütte, die meiner eigenen nicht unähnlich war. Und dennoch war sie anders, falsch. Die Wände waren nicht gerade, sondern bogen sich als drücke ein Orkan sie zur Seite. Ich blickte nach oben und wieder jagten die Wolken über den Himmel und in einer endlosen Schleife ging die Sonne auf und wieder unter, auf und wieder unter. Die Schatten der Bäume wanderten über mein Gesicht, lange Schatten, kurze Schatten, wie Meereswellen. Blätter fielen auf mich herunter, Schnee und Regen und Blütenstaub. Gewaltsam bemühte ich mich, meine Finger auseinander zu bekommen, es gelang mir nicht. Als ich das nächste Mal zur Hütte blickte, stand eine fremde Frau davor. Sie streckte eine Faust aus, die sie dem Boden zudrehte und dann öffnete sie die Hand. Ohne es verhindern zu können, spiegelte meine Hand ihre Bewegung. Unendlich langsam fielen die Splitter heraus. Die Hütte schien näher zu kommen und als die Splitter den Boden berührten, stand die fremde Frau direkt vor mir, ohne dass sie oder ich einen Fuß vor den anderen gesetzt hätten.

„Gefunden", sagte sie. Ihre Stimme war die eines kleinen Mädchens, ihr Mund lächelte. In ihren Augen spiegelte sich der Schein eines gewaltigen Feuers und schreckliche Furcht packte mich. Ich begann zu schreien, bis ich schließlich aufwachte.

In dieser Nacht schlief ich nicht mehr. Ich stand auf und ging ruhelos in meiner Hütte umher. Ja, ich war ein gläubiger Mann, doch hatte ich Verstand. Virilios Vermutungen prallten an mir ab. Was dieses schwarze Glas nun war oder nicht war, konnte ich nicht beurteilen. Aber ich hatte seine Wirkung mit eigenen Augen gesehen. Wenn so ein kleiner Haufen schwarzer Splitter eine schwebende Feuerkugel hervorrufen konnte, was tat dann ein ganzer Eimer voll schwarzen Glases? Oder eine Wagenladung voll? Wenn das schwarze Glas ein Uranolith war, gab es vielleicht nicht einmal so viel Material. Es kam darauf an, wie viele kosmische Steine dort heruntergekommen waren.

Ich sah mich vor Karven stehen. Sah seinen fiebrigen Siegeswillen, seine kalte Besessenheit. Ich malte mir sein Gesicht aus, wenn ich ihm von dem schwarzen Glas erzählen würde. Dann die Front an der Grenze zum Südland. Ich sah, wie eine riesige Feuerkugel auf die Stadt Litho zu schwebte und wie Karven mit uns auf dem Hügel stand und feierte, während das Blut tausender Menschen, Männer, Frauen, Kinder, Alte zu kochen begann und sie innerlich verbrennen ließ.

Sicher, mein Land würde alleine über Asthenos herrschen. Es war das, was ich wollte, was Karven wollte, was das Volk ersehnte. Opfer waren unumgänglich. Alles für Kaon, alles für das Nordland. In dieser Nacht hatte ich Zweifel. Es ist schwer zu erklären, welche Gedanken mich umhertrieben. Vieles davon war mir nicht einmal wirklich bewusst. Ich hatte eine ungewisse Vorahnung und sie roch nach Asche im Wind. Und dann, nach langen, kalten und grausamen Stunden, war mein Weg klar.

Das Haus des Falkenauten Krumpmann stand am Rande von Jordengard. Es war ein gedrungener Bau mit traditionellem Strohdach. Ich wies den Major an, davor Wache zu stehen und klopfte an die Tür. Der Tempelläufer Krumpmanns öffnete uns, ein hübscher Junge von stattlichem Wuchs und südländischer Haut. Sein Name war Nonim. Er führte uns in die Stube. Krumpmann, der Falkenaut der kleinen Stadt Jordengard, begrüßte uns. Er hatte helles Haar und trug einen Bart. Virilio schien ihm zugetan. Er war kein Mann blumiger Worte, sondern kam sofort auf den Kern der Sache, was mir sympathisch war.

„Sagt mir, wie viel von dem schwarzen Glas haben Sie in der Mine ausgehoben?"

„Es sind bisher etwa zwei Eimer voll", erwiderte Virilio.

Krumpmann nickte. „Es kann gut von zwei Männern getragen werden."

„Ich denke, auch ein Mann könnte es tragen. Aber die Schwierigkeit ist, dass es hochgefährlich wäre das zu tun."

„Wo befindet es sich jetzt?"

„In verschiedene Porzellangefäße gefüllt unter einem Felsen in der Nähe der Mine."

„Wir brauchen ein geeigneteres Transportmittel", warf Krumpmann ein. „Einen Kasten, der auf den Schultern getragen werden kann. Er darf die Erde nicht berühren. Ich kenne einen Tischler in Jordengard, den jungen Dujak, der dies ohne weiteres bauen könnte."

„Wie lange wird er brauchen?", wollte ich wissen.

„Nicht lange, wenn der Auftrag von mir kommt", sagte Krumpmann grimmig.

„Wir müssen so schnell wie möglich handeln."

„Das ist mir klar, General." Krumpmann betonte ‚General' eigenartig.

„Mindestens zwei kräftige Männer müssen das schwarze Glas mit den Porzellangefäßen in den Kasten platzieren. Die Lücken sollten wir mit Zelluloidpapier auffüllen. Die Männer müssen Schuhe mit dicken Gummisohlen tragen und alles Metall an ihrem Körper ablegen", sagte Virilio.

„Ich kann das tun", schlug ich vor.

„Nonim kann der zweite Mann sein", sagte Krumpmann.

„Und dann, wohin sollen wir den Kasten bringen?"

„Ich habe Vorkehrungen getroffen. Eine Kutsche wird an den Rand des Waldes kommen und die beiden Männer und den Kasten nach Litho bringen."

„Nach Litho?", fragte ich scharf.

„Natürlich. Litho ist die einzige neutrale Stadt. Der Krieg hat sie noch verschont. Es gibt im Moment keinen Ort, der so sicher ist wie Litho."

„Was geschieht mit uns? Ich muss an meine Familie denken!", sagte Virilio.

„Daran ist gedacht. Falkenaut Andelin aus Litho, der auch ein Tempelläufer von mir war, wird euch ein Versteck im Tempel herrichten. Wenn es sicher ist, werdet ihr eine neue Existenz in Litho aufbauen können."

„Und was geschieht mit dem schwarzen Glas?"

„Wir haben da einen jungen, aufstrebenden Wissenschaftler an der Hand, Edgar Vonnegut. Er ist absolut vertrauenswürdig und nicht im Geringsten gläubig. Das schwarze Glas wird bis zum Kriegsende, wie lange das auch immer dauern mag, bei ihm bleiben, er hat das notwendige Material, um damit umzugehen."

So wurde alles beschlossen. Es schien mir die richtige Entscheidung. Karven wird niemals von dem schwarzen Glas erfahren. Nur, dass sein Chefgeologe und sein junger General nun Desserteure sind. Es tut mir unendlich weh. Ich habe auf die Fahne Kaons geschworen, dem Nordland zu dienen, bis ich sterbe. Und für mein Vaterland zu sterben. Vielleicht werde ich das auch tun aber auf eine andere Art als ich es mir vorgestellt hatte. Es ist besser, ich sterbe als tausend andere Menschen, die niemand gefragt hat, ob sie bereit dazu sind.

Seit unserem Treffen mit dem Falkenauten Krumpmann sind zwei Tage vergangen. Und Virilio brachte heute die Nachricht, der

Kasten sei fertig. Er zeigte mir die Stelle, an der die Gefäße mit dem schwarzen Glas versteckt sind. Dann schickte ich Virilio nach Jordengard zurück, damit er die Flucht seiner Familie vorbereiten konnte.

Bei der ersten Nachtwache traf ich Nonim. Wir waren übereingekommen, dass es nicht lohnte, bis in die tiefe Nacht zu warten. Die tiefe Nacht machte meine Wachen nur misstrauisch. Je später es war, desto vorsichtiger wurden sie. War es aber noch nicht allzu spät, erwartete niemand, dass etwas Besonderes geschah.

Ich verbarg mich hinter meiner eigenen Hütte. Es war kalt. Meine Hände steckten in ledernen Handschuhen. Natürlich, Winter war es aber dieser hatte lange auf sich warten lassen. Meine Uniform hing ordentlich über der Lehne des Schreibtischstuhls. Ich machte mir Sorgen. Der Major hatte mich heute seltsam angesehen. Wenn nur ein Mann Verdacht schöpfte, waren wir tot. Auf Desserteure wird geschossen, ohne sie anzuhören.

Ich starrte in die Schwärze des Waldes hinein und die scharfzackigen Kanten der Baumkörper zeichneten sich aus der noch tieferen Dunkelheit um sie herum ab. Begabtere Schreiber als ich haben schon viel über den Mond in diesen Nächten gesagt; ich muss nichts hinzufügen. Ich hatte jede Nacht in diesem Wald verbracht. Seltsam, dass ich glaubte, eine Hütte würde alles anders machen. Dieser war einer dieser Wälder, in denen man ständig Dinge sah, Bewegungen, Etwas und war es nur ein wandernder Lichtfleck in den Augen. Es war ein Ort, um den Verstand zu verlieren. Kein Wunder, dass wir Holzplatten für die Fenster hatten. Nicht, um wilde Tiere davon abzuhalten, in die Hütten hineinzukommen. Nur um es uns unmöglich zu machen, hinauszusehen.

Dann löste sich aus der Schwärze eine Gestalt. Obwohl ich wusste, dass es Nonim war, nahm ich meine Hand erst von meiner

Waffe als ich sein Gesicht sah. Er brachte den Holzkasten und nach kurzem Suchen hinter dem Rücken der Wachen fanden wir die Stelle, an der Virilio das schwarze Glas – das doch alles andere als Glas war – unter dem Felsen versteckt hatte. Wir stellen sechs unterschiedlich große Porzellangefäße, die aus der Küche von Virilios Frau stammen mussten in den Kasten und verknüllten das darin schon befindliche Zelluloidpapier als Puffer zwischen den Gefäßen. Das Papier knisterte und ein seltsames Prickeln strich meinen Arm hinauf. Eilig legte ich noch Zelluloidpapier oben auf, dann schlossen wir den hölzernen Deckel und hoben die Kiste an. Sie hatte mit Kautschuk umhüllte Griffe zu beiden Seiten. Leise entfernten wir uns von den Wachen. Eine Zeitlang schien das Licht des Lagers in den Wald hinein, bald darauf war es weg. Trotz unserer Furcht entdeckt zu werden mussten wir langsam gehen. Wir ahnten nur, was geschehen konnte, stürzte die Kiste zu Boden und öffnete sich. Es war fürchterlich. Stumm bewegten wir uns in einer Weise vorwärts, die ich nur als hastiges Schleichen umschreiben kann. Es muss ein bizarres Bild gewesen sein, hätte uns jemand aus dem Schutz der Bäume beobachtet. Nonim kannte den Weg, ich glaube, er orientierte sich an den Sternen oder an bestimmten Felsen, ich vermag es nicht genau zu sagen. Jetzt bildete sich Nebel. Nonim fluchte. Aber nach nur zwei Minuten hatten wir den Waldrand erreicht. Nichts mag unheimlicher sein als ein Waldrand. Auf der einen Seite ein schwarzes Meer, das einen Wanderer verschlucken kann. Auf der anderen Seite ein offenes Feld, wo ein Wanderer einer Zielscheibe gleicht. Ich hörte ein Pferd aufbocken. Die Kutsche. Unvorsichtig stürzten wir los. Der Kutscher sah aufgeregt aus und winkte uns, einzusteigen.

„Ich sehe Fackeln im Wald!", zischte er.

Nonim und ich blickten uns an. Wir rissen die Tür auf und kletterten hinein. Kaum hatte Nonim die Kutschentür zugeschlagen, polterten wir los. Ich starrte den jungen Mann an, der nicht viel jünger war als ich selbst. Er brachte kein Wort über die Lippen. Doch ich begriff, was auch er begriffen hatte: Fackeln im Wald bedeuteten, dass jemand Bescheid wusste. Vermutlich hatte der Nebel uns gerettet. Es war noch nicht überstanden. Wir sollten an einem unter den Kutschern verabredeten Treffpunkt bei Jordengard halten, Virilios Kutsche abwarten und Krumpmann aufnehmen.

Wir erreichten den Treffpunkt, ein verlassener Steinbruch. Virilios Kutsche war schon dort. Als Virilio aus der Kutsche stürzte, sah ich einen Moment seine verängstigte Frau, die in den Armen ihre schlafende Tochter Agnes hielt. Sonst niemanden.

„Wo ist Krumpmann?"

„Er kam nicht." Virilio zitterte. „Ich weiß nicht, was geschehen ist."

„Wir gehen nicht ohne Krumpmann", sagte Nonim.

„Sie wissen Bescheid! Sei nicht dumm, Junge", fuhr ich ihn an.

„Ich gehe nicht ohne Krumpmann", sagte Nonim.

„Was soll das heißen, sie wissen Bescheid?", fragte Virilio voller Furcht.

Nur mit Mühe behielt ich meine Nerven.

„Hör zu, Virilio. Du und deine Frau, ihr fahrt weiter. Der Kutscher soll einen Umweg nehmen. Fahrt zuerst nach Nordwesten. Die großen Straßen nach Litho könnten überwacht sein. Nehmt einen Weg, der nicht viel befahren wird. Bringt euch in Sicherheit. Nonim wird nach Krumpmann suchen. Ich bleibe hier und bewache das schwarze Glas."

Stumm vor Entsetzen beobachtete Virilio, wie ich meine Waffe zog. Nonim verschwand, ohne ein weiteres Wort zu verlieren, in Richtung Jordengard.

„Wilfand…"

„Beeilt euch!"

Virilio griff meine Schulter, ließ wieder los und hastete zu seiner Kutsche zurück. Ich sah ihr nach als sie in der Nacht verschwand. Das Warten begann. Nach einem Gespräch mit dem Kutscher war mir klar, dass niemand von dem Treffpunkt am Steinbruch erfahren haben konnte. Nicht einmal Krumpmann kannte ihn. Ich wusste nicht, wie viele Stunden es dauern mochte, bis Nonim zurückkehrte. Vielleicht kam er auch nicht mehr. Ich beschloss, bis zum Morgengrauen zu warten und allein aufzubrechen. Nun kam mir der Gedanke, dass ich Aufschreiben sollte, was geschehen ist. Für den Fall, dass keiner von uns davon erzählen kann. Der Kutscher lieh mir sein Fahrtenbuch. Und hier sitze ich nun, unter dem Licht einer Kerze, mit meiner Waffe auf dem Schoß und schreibe. Kein Militärgericht wird von mir Rede und Antwort verlangen. Aber Dogan, der Herr unser Falke, wird mich anhören. Das ist meine Geschichte und… Er kommt.

Es ist bald Morgengrauen. Wir nehmen den Weg über die Felder, kann kaum schreiben. Nonim hat Krumpmann hergebracht. Er ist schwer verletzt. Sein Bein ist gebrochen und noch mehr. Sie haben ihn gefoltert, doch er hat geschwiegen. Mein Major steckt dahinter. Nonim fand Krumpmann in einem Schuppen neben seinem Haus. Eine Blutspur führte hinein. Sie hofften, er würde sterben. Ich weiß nicht, ob er es bis Litho schafft. Soviel Blut! Ich kann nicht glauben, dass meine Männer das getan haben. So wahr Dogan helfe, wir werden das schwarze Glas nach Litho bringen und wenn ich alle töten muss, die uns aufhalten wollen.

Gez. Henry Theodor Wilfand

Märchenstunde

Es war dunkel in dem Raum. Das einzige Licht war das der sich stetig drehenden Holzpyramide. An den Seiten befanden sich sieben Halter, in denen kleine Kerzen steckten. Sie brannten und flackerten. Ihre Hitze stieg nach oben und setzte die Mühlenflügel an der Spitze der Pyramide in Bewegung. Sie drehten sich schnell. Der Boden war eine Holzscheibe mit kleinen Figuren. Um die Pyramide herum war ein feuerfestes Pergament gespannt. Die Konstruktion hatte einen ähnlichen Effekt wie ein Schattentheater. Das Kerzenlicht warf die riesigen Schatten der Figuren an die Tapete. An der Wand eilten beständig die Gestalten eines Schäfers, eines Wegemeisters, einer Hexe, eines Wolfes und eines Falken vorbei.

Frida saß in eine Wolldecke gehüllt auf einem Sessel neben dem Bett ihres Vaters Jon, der in tiefen Schlaf versunken war. Sie hatte die langen Beine angezogen und beobachtete die Figuren. Es war warm in dem Raum und Frida fühlte sich so friedlich wie seit langer Zeit nicht mehr. Ruth hatte dieses Zimmer Jon und ihr zugeteilt. Es gehörte der kleinen Margaret Katzgetier. Nach den Enthüllungen des Tempelherrn glaubte Frida, ihr Geist würde nie wieder aus den Irrungen und dem Schrecken herausfinden. Ruth hatte ihr heißen Met gegeben, einen Teller mit Schwarzbrot, Käse, Schinken und Ei hingestellt und eine Salbe auf die pochende, blau-melierte Schläfe aufgetragen. Dann hatte sie die Holzpyramide entzündet und sich mit dem Befehl zurückgezogen, Frida solle sich zum Schlafen legen. Sie waren am Abend in dem wunderlichen Haus von Edgar Vonnegut angekommen und nun war es bereits tiefe Nacht. Wachend harrte Frida neben ihrem Vater aus. Die Müdigkeit schlich wie eine Katze um ihre Beine. Aber sie verlor sich an ihren dunklen Lidern, die das Funkeln eines hellwachen Verstandes umrahmten. Die Wahrheiten, die Frida erfahren hatte, spukten und polterten in ihr.

Wahrheit war eine Sache, die schlimmer sein konnte als alle Lügen zuvor. Nichts war mehr klar. Sie hatte zu wissen geglaubt was geschah. Doch es war ein Irrtum gewesen, Blendwerk. Kabale. Ihr Blick verschwamm. Und dann sah sie eine neue Wahrheit, Nonims Wahrheit. Sie erinnerte sich an die Illusionsbilder des Zauberkünstlers aus Kipkadi. Doch war die Wahrheit von Nonim, dem abgesetzten Tempelherrn, die letzte aller Wahrheiten? Konnte man ihm trauen? Sie wusste es nicht. Eleonora. Sie hatte ihr vertraut. Glaubte, sie zu verstehen, weil sie arm gewesen war und verachtet wurde, wie Frida selbst. Nichts als Schatten und Spiegel. *Großer Dogan…* David Rothaar und Falka von Bahlow. Zuerst hatte Eleonora versucht, David töten zu lassen. Samuel. Samuel! Sein Name brannte wie ätzendes Feuer in ihrem Bauch. Er hatte es nicht geschafft. Dann hatten sie Falka Splitterlauf verabreicht. Und Jon eingesperrt. Eleonora war kurz davor gewesen alle Menschen zu töten, die Frida liebte.

Die Zornesfalte auf ihrer Stirn grub sich noch tiefer ein und sie presste die Decke fest gegen ihren Mund. Und wofür? Für einen Platz im Rat von Litho? Frida schnaubte. Eleonora würde dafür bezahlen. Bald. Das schwarze Glas drängte sich in ihre Gedanken.

Agnes… Das kleine Mädchen aus Wilfands Tagebüchern heißt Agnes. Sie heißt Agnes, wie meine Mutter. Und sie ist vom Nordland nach Litho geflohen. Wie Mutter. Das Alter stimmt… Ich kann's nicht glauben. Was bedeutet das? Wenn die kleine Agnes aus Wilfands Tagebüchern meine Mutter ist, dann ist sie neben diesem Krumpmann die Einzige, die damals lebend davongekommen ist. Haben die Verfolger sie weiter gejagt und Jahre später in Litho doch gefunden? Ist das der Grund, warum sie sterben musste?

Sie fuhr heftig zusammen als eine Hand nach der ihren tastete. Die Decke rutschte auf den Boden.

„Frida", kam es von Jons Lippen.

Er blinzelte. Jon Iringa hatte das Bewusstsein wiedererlangt. Mit offenem Mund sah Frida ihn an. Doch jeder Laut blieb in ihrer Kehle stecken und so drückte sie wortlos die Hand ihres Vaters.

„Frida… es tut mir…"

„Nein!", sie zuckte zurück. „Nicht. Es war alles meine Schuld. Nur meine. Ich habe dich da reingezogen. Ich habe mich mit David Rothaar getroffen. Und ich habe nicht erkannt, dass der Zettel nicht deine Handschrift war. Ich bin auf Samuel und die Bonadimani reingefallen." Geknickt senkte Frida den Kopf. Ein paar Tränen tropften mit einem dumpfen *Plopp* auf die Decke.

„Ist alles gut." Jons Stimme war rau und brüchig. Er räusperte sich und richtete sich ein wenig in dem Bett auf. Frida reichte ihm ein Glas, das auf dem Nachttisch stand. Dankbar trank er ein paar Schlucke.

„Bin auch auf sie reingefallen. Viele Jahre", sagte er schließlich. „Und auch wenn du's nicht hören magst. Es ist meine Schuld und es tut mir leid."

Frida wagte nicht, ihren Vater anzusehen. Sie schüttelte die ganze Lockenpracht.

„Doch ist es. Ich hätt' dir mehr vertrauen soll. Du bist kein kleines Mädchen mehr. Ich hätt' dir alles sagen soll, von deiner Mutter. Und von Mendax, Canan, der Bonadimani. Und…", er zögerte, „von den bewegten Bildern."

„Du", Fridas Stimme zitterte vor Unsicherheit und Stolz. „Du hast das Lichtspielhaus in der Oberstadt mitgebaut. Du hast die bewegten Bilder nach Litho gebracht."

Jon grinste, obwohl es ihm Schmerzen bereitete und seine Augen leuchteten aus den dunklen, eingesunkenen Höhlen heraus.

„Ja. Ich habe irgendwann entdeckt, wenn man viele einzelne Fotografien hintereinander klebt und sie an einen Lichtprojektor hängt, dann bewegen sich die Bilder. Wie im echten Leben. Je mehr Fotos man hat desto genauer und echter schaut es aus." Erschöpft von den vielen Worten nahm Jon noch ein paar Schlucke Wasser. „Mischa… oder Mendax, wie er sich jetzt nennt, der war besser im Verkaufen. Er machte den Film bekannt. Und er hat Filme produzieren lassen. Und der Film hat sich rasend schnell in ganz Asthenos verbreitet", sein Lächeln verblasste. „Der Ruhm ist ihm zu Kopf gestiegen. Und nicht nur ihm. Auch der kleinen Nora". Er schüttelte den Kopf.

„Meinst du Eleonora Bonadimani?", fragte Frida gespannt.

„Ja. Nora. Ich weiß nicht, ob sie so geworden ist oder ob sie schon immer so war. Geldgierig. Sie wollte von allem das Beste. Nix war gut genug für sie. Als hätt' sie was gutzumachen. Sie war als Kind arm, hat viel Hässliches erlebt und ihre Eltern haben sie an den alten Ronyane verkauft." Kurz verstummte er. „Was das für Eltern waren, frag ich mich manchmal. Vielleicht wird man so, mit solchen Eltern. Wer weiß, zu was sie sie vorher schon alles verkauft oder verliehen haben. Was das mit einem Menschen macht. Auf der Fahrt, da war sie wunderbar, lieb, fröhlich. Wir haben sie aber oft erwischt, wie sie gelogen hat. Wir dachten immer, sie hat Angst, dass wir sie nicht mögen, wenn sie uns nicht schmeichelt und das erzählt was wir hören wollen. Ich habe ihr das nachgesehen. Und am Anfang in Litho war sie auch noch lieb. Und dann… dann kam immer mehr was Hässliches ans Licht. Zu der Zeit habe ich deine Mutter kennengelernt. Agnes. Sie saß in einer der Filmvorführungen und danach kam sie zu mir und bedankte sich."

Jons Blick verschwamm, seine Gesichtszüge wurden weich, dann wieder hart. Mit klopfendem Herzen beobachtete Frida ihn.

„Nora drehte durch. Beschimpfte sie und verwüstete den Aufnahmeraum im Varieté. Sie zerschnitt die Filme, an denen ich gearbeitet habe. Sie tat alles, um uns auseinander zu bringen. Sie schrieb falsche Nachrichten an mich im Namen von Agnes, fing Briefe von mir ab. Als alles nichts half bezahlte sie jemanden, der Agnes vor eine Kutsche stoßen sollte." Jon schloss die Augen und Frida knurrte wütend auf. „Mischa, ich meine Mendax, hat's mitbekommen und eingegriffen. Es ist nix passiert. Da hat Agnes mir alles erzählt. Über ihren Vater, der Geologe im Nordland war, über General Wilfand, die geheimnisvolle Frau im Wald und… das schwarze Glas, ihre Flucht. Wir fühlten uns beide zu der Zeit nicht mehr sicher in der Oberstadt. Da sind wir gegangen. In die Unterstadt. Und es war gut so."

Erschöpft ließ er sich zurück in die Kissen fallen. Die zuckenden Schatten und flackernden Lichter der Holzpyramide tanzten über sein Gesicht. Er sah viel älter aus als Frida ihn kannte. Mit einem Mal bekam sie Angst. Sie wusste nicht, wovor. Sie legte die Stirn auf seinen Arm, wie sie es früher getan hatte und Jon streichelte über ihre Locken.

„Es tut mir leid, kleine Zündlerin. Ich hätt' dir alles sagen müssen. Ich hätt' wissen müssen, dass du dich nicht mit Schweigen zufriedengibst. Das hast du noch nie. Wolltest immer alles genau wissen, alles verstehen. Keinem unterordnen, keinem glauben, selber sehen und machen. Sogar wenn die Sachen in Flammen aufgehen." Jon seufzte und sah Frida gerade in die Augen. „Es ist was mit dir, was besonders ist. Habe ich immer gewusst. Habe gewusst, dass du kein einfaches, bequemes Leben haben willst. Dass du mehr sehen willst. Das wollt' ich ja auch… mehr sehen als das, was da ist. Deswegen habe ich den Film erfunden und deswegen bin ich fort von daheim. Wir sind vom gleichen Schlag, wir zwei."

Es war als hätte Jon Iringa diese Worte lange, lange schon vorbereitet, schon oft gedacht und hin und her gewendet aber fest in einer Schublade eingesperrt. Jetzt sprudelten sie über seine Lippen. Frida konnte sich nicht erinnern, dass er jemals so zu ihr gesprochen hatte. Ihr Vater war schweigsam und nur im Zorn aufbrausend. Kein Mann der Worte. Frida schluchzte auf. Jon drückte ihre Hand fest und nickte ihr zu.

„Wir müssen jetzt versuchen zu schlafen, Mädchen. Wer weiß, was morgen ist." Frida nickte stumm.

„Heida, Andelin!"

Sie fand ihn auf einer steinernen Bank vor dem Haus sitzend. Ihre Schritte knirschten im Kies als sie sich dem ergrauten Mann näherte. Andelin trug eines seiner südländischen Gewänder, in tiefem Nachtblau und mit silbernen Borten an den Ärmeln und dem Saum. Das Haar hatte er zum Lesen hinten zusammengebunden. Er war tief über Pergament gebeugt und die mit Gold berandete Brille fiel ihm fast von der Nasenspitze. Seine scharfen, eisblauen Augen verengten sich als er den Kopf zu ihr umwandte.

Schwer ließ sich Esra neben ihm fallen. Sie legte den Kopf in den Nacken. Über der Stadt standen ein paar Sterne im viel zu hellen Himmelszelt.

„Das Licht der Stadt macht den Nachthimmel fast unsichtbar", sagte sie.

Andelin seufzte und ließ das Pergament auf den Schoß sinken.

„Esra, ich…"

„Erzähl mir die Geschichte, wie du mich gefunden hast."

Andelin seufzte erneut.

„Warum? Ich möchte dir gerne erklären..."

„Andelin, ich will, dass du mir die Geschichte erzählst, wie du mich gefunden hast", sagte Esra scharf. Andelin seufzte. Er ließ die Schultern hängen.

„Also schön", begann er und Esra hörte nur an dem Klang seiner Stimme, wie oft er diese Geschichte schon erzählt hatte. „Es war vor sieben Jahren. Ich war auf meiner letzten Schiffsreise. Ich wusste, es würde die letzte sein, die ich in meinem Leben machen wollte. Ich war zu alt. Und das Wasser setzte mir immer mehr zu. Früher war ich ein Seefahrer. Bevor ich nach Litho kam und Nonim kennenlernte."

Esra zuckte zusammen. Sie hatte diese Geschichte schon oft gehört aber noch niemals dieses Detail.

„Nonim rettete mich an einem Punkt in meinem Leben, den ich heute die dunkelste Stunde nennen will. Nonim fand mich am Abgrund meines Lebens. Es war ein Omen, Kismet, wie du es nennen willst. Er lehrte mich, Falkenaut zu sein und rettete mein Leben. Er gab mir einen Sinn zurück."

„So bist du Falkenaut geworden. Du hast es nie gesagt aber ganz Govina hat darüber geredet, dass du einmal als Falkenaut im Tempel gearbeitet hast. Ich dachte mir, du musst Nonim im Tempel kennengelernt haben."

„Nein, Esra. Nonim war der Grund, warum ich in den Tempel gegangen bin. Nonim stellte mir bald Edgar vor. Und er gab mir einen Grund, weiterzuleben."

„Wusstest du vom schwarzen Glas?"

„Von Anfang an. Das schwarze Glas wurde meine Aufgabe, mein Lebensinhalt. Nonim, Edgar, Krumpmann und ich. Wir waren die Bewahrer des Geheimnisses. Und natürlich die kleine Agnes, die Nonim mit Hilfe von Edgar bei einer Oberstadt-Familie verstecken konnte. Fünf, die es wussten. Abgesehen natürlich von Henry Wilfand und… Kriegsminister Karven", er sprach den Namen aus wie einen Fluch. „Wilfand war für die Sicherheit des schwarzen Glases und der kleinen Agnes gestorben. Krumpmann wurde zum Krüppel. Und schließlich starb auch Agnes. Nun waren es nur noch Nonim, Edgar und ich. Wir gewannen Helfer und Mitwisser. Canan Ronyane, die für Nonim in der Unterstadt die Augen offenhielt oder Lyssa von Bahlow, die eine alte Freundin von Ruth Vonnegut-Katzgetier ist. Aber angesichts der Machenschaften der Bonadimani und Karven brauchen wir mehr Hilfe. Die Assassinen, Splitterlauf, das Pamphlet zur Ausrottung von Magie und der von Karvens Soldaten entführte Raik… das ist zu viel. Was wir brauchen, sind fähige und vertrauenswürdige Menschen, die uns helfen."

Andelin blickte Esra funkelnd in die dunklen Augen, bis sie den Kopf senkte.

„Ich verstehe, Andelin. Wie elegant du es geschafft hast, doch das zu sagen was du wolltest. Ich verzeih' dir deine List. Aber ich glaube dem Tempelherrn nicht. Und dir kann ich auch nicht mehr alles glauben. Erzähle mir die Geschichte zu Ende."

Wieder seufzte Andelin. „Ich kam von der letzten Schiffsreise meines Lebens zurück. Sie hatte lang gedauert und die See war stürmisch gewesen. Es ging mir nicht gut. Es erinnerte mich an die Reise an deren Ende meine dunkelste Stunde stand. Wir liefen in den Hafen ein und niemals war ich so froh, festen Boden unter den Füßen zu spüren. Ich wollte nichts als eine ordentliche Portion Braten und einige frische Äpfel verdrücken. Und dann sah ich dich auf dem Pier." Er verstummte. Esra beobachtete ihn genau.

„Du standest da, vielleicht vierzehn Jahre alt, in schmutzige Kleider gehüllt. Dein Blick war ganz leer und du hast gezittert. Du warst wie hypnotisiert und jemand brüllte dich an, dass du da weggehen solltest und gab dir einen Stoß. Und da war mir als flüstere jemand meinen Namen. Es war als würde eine Stimme in mir sagen: *Worauf wartest du? Willst du wegschauen, vorbeigehen? Andelin, das geht dich an.* Also ging ich zu dir und fragte, ob du Hunger hast. Du hast genickt und dann habe ich dich mit in die Hafenkneipe genommen und wir haben gegessen und Bier getrunken. Du hast nicht gesprochen, kein Wort. Du warst immer noch wie ganz weit weg. Ich nahm dich mit in meinen Laden und baute ein Bett für dich in der Dachkammer. Irgendwann begannst du zu sprechen. Und du hast nie wieder aufgehört." Er lächelte.

„Ich kann mich nicht erinnern", sagte Esra zögerlich. „Es ist wie kurz nach dem Erwachen. Ich weiß, dass ich etwas geträumt habe und Fetzen sind noch da. Aber je mehr ich mich erinnern will, desto schneller sind die Gedanken weg – wie Rauch."

„Wenn wir Dinge vergessen, Esra, hat das auch einen Grund. Manche Dinge sind so schwer für uns, dass wir ohne sie leichter leben."

„Vielleicht hast du recht, Andelin. Meine klaren Erinnerungen an Litho sind wie ein Farbfilm. Sie ergeben eine sinnvolle Geschichte, mit Anfang, Höhepunkt und Schluss. Ich weiß alles, vom Hafen bis heute. Aber manche Erinnerungen aus einer anderen Zeit meines Lebens – so glaube ich wenigstens. Nur Fetzen. Ich weiß, dass ich ein Graufell war und ich kann mich vage an Menschen erinnern, die bei mir waren. Aber Andelin, ich weiß es sicher, dass einige Stücke aus dem Film herausgeschnitten wurden."

„Ein guter Schnittmeister vermag Wunder zu vollbringen und etwas Schönes zu schaffen", lächelte er.

„Schnittmeister", sagte Esra. „Was für ein nettes Wort für Lügner."

Einige Stunden später, als das Tageslicht sich wieder ankündigte, erwachte Aki aus einem Albtraum. Er träumte von Raik, der nach ihm schrie. Aki rannte durch den Truwenwald. Er konnte Raik hören, doch er fand ihn nicht. Er rannte und rannte, stolperte über Wurzeln und Äste und immer wieder sah er Schatten von Baum zu Baum jagen. Raik schrie und dann waren es seine Eltern, seine Mutter. Die Bäume starrten ihn an und die Blätter rauschten, lauter und lauter.

„Nein! Nein! Hör auf! Ich will nach Hause, lasst mich nach Hause!", vernahm Aki sein eigenes Schreien und dann fiel er von dem Sofa, auf dem er gelegen hatte. Kalt und hart war der Wohnzimmerboden unter ihm. Der Schweiß rann ihm die Stirn hinab. Zittrig stand er auf, ging zum Fenster und öffnete es. Gierig sog er die Luft ein. So stand er eine Weile da, während sein rasender Herzschlag sich langsam beruhigte. Die Morgendämmerung war ruhig. In der Ferne konnte man die klappernden Schritte einer Pferdekutsche hören, weit entfernte Rufe unter dem klaren Himmel.

„Diese verdammte Stadt."

Aki riss es gewaltig. Er fuhr herum und sah, dass jemand auf der Balustrade des Balkons neben seinem Fenster saß. Es war Frida und sie rauchte eine dünne Zigarette. Neben ihr lag der kleine Hund von Kazim, eine Pfote auf ihrem Schoß. Mit offenem Mund starrte Aki sie an.

„Was starrst du so? Ich kann nicht mehr schlafen. Hab' dich schon eine Weile schreien hören. Hast wohl auch nicht so gut geschlafen."

Immer noch sprachlos starrte Aki auf die Zigarette in ihrer Hand.

„Ach, die habe ich vorhin im Arbeitszimmer gefunden. Die guten alten Salonzigaretten für Besucher. Die Bonadimani raucht auch immer."

Nachdenklich starrte sie auf die Zigarette in ihrer Hand, nahm einen letzten tiefen Zug und drückte sie auf dem steinernen Geländer aus. Dann streichelte sie den kleinen Hund, der wohlig knurrte.

„Durch Nonims Geschichte habe ich viel von dir erfahren und du von mir. Wir haben so viel erfahren, dass mein Kopf flirrt und ich wahnsinnig werde."

Aki räusperte sich. „Ja. Ich kann's nicht glauben, aber es ist wahr."

„Du willst am liebsten nach Hause, was. Hast es ja laut genug gebrüllt gerade."

Aki schluckte.

„Ah, mach dir nix daraus. Ich würde jetzt am liebsten weg von zuhause. Weg von Litho. So will jeder was anderes." Sie taxierte ihn scharf. „Im Automobil, vor dem Haus von der Bonadimani, da war ich nicht richtig da. Ein Schock, glaub' ich. Aber ich habe nicht vergessen, was du gesagt hat. Du kennst mich, hast du gesagt: ‚Du bist das Mädchen, das gegenüber von mir gewohnt hat. Das in den Schrank gestiegen ist. Das Mädchen, das eine eigene Razzia in Govina bekommen hat.' Das waren deine Worte."

Aki wusste nicht, was er sagen sollte. Er schwieg und biss sich auf die Lippe.

„Ich hab' eine eigene Razzia in Govina bekommen, dein Ernst?", wiederholte sie, irgendwo zwischen Angst, Lachen und Stolz.

„Ja", sagte Aki. „Die Stadtwache hat alles nach dir abgesucht. Überall."

„Zum Dogan", keuchte Frida. „Wenn ich so eine wichtige Frau bin dann schaff ich's bestimmt mal in den Rat."

Aki schnaubte und lachte.

„Woher weißt du, dass ich in den Schrank gestiegen bin?", fragte sie jäh.

„Na, ich habe es gesehen. Ich habe dich gesehen, weil ich gegenüber von dir gelebt hab'. In dem verlassenen Haus. Ich… ich habe dich jeden Abend gesehen. Wie du rumgelaufen bist, wie du geweint hast und wie du in den Schrank gestiegen bist und da stundenlang drin warst. Was zum Dogan hast du da gemacht?"

Die Frage quälte ihn schon so lange und so verzweifelt kam sie auch über seine Lippen.

„Yetunde, du hast mich beobachtet? Wie so ein Spinner?", fauchte Frida.

„Ich… ich war allein", presste Aki raus. „Du warst der der einzige Mensch in der Stadt, den ich kannte. Ich durfte nicht raus, ich war allein. Es war die Hölle. Immer eingesperrt sein und warten. Warten ist das Schlimmste. Und dann warst da du. Du warst traurig, du warst jemand, dem es genauso scheiße ging wie mir."

Die Worte sprudelten nur so aus Aki. Frida schwieg einige Augenblicke.

„Na, so schlecht wie dir ging's mir nicht", sagte sie schließlich und grinste. „Ich hab' Flugblätter geschrieben im Schrank. Da war meine Schreibmaschine drin. Ich hab' Flugblätter geschrieben, für Religionsfreiheit in Litho. Leo und seine Bande haben mir beim Verteilen geholfen."

„Und wieso hast du die im Schrank geschrieben?"

„Na, damit die Nachbarn das Tippen nicht hören, ist doch klar", sagte Frida verblüfft. „Die hätten mich angezeigt."

„Oh, verstehe."

Darüber dachte Aki eine Zeit lang nach. „Ohne dich", sprach er weiter, „wäre ich schon tot. Als die nordländischen Soldaten kamen bin ich raus, weil in deiner Wohnung ein Einbrecher war."

„In meiner Wohnung war ein Einbrecher?"

„Ja. Ich habe eine Lampe gesehen und wusste, dass das nicht du bist und da bin ich raus und rübergegangen und dann kamen die Soldaten…"

„Du bist rüber? Du wolltest den Einbrecher erwischen?" Ungläubig starrte Frida ihn an. „Du kleiner Nordländer?"

„Ja." Ärgerlich packte Aki den Griff des offenen Fensters. „Aber ich habe ihn nicht erwischt. Dafür hab' ich überlebt, sie haben mich nicht gekriegt. Es war… es war so, weißt du, als hätte jemand meinen Namen geflüstert als ich raus bin. Ich wusste, ich muss dir helfen."

Fridas Augen weiteten sich. Sie drehte sich zu ihm um und ließ die Beine über den Abgrund baumeln. Der kleine Hund sprang auf, schüttelte sich und hüpfte zurück auf den Balkon, wo er im offenen Fenster verschwand.

„Jemand hat deinen Namen geflüstert? Dasselbe habe ich auch erlebt. Im Haus von der Bonadimani."

Nachdenklich sah Frida Aki an. Es war ein seltsames Gefühl. Fremd und nah. Ihr Gesicht war ihm so vertraut wie das eines Freundes, aber sie war ganz anders als er dachte. Sie war nicht schwach oder allein. Im Halbdunkeln leuchteten die Augen unter den schwarzen Locken gespenstisch.

„Du bist mutig, Aki Wegemeistersohn. Du wärst mich retten gekommen. Da verzeihe ich dir deine Spinnerei. Ich hoffe wirklich, du findest deinen Raik und kannst mit ihm nach Hause gehen. Und ich hoffe, dass wir ihn davon abhalten können, Mist zu bauen. Ich hoffe, wir können die Bonadimani aufhalten und Splitterlauf. Ich… was hältst du von der Geschichte mit dem schwarzen Glas? Du warst auch im Truwenwald. Wie meine Mutter Agnes. Was geht dort vor?"

„Ich weiß nicht", sagte Aki langsam. „Irgendwas ist da. Jemand ist da. Ich habe das damals gespürt. Ganz deutlich."

„Die… die Hexe?", fragte Frida und schauderte.

„Weiß ich nicht. Vor allem waren dort Soldaten. Und die haben die Minen bewacht. Wenn das schwarze Glas an allem schuld ist, will ich es sehen. Mit eigenen Augen. Vorher glaube ich gar nichts."

„Das werden wir", sagte Frida. „Schon morgen. Ich habe gehört, wie dieser dicke Edgar es zu Esra sagte. Morgen zeigt er uns das schwarze Glas. Weil wir es wissen müssen, sagt der Tempelherr."

Sie griff an ihre Seite und zog ein kleines Lederetui hervor.

„Zigarette?", fragte sie. „Ich weiß, es soll kein Laster werden aber dieser Tag war wirklich der zweitschlimmste meines Lebens und, was soll ich sagen. Wollen wir zusammen Edgars Zigaretten rauchen und warten bis zum Morgengrauen, Wegemeistersohn?"

Aki grinste. „Kann ja nicht mehr lang dauern. Her damit, Tochter Iringa."

Der darauffolgende Tag verging weich und mühelos. Alle hatten wenig und schlecht geschlafen und es gab vieles zu bereden. Jon blieb geschwächt im Bett liegen und der Tempelherr, Edgar und Andelin waren mit dem jungen Falkenauten Widekind verschwunden. Leo durfte in die Unterstadt zurückkehren. Susedka und Kazim waren mit Wolf oder Dino, dem Hund auf den Markt verschwunden. Immer und immer wieder wendeten die im Hause Vonnegut verbliebenen Aki, Frida, Esra und Saleh alle Geschehnisse und Erzählungen hin und her und fügten sie wie Puzzleteile zusammen. Sie sahen immer klarer. Besonders Frida, die wenig von den Geschehnissen wusste, die sich bei den anderen zugetragen haben. Frida erzählte von Samuel, von dem Besuch im Varieté und von Eleonoras Verrat. Dem Kellerverlies, wo sie ihren Vater fand.

Gegen Mittag endlich kam Andelin. Ruth hatte in der Küche Mittagessen für alle vorbereitet. Andelin berichtete Frida, Aki, Esra und Saleh, der Hausherr Edgar wollte ihnen dringend etwas zeigen. Nachdem sie angespannte Blicke ausgetauscht hatten, waren die Vier aufgestanden und Andelin hinaus gefolgt.

Er ging aus dem Haus und eilte mit langen, im Knies knirschenden Schritten über den Hof. Im Schatten einer Eibe betrat er eine Seitentür des angrenzenden Fabrikgebäudes, das sie schon beim Hineinfahren bemerkt hatten. Aki hielt es für eine altmodische Spielwarenfabrik. Hinter der Stahltür, die Andelin schnell wieder geschlossen hatte, befand sich nur ein langer und gekachelter Durchgang. Als Andelin den letzten Riegel vorgeschoben hatte, leuchtete eine rote Lampe am Ende des Durchgangs auf, die direkt über einer weiteren Stahltür angebracht war. Edgar und der Tempelherr traten heraus. Sie trugen einen seltsamen Kittel, der Aki unwillkürlich an die Berufskleidung des Schlachters aus Jordengard denken ließ: eine schwere, lange Kittelschürze, darunter ein schwarzes, langärmliges Hemd und eine Mütze, die die Haare bedeckte. Die Vier mussten alles, was an ihrem Körper aus Metall bestand auf den Boden des Durchgangs legen. Sie streiften ähnliche Kittelschürzen über, die der Tempelherr ihnen reichte und durften erst dann durch die zweite Stahltür treten. Diese wirkte noch dicker und beeindruckender als die erste Tür. Sie war ähnlich wie im Raum des Schweigens. Von innen dick gepolstert und mit drei schweren, auf unterschiedlicher Höhe angebrachten Riegeln abgesichert.

Und so standen sie hier in dieser Halle. Oder war es ein Labor? Es war kreisrund, die Wände fünf Meter hoch mit hellgrünen Fliesen gekachelt. Bogenförmige Pfeiler aus hell- und dunkelgelben Keramiksteinchen stützen eine Decke, die ebenso gefliest war. Die halbrunden, bunten Glasfenster unter den Bögen waren mit einem schwarzen Gitter gesichert und von außen nicht zu erreichen. Aki fand, dass dies genauso gut die Kulisse zu einem Dampfbad im altacalanischen Stil hätte sein können. Wäre da nicht der Tisch mit der großen Schreibmaschine. Oder die ihm vollständig fremden Gerätschaften und Maschinen an der Wand, an denen sich goldene und silberne Zahnräder in allen Größen unablässig drehten. Lichter blinkten auf und Kolben hüpften in Glasröhren auf und ab. Unablässig stieg Dampf auf, der sich unsichtbar an den bunten Glasfenstern verlor. Es roch nach verbranntem Holz, Benzin und Öl. Die dicke Stahltür hatte sich zu einer vergitterten Plattform geöffnet, die zwei Meter über dem Fußboden des Labors lag. Eine provisorische Eisentreppe führte hinunter, doch Edgar hatte eine schwere Kette vorgehängt. Er schien nicht die Absicht zu haben, sie in seinem Allerheiligsten herumtrampeln zu lassen. Andelins goldene Brille funkelte noch mehr als sonst in diesem eigentümlichen Licht, das die wenigen elektrischen Lampen an den Wänden gelb und orange auf die summenden und brummenden Maschinen warfen.

Aki lehnte sich weit über das Gitter und starrte nach unten. In der Mitte der Halle zu seinen Füßen stand ein großer Behälter, der mattweiß glänzte. Er hatte die Form einer überdimensionalen Vase, deren Oberfläche geriffelt war. Diese Vase stand auf einer schimmernden, durchsichtigen Platte. Etwas Vergleichbares hatte Aki noch niemals gesehen.

„Plastik oder Polyvinylchlorid", sagte Edgar stolz.

„Sie sind der ungläubige, junge und aufstrebende Wissenschaftler aus Wilfands Tagebucheintrag? Der Mann aus Litho, bei dem das schwarze Glas versteckt wurde?", fragte Frida.

Der dicke Wissenschaftler und Ratsvorsitzende Edgar Vonnegut lächelte. „Oh ja", sagte er. „Nur, jung und aufstrebend, das bin ich schon lange nicht mehr."

„Und da unten in der Vase, da ist das schwarze Glas drin?", wollte Esra mit vor Ehrfurcht bebender Stimme wissen. Edgar bejahte dies.

„Ich will es sehen", forderte Esra.

„Das ist unmöglich!", erwiderte Edgar und sah Esra mit einer Mischung aus Strenge und fachlicher Überheblichkeit an. „Es ist viel zu gefährlich den Deckel anzuheben, wenn wir alle hier drin sind."

„Dann zeigen sie uns wenigstens einen Splitter des Glases. Sie werden verstehen, Edgar, wir sind noch nicht bereit zu glauben, was der Tempelherr uns erzählt hat. Es kann alles erfunden sein. Ein schönes Märchen. Diesen Fehler machen wir nicht. Wir wollen mit eigenen Augen sehen, was das schwarze Glas ist. Bis dahin seid ihr unser Feind und habt uns entführt." Saleh war vor Esra getreten und straffte die Schultern bei dieser Rede. Er hatte den ihm eigenen Stolz und die Ruhe zurückgewonnen. Seine Augen blieben fest auf Edgar haften. Andelin legte eine Hand auf seine Schulter.

„Auch wenn mir nicht gefällt, was er sagt, Saleh hat Recht. Glaube mir, ich kenne Esra und Saleh lange genug. Wenn wir ihnen das schwarze Glas nicht zeigen vertrauen sie uns nicht. Wir brauchen sie."

Der Tempelherr sagte kein Wort. Edgars Augen flackerten zwischen ihm und Andelin hin- und her als erhoffe er sich einen Hinweis, was zu tun sei.

„Gut", sprach er. „Aber ihr bleibt hier oben. Ich kann euch nicht versprechen, dass ihr schadlos bleibt." Klirrend hängte er die schwere Kette aus dem Haken und stieg die Leiter hinunter. Jeder seiner Schritte brachte das Eisen zum Quietschen. Esra lehnte sich neben Aki über das Geländer. Ihr Atem ging schnell und laut. Edgar ging hinüber zu den Maschinen und drückte auf Knöpfe. Die Kolben begannen unter lautem Zischen schneller und immer schneller zu arbeiten. Erst jetzt sah Aki, dass glänzende Fäden von den Maschinen an der Wand bis zu dem künstlichen Plastikboden der Porzellanvase reichten. Die Zahnräder drehten sich nun in einem schnelleren Takt. Edgar Vonnegut sah nicht aus wie ein Wissenschaftler, als er dickbäuchig und mit dem großen Schnurrbart in der Kittelschürze an den Rand des Plastikbodens trat. Er griff in eine Tasche und zog eine Schutzbrille aus Leder mit kreisrunden, gelbverfärbten Gläsern heraus, die er sich über den Kopf zog. Dann stülpte er lange braune Handschuhe über seine Hände, die noch unnatürlicher glänzten als der halbdurchsichtige Plastikboden. Er griff nach einer Trittleiter, stieg hinauf und öffnete – zu Akis Überraschung – eine kleine Klappe an der Seite der Vase. Mit einem schnellen, geübten Griff steckte er die Hand mit dem Handschuh hinein und zog sie beinahe sofort wieder heraus. Die Klappe schloss sich wieder. Aki reckte den Hals. Er konnte nichts sehen. Edgar ballte eine Faust. Er stieg von der Trittleiter wieder herunter und kam näher an die Plattform heran, auf der sie alle standen. Etwas geschah mit den Maschinen. Aki sah es aus den Augenwinkeln. Die Zahnräder drehten sich nun so schnell, dass sie nur noch als wirbelnde Kreise auszumachen waren. Einige Lämpchen waren angesprungen. Am ganzen Körper bebend, wie es Aki schien, hob Edgar seine Hand und öffnete sie. Auf der Handfläche, auf dem glänzenden Braun des Handschuhs, erkannte Aki einen kleinen, schwarzen aber lichtdurchlässigen Würfel. Er hatte scharfe Kanten. Für einen kurzen Moment hatte Aki die skurrile Vorstellung, Edgar stand da unten in seiner Spielwarenfabrik und bot ihnen ein Stück Lakritze an. Esra lehnte sich neben ihm über das Geländer, so dass Aki fürchtete, sie würde jeden Moment hinunterstürzen. Er sah sie an. Ihr Gesicht war wie gefroren und ausdruckslos. In den Augen leuchtete wie zwei ferne Signallichter der Widerschein der elektrischen Lampen auf. Und dann flackerten sie. Die Lichter an der Wand surrten, blinkten noch einmal hektisch, um dann zu erlöschen.

„Großer Dogan", sagte Frida und wich zurück, bis sie die Wand im Rücken hatte. Der Tempelherr bewegte sich nicht. Aki sah im fahlen Licht, das durch die Glasfenster von oben hereinfiel, die Anspannung in seiner Haltung. Dann begann der schwarze Splitter zu leuchten. Blau und Orange wechselten sich in einem züngelnden, ineinanderfließenden Chaos. Der Splitter schien in Flammen zu stehen. Und da sprang Esra mit einem eleganten Satz über die Brüstung. Aki hörte Andelin keuchen, sah, wie Saleh in einer verzweifelten Bewegung versuchte, noch ein Stück ihres Gewandes zu erwischen. Esra landete leichtfüßig wie eine Katze auf dem Boden, sprang in einer ebenso fließenden Bewegung auf ihre Füße und auf Edgar zu, der zurückwich und protestierte. Esra war wie von Sinnen. Sie sah und hörte nichts und ging auf ihn zu, streckte die Hand aus. Der Splitter schien zu pulsieren. Die Flammen um ihn herum bündelten sich, bildeten einen gleißend hellen Ball aus Licht und eine Wolke, die auf Esra zu schwebte. Aki sah, wie sie ihre Fingerspitzen erreichte. Ein Ruck ging durch ihren Körper. Sie zog blitzschnell die Hand zurück und drückte sie an ihre Brust. Kein Laut kam von ihren Lippen. Sie bewegte sich langsam rückwärts. Doch ihre Berührung, so kurz sie auch gewesen sein mochte, hatte etwas ausgelöst. Der Lichtball gewann an Größe und das Farbenspiel in seinem Inneren wurde unruhiger, wie zornig, bis seine Farbe von dunklem Blau zu tiefem Violett überging. Gleichzeitig begann eine der Maschinen einen penetranten Signalton von sich zu geben. Zischender Dampf stieg auf und Aki sah, dass Edgar wie erstarrt und mit offenem Mund auf den Lichtball blickte, der immer dunkler und dunkler wurde. Das elektrische Licht sprang wieder an. Es wurde heller, immer heller. Es begann in den Augen zu brennen. Aki fühlte eine seltsame Spannung, die ihm entgegenwaberte. Die Härchen an seinem Arm stellten sich auf, ein Kribbeln strich über seine Kopfhaut, wanderte den Rücken hinunter…

„Schließ die Hand, Edgar! Nun mach schon!", dröhnte eine Stimme neben Akis Ohr. Der Tempelherr stand neben ihm, umklammerte den Rand des Geländers so fest, dass seine Knöchel weiß hervortraten. Da kam Edgar zur Besinnung. Er schloss die Faust fest um den Splitter, ein Zischen erklang, ein beißender, unangenehmer Geruch drang Aki in die Nase. Mit einem lauten Knall zersprangen zwei Glühbirnen der Wandlampen. Nur drei brannten matt weiter. Edgar stürmte zu der Porzellanvase, öffnete die Klappe, warf den Splitter hinein und schlug die Klappe zu. Dann stieg er rückwärts die Trittleiter hinunter und ließ sich wie erschlagen auf den Boden fallen. Mit einem Ruck zog er sich den Handschuh von der Hand, in der er den Splitter gehalten hatte. Saleh war die Eisenleiter hinunter gestürmt, in einem Satz bei Esra, die einfach dastand und ihre Hand an die Brust gedrückt hielt.

„Do'ons Erde", stammelte sie. „Hast du gesehen, Saleh? Do'ons Erde."

Behutsam nahm Saleh ihre Hand, drehte und wendete sie, suchte nach Spuren.

„Brandblasen", sagte er schließlich. „Tut es weh?" Esra schüttelte den Kopf, schien ganz woanders zu sein.

„Do'ons Erde. Dass ich nicht lache. Primitiver Aberglaube!", donnerte es empört nun von Edgar, der noch immer auf seinem Hintern mitten auf den Fliesen hockte. Der lange Schnurrbart zitterte vor Wut, wie es Aki schien. „Ein Himmelsstein, ja, ein Uranolith oder Meteorit, wie sie heute sagen. Aus Fulleren. Ein Kohlenstoff, härter gepresst als Diamant. Findet man auf der Erde so gut wie gar nicht und wenn, dann nicht in der Form, die ich habe. Zum Dogan, ich habe keine Ahnung, welche genaue Zusammensetzung es hat! Über dreißig Jahre Forschung... und alles, was ich weiß ist, dass es Plasmabälle erschafft. Mit hoher elektromagnetischer Strahlung. Ich kann sie messen, ich kann ihnen Energie entziehen und sie speichern." Triumphierend hob er den Zeigefinger und deutete auf die Maschinen. „Meine Spielwarenfabrik läuft damit. Alle Elektrizität in unserem Haus. Wir haben alles aus dem schwarzen Glas", fügte er stolz und erschöpft über die lange Rede hinzu.

„Ja und es tut Menschen weh", sagte Saleh kalt, der Esras Hand noch immer umklammerte.

„Das schwarze Glas erhitzt alles was in seine Nähe kommt um viele hundert Grad, wenn ich es nicht daran hindere. Ohne Schutzkleidung und meine Plastik- und Porzellankonstruktion wäre ich schon lange tot. Es reagiert auf Menschen anders als auf Dinge", ergänzte er grübelnd und erhob er sich von seinem kalten Sitzplatz. Die Wut schien verraucht.

„Auf das Mädchen hat es ungewöhnlich reagiert. Ich habe noch nie gesehen, dass der Plasmaball eine solche Farbe angenommen hat. Er war so dunkel und er schien stärker zu werden." Nach einem Moment des Nachdenkens fügte er zunehmend begeistert hinzu: „Aber bisher ist auch noch nie eine Frau in seine Nähe gekommen. Vielleicht macht das Geschlecht einen Unterschied oder das Alter. Es wäre ein neuer Forschungsansatz."

Mit einem Mal war der erschrockene Ausdruck in seinem Gesicht der unverhohlenen Neugier gewichen. Aufgeregt zwirbelte er den langen Schnurrbart um den Zeigefinger.

„Das freut mich, Edgar. Und ich unterbreche dich ungern, wie du weißt."

Überrascht blickte Aki zu dem Tempelherrn. War dieser in den letzten Minuten wie ein Schatten mit der Plattform verschmolzen und hatte nur beobachtet, so erfüllte seine Präsenz nun wieder das Labor. „Ich hoffe, ihr glaubt nun, was ich euch von dem schwarzen Glas erzählt habe. Mein Freund Henry Theodor Wilfand starb, weil er Asthenos vor seiner Wirkung schützen wollte. Wir haben es beinahe weitere vierzig Jahre lang geschafft." Verbitterung stahl sich in seine Stimme. „Und dann ist es ein einzelner, habgieriger, dummer Falkenaut namens Ferrana, der alles aufdeckt. Weil ich Wilfands Tagebücher zum ersten Mal aus den Augen ließ."

„Weil Raik und ich beschlossen hatten, in den Minen nach Diamanten zu suchen und am Ende einen Soldaten töteten", fügte Aki nicht minder bitter hinzu.

„Weil Leopold Karven dort Soldaten hin befohlen hatte, die jeden töten sollten, der sich ihnen näherte." Der Tempelherr ließ endlich das Geländer los und wandte sich Aki zu. „Du und Raik, ihr habt keine Schuld. Egal wie weit wir in dieser Ereigniskette zurückgehen, ihre Ursache lag vor deiner Geburt. Aber jetzt geht es uns alle an. Wir müssen das schwarze Glas vor den Händen der Kriegstreiber schützen. Vor Leopold Karven, vor Eleonora Bonadimani. Ich brauche eure Hilfe und ihr braucht meine. Ihr helft mir, die Assassinen und die nordländischen Soldaten zu stoppen und ich helfe euch, Raik aufzuspüren und Splitterlauf ein Ende zu machen. Ich schlage euch vor, einen Pakt zu schließen. Was sagt ihr?"

Sekundenlang war es still. Frida und Aki nickten sich zu. Aki suchte Esras Blick. Ihre Augen, unergründlich, sahen ihn an. Dann blickte sie zu Saleh. Er reichte ihr die offene Hand entgegen wie um auszusprechen, was eigentlich keiner Geste mehr bedurfte.

„Einverstanden", sagten Aki und Frida leise, aber deutlich in dem Maschinenrattern.

„Wir sind es auch", sagte Esra, ohne den Blick von Saleh abzuwenden.

Das Geheimnis der Strohpuppe

Das frühe Licht des darauffolgenden Morgens tauchte erst eine Wand in Licht und wanderte schräg hinüber, die Laken des Bettes entlang, bis es Akis Gesicht mit Morgensonne streichelte. Blinzend drehte er den Kopf. Am Fußende seines Bettes stand eine fürchterliche Gestalt. Mit einem Aufschrei sprang er aus dem Bett und stolperte über Saleh, der am Boden ausgestreckt lag und grunzte.

„Was zum…", entfuhr es ihm.

Da kicherte die Gestalt und Berta Katzgetier schwenkte triumphierend eine grinsende Strohpuppe, die sie sich vor das Gesicht gehalten hatte. Dann lief sie leichtfüßig und mit Rehsprüngen über Saleh und Esra hinweg aus der Tür. Mit klopfendem Herzen und leise schimpfend stand Aki nur mit Hose und barfuß in Bertas Kinderzimmer, in das Ruth sie notgedrungen in dieser Nacht einquartiert hatte. Er angelte nach seinem Hemd um sich anzukleiden und wurde von einem durchdringenden Schrei unterbrochen, der von unten aus dem Erdgeschoss zu kommen schien. Der Schrei ging in lautes Kreischen über, schreiende Worte. Es war die Stimme einer Frau. Esra kämpfte sich aus ihren Laken.

„Los Aki, Erdgeschoss, geh!", tönte sie mit kratziger Stimme.

Aki war zu erschrocken, um sich über ihren Befehl zu ärgern. Er rannte zur Tür und stürzte mit langen Schritten zu den Treppen. Hinter sich hörte er verwirrte Stimmen und sich öffnende Türen. Am Treppenabsatz angekommen erblickte er sofort die Ursache des Schreiens. In der Eingangshalle, direkt hinter der Haustür, kniete eine junge Frau mit zerzausten roten Haaren und schluchzte. Ruth kniete neben ihr und drückte ein Taschentuch gegen ihre Schulter. Sie trug die Kleidung einer Dienstmagd. Das Taschentuch begann sich rubinrot zu färben.

„Was ist geschehen?", stieß Aki hervor.

Ruth hob das bleiche Gesicht an. „Es beginnt", sagte sie nur. „Oh Dogan!"

„Sie haben sie angegriffen. Einfach so. Mit Messern. Ohne Vorwarnung." Susedka war, zitternd und weinend, aus dem Schatten an der Tür zur Küche getreten.

„Wer hat das getan?" Edgar, Frida, Esra und Saleh waren hinter Aki die Treppe hinuntergerannt.

„Zwei Stadtwächter", flüstere Susedka über das Wimmern des Dienstmädchens hinweg. „Haben sie eine stinkende Hexe genannt. Sie haben erst von ihr abgelassen als ich geschrien hab', da kamen Leute aus einem Laden rausgerannt. Haben gesagt das ist jetzt so, wegen dem Pamphlet zur endgültigen und restlosen Ausrottung von Magie und Ketzerei."

„Oh nein, nein", stammelte Esra und sank auf der Treppe in die Knie.

„Sie haben's wirklich beschlossen und Caspote hat ohne den Rat zugestimmt?", fragte Frida ungläubig. „Und jetzt stechen sie auf der Straße einfach Leute nieder, weil sie rote Haare haben? Das glaube ich nicht, so grausam und so unendlich dumm kann niemand sein!"

Die kleine Berta drückte sich flink und leise an Aki vorbei, tippelte zu der schluchzenden Frau und streichelte ihr vorsichtig mit ihrer Strohpuppe über den Rücken. Edgar, der in langen weißen Unterhosen und Unterhemd dastand, räusperte sich und sagte:

„Ich fahre sie besser ins Heilerhaus."

„Nein", sagte Ruth scharf. „Das ist nicht mehr sicher. Wir behalten sie hier. Ich kann ihre Wunden nähen. Wir können sie in der Spielwarenfabrik verstecken. Edgar…", die Frau blickte auf. „Edgar, wir müssen so viele Menschen verstecken, wie wir aufnehmen können. Sie wird nicht die einzige bleiben." Sie zögerte. „Und ich kann das Haus nicht mehr verlassen. Ihr Haar hat dieselbe Farbe wie meines. Es ist jetzt gefährlich."

„Ruth!", rief Edgar aus.

„Komm zu dir, Edgar. Mach die Augen auf! Die Zeichen waren schon lange da. Die Leute haben immer mehr gegen Hexen und Magie geschimpft, wie damals. Nur der Rat und Nonim hat noch dagegengehalten. Wenn der Rat und der Tempelherr fallen, fallen die letzten Schranken. Es musste so kommen. Wir können der öffentlichen Hand nicht mehr trauen. Jetzt regieren Angst und Wut!"

„Wir müssen Nonim und Andelin Bescheid sagen." Saleh rang um Fassung. „So schnell wie möglich. Wo sind sie?"

„Nonim versteckt sich mit dem jungen Leo und einem treuen Falkenauten in den Tunneln", tönte es von oben. Krumpmann war humpelnd und von Kazim gestützt erschienen. „Ich weiß, wo."

„Dann gehe ich dort hin", schlug Saleh vor.

„Vergiss es, Junge", knurrte Krumpmann. „Du hast keine Ahnung wo. Der Weg ist nicht zu finden für Unwissende. Alleine sollte keiner von uns mehr das Haus verlassen. Es gibt eine Karte, die Edgar hat…"

Frida rief: „Ich kann gehen! Ich kenne die Tunnel gut und…"

„Das gilt auch für dich. Vergiss es, Fräulein! Keine Frau sollte jetzt noch auf die Straße gehen, egal welche Haarfarbe. Ist sowieso nur ein Vorwand. Jeder, der einmal dumm dreinschaut oder stört, wird jetzt Hexe genannt und vernichtet. Ist ganz einfach jetzt."

„Ab jetzt haben die Stadtwächter freie Hand zu tun, was ihnen beliebt", murmelte Edgar leise und erstickte Fridas Protest.

„Der Dunkle da und das Silberlöckchen", sagte Krumpmann und wies mit seinem Stock energisch auf Saleh und Aki. „Ihr geht zügig zu Andelin. In die Unterstadt. Unterirdisch, nicht über die Brücken. In der Unterstadt sollten Maßnahmen zum Schutz ergriffen werden.

Es gibt einige Leute, die als erstes auf der Liste der Stadtwächter stehen. Wir müssen sofort helfen. Und dann müsst ihr Nonim finden."

„Ich sollte heute bei Zia Sternbergs Einäscherung erscheinen", sagte Edgar verstört. „Wir dürfen keine Aufmerksamkeit erregen. Es muss sein wie immer. Caspote und alle Ratsmitglieder sind dort. Vielleicht kann ich sie noch umstimmen, das Pamphlet zurücknehmen. Wenn eine Mehrheit im Rat den Präsidenten überstimmt, schaffen wir es", sprach Edgar, aber seine Stimme zitterte.

Schweigend und besorgt blickten sie sich alle an, während das Blut des rothaarigen Dienstmädchens langsam auf die Fliesen tropfte.

So waren Esra und Frida mit der Hausherrin Ruth und den Kindern Berta und Margaret, der alten Susedka und den beiden Verletzten, Jon und dem Dienstmädchen, allein in dem Stadthaus verblieben. Ruth und Susedka versorgten die Wunden des Dienstmädchens, während Frida und Esra einen unbenutzten Lagerraum in der Spielwarenfabrik für ein Versteck freiräumten. Die schmalen Flaschenglasfenster waren weiter oben angebracht und von außen wegen ihrer milchig-grünen Färbung nicht einsehbar. Die Tür zu dem Raum lag in einem düsteren, staubigen Eck im Tiefparterre der Fabrik. Sie konnte leicht durch ein vorgeschobenes Werkstattregal verborgen werden. Der Raum war nicht kalt, da nebenan ein Heißdampfgenerator ratterte, der auch alle Geräusche verschluckte. Sie hatten ein altes Sofa der Vonneguts zerlegt und bauten aus den Polstern notdürftige Matratzen. Mitten unter der Arbeit hielt Esra inne und sah Frida stumm zu, die Decken über die Polster warf.

„Kannst du dich an deine Mutter erinnern?" Esras Frage aus dem Nichts ließ Frida zusammenfahren.

„Ja", Frida musterte Esra aufmerksam. „Wieso?"

Das Mädchen schüttelte den Kopf. „Du warst klein als sie gestorben ist."

„Aber nicht so klein, dass ich sie vergessen hätte", zerstreut strich Frida ein paar der Decken glatt.

„Sie ist umgebracht worden, oder?"

„Ja." Fridas Stimme hatte einen harten Unterton.

„Von wem?"

„Ich weiß es nicht", sagte Frida bitter.

„Und was glaubst du?"

Frida hielt inne. Sie starrte auf das fleckige Stoffmuster des alten Sofas. „Ich frag mich… seit gestern frag ich mich… ob es nicht Eleonora Bonadimani war."

Esra zog die Stirn kraus. „Dieses grausige Drogenweib, das mit dem Tempelherrn von Pion gemeinsame Sache macht! Wie kommst du darauf? Ich meine, nicht dass ich nicht glauben würde, dass ihr ein Mord echt gutstehen würde aber warum sollte sie das machen?"

„Sie hat meinen Vater geliebt. Sie wollte ihn für sich haben. Und hat ihm nie verziehen, dass er mit meiner Mutter in die Unterstadt geflüchtet ist."

„Warum hat sie so viele Jahre gewartet, bis sie es getan hat? Hat sie euch nicht gefunden?"

Frida wusste keine Antwort. Sie schwieg und ging aus der Tür. Esra folgte ihr. Frida schritt gehetzt und etwas ziellos durch die Halle, in der sich Reihe an Reihe Maschinen, Bänder, Wägen und Regale türmten, die hartnäckige Südländerin auf den Fersen.

„Das war hart, nicht wahr?", murmelte Esra nach einer Weile hinter ihrer Schulter. „Dass sie dich so getäuscht hat. Dass sie deinen Vater entführt hat. Er sah echt nicht gut aus da im Keller. Und dieser Samuel… was ist das für ein Typ?"

„Ein Lügner", sagte Frida. Abrupt blieb sie stehen. „Ein Monster!" Sie rang nach Luft und merkte zu ihrem Ärger, wie Tränen in ihre Augen stiegen.

„Wenigstens ein besonders gutaussehendes Monster?", grinste Esra schief.

„Hör auf! Du hast keine Ahnung", knurrte Frida, ihre Augen funkelten zornig.

Die Südländerin legte unbeeindruckt den Kopf zur Seite und beobachtete Frida wie eine Eule. „Ich frag mich nur, wie's mir gehen würde an deiner Stelle. Nach den letzten Tagen, nach der letzten Nacht. Nach allem, was Nonim gesagt hat. Traust du ihm?"

Frida starrte sie mit verletzten, unsicher flackernden Augen an. Esra dachte an den Blick, mit dem sie einmal ein angeschossener Fuchs bedacht hatte, über den sie am Stadtrand gestolpert war. Freund? Feind?

„Ich – weiß nicht…"

„Ich weiß auch nicht, Frida. Ich weiß es nicht. Falkenauten sind alles Schweine und Lügner, wenn du mich fragst. Aber Nonim hat uns am Leben gelassen. Er hat dich und deinen Vater gerettet. Er will Litho vor Splitterlauf schützen. Und vor dem Pamphlet zur Ausrottung von Magie und Ketzerei. Wenn sie jetzt wahllos rausgreifen können wen sie wollen und wenn jeder jeden, den er nicht mag, anklagen und als Hexe bezeichnen kann. Und wenn die Stadtwächter alles hochnehmen, was nach altem Glauben und alten Traditionen riecht… hier ist niemand mehr sicher. Ob ich Nonim nun mag oder nicht, was soll ich machen?" Sie hielt inne. „Glaubst du an Dogan, Frida? Glaubst du an den Ga'an, den Weg der Wahrheit?"

Frida lachte. „Einen scheiß tue ich. Ich glaube an nichts. An Ursache und Wirkung, aber das ist kein Glaube. Ich bin eine Ketzerin, Esra."

Esras schiefes Grinsen wurde breiter, sie senkte das Kinn und blickte Frida aus schmalen, brennenden Raubtieraugen an. Feine Fältchen gruben sich darum. Andere Menschen wären womöglich einen Schritt zurückgewichen, doch nicht Frida.

„Ich fange wirklich an, dich zu mögen."

Frida drehte sich auf dem Absatz um und ging weiter durch die Halle. Sie kamen an eine größere Freifläche. In deren Mitte stand eine riesige Maschine mit einem großen Trichter, die leicht vibrierte.

„Was hat Edgar hier nur alles für Maschinen", murmelte Frida.

„Edgar ist nicht nur Wissenschaftler, sondern auch Ingenieur", entgegnete Esra. Plötzlich begann Frida zu schwanken. Sie musste sich an der Maschine festhalten.

„Was ist? Was hast du?" Esra griff nach ihrem Arm.

„Nix", sagte Frida. „Mir war nur kurz schwindlig."

„War zu viel alles. Vielleicht legst du dich nochmal schlafen."

„Die Yetunde werde ich tun!", fuhr Frida auf. „Ich bin kein Schwächling ja?", ätzte Frida, das Seil fest umklammert.

„Hast du Angst, Frida?"

„Ich habe keine Angst", schnappte das grauäugige Mädchen mit den dichten Locken, während kleine Schweißtropfen auf ihre blasse Stirn traten.

„Jeder hat Angst, Frida. Ich auch. Du wurdest verraten. Sie haben dich getäuscht, diese Bonadimani und dieses gutaussehende Monster. Und Andelin hat mich verraten. Selbst wenn er's gut gemeint hat. Aber auch wenn du verraten wurdest, du darfst keine Angst haben wieder zu vertrauen. Angst ist der größte Feind, den wir im Leben haben. Angst blockiert und bremst uns, vernebelt den Blick."

„Was bist du, ein verdammter Falkenaut?"

Plötzlich veränderte sich Esras Auftreten. Sie wurde still. Ihr fester Blick hielt Frida im Griff. Der Schwindel in Fridas Kopf ließ nach, der Boden unter ihren Füßen hörte auf, zu schwanken. Sie richtete sich auf.

„Fluchen macht es leichter. Aber es heilt nicht. Wenn die Angst das Kommando in deinem Kopf übernimmt, dann atme tief ein. Stell dir vor, du trittst einen Schritt zurück. Raus aus deinem Körper. Schau dich selbst an und suche ein anderes Gefühl. Eins, das dich antreibt. Pack es dir, reiß es aus dem wahnsinnigen Tanz der Angst heraus und halt es wie ein Schwert hoch. Lass es laut werden, lauter als die Angst. Aber denk daran, die Kontrolle zu behalten."

„Was?" Frida brauchte einige Sekunden, um Esras Worte zu verdauen.

„Wo ist deine Wut?", fragte Esra leise. „Bist du nicht wütend auf die Bonadimani? Auf Samuel? Auf die Stadtwächter? Auf die Assassinen? Auf den Mörder deiner Mutter? Wut ist stark, Wut treibt an. Pack sie dir. Lass sie die Angst und das gebrochene Herz in die letzte Reihe verjagen. Trag sie wie ein Schwert. Aber lass den Griff nicht los. Sie ist nicht dein Herr."

„Du bist wahnsinnig, Esra", sagte Frida halb belustigt, halb ernst. „Nein, du bist Falkenaut. Die erste lebende Falkenautin. Du redest falkenautischen Unsinn."

„Dass mich mal jemand so nennt habe ich mir nicht im Alptraum vorgestellt", sagte Esra als wäre sie gekränkt. „Wenn du endlich wieder laufen kannst, lass uns hier verschwinden. Wir müssen deinen Vater und das Dienstmädchen in den Versteckraum schaffen."

Als sie mit den Vorbereitungen fertig waren, brachten sie Jon und das Dienstmädchen zusammen mit Susedka in den Raum. Sie wollte für den Tag die Wache über die Verletzten übernehmen. Esra und Frida schlossen die Tür von außen und zerrten eines der wuchtigen Wertstattregale vor die Tür, so dass sie nicht mehr zu finden war. Auf dem Rückweg wagte Frida nochmal einen Blick in die Spielwarenfabrik. Zwischen den großen Maschinen und Bändern und Regalen voll seltsamer Blechsoldaten, Brummkreiseln und Teddybären stand ein riesiges Ungetüm, fast acht Meter lang und in der Mitte, wie Vogelschwingen, zehn Meter breit. Darüber war eine riesige, schmutzige Leinenplane gelegt, die an dicken Ringen im Boden befestigt war. Fasziniert deutete Frida darauf.

„Was glaubst du was das ist, Esra?"

„Keine Ahnung. Sieht aus wie eine große Falkenstatue. Ist egal, Frida, wir sollten zurückgehen."

Mit einem letzten Blick auf das Laken wandte Frida sich ab. Beide kehrten zum Stadthaus zurück und trafen Ruth dabei, wie sie die Fliesen im Flur wischte.

„Sind sie sicher verborgen?", fragte die Frau und wrang den Lappen aus. Hellrotes Wasser ergoss sich in den Eimer.

„Ich denke schon", sagte Esra. „Ich weiß nicht, wie das in der Oberstadt gehandhabt wird, aber wie wahrscheinlich ist es, dass die Stadtwächter hier eine Razzia durchführen?"

„Unwahrscheinlich", sagte Ruth und trug den Eimer in die Küche. „Aber ich weiß es nicht. Mich wundert nichts mehr!", rief sie den beiden von dort zu.

„Weißt du, dass die Stadtwächter eine Razzia wegen dir in Govina gemacht haben?", wandte sich Esra an Frida.

„Habe ich schon gehört." Frida grinste.

„Hast uns das Abendessen verdorben", sagte Esra.

„Dumm gelaufen. Und das auch noch umsonst. Schließlich war ich in der Oberstadt", erwiderte Frida trocken. Esra lächelte. Dann verfiel sie ins Grübeln.

„Ruth, sag, wo hat Edgar die Abschrift von Wilfands Tagebuch versteckt?"

„Wahrscheinlich in den geheimen Räumen in der Fabrik", tönte es aus der Küche. Einige Augenblicke verstrichen, dann sagte Frida langsam: „Ich habe ihn heute früh gar nicht zur Fabrik gehen sehen. Ist er nicht sofort nach dem Umkleiden in das Automobil und weg?"

„Gestern als wir in den geheimen Räumen waren hat er es nicht mitgenommen." Esras Stimme begann zu schlingern, wurde lauernd, misstrauisch. „Hat er es danach noch herübergebracht?"

Wieder verstrichen einige stille Sekunden, da trat Ruth aus der Küche und wischte sich die Hände an der Schürze ab.

„Nein", sagte sie. „Du denkst, es ist noch hier… aber Edgar ist normalerweise nicht so unaufmerksam… nicht nach dem, was dem Tempelherrn mit seinem Exemplar geschehen ist…"

„Vielleicht ist es noch in der Bibliothek", sagte Esra, drehte sich auf dem Absatz um und lief eilig die Treppen hinauf, gefolgt von Frida und Ruth.

Ein Fenster in der Bibliothek stand offen. Milde Luft wehte in den Raum. Auf dem Teppich neben einem Sofa unter den Fenstern saßen Berta und Margaret. Berta rollte einen Ball zu ihrer kleinen Schwester, die diesen vergnügt glucksend zurückrollte. Die Mädchen blickten neugierig auf als sie hereinkamen. Esra lief zu dem Sekretär und sah sofort das Notizbuch, das noch immer aufgeschlagen genau dort lag, wo sie es gestern gelassen hatten. Die Seiten flatterten sanft im Luftzug. Das Fenster knarrte laut und vernehmlich im Wind.

„Oh Dogan sei Dank, da ist es ja", sagte Ruth erleichtert.

Frida war dem Knarren gefolgt und unbemerkt an das Fenster getreten.

„Edgar wollte es sicher heute früh verstecken. Aber dann kam das arme Mädchen und... es war einfach zu viel für ihn. Er ist nun auch nicht mehr der Jüngste." Ruth seufzte. Esra nahm das Notizbuch und schlug es zu.

„Ich bringe es schnell in die Fabrik zu Susedka."

„Dafür ist es zu spät", sagte Frida und drehte langsam den Kopf. Esra blickte in ihre vor Entsetzen geweiteten Augen.

„Wie... Was?" Esra stürzte an ihre Seite und sah ebenfalls hinunter aus dem Fenster. „Die Stadtwächter! Sie sind schon hier!"

Für einen Moment war sie unfähig, sich zu rühren. Sie spürte das vertraute Gefühl von panischer Gewissheit, wie eine Mausefalle, die zischend und erbarmungslos zuschnappt. Zu spät. Frida sog scharf die Luft ein. Unten, an dem verschnörkelten Tor zum Hause Vonnegut und der Spielwarenfabrik hatten sich etwa zwanzig oder dreißig bewaffnete Stadtwächter versammelt. Nicht nur das. Zwei Automobile parkten an der Straße. An eines davon lehnte sich ein Mann mit verschränkten Armen. Er war groß, ein Südländer. Er trug trotz der warmen Temperaturen einen Mantel aus Fell.

„Jaru, der Jäger", stöhnte Frida.

„Einer der Assassinen?", fragte Esra schnell. Frida nickte. Die Stadtwächter waren damit beschäftigt, das schmiedeeiserne Tor zum Hof so leise wie möglich mit langen Eisenstangen aus seinen Angeln zu heben.

„Was tun wir jetzt?"

Esra drehte sich zu Ruth um, die die Hände vor den Mund gepresst hatte und kurz vor einer Ohnmacht schien.

„Ruth, ich kann nicht mehr über den Hof in die Fabrik gehen. Die Stadtwächter sind hier. Gibt es hier in diesem Haus einen Ort, egal was dir einfällt, wo ich das Tagebuch verstecken kann? Denk schnell nach! Sie werden alles durchsuchen."

Erschüttert, wie betäubt schüttelte Ruth langsam den Kopf.

„Ich weiß was", sagte Frida. „Mein Vater hat das mal mit mir gemacht als bei uns in der Straße die Häuser durchsucht wurden. Es ist aber… ich weiß nicht…"

„Wenn du eine Idee hast, Frida, dann mach jetzt sofort. Schnell, wir haben keine Zeit zu überlegen!", fauchte Esra.

Frida nickte, strich sich ihr dunkles Lockenhaar aus dem Gesicht und setzte sich zur Überraschung von Ruth und Esra auf den Boden neben die Kinder Berta und Margaret, die verunsichert auf Frida blickten. Frida ergriff Bertas Hand und drückte sie. „Hör mir jetzt ganz genau zu, Berta. Das ist wichtig, so wichtig wie noch niemals irgendwas in deinem Leben gewesen ist. Hörst du mir zu?"

„Ja." Berta nickte ernst.

„Gleich werden Männer kommen. Böse, böse Männer. Sie wollen deinen Onkel Edgar und deine Tante Ruth ins Gefängnis stecken. Aber das können sie nicht, solange sie das Buch hier nicht finden." Frida deutete auf das Notizbuch in Esras Hand. „Wir brauchen deine Hilfe, ja? Was du dafür tun musst, das ist nicht schwer. Esra, gib mir das Buch."

Verwirrt reichte Esra das Notizbuch an Frida weiter.

„Schau, Berta, ich lege das Buch hier auf das Sofa am Fenster", sagte Frida. „Genau hier. Und jetzt, Berta, musst du dich auf das Buch draufsetzen."

Ruth keuchte entsetzt, während Esra fasziniert zusah. Berta nickte tapfer, stand auf, setzte sich genau auf das Buch, lehnte sich zurück und breitete ihren langen Rock über dem Sofa aus. Frida nahm die kleine Margaret hoch, setzte sie eng neben ihre Schwester und drückte den Mädchen die Strohpuppe in die Hand, die auf dem

Boden neben Berta gelegen hatte. In diesem Moment konnten die Frauen einen fürchterlichen Lärm aus dem Erdgeschoss hören. Als wäre die Haustür mit Wucht aus ihren Angeln gerissen worden und scheppernd einige Meter über die Fliesen geschlittert. Alle zuckten zusammen und Margaret begann zu weinen.

Frida drückte Bertas Hand fester. „Egal was geschieht, egal was die bösen Männer tun, egal was sie sagen, Berta, egal wieviel Angst du hast, du darfst nicht aufstehen. Du musst sitzenbleiben, verstehst du? Schaffst du das? Schwör es mir beim Dogan!"

„Ich schwör's", flüsterte Berta mit zittriger Stimme und legte einen Arm um die weinende Margaret. Sie hörten schwere Schritte die Treppe hinaufhasten. Jemand brüllte Befehle, Glas klirrte, Möbel schepperten. Frida sprang weg von dem Sofa und rannte in Richtung der Tür, doch sie kam nicht weit. Zwei Stadtwächter in nachtblauen Uniformen stürmten mit ihren Waffen im Anschlag in die Bibliothek. Frida erstarrte und hob die Hände zur Abwehr vor den Körper.

„Hier! Hier sind sie!", brüllte der eine die Treppen hinunter. Kurz darauf betrat ein Mann den Raum, der ein Hauptmann sein musste. Über der nachtblauen Uniform trug er einen Umhang, der mit einer goldenen Nadel an seiner rechten Schulter befestigt war. Er trug keine sichtbare Waffe mit sich. Er war vielleicht in dem Alter von Ruth und sein Gesicht war nicht unfreundlich.

„Wo ist die Hausherrin?", fragte er.

„Ich bin es", sagte Ruth zitternd und trat vor.

Er zog einen Brief aus seinem Umhang, räusperte sich und begann zu lesen: „Am Morgen des Tages, an dem das Pamphlet zur Ausrottung der Magie und Ketzerei in Litho seine Gültigkeit erlangt hat, wurde von einer glaubwürdigen Person die Anzeige aufgegeben, dass Edgar Vonnegut, Ratsmitglied und seine Frau Ruth

Vonnegut-Katzgetier der Ketzerei schuldig sind. In ihrem Hause befänden sich Schriftstücke, die dies beweisen. Im Namen des Präsidenten Caspote und im Namen des Tempelherrn von Pion wird angeordnet, dass das Anwesen Vonnegut einschließlich der Spielwarenfabrik zu durchfahnden sei – bis ein Beweis erbracht oder die Anschuldigung widerlegt sei."

Er blickte scharf über den Rand des Briefes hinweg.

„Was können Sie mir dazu sagen?"

Ruth atmete schwer. Sie schien ihre Fassung zurückgewonnen zu haben. „Ich verlange zu wissen, wer diese glaubwürdige Person gewesen sein soll. Und ich weise diese lächerliche Anschuldigung zurück."

„Das wird sich zeigen", sagte der Hauptmann. „Zunächst…"

Eine Hand legte sich auf seine Schulter, schob ihn beiseite.

„Ich übernehme das."

Frida erschauderte. Jaru, der Jäger war durch die Tür getreten. Wie auch beim letzten Mal als Frida ihn gesehen hatte, schienen seine Augen aus den Höhlen hervorzuspringen. Sie glitzerten dunkel. In seiner linken Hand trug er ein fast dreißig Zentimeter langes und breites Jagdmesser, das vom Schaft her immer breiter wurde und in einem eleganten Bogen auf eine bedrohliche Spitze hin mündete.

„Was meinen Sie?", fragte der Hauptmann, aus dem Konzept gebracht.

„Ich meine…", Jaru näherte sich dem Hauptmann so weit, dass dieser einen Schritt zurückwich. „Der Kommandant hat sich klar ausgedrückt, oder?"

Jaru zog einen Zettel hervor. „Hier steht die Verfügung des Präsidenten, persönlich unterschrieben mit Siegel. Ich bin Sonderbeauftragter der Strafverfolgung zur Ausrottung der Magie und Hexerei.

Auf schriftliche Anweisung von Caspote führe ich die Verhöre, allein."

„Allein?"

„Allein", Jaru lächelte. „Ganz allein mit den Weibsstücken. Kommen sie nicht mehr herein, egal was sie vielleicht hören. Es hat seine Richtigkeit."

Der Hauptmann zögerte kurz, bedeutete mit einer Handbewegen den Stadtwächtern an, ihm zu folgen und rauschte mit wehendem Umhang in den Flur.

„Nein!", rief Frida ihm verzweifelt hinterher. „Die Verfügung ist gefälscht! Lassen Sie ihn das nicht…" Doch ihre Worte verhallten als die Tür gnadenlos hinter ihnen zu schlug und sie standen allein mit Jaru, dem Jäger, in der Bibliothek.

„Fräulein Frida", sagte er und verbeugte sich leicht. „Endlich sehen wir uns wieder. Wie ich diese Stunde herbeigesehnt habe!"

„Warum", fragte Frida mit einem Beben in der Stimme, „seid ihr Assassinen so erbärmliche, schleimige falsche Heuchler?"

Das Lächeln des Mannes wich keinen Millimeter.

„Wütend, Fräulein Frida? Aber, aber… hat Samuel dich ins Herz getroffen mit seinem Schauspiel?"

Frida schwieg. Jaru lachte.

„Das hat er, oh und wie! Tut es weh, Fräulein Frida? Wo tut es weh? Im kleinen reinen Herzen? Soll ich mit meinem Waidblättchen mal nachsehen?" Er hob das Messer an seine Wange. Ruth wimmerte, doch Frida zuckte nicht einen Millimeter zurück. Jarus Augen wanderten zu Ruth, über Esra zu Berta und Margaret. Er lächelte.

„Fürchtet euch nicht, ihr Süßen", sagte er leise, „ich töte aber ich füge keine Schmerzen zu. Außer wenn es sein muss. Wenn mir etwas verschwiegen wird, zum Beispiel." Wieder lächelte er, sein Mund schien breiter als sein Gesicht. „Wo ist der Tempelherr?"

„Keine Ahnung", knurrte Frida.

Beständig lächelnd hob Jaru sein langes, gebogenes Messer an, trat zu dem Schreibtisch und fuhr ganz behutsam mit der Spitze quer über den Rand, hob ein paar Blätter an. Er zog die Schubladen auf und blätterte mit der freien Hand in den Unterlagen.

„Wo ist Wilfands Tagebuch?", fragte er wieder.

„Was soll das bitte sein?" Frida sah aus den Augenwinkeln, wie Ruth leicht schwankte. Jaru hob sachte den Kopf. Ruths Reaktion schien ihm nicht entgangen zu sein, obwohl er nach unten geblickt hatte. Er sagte nichts, griff einige der Bücher von dem Tisch und lies die Blätter durch seine Finger rieseln.

„Und wo ist Ratsherr Edgar Vonnegut?"

„Bei Zias Einäscherung", krächzte Ruth nach kurzer Stille.

Frida warf Esra einen kurzen, flüchtigen Blick zu. Er genügte. Befriedigt stellte Frida fest, dass die ihr kaum bekannte Frau keineswegs verängstigt oder unsicher war. Sie hatte den Kopf gesenkt, die Stirn vorgereckt, ihre schwarzen Augen zu Schlitzen verengt unverwandt auf Jaru gerichtet, die Muskeln angespannt. Sie lauerte. Ein sachtes, kaum wahrnehmbares Schütteln ihres Kopfes sandte Frida eine kristallklare Botschaft: *Noch nicht*. Als Frida wieder zu Jaru sah, bemerkte sie, dass er sie interessiert anstarrte. Wieder war ihm auch dieser Blickwechsel zwischen den beide Frauen nicht entgangen, auch wenn er nur Sekunden gedauert hatte. Jaru der Jäger war ein Todesengel, der sich sicher nicht von zwei Straßenmädchen überraschen lassen würde. Es würde mindestens einer das Leben kosten, wenn nicht beiden, um ihn zu überwältigen, das ahnte Frida.

„So", sagte er fast flüsternd. „Ihr wisst nichts. Nichts vom Tempelherrn, nichts vom Tagebuch. Und mein Todeskandidat ist auch nicht hier. Das ist schade. Aber es macht nichts. Ich bin mir sicher, es wird euch alles wieder einfallen."

Langsam trat er von dem Schreibtisch weg und strich in federnden Schritten an Frida vorbei, wobei er sein Messer wie ein Rad drehte. „Es ist so erschreckend einfach, das zu bekommen was ich will. Es überrascht mich immer wieder. Tiere sind mir da viel lieber. Sie kämpfen und schweigen, selbst im Todeskampf, jeder Muskel und jede Sehne, die noch am Leben ist, wehrt sich. Nicht so der Mensch. Sie brechen meist vor ihren Knochen." Er war kurz vor Ruth stehengeblieben und fixierte sie. Die zitternde Frau wandte den Blick ab und strich sich eine rötlich-graue Haarsträhne aus dem Gesicht.

„Ja", sagte Jaru, „das Herz bricht zuerst." Ein paar Sekunden lang regte sich nichts. Und dann schlug Jaru mit der freien Hand zu, mitten in Ruths Gesicht. Etwas knirschte. Die Wucht des Schlages lies die ältere Frau rückwärts auf den Boden fallen. Sie schlug mit dem Hinterkopf auf und rührte sich nicht mehr.

„NEIN WAS TUST DU! WAS TUST DU DA!" Esra brüllte vor Angst und Zorn. Fridas Magen drehte sich um. Sie hörte das erschrockene, panische Jammern der Kinder in ihren Ohren widerhallen. Frida drehte wie betäubt den Kopf. Berta, schneeweiß, hielt ihre brüllende kleine Schwester fest umklammert, die aufzustehen versuchte. Berta tropften stumme Tränen aus den Augen, sie rührte sich nicht. Sie starrte ihre Tante an.

„Keinen Schritt oder ihr Kopf ist ab." Jarus Stimme schnitt durch den Raum wie eine glühende Klinge durch Schnee, das Messer an Ruths Kehle. Esra erstarrte schlingernden in einer jähen Bewegung nach vorne. Sie bebte am ganzen Körper.

„Fein", sagte Jaru nach einer Weile, erhob sich und ließ Ruth, der ein dünner Faden Blut aus der Nase und dem Mundwinkel rann, leblos am Boden liegen.

Federnden Schrittes ging er, das Messer wie ein Rad drehend, zu Fridas blankem Entsetzen nun auf das Sofa zu, auf dem Berta und Margaret saßen.

„Wag es nicht", keuchte Esra.

„Hallo meine Süßen", sagte Jaru der Jäger, sich langsam hinunterbeugend, während Margaret wimmerte. „Sagt mir, wo ist denn Wilfands Tagebuch?" Stumm weinend klammerte Berta sich an Margaret und der hässlichen Strohpuppe fest. Zwischen ihrer Panik konnte Frida sehen, dass Berta Jaru trotzig anstarrte. Langsam hob Jaru seine Hand und sagte: „Fein. Das Herz bricht zuerst." Und seine Faust schoss nach vorne. Ohne nachzudenken sprang Frida los und sah, dass Esra noch schneller war als sie. Frida sah auch in ihrem Sprung, dass Unerwartetes geschah. Berta hatte sich reflexhaft hinter ihrer Strohpuppe verborgen. Als Jarus Faust sie fast berührte, schien ihn ein gewaltiger Schlag zu treffen, wie von einer offenen Stromleitung. Überrascht und voller Schmerz brüllte er auf, taumelte zurück. Da erreichte ihn Esra. Sie warf sich in seinen Arm, der das Messer führte und stieß ihn mit ihrem ganzen Gewicht zu Boden. Frida erreichte ihn nur Sekunden später und sprang mit den Knien auf seine Brust. Trotz des starken Schmerzes hatte Jaru sich schnell gefangen. Mit einer Hand packte er Fridas Kehle. Es war als legte sich eine Eisenkette um ihren Hals und zog sich zu. Jaru drückte mit so einer Wucht, dass Frida glaubte, er drücke ihren Kehlkopf ein. Sie versuchte sich von ihm weg zu winden. Esra schlug währenddessen mit voller Kraft immer wieder auf die Hand ein, die das Messer hielt, doch er ließ nicht ab. Schließlich biss Esra verzweifelt in das Handgelenk, ihre Kiefer mahlten. Da endlich ließ er das Messer fallen. Für eine Sekunde wich Esra zurück um das Messer zu greifen, da packte er mit der nun freien Hand auch ihre Kehle. Das Messer schlitterte über Boden.

„Frida!" In ihrem äußeren Sichtfeld tauchte Bertas Arm auf, der ihr die Strohpuppe hinhielt. Während ein schwarzer, rauschender Schleier links und rechts vor ihren Augen aufzog, griff sie blind die Puppe und drückte sie hilflos mitten in Jarus Gesicht. Und da begann der Jäger zu schreien. Sie fühlte wie die Hand von ihrer Kehle abließ und drückte weiter die Puppe fest in das Gesicht des Jägers. Esra keuchte neben ihr auf, auch sie hatte er nun losgelassen. Sie griff sofort das Messer und sprang auf. Frida blieb auf seiner Brust sitzen und stemmte sich auf die Puppe. Jarus Geschrei wurde immer schriller, sein Körper begann zu vibrieren und zu zucken wie einst Salehs Onkel. Mehrfach trafen Schläge von Jaru Fridas Kopf, doch sie waren schwach und streiften an ihr vorbei. Seine Bewegungen wurden langsamer, immer schwächer, fast zärtlich. Wie ein Geliebter, der ihre Wange streichelt. Da erstarrte er und sackte zusammen. Langsam hob Frida die Puppe an und sah, dass Jarus Gesicht rot, offen und wie verbrannt war. Sie rutschte von ihm herunter, hustete heftig und blieb zitternd sitzen. Einige Augenblicke hörte sie nur Esras rasselndes Atemringen, das Wimmern von Margaret und ein Stöhnen aus Ruths Richtung. Frida wollte aufstehen, schaffte es nicht und krabbelte schließlich auf allen Vieren zu Ruth hinüber, die Puppe noch in der Hand. Ruth hatte die Augen halb offen, drehte langsam den Kopf.

„Nicht bewegen", wollte Frida sagen, doch nur ein stummes, heiseres Krächzen kam aus ihrer Kehle. Vorsichtig strich sie die von Blut triefenden Haare aus dem Gesicht der Frau. Berta stürzte an ihre Seite und legte, nun jämmerlich schluchzend, den Kopf auf den Arm ihrer Tante. Frida ließ sich auf den Hintern fallen und sah Esra an, die Margaret in den Arm schloss und Fridas Blick scharf erwiderte.

„Er ist tot", presste Esra heiser hervor. Frida sah die dunkelroten Abdrücke an ihrem Hals. Esra trug Margaret zu Frida und Berta hinüber und legte ihre Hand auf Fridas Schulter.

„Sag wenn du wieder aufstehen kannst", flüsterte sie. „Wir müssen ihn loswerden, bevor der Hauptmann genug Zweifel hat und zurückkommt." Frida nickte. Seltsamerweise fühlte sie neue Energie in sich aufsteigen, wie ein leichtes, elektrisierendes Kribbeln, das ihren Arm hinaufkroch. Frida starrte misstrauisch auf die Puppe, die sie immer noch hielt. Sie legte die Strohpuppe auf Ruths Bauch und erhob sich. Ihre Beine trugen sie sicher. Esra stand am einem der Seitenfenster und blickte hinunter. Frida trat zu ihr. Stumm deutete sie auf die hohen, dichten Buchsbaumsträucher, die dort standen. Frida nickte. Die zwei Frauen packten den leblosen Jäger an den Armen und Beinen, hievten ihn auf das Fensterbrett und als sie sicher waren, dass niemand an dieser Seite des Hauses zu sehen war, rollten sie den Jäger über die Kante und stießen ihn in die Tiefe. Er krachte in die dichten Sträucher und war nicht mehr zu sehen. Esra schloss das Fenster.

„Zum Dogan", gelang es Frida nun zu sagen. „Was ist das für eine verdammte Puppe?" Beide starrten zu Ruth, die wieder zu sich gekommen war und sich aufgerichtet hatte, Berta und Margaret im Arm wiegte und leise auf sie einredete. Berta umklammerte mit der Hand die hässliche grinsende und unschuldig dreinblickende Strohpuppe.

„Warte kurz", Esra legte eine Hand auf Fridas Arm. Sie ging zu Berta und löste die Puppe aus ihrer Hand. „Geht es, Ruth? Hast du starke Schmerzen?"

„Nein", flüsterte die Frau. „Alles gut. Die Kinder sind heil, das ist wichtiger." Sie drückte das blutverschmierte Gesicht in Margaretas dichtes, rotblond gelocktes Haar.

„Berta", sagte Esra. „Kann ich mir deine Puppe kurz ausleihen? Ich möchte sie untersuchen, ob sie sich auch verletzt hat."

Berta nickte. Aufmerksam hob Ruth den Kopf.

„Woher hat Berta diese Puppe?", fragte Esra sie.

„Von Zia Sternberg", flüsterte Ruth. „Sie gab sie ihr als sie mit Masern krank wurde. Ihr Fieber wollte nicht sinken. Wir dachten, wir verlieren sie auch, genau wie ich meine Schwester schon verloren...", sie brach ab und räusperte sich. „Zia schenkte ihr die Puppe und am selben Tag sank das Fieber. Zia sagte damals, dass auch sie einst von dieser Puppe gerettet wurde."

„Hat Zia diese Puppe nicht selbst gemacht?" Nachdenklich drehte Esra die Puppe hin und her, begutachtete Arme und Beine, den Hut, das Kleid, fuhr mit den Fingern über das Material.

„Nein", Ruth zögerte. „Ich kann mich kaum erinnern. Ich glaube... ja, ich glaube, sie erwähnte, dass sie diese Puppe von Lyssa von Bahlow bekommen hat."

„Lyssa von Bahlow? Von Falkas Großmutter?", fragte Frida.

Esra war elektrisiert aufgesprungen. „Berta, ich muss kurz nachsehen, ob mit der Puppe alles in Ordnung ist. Ihr passiert nichts, ja?" Die kleine Berta nickte nur. Esra ging weg von den beiden, hinüber zu Frida, kniete sich auf den Boden und zog der Puppe das Kleid ab. Frida konnte erkennen, dass die Puppe eine Art dichteres Geflecht aus Stoff dort hatte, wo das Herz sein sollte. Esra nestelte daran herum. Da plötzlich zog sie einen Faden heraus. Sie zog und zog und dann erschien, klein, unscheinbar und zusammengerollt, tief verborgen im Füllmaterial der Puppe, ein kleiner Zettel, um den der Faden gewickelt war.

„Dieses Herz kann niemals brechen", flüsterte Esra.

Frida sah, dass Esras Finger heftig zu zittern begannen. Es gelang ihr fast nicht, den Faden von dem Zettel zu ziehen und ihn auszurollen.

„Esra, was ist das?", fragte Frida leise. Esra hörte sie nicht. Da hatte sie es geschafft. Sie rollte den Zettel auf und las. Sachter Wind strich durch das Fenster herein und ließ das Papier in ihrer Hand aufflattern. Esra senkte den Kopf, mit zuckenden Schultern. Sie umschloss den Zettel fest mit der Hand und schwieg.

„Esra! Esra, was zum Dogan ist…" Frida kniete sich neben Esra als diese den Kopf hoch. Frida zuckte zurück. Ihre Augen waren voller Tränen, in denen sich das Sonnenlicht brach, sie glitzerten und strahlten in wilder, fast manischer Freude. Sie begann zu lachen wie ein Kind, dass beim Schaukeln einen Überschlag geschafft hat.

„Esra sag schon, was steht auf diesem Zettel?", verlangte Frida zu wissen.

„Frida… das ist… es ist unglaublich. Wir haben… da steht" Esra, völlig aufgelöst, schien kurz zu zögern. „Da steht ein Name."

„Ein Name, was für ein Name? Esra?"

Diese schüttelte wild den Kopf. „Nicht jetzt. Später. Nicht jetzt, der Hauptmann wird gleich wieder hier sein. Später, Frida, werden wir dem auf den Grund gehen, du und ich." Sie sah Frida mit einem langen und eigenartig fremden Blick an. Es war als hätte Esra sich vollkommen verwandelt. Sie schien nicht mehr wirklich da zu sein. Ihre Augen brannten wie Feuer, loderten in allen Schattierungen von Schwarz. Frida sah es und sie sah es nicht. Sie blinzelte, schüttelte leicht den Kopf und rieb sich die Augen. Der seltsame Eindruck war sofort wieder verschwunden.

„Du musst lernen, deinen Zorn und alle deine Gefühle festzuhalten, wenn sie ausbrechen. Dann kannst du noch besser kämpfen.

Nicht, dass du's nicht schon kannst. Aber du könntest noch viel besser werden, Frida Iringa. Besser als jeder Jäger, besser als ein Mensch.", sagte Esra wie von weit weg.

Frida klappte der Mund auf.

„Wo ist das Tagebuch?", tönte es schwach von Ruth. Frida fuhr herum. Es lag auf dem Boden vor dem Sofa, wo es hingefallen war als Berta aufgesprungen war. Da klopfte es heftig an der Tür. Esra versteckte die Puppe hinter ihrem Rücken. Frida trat geistesgegenwärtig mit ihrem langen Rock über das Tagebuch. Der Hauptmann betrat zögernd den Raum. Sein Blick fiel zuerst auf Esra und Frida, die sich große Mühe gaben, schwach und verängstigt auszusehen. Da sah er Ruth auf dem Boden, die Kinder im Arm, das Gesicht blutverschmiert und langsam anschwellend. Seine Augen weiteten sich, doch er kommentierte es nicht.

„Wo ist Sonderbeauftragter Jaru?", fragte er.

„Gegangen", sagte Esra leise. „Vor ein paar Minuten schon."

„Wohin?", fragte er misstrauisch. „Er hat nichts gesagt und ich habe ihn nicht hinausgehen sehen." Er begann, den Raum abzuschreiten. Geistesgegenwärtig machte Frida einen halben Schritt nach hinten, um mit ihrem langen Rock auch das am Boden liegende Messer des Jägers zu verdecken.

„Er hatte es eilig. Und er hat uns deutlich klar gemacht, dass jede an ihn gerichtete Frage keine gute Idee ist", sagte Esra mit weinerlicher Stimme, verbarg das Gesicht in den Händen und schluchzte laut und vernehmlich.

„Wir werden uns beschweren", sagte Ruth wie erstickt. „Wissen Sie, was er getan hat? Billigen Sie das?"

Der Hauptmann blieb stehen. Er sah Ruth nicht an, sprach mit dem Schreibtisch zu seiner Rechten. „Wir haben nichts finden können, was den Vorwurf bekräftigen würde, Frau Vonnegut-

Katzgetier. Aber wir konnten auch nicht in alle Räume der Fabrik gelangen. Sobald Herr Vonnegut von der Einäscherung zurück ist, muss er mich einlassen. Bis dahin ziehen wir uns zurück." Er drehte sich um, keinen von ihnen anblickend und wehte aus dem Raum. Die Tür zur Bibliothek glitt leise hinter ihm ins Schloss.

„Da geht er, der gehorsame doganverfluchte kleine Feigling", sagte Frida. „Pflicht vor Fragen. Er hat gesehen, was der Jäger Ruth getan hat und sein Maul gehalten. Was ist nur los mit den feigen Stadtwächtern? Ich schwör, das wird er büßen." Und sie machte eine wüste Geste in Richtung der geschlossenen Tür.

„In der Tat, das wird er", sagte Esra leise und lächelte diabolisch, den Zettel aus der Strohpuppe fest in ihrer Faust verborgen.

Unter der Stadt

Der alte Krumpmann humpelte voran. Seinen Stock schob er wie einen Königsstab vor sich her. Wer ihn verwundert ansah, wandte schnell den Blick wieder ab. Er trug ein Falkenautengewand wie früher, als er Falkenaut in Jordengard war. So hatte zumindest das Tagebuch von Henry Theodor Wilfand gesagt. Menschen wechselten die Straßenseite bei seinem Anblick. Sein silbernes Haar, das noch Strähnen von Blond trug, wehte hinter ihm her. Der dichte, kurze Bart verbarg die schmale Linie, die seine Lippen bildeten. Unter der Kapuze brannten alte, aber höchst lebendige Augen hervor. Er war wie die Gestalt eines bösen Zauberers aus den Zeichnungen der Kinderbücher in Akis Elternhaus. Vermutlich wusste Krumpmann das und es war genau die Wirkung, die er auch erzeugen wollte. Mit bösen Zauberern war nicht zu spaßen. Das wusste jedes Kind in Litho. Besonders, wenn sie kein Hexer- sondern ein Falkenautengewand trugen. Am Ende verdrehten sie deine Gedanken und du würdest dich in deinem eigenen Geist verirren ohne Ausweg aus dem Universum der Erinnerungen. Und Dogan, der große Falke, konnte dich darin nach deinem Tod nicht mehr finden. Aki und Saleh hatten die schlichten grauen Umhänge von Tempelläufern bekommen und gingen mit gesenkten Köpfen hinter ihm. Kazim, zu seinen Füßen der kleine Dino (oder Wolf), trug hinter ihnen in den Armen ein Bündel aus Baldrian, Allermannsharnisch und Dost, das er sichtbar in alle Richtungen schwenkte. Nichts anderes konnten die Menschen denken, als dass sie Hexenjäger aus dem Tempel wären. Gekommen, um die Oberstadt zu säubern. Aki hatte Mitleid mit den Menschen. Er sah Frauen, die ihre Töchter in Seitenstraßen stießen und ‚Lauf!' mit den Lippen formten als sie näherkamen. Konnten die Passanten ihnen nicht ausweichen, so blieben sie stehen. Sie senkten den Kopf tief und hoben ihre Hände zitternd in der Geste des Falken vor sich. Seht, ich bin gläubig, kein Ketzer. Aki kannte die Geste des Falken zwar aus Erzählungen, doch in Jordengard war sie nicht verbreitet gewesen. Er bemühte sich, die Geste nachzuahmen. Er streckte zuerst die Hände vor sich aus, die Handflächen zu seinem Gesicht gerichtet. Dann überkreuzte er die Handgelenke, so dass die Daumen sich in der Mitte berührten und verhakte diese miteinander. So hielt er die Hände vor seiner Brust. Kaum hatte Saleh dies bemerkt, beeilte er sich, es wie Aki zu machen. Ihre seltsame kleine Prozession durchschritt das Wohnviertel der Vonneguts unbehelligt. Kein Stadtwächter trat ihnen in den Weg, niemand fragte, wohin sie wollten. Irgendwann bog Krumpmann in eine Seitenstraße. Er ging langsamer, bis ein einzelner Fußgänger, der sich hierher verirrt hatte, die Flucht ergriff. Schnell schlüpfte Krumpmann in eine schmale Gasse, die sich zwischen zwei Häusern erstreckte. An deren Ende gab es eine Hintertür, die er nach einem scharfen Blick zur Seitenstraße mit einem klirrenden, schweren Schlüsselbund aufsperrte. Er scheuchte Saleh, Aki und Kazim hinein. Sie führte zu einem Lagerraum, in dem sich viele Fässer befanden. In der Mitte des Raumes war eine Falltür. Krumpmann nickte.

„Aufmachen!"

Behände beugte Saleh sich hinunter und zerrte an dem Eisenring, der in die Falltür eingelassen war. Sie öffnete sich knarrend. Eine selbstgezimmerte Holztreppe führte hinab. Eilig stiegen die vier Männer hinunter. Sie standen nun in einem kühlen, muffigen Whiskeykeller. Überall waren Regale, in denen sich Fässer stapelten, mit schwarzen Initialen versehen. Auf jedem Fass war die stilisierte Fratze eines fauchenden Katzenkopfes gebrannt worden.

„Willkommen im Lager der Destillerie Katzgetier", knurrte Krumpmann. „Hört mir gut zu. Da hinten, um die Ecke bei dem großen Regal, hinter dem Vorhang, da führt eine Steintreppe noch tiefer hinab. Sie reicht bis in die Tunnel der Oberstadt. Alle Vorratskeller der Oberstädter waren früher mit Eingängen in den Untergrund versehen. Hier ist Edgars Karte." Krumpmann zog ein vielfach gefaltetes und bunt gemaltes Papier hervor. „Du Junge hast gesagt, du kannst gut Karten lesen, ja?" Saleh nickte beflissen. Krumpmann drückte ihm den schweren Schlüsselbund in die Hand. „Die wirst du auch brauchen. Kazim, gib ihnen die Lampen." Der junge Südländer reichte ihnen zwei Petroleumlampen aus seinem Rucksack.

„Geht um Dogans Willen nie ab vom Weg. Folgt exakt dem in Rot eingezeichneten Weg in der Karte. Er führt euch direkt nach Govina. Wenn ihr Andelin gefunden habt, wird er euch sagen können, welcher der anderen Wege zu Nonim unter den Tempel führt." Scharf starrte er Aki an, der schweigend nickte. Saleh seufzte. „Wenn nur der Tag kommen würde, an dem Andelin endlich einen Fernsprecher in seinem Haus haben könnte… oder wenigstens einen Funkempfänger. Bei Nonim in den Tunneln brächte das natürlich ohnehin nichts. Dorthin müssen wir Nachrichten auf dem altmodischen Weg weitergeben."

Kazim grinste breit. Dino, der die Holztreppe nicht hinunterklettern konnte, begann oben leise zu winseln. Krumpmann runzelte die Stirn.

„Verschwindet endlich. Und kommt nicht ohne Nonim und Andelin zurück", knurrte er und gab Kazim ein Zeichen, wieder hinaufzuklettern. Saleh schüttelte Aki leicht an der Schulter. Die beiden traten zu dem Vorhang. Saleh schob ihn zur Seite. Aki hörte hinter sich, wie die Falltür zu dem Whiskeykeller wieder zuklappte. Eine

Treppe aus Stein führte ins Dunkle hinab. Aki schluckte. Saleh zündete seine Lampe an und nickte Aki aufmunternd zu. „Auf in den Untergrund", sagte er.

Innerhalb weniger Stufen kroch die Kälte Akis Beine entlang. Der schwarze Boden war von einer fein rieselnden Schicht überzogen, die unter seinen Schuhen knirschte. Die Stufen waren hoch gebaut und wanden sich schmal und steil hinab. Er klammerte sich an das dünne, schmiedeeiserne Geländer. Salehs Lampe flackerte vor ihm her. Er erkannte nicht, wohin die Treppe führte. Als seine Füße die letzte Stufe verließen, betrat er einen Gang, durch den leicht ein Automobil gepasst hätte. Saleh leuchtete die Wände ab. Roter, klein geschlagener Sandstein bildete eine halbrunde Decke und an den gemauerten Wänden führten noch alte Stromkabel, an denen Wassertropfen wie Eis glitzerten. Die Wände strahlten eiskalt als sich Aki mit der Hand abstützte. Es roch nach Erde und… Aki hielt kurz inne. Es roch nach Eisen. Saleh nickte ihm zu und sie eilten über den unebenen Erdboden den Gang entlang, der kurze Zeit später eine Biegung machte. Sie standen bald vor einer schweren Stahltür mit zwei Schlössern, die ein vergittertes Fenster in der Mitte und einen schweren Riegel oberhalb der Klinke hatte. Saleh zog die Schlüssel aus der Tasche, die Edgar ihnen gegeben hatte und öffnete beide Schlösser, bevor er den schweren, quietschenden Riegel mit Mühe nach oben schob. Aki half ihm, die Tür aufzustoßen. Er staunte nicht schlecht. Vor ihnen tat sich ein Gang auf, der aus einer anderen Zeit gefallen zu sein schien. Er war schmal, so dass zwei Leute nicht nebeneinander hergehen konnten. Aber er war hoch und oben lief er spitz zu wie er es bei manchen Stadtturmfenstern schon gesehen hatte. Der Sandstein, aus dem der Gang gemauert war, war aus viel größeren Trümmern geschlagen. Staunend und langsam gingen die beiden voran. Nun griff auch Aki zu seiner Lampe, denn sie bewegten sich in völliger Dunkelheit. Er fragte sich, wer diesen Gang erbaut haben mochte. Es musste eine logistische Meisterleistung gewesen sein. Jeder dieser rötlichen und gelblichen Sandsteinblöcke musste fünfhundert Kilo wiegen. Es brauchte Jahre und viele Menschen, um solch einen Gang zu erbauen. Manche der Steine waren weich und von schlechter Qualität. Die Zeit hatte tiefe Löcher und Einbuchtungen in sie gegraben. Dieser Gang musste schon lange stehen, vielleicht seit der Gründung der Stadt. Vielleicht hatte der erste König von Litho, Vento, ihn schon erbauen lassen oder sie waren erst seit König Till dem Listigen da, der die meisten unterirdischen Gänge anlegen ließ, wie Aki von der geschwätzigen Esra wusste. In manchen der Einbuchtungen steckten kleine runde Tongefäße, in manchen erkannte er Reste von Wachskerzen. An einer größeren Einbuchtung blieb er fasziniert stehen. Ihn fröstelte inzwischen stark. Es war immer kälter geworden. In der Einbuchtung steckte der Schädel eines Tieres. Sein Lichtstrahl erfasste ein Zeichen, das in den Sandstein darunter eingraviert war. Schwungvolle Initialen prangten dort, ein F, dessen Ränder sich in Schnörkel und Blätter verwandelten und darüber Zahlen, die Aki nicht lesen konnte. Er begriff, dass es volta-acalanische Zahlen aus dem Südland sein mussten, die sich noch an der Ursprache des Kontinents orientierten. Aki verstand als Nordländer aus Jordengard nicht nur neu-acalanisch, sondern auch ein wenig die Hochsprache des Nordens, amu-acalanisch. Doch das südländische volta-acalanisch war ihm absolut unverständlich. Dieser Tunnel, dachte Aki, musste seit Anbeginn der Stadt stehen und die Steine waren aus dem Südland hierhergeschafft worden. Aki kannte das Initialenbrennen von der Schreinerei her, wahrscheinlich hatten sich auch Steinmetze in ihren Meisterstücken verewigt.

„Aki!" Salehs Stimme hallte dumpf und vielfach durch den Gang. „Komm weiter!"

Aki riss sich los und folgte Saleh zu einer scharfen Biegung des Ganges. Dahinter ging der Gang zwar weiter, doch tat sich auch ein seltsamer Nebengang auf, der klein und schmal und ohne Stufen hinaufführte, wie eine Rampe. Oben war eine kleine Tür zu erkennen. Saleh trieb ihn weiter. „Los, Aki, wir müssen uns beeilen." Sie hasteten weiter. Einmal bemerkte Aki, dass es heller wurde. Über ihnen, vielleicht zehn Meter nach oben, tat sich ein Lichtschacht auf. Aki erkannte ein Gitter und Pflanzen, er hatte kaum Zeit, hinzusehen. Plötzlich endete der hohe, spitze Gang. Vor ihnen tat sich ein niedriger, runder Gang auf, der nach einigen Metern wieder zu enden schien. „Hier wurde der Tunnel verstärkt, weil eine Straße darüber hinwegführt", erklärte Saleh. „Wir nähern uns langsam der inneren Oberstadt. Jetzt wird es kompliziert."

Er zog nun endlich die Karte aus seinem Hemd, bückte sich ein wenig und verschwand in dem niedrigen Gang. Aki folgte ihm ohne Zögern.

Als der Gang wieder höher wurde, erkannte Aki eine deutliche Veränderung in den Tunneln. Nicht nur, dass viele Abzweigungen aus den dunklen Wänden die Orientierung schwer machten, auch die Tunnel selbst veränderten sich. Mal erkannte er den altenbekannten Sandstein in großen Blöcken, mal waren es kleine Ziegel, dann wieder gehauener Fels. An manchen Wänden rankten sich Wurzeln hinab, an einigen Stellen waren die Felswände feucht. Es waren alte, abgerissene Kabel zu sehen, kaputte Lampen, einmal steckte eine erloschene Fackel in einem uralten Halter. Die Tunnel waren schmal und dann wieder breit, an manchen Stellen niedrig und immer wieder bemerkte Aki einen Luftschacht, durch den spärliche Fetzen Sonne hinunterdrangen. Ab und an bebte und dröhnte der Tunnel. Dies war, wie Saleh mutmaßte, wenn eine Kutsche, ein Fuhrwerk oder ein Automobil über sie hinwegfuhr. Sie flüsterten nur noch und wagten keinen lauten Ton mehr zu machen. Denn sie wussten nicht, wer sonst noch in den Tunneln war. Mit Sicherheit waren Aki und Saleh nicht die einzigen, die sich hier herumtrieben. Saleh blieb öfter stehen und sah immer wieder auf die Karte, murmelte, fuhr mit dem Finger die Linien entlang. Aki ließ die Lampe umhergleiten. Er war nun angespannt, seine Füße eiskalt, die Finger klamm. Was, wenn sie auf jemanden treffen sollten? Aki meinte nun überall ein Flüstern zu hören und wand sich immer wieder jäh um. Überall war Dunkelheit und im Schein seiner Lampe tauchte nichts auf als Stein. Und schließlich tauchte vor ihnen wiederum eine Stahltür auf.

„Saleh", flüsterte Aki. „Diese Tür sieht neu aus. Die kann noch nicht lange hier unten sein. Wie kann das denn sein? Wer schert sich denn hier unten darum?"

„Der Tempelherr zum Beispiel", entgegnete Saleh grinsend. „Oder reiche Oberstädter, die dazu schlau sind, so wie Edgar oder…"

Saleh ließ den Lichtstrahl langsam über das glitzernde Grau der schweren Türe wandern, am Schloss hinab. Und da sah es auch Aki. Links unten, dort, wo die Türe aufgeht, war eine kunstvolle Initiale eingraviert, zwar klein und nur für Wissende zu finden – dennoch sprach sie Bände. Aki kannte diese Initiale, schließlich prangte sie auch übergroß auf dem Varieté Oberstadt: ein schwarzes M, aus dessen scharfer v-förmiger Mitte eine Säule entwuchs, sich wie ein kunstvoller Kerzenständer auf halbe Höhe hinaufreckte, um sich Arme wie kleine Dornenranken wachsen zu lassen, die ein X formten. Die Säule wuchs weiter und entfaltete sich schließlich zum Scherenschnitt eines Falken mit ausgebreiteten Flügeln, die schützend über dem M wachten.

„Mendax!"

„Ja, Mendax", wiederholte Saleh fasziniert. „Wenn Mendax jetzt das Tor zur Unterstadt erneuern lassen hat, ahnt er mehr von dem, was hier vorgeht als sonst jemand in der Oberstadt. Vielleicht wollte er Splitterlauf den Weg versperren oder den Assassinen, die David Rothaar und Zia Sternberg angegriffen haben."

„Aber Mendax kann nichts von den Assassinen aus dem Südland wissen. Wie soll er das erfahren haben? Die Bonadimani und dieser Samuel haben das viel zu gut getarnt."

Saleh zuckte mit den Schultern. „Weiß der Dogan, vielleicht hat er auch von den nordländischen Soldaten erfahren oder er wollte Frida Iringa aussperren. Nein, ich glaube eher, es war wegen Splitterlauf. Aber wie soll ich Mendax verstehen. In Kipkadi heißt es, wer behauptet, er hätte Mendax verstanden, hat damit bewiesen, dass er ihn nicht verstanden hat."

Während Saleh begann, die Schlüssel von seinem schweren Schlüsselbund an dem Schloss auszuprobieren, betrachtete Aki gedankenverloren das schwarze M in dem hellen Stahl.

„Dieser Mendax ist ein seltsamer Kerl. Er ist bitterarm mit Fridas Vater und der Bonadimani aus dem Südland gekommen. Jetzt ist er so reich und berühmt und schert sich trotzdem nicht nur um sein kostbares Lichtspielhaus, sondern auch um Stahltüren in uralten, verlassenen Gängen mitten unter der Stadt. Ich frag mich, was das für ein Mensch ist."

Da hatte Saleh das Schloss aufbekommen. Lautlos und fließend öffnete sich die Stahltür. Saleh schob Aki und sich selbst hindurch, nur um hinter sich wieder abzuschließen. „Falls uns einer folgt", sagte er schnell als er Akis Blick bemerkte.

„Bin mir sicher, wenn Edgar schon einen Dietrich für Mendax' neue Tür hat, dann wahrscheinlich noch ein paar Leute mehr", entgegnete Aki. „Diese Oberstädter ticken alle nicht mehr richtig."

„Edgar ist auch kein gewöhnlicher Oberstädter. Er ist Wissenschaftler. Davon gibt es hier nicht so viele, weil Litho keine Universität hat. Hier ist er einigen voraus. Er hat Schlüssel zu allen Türen, die je in Litho gebaut wurden und werden. Das wette ich!"

Saleh ging voran und bald änderte sich das unterirdische Gebilde. Ein Geräusch wurde immer deutlicher. Aki blinzelte und rieb sich die Augen. Der Gang, den sie jetzt betreten hatten, sah äußerst merkwürdig aus. Er war lang, beklemmend und außerdem schien er zuerst ein wenig bergauf und dann wieder bergab zu gehen. Der Boden bestand aus Holzbrettern, es war deutlich heller als zuvor. Er nahm nun das betörende Rauschen wahr und die Feuchtigkeit kroch ihm in die Glieder. Es brauchte einen Moment, bis er begriff. „Ist das…?"

„Ja, das ist die Brücke zur Unterstadt. Unter uns fließt der Aphel", rief Saleh.

„Heiliger Dogan", japste Aki. „Ein Tunnel unter der Brückenstraße, direkt über dem Wasser?"

„Genau das." Saleh leuchtete mit der Lampe umher. Zwischen den Brettern funkelte und tanzte hie und da Sonnenlicht, das vom Wasser des Flusses reflektiert wurde. Manche Bretter wiesen Risse und breite Fugen auf. Saleh tat einen Schritt. Es knarrte unter ihm. Und dann donnerte es über ihren Köpfen. Aki fuhr zusammen und duckte sich. Doch nichts geschah. Da hörte er leise Stimmen. Sie schienen vom Wasser zu kommen, von allen Seiten. Und wieder donnerte es.

„Die Straße geht über uns, Aki", sagte Saleh. „Wir sehen zu, dass wir hier wegkommen."

Sie gingen über die knarrenden Bretter, den Donner über ihren Köpfen, das Rauschen des Wassers in den Ohren, die strahlenden Linien von Sonnenlicht um sich, das durch die Fugen kroch. Sie erreicht die andere Seite und zwängten sich durch die unverschlossene aber nur einen Arm breit aufgehende Gittertür am Ende der Brücke. Dahinter lag die Finsternis am Ende eines niedrigen, rundgemauerten Ganges. Aki schluckte. Die Unterstadttunnel waren gefährlicher, enger und umtriebiger als die Oberstadtgewölbe. Saleh löschte seine Lampe und wies Aki an, dasselbe zu tun.

„Hör mal", flüsterte er so leise, dass Aki kaum einen Hauch verstehen konnte. „In der Nähe der Brücke ist es gefährlich. Wir müssen unsichtbar sein. Müssen zweihundert Meter links, dann rechts, achtzig Meter, links, fünfzig Meter. Dort den mittleren Gang, dann kommen wir in die Gewölbe des Hafenbrauers. Dann sind wir sicherer. Bis dahin schweigen. Kein Licht. Verstanden?"

Aki drückte seinen Arm um zu zeigen, dass er verstanden hatte. Die beiden jungen Männer löschten ihre Lampen und eilten davon. Die spärlichen Reste von Licht ließen Aki nur noch Umrisse ausmachen und immer wieder starrte er in Mauerlöcher, Abzweigungen und Vorsprünge, hinter denen pechschwarze Dunkelheit lauerte und eiskalte Luft seine Beine streifte. Der Boden war uneben und immer wieder schleifte seine Schuhsohle auf. Er zuckte zusammen über das Geräusch. Seine Fingerspitzen streiften die feuchten, bröckelnden Mauern. Sie nahmen die erste Abzweigung, dann die zweite. Aki glaubte, die Orientierung zu verlieren. Jedes Geräusch drang lauter an seine Ohren als in der Oberwelt. Sein eigener Atem rasselte wie klirrende Ketten. Da blieb Saleh unvermittelt stehen, so dass er mit ihm zusammenstieß. Saleh stieß ihn heftig den Arm gegen die Brust und drückte ihn an die Mauer. Aki sah, warum. Ein tanzender Lichtschein fraß sich hinten vom Gang her die Wände entlang in ihre Richtung. Jemand kam. Aki fühlte, wie panisch Saleh wurde. Ihm fiel ein, dass sie vor wenigen Metern einen schmalen Riss in der Mauer passiert hatten. Aki schüttelte Salehs Schulter, griff nach seinem Unterarm und zerrte ihn zurück. Da war der Riss. Ohne nachzudenken presste sich Aki hindurch und zog Saleh hinter sich her, der deutlich mehr Mühe hatte, seinen massigen Körper durch die Mauer zu drücken. Das Schleifen seiner Kleidung an den Mauerresten war deutlich zu hören. Da hatte er es geschafft. Das Licht erstarrte und erlosch. Aki stockte der Atem. Die Dunkelheit in dem Loch war absolut. Sein Auge erfasste nichts mehr. Er konnte Saleh mühsam atmen hören. Das Geräusch dämpfte sich, Saleh schien etwas über seinen eigenen Mund gelegt zu haben, vielleicht den Kragen seines Hemds. Aki tat es ihm gleich. Er vermochte nicht zu sagen, wie weit Saleh von ihm weg stand, wie weit der Riss entfernt oder wie groß das Loch war, in dem sie standen. Er lauschte voller Angst in die rauschende Stille. Er wusste nicht, wie lange. Da endlich. Wer immer dort gegangen sein musste und sie gehört und das eigene Licht gelöscht hatte, er bewegte sich wieder. Aki konnte die leisen Fußtritte hören. Sie kamen näher, waren so nah als ginge die Person vor seinem Gesicht vorbei. Aki nahm einen schwachen Geruch wahr. Eine frisch erloschene Kerze. Da entfernten die Schritte sich langsam den Gang entlang. Ein Hauch von Licht traf Akis Augen. Die Person hatte am Ende des Ganges ihre Lampe wieder entzündet. Geistesgegenwärtig gab Aki Saleh zu verstehen, wieder zurück durch den Spalt auf den Gang zu treten. Schnell eilten sie in der entgegengesetzten Richtung davon. Sie nahmen die dritte Abzweigung. Kurz darauf tauchten drei dunkle Torbogen vor ihnen auf. Saleh trat rasch auf den mittleren zu. Aki folgte ihm. Er glaubte, ein leises Kratzen hinter sich zu hören und warf einen Blick über seine Schulter. Hinten, in dem Gang, aus dem sie gekommen waren, stand bewegungslos ein kleiner Junge und starrte hinter ihnen her. Aki keuchte vor Schreck. Als Saleh sich zu ihm umwandte, rannte der Junge blitzschnell davon.

„Was war das?", fragte Saleh angespannt.

„Nur ein Kind", presste Aki hervor.

Besorgt sagte Saleh nach einigen Augenblicken: „Vielleicht ein Graufellkind. Wir sind gleich in den Gewölben. Das ist quasi ein öffentlicher Platz hier unten. Wir kommen von hier aus in den Gang, der nach Govina führt, nah bei Andelin. Komm schon!"

Nach zwanzig oder dreißig Metern erreichten sie die Kellergewölbe. Und was für Gewölbe das waren! Vor ihnen erstreckte sich ein Labyrinth aus halboffenen Räumen. Säulen und Mauern, die sich viele hunderte Meter weit erstreckten. Hier unten lagerte der Hafenbrauer seine Fässer, den Alkohol und das Sauerkraut. Saleh zündete seine Lampe wieder an. Sie liefen an Seitengängen vorbei, an vergitterten Räume hinter denen Holzregale voller grüner, dickbauchiger Flaschen ruhten. Aki sah endlich wieder ein Stromkabel, das an der Decke entlangführte. Nach einer Viertelstunde bog Saleh, der die Karte nun wieder ausgepackt hatte, in einen anderen Gang ab. Er war gemauert und befestigt. Nach weiteren zehn Minuten schweigenden Gehens gelangten sie an eine Art Treppe. Ringe aus Eisen waren in die Mauer eingeschlagen und oben, im Schein der Lampe, war eine Falltür zu erkennen. Saleh nickte zufrieden.

„Wir sind da. Hier kommen wir hinter einem Laden in Govina heraus." Er kletterte sofort hinauf, stieß die Luke auf. Gleißendes Tageslicht traf Aki ins Gesicht, der schnell hinter Saleh her kletterte. Saleh reichte ihm eine Hand und zog ihn hinaus auf die Straße. Sie klopften ihre Kleider ab. Aki blinzelte, so ungewohnt war das Licht. Sie standen in einem Hinterhof, zwischen Abfällen und Gerümpel und an der Mauer eines unverputzten Hauses. Noch bevor Aki sich gesammelt hatte, trat ein Mann hinter einer Plane hervor.

„Andelin!", rief Saleh erschreckt.

„Ich grüße dich, Saleh", sagte der breit lächelnde alte Mann. Er trug heute kein opulentes Bommelgewand. Seine goldene, kleine runde Brille glitzerte unter einer braunen Falkenautenkapuze hervor. Fassungslos starrte Saleh ihn an.

„Mein Spion hat euch angekündigt. Er sah euch aus dem Tor unter der Brücke über den Aphel treten, verfolgte euch bis zu den Gewölben und nahm eine oberirdische Abkürzung zu mir." Andelin zwinkerte. *Der Graufelljunge*, dachte Aki. *Natürlich*.

Mühsam nach Fassung ringend sagte Saleh: „Andelin, wir brauchen deine Hilfe. Das Pamphlet des Tempelherrn von Pion…"

„Ich weiß, Saleh", fiel Andelin ins Wort. „Die Hexenverfolgung hat wieder begonnen. Noch niemals hat sich eine Nachricht in Litho schneller verbreitet. Sie haben es im Radiofunk gesagt, wenige Augenblicke nach dem Beschluss."

„Im Radiofunk?", echote Aki verwirrt.

„Ja." Andelin blickte ihn ernst an. „Wir sind dabei, die bedrohten Menschen nach Kipkadi zu evakuieren. Es sind immer dieselben Feindbilder, die aus den Wirren der Zeit ausgegraben werden. Die Graufelle, die Horoskope-Schreiber, die Politischen, die Außenseiter, die Rothaarigen, die Hebammen und Straßenheilerinnen. Wir verteilen Falkenautengewänder an die Männer, wir rußen den Frauen die Haare, wir verstecken sie in Kellern, führen sie nach Kipkadi. Ich schwöre beim Dogan, dass diese Hexenverfolgung scheitern wird. Wir sind vorbereitet und wir sind viele. Die Zeiten der blinden Furcht sind vorbei. Kein Gehorsam und kein Wegsehen mehr. Diese Straßen regieren nicht die Stadtwächter und nicht die

Falkenauten. In Govina regiert die Menschlichkeit." Grimmig spuckte Andelin diese Worte vor ihnen aus.

„Und jetzt", sagte er, ohne Salehs und Akis Antwort abzuwarten. „Gehen wir zu Nonim. In die Keller des Dogantempels. Sehen wir, was wir dort tun und erfahren können, um Litho wieder aus den dunklen Königstagen zurück in die Gegenwart zu befördern." Mit diesen Worten stapfte er zu der Luke, aus der Saleh und Aki gerade herausgeklettert waren, und trat sie mit Wucht wieder auf. Die beiden starrten sich mit offenen Mündern an. Dann grinste Saleh breit und nickte Aki zu, der sprachlos den Kopf schüttelte und Andelin dann zurück in die Keller folgte.

Ihr Weg zurück unterschied sich von den dem, den sie zuvor gegangen waren. Andelin schien Gänge zu kennen, die auf der Karte nicht verzeichnet waren. Oft waren es Tunnel unter den Tunneln oder Gänge, die sich hinter beweglichen Mauern versteckten. Einige der Gänge waren mit sogenannten ewigen Fackeln beleuchtet, die mehrere Tage am Stück brennen konnten ohne zu erlöschen.

„Diese Gänge gehören seit Jahrhunderten den Falkenauten", erklärte ihnen Andelin, ohne stehenzubleiben.

„Andelin", keuchte Saleh hinter ihm. „Sag, Andelin, warst du wirklich mal ein Falkenaut?"

„Oh ja", donnerte der listige kleine Mann. „Aber zuerst… war ich ein Graufell. Und davor…", er verstummte.

„Sag es mir, Andelin!"

Unerwartet heftig packte Saleh ihn hinten am Umhang, so dass er schlingerte und stehenblieb. Aki und Andelin wandten sich ihm erschrocken zu.

„Sag es mir", wiederholte Saleh. „Ich habe es satt, dass niemand mir die Wahrheit sagt. Ich habe jahrelang für dich gearbeitet, dir vertraut. Alles getan, was du wolltest. Und ich habe es gern gemacht. Und dann steckst du mit dem Tempelherrn unter einer Decke, warst selbst mal ein Falkenaut und ich folge dir immer noch." Saleh zerrte vor Wut an seinem Umhang. „Und mein Onkel liegt halbtot in Kipkadi wegen dieser Geschichte und immer noch sagst du nichts. Ich weiß nichts über dich oder über... über..."

Er verstummte plötzlich und senkte den Kopf.

„Oder über Esra, das wolltest du doch sagen, oder?", erwiderte Andelin nach ein paar Augenblicken. „Sie hat dir auch nie erzählt, woher sie kommt, nicht wahr?"

Andelin blickte sich in dem niedrigen Tunnel um. „Schön Saleh, du hast recht. Ich habe dich aufgenommen. Aus demselben Grund, warum ich Esra aufgenommen habe. Du kamst aus Kipkadi, warst ein Graufell, mit nichts in den Händen in Litho. Aber dennoch warst du anders als die meisten Graufelle. Du warst klug und freundlich. Du hast Talent."

„Ich habe kein Talent", stieß Saleh erstickt hervor. Unruhig blickte Aki sich um. Es war nicht die Zeit für diese Gespräche.

„Wir müssen weiter", drängte er. Andelin nickte.

„Ich spreche im Gehen weiter, los, kommt!", rief er und eilte voran.

„Du hast ein Talent, Saleh", donnerte Andelins Stimme durch die Gänge. „Viele Talente. Du warst mir immer nützlich im Auffinden von Dingen oder im Handel. Du hast viele Bücher gelesen, du kennst viele Geschichten und Menschen, die sonst niemand kennt. Und du hast Aki durch diese Gänge von der Oberstadt in die Unterstadt geführt, ohne sie vorher gegangen zu sein. In fast völliger Dunkelheit und ihr seid niemals vom Weg abgekommen. Weißt du, wie unwahrscheinlich das ist?" Saleh schwieg.

„Aber du wolltest etwas anderes wissen", tönte Andelins Stimme von den Wänden, während sie davoneilten. „Du wolltest wissen, woher ich komme. Ich war früher ein Händler. Ein seefahrender Händler, um genau zu sein. Ich fuhr mit dem Schiff an der Küste Asthenos von Hafen zu Hafen, wie schon mein Vater vor mir und wie ich als Bursche mit ihm zusammen. Und dann, eines Tages, ritt mich Yetunde. Ich wollte mehr als das, ich wollte etwas tun, was noch niemand vor mir getan hatte. Ich segelte zum Kontinent."

„Du hast WAS getan?", schrie Saleh auf. Aki glaubte seinen Ohren nicht zu trauen.

„Die Gier trieb mich, der Wunsch nach Ruhm und Reichtum und Rohstoffen, die auf Asthenos nicht zu finden waren. Ich betrat den Kontinent. Und verlor alles. Mein Schiff, meine Mannschaft, einfach alles."

„Was hast du gesehen auf dem Kontinent? Gibt es ihn wirklich? Was ist dort geschehen?", schrie Saleh aufgeregt.

„So gut wie nichts, Saleh. Wir legten an einer Stelle mit hohen Felsen an. Wir konnten nicht hinauf. Meine Füße betraten Sand und Felsen aber nicht das Gras. Also segelten wir am zweiten Tag weiter nach Osten. Und da erlitten wir Schiffbruch. Meine Männer starben, alle und es war meine Schuld. Ich hatte sie alle in den Tod getrieben. Nur ich überlebte, Dogan weiß, warum. Mit einem Rettungsboot gelangte ich aufs offene Meer, wo mich nach einigen Tagen ein Fischer aufgabelte, der selbst durch einen Sturm zu weit zum Kontinent hingetrieben worden war. Ohne Hab und Gut kam ich wieder am Hafen in Pion an. Ich war verloren und zerfressen vor Schuld. Nonim gabelte mich auf, in einer finsteren Nacht. Ich stand volltrunken und zitternd auf der Brücke über den Aphel. Und Nonim kam und tat, was die Falkenauten früher immer getan haben: er brachte mich zum Reden. Wir saßen bis zum Morgengrauen auf der Brücke und er hörte die ganze Wahrheit über mich und was ich getan hatte. Und als die Sonne aufging, trat ich den Falkenauten bei, denn außer meiner Seele gab es nichts mehr zu retten. Nonim und ich freundeten uns an. Wir stritten über den Dogan. Über meine Reise zum Kontinent. Meine Schuld. Er heilte meine Seele."

Fasziniert stolperte Aki hinter Saleh und Andelin her. Noch niemals hatte er von einem lebenden Menschen gehört, dessen Füße den verfluchten, alten Kontinent betreten hatten. Den Ort, den kein menschliches Wesen seit der Schlacht von Harmadon mit eigenen Augen wiedergesehen hatte. Aki war nicht entgangen, dass Andelin immer hastiger gesprochen hatte. Wie Raik, wenn er eine peinliche Stelle in einer Erzählung überspringen wollte. Er fragte sich, was Andelin verschwieg. Was hatte er auf dem Kontinent wirklich gesehen?

„Als ich geheilt war, wurde ich langsam wieder der Alte. Mir fehlte die Arbeit. Ich verließ die Falkenauten und baute meinen Antiquitäten- und Kuriositätenhandel in Govina auf. Denn das war meine Bestimmung, mein Talent. Ich bin ein Händler und ein Finder von wertvollen Dingen."

Andelin griff sich eine der ewigen Fackeln von der Wand und öffnete eine Geheimtür in der Wand, neben der er zum Stehen gekommen war. Dahinter war es wieder dunkel und er ging mit der Fackel voran. „Und ich fand dich. Und ich fand Esra. Und gemeinsam fanden wir Aki", sagte er.

„Esra fand mich", sagte Aki. „Nur Esra."

„Du hast recht", erwiderte Andelin. „Esra fand dich. Sie übertrifft mich in diesem Punkt bei Weitem. Sie fand dich und sie fing dich ein und sie brachte dich zu mir. Manchmal kommt es mir fast so vor als leite mir der Dogan die wertvollen Dinge zu. Als wäre ich ein Magnet, der Eisenspäne anzieht."

Andelin lachte schallend.

„Ich bin aber kein Eisenspan", sagte Aki. „Und ich hoffe, dass Sie auch in der Lage sein werden, Raik für mich zu finden."

Andelin war wieder vor einer unscheinbaren Mauer stehengeblieben. Er löschte die Fackel. In der Glut sah Aki noch seine goldenen Brillenränder glitzern und seine wachen, lebendigen Augen mit dem listigen Zug. Dann war es wieder dunkel. Aki hörte ein Kratzen und Schaben, dann fiel ein Stein auf den Boden. Etwas rastete ein. Und plötzlich erzitterte die Wand und glitt langsam zur Seite. Vor ihnen tat sich ein Kellerraum auf. Sie traten ein. Die Wand glitt hinter ihnen geräuschvoll wieder an ihren alten Platz. Sie standen zwischen Regalen und Fässern. Da hörte Aki eine erschreckte, bedrohliche Stimme.

„Wer da?" Die Stimme kam Aki bekannt vor.

„Andelin, Saleh und Aki. Wir sind hier", rief Andelin und trat zwischen den Fässern hervor. Aki tat es ihm gleich und da sah er Nonim, den ehemaligen Tempelherrn und den jungen Falkenauten Widekind, die an einem Tisch standen, halb erstarrt in einer jähen Bewegung nach vorne. Als sie Andelin erblickten, entspannten sich ihre Gesichtszüge. Auf dem Tisch brannte eine einzelne Kerze in einem Halter. An der Seite war ein Kommode, die übersäht war mit dicken, verflossenen Kerzenstummeln. Sie tauchten den Raum in ein flackerndes warmes Licht. Neben der Kommode stand der junge Leo, immer noch blass und dürr aber lange nicht mehr so eingeschüchtert wie am Abend zuvor.

„Dogan, was ist geschehen?" Nonim erhob sich.

„Es hat begonnen", sagte Andelin schlicht.

Widekind legte den Kopf in die Hände und raufte seine lockigen Haare. Nonim erbleichte.

„Ich hatte gehofft, uns bleiben noch einige Tage. Aber die Menschen in Litho sind voller Angst wegen Splitterlauf. Angst sind die Pferde, die die Kutsche der Gewalt ziehen."

„Folgt uns in Edgars Haus. Wir müssen das schwarze Glas besser schützen und uns einen anderen Plan überlegen."

Nun erhob sich auch Widekind. „Hier unter dem Tempel zu sitzen ist ohnehin sinnlos gewesen. Wir konnten zwar mit einigen Falkenauten sprechen, die das Pamphlet nicht unterstützen. Sie können und wollen nichts tun aus Sorge um ihr eigenes Leben. Der halbe Rat ist von Splitterlauf getrieben und mordlustig gegen Ketzer. Und da ist... Sturmio."

„Wer zum dreimal fliegenden Dogan ist Sturmio?", wollte Saleh wissen.

„Der neue Tempelherr von Litho. Er hat sich heute Morgen selbst dazu ernannt. Jeder kennt ihn für seine harte Ketzerlinie. Er ist glühender Verehrer des Tempelherrn von Pion. Er trägt immer eine weiße Feder um den Hals. Sie fürchten ihn."

„Sturmio... Was auch immer er sich um den Hals hängt", sagte Andelin, „es wird ihm nicht helfen. Lasst uns zu Edgar gehen. Es muss doch einen Weg geben."

Langsam nickte Nonim. Der ehemalige Tempelherr griff die einzelne Kerze in dem Halter, die auf dem Tisch stand und nickte Leo zu, der sich sofort in Bewegung setzte.

„Wir nehmen nicht die Wege der Falkenauten. Sturmio kennt sie vielleicht. Leo, kennst du den Weg, den sie ‚zur Wolfshöhle hin' nennen? Er ist nicht weniger gefährlich aber er führt uns am schnellsten zu Edgars Haus."

Die hellblauen Augen des Jungen weiteten sich. „Ja", sagte er halb ängstlich, halb gierig. „Ich bin ihn nie gegangen aber mir wurde er genau beschrieben! Von... von Frida. Sie hat gesagt, n' Oberstädter hätte ihn für sie aufgezeichnet. Schade, dass Frida nicht mitgekommen ist!"

„Das war sicher David Rothaar. Kein Wunder, der Weg führt unter dem Rothaar-Haus vorbei. Wir müssen vorsichtig sein. Für Frida ist es besser, dass sie sicher und behütet in Edgars Haus ist. Es ist hier gefährlich für Frauen", sagte Nonim beruhigend zu Leo.

Der grinste halbseiden. „Sie kennen sie nicht, oder? Mit Frida dabei wäre mir wohler."

„Nun", Nonim winkte ab. „Wir kommen auch so zurecht. Ich kenne den Weg auch vom Hören. Wir müssen an dem Drehpunkt vor dem Tempel beginnen. Kommt!"

Die Männer ließen den kleinen Lagerraum dunkel zurück. Die Steintür schloss sich hinter ihnen und sie gingen schweigend, manchmal flüsternd eine Viertelstunde den Weg zurück, den Aki, Andelin und Saleh genommen hatten. An einer Gabelung ging Leo schließlich voran in einen kleinen, engen Tunnel, der sich scheinbar im Nichts verlor. Die Wände waren wie mit bloßen Händen in den Stein gescharrt und immer wieder stießen sie auf scharfe Abzweigungen, die aus der Ferne wie das Ende des Tunnels aussahen. Der Boden war uneben. Aki dachte, dass es war als schreie der Weg: „Gehe mich nicht! Es führt zu nichts!"

Der Weg war schlau gebaut, wie ein enges Labyrinth. Als Leo zögerte, übernahm Nonim eine Weile die Führung. Der Junge fiel etwas zurück und ging neben Aki, der die Nachhut bildete. Sie waren beinahe gleich groß. Leo streifte ihn mit einem neugierigen Blick. „Dein Freund", flüsterte er. „Dieser Raik… glaubst du, der hilft den Falkenauten?"

Aki schüttelte heftig den Kopf. „Bestimmt nicht freiwillig. Raik will nur nach Hause."

Leo kniff skeptisch die Augenbrauen zusammen. „Wie Nonim mich gefangen hat, wollt' ich mich umbringen bei der ersten Gelegenheit. Ich würde lieber sterben als den Falkenauten zu helfen. Sie haben meine Mutter weggesperrt und ich weiß nicht, was sie mit ihr gemacht haben."

Aki starrte den Jungen an. In dem abgemagerten Gesicht brannte eine seltsame Besessenheit. Brannte die auch in Frida Iringa? Der Hass auf die Falkenauten der Unterstadt?

„Bei uns zuhause gibt's nur einen Falkenauten in der Gegend und der ist freundlich", sagte Aki grimmig. „Raik kann nicht wissen, was die hier treiben. Dieser eine Falkenaut, der mit den Tätowierungen hat ihm sicher versprochen, dass wir wieder heimkehren können, wenn er ihm hilft."

„Heim", ätzte der Junge. „Und wieso geht ihr nicht einfach?"

„Weil wir einen Soldaten getötet haben", flüsterte Aki wütend. „Weil wir gehängt werden, wenn wir heim gehen. Deswegen. Klar?"

Leo schluckte. Im schlechten Licht der Lampe glaubte er, einen neuen Gesichtsausdruck zu erkennen.

„Yetunde mit euch", sagte Leo nach einer Weile aufgeräumt. „Besser wir finden ihn, bevor er Mist baut."

Aki schüttelte noch immer aufgebracht den Kopf. Der junge Leo war mutig und hitzig aber jemanden für einen Soldatenmord zu bewundern war sicher auch nicht besonders schlau. Schweigend gingen sie eine Weile voran. Das sonore Flüstern von Nonim und Andelin surrte zwischen den Wänden umher.

„Wieso heißt der Weg ‚zur Wolfshöhle hin'?", fragte Aki irgendwann.

„Weil der Weg an den Kellern des Rathauses vorbeiführt, deswegen.", sagte Leo.

Da rief Nonim den Jungen wieder nach vorne. Der Weg veränderte sich. Vor ihnen eröffneten sich höhere Gewölbe. Nonim befahl, das Licht ganz zu löschen. Im Dunkeln wurde Aki von Saleh am Arm gepackt und langsam vorwärts gezogen. Sie bogen um eine Ecke. Da war wieder schwaches Licht in der Ferne zu erkennen. Und Aki sah jemanden entfernt vorbeigehen. Sie drückten sich gegen die Wand. Die Sicht in dem höheren Gewölbe wurde durch Pfeiler versperrt. Langsam schoben sich die Männer an der Wand entlang, einer Diebeskarawane gleich. Leo jagte sie bald wieder weg von dem Gewölbe und in einen anderen Gang. Dieser sah fast moderner aus. Saleh drehte sich zu Aki um und legte die Finger an die Lippen. Aki nickte. Und er sah bald, wieso. Die Wand des Ganges war zur rechten Seite hin aus Holz. Zwischen den langen Brettern drang hin und wieder elektrisches Licht hervor. Er glaubte, Stimmen zu hören. Der Gang machte Biegungen in sauberen neunzig Grad Winkeln und Aki begriff, dass er wie eine doppelte Wand neben einem Keller entlangging. Er war schmal und es kam keine Abzweigung mehr. Aki beschlich Angst. Wenn ihnen jemand entgegenkam gäbe es keine Ausweichmöglichkeiten mehr. Sie säßen in der Falle.

Sie gingen nun langsam. Nonim bremste sie immer wieder aus, er lauschte. Am liebsten hätte Aki ihn vorangetrieben. Eine Unruhe hatte ihn ergriffen. Sein Herz stolperte. Sie sollten nicht hier sein. Sie mussten hier weg, schnell. Seine Panik blieb den anderen nicht verborgen. Saleh ergriff seine Schulter schüttelte ihn leicht und bedeutete ihm mit der Hand, langsam zu machen. Aki verlor die Kontrolle. Er stürzte an Saleh, Widekind und Andelin vorbei, nach vorne zu Nonim und Leo. Er wusste nicht, was los war und was er tun sollte aber er wusste, dass irgendetwas sofort geschehen musste. Und dann geschah es. Eine Stimme drang an Akis Ohr. Sie kam aus der Wand vor der sie standen. Zuerst leise, dann lauter als käme sie langsam näher in ihre Richtung. Aki keuchte laut und die Männer fuhren zusammen. Nonim packte ihn erschreckt am Kragen. Verzweifelt formte Aki mit seinen Lippen einen Namen und es war Saleh, der zuerst begriff.

„Raik!", schrie Aki tonlos, „Raik! Es ist Raik! Raik!"

Nonim ließ ihn sofort los und die Männer stürzten zu der Wand, versuchten, einen breiteren Spalt zu entdecken und es gab einen, auf Brusthöhe. Atemlos drückten sie ihre Augen und Ohren an die Bretterwand. Aki erhaschte einen verschwommenen Blick in einen Raum, der wie eine Waschküche aussah. Er sah schmutzig gelbe Fliesen, gedämpftes Licht und in einiger Entfernung Männer, die an einem Ding auf dem Boden hantierten. Leise drangen die Stimmen durch den Spalt.

„…üben lassen…"

„Nein!"

„Aber… nicht treffe, dann… noch nie vorher…"

„Du musst… keine zweite Chance…"

„Ich kann nicht."

Zwei der Männer gingen umher, kamen näher zur Wand. Wie ein Blitz, der ihm durch den Leib fuhr, erkannte Aki die gekrümmte Gestalt von Raik. Er rang mit den Händen und ging leicht vorübergebeugt. Sein Gesicht war nicht zu erkennen.

„Ich kann nicht. Ich bin nicht geeignet!", sagte Raik gepresst und Aki zerschnitt jede Silbe wie ein Messerstich.

„Rede keinen Unsinn. Hier, nimm etwas von dem Stärkungsmittel!", der andere Mann reichte Raik etwas, das Aki nicht erkennen konnte. Raik schien sich zuerst zu wehren, dann streckte er die Hand aus.

„Gut. Es ist für Soldaten. Und du bist jetzt ein Soldat. Du bist einer von uns. Wir müssen uns nehmen, was uns gehört, verstehst du? Für das Nordland!"

Aki presste sein Gesicht so fest gegen das Holz, wie er nur konnte. Der andere Mann, wer war er? Der namenlose Hauptmann aus Kipkadi? Der tätowierte Falkenaut Anden? Nein. Der Mann war alt. Uralt, das konnte Aki erkennen. Sein Haar war schneeweiß. Raik bewegte die Hand zum Gesicht, schniefte. Ein Schauder durchfuhr ihn.

„Ja", sagte er tonlos. „Für das Nordland. Meine Heimat."

„Zu der du sicherlich zurückkehren willst. Und das werdet ihr, dein Freund Aki und du. Alles ist vergeben. Aber vorher musst du deine Pflicht erfüllen. Es ist nicht leicht."

Die Stimme des Mannes war hart, kalt und beinahe gelangweilt. „Er muss sterben. Caspote muss sterben. Durch deine Hand. Du musst treffen, verstehst du? Du hast nur einen Schuss, bevor du bemerkt wirst. Wenn du nicht triffst, wirst du tot sein und wir auch und dein Freund Aki auch. Du musst treffen. Auf den ersten Schuss. Verstanden? Ich werde es dir jeden Tag sagen. Bis du es verstanden hast."

„Ich habe verstanden, Herr Karven", nuschelte Raik. Er klang mit einem Mal als wäre er betrunken. Karven? Karven? Aki kannte diesen Namen, es fiel ihm nicht ein. Nonim, der neben Aki stand, jedoch ballte die Hände zur Faust.

„Guter Junge."

Neben den alten Mann trat ein anderer. Und Aki erkannte ihn. Das war Anden, der Falkenaut. Noch immer trug er ein blaues Falkenautengewand. Offenbar war er rehabilitiert.

„Herr", begann Anden. „Herr, wann? Wir brauchen noch ein paar Tage, bis wir sichergehen können, dass der Junge trifft."

„Ich sagte doch, wir müssen geduldig sein"

Die kalte, gelangweilte Stimme bekam eine gereizte Schärfe.

„Es muss eine günstige Gelegenheit sein. Die Truppen sind kurz hinter Jarmengreif in Stellung, in weniger als vier Stunden hier, wenn sie den Marschbefehl erhalten. Wir brauchen Öffentlichkeit. Caspote muss von vielen gesehen werden. Eine Versammlung oder ein Fest, irgendetwas. Sie müssen mit eigenen Augen sehen, wie er stirbt, ganz Litho muss es sehen."

„In einem Monat ist das Hohefest der Ernte", sagte Anden demütig. „Das ist noch lange hin und wenn es in der Stadt so weitergeht, wird es abgesagt, weil niemand sich mehr auf die Straße traut."

„Dieser verfluchte Sturmio!", tönte die kalte Stimme. „Zuerst dachte ich, das Pamphlet des Tempelherrn von Pion spielt uns in die Hände. Aber ich traue dem nicht. Wenn die dumme Bevölkerung von Litho plötzlich dieser südländischen Ketzerjagd nachhängt, kommen die Südländer nur zu früh auf dumme Gedanken. Wenn ich nur…" Er brach ab.

„Wenn du *was*, Herr?", fragte Anden wie belanglos, doch er konnte seine Neugier schlecht verbergen.

„Junge, geh rüber zu deinem Gewehr. Übe ein bisschen", sagte der alte Mann zu Raik, und er schlich davon.

Zu Anden sagte er: „Wir müssen dafür sorgen, dass Raik südländische Gewänder trägt, wenn sie ihn finden. Damit der Feind klar ist. Sorge dafür."

Unwillkürlich fuhr Aki zusammen.

„Natürlich, Herr. Und…"

„Und es muss eine Kugel aus demselben Gewehr sein. Das wäre am besten. Wenn du es hinbekommst, mit seiner eigenen Hand am Abzug. Einen Selbstmord aus einem Meter Entfernung glaubt niemand."

Noch ehe der alte Mann zu Ende gesprochen hatte, war Saleh wie ein Schatten hinter Aki geglitten. Und nicht eine Sekunde zu spät. Hass und Verzweiflung kochten in Akis Brust und bahnten sich ihren Weg seine Kehle hinauf. Saleh, der kluge Saleh ergriff ihn in einer fließenden Bewegung, umklammerte seine Arme wie ein Schraubstock und presste die Hand auf seine Nase und den Mund. Aki entfuhr nur ein gedämpftes Gurgeln, doch es war genug. Der alte Mann und Anden verstummten. Die Männer hinter der Wand waren Sekunden wie gelähmt. Dann fuhr Leo von der Wand zurück, stürzte sich auf Widekind und zog ihn zu Boden. Sekunden später krachte ein Schuss durch die Bretterwand und die Männer wurden in Splitter und Staub gehüllt. Halb kniend, halb kriechend hasteten sie davon. Saleh umklammerte immer noch Aki, der um sich schlug.

„Lauft, lauft!" Nonim kam auf die Füße und zerrte den starren Andelin davon. Langsam kamen sie zur Besinnung. Sie rannten. Hinter ihnen krachte eine Salve von Schüssen durch die Bretterwand und zerlegte sie in ihre Einzelteile. „Lauft!", schrie Leo.

Saleh schubste Aki heftig voran. Sie stolperten, rannten, stürzten den engen Gang entlang, der kein Ende zu nehmen schien.

„Das ist eine Sackgasse", rief Widekind schrill. „Sie wissen wo wir sind, sie werden uns einfach weiter vorne abfangen!"

Sie rannten eine Weile weiter, doch Widekind schien Recht zu behalten. Wieder drangen Stimmen an ihre Ohren, brüllende Befehle. Schlingernd kam Aki zum Halt.

„Was sollen wir nur tun?", rief Saleh. „Wohin? Zurück?"

„Leo!" Nonim wandte sich heftig atmend an den Jungen und schüttelte ihn. „Leo, besinne dich! Was hat Frida dir über den Weg gesagt? Niemand würde eine solche Falle erbauen ohne eine Hintertür!"

Die schreckgeweiteten Augen des Jungen wurden gläsern.

„Die… die Wasserrohre unter dem Rathaus… die Wasserrohre!"

„Wo ist der Eingang, Leo?" Nonim schüttelte den Jungen heftiger.

„Wir müssen zurück", sagte er zitternd und wandte den Kopf.

„Zurück?", echote Andelin.

„Herrdogan, lauft, zur Yetunde nochmal!", stieß Saleh hervor. Die Männer drehten sich um und rannten wieder zurück.

Das ist Wahnsinn, dachte Aki, *wir laufen direkt in ihre Arme, das ist Wahnsinn, wir sind so gut wie tot!*

Nonim behielt die Nerven. Seine Augen huschten die Wände entlang, suchend, angespannt. Leo, zitternd vor Schreck, tat es ihm gleich. Er verlangsamte seinen Schritt. Aus beiden Richtungen konnten sie ihre Angreifer nun hören. Das Trampeln von Stiefeln auf dem hallenden Untergrund. „Hier, irgendwo hier, es ist zu dunkel…", stammelte Leo.

Aki riss die Augen weit auf als könnte so mehr Licht an sie gelangen. Doch er sah nichts.

„Hier ist der Weg…", murmelte er. Der Wegemeistersohn fuhr blind mit seinen Fingern die kalte, bröckelnde Wand entlang. Da ergriffen seine Finger einen schweren, metallenen Ring. Ruckartig zog er daran. Ein Schauer aus Sand und Gestein fiel auf seinen Kopf. Saleh kam zur Hilfe. Mit Gewalt stemmten sie die die winzige Luke auf.

„Los rein, rein!"

Ohne nachzudenken kroch Aki hindurch und erkannte den Absatz einer glitschigen, eisernen Wendeltreppe. Nach ihm kamen Leo, Saleh, Widekind und Andelin. Nonim zuletzt. Saleh und Nonim zerrten die Luke von innen wieder zu. Schon hastete Andelin die Treppe hinunter.

„Dogan sei Dank!", entfuhr es Nonim. Am Absatz der Wendeltreppe war ein schweres Gitter angebracht. Nonim jagte die anderen mit einer Handbewegung hinunter. „Sie werden die Luke
bald haben. Aber dieses Gitter wird ihnen Mühe bereiten! Saleh,
deine Lampe!"

Nonim griff die Lampe und schlug mit ihrem Ende wie ein Ber-
serker auf den äußeren Riegel, bis er abbrach. Dann sprang er auf
die Treppe und schloss das Gitter über ihnen, indem er den inneren
Riegel vorschob in einem Winkel, der es von oben beinahe unmöglich machte, ihn herauszuschlagen. „Das wird uns ein paar Minuten
verschaffen, schnell!"

Die Männer eilten die Wendeltreppe hinunter, bis sie noch en-
gere, eiskalte Gänge erreichten. An den Wänden bildete sich Eis.
Wasser plätscherte unter ihren Knöcheln. Nonim stürzte voran und
schweigend hasteten die Männer hinter ihm her. Sie wagten nicht
zu sprechen. Noch niemals war Aki so froh gewesen, eine Abzweigung zu erreichen. Erst nach der fünften Abzweigung und nach vielen, kalten Minuten und Stürzen wagte Aki wieder, die muffige Luft
tief einzuatmen. Sie waren entkommen. Saleh warf ihm einen Blick
zu, den er kaum deuten konnte. Besorgt, als fürchte er was Aki tun
würde. Aki erwiderte ihn stumpf. *Sie opfern Raik*, dachte er. *Wir sind
entkommen, aber sie benutzen ihn und dann werden sie ihn töten.*

Es war als hätte Saleh seine Gedanken erraten. „Wir lassen das
nicht zu, Aki. Es wird nicht passieren!", waren die ersten Worte, die
gesprochen wurden. Aki senkte den Blick. Um keinen Preis würde
er Saleh und Leo sehen lassen, was aus seinen Augenwinkeln langsam das Gesicht hinuntertropfte. Wirsch fegt er die Verräter mit seinem Hemdsärmel weg.

„Es wird nicht passieren", wiederholte er stumpf.

Es war eine schmutzige, armselige Truppe, die dem Brunnen der Vonneguts in der hereinbrechenden Dämmerung entstieg. Durchgefroren und niedergeschlagen betraten sie das Haus. Als sie Ruth erblickten und von Esra gehört hatten, was den Frauen in ihrer Abwesenheit geschehen war, saßen sie zusammen auf dem Boden der Bibliothek. Als Nonim die Erzählung der Männer beendet hatte, war es Frida, die ein kräftiges Abendessen und einen starken schwarzen Kaffee für alle vorschlug.

„Solange wir noch hier in diesem Haus sitzen können", sagte sie. „Ich denke, die werden wiederkommen. Spätestens wenn sie merken, dass ihr guter Jäger fehlt und nicht mehr gesehen wart."

„Wo… wo…" Saleh wagte kaum, die Worte zu beenden.

„Er liegt noch in den Büschen unten", sagte Esra. „Ist nicht schade um ihn, das kann ich mal sagen. Aber wir sollten ihn… äh… wegschaffen bevor die Stadtwache wiederkommt."

„Wir werden ihn anständig verbrennen und seine Asche dem Aphel übergeben, wie es sich für jeden Menschen gehört", flüsterte Ruth.

„Tja…", sagte Esra. „Es sind deine Büsche, du kannst entscheiden."

„Jetzt lasst uns erstmal essen und dann alle Nahrungsmittel in die Fabrik zu Jon und dem Mädchen schaffen", fiel ihr Nonim ins Wort. „Heute Nacht sollten wir alle dort untertauchen."

„Frida, wir müssen zuerst jemanden besuchen", sagte Esra.

„Nein, geht nicht fort!", rief Ruth.

„Wir müssen", sagte Esra bestimmt. „Es ist wichtig."

„Wichtiger als euer Leben?", fragte Andelin zynisch.

„Ja, auf jeden Fall", sagte Esra ruhig. Betreten schwieg Andelin.

„Esra, kann ich dich kurz sprechen?", fragte Nonim höflich.

Das Mädchen nickte und stolzierte aus der Bibliothek. Nonim folgte ihr.

„Sie ist verrückt", sagte Aki kopfschüttelnd.

„Ja", seufzte Saleh. „Aber sicher hat sie einen Grund. Du kennst ihn nicht zufällig, Frida, oder?"

Frida zuckte mit den Achseln. „Es hat damit zu tun, wie der Jäger gestorben ist", sagte Frida. „Aber das kann ich jetzt nicht erklären. Später. Wenn wir zurück sind und sicher in der Fabrik sitzen."

Saleh schüttelte erschöpft den Kopf. Frida ließ ein paar Augenblicke des Anstands verstreichen. Dann erhob sie sich und ging hinter Esra und Nonim her. Neugierig wie sie war, machte sie sich sofort auf die Suche. Nach kurzer Zeit wurde sie fündig. Die beiden standen in der Küche. Leise trat Frida an die Tür. Nonim und Esra schienen zu streiten. Frida beschloss, noch einen Augenblick im Unbemerkten zu verharren. Sie reckte den Hals um die Küchentür.

„Sie glauben, Sie können sie alle retten, oder? Sie glauben das wirklich. Das ist so arrogant", ätzte Esra gerade.

„Nein", sagte Nonim gelassen. „Ich glaube nicht, dass ich sie alle retten *kann*. Ich *muss* sie alle retten, ob ich es nun kann oder nicht."

„Ich verstehe", sagte Esra kühl. „Das was Sie gerade vorgeschlagen haben ist zumindest der Hauch einer Möglichkeit."

Nonim sah ihr lange in die Augen. „Du verabscheust mich, Esra. Warum?"

Esra grinste und wurde respektlos, denn sie duzte den Tempelherrn plötzlich. „Du bist ein Falkenaut. Und schlimmer. Du bist ein Tempelherr des Ga'an. Du willst die Menschen retten, aber die Magie willst du auslöschen. Damit bist du mein schlimmster Feind, Tempelherr, weißt du das?"

Nonim sah müde aus und alt. Er seufzte, fuhr mit der Hand über das raspelkurze Haar und blickte Esra an. „Ich weiß, Esra. Das kann ich verstehen. Mehr als du glaubst. Ich weiß, was dich antreibt. Aber heute sind wir keine Feinde. Willst du diese Stadt retten, willst du diese Menschen retten… oder sind sie dir egal?"

„Natürlich nicht", fuhr Esra wütend auf.

„Dann sind wir heute Gefährten, Esra, nur heute und vielleicht noch morgen und dann nie wieder. Aber wir sind es. Und du wirst mir helfen, den Plan umzusetzen", sagte Nonim.

Nach einigen lauten Atemzügen holte Esra tief Luft und sagte: „Ja, Tempelherr. Ich hätte nie geglaubt, dass ich in diesem Leben einen Falkenauten zum Gefährten haben werde und sei es nur wenige Tage. Uns treibt für heute dasselbe Ziel. Ich werde dir helfen."

Dann grinste sie wieder ihr eigentümliches schiefes Grinsen. Nonims Augen funkelten plötzlich. Auch er lächelte. „Dogan sei Dank!", sagte er mit Festigkeit.

„Ich glaube nicht, dass der Falke seine Flügel im Spiel hat", sagte Esra. Dann drehte sie sich um und rief: „Du kannst jetzt reinkommen, Frida. Nonim lässt uns gehen!"

Ungerührt trat Frida vor. Das schreckliche Erlebnis mit dem Jäger gab ihr das Gefühl, eng mit Esra verbunden zu sein. Sicher hatte die eigentümliche Südländerin gewusst, dass Frida lauschte. Schon von der ersten Sekunde an. Frida schämte sich nicht im Geringsten und beschloss, denselben Mut aufzubringen wie Esra.

„Was hast du denn für einen Plan vorgeschlagen, Nonim?", fragte sie daher, griff sich einen Apfel aus dem hängenden Obstkorb und biss kräftig hinein.

„Später", sagte er und lächelte. „Lasst uns schnell das Essen zusammentragen, bevor ihr zum Hexenhaus geht."

Die Letzte der Hexen

Das Haus der von Bahlows stand wie ein mitternächtlicher Alptraum zwischen den sauberen Fassaden der Oberstadtpaläste unweit des Heilerhauses. Im Licht der Straßenlampen warf es lange Schatten. Eine breite Steintreppe führte zu der Haustür, zu deren beiden Seiten die Fratzen von Dämonengestalten lachten. Oben auf dem spitzen Giebel, der sich neben dem Turm erhob, thronte das Abbild eines steinernen Drachen. Aus seinem Maul kam kein Feuer, sondern Schlangen. Oberhalb der Eingangstür prangten die Worte IM ASWET NUKAN SAKATI ESAR. Der Turm neben dem Drachen war verziert mit kunstvoller Wandmalerei. Frida erblickte eine Frau mit brennenden Schwertern in beiden Händen, die auf einer Kugel stand. Ein großer Teil der Malerei glich einer geographischen Karte. Sie zeigte Länder und Meere, die Frida nicht kannte. Sie sah fremdartige Tierwesen und Gerätschaften. Es war kein Wunder, dass alle Welt sich vor den von Bahlows fürchtete, wenn sie in einem Haus wie diesem wohnten. Dieses Haus war wahrlich ein Hexenhaus. Esra stand wie erstarrt vor den Stufen.

„Was bedeuten die Worte über der Tür?", fragte Frida.

Leise antwortete Esra: „Es ist in der uralten Sprache des Kontinents geschrieben. Es heißt: *Im Hause Nukan lebe die Kraft*."

„Und was bedeutet das?"

Unvermittelt packte Esra Frida am Handgelenk. In einiger Entfernung waren Menschen aufgetaucht. Stadtwächter. Flink tauchten die beiden an der Seite der Treppe zwischen Stein und Gebüsch unter. Aus dem Verborgenen beobachteten sie die Gestalten, die mal näher zu kommen schienen und dann umkehrten als patrouillierten sie an der Kreuzung. Sonst lag die Straßenflucht wie ausgestorben da.

„Wir müssen warten", sagte Esra ruhig. „Beim Warten bietet sich nichts mehr an als eine gute Geschichte."

„Nur zu."

Esra kicherte. „Hier, Frida, ist die Geschichte: In der hundertjährigen Schlacht von Harmadon auf dem vergessenen Kontinent kämpfte an der Seite von dem zukünftigen König von Litho, Vento, ein mächtiger Magier. Er war Oberpriester des Falken und Höchster Hexenmeister des Do'on. Sein Name lautete Nukan. Das letzte Kapitel des Do'on berichtet, dass Hexenmeister Nukan alleine das Biest von Harmadon bezwang. Ein fürchterlicher Drache, aus dessen Maul Dämonen krochen. Dabei wurde Nukan so schwer verletzt, dass sein Tod nicht mehr abzuwenden war. Sie brachten die Tochter und das einzige Kind des Nukan an sein Totenlager auf dem Schlachtfeld und er nahm alle seine Kräfte und sprach über ihrem Kopf diese letzten Worte aus: IM ASWET NUKAN SAKATI ESAR – Im Hause Nukan lebe die Kraft. Der Zauber bewirkte, dass das Hause Nukan niemals sterben wird solange es Menschen gibt und die Fähigkeit zur Magie im Hause Nukan niemals erlöschen kann. Die Tochter des Nukan trug den Namen Eira. Vento nahm sie nach der Schlacht mit nach Asthenos und heiratete sie dort. Die beiden wurden Vertraute eines der von Yetunde gesandten Fängers und mühten sich, ihm bei der Suche nach den seit der Schlacht verschollenen Kindern zu helfen. Sie lebten in einem Palast, der später der Dogantempel wurde. Als der Do'on in Litho verboten wurde, starb Eira, da sie ohne Magie nicht leben konnte. Der Fänger blieb noch einige Generationen in Litho bei den Kindern und Kindeskindern von Eira und Vento. Bis zu dem Tag als die Falkenauten seinen Namen aus der Stadtmauer herausmeißeln ließen. Da ging er fort."

Frida schluckte und dachte einige Augenblicke über die Worte nach. Schließlich stammelte sie: „Aber… Esra, heißt das… Falka, die von Bahlows sind die Nachkommen dieses Nukan? Kinder von Königin Eira?"

„Ja natürlich", sagte Esra leichthin. „Jeder weiß das. Und nicht nur sie. Auch die Familie Sternberg sind direkte Nachfahren des ersten Königspaars Vento und Eira. So sagt es jedenfalls die Stadtchronik. Nukan wird dort allerdings nicht erwähnt. Aber diese steinerne Tür da, durch die wir gleich gehen müssen, die steht schon länger da als die Worte in der Stadtchronik."

Frida schwieg einige Augenblicke. Die Gestalten waren immer noch zu sehen. Sie ließ den Blick über den schwarzen Stein der Treppe schweifen. Der Schlangen speiende Drache blickte auf sie herab. Im fahlen Licht schienen die Schlangen zu zappeln. Sie atmete die satte Abendluft und ließ das Haus auf sich wirken. Nach einigen Minuten des Nachdenkens sagte sie, zuerst zögerlich:

„In der Unterstadt, wo ich gewohnt habe, da gab es ein Haus. Da wohnte eine alte Frau alleine. Eines Nachts waren drei betrunkene Jungs auf dem Heimweg von der Schänke. Sie hörten Lärm aus dem Haus und sahen Lichter blitzen. Sie waren neugierig und sind da zum Fenster hin und haben reingeschaut. Und da sahen sie die alte Frau, die nackt im Haus stand und an einem Seil zog, an dessen Ende ein Kessel hing, der frei in der Luft schwebte. Und der Kessel tönte wie Tempelglocken und die Frau kreischte und lachte und sabberte und flog schließlich durch den Schornstein davon. Die drei rannten wie von Sinnen nach Hause. Sie erzählten es am nächsten Morgen jedem, den sie kannten. Von da an geschah was Verrücktes: Im ganzen Viertel erwachten immer wieder zur Mitternacht oder zum Morgengrauen Männer und Frauen, weil sie kaum Luft kriegten. Es war als hätte jemand einen Stein auf ihre Brust draufgelegt. Und dann hieß es, das wäre die alte Frau, die nachts in die Zimmer fliegt und sich auf die Leute draufsetzt. Aus Rache wegen der drei

Jungen. Bald darauf ist die Frau gestorben. Danach ist eine Familie in das Haus gezogen. Und dann hieß es bald, der Mann wäre irrsinnig geworden und prügelt die Frau und die Söhne jeden Abend halbtot. Kurz darauf ist er gestorben. Das Herz haben sie gesagt, aber alle dachten die Frau hat ihn vergiftet. Die Söhne sind älter geworden und waren nie ganz richtig im Kopf. Und dann stürzte die Frau von einer Leiter im Garten und brach sich das Genick und kurz danach brannte das Haus nieder, mitsamt beiden Söhnen. Die Nachbarn holten einen Falkenauten aus dem Tempel, der drei Tage lang auf dem Grundstück den Ga'an lesen musste und Unmengen an geweihten Federn verstreute. Danach wollte es trotzdem keiner haben und dann hat der Rat beschlossen, eine Schule hinzubauen." Frida hielt kurz inne. „Meine Schule. Jedes Kind bei uns kannte die Geschichte."

„Wie bist du darauf gekommen", fragte Esra neugierig. „Sie ist absolut großartig!"

„Weiß nicht", sagte Frida mit einem Blick auf den Drachen. „Es ist nur so, manche Häuser haben so was an sich, was nicht weggeht, egal wer drin wohnt. In manchen wohnt der Irrsinn, in manchen wohnt der Schrecken, in manchen die Frohmut. Und in manchen vielleicht auch was anderes, oder." Frida lächelte.

„IM ASWET NUKAN SAKATI ESAR", rezitierte Esra. „Ich glaube, Frida, wir beide haben uns viele Geschichten zu erzählen. Wir sollten Freunde werden."

Ihre Augen funkelten wie ein Sommergewitter. Sie blickte auf die halb dunkle Straße. „Aber nicht jetzt, denn jetzt ist die Zeit für Handlung, nicht für Geschichten. Sie sind weg!"

Esra hatte noch nicht zu Ende gesprochen, da war sie schon aufgesprungen, um die Ecke gebogen und stieg eilig die Stufen hinauf. Frida folgte ihr überrumpelt. Als der schwere Klopfer gegen die

Eingangstür des Hauses derer von Bahlow schlug und der Ton in dem ganzen Haus wiederhallte, fühlte Frida Angst.

Es dauerte lange bis sich Schritte näherten. Die Tür wurde einen winzigen Spalt geöffnet und heraus blickte eine grimmige, dicke Frau in der Kleidung einer Dienstmagd.

„Wir möchten Lyssa von Bahlow sprechen", sagte Esra in einem Ton, der nichts anderes verkündete als *Wir werden Lyssa von Bahlow sprechen und nur Dogan selbst kann uns aufhalten.*

Die dicke Frau ließ ein kurzes, herablassendes Zischen hören und machte sich daran, die Tür wieder zu schließen, da sagte Esra: „Sie nehmen den Tod Ihrer Herrin in Kauf?"

Irritiert hielt die Frau inne und stierte Esra an.

„Wir sind hier, um sie zu warnen. Die Stadtwächter werden kommen. Sie haben von dem Pamphlet gehört?"

„In Dogans Namen!", keuchte die Frau, riss die Türe auf und scheuchte die beiden eilig ins Haus. Drinnen raffte sie ihre Röcke, stürmte auf einen Seitengang zu und rief: „Hier entlang, so eilen Sie. Oh mein Dogan, ich wusste es, ich habe es geahnt…. Schnell doch!"

Ohne Worte zu verlieren eilten Esra und Frida ihr hinterher, einen überraschend fröhlich tapezierten Gang entlang und in ein Zimmer hinein, dass den Salon darstellte. Es war klein und enthielt nichts als einige samtgrüne Sessel und Tischchen, schwere Teppiche, einen Servierwagen mit einer Karaffe Wasser und Gläsern sowie zartgelbe Blumenarrangements. Kaum hatte die Dienstmagd Esra und Frida hineingescheucht, so rannte sie wieder davon und kurze Zeit später waren andere Schritte zu hören. Eilige Schritte. Lyssa von Bahlow betrat den Raum. Sie sah abgehetzt aus. Wenig war noch von der strengen, aufrechten Würde vorhanden, die Frida im Varieté Oberstadt gesehen hatte. Sie trug ein schlichtes schwarzes Kleid und einen karierten Überwurf um die Schultern. Einige graue Strähnen hingen wirr aus dem straffen Haarknoten herab und eine hektische Röte hatte sich auf ihren Wangen ausgebreitet. Als die von Bahlow Frida erblickte blieb sie unvermittelt stehen und riss die Augen weit auf.

„Sie!"

„Ja, ich", flüsterte Frida. Eine gefährliche Stille breitete sich aus. Schließlich sagte die von Bahlow: „Sie haben meiner Enkelin das Leben gerettet."

„Wo ist Falka? Wie geht es ihr?"

„Sie ist im Heilerhaus", sagte die von Bahlow mit flatternden, müden Lidern. „Neben David. Sie kommt durch."

Frida ballte zitternd die Fäuste und konnte nicht verhindern, dass Tränen in ihre Augen stiegen. *David. Falka. Oh Dogan...* Die Stimme der von Bahlow riss sie aus der Flut an Gefühlen, die in ihr aufstiegen.

„Falka hat mir gesagt, wer sie sind. Sie sind Frida Iringa, Tochter von Agnes Iringa, Tochter des nordländischen Geologen Virilio."

„Woher wissen Sie den Namen meiner Mutter?", fragte Frida verblüfft.

Esra ergriff sanft, aber mit Nachdruck Fridas Arm und trat einen Schritt auf die von Bahlow zu. „Lass mich das machen", flüsterte sie zu Frida. Laut sagte sie: „Es gibt sicher viel zu besprechen und wir haben keine Zeit. Litho ist in Gefahr, Sie sind in Gefahr, wir alle, wie Sie sicher von Nonim wissen."

Lyssa nickte. „Eleonora Bonadimanis Assassinen. Die nordländischen Soldaten. Splitterlauf. Das Pamphlet zur Ausrottung der Magie. Und das schwarze Glas."

Sogar Esra verschlug es für einen Moment die Sprache. „Sie wissen alles?"

„Alles. Zumindest glaube ich es. Der Tempelherr… Nonim hat mich gestern aufgesucht und mir alles erzählt, was ich noch nicht wusste."

„Was Sie noch nicht wussten…", echote Esra. „Sie wussten vom schwarzen Glas?"

„Ja, natürlich, wegen Agnes aber…", sie brach ab und sah zu der erschütterten Frida.

„Später", fiel ihr Esra ins Wort. „Ich muss was wissen. Es ist wichtig. Es geht um die Puppe. Bertas Puppe."

„Heilige Mutter Yetunde", japste Lyssa, griff sich an die Brust und stützte sich wie in einem plötzlichen Schwächeanfall gegen einen der Sessel. „Die Strohpuppe! *Natürlich.* Ich habe seit Jahren nicht mehr an sie gedacht. Was wissen Sie von der Puppe?"

Esra holte tief Luft. „Nichts. Deshalb bin ich hier. Nein, eines weiß ich…" Sie kniff die Augen zusammen. „Die Puppe trug in ihrem Herzen einen Zettel, auf dem ein Wort geschrieben steht."

Sie taxierte die von Bahlow nun ganz genau, wie ein Raubtier ein Kaninchenloch. „Ein Name."

Sekunden verstrichen. „Es ist", hauchte die von Bahlow, „ein Name, ja. Der Teil, den ich noch kenne. Ich vergesse immer mehr. Der Name ist nicht von dieser Welt, daher kann er nicht im menschlichen Gedächtnis festgehalten werden."

„Sie haben ihn niedergeschrieben", stellte Esra fest. „Sie wissen, was er ist?"

„Ja. Es ist der Name eines Fängers. Sein Name stand einst an dieser Stadtmauer. Meine Familie bewahrte seinen Namen auf, als die Falkenauten ihn aus der Mauer herausmeißeln ließen und seine Magie im Namen des Ga'an für immer zerstörten."

Esra erschauderte und kniff die Augen zusammen. Frida beobachtete sie gespannt. Sie war wie erstarrt. Doch dann war es, als ob in diesem Moment ein düsterer, gewaltiger Alb von Esras Schultern gesprungen wäre, der dort schon lange saß. Sie öffnete die Augen und Frida sah wieder Tränen und schwarzes Feuer blinken. Esra griff in ihre Tasche, holte den Zettel hervor und gab ihn Lyssa. Mit zitternden Fingern entfaltete diese den Zettel und las begierig. Dann seufzte sie leise. „Ja", hauchte Lyssa. „Ich hatte einige Silben vergessen. Nun weiß ich wieder. Ich erinnere mich…"

Sie schüttelte sich, reichte Esra den Zettel zurück und straffte die Schultern. „Verzeiht mir aber ich muss sofort ins Heilerhaus. Ich muss den Namen über den Kindern sprechen, jetzt, wo ich wieder mehr Silben habe." Sie schickte sich an davonzueilen, doch Esra rief: „Einen Augenblick, Lyssa von Bahlow. Ihre Falka verdankt meiner Frida hier das Leben. Schenken Sie uns ein paar Minuten Ihrer Zeit." Lyssa wandte sich langsam wieder um.

„Frau von Bahlow, wer hat die Puppe gemacht, die Zia Sternberg der kleinen Berta Katzgetier schenkte?"

Lyssa lächelte Frida zu. „Agnes", sagte sie.

„W… was?", stammelte Frida.

„Agnes, ja unsere Agnes… Zia hatte die Puppe von Agnes bekommen. Sie hatte sie gemacht. Agnes hatte Talent im Basteln wie im Backen und Kochen."

Die Erinnerung floss in Lyssas Blick wie Nebel und trug sie fort.

„Agnes war ein Waisenkind, das der junge Falkenaut Nonim auf einer Pilgerreise im Norden aufgenommen hatte. Weil er das Kind nicht in ein Waisenhaus der Unterstadt geben wollte, bat er seinen Freund, den blutjungen Wissenschaftler Edgar Vonnegut, einen Platz für sie zu finden. So kam die kleine Agnes nach einigen Wochen ins Haus Sternberg. Sie und Zia Sternberg wuchsen zusammen auf, hatten die gleichen Kindermädchen. Wir waren gute Freunde, Zia, Agnes und ich. Agnes war zwar beträchtlich jünger als wir aber das machte nichts. Sie war ein Sonnenschein und so klug und erwachsen für ihr Alter. Dann, als sie vierzehn Jahre wurde, vertraute sie sich uns an. Sie erzählte von dem gewaltsamen Tod ihrer Eltern auf der Flucht aus dem Nordland. Von dem schwarzen Glas, das ihr Vater gefunden hatte, welches der Falkenaut Nonim und der Wissenschaftler Edgar verbargen. Und von der Gefahr, in der sie immer noch schwebte. Sie erzählte von der weißen Frau im Wald, der sie als Kind begegnet war und die ihr vorhersagte, was ihr Vater finden würde. Sie fürchtete, dass wir ihr nicht glauben könnten. Aber sie irrte sich. Das Unbegreifliche ist wahr für die von Bahlows. Es ist Teil von uns: Im Aswet Nukan Sakati Esar", sagte sie. „Und da erzählte ich ihr von meinem Familienerbstück… der Kraft der Magie, die nach Königin Eira von Tochter zu Tochter weitergegeben wird und von dem Namen des Fängers, den wir bewahren und der starke Magie in sich trägt."

„Warum haben Sie das getan?"

Lyssa zog ein Taschentuch aus ihrem Ärmel und betupfte ihre Augen.

„Es mag Ihnen seltsam vorkommen. Agnes' Geschichte von dem schwarzen Glas und der Frau im Truwenwald hatte mich tief berührt. Wissen Sie, in der Welt, in der wir heute leben ist es kaum mehr vorstellbar, dass es die Magie jemals gegeben hat. Obwohl ich die Macht des Fängernamens schon als junges Mädchen erlebte, war es das Einzige in meiner Welt, was von der Magie übrig war. Magische Kräfte hatte ich nicht, auch meine Mutter nicht und wir waren Außenseiter in der Oberstadt. Ich zweifelte. Ich zweifelte an meiner Familie und fühlte mich verloren. Welchen Platz hat die Magie noch in der Welt? War es nicht besser, auch dieses letzte Überbleibsel zu vernichten? Ich wollte den Namen nicht bewahren", sie atmete schwer. „Als meine Mutter starb, vernichtete ich alle Schriftstücke in unserem Haus, auf den er geschrieben stand. Ich wollte die letzte der Hexen sein."

Esra war erblasst. „Ich verstehe Ihre Gefühle gut. Dennoch… in dem Namen steckt so viel Macht. Wie konnten Sie das aufgeben?"

Trotzig warf die von Bahlow den Kopf in den Nacken. „Ich weiß, es war unverzeihlich. Beinahe wäre der Name verloren gegangen. Denn, wie Sie wissen – und ich glaube, Fräulein, dass Sie mehr wissen als mir lieb ist – sind die Namen der Fänger in einer heiligen Sprache, die nicht in den Gedanken der Menschen haften bleiben kann. Sie zerrinnen dem Gedächtnis wie eine Burg aus Sand am Meeresstrand."

Esra lächelte traurig. „Ich weiß. Aber dann schrieben Sie später dieses Stück Papier, dass Sie in der Puppe aufbewahrten."

„Ja", sagte Lyssa heftig. „Sie werden verstehen, mir blieb keine Wahl. Es war so… Als ich eine junge Frau war, reiste das Haus Sternberg nach Pion in den hohen Norden. Agnes konnten sie nicht mitnehmen. So erfuhren wir in Litho durch einen Boten, dass Zia auf der Reise schwer an Tuberkulose erkrankt war und im Sterben lag. Agnes flehte mich an zu helfen. Und natürlich wollte ich Zia retten. Und so machte sie die Strohpuppe. Ich schrieb den Namen des Fängers auf einen Zettel und verbarg ihn in der Puppe und Agnes nähte sie zu. Wir schickten einen Boten in den Norden, der dafür sorgen sollte, dass die Puppe Zia ausgehändigt wurde. Und es gelang! Kaum lag die Puppe in Zias Arm, so begann sie zu gesunden."

„Was geschah später mit meiner Mutter? Wieso ging sie in die Unterstadt?", fragte Frida.

„Nicht lange nach dem Zwischenfall mit Zia erhielt Nonim, der inzwischen Tempelwächter geworden war, eine Warnung aus dem Norden. Agnes sei enttarnt. Überstürzt wurde sie von Nonim in der Unterstadt versteckt. Wir sahen sie nur noch selten und sie fehlte uns. Wir hörten irgendwann von ihrer Hochzeit mit Jon Iringa und dass sie eine Tochter hatte. Und dann… von ihrem Tod. Sie… sie sind alle tot, Agnes und Zia. Nun bin nur noch ich am Leben."

Frida nickte langsam. Die Lücken schlossen sich. Frida hatte das Gefühl, der Vergangenheit ihrer Mutter und dem Rätsel um ihren Tod so nah zu sein wie noch nie. Und was ihren Vater und ihre Mutter verbunden hatte. Beide waren jung und völlig allein nach Litho gekommen. Und später von der Oberstadt in die Unterstadt geflüchtet – Agnes, weil sie musste und Jon, weil er wollte. Und so hatten sie zueinander gefunden und waren dort glücklich gewesen. Bis zu dem schrecklichen Tag.

„Sie wurde von denselben Leuten getötet, die auch meine Großeltern und Henry Theodor Wilfand auf dem Gewissen haben. Das erklärt aber nicht…", sie geriet ins Stocken. „Es erklärt immer noch nicht, warum sie ihrem Mörder die Tür geöffnet und Kuchen mit ihm gegessen hat." Dann schwieg sie, ganz in die Erinnerung vertieft.

Sanft sagte Esra nach einer Weile: „Sie nutzen die Macht des Fängernamens, um ein Leben zu retten. Frau von Bahlow! Sie müssen uns helfen diesen Wahnsinn aufzuhalten. Wir dürfen nicht zulassen, dass das Pamphlet zur Ausrottung der Magie auch nur einem einzigen Menschen in Litho das Leben kostet."

„Natürlich", sagte Lyssa mit brüchiger Stimme. „Ich werde alles tun, was in meiner Macht steht. Ich denke, es wird nicht lange dauern, bis ich selbst abgeführt werde. Wer, wenn nicht die größte Hexe in Litho?", sie lächelte flüchtig. „Mein Adelsstand und meine guten Beziehungen werden mich nicht mehr lange schützen. Und auch nicht meine Tochter und meine Enkeltochter."

„Ja. Daher möchte ich Sie um einen Gefallen bitten." Esra zögerte. „Es ist kein einfacher Gefallen. Dennoch könnte er alles entscheiden."

Die alte Frau Lyssa hob kampfeslustig das Kinn. „Was soll ich tun?"

„Sie müssen sich wegen Ketzerei und Hexerei des Todes schuldig bekennen und freiwillig den Stadtwächtern ausliefern."

Hinter einem Werkzeugregal in einer Spielwarenfabrik in der Oberstadt verbarg sich eine Stahltür. Sie führte zu einem kleinen Raum mit schmalen, vergitterten Fenstern an der Decke. Es war staubig und deutlich zu sehen, dass dieser versteckte Raum keine Menschen gewohnt war. Hinter der verborgenen Tür aber war es so voll wie in der letzten Nachtkutsche am Sonnabend von Kipkadi nach Litho. Menschen drängten sich dicht aneinander. Die Decken und Kissen ließen den Schluss zu, dass diese Menschen die Nacht und auch den ganzen heutigen Tag hier verbracht hatten. Das Rattern eines großen Generators aus dem Nebenraum verschluckte das Stimmengemurmel. Es war ein Raum des Schweigens, wie er sonst nur im Hause Liga in Govina-Unterstadt bekannt war. Es war angenehm warm und das Abendlicht, das sich in den Fenstern brach und goldene Streifen an der Mauer erschuf, ließ den Eindruck von Gemütlichkeit entstehen. Wären die Gesichter der Menschen nicht besorgt, angespannt, ja verängstigt gewesen. Ein dicker Mann mit Schnurrbart und einem schwarzen Trauerfrack nestelte an einem Gerät herum. Es war viereckig, aus glänzend poliertem Holz. Die Vorderseite sah wie ein Gesicht aus. Zwei große Drehknöpfe waren die Augen, vier große elfenbeinfarbene Tasten unten die Zähne und die hohe Stirn bestand aus schmalen Gitterstäben, hinter denen sich ein feinmaschiges Netz spannte. Es stand auf vier dünnen

Holzfüßen. *Vonnegut & Katzgetier* stand an der schmalen Kante in goldenen Lettern.

„Edgar", fragte eine junge, etwas zu groß geratene lockige Frau mit perlmuttgrauen Augen neugierig. „Was ist das für ein Ding?"

„Ein Hörfunkempfänger für Radiowellen, Frida", sagte Edgar.

„Sowas wie ein Litho-Stecker? Ein teures Radiogramm", sagte der ältere, angegriffen aussehende Mann mit dem grauen Bart neben Frida milde begeistert.

„Sowas haben wir früher auch gehabt, Papa, oder?", sagte Frida und drückte seinen Arm. Jon nickte versunken.

„Ich habe so etwas noch nie gesehen. Was macht es denn?", warf ein hellblonder, fuchsgesichtiger junger Mann ein. Er kaute an einem Stück Schinken und starrte neugierig auf das Gerät.

„Wie beim Telefonapparat, da kommen Stimmen raus, nur dass du nicht zurücksprechen kannst", erklärte eine langhaarige Südländerin mit tiefschwarzen Augen und schiefem Lächeln.

„Was hat das denn für einen Sinn?", fragte der Hellblonde.

„Du kommst wirklich vom tiefsten Kaff, Aki, genannt Wegemeistersohn", stöhnte Esra. „Warst du wenigstens schon mal in einem Lichtspielhaus?"

„Niemals", sagte Aki und biss hungrig in seinen Schinken. Ungläubig starrten Frida und Esra ihn an. Doch Aki mochte nicht mehr sagen. Damals, in Jordengard, hatten er und Raik sich oft erträumt, in die große Stadt Kaon zu fahren und die bewegten Bilder zu betrachten. Es gab dort ein Lichtspielhaus wie in Litho und die Kunde war bis an den Rand des Truwenwaldes vorgedrungen. Von Bildern, die laufen können. Von Eisenbahnen, die aus dem Bild heraus in das Publikum hineinzufahren schienen. *Oh Dogan, Raik.* Er ballte die Fäuste. Wie konnten sie ihn glauben lassen, er könne mit einem Mord einen anderen Tod wieder gut machen? Die Antwort war einfach: Mit Splitterlauf konnte man jeden alles glauben lassen. Er hatte es schon damals gesehen, vor dieser kleinen Spelunke als Raik sich mit dem tätowierten Falkenauten Anden traf und aussah als hätte er viele Tage nicht geschlafen oder gegessen. Er hatte es gesehen aber er wusste nicht, was es zu bedeuten hatte. Wie hätte er auch, das wusste er und dennoch verfluchte er sich dafür, dass er ihn dort nicht festgehalten hatte, nicht retten konnte. Raik hatte immer auf ihn aufgepasst und nun hatte er den Moment verpasst, in dem er auf Raik hätte aufpassen sollen. Auf welche Weise wollten sie ihn morden lassen? Wie Nonim gesagt hatte, es müsste Aufsehen erregen, es müsste öffentlich geschehen, mit möglichst vielen Zeugen. Es müsste einfach sein, ihn zu sehen und er darf keinen Fluchtweg haben. Und dann, wenn Caspote tot war, wenn das Attentat vollbracht war, würden sie ihn kriegen und Kriegsminister Karven war bereit, mit seiner Armee durch die offenen Tore von Litho zu marschieren. Jedenfalls, wenn die Südländer nicht schneller waren, weil der ganze Rat von Eleonora Bonadimanis Droge vernebelt religiösen Amok lief und im Namen des Tempelherrn von Pion die eigene Bevölkerung verhaften und hinrichten ließ. *Oh Raik, kannst du das nicht sehen? Kannst du dir nicht denken, was sie vorhaben? Du bist kein Idiot.* Nein, Raik war kein Idiot. Er war nicht mehr er selbst. Traurig sah Aki sich in dem kleinen Raum um. In die eine Ecke drängten sich Ruth mit den Kindern Berta und Margaret. Neben ihnen Susedka, die dem rothaarigen Dienstmädchen unentwegt den Arm streichelte. Zu ihrer anderen Seite saßen die Jungen Kazim und Leo, den kleinen Hund zu ihren Füßen. In der anderen Ecke thronte der alte Krumpmann, der seinen Stock wie ein Schwert umklammerte. Er war in ein Gespräch mit dem jungen Falkenauten vertieft, der, wie Aki inzwischen wusste, den Namen Widekind trug. Saleh warf immer wieder spärliche Brocken in das Gespräch ein, doch noch öfter warf er besorgte Blick zu Esra, die neben dem Radio stand und nervös mit dem Unterkiefer mahlte. Frida hatte sich wieder zu ihrem Vater Jon gesetzt, der schweigsam und mitgenommen Edgar beobachtete. Nonim und Andelin standen gefasst und angespannt an der Tür und warteten, bis Edgar alles eingestellt hatte. Endlich erhob dieser sich ächzend und drückte einen Knopf. Ein fürchterliches Kreischen ertönte, durchzogen von knisterndem Wasserrauschen. Siebzehn Menschen drückten panisch die Hände auf die Ohren und der Hund begann zu heulen. Edgar, hochrot im Gesicht, drehte sofort weiter an den Rädchen. Er würgte das Kreischen ab, dafür wurde das unheimliche Rauschen lauter. Nonim rief etwas. Aki konnte nichts verstehen. So einen schrecklichen Lärm hatte er noch nie gehört. Edgar drückte einen weiteren Knopf und da wurde das Rauschen leise und gleichmäßig. Erleichtert atmeten siebzehn Menschen und ein Hund auf. Edgar nickte befriedigt und trat einen Schritt zurück. Er warf einen Blick auf seine Taschenuhr und sagte: „Eigentlich müsste jetzt…"

Seine Worte wurden von lauten Fanfarenklängen unterbrochen, die aus dem Radio kamen. Angespannt verstummten alle. Eine kratzende Mädchenstimme erklang aus dem Kasten in der Mitte des Raumes und sang eine fröhliche Melodie. Aki klappte der Mund auf. Leise summte Kazim mit, bis ihn ein böser Blick von Leo traf.

Hier ist Radio Litho aus dem Detektor, hier ist Radio Litho ohne Licht und Projektor, hier ist Radio Litho für den Falkenauten und für alle, die sich ihm anvertrauten. Hier ist Radio Litho für reiche Leute, hier ist Radio Litho für die gemeine Meute. Hier ist Radio Litho für dich, mein Kind, ob du nun schmuddelig bis, grau oder blind – wir fliegen zu dir wie der Falke im Wind!

Frida rollte mit den Augen, während Kazim und Berta verhalten kicherten. Nach einigen Sekunden rauschiger Stille erklang die emotionslose Stimme einer Frau: „Radio Litho. Die neuesten Nachrichten. Tagesaktuell und direkt aus der Oberstadt. Heute mit Stadtkorrespondent Theodosius August."

Wieder erklang die rauschige Stille. Aki fühlte, wie eine Welle der Besorgnis durch den Raum schwappte. Was mochte kommen? Alle lauschten gespannt. Da dröhnte die tiefe Stimme eines verrauchten und womöglich versoffenen Mannes:

„Brennen soll sie! Das hört man hier auf dem Platz des Falken von allen Seiten tönen. Nach dem gestrigen gnadenlosen Durchgreifen der Stadtwache gegen die Hexen und Ketzer in Litho hat eine Nachricht die Menschen vom Rathaus bis nach Kipkadi erschüttert. Lyssa von Bahlow aus dem ehrenwerten Hause der Bahlows hat sich der Ketzerei und Hexerei sowie der ruchlosen Praktizierung von Magie und schwarzen Künste wieder dem Dogan schuldig bekannt und heute Mittag freiwillig der Stadtwache gestellt."

Ruth schrie entsetzt auf. Nonim brachte sie mit einem kurzen Kopfzucken zum Schweigen.

„Schon kurz darauf versammelte sich ein aufgebrachter Mob vor dem Turm der Stadtwächter in der Oberstadt und verlangte die Hinrichtung der Hexe. Beunruhigung herrscht, weil es den Stadtwächtern und Caspote immer noch nicht gelungen ist, den ehemaligen Tempelherrn von Litho einzufangen. Der Ketzer hält sich im Verborgenen und das Volk ist in Angst vor dieser Welle an dunklen Kräften, die sich in Litho offenbaren. Präsident Caspote ließ unverzüglich verlauten, dass das Pamphlet des Tempelherrn von Pion ausgeführt wird, um Litho vor der Bedrohung durch die böse Hexe zu bewahren – und um ein Exempel für alle Hexen des Do'on und alle Ketzer zu statuieren, sich der Stadt fernzuhalten. Mit sofortiger Wirkung wurde daher durch einen Eilantrag im Rat beschlossen, die Ketzerin und Hexe Lyssa von Bahlow, die uneingeschränkt schuldig ist, am kommenden Tage kurz vor Sonnenuntergang auf dem Platz des Falken öffentlich auf dem Scheiterhaufen zu verbrennen. Das ganze Volk, auch die Unterstädter, wie Caspote betont, sind eingeladen der Reinwaschung der Hexe durch das ga'anische Falkenfeuer beizuwohnen. Der ganze Stadtrat wird anwesend sein und Caspote wird das Urteil verlesen. Zu diesem Anlass dürfen die Brücken über den Aphel von Mittag bis Mitternacht ohne Kontrolle passiert werden. Wir sehen uns morgen geneigte Hörer! Es grüßt Theodosius August aus dem Hauptquartier Radio Litho, Oberstadt. Guten Abend."

Mit zitternden Fingern stellte Edgar das Radio ab. Siebzehn Menschen blickten einander in die bleichen Gesichter. Lauter Gespenster in einem geheimen Raum in der Spielwarenfabrik hinter einer Wand aus Stahl. Der Generator ratterte dumpf.

„Warum hat sie das getan? Wie konnte sie nur?", flüsterte Ruth und eine Träne lief über ihre immer noch blau geschwollene Wange.

„Weil ich sie darum gebeten habe", sagte Esra ruhig. Unruhe brach aus. „Aber was zum Dogan…", begann Ruth. Sie kam nicht weit. Nonim hob die Hand.

„Esra und ich, wir hatten eine Unterhaltung. Wir haben einen Plan, Ruth. Lyssa wird nicht sterben. Es war notwendig, dass sie sich stellt."

Aki beobachtete den ehemaligen Tempelherrn. Noch immer strahlte er Ruhe und Sicherheit aus. Aki fragte sich, woher er die Gewissheit nahm, dass all seine Pläne funktionieren würden. Hatte er dies erwartet? Nein, er konnte nicht erwarten, seine Stellung und den Tempel zu verlieren. Er konnte nicht wissen, dass die Hexenverfolgung wieder aufflammen würde, dachte Aki. Da stand er nun. Nonim hatte nichts mehr und hatte sich dennoch nicht verändert. Würdevoll, einschüchternd, von einer Präsenz, die seinem

Aussehen kaum gerecht wurde – ein alternder, müde dreinblickender Südländer mit hohen Geheimratsecken und tiefen Falten um die blitzenden blauen Augen. Sein Falkenautengewand hatte er abgelegt. Nun trug er einen alten Anzug, den Edgar als junger Mann getragen haben musste. *Er sieht aus wie ein Bibliothekar oder wie ein Archivarius aus den Märchenbüchern,* dachte Aki. Nur das Monokel und die Lampe in der Hand fehlten.

„Woher weißt du, dass sie nicht sterben wird? Kannst du es garantieren?", verlangte Ruth zitternd zu Wissen.

„Nein", sagte Nonim offen. „Aber wir werden alles tun, was in unserer Macht steht, verstehst du? Und unsere Macht ist nicht so gering, wie es den Anschein macht. Ja, wir mögen nur ein Haufen alter, verbrauchter Männer und Frauen und eine Handvoll ungebildeter, ungewaschener Grünschnäbel sein. Und Esra", fügte er resigniert hinzu, nachdem ihr Gesicht sich bei seinen Worten im Zorn verzerrt hatte.

„Wir sind aber auch begabte Falkenauten." Er blickte zu Widekind und Krumpmann. „Wissenschaftler und Allesfinder." Er zwinkerte Edgar und Andelin zu. „Mutige Rebellen." Leo, Kazim, Saleh und Frida nickten. „Der Erfinder des Films." Jons Mundwinkel zuckten. „Sohn eines Wegemeisters." Sein Blick streifte Aki. „Ein Mädchen mit einer magischen Puppe." Berta kicherte. „Tapfere Frauen." Susedka straffte den Rücken und drückte die Hände von Ruth und dem Dienstmädchen. „Und… Esra." Nonim lächelte ein wenig. „Siebzehn Menschen sitzen hier und das ist nicht wenig. Siebzehn Menschen, um das schwarze Glas und Litho zu beschützen. Keiner ist alleine, keiner kämpft für sich. Unser Pakt gilt, bis unsere Feinde geschlagen sind und auch wenn wir uns in alle Winde zerstreuen, das Schicksal hat uns heute auf Leben und Tod verbunden."

Nun blickten ihn keine Gespenster mehr an. Hoffnungsvoll wandten die Menschen in dem kleinen Raum ihm die Gesichter zu. Tempelherr, so dachte Aki, war scheinbar keine Stellung, die man innehatte. Tempelherr der Falkenauten war man offenbar ohne Schwierigkeiten auch ohne Tempel, wenn man Herz und Nerven dazu hatte. Nonim war nur noch ein flüchtiger Verbrecher und trotzdem hatte er sich nicht verändert. Und mit bleierner Angst dachte er an Raik. Vor ihnen lag eine Nacht und ein Morgen der Vorbereitung. *Es wird nicht passieren. Wir lassen es nicht zu.*

Brennen soll sie

Die weiße Marmorkugel glänzte weithin sichtbar auf dem Turm des Heilerhauses von Litho. Sie war eine Replik der weißen Kugel des großen Saals Himmelhall im Dogantempel. Gerüchte gingen, dass einst wie auch in Himmelhall ein zweiter Turm mit einer schwarzen Marmorkugel stand. Gerüchte – sie sind wie der Blütenstaub, der vielen heftig in der Nase kitzelt und der in jedem Frühjahr die Fensterscheiben in Litho verdreckt. Das meiste wird mit der Zeit fortgespült, doch wenn es hängenbleibt und fruchtbaren Boden findet, wachsen darauf Bäume.

Oben im zweiten Stock zwischen dem Heilerzimmer, den mit blauen Ornamentfliesen ausgekleideten Operationsräumen für Oberstädter und dem bewachten Krankenflügel für reiche Persönlichkeiten stand eine große junge Frau. Sie hatte perlmuttgraue Augen und trug einen großkarierten Rock unter einer engen, steifen schwarzen Bluse mit Stehkragen und einem Haubenhut, der ihr Haar vollständig verbarg. Der langbärtige Heiler neben ihr blätterte nervös in den Karteikarten, die auf dem Tresen standen.

„Fräulein wie?"

„Fräulein Lieselotte Wilhelmina Sibylle Hortensia Katzgetier, Base von Ruth Elisabethana Karolina Vonnegut-Katzgetier", sagte die junge Frau gelassen.

Sie sah, wie er resigniert ein paar Kritzel durchstrich und *Liesel Katzentier, Base* notierte.

„Und zu wem wollen Sie und warum?" Der Rotbärtige bemühte sich um Strenge und Konzentration, er schien nicht ganz bei der Sache zu sein und befingerte fahrig sein Stethoskop, das ihm um den Hals hing.

„Zu David Rothaar."

Der Langbärtige zuckte kurz zusammen, seine Augen flatterten nervös.

„Das Haus von Ratsmitglied Vonnegut-Katzgetier möchte Beileid für die Verletzungen aussprechen und erfahren, ob wohlwollende Hilfe nötig ist. Es wurde heute gen Morgen hierher telefoniert in der Angelegenheit."

Der Heiler entdeckte einen kleinen Kringel auf der Karteikarte, die er zuletzt herausgezogen hatte und nickte.

„Ja, ja, gehen Sie, Zimmer Sieben im rechten Gang."

Er winkte zu dem Stadtwächter hinüber, der vor der Tür zum rechten Gang stand. Frida ging aufrecht und gemäßigten Schrittes auf ihn zu, bis er zur Seite sprang und sie mit einer kleinen Verbeugung passieren ließ. Vor einer halben Stunde war er Frida bereits einmal begegnet als sie sich in einem grauen Kleid und einem noch graueren Kopftuch tief hinuntergebeugt mit einem Wischmopp aus dem Heilerzimmer hinausgeputzt hatte. Dort hatte sich Frida den Karteikasten genommen und den Kringel auf der entsprechenden Karteikarte selbst aufgemalt. Was dem Stadtwächter gänzlich entgangen war, weil er sich in ein Gespräch mit der jungen Assistenzheilerin vertieft hatte. Unten im Besenschrank des Hausmeisters hatte Frida ihre Kleidung gewechselt, angemessene Zeit abgewartet und war die Treppen als Lieselotte Katzgetier wieder hinaufgeschritten. Diese Lieselotte schritt nun den rechten Gang entlang, zögerte kurz vor der Tür mit der Nummer Sieben und trat dann ohne Klopfen ein. Frida schloss die Tür hinter sich. In dem kleinen Krankenzimmer gab es kein Fenster. Es brannte elektrisches Licht von zwei hohen Stehlampen zu beiden Seiten der schmalen Betten. Das Zimmer war altmodisch tapeziert mit grünem Samt und beigen Blumenranken. Auf dem Boden lag ein schwerer südländischer Teppich. Frida atmete zitternd die Luft ein. Tapete, Lampen und

Teppich konnten nichts an dem faulen Heilerhausgeruch ändern, der von Putzmittel nicht überdeckt werden konnte. In dem rechten Bett lag David. Neben seinem Bett stand ein Metallgestell, an dem eine Infusionsflasche befestigt war. Falka lag in dem Bett zur Tür. Frida wagte kaum, sie anzusehen. Falka war mit schweren Lederriemen an ihr Bett fixiert, sie atmete röchelnd und unregelmäßig. Ob sie den Entzug unbeschadet überstehen würde, das konnte niemand sagen. Frida trat zu David ans Bett, dessen Bewusstlosigkeit stiller und leichter war als Falkas. Trotz vieler Bluttransfusionen, die die Heiler ihm gegeben hatten, war er weiß wie Kreide. Das blonde Haar war strähnig und das sonst lachende Gesicht mit den Augen voller Schabernack war zu einer schlaffen Maske gefroren. Frida drückte ihre Fingernägel tief in ihren Unterarm. Der physische Schmerz überlagerte die Verzweiflung, wenigstens für einen Augenblick.

„Es tut mir so leid", flüsterte sie.

Frida stand viele Minuten vor seinem Bett. Wann war das als sie zusammen im Kinematographen ‚Haus Ronyane' bei Canan die bewegten Bilder sahen? Wann war das als David sie verkleidet zu seiner Hochzeit schmuggeln wollte? Wann war das als Samuel sie überfallen hatte und David schwer verletzte? Es war nicht mal einen Mond her, doch es musste ein Zeitalter sein, denn die Welt war aus den Fugen geraten. Litho war ein anderer Ort. Was konnte sie tun, was konnte sie sagen? Sie wusste es nicht. Doch, sie wusste es genau. Vielleicht würde sie den Tag der Hexenverbrennung nicht überleben. Frida ging leise um das Bett herum und kniete sich an Davids Seite nieder. Ihr Gesicht war so nah an seinem, sie konnte den schönen Schwung seiner Augenbrauen sehen, den Hauch einer Zornesfalte auf seiner Stirn, die Bartstoppeln, die gar nicht zu seinem feinen Oberstadtgesicht passten. Sie konnte ihn riechen. Frida wurde überwältigt. Sie begann zu weinen und kämpfte gegen das Schluchzen an, das ihrer Kehle immer wieder entstieg wie ein hartnäckiger Schluckauf. Sie konnte nicht sagen, wie lange es dauerte. Schließlich wischte sie die Tränen weg, beugte sich vor, bis ihre Lippen beinahe seinen Hals berührten. Sie hauchte ein paar Worte. Dann stand sie auf und drehte sich um zu dem Bett in dem Falka lag. Der Körper des Mädchens sah aus wie der eines Kindes. Doch ihr Gesicht war eingefallen und grau. Falka, ihre Freundin, Falka, die ihr David gestohlen hatte. Falka, die von Eleonora zu Splitterlauf gezwungen wurde. Falka, die Frida nicht als Unterstädterin auf ihre Hochzeit laden wollte. Falka, die freundliche, liebevolle, mutige, unsichere, begeisterte, naive, zerstörte Falka.

Mit heiserer Stimme sagte Frida: „Es tut mir so leid", und da bemerkte sie, dass es dieselben Worte waren, die sie zu David gesagt hatte. Diesmal meinten sie etwas anderes. Frida ballte die Hände zu Fäusten und holte tief Luft.

„Ich werde nicht zulassen, dass sie Lyssa verbrennen, hörst du? Ich will, dass du wieder nach Hause kannst, wenn du gesund bist. Wenn ich dabei draufgehe, ist es vielleicht sogar besser, weil dann… dann kannst du mit David glücklich sein ohne mich. Ich…" Frida biss sich auf Lippen. „Das mein' ich nicht so, das war blöd. Du hast nicht verdient, was sie mit dir gemacht haben. Dafür kriege ich die Bonadimani dran. Du musst gesund werden, Falka. Du musst Splitterlauf besiegen, du musst dich anstrengen, hörst du? Wir… tun unser Bestes. Vielleicht ist das das Lebewohl…"

Die atmende Stille in dem Raum wurde unerträglich für Frida. Fahrig strich sie über Falkas Bettdecke und dann verließ sie den Raum so schnell sie konnte, ohne sich umzudrehen. Ihre Gedanken mussten nun wo anders sein. Doch das hätte sie nicht geschafft, das wusste Frida, ohne sich von ihren liebsten Freunden zu verabschieden.

Theodosius August, Stadtkorrespondent von Radio Litho, hatte seinen besten lila Anzug angezogen und rauchte seine elfte oder zwölfte Zigarette. Die Frau hatte ihn bei Sonnenaufgang geweckt und er war in Unterhosen auf den Abort geschlichen, um sich die erste anzuzünden. Dieser Tag würde in die Geschichte Lithos, ja eigentlich ganz Asthenos eingehen und Theodosius spürte deutlich den Druck, der auf ihm lastete. Er bereute, nicht Fleischer geworden zu sein wie sein Vater. Aber dafür hatte er immer zu gerne geredet und dafür war er zu neugierig. Theodosius wollte was werden, in die Oberstadt kommen. Das war ihm gelungen. Nun musste er sich dort halten. Die Hinrichtung der Hexe direkt vor Ort über das Radio übertragen, etwas Vergleichbares hatte es noch nie gegeben. Und sein Chef glaubte nicht an das Format: „Du hast keine Zeit, etwas Spannendes vorzubereiten. Und wie sollst du es schaffen, alles zu beschreiben, was da gerade eben passiert. Und wenn etwas Unerwartetes passiert! Diese Direktübertragung hat keine Zukunft!" Doch Theodosius August war kein Mann, der sich von vermeintlich intelligenteren Leuten entmutigen ließ. Er hatte sich akribisch vorbereitet, war ins Lichtspielhaus gegangen und hatte sich angehört, wie der Filmerklärer die Szenen erzählte und was in den Untertiteln stand. Die Frau und die Kinder hatten herhalten müssen, wie er die Hinrichtung probte. Seine Frau war auf den Küchenstuhl gestiegen und die Tochter hatte einen Hut aufgezogen und eine Fackel genommen und den Präsidenten gespielt, weil der Sohn sich heulend geweigert hatte.

„Caspote hebt die Fackel und hält sie an den Scheiterhaufen! Los, Bele, halt die Fackel an deine Mutter! Und da steht das Holz schon in Flammen! Rauch steigt auf und verhüllt den heiligen Falken! Die Menge johlt! Da, die Hexe brüllt und schreit und kreischt, sie hat Feuer gefangen! Schrei noch lauter, Sigrun, wackle mehr mit den Armen! Es ist fürchterlich, barbarisch, da brennt sie! Vernichtet wird, was uns vernichtet! Hör endlich auf rumzuheulen, Karl-Heinz! Es stinkt nach verbrannter schwarzer Magie! Da, sie schreit immer noch, die Qualen sind unsere Rache!"

Doch richtig vorbereitet auf seine schwierige Aufgabe fühlte er sich nicht. Am meisten ärgerte ihn, dass er kein Buch gefunden hatte, dass ihm den genauen Ablauf einer solchen Verbrennung schildern hätte können. In Litho wurde schon lange kein Lebender mehr verbrannt, nicht einmal seine gefühlt zweihundert Jahre alte, halbtaube Urgroßmutter hatte Brauchbares zu berichten gehabt. Wie schnell würde die Bahlow tot sein, wie lange würde sie brüllen oder was, wenn sie vom Rauch erst ohnmächtig würde? In einem alt-acalanischen Gerichtsbuch, dass die Frau in der Bibliothek ausgegraben hatte stand, dass es lange dauern konnte, bis die Hexen tot waren, weil sie zaubern konnten. Wie sollte er die Minuten füllen, was sollte er denn erzählen? Vielleicht konnte er die Gesichter des Rates dabei genau beschreiben und was die Frauen anhatten und mit Glück fiel eine in Ohnmacht. Dann konnte er immer noch einen Schwenk zum Wetter oder der aktuellen politischen Lage machen und bei Dogan! Was sollte nun geschehen, wenn es regnete? Er wusste nicht einmal, wer den Scheiterhaufen genau anzünden würde. Mit Pech würde er den Namen des Mannes nicht parat haben. Er beschloss, in diesem Fall vom Henker zu sprechen. Das verstand jeder und keiner würde nachfragen. Bei einer Hinrichtung brauchte es schließlich einen Henker, da war der Name auch unwichtig. Außerdem musste er irgendwann während der Hinrichtung auf die Fleischwurstfabrikatur seiner Schwägerin hinweisen, die der Frau dafür immerhin einen Pelzmantel überlassen hatte. Dies könnte sich als schwierig erweisen.

Darüber grübelte Theodosius August, während der Platz des Falken sich langsam füllte und die Knechte der Funkstation Radio Litho das Kabel überprüften. Langsam füllte sich der Platz und es wurde lauter. Theodosius August sah seine Hand zittern wie die eines Kriegsversehrten als er den dicken schwarzen Übertragungsknopf auf seinem Sprechgerät drückte.

„Hier ist Radio Litho ohne Projektor, hier ist Radio Litho aus dem Detektor! Geneigte Hörer und Hörerinnen, ich grüße Sie ganz herzlich vom Platz des Falken, wo heute die Hexe Lyssa von Bahlow ihre gerechte Strafe empfangen wird. Mein Name ist Theodosius August und heute werden wir zusammen Geschichte schreiben, meine Damen und Herren und Kinder, geehrte Falkenauten und Fremdfrequenzhörer von außerhalb. In Litho ist heute schönstes Wetter, die Sonne lacht ohne Wolken vom Himmel und die Menschen aus Ober- und Unterstadt versammeln sich hier auf dem Platz. Meine Damen und Herren, man fühlt sich wie in Kipkadi heute, es gibt essen und trinken und Fackelwerfer, ein freudiger Tag! Dort trinken die Damen der Oberstadt starken Tee und hier essen die Herren der Oberstadt die Fleischwurst aus dem Hause August, die ich Ihnen persönlich ans Herz legen kann, haha!"

Dogan sei Dank, dachte Theodosius, *das wäre geschafft*. Er fühlte, wie ein Zentner Anspannung von ihm abfiel. „Gleich, meine Damen und Herren, wenn die Sonne am höchsten steht, wird es für die Hexe noch viel heißer werden. In einem geschlossenen Automobil wird sie von der Stadtwache vorbei an der Bibliothek und dem Rathaus durch den Triumphbogen auf den Platz gefahren werden, eskortiert von den besten Männern, die unsere Stadtwache zu bieten hat. Hier wird sie die volle Härte des Gesetzes zu spüren bekommen für die mörderischen Taten, die unsere Stadt in Angst und Schrecken versetzt haben. Hier oben, auf dem hölzernen Podest, auf dem auch ich sitze, wird in kurzer Zeit der Rat Platz nehmen. Und unser geehrter Präsident Caspote mit allen Familienmitgliedern. Und dort drüben, unter der Statue des goldenen Falken, nur Meter von mir entfernt, wurde ein Scheiterhaufen erreichtet. Gerade wie bei dem Abschied eines Verstorbenen, nur mit einem Pfahl in der Mitte, an dem die Hexe angebunden wird. Unser Falke wird von oben auf sie starren und richten, auf dass ihre verbrannte Seele Erlösung finden mag! Die langen, schweren blutroten Banner, die von der Falkenstatue herabhängen, sie wehen im lauen Sommerwind und bieten eine wunderbare Kulisse, beinahe wie im Varieté. Dogan, wie viele Menschen es hier werden! Ich glaube ja, die ganze Unterstadt ist heute in die Oberstadt eingefallen, sowas gab es noch nie! Alle strömen sie von der Brücke die Triumphstraße hinauf zum Platz des Falken. Alle Wege und Seitenstraßen sind gesperrt und streng bewacht, damit kein Unterstädter auf dumme Gedanken kommt, haha! Dort hinten steht die Tribüne für alle Oberstädter, die sich teure Billets sichern konnten. Ein ganzer Abschnitt ist hier für die Falkenauten reserviert, die geschlossen aus dem Tempel hinüberkommen werden. Es gibt Bewirtung und kleine Fähnchen mit dem Wappen von Litho zu kaufen. Erwartungsvoll schart sich die Menge zusammen, streng geordnet von der Stadtwache, meine Damen und Herren, ich hoffe, ich kann Ihnen das Bild so lebendig als nur möglich vor Augen führen! Ja, was soll man sagen, so ein schönes Wetter heute für eine Verbrennung und was die Frauen hier alles anhaben, da hinten sehe ich die junge Sternberg die Tribüne hinaufsteigen, Tochter der blutig ermordeten Zia Sternberg, unseres geschätzten und brutal dahingerafften Ratsmitglieds. Sie wurde in einer Blutlache gefunden, in einem verschlossenen Raum, meine Damen und Herren, das kann nicht mit rechten Dingen zugegangen sein. Hexerei und Verderben, damit ist heute Schluss! Ganz in Schwarz gekleidet, steigt sie würdevoll, bleich und… zornig… schauend die Tribüne hinauf, mit einem Hut aus der Fabrikatur ja, ich glaube, Zwetschgenstein und nun macht sie wüste Gesten in Richtung des Podiu… ach, da kommt ja die geehrte Familie Magritte herangefahren! Ganz altmodisch in einer offenen Kutsche. Ich höre gerade, meine Damen und Herren, dass sich die Tempeltüren geöffnet haben, die Falkenauten haben sich in Bewegung gesetzt. Angeleitet wird der Trupp, soweit ich es von hier mit dem Feldstecher erkennen kann, vom vorübergehend eingesetzten Tempelherrn Sturmio. Der Mann mit der weißen Feder, der lange Arm des Tempelherrn von Pion, dessen Pamphlet nun auch bei uns die Verbrennung der Hexe möglich macht. All heil den Falkenauten, da kommen sie! Der Wille des Falken geschehe heute, meine Damen und Herren und Zuhörer! Und da, endlich, rollt das schwarze Automobil der Präsidentenfamilie heran, geleitet von fünf Pferden und einem Trupp der Stadtwache. Da, es hält das Automobil und jetzt springt der Fahrer hinaus und öffnet die Tür und da ist er schon. Präsident Caspote wird sofort abgeschirmt und das Podium hinaufgeleitet, wo er in wenigen Minuten ganz in meiner Nähe Platz nehmen wird. Und dem Auto entsteigt Frau Caspote und nun auch das Fräulein Susanna, wundervoll gekleidet in einen Traum aus lila und weiß, sie lächelt und winkt der Menge zu und da werden sie auch schon abgeschirmt. Der abgezäunte Bereich hier vor dem Podium ist nur den Oberstädter vorbehalten, meine Damen und Herren und wird von der Stadtwache geschützt. Nun weht ein laues Lüftchen und wir warten gespannt auf den Moment, an dem die Hexe auf den Platz gefahren wird."

Mit ernstem Blick starrte ein Fräulein Lieselotte Katzgetier, so stand es auf ihrem Ausweis, aus dem abgezäunten Oberstadtbereich heraus das Podium hinauf zu Theodosius August. Sie schüttelte angewidert den Kopf und drehte sich um. Hinter ihr standen einige junge Oberstädter, die sich betrunken hatten und kleine Anstecknadeln trugen, auf denen ein brennender Totenkopf zu sehen war. Viele hielten Schilder hoch und jubelten. Der Tag der Hinrichtung war ein Rausch, der die Anspannung und Angst der Oberstädter niederriss und wegspülte wie eine Flutwelle: ‚Endlich, eine Schuldige für die Panik, Splitterlauf und die scheinbar ziellosen Morde. Die Hexe, da ist sie! Wir können Angst in Wut verwandeln und sie vernichten!' Die junge Frau sah dies nicht zum ersten Mal in ihrem Leben. Aber noch niemals hatte sie es bei einer so großen Zahl an gutgekleideten Menschen gesehen.

Wenige Meter hinter dem Zaun, der die Oberstädter von den Unterstädter trennte, fing sie die Blicke von mehreren schmutzigen Jugendlichen auf, die ihr zunickten. Sie nickte zurück. Ihr Blick wanderte weiter, die große Falkenstatue hinauf. Dort oben, verborgen vor allen Blicken, so wusste die junge Frau, waren Menschen. Sie sah, winzig und für jeden anderen unbedeutend, einen Strauß roter Kornblumen von der Mauerkante blitzen. Sie blickte wieder zu dem Podest, just in dem Moment als Theodosius August lauthals die Ankunft der ehrenwerten Familie Vonnegut-Katzgetier vermeldete, in gewagt-modernem Frack und schwarzem Sportkostüm sowie zwei hübschen hellblauen Kleidchen. Fräulein Lieselotte Katzgetier nickte wieder. Dann sah sie den Platz hinauf und hinunter. Rechts außen stach ihr das Gesicht eines hellblonden, stämmigen jungen Mannes ins Gesicht, der einen für ihn völlig unpassenden braunen Hosenanzug spazieren führte. Vorne, kurz vor der Tribüne, sah sie einen grimmigen jungen Südländer neben einer großen, glatzköpfigen Frau stehen und Fackeln werfen. Nicht weit davon stand ein alter, krummer Mann, der sich auf einen Stock stütze und von einem Jungen mit einem kleinen Hund begleitet wurde. Wieder nickte sie zufrieden. Alle waren dort, wo sie sein sollten.

Und nur kurze Zeit später schrie Theodosius August die Ankunft des Hexenmobils durch die Wohnzimmer Lithos. Das Wort *Hexenmobil* hatte er spontan erfunden. Er war stolz darauf und wiederholte es immer wieder. Frida, halt, Fräulein Lieselotte Katzgetier sah gebannt hin, wie die Tür aufgerissen wurde und Lyssa von Bahlow dem Wagen entstieg. Das Gebrüll, Gejohle und Gepfeife der Masse war unerträglich. Schuhe flogen, abgenagte Spieße und kleine Steine. Lyssa von Bahlow stand in einem langen grünen Samtkleid mit ihrem grauen Haarknoten fest und aufrecht, aber schreckensbleich da und wusste nicht, wohin sie schauen sollte. Sie entschied sich nach einigen Sekunden für die Falkenstatue über ihr. Fridas Herz schlug wie wild. Wenn nur alles gut ging, wenn nur…

„Fräulein Kristine?"

Oh falkenautenverfluchte Scheiße, dachte Frida, drehte sich weg und ging ganz langsam davon, den Kopf tief eingezogen. Doch der Rufer gab nicht auf.

„Heida, Fräulein Kristine, halt!" Die glockenhelle Stimme hallte durch den abgezäunten Oberstadtbereich und ein paar neugierige Stadtwächterköpfe wandten sich um. Frida blieb entsetzt und unschlüssig stehen. Da legte sich eine Hand auf ihre Schulter. Frida blickte mürrisch auf und starrte in das strahlende, boshafte Schönheitsgesicht der Susanna Caspote.

„Na, so ein Zufall", sagte sie honigsüß. „Sind Sie auch auf der Hinrichtung, ja? Ich freu mich ja schon so!"

„Ja ganz toll", raunzte Frida. „Ich muss mal da rüber zu…"

„Soll ich Ihnen ein Geheimnis verraten?“

Susanna Caspote beugte sich ganz nah an Fridas Ohr und Frida atmete schweren, stechenden Vanilleduft ein. „Es ist eine Überraschung für heute geplant, Fräulein Kristine!“

Langsam drehte Frida sich um und starrte das Mädchen an, das unentwegt lächelte.

„Was meinen Sie?“, fragte Frida mühsam.

„Ich weiß es auch nicht genau“, flüsterte Susanna begierig. „Aber ich habe etwas gehört, von Frau Bonadimani. Ich hörte sie mit einem Mann sprechen, der einen langen Ledermantel trug.“

Frida verkrampfte sich. Ihre Gedanken jagten. Sie zwang sich zu einem Lächeln und einem neugierigen Blick. „Was hat sie denn gesagt?“

„Dass die Überraschung für die Hexe im Varieté wartet.“ Susanna riss die Augen dramatisch auf. „Und da habe ich es gesehen!“

„Was denn?“, stieß Frida hervor.

„Ich kann es Ihnen zeigen, heimlich“, sagte Susanna. „Ich bin ihr hinterhergeschlichen. Verstanden habe ich es nicht aber… was halten Sie davon, Fräulein Kristine, ein kleines Abenteuer?“ Die weißen Zähne blitzten. Frida schluckte. Sie sah ein wenig zur Seite und bemerkte, dass nicht nur die Stadtwächter sie anstarrten, sondern in einiger Entfernung auch Frau Caspote mit ihrem Fächer stand und in ihre Richtung deutete. Frida bemerkte, dass ein einzelner Schweißtropfen langsam ihre Schläfe hinunterrollte. Wie sollte sie sich den anderen bemerkbar machen?

„Was haben Sie denn, Fräulein Kristine, ist etwas nicht in Ordnung?“, fragte Susanna laut und ein Stadtwächter in ihrer Nähe setzte sich in Bewegung.

„Alles gut, Fräulein Susanna. Es ist nur, ich möchte die Hinrichtung nicht verpassen", sagte Frida gepresst. „Es ist keine Zeit, jetzt zum Varieté zu gehen."

„Ach, Unsinn", rief Susanna und packte ihr Handgelenk. „Zuerst wird mein Vater eine Rede halten und dann Sturmio und dann wird das Pamphlet und die Anklage verlesen und dann wird erst alles vorbereitet, dann wird ein Gebet gesprochen. Das dauert noch mindestens eine Stunde. Gehen wir!"

Susannas Hand umklammerte wie ein Schraubstock ihr Handgelenk, wie eine Mausefalle, die zuschnappte. Panisch suchte sie die Blicke der Jungen im Unterstadt-Bereich, doch sie konnte niemanden sehen, kein Zeichen geben. Susanna kniff die Augen zusammen und drückte fester. Schließlich sagte Frida verzweifelt: „Fein, wenn wirklich noch genug Zeit ist, dann zeigen Sie es mir."

Und sie ließ sich hilflos von Susanna Caspote mitzerren. Susanna führte sie aus der Menge, vorbei an den Stadtwächtern, die die Wege zur Oberstadt versperrten. Das Varieté Oberstadt lag nur eine Parallelstraße vom Platz des Falken entfernt. Susanna plapperte Unsinn über die Hinrichtung daher. Frida wusste nicht, was sie tun sollte. Es war noch Zeit, Susanna einen Schlag in das Genick zu verpassen und sie irgendwo zu verbergen in der Hoffnung, dass sie nicht aufwachte bevor die Hinrichtung vorbei war. Andererseits sahen dutzende Stadtwächter, wie Frida mit ihr wegging. Sollte Susanna nicht vor der Hinrichtung wiederauftauchen, würde Caspote alles abblasen und die Stadtwächter nach ihr und Frida suchen lassen? Was hatte Susanna vor? Frida war misstrauisch und neugierig. Was hatte Susanna ihr zu zeigen? Welche Überraschung wurde für die Hexe vorbereitet und würde das den Plan gefährden?

Und wieder sah Frida, wie das Varieté Oberstadt zwischen den Häuserdächern hervorbrach und vor ihr in den Himmel wuchs. Die bunten Fahnen auf seinem Dach wehten und die Fackeln waren entzündet, obwohl es helllichter Tag war. Die riesige Uhr über dem Eingang, deren Zeiger menschliche Figuren waren, zeigte an, dass es genau Mittag war. Kunstvoll gemeißelte, schlanke Säulen stützten die gezierte Fassade. Diesmal lag kein feingewebter Teppich auf den Stufen zum Eingang hinauf. Susanna zerrte sie ohnehin nicht zu den Stufen, sondern an dem Gebäude entlang zu einem kleinen Tor an der rechten Seite. Rosenranken und wilder Wein flochten sich über diesen Seiteneingang. Susanna warf einen verstohlenen Blick die Straße entlang. Dann stieß sie das Tor auf und schubste Frida hindurch. Dahinter lag ein schneeweiß getünchter Raum, von dem sich zwei Gänge abzweigten und eine Treppe hinauf zu einer Empore führte, an der ebenfalls zwei Gänge abzweigten. An der Decke hingen viele kleine und runde Glaslampen. Sonst gab es hier nichts und Frida wunderte sich. Es war sauber, weiß und leer.

„Ich glaube, wir müssen hoch und links durch", flüsterte Susanna. Frida reichte es.

„So und wohin führt das dann? Wieso kennst du dich hier aus?"

Susanna wirkte mit einem Mal unsicher. „Ich… habe sie hier oben beobachtet. Es ist nicht weit. Komm!"

Sie ging einige Schritte die Treppe hinauf. Frida glaubte, den Hauch eines Schattens an den Kristalllampen wahrzunehmen. Ihre Augen folgten der Sinnestäuschung, die von der Empore kommen musste. Frida fühlte ein vertrautes prickelndes Ziehen in den Beinen, wie man es hatte, wenn man beim Einschlafen träumte, hinzufallen. Sie zuckte heftig zusammen und wich zurück. Gleichzeitig hörte sie, wie sich jemand leise an dem Tor zu schaffen machte durch das sie gerade gekommen waren. Susanna stand ratlos und angespannt auf der Treppe. Und in diesem Augenblick drehte Frida sich um und rannte um ihr Leben durch den rechten Gang davon. Sie hörte noch das erschrockene Rufen von Susanna, doch nichts hielt sie mehr. Frida war schon einmal in eine Falle der Bonadimani getappt und sie würde es kein zweites Mal tun. Sie rannte und rannte, riss eine große Doppeltür auf und fand sich mit einem Mal in einem hohen und vollgestopften Raum wieder. Vor sich erkannte sie den roten Vorhang des Varietés. Sie war direkt hinter die Bühne gelaufen. Frida bremste, strauchelte und erkannte mit einem Blick einen schwarzen Filmprojektor, ein Ungetüm, und kauerte sich unter der Maschine hin. Lange blieb es still. Frida lauschte angestrengt. Da glaubte sie, Schritte zu hören. Ja, richtig, Stimmengemurmel erklang, Schritte kamen näher. Eine Tür wurde aufgestoßen. Frida hielt den Atem an als sie die Stimme der Bonadimani erkannte, die laut hinter dem Vorhang im Zuschauerraum wiederhallte. Zornig klang sie, ungeduldig. Jemand weinte. Frida spitze die Ohren. Wer weinte da? Ein Mädchen. Seufzend klopfte Frida ihre Stirn gegen das kalte Metall des Projektors. Susanna Caspote. Da hörte sie die Stimme von Samuel und die feinen Härchen auf ihrem Arm stellten sich zu Berge. Die Stimme der Bonadimani wurde lauter. Scheinbar gingen die drei geradewegs auf die Bühne zu.

„Schön, Frida", schrie die Bonadimani in den leeren Zuschauerraum hinein. „Du warst schlau und bist dieser blödsinnigen Idiotin davongerannt. Ganz wunderbar! Dann macht es es dir sicherlich nichts aus, wenn wir ihr hier die Kehle aufschneiden und mit ihrem Blut ein paar Hexensymbole auf das Parkett malen, nicht wahr? Das freut die Oberstädter, wenn die Tochter des Präsidenten von den am Scheiterhaufen verbrannt geglaubten magischen Kräften niedergemetzelt wird, nicht wahr. Ein Bürgerkrieg hat noch keiner Stadt geschadet!"

Frida schlug ihre Stirn wieder gegen das kalte Metall. Der leichte Schmerz betäubte den kochenden Zorn, der ihr in den Hals kroch. *Wenn ich meinen Zorn festhalte, kann ich besser kämpfen als ein Jäger,* dachte Frida. *Esra hat es gesagt. Ich muss besser kämpfen als Samuel.* Sie atmete gegen alle ihre Sinne tief ein. Und nochmal. Presste die Stirn gegen den Projektor.

„Susanna, du idiotisches, du dummes Weib", knurrte sie. „Du leichtgläubiges, arrogantes… Kleinkind! Und du Bonadimani, du widerliche Schlange, du Miststück! Und Samuel…"

Frida atmete tief und presste die Stirn. Sie fühlte, wie ihr rasender Puls und die jagenden Gedanken einer zähen Stille Platz machten. Sie hörte Susanna kreischen wie Schwein vor dem Schlachter. Angespannt erhob sich Frida von ihrem Versteck und ging schnellen Schrittes zu den Stufen, die hinter den Vorhang führten. Sie packte ihn mittig und riss ihn gerade in dem Moment zur Seite, in dem auf der anderen Seite etwas Unerwartetes geschah. Nur einen Sekundenbruchteil sah Frida die Bonadimani mit einer glänzenden Pistole auf der Bühne stehen, neben sich Samuel, der ein Messer gegen die Kehle der Susanna Caspote presste. Ein feiner Blutfaden lief ihren Hals hinunter. Alle drei starrten auf die eiserne Kette, die von oben in die Mitte der Bühne gekracht war. Frida stolperte zurück, schlug den Vorhang hinter sich wieder zu und sank in die Hocke.

„Wer ist da? Was soll das?", kreischte die Bonadimani und ein Schuss krachte in die Luft. „Bist du das, Frida?"

„Oh nein", schallte eine andere Stimme durch den Zuschauerraum. „Wir sind die Rächer!"

Frida presste entsetzt die Hand vor ihren Mund. Auch diese Stimme erkannte sie. Es war Leo, der junge Leo.

„Ja genau, ihr Arschgeigen kricht Frida nich'! Sie ist nich' allein!", schrie ein anderer Junge von einer der Logen aus und Frida erkannte Kazim.

„Ha! Ha!", kreischte die Bonadimani wieder. „Wie niedlich! Ihre kleinen Unterstadt-Freunde!"

Ein weiterer Schuss zischte durch das Varieté. Frida kämpfte das Entsetzen nieder. Solange die Bonadimani bewaffnet war, gab es keine Möglichkeit, Samuel anzugreifen und Susanna wegzuschaffen. Konnte sie die Bonadimani entwaffnen ohne dass Samuel indessen Susanna erledigte? Wie sollte sie sich mit Leo und Kazim verständigen? Sie sprang die Stufen hinunter und brüllte Richtung Bühne: „He, Eleonora, du verlogene Möchtegern-Rätin, hast du der Tochter des Präsidenten schon erzählt, was du getan hast? Zia Sternberg ermorden? Splitterlauf in der Oberstadt verteilen? Und Stadtverrat mit den Südländern begehen? N' bisschen Krieg anzetteln? Wo sind überhaupt deine ganzen teuren Assassinen geblieben?"

„Ihr habt Jaru getötet. Die anderen Feiglinge sind abgehauen. Aber ich, ich bin noch da. Komm auf die Bühne und Susanna stirbt nicht!", schallte es von Samuel zurück. Eilig sah Frida sich um, riss Kisten auf, sprang umher, eine Waffe, irgendetwas was sie nutzen konnte. Aber was? Was nur?

„Und Samuel, hast du Susanna schon erzählt, dass du ein stinkendes Graufell bist? Ein doganloser Assassine aus dem Südland? Kann sie sich jetzt selbst denken, mit so einem Messer am Hals. Wird nichts mehr mit reich heiraten, was."

Samuels Lachen überschlug sich. Verzweifelt erreichte Frida wieder den riesigen, schwarzen Filmprojektor, der auf Rädern stand.

„Frida!"

Sie riss den Kopf in den Nacken. Direkt über ihr schwebte das Lentorium in der Luft, das riesige mechanische Stromauge. Es hing an Seilen und die Seile hingen an einem Gerüst. Jetzt erst bemerkte sie die gewaltige Bühnenkonstruktion, die sich über die Decke des Varietés spannte. Wie ein schimmerndes Labyrinth von Metall am Himmel. Und nicht nur hinter der Bühne. Das Gerüst reichten weit über den Vorhang hinweg. Beinahe bis zu den Tribünen. Es war so hoch über den Köpfen der Zuschauer, dass es Frida nicht aufgefallen war. Dort oben kletterte Kazim und winkte ihr. Schnell legte Frida den Finger an die Lippen, schüttelte den Kopf.

„Susanna blutet schon. Ich kann sie in zwei, drei Stunden langsam ausbluten lassen, wenn du willst Fräulein Frida. Oder vielleicht geht es schneller, wenn du freiwillig zu uns kommst."

„Um zu sterben oder was, das hättest du wohl gern!", bellte Leo von irgendwo oben her. Frida suchte fieberhaft das Gerüst ab. Vielleicht gab es eine Möglichkeit, etwas auf die Bonadimani und Samuel fallen zu lassen, ohne dass sie es bemerkten. Aber dann würde auch Susanna getroffen. Was gab es dort oben? Zunächst die elektrischen Scheinwerfer. Sie waren schwer, aber auch fest angeschraubt. Und dann hingen Säcke an Stricken. Frida runzelte die Stirn. Da erinnerte sie sich an etwas, das Canan ihr im letzten Winter gesagt hatte: *Wenn du in einem Film Schnee haben willst und du drehst im Sommer, dann brauchst du Mehl und Salz. Mehl für den Puder, Salz für das Glitzer, denn die Kristalle reflektieren die Scheinwerfer.* Frida atmete heftig. Ein Gefühl beschlich sie, eine Ahnung. Sie schüttelte den Kopf.

„Komm schon, Fräulein Frida! Vielleicht fange ich an, Susanna ein wenig zu entkleiden, so langweilig wie mir ist! Ich habe mich schon immer gefragt, was eine Oberstädterin so unter dem Rock trägt…"

Susannas Wimmern drang durch den Vorhang. Noch ein anderes Geräusch mischte sich darunter. Ein leises, kaum wahrnehmbares Klirren. Frida drehte den Kopf und machte einen Schritt auf den Projektor zu. Eine Schraube war aus einer Halterung gefallen. Frida starrte das schwere, metallene Ungetüm an. Oben wurde in einem Rad die Filmrolle befestigt. Es sah aus wie ein Kopf, unter dem ein dicker, kastenförmiger Bauch thronte und darunter ein zweites Rad für die Filmspule. Nach hinten gingen Kabel zu einem anderen Kasten weg. Das Ding stand auf Rädern und die Linse war hoch angebracht, sie ragte fast über die Höhe des Bühnenrands hinaus. Frida griff nach dem Ende der Filmrolle und hielt sie gegen das Licht. Es war eine artistische Nummer. *Was kann ich nur mit dir anstellen*, dachte Frida fieberhaft als Susanna erbärmlich aufschrie. *Nicht, nein, ruhigbleiben*, kämpfte Frida ihre Angst und Wut hinunter, die bei dem Geräusch in ihrem Kopf zu wütend begann. Sie bückte sich nach der Schraube und als sie in die Knie ging, sah sie etwas anderes auf dem Boden liegen. Nur einen halben Meter von dem Projektor entfernt. War es schon immer dort gelegen? Frida meinte es vorhin nicht gesehen zu haben. Es war ein kleiner Kasten mit Antennen darauf. Auf ihm zwei Knöpfe, einer eine goldene Sonne, einer ein silberner Mond. Da, die Erinnerung war zurück, wie ein Fetzen aus einem Traum, ein Bild das Frida sah. Sie verstand. Frida packte den Kasten, sprang auf und winkte Kazim wild. Sie deutete auf die Säcke von Mehl und Salz, dann auf die Bühne. Dreimal. Kazim nickte. Dann wedelte sie, *warte, warte* und formte mit dem Mund *laut*, immer wieder, bis Kazim verwirrt die Stirn runzelte. Sie zeigte ihm den Antennenkasten. Dann auf den Projektor, auf sich, auf die Bühne. Deute wieder auf Kazim, die Säcke, die Bühne, *warte warte*, formte wieder *laut* und hob den Antennenkasten, deutete auf den Projektor, zur Bühne. Verstand er? Kazims Mund stand offen, er wirkte unsicher. Frida hörte ein Kratzen und drehte sich herum. Leo hatte das Gerüst erklommen. Er winkte und nickte wild, begann Richtung Kazim zu klettern. Leo hatte verstanden.

Frida starrte den Antennenkasten an. Sie hatten nur eine Chance. Sie schloss die Augen. Jetzt.

Frida drückte den Knopf. Ein gewaltiges Knarren und Rattern ertönte über ihrem Kopf. Sie hörte die Bonadimani schreien, doch es kümmerte sie nicht. Mit Kraft stemmte sie sich gegen den Filmprojektor und schob ihn zum Bühnenrand. Leo und Kazim kletterten das Gerüst entlang bis zum Rand des Vorhangs. Die Säcke waren an Seilen befestigt, die über Flaschenzüge gezogen werden konnten. Die beiden Jungen zogen und ließen die Bonadimani und den Mann mit dem Mädchen nicht aus den Augen. Die starrten wie gebannt das riesige Auge an, das halb über ihnen in der Luft hing und halb hinter der Bühne verborgen war. Leo hob die Hand. Er konnte Frida nicht sehen. Er wusste nicht, welches Zeichen sie geben würde. „Warte hier, ich klettere hinunter!", flüsterte er Kazim zu.

Frida drehte die Kurbel bis ihr der Arm wehtat. Nach etlichen Versuchen sprang der Projektor an. Er war laut, aber nicht so laut wie das Auge, aus dessen Innerem nun ein Lied erklang. Das Lentorium hatte sein Spiel begonnen. Der Projektor lief, doch außer Licht war nichts zu sehen. Frida sprang auf den Bühnenrand und schob den Vorhang so weit beiseite, wie sie konnte. Wieder sah sie die Bonadimani, die Pistole in der Hand und Samuel, der wenige Meter von der Bonadimani über Susanna kniete. Die Drei starrten nicht mehr auf das Auge, sondern an den Seitenrand am Orchestergraben. Frida sah einen blonden Haarschopf. Leo. Samuel deutete, schrie. Die Bonadimani hob die Pistole und zielte. In diesem Moment riss Kazim über ihnen die Säcke auf. Feines, glitzerndes Mehl rieselte auf die Bühne hinab. Und da, plötzlich, wie aus einer anderen Welt entstiegen, begann die Luft zwischen der Bonadimani und dem knieenden Samuel auch zu glitzern. Ein Nebel tat sich auf, unheimlich hell. Das Licht des Projektors strahlte auf die Bühne. Der Film lief endlich an. Und da erschien die Gestalt eines Mannes in dem Nebel. Verzerrt, schemenhaft, aber lebensgroß mitten auf der Bühne. Und die Melodie tönte durch den Zuschauerraum. Der Geistermann streckte seinen Arm aus. Die Bonadimani geriet in Panik, begann zu schreien und schoss auf den Geistermann, zweimal, dreimal, viermal. Sie schrie und schoss durch den Nebel als hätte sie den Verstand verloren. Frida rannte los und auf sie zu. „Nein, Leo! LEO!"

Die Bonadimani schoss weiter, doch kein Schuss löste sich mehr. Sie hatte ihre Patronen leergeschossen. Frida rannte durch den feinen Nebel und fühlte, wie Mehl und Salz auf die herabrieselten und sah wie das Filmbild, das der Projektor darauf projiziert hatte, nun unheimlich auf ihrer eigenen Kleidung tanzte. Sie strauchelte, geblendet, prustete, hörte und sah nichts und fiel beinahe über Susanna, die auf dem Boden lag, den Mund weit aufgerissen. Sie schrie, aber Frida hörte nichts. Samuel lag auf ihr und… fassungslos starrte Frida auf die beiden hinab. Eine immer größer werdende Pfütze aus Blut breitete sich über Susannas Kleid, ihren Haaren und dem Parkett aus. Sanft rieselte das weiße Mehl in das Rot. Frida packte Samuel und zerrte ihn hoch. Er war schwer und schlaff und sie sah in sein Gesicht, in dem noch Überraschung und Wut stand. Frida starrte. Die Kugeln hatten ihn am Hals, im Brustkorb und am Hinterkopf getroffen. Seine Augen starrten ins Leere.

„Frida, heiliger Dogan…" Leo stürzte auf sie zu. „Sie hat ihn erschossen, ich dachte das war's jetzt für mich!"

„Du bist verletzt", stammelte Frida. Leo blutete an der Schulter.

„Bin ich?", echote der. „Wo ist die Alte?"

Frida wirbelte herum. Der feine Nebel war verschwunden und ebenso die Bonadimani. Die nutzlose Pistole lag am Boden.

„Sie darf nicht entkommen!", rief Frida

„Sie klettert hoch", brüllte Kazim, der immer noch auf dem Gerüst über der Bühne saß.

„Samuel hat die Türen verschlossen, wir haben es gesehen, er hat den Schlüssel noch in der Tasche. Sie kommt hier nicht raus, außer über die Emporen für die besseren Zuschauer."

„Da will sie hin! Kazim, versperr ihr den Weg!"

Kurz starrte Frida auf das im Blut liegende, wimmernde Mädchen. „Susanna, lebst du?"

Das Mädchen nickte benommen.

„Alles wird gut. Er ist tot. Wir holen uns jetzt das Miststück, die das alles getan hat, hörst du? Bleib schön liegen."

Wieder nickte und wimmerte das Mädchen.

Frida zögerte. „Warum hast du das gemacht, Susanna? Warum hast du mich für ihn hergelockt?"

Das Mädchen weinte. „Er… er hat gesagt, Lyssa von Bahlow hat dich verzaubert damit du versuchst sie zu befreien. Und… und er hat gesagt, dass er mich liebt."

Frida stöhnte. „Er hat dich belogen, Susanna. Aber mich auch."

Das Mädchen nickte, Tränen liefen unablässig über ihr Gesicht.

„Leo, pass auf sie auf."

Und dann stürmte Frida los. Sie kletterte das Gerüst hinauf, so schnell sie konnte, doch ihr langes Kleid bremste sie. Die Bonadimani kletterte bereits auf der anderen Seite über den Zuschauerraum. Frida sah, dass Kazim am Rand des Vorhangs herumzerrte und nach Leo schrie. Der Vorhang ging auf. Hinter ihm war das in der Luft schwebende Lentorium zu sehen, das eine blecherne laute Musik spielte. Kazim hängte sich mit seinem vollen Körpergewicht an eine Kette, die langsam mit ihm nach unten sank. Genauso langsam setzte sich ein Mechanismus in Bewegung, der das Lentorium über den Vorhang hinweg allmählich in den Zuschauerraum hineinschob. Frida sah, dass die Bonadimani erschöpft schien. Die Zeiten in denen sie als Tänzerin gearbeitet hatte waren lange vorbei und das Klettern kostete sie viel Kraft. Auch sie hatte Mühe, den langen Rock in den Griff zu bekommen, der ihre Bewegungen einschränkte und sich um ihre Beine wickelte. Nun hielt die Bonadimani inne und betrachtete mit zusammengekniffenen Augen das Lentorium, welches sich langsam in die Mitte des Zuschauerraumes schob. Frida sah direkt in die Augen von Eleonora Bonadimani. Diese schüttelte leicht den Kopf und kletterte weiter in Richtung der Balkontribünen. Frida überlegte fieberhaft. Der Abstand zwischen dem Gerüst zu den Balkongeländern war weit. Das Gerüst lag höher und der Sprung musste sitzen und konnte schief gehen. Sonst würde die Bonadimani viele Meter in die Tiefe stürzen. Diese war nun am Ende des Gerüstes angekommen und schien genau dasselbe zu denken. Frida schüttelte den Kopf. Sie wusste, dass die Bonadimani den Sprung nicht schaffen würde. Sie würde stürzen. Genau das schien auch der Bonadimani klar zu werden. Sie blickte sich um und kletterte wieder rückwärts. Verwirrt sah ihr Frida dabei zu. Die Bonadimani kletterte bis zum Rand des Lentoriums und dann sprang sie auf dessen Rand. Oh nein, dachte Frida, *so dumm und verzweifelt kann selbst sie nicht sein*! Doch die Bonadimani hatte nicht die Absicht, in das Lentorium zu steigen. Sie ergriff eine der armdicken Ketten und schob sich mühsam nach oben. Frida hob den Kopf in den Nacken. Über ihnen spannte sich die bunte Bullaugen-Glasdecke über das Varieté. Noch über dem Lentorium sah Frida weitere Konstruktionen. Sie sahen aus wie die silbernen, mobilen Plattformen der fliegenden Artisten. Sie waren direkt mit Stahlseilen an den

Metallstreben befestigt, die die Glasdecke in ihren Angeln hielten und schwebten über dem Lentorium. Frida staunte. Wollte sie über die Decke fliehen? Wie sollte die Bonadimani das anstellen? Aber sie kletterte so zielstrebig, als wüsste sie etwas, das Frida nicht wusste. So beeilte sie sich. Sie zog sich langsam über den Rand der höchsten Metallstangen und stellte sich freihändig hin. Die Bonadimani hatte mit Mühe und Not eine der silbernen, freischwebenden Plattformen erreicht und zog sich wie eine erschöpfte Flunder hoch. Frida wagte nicht nach unten zu sehen. Sie brauchte einen festen Stand, um den Meter zu einer der silbernen Plattformen springen zu können. Unten rief Leo. *Spring, bevor du das Zittern anfängst*, dachte Frida und sprang. Krachend schlug sie auf der silbernen Plattform auf, die gefährlich zu schwanken begann. Frida klammerte sich an die beiden Metallstangen, die die Plattform in der Mitte stabilisierten. Nun hatte die Bonadimani sie bemerkt. Sie rappelte sich auf und starrte nach oben. Stahlseile hochzuklettern war selbst für Künstler schwer und Frida bezweifelte, dass die Bonadimani es versuchen würde. Frida verlor keine Zeit und sprang auf die nächste Plattform, die direkt vor der Bonadimani war. Die senkte die Arme und starrte Frida ausdruckslos an.

„Hallo Eleonora", zischte Frida.

Die wunderschöne, jetzt verschwitzte Tänzerin erwiderte nichts. Sie atmete heftig und laut, wie eine Dampfmaschine.

„Flüchten ist anstrengend, was? Blöd nur, dass du deinen Assassinen selber erschossen hast und der dir nicht mehr hier raushelfen kann."

„Frida", zischte die Bonadimani jetzt zurück. „Und was willst du jetzt machen?"

„Keine Ahnung", sagte Frida böse. „Mir egal, aber abhauen wirst du nicht."

„Schön, wie du meinst", ätzte Eleonora. „Dann tut's mir leid aber du wirst hier sterben."

Frida runzelte die Stirn. Eleonora griff an ihren Rock und nestelte am Strumpfband herum.

„Was machst du da?", rief Frida alarmiert.

Da zog Eleonora eine winzige Pistole hervor. Sie kannte das kleine, goldene Ding aus Filmen. Es war eine sogenannte Ein-Schuss, die sie im Krieg den Frauen gegeben hatten. Sie konnten es unter der Kleidung verstecken, um sich selbst zu erlösen, wenn sie von den gegnerischen Soldaten erwischt wurden. Frida erstarrte. Langsam hob Eleonora die Pistole an und zielte auf Frida.

„Schade um dich, Mädchen. Wir hatten so viel gemeinsam. Wir hätten zusammenarbeiten können, weißt du."

„Hätten wir nicht", sagte Frida. „Du hast meinen Vater entführt, du hast Falka Splitterlauf gegeben und der Onkel von Saleh ist wegen dir fast gestorben. Zia Sternberg ist auch tot und viele andere und…", ihre Stimme zitterte. „Ich glaube, du hast meine Mutter umgebracht."

„Agnes?" Die Bonadimani warf den Kopf in den Nacken und lachte. „Nein, das habe ich nicht."

„Aber…" Zornig machte Frida einen Schritt nach vorne. „Du hast sie gehasst, du wolltest meinen Vater für dich haben. Sie hat niemandem was getan. Niemand sonst hat sie gehasst, keiner, nur du. Du *musst* gewesen sein."

Eleonora presste die Lippen aufeinander. „Ich bin froh, dass sie tot ist, aber ich war es nicht. Tut mir leid, Frida. Das Rätsel kann ich nicht für dich lösen."

„Aber…" Frida umklammerte das kalte Metall. Agnes, das große Rätsel ihres Lebens und wieder keine Antwort.

„Arme kleine Frida. Auf der Suche nach der Wahrheit. Vielleicht gibt es noch Hoffnung für dich. Wir sind uns wirklich ähnlich. Ich war ein Niemand, weißt du, ich war ein Stück Dreck. Von der Mutter schon als Kind an Männer verkauft. Und dann kam ich zu Ronyane und zu deinem Vater und Mendax. Sie haben mich gerettet. Meine Seele ist trotzdem verdorben, schon vorher. Da war nicht mehr viel zu retten." Die Bonadimani lächelte traurig. „Aber ich wurde entschädigt, mit Geld und Ansehen. Und Macht. Und ich wäre die erste Frau geworden, die Präsidentin geworden wäre."

Ihre Augen funkelten wild. „Der Tempelherr des Südlandes hat mir seine Unterstützung gegeben. Und dann, wenn Caspote auch weggewesen wäre, sie hätten mich, willenlos wie sie alle sind, zur Präsidentin gemacht. Und glaube mir Frida, ich hätte Gutes getan für diese Stadt. Und das wirst du mir nicht vermiesen, nicht du!"

Die Hände der Bonadimani zitterten. Sie schien wie weggetreten. Doch dann sprach sie weiter.

„Ich wusste nie, wer ich bin. Und das haben wir gemeinsam, Frida. Du weißt auch nicht, wer du bist."

Frida schüttelte den Kopf. „Zum Dogan, das ist Unsinn! Ich weiß genau wer ich bin. Ich bin Frida Iringa."

„Ha!", fuhr die Bonadimani zornig auf. „Du bist ungebildet, dumm. Du weißt nicht wer du bist, weil du nicht weißt, wer deine Mutter war, wer dein Vater wirklich war, was geschehen ist und warum dein Leben so war wie es war. Du hast meine Frage nicht verstanden!"

Da sah Frida etwas. Sie fuhr zusammen und die Bonadimani begann erfreut zu grinsen. Sie dachte, dass sie Frida mit ihren Worten getroffen hätte. Doch nein. Knapp über der Bonadimani schlängelte sich plötzlich ein langes, glänzendes Drahtseil herab. Langsam, kaum sichtbar, berührte es die silbernen Metallstangen der

Plattform, wand sich zuerst um eine der Halterungen und schlängelte dann immer weiter herab. Frida folgte ihm mit ihren Augen. Das Drahtseil reichte hinunter bis zum Lentorium. Fridas Gedanken rasten. Was geschah hier? Was sollte das? Warum ein Drahtseil von der Plattform zum Lentorium? Wer hatte es von der Decke gelassen? Sie konnte niemanden sehen. Dann schaute sie auf und blickte in das von Triumph und Hass verzerrte Gesicht der Bonadimani. Frida räusperte sich.

„Ne, tut mir leid für dich aber ich bin nicht wie du. Ich würde nie einen umbringen, weil ich entschädigt werden will für schlechte Zeiten oder so einen Scheiß. Ich habe deine Frage schon verstanden. Aber ich glaube du hast meine Antwort nicht verstanden! Ich bin Frida Iringa. Das war ich immer, egal was früher war oder noch kommt. Ich kann nie wer anders sein als die, die ich eh schon bin. Aber vergiss das, Eleonora. Ich weiß nicht, was passieren wird aber ich glaube du solltest die Metallstangen nicht mehr anfassen."

„Was?" Der Blick der Bonadimani flackerte.

„Ja, ich weiß, das klingt verrückt, aber fass einfach die Metallstangen nicht an. Ich glaube, dass du sterben wirst, wenn du das machst. Spring einfach zu mir rüber, aber fass nix mehr an."

„Halt den Mund, du widerliches Biest!", kochte die Bonadimani. „Glaubst du, du kannst mich ablenken? Hältst dich für was Besseres oder, du stinkendes, dummes Unterstadt-Mädchen, du hast keine Ahnung was Leiden ist und was das mit dir macht…"

„Nicht!", schrie Frida, doch die Bonadimani war nicht mehr zu bremsen. Ihre Finger krümmten sich um den Abzug.

„Wage nicht mir Befehle zu geben!", kreischte die Bonadimani und packte mit der linken Hand die Metallstange. Für einen Augenblick blieb es ruhig und nichts geschah. Frida kniff die Augen zusammen. Dann gab es einen heftigen Schlag. Frida fühlte ein starkes

Kribbeln. Die Bonadimani schrie, schrie wie Frida noch niemals etwas Vergleichbares gehört hatte, wie ein Tier und Frida presste die Hände auf die Ohren, doch das Schreien brach sofort wieder ab. Es roch nach Fleisch, nach Feuer. Und dann war Stille. Nur das Lentorium spielte. Zitternd öffnete Frida die Augen. Sie warf nur einen flüchtigen Blick zu der Plattform, auf der die Bonadimani gerade noch stand. Sie lag verkrümmt und verdreht quer über dem Boden, Rauch stieg über ihr auf. Frida sah sofort, dass sie tot war – innerlich verbrannt durch einen gewaltigen Stromschlag, der über das Drahtseil vom Lentorium auf die Plattform geleitet worden war. Frida stöhnte und sah schnell weg. Unten sah sie die Schemen von Leo, Kazim und Susanna, die heraufblickten. Da hörte sie eine Stimme über ihrem Kopf.

„Guten Tag, Fräulein Iringa. Wir wurden bedauerlicherweise nicht vorgestellt. Man kann sagen, ich kannte Ihren Vater gut – und auch Sie habe ich als Kind schon einmal als Einbrecherin in meinem Haus erblickt. Entschuldigen Sie das ganze Schlamassel, doch mir schien, es war Zeit, dass der verdorbenen Tänzerin hier unten endlich das Handwerk gelegt wird. Ich kann es nicht leiden, wenn mein Haus für Machtspielchen und mörderische Fallen missbraucht wird. Ich bin der Herr des Hauses."

Schockiert starrte sie auf den Mann, der durch eine Luke im Glasdach blickte. Er war hellgeschminkt, sein schwarzes Haar zurückgekämmt und er trug einen glitzernden, schwarzen Mantel.

„Der Herr des Hauses Mendax", echote Frida.

„Zu Ihren Diensten, Fräulein. Ich wäre Ihnen dennoch verbunden, wenn Sie direkt wieder aufbrechen würden. Ich empfehle dringend, die Spielwarenfabrik Vonnegut und Katzgetier aufzusuchen – sagen wir, aus gegebenen Gründen, wie meine Spione mir mitteilen", sagte er.

Der Tag des himmlischen Sturzflugs

„Wir haben die Hexen und Zauberer unterschätzt, doch das ist nicht verwunderlich. Ihre Tarnungsmanöver, ihre Versteckspiele waren für uns nicht zu erkennen. Jetzt offenbart es sich uns in all seinem wilden Ausmaß. Sie sind unter uns. Wir hielten sie für Freunde, für Mitglieder unserer Gesellschaft. Daher ist unser Kampf gegen sie ein gefährlicher. Wir müssen ihm mit aller Härte begegnen. Es kann keine Gnade geben, wenn wir der größten Gefahr, die unsere Welt jemals heimgesucht hat, die ganze Kontinente vernichtet hat, im Keim ersticken wollen. Es wird kein zweites Harmadon geben. Sie haben unsere Gesellschaft vergiftet. Sie haben Mitglieder des Rates angegriffen, Zia Sternberg ermordet, den Falkenauten Ferrana ertränkt, David Rothaar fast zu Tode gebracht und viele von uns mit einem Zauber verwirrt, der unsere Fingerkuppen blau werden lässt und schwer, ja unheilbar krank macht. Wenn nun Lyssa von Bahlow, die sich selbst als Hexe schuldig bekannt hat, weiterlebt, wo so viele von uns ihr Leben und ihre Gesundheit gelassen haben, dann würden wir unsere Kinder in große Gefahr bringen. Unsere schöne Stadt, ja ganz Asthenos dem Untergang weihen! Wir werden dies nicht zulassen. Lyssa von Bahlow soll mit all der Härte unseres Gesetzes bestraft werden, für zweifachen heimtückischen Mord, Mordversuch, schwerer Körper- und Geistverletzung in mehr als vierzig bekannten Fällen, Stadtverrat, Verschwörung gegen den Rat und die Falkenauten, Ausübung schwarzer Magie und Zauberei, Ketzerei, Unterstützung des Do'on und Verbrechen wider unserem Herrn, dem großen Falken. Kraft meines Amtes als Ratspräsident von Litho, im Namen des Falken, verurteile ich dich, Hexe Lyssa von Bahlow, zum Tode im Feuer!"

Jubel brandete über den Platz des Falken. Lyssa von Bahlow stand unbewegt mit erhobenem Gesicht auf dem Podest. Caspote, Ratspräsident von Litho, ging weg vom Rednerpult, an ihr vorbei und er sah sie nicht an. Leise sagte sie zu ihm: „Ich bin eine alte Frau, Caspote. Warum lässt du mich hier stehen?"

Caspote schwieg und ging langsam weiter. Lyssa konnte sehen, dass seine Hände stark zitterten, dass seine Wangen zuckten und er den Mund zusammenpresste. Ihr war klar, dass er die Rede nicht selbst geschrieben hatte, dass er verängstigt war, dass er Scham empfand. Doch er tat nichts, er sagte nichts. Suchend ging ihr Blick über die erregte Menge, die Tribüne für die Oberstädter, Magritte, Cixous, Blicke, die ihr auswichen. *Feiglinge*, dachte Lyssa. Sie fing den Blick von Ruth Vonnegut-Katzgetier auf. Er war liebevoll, entschlossen. Tränen traten in Lyssas Augen. Die von Bahlows wurden schon lange im Geheimen angeklagt, unter der Hand als Ketzer verschrien, gemieden, gefürchtet. Doch sie sollte es sein, gegen die das Wort im Offenen erhoben wurde. Eine offene Anklage, ein Urteil, gefällt vor Jahrhunderten. *Im Aswet Nukan sakati esar*, dachte Lyssa. *Wenn ich sterbe, meine Tochter und mein Enkelkind bleiben am Leben.* Mariella von Bahlow war auf ihr Geheiß hin noch am vorigen Tag aus Litho abgereist und nach Kaon geflohen. Doch Falka lag noch im Heilerhaus. Sie schwankte. Da ging ein Falkenaut nach vorne ans Rednerpult. Sie erkannte ihn deutlich. Sturmio. Er trug eine weiße Feder um den Hals. Edgar hatte gesagt, dass er es gewesen war, der das Pamphlet des Tempelherrn von Pion an Caspote übermittelt hatte.

„Volk von Litho", begann er seine Rede. „Der Tag der Abrechnung ist gekommen. Der Tag des Triumphes ist gekommen. Ihr alle sollt frei sein, geheilt von dem Geschwür, das in euch hineingewachsen ist und euch Schmerzen bereitet. Pion lässt euch nicht im

Stich. Pion ist an eurer Seite in diesem letzten Kampf gegen unsere Todfeinde, gegen den Abschaum aus der Vergangenheit…"

Aki beobachtete, wie Caspote sich wieder setzte und Sturmio, der Falkenaut mit der weißen Feder seine Rede begann. Doch er achtete nicht darauf. Wo war Raik? Oben, auf der Falkenstatue über dem Scheiterhaufen verborgen wusste er Esra, Nonim und Widekind. Saleh war hinter ihm in der Menge verschwunden. Er hatte den Sichtkontakt verloren. Sein Blick ging über die Tribüne für die Oberstädter. Langsam ging er näher heran. Unten in der ersten Reihe, ganz am Rand, sah er einen alten Mann zwischen zwei Tempelläufern sitzen. Ein Kribbeln breitete sich in seinem Nacken aus und lief die Arme hinunter. Der alte Mann trug einen Hut und eine Brille mit geschwärzten Gläsern. Aki erkannte ihn trotzdem. Nie würde er diesen Mann vergessen. Es war Leopold Karven, der ehemalige Kriegsminister des Nordlandes, mit seinen verkleideten Soldaten. Ein Sturm tobte durch Akis Adern. Er war hier, er war wirklich hier. Ja, es gab keinen Zweifel mehr, ihr Plan war aufgegangen. Raik musste hier sein. Bereit, seinen Pakt zu erfüllen und Caspote zu töten. Wo war nur Saleh geblieben? Hektisch sah Aki sich um. Wo konnte Raik sich verbergen? Es musste ein erhöhter Punkt sein, von dem aus er Caspote gut anvisieren konnte und trotzdem unsichtbar war. Die Falkenstatue, der naheliegendste Ort, war von Esra, Nonim und Widekind bewacht. Wo konnte er noch sein?

Zu dem Platz des Falken hin erhob sich der rote Triumphbogen. Die steinernen Gesichter von Asis, Yetunde und König Vento starrten grimmig auf die Menge hinab als missbilligten sie, was dort geschah. Aki runzelte die Stirn. Die Figur des Asis, der Wissenschaftler, blickte durch ein Teleskop, das auf den Platz hin ausgerichtet war. Asis blickte genau auf die Falkenstatue in der

Mitte des Platzes. Die Erkenntnis traf Aki wie ein Schlag. So einfach, so klar, dass er beinahe auflachen musste. Sie dachten, es sei unmöglich Raik vor dem Schuss finden. Aber Aki ahnte wo er war. Und wo war Saleh jetzt? Würde er ihn sehen, würde er Aki folgen können? Es blieb keine Zeit. Aki lief los. Er wusste nicht, wann Raik den Abzug drücken würde, doch so lange Caspote nicht genau vor dem Scheiterhaufen stand hatte er keinen freien Schuss. Aki lief schneller. Wie lange würde der Falkenaut reden? Wie lange würde die Anklage verlesen? Wie schnell konnte er auf den Triumphbogen gelangen? Aki bemühte sich, nicht zu rennen. Er durfte keine Aufmerksamkeit auf sich ziehen. Er hoffte von ganzem Herzen, dass Saleh ihn sehen konnte, dass er ihm folgen konnte. Am Ende des Platzes zwischen der Menge erhob sich der Triumphbogen. Die Menschen dort starrten alle auf den Platz. Kinder quengelten, ein Bierverkäufer ging seines Weges. Aki erreichte die Säulen, zwischen denen die Straße hindurchführte. Er suchte aber er sah keinen Eingang. Wie sollte Raik an all den Menschen vorbeigekommen sein, ohne dass ihn jemand sah? War es möglich, den Triumphbogen von der Straße aus zu besteigen? Hätten nicht schon viele Schaulustige versucht, dort hinaufzugelangen? Aki umrandete jede Säule und nichts, gar nichts. Wo war der Eingang? Er ließ den Kopf hängen und fluchte. Entmutigt ließ er sich auf den Straßenrand fallen. Dem Bierverkäufer vor ihm fiel eine Münze herunter. Laut klirrend kam sie auf dem Boden auf und rollte davon, rollte und rollte und Aki sah ihr nach. Sie kullerte an den Rand der Straße und verschwand in einem vergitterten Abfluss. Der Bierverkäufer schrie wütend auf. Aki atmete scharf ein. *Natürlich. Die unterirdischen Gänge. Von unten*! Er rappelte sich auf. Links neben dem Triumphbogen stand ein Haus, eine Gaststätte. Aki zwängte sich mit Gewalt durch die Menge der Gäste hinein, stieß die Kellnerin beiseite und stolperte durch die Gaststube. Einige Oberstädter blickten ihn böse und miss-trauisch an. Die Kellnerin kam auf ihn zu. „Tschulligung, ich muss… ich muss kotzen", presste Aki hervor und verzog das Ge-sicht. Entsetzt zischte die Kellnerin auf: „Dann hinten runter zum Abort du Schwein, los los!", und schob ihn durch den Schankraum. Hinten ging eine Treppe hinunter, Aki riss sich los und stürmte da-von. Kopfschüttelnd blieb die Kellnerin oben stehen. Aki bog um die Ecke. Ein Schild wies den Weg zum Abort, doch Aki steuerte auf eine weitere Treppe zu. Der Weinkeller. Was mochte draußen ge-schehen? War er zu spät? Aki wusste es nicht. Er stürzte in den Weinkeller, der voller Fässer stand. Wenn es war wie in dem ande-ren Keller, so gab es hier einen Zugang zu den unterirdischen Tun-neln. Quälende Minuten lang lief er umher, dann fand er ihn. Eine verstaubte Falltür im hinteren Teil des Raumes, halb zugestellt von einem Fass. Mit einer Kraft, die von Panik getrieben war, schob und rollte Aki das volle Fass beiseite, zerrte die widerspenstige Luke auf und kletterte eine rostige Wandleiter hinunter. Er sprang auf den kalten, feuchten Boden, den er schon kannte und fluchte. Er hatte kein Licht, es war stockdunkel. Nur Reste von Helligkeit aus dem Weinkeller drangen herab. Es war aussichtslos. Aki atmete tief ein. Vielleicht nicht. Wo lag der Triumphbogen? Aki rekonstruierte den Aufbau des Gasthauses. Er musste weiter zu seiner rechten Hand. Aki stolperte los, eine Hand an dem kaltfeuchten Gemäuer des un-terirdischen Ganges. Er fühlte, dass er auf dem richtigen Weg war. So tastete er sich eine Zeitlang voran, bis er unerwartet gegen etwas Kaltes, Hartes stieß. In völliger Dunkelheit tastete er es ab. Es war eine geöffnete Gittertür, an der noch Reste einer gesprengten Kette hingen. Aki tastete sich in ihre Öffnung hinein. War das Raiks Spur? Er war sich sicher. Sein eigener lauter Atem hallte in der Kälte. Bei-nahe wäre er über die Stufen gefallen, die wenige Meter hinter der

Gittertür begannen. Auf allen Vieren kroch Aki die Treppen hinauf, bis er einen schwachen Hauch von Tageslicht erkennen konnte. Er wurde immer heller und irgendwann konnte Aki sich aufrichten und rennen. Wendung um Wendung hinauf, er keuchte. Da, eine Tür! Atemlos erreichte er sie und blickte durch den Spalt. Er konnte es kaum glauben. Er war auf dem Triumphbogen. Aki schlüpfte hindurch. Er stand an der rechten Seite des Bogens, auf einer Art schmalen Plattform, an deren Rand sich die riesigen Statuen erhoben. Vor ihm war Vento. Hinten musste Asis sein. Aki ging nun ganz langsam, schlich vorbei an Yetunde. Und da sah er ihn. Verborgen hinter Yetunde, neben Asis, kniete Raik auf der Brüstung, das Gewehr wie das Teleskop ausgerichtet und starrte hinunter. „Raik, oh Raik", krächzte Aki.

Raik drehte langsam den Kopf, widerwillig, als wäre er nicht überrascht. Aki erschrak über die Leere in seinen Augen, über das gespenstisch eingefallene Gesicht, die aufgerissenen blutigen Lippen. Er sah die dürren, blauen Finger, die er um den Abzug krümmte. Raik sah aus wie ein Toter.

„Raik, bitte tu es nicht. Ich weiß, was passiert ist. Karven lügt dich an. Bitte Raik, bitte tu es nicht, es wird uns nicht retten", stieß Aki hervor.

„Du verstehst das nicht", flüsterte Raik, so dass er kaum zu hören war. „Mach dir keine Sorgen, Aki, ich beschütze dich."

Dann drehte er sich wieder um und starrte auf den Platz hinunter.

„Nein!", schrie Aki und stürzte auf ihn zu. Mitten in der Bewegung wurde er zurückgehalten. Ein eiserner Griff um seine Schulter ließ ihn taumeln, er drehte sich um und sah den Hauptmann der nordländischen Soldaten mit einem selbstgerechten Grinsen hinter ihm.

„Wie erbärmlich. Glaubst du, du kannst das noch aufhalten? Du wirst als erstes sterben, kleiner Nordländer. Du hättest damals schon sterben sollen, in diesem leeren Haus. Wenn du uns nicht davongelaufen wärst."

Der Hauptmann packte ihn an der Kehle und mit einem Stoß rutschte er über die Brüstung. Voller Angst klammerte sich Aki an der Mauerkante fest, doch der Griff um seinen Hals wurde fester und er spürte, wie die Luft aus seinen Lungen wich. Unter ihm tat sich zehn Meter freier Fall auf. Er versuchte, etwas zu rufen. Er brachte nichts raus. Punkte tanzten vor seinen Augen und er wusste, dass es vorbei war.

Sorgenvoll starrte Esra hinunter. Sturmio hatte seine Hetzrede beendet. Caspote war zu dem Richter und der Stadtwache getreten. Es ging dem Ende zu. Esra konnte erkennen, dass Lyssa schwankte. Die Menge war erregt, sie drängten vor, Geschrei war zu hören. Sie konnte Aki und Saleh nicht mehr sehen.

„Nonim!", schrie sie.

Der ehemalige Tempelherr antwortete sofort. „Wenn es so ist wie ich glaube, wird Raik versuchen Caspote zu erschießen. In dem Chaos werden Saleh und die Feuerspuckerin Judit Lyssa losbinden und wegschaffen. Ihr wird nichts geschehen."

„Und was, wenn dein Plan nicht aufgeht? Ich kann Aki und Saleh nicht mehr sehen. Was ist, wenn sie Raik entdeckt haben? Wenn unten niemand mehr ist, um Lyssa zu helfen? Sobald der Scheiterhaufen brennt haben wir keine Chance mehr."

Stumm starrte sie auf die bunten, verschwommenen Gesichter unter ihr. Leise klapperten die Ringe der roten Banner, die an dem Turm befestigt waren gegen den Stein. Der Richter sprach mit Caspote und hob schließlich eine metallene Fackel an. Die

Stadtwache trat näher mit einer Öllampe, deren Flamme im Tageslicht fast unsichtbar war. Die Fackel aus Metall wurde entzündet und ihre Flammen züngelten um das Silber. Caspote nahm die Fackel, wandte sich zu der Menge und streckte sie triumphierend in die Luft. Jubel brandete auf.

„Nonim!", rief Esra scharf.

„Wir brauchen unbedingt einen Ausweichplan", sagte Widekind.

„Was sollen wir tun", keuchte Nonim. „Von hier oben sind wir machtlos. Wir müssen auf den Falken vertrauen."

Langsam schritt Caspote zu dem Scheiterhaufen. Zwei Stadtwächter kamen herbei und packten Lyssa von Bahlow. Esra konnte sehen, dass sie aufschrie, doch wurde der Lärm von der Menge übertönt. Die Stadtwächter zerrten sie zu dem Scheiterhaufen und fesselten sie an das Gestell, das inmitten der Äste und Holzwolle thronte. Caspote platzierte sich mit dem Rücken zu ihr.

Jäh drehte Esra sich um. Über ihnen war die große Falkenstatue, die auf kralligen Füßen stand.

„Widekind", sagte Esra langsam. Der junge Falkenaut folgte ihrem Blick.

„Was willst du tun?", fragte er. Langsam blickte Esra zu den schweren, blutroten Bannern. Sie sprang an den Rand der Plattform und begann, an den schweren Eisenringen zu zerren.

„Helft mir, schnell!"

Nonim und Widekind stürzten vor. „Was tust du, Esra?"

Mit schier unmenschlicher Kraft zerrte Esra an den Ringen, bis sie die Banner ein Stück auf die Plattform gezogen hatte.

„Los, helft mir das an die Füße des Falken zu binden!"

„Esra, was…"

„Halt deine doganverdammte Klappe, Tempelherr, und mach jetzt das was ich dir sage!", brüllte Esra. Nonim und Widekind warfen sich einen stummen Blick zu. Nonim zuckte mit den Schultern. Sie packten die Ringe des Banners, rissen sie ein und banden sie um die Füße des Falken. Dies kostete viel Kraft. Außer Atem sank Nonim zusammen als sie fertig waren.

Esra hielt für einen Moment inne. Ihr Blick schweifte ab und streifte flüchtig den roten Triumphbogen. Sie kniff die Augen zusammen und runzelte die Stirn. Dann schüttelte sie sich. Ein Konzert aus Schreien bezeugte, dass Caspote den Scheiterhaufen entzündet hatte. Lyssa würde in wenigen Minuten bei lebendigem Leib verbrennen.

„Nicht aufhören, alter Mann. Jetzt müssen wir die Statue aus ihren Angeln reißen", hörte er Esra rufen.

„Du bist wahnsinnig, das ist unmöglich!", schrie Widekind sie an.

„Vertrau auf den Falken, Falkenaut! Und wenn du das nicht kannst, vertrau *mir*. Wo die Kraft der Hände endet, beginnt die Macht der Worte oder so ähnlich predigt ihr doch. Und ich habe da ein Zauberwort für euch, Falkenauten. Vorwärts! Für Litho! Für den Falken!"

Ein konvulsivischer Ruck fuhr durch den Mann über ihn und Aki fühlte, wie sich der Griff um seinen Hals lockerte. Verzweifelt klammerte sich Aki an die Mauerkante. Er blickte nach oben, direkt in das vor Überraschung erstarrte Gesicht des Hauptmanns, der langsam zur Seite kippte. Ein Tritt traf ihn und langsam rollte sein völlig erschlaffter Körper über die Kante, vorbei an ihm. Und fiel. Da tauchte Raiks Gesicht vor ihm auf. Mit letzter Kraft zerrte Aki sich hoch. Raik versuchte ihm zu helfen, war aber zu schwach. Bäuchlings erreichte Aki das rettende Mauerwerk.

„Du hast ihn erschossen", keuchte er.

„Ja", sagte Raik leise. „Wieder habe ich einen Nordländer getötet. Wieder, wieder, wieder. Es gibt keine Rettung für mich. Ich bin verloren."

„Nein, das bist du nicht." Aki legte seine Hände auf Raiks Schultern. „Es gibt einen Ausweg. Du hast Splitterlauf genommen, deswegen kannst du nicht klar denken. Wir sind nicht mehr allein. Es gibt Hoffnung!"

Langsam stand Raik auf. Leere und Trauer zeichnete sich in seinem Gesicht.

„Tut mir leid, Aki. Nicht für mich."

Er trat einen Schritt zurück und Aki schrie. Wie in Zeitlupe sah er Raik rückwärts taumeln und über die Kante gleiten. Aki warf sich nach vorne und erwischte seinen Arm. Mit ungeheurer Wucht fiel Raik mit seinem ganzen Gewicht in seine Schulter. Aki spürte, wie ein stechender Schmerz durch seinen Arm fuhr. Er schrie lauter, doch er lockerte den Griff nicht.

Raiks leeres Gesicht starrte zu ihm hoch. Da hörte er jemanden sprechen. Zitternd vor Schmerz und Anstrengung blickte er neben sich und sah einen Falkenauten neben ihm sitzen. Tätowierungen zogen sich über sein ganzes Gesicht.

„An… Anden", keuchte Aki. „Hilf mir"

Anden lächelte. „Nein, im Gegenteil. Ich habe nicht damit gerechnet, dass dieser halbtote Irre den Hauptmann erschießen würde. Ich dachte, er erledigt euch allein. Nun musste ich aus meinem Schatten kommen. Darauf könnt ihr stolz sein, ihr kleinen Nordländer."

Aki fühlte das Gewicht von Raik, seine Hand schwitzte, der Schmerz war unerträglich. Anden erhob sich. „Und nun…"

„Aki!"

Anden fuhr herum. Aki erkannte Salehs Stimme. Anden seufzte. „Nun gut. Eine Hürde nach der anderen."

Leicht wie eine Feder sprang Anden von der Mauer und stürzte auf Saleh zu, während er ein Messer aus dem Umhang zog. Verzweifelt mühte sich Aki, Raik hinaufzuziehen, doch dieser wehrte sich. „Raik bitte, bitte nicht!"

Ungewöhnliches spielte sich am Horizont ab, am Rande des Blickfelds von Aki. Er konnte nicht klar denken. Aber er war sich sicher, dass er den riesigen, goldenen Falken von dem Turm in der Mitte des Platzes hinunterstürzen sah, einen blutroten Schweif hinter sich herziehend. Doch dann hörte er Saleh aufstöhnen. Er drehte den Kopf und sah, wie der junge Südländer unter dem blitzenden Dolch des Falkenauten in die Knie ging.

Dieser Tag hätte in die Geschichte eingehen können als der Tag der ersten Hexenverbrennung seit den dunklen Tagen des alt-acalanischen Zeitalters. Doch dieser Tag sollte in die Geschichte eingehen als der Tag, an dem Dogan sich vom Himmel auf Litho stürzte, um in seiner unbegreiflichen Gnade das Leben der Hexe Lyssa von Bahlow zu retten. Der allmächtige Falke erstickte die Flammen des Scheiterhaufens in Blut – dem Blut, dass die Ketzer in allen Zeiten vergossen hatten.

Jeder sah es, als Dogan auf der Statue des Falken lebendig wurde und quietschend und schwerfällig über den Sockel kippte, Kraft der Schwerkraft hinunter auf die Tribüne stürzte und sich ein blutroter Schweif von Bannern, die er hinter sich herzog, über die Flammen des Scheiterhaufens legte und sie erstickte. Manche glaubten, auf seinem blutroten Schweif drei Menschen reiten zu sehen, die sich an das Banner klammerten und das Podest wunderbarerweise unbeschadet erreichten. Der tonnenschwere Körper des Falken aus Gold indes schlug auf das Holz auf und raffte Sturmio, den vorübergehenden Tempelherrn von Litho dahin.

Gottvogel der Ewige will keine Hexen im Namen des Ga'an sterben sehen, bestrafte stattdessen den Verursacher der Tat und dreitausendvierhunderteinundneunzig Lithoaner waren Zeugen dieses unerhörten Wunders. Panik und Chaos brach aus auf dem Platz des Falken. Wer nicht floh oder ehrfürchtig auf die Knie oder in gnädige Ohnmacht sank, hätte sehen können, wie drei rußgeschwärzte Menschen unter dem Banner hervorkrochen und die bewusstlose Hexe quer über das Podest mit sich zerrten, unter den schockerstarrten Augen von Caspote. Einer der drei Menschen löste sich aus der Gruppe und stellte sich vor den erbleichten Präsidenten hin, ohne dass die Stadtwache dies bemerkte, da sie damit beschäftigt waren, die Reste von Sturmio unter der Statue zu bergen und den Pöbel von dem Podest wegzuhalten.

„Ich hoffe du lernst aus diesem Tag, Caspote. Es ist nicht der Wunsch des Falken, dass wir Menschen uns gegenseitig vernichten. Niemand soll in dieser Stadt mehr den Tod finden. Die Hexen und Zauberer sind nicht unsere Feinde. Du wirst das Pamphlet sofort aufheben. Keine Verfolgung mehr. Hinter den Morden steckt eine andere. Eleonora Bonadimani, die Litho an Pion verkauft hat. Dass du noch lebst, ist auch ein Wunder, denn Leopold Karven wollte dich heute von einem Assassinen erschießen lassen. Und die blauen Finger sind kein Zauber, sondern einfach die Droge Splitterlauf. Und, Caspote, du wirst mir mein Amt zurückgeben, sonst Gnade dir Dogan."

Einige Augenblicke starrte Nonim das entsetzte Häufchen Elend an, das vor ihm stand, um ihm das Gesagte so gut wie möglich einzuprägen. Dann wandte er sich ab und lief zu Widekind, der Lyssa hielt und hoffte, dass sie ihr Bewusstsein wiedererlangen würde. Judit, die Feuerspuckerin war herangeeilt und fühlte nach ihrem Puls.

Er sah, wie Ruth mit Berta und Margaret auf das Podest zu rannte. Esra war verschwunden.

„Raik, bitte!"

Verzweifelt mühte sich Aki, ihn mit der zweiten Hand zu erwischen. Doch der Nordländer war jenseits der Vernunft, Splitterlauf hatte die Oberhand. Hinter sich hörte er Schritte, war es Anden, der sich von Saleh abgewandt hatte? Lange konnte er Raik nicht mehr halten und wenn Anden ihn angriff, konnte er nichts ausrichten. Wo war nur das Gewehr?

„Aki… lass mich gehen", stöhnte Raik. Mit seinem freien Arm holte er aus. Aki sah den Schlag kommen. Er konnte nichts tun. Raik schlug mit Wucht gegen seine Hand. Der Schmerz war überwältigend. Aki fühlt nichts mehr und sah, wie Raik durch seine tauben Hände rutschte und fiel. Mit dem anderen Arm griff er ins Leere. Raiks Körper fiel und fiel und… Schreiend wandte Aki sich ab.

Anden stand hinter ihm. Er keuchte und schwankte, schien Schläge eingesteckt zu haben. Saleh lag reglos und mit aufgerissenen Augen auf dem Boden. Neben ihm ein silberner Dolch. Langsam sickerte Blut über Salehs helles Hemd. Anden kam auf ihn zu, doch Aki kümmerte es nicht. Er sah alles in Zeitlupe, ein unangenehmes Fiepen im Ohr. Eine heftige Windböe fegte plötzlich über den Triumphbogen. Andens Gewand flatterte. Hinten an der Tür erschien Esra. Langsam, voller Zorn, lief sie auf Saleh zu. Aki blickte schnell zu Anden, um ihn nicht auf sie aufmerksam zu machen.

„Und nun wirst du fallen", sagte Anden zu ihm. Aki nickte. Vielleicht war es das Beste. Esra, die sich neben Saleh gekniet und ihm ins Ohr geflüstert hatte, erhob sich und griff den Dolch. So schnell, dass Aki ihren Umriss nur erahnen konnte, schlich sie zu Anden und rammte ihn von der Seite den Dolch senkrecht in den Hals. Aki sah, wie er den Mund öffnete und blubberte. Sein Körper sackte zusammen. Esra rannte zu Saleh, beugte sich über ihn und stieß einen fürchterlichen Schrei aus. „Zu spät! Zu spät!", schrie sie. „Ich bin zu spät! Oh Dogan, Dogan, bitte nimm mir alles, nimm mir alles aber nicht diesen lieben, guten Freund…" Schrill schwoll ihre Stimme an. „Saleh!"

Sie fiel über dem Körper des jungen Südländers zusammen und schluchzte wie ein Kind. Vorsichtig kroch Aki an Anden vorbei zu ihr hinüber und legte seine Hand auf ihren Kopf.

„Meine Schuld…", schluchzte sie. „Meine Schuld! Ich war zu spät, ich war zu langsam. Er ist tot."

„Ich weiß. Sie sind tot", stammelte Aki. „Weine nicht, Esra. Es ist nicht deine Schuld. Du kannst nicht überall gleichzeitig sein. Dass du uns überhaupt gefunden hast…" Er hustete. „Anden war's. Aber er ist tot. Raik… Raik auch. Ich… konnte ihn nicht hochziehen. Ich… Karven ist schuld. Wir müssen Karven kriegen. Wir werden Karven kriegen."

Fest umschlungen hielt er die klagende Esra fest und blickte zornig und weinend auf den Rücken der Göttin Yetunde.

„Krumpmann, wo gehen wir hin?", fragte Kazim. Der alte Mann humpelte eilig durch die Straßen.

„Zurück zur Spielwarenfabrik", knurrte er.

„Aber Krumpmann, warum? Vielleicht brauchen uns die anderen am Falkenplatz? Frida und Leo gehen doch schon zurück, sobald sie Susanna ins Heilerhaus gebracht haben. Und Andelin hält ja ohnehin in der Fabrik Wache."

Krumpmann holte aus und traf Kazim mit dem Stock.

„Ich sage dir, wer uns jetzt braucht und zwar ist das Edgar Vonnegut. Wenn du deine Augen etwas mehr benutzen würdest, hättest du gesehen, wie Edgar von zwei Tempelläufern und Leopold Karven in ein Automobil gezerrt wurde."

„Was", keuchte Kazim. „Und wo sind sie hin?"

„Hol mich die Yetunde, wenn sie nicht zur Spielwarenfabrik wären. Karven kann sich langsam denken, dass Edgar der Schlüssel ist. Er wird inzwischen von der Freundschaft zwischen Nonim und dem Wissenschaftler erfahren haben. Karven weiß, dass Nonim ihm damals im Truwenwald etwas unter der Nase weggestohlen hat. Zähl eins und eins zusammen, Junge. Nutz dein Hirn!"

„Jaja", fauchte Kazim. „Ich bin nicht so blöd wie du denkst, Krumpmann."

„Dann beweise es mir heute Junge", sagte der alte Mann und humpelte noch schneller voran.

Sie erreichten das Haus von Edgar Vonnegut in kurzer Zeit. Das Tor stand offen. Auf dem Kies stand ein Automobil, die Türen offen. Friedlich und wie ausgestorben sah der Innenhof aus. Krumpmann sah auch, dass das schwere Schloss, welches den Eingang zur Spielwarenfabrik versiegelte, am Boden lag. Der Schlüssel steckte noch darin. Ein leises Jaulen ließ beide zusammenfahren.

„Dino", flüsterte Kazim und beugte sich zu dem kleinen Hund hinunter, der hinter einem Busch hervorgekrochen war und seine Hand leckte.

„Sie sind in der Fabrik", sagte Krumpmann leise.

Vorsichtig schlichen der alte Mann, der Junge und der Hund zum Eingang. Dino spitzte die Ohren und knurrte leise. Aus dem Inneren hörten sie Stimmen, sie schienen weiter weg zu sein. Krumpmann wagte sich in die große Halle. Geduckt hinter den Regalen schlichen sie näher zu den Stimmen. Da sah Krumpmann Edgar und Andelin.

„Es tut mir leid, Andelin", sagte Edgar gerade. „Ich konnte dich nicht warnen, mit der Pistole im Gesicht."

„Schon gut, Edgar."

„Mund halten!", donnerte Karven. Edgar und Andelin standen mit dem Rücken zu einem großen, mit Planen abgedeckten Ding. Karven und vier seiner Soldaten standen vor ihnen. Zwei der Soldaten und Karven waren bewaffnet und zielten auf die beiden Männer.

„Vierzig Jahre hat es gedauert und endlich bin ich dran", sagte Karven. Triumphierend starrte er Edgar an.

„Diese Falkenauten, Nonim und Krumpmann, waren nicht zu fassen und das Virilio-Kind ist mir auch entkommen wegen meinem untreuen General. Und was ist mir noch entgangen?", knurrte er. Edgar und Andelin schwiegen. Krumpmann umklammerte voller Wut seinen Stock. Kazim legte ihm vorsichtig eine Hand auf den Arm, die er unwirsch beiseitestieß.

„Ein treuer Oberst erzählte mir damals eine schier unglaubliche Geschichte. Virilio hätte etwas gefunden, einen Stein mit magischen Kräften. Eine Waffe", Leopold Karvens Augen flackerten wild. „Ich wusste nicht, wo sie ist, wo sie sie versteckt haben. Ich hatte den Verdacht, dass sie in Litho ist aber ich hatte keinen Beweis. Bis mein treuer Diener Anden, der Spion im Tempel, durch einen großen Zufall die Wahrheit erfuhr. Ich konnte es kaum glauben, das war der Beweis, die Waffe war in Litho!" Er kicherte und hustete. „Und es war nicht schwer, vor Ort herauszufinden, dass es nur einen Wissenschaftler gab, mit dem Nonim näher bekannt war. Nur einer, der die Waffe vielleicht zu händeln wusste, wie Virilio es getan hat. Edgar Vonnegut!"

Immer noch schwiegen Edgar und Andelin beharrlich. Kein Zucken in ihrem Gesicht, kein Zittern der Hand, sie standen da, ruhig und sicher. Karven geriet in Zorn.

„Wo ist sie?"

Er hob seine Waffe und blickte von einem Gesicht zum andern. Dann runzelte er die Stirn und wandte sich an einen der Soldaten.

„Lauf vor und verriegle die Tür. Wir können keine ungebetenen Besucher brauchen!"

Ein Soldat rannte los und Kazim unterdrückte ein entsetztes Stöhnen. Krumpmann blickte ihn scharf an und schüttelte den Kopf. Der Soldat lief zum Eingang, verschloss das Tor von innen und zog den Schlüssel ab. Kazim rollte die Augen. Krumpmann knirschte mit den Zähnen. Nun waren sie eingeschlossen.

„Ich habe Zeit", ließ Karven verlauten. „Was machen einige Stunden aus gegen vierzig Jahre, frage ich mich."

„Egal wie lange es dauert, Karven, du wirst es nicht erfahren", sagte Edgar kühl. Ein Schuss krachte und schlug neben ihm gegen das Ding.

„Wir werden sehen", sagte Karven.

Krumpmann schreckte auf. Als der Schuss erklang, sah er eine Bewegung an einem Regal. Der geheime Schutzraum! Er hatte ihn völlig vergessen. Wie ein Geist erschien eine dunkelhäutige Frau an dem Regal, legte den Finger an die Lippen und winkte. Leise, so leise Krumpmann vermochte, schlichen sie zu ihr. Hinter dem Regal war eine Öffnung, dahinter ein schwerer Vorhang. Geräuschlos schlichen sie hindurch.

„Oh, Herr Krumpmann", wimmerte Susedka, die auf einem der Sofas saß. Das Dienstmädchen der Vonneguts lag neben ihr und an der Wand neben dem Vorhang stützte sich Jon Iringa.

„Mein Name ist Canan Ronyane", hauchte die Frau. „Und ich bin eine Freundin von Jon. Er ließ mich von Frau Susedka holen, um das schwarze Glas zu bewachen. Diese Männer kamen mit Edgar herein. Andelin war gerade vorne und sie sahen ihn. Er hatte keine Chance. Aber sie sahen uns nicht. Ich wollte zur Tür hinausschleichen und Waffen holen. Jetzt ist das Tor zu. Was sollen wir nur tun? Wir müssen Edgar und Andelin helfen. Wir haben keine Waffen! Wir können niemanden benachrichtigen!"

Krumpmann starrte sie an, dann Jon, der bleich und schmerzverzerrt an der Wand lehnte. Drei alte Männer, drei Frauen, ein Verletzter und ein Jugendlicher gegen vier bewaffnete Soldaten. Er schüttelte den Kopf.

„Krumpmann", flüsterte Kazim. „Ich weiß was!"

Überrascht wandte sich der alte Mann dem Jungen zu. Kazim hob Dino hoch. „Die Fenster dort oben lassen sich kippen. Dino ist dünn genug, dass wir ihn durch den Spalt aus dem Fenster werfen können. Wir schreiben eine Nachricht. Er wird Frida finden können, er kennt Frida, er war bei ihr. Er kann sie benachrichtigen und Frida kann Hilfe holen."

Krumpmann rieb seinen Bart. Der kleine Hund wedelte mit dem Schwanz als er Fridas Namen hörte. Er nickte.

„Das, Kazim, ist schlau. Es ist unsere einzige Möglichkeit", flüsterte er. Canan nickte. Sie trat zu Susedka und nahm ihr ein Buch aus der Hand, in dem sie gelesen hatte. Sie riss, so geräuschlos sie vermochte, eine Seite heraus. Jon zog einen Bleistift aus der Hosentasche und lächelte.

„Ich schreibe", murmelte er. Schnell kritzelte er um die beschriebenen Seiten des Buchs herum eine Botschaft. Kazim band sie zusammen, zog sich sein eigenes Halstuch ab, verknotete den Zettel und band den Stoff um Dinos Hals, der widerwillig knurrte.

„Schsch", machte Kazim. „Dino, du musst Frida finden. Du musst Frida finden, hörst du? Frida! Such Frida!"

Dann stieg er auf das Sofa, kippte das Fenster auf. Es quietschte. Alle fuhren zusammen. Kazim reagierte schnell und warf Dino durch den Spalt. „Such Frida!", rief er dem kleinen Hund nach. Schnell schloss er das Fenster wieder, sprang vom Sofa als der Vorhang zur Seite gerissen wurde.

„Was ist das denn hier? Noch mehr von denen!", donnerte einer der Soldaten. Krumpmann schloss resigniert die Augen. Ganz langsam hoben sie die Hände.

Frida erreichte das Haus der Vonneguts mit Leo. Noch immer schwirrte ihr Kopf. Wovon hatte Mendax gesprochen? Sie sah das Automobil mit den offenen Türen in der Einfahrt stehen.

„Jon, Andelin und die zwei Frauen sind noch in der Fabrik geblieben. Sie müssten drin sein."

„Wem gehört das Automobil?", fragte Leo.

„Ich weiß es nicht", sagte Frida beunruhigt. „Jedenfalls nicht der Bonadimani und auch nicht Edgar."

Die drei liefen zu der Tür zur Fabrik. Frida rüttelte daran. Sie war von innen verschlossen.

„Das gibt's nicht. Was ist denn da los?"

Da hörten sie Schritte. Frida sprang zu Seite und sah, wie einige Gestalten die Einfahrt hereinkamen. Sie stürzte auf sie zu.

„Oh mein Dogan, ihr habt Lyssa von Bahlow!"

Widekind und Judit stützten die alte Frau, die bei Bewusstsein war aber schlecht aussah. Nonim, Esra und Aki folgten ihnen. Esra trug ein langes Gewehr in der einen und einen silbernen Dolch in der anderen Hand. Frida runzelte die Stirn.

„Wo sind…", sie verstummte als sie den Ausdruck in Esras Gesicht sah. Sie schluckte. Draußen auf der Straße rannten schreiende Menschen vorbei, Tumult war zu hören. „Was zum… was ist nur geschehen?", fragte sie.

„Nicht jetzt", unterbrach sie Nonim. „Karven hat Edgar entführt. Sind sie hier?"

Frida schüttelte den Kopf. „Ich weiß es nicht. Hier steht ein Automobil. Die Fabrik ist von innen verschlossen. Ich weiß nicht…"

Sie verstummte als sie ein leises Tapsen hörte.

„Wolf! Eh Dino!", rief sie. Der kleine Hund rannte schnell auf sie zu und bellte.

„Was hat er um?", fragte Widekind.

Frida bückte sich hinunter. „Einen Zettel", sagte sie und zerrte mit geschickten Fingern an dem Halsband. Sie band es auseinander, entfaltete den Zettel und las.

„Von wem?", fragte Nonim.

„Von meinem Vater", sagte Frida.

„Bist du dir sicher?", fragte Aki.

Frida schluckte und nickte. „Ja. Ich bin mir absolut sicher. Diesmal schon. Den Fehler mache ich kein zweites Mal. Er schreibt, dass Karven mit vier Soldaten in die Fabrik eingedrungen ist und Edgar und Andelin festhält. Zwei sind bewaffnet mit Pistolen und Karven auch. Karven weiß von dem schwarzen Glas und will Edgar foltern, bis er das Versteck verrät."

Esra trat vor. „Ich schieße das Tor auf, dann holen wir sie uns."

„Nein, das tun wir nicht!", fauchte Frida. „Mein Vater ist da drin. Reiß dich zusammen. Du hast mir gesagt, dass man besser kämpfen kann, wenn man seine Gefühle im Zaum hält!"

Frida sah den überwältigenden Schmerz, der die Südländerin packte. Tränen liefen über ihre Wangen. Mit bebender Stimme sagte sie: „Und, Frida. Was tun wir?"

„Wir tun, was Unterstädter am besten können. Wir kommen von unten", sagte sie. „Auf in die unterirdischen Gänge! Hinab in den Brunnen!"

Stöhnend richtete Edgar sich auf. Der letzte Schlag hatte ihn Zähne gekostet. Er fühlte, wie Blut aus seinem Mund lief und Rotz aus seiner Nase und seine Augen tränten. Das war schlimmer als er es sich hatte vorstellen können. Andelin neben ihm schrie vor Wut.

„Vonnegut", sagte Karven. „Du weißt, was du zu tun hast. Wo ist die Waffe?"

Edgar zitterte vor Angst. „Ef hat keinen Fweck, Kaven. Niemals. Töte mif!" Und er spuckte zwei Zähne vor ihm aus.

„Lass ihn in Ruhe!", brüllte Krumpmann. „Du Verbrecher, du Aas, du Monster!"

„Ach und wer bist du, dass du mir befehlen kannst?", lachte Karven freudlos.

„Mein Name ist Krumpmann", sagte der alte Mann.

Karven fuhr zusammen. „Du… du bist…", dann lachte er und lachte. „Vierzig Jahre suche ich nach dir, alter Mann!"

Karven stand auf und trat dicht vor ihn. Krumpmann spuckte ihm ins Gesicht.

„Nichts, was du mir antun kannst, haben mir deine Männer vor vierzig Jahren schon einmal angetan. Und ich lebe immer noch!"

„Nicht mehr lange", lächelte Karven.

„Er wird vermutlich länger leben als du", sagte eine kühle Stimme.

„Vorsicht!", brüllte einer seiner Soldaten, ein Schuss krachte.

Karven fuhr herum.

Hinter einem Pfeiler stand eine junge Südländerin, die mit einem Scharfschützengewehr auf ihn zielte. Karven erkannte es, das sah Krumpmann ganz deutlich. Und er verstand, was es bedeuten musste. Karven biss die Zähne zusammen.

„Wenn du dich bewegst, Karven, bist du tot", sagte das Mädchen.

„Oder du", brüllte er. „Männer, zielen!"

Die Soldaten richteten ihre Waffen auf Esra. Das Mädchen lächelte wie ein Raubtier. Da traten weitere Personen hinter den Pfeilern hervor. Die Soldaten fuhren herum, wussten nicht, wohin sie zielen sollten.

„Es ist ganz einfach, Karven", sagte Nonim, der langsam auf sie zuschritt. Auch Aki, mit dem Dolch in der Hand, Widekind, Leo, Canan und Kazim setzten sich in Bewegung. „Wir sind viele. Auch wenn ihr ein paar von uns erschießt, du Karven wirst sterben. Das ist so sicher wie der Falke Federn hat."

„Verflucht seist du, Tempelherr!", fauchte der alte Karven.

„Legt die Waffen nieder", sagte Esra.

„Sei nicht dumm, Mädchen, ich erschieße dich, wenn du mich erschießt!", sagte Karven zu ihr. Esra lächelte noch breiter.

„Sehe ich so aus als würde mich das noch interessieren, alter Mann? Dein Handlanger Anden hat meinen Freund getötet. So habe ich ihm die Kehle mit diesem Dolch durchstochen, den mein anderer Freund gerade trägt. Erschieß mich ruhig, alter Mann." Sie lachte böse. „Aber dich, dich nehme ich mit!"

Karven schluckte.

„Legt die Waffen nieder und ihr könnt diese Stadt unbeschadet verlassen und nach Kaon zurückkehren", sagte Nonim. „Darauf habt ihr mein Wort. Und da ich nun wieder Tempelherr bin, ist mein Wort Gesetz. Legt die Waffen jetzt nieder."

Karven zögerte und ließ Esra nicht aus den Augen. Langsam ließ er die Pistole sinken und seine Männer taten es ihm gleich. Kazim, Leo und Widekind hoben sie auf und stellten sich neben Nonim.

„Hebt die Hände und dann ab im Gänsemarsch nach draußen", befahl Esra.

Sie trieben die Männer zu dem Automobil. Karven stieg auf der Beifahrerseite ein.

„Das war nicht mein letztes Wort", sagte Karven voller Zorn zu dem Tempelherrn.

„Schön", sagte Nonim. „Meines schon."

Er knallte die Beifahrertür zu und sie fuhren los. Esra, Widekind, Leo und Kazim zielten auf sie und rannten ihnen nach bis zum Tor, bis ihr Automobil an der Straße verschwunden war.

Ruth eilte angstvoll aus dem Haus und auf Nonim zu.

„Es ist alles gut, Ruth. Sie sind weg. Wie geht es Lyssa?"

„Besser", sagte sie, da trat Edgar, von Andelin gestützt aus der Fabrik. Sie schrie auf und lief zu ihm.

„Schließt das Tor", kommandierte Nonim und Aki und Canan folgten ihm.

Atemlos, gebrochen kamen alle zusammen und versammelten sich um Nonim.

„Dieser Tag", sagte er, „ist schrecklich und triumphal zugleich. Wir haben Saleh verloren und Raik. Wir haben Wunden davongetragen und mit unseren eigenen Händen getötet." Esra und Aki senkten den Kopf. „Aber wir haben das schwarze Glas beschützen können. Und Litho. Wir haben mehr erreicht als wir hoffen konnten. Aber jetzt", er zögerte. „Das schwarze Glas ist nicht mehr sicher in Litho. Wir müssen es wegschaffen, so bald als möglich. Aber zuerst werden wir unsere Toten ehren. Wir sind ihnen das Beste schuldig."

Siad, der Fänger

Drei Tage feierten die Bürger von Litho am Platz des Falken. Sie zündeten kleine Feuer an, aßen und tranken und jubelten, beteten und redeten. Keiner ging nach Hause, keiner arbeitete. Sie schliefen auf Strohsäcken auf dem Asphalt. Die Falkenauten arbeiteten rund um die Uhr, predigten, beruhigten, schlichteten, beschworen, erklärten, weihräucherten und versuchten dabei zu verbergen, wie erschüttert und verwirrt sie selbst waren. Manche versteckten sich ängstlich im Tempel. Die engsten Anhänger Sturmios flohen überstürzt ins Südland. Nonim, von Caspote persönlich wiedereingesetzter Tempelherr von Litho, ernannte den jungen Falkenauten Widekind zu seinem Stellvertreter. Er hielt jeden Morgen und Mittag der folgenden Tage eine kleine Ansprache im Radio und erklärte die Grundprinzipien der neuen Religionsfreiheit in Litho. Ein findiger Stadtwächter hatte die alten Flugblätter von Frida aus der Asservatenkammer gekramt und, kräftig unterstützt von den Unterstadtjungen, verteilen lassen. Überall flogen nun Fridas Kleiderschrank-Abschriften über den Platz des Falken und wurden wild diskutiert, ungeachtet aller Rechtschreib- und Tippfehler.

Erst als nach drei Tagen keine Nahrungsmittel mehr vorhanden waren, befiel die Menschen eine leise Katerstimmung. Der Rat ließ die Grenzen zur Unterstadt offiziell wieder bewachen. So kehrte Litho zum Normalzustand zurück. Doch nicht die Menschen. Die Lithoaner beschworen das Ereignis jedem, den sie kannten. Die Zeitungen, die Lichtspielhäuser, das Radio, die Gedichtbände und die Theaterbühnen in ganz Asthenos waren in nicht weniger als einem Monat voll vom *Tag des Himmlischen Sturzflugs*. Wie eine völlig ausgehungerte Meute von Wildkatzen stürzten sich die Nord-, Süd- und Mittelländler auf das einzige erwiesene religiöse Wunder, das

Asthenos je erlebt hatte. Es war das Ungeheuerlichste, das die meisten Menschen in Litho gesehen hatten. Der Krieg war lange vorbei und die bewegten Bilder waren gewiss aufregend, aber etwas so offenkundig Unerhörtes war besser als Splitterlauf. Eine nie gekannte Welle der Frömmigkeit durchzog den Inselkontinent für eine Weile. Die Tempel platzen aus allen Nähten. Dogan war wirklich erschienen. Dogan selbst war in Litho geflogen, alle haben ihn gesehen. Der Wahnsinn war grenzenlos. Findige Fuhrwerksunternehmen in Nord- und Südland richteten Luxus-Wallfahrten nach Litho ein. Nachbildungen des Falken auf der Säule, des auf dem Rücken gleitenden Nonim und der Hexe im Feuer wurden in kleinen Holzbuden vor den Tempeln verkauft. Stadt- und dorfbekannten Ketzern, Hexen und Zauberern legte man voller Buße rote Kornblumen vor die Türe, wobei niemand so recht wusste, wer eigentlich damit angefangen hatte und warum. Das Wappen der Familie von Bahlow, eine Frau mit brennenden Schwertern, die über einem Drachen thronte, wurde auf Mäntel und Taschen gestickt und jeder, der sich seit neuestem zu den Anhängern des Do'on zählte, spazierte damit stolz über den Bürgersteig. Ein florierender Handel an Sachbüchern über den Do'on brach aus und ,Der fliegende Tempelherr und die Errettung der Hexe oder als ich Dogan auf Erden sah. Augenzeugenbericht eines Erleuchteten.' von Theodosius C. R. August verkaufte sich prächtig. Litho, die Stadt des Falken, wie sie fortan unter der Hand genannt wurde, gründete über eine Stiftung des Rates – angetrieben von Edgar Vonnegut – eine eigene Akademie der Wissenschaften. Der Ratsherr (und seit neuestem auch *Seine Magnifizenz Großrektor Vonnegut Der Am Tag Des Himmlischen Sturzflugs Zugegen War*) ließ die Akademie zum Schrecken des Rates in die Unterstadt bauen, zwischen Govina und die Fahnan-Mauer. Dort wurden ab dem ersten Jahrestag nach dem Himmlischen Sturzflug die Fächer

Moderne Heilkunde, Moral und Stadtgesetz, Angewandte Falkenautik, Logik, Baukunst und Himmelskratzerei, Vergleichende Ga'an- und Do'onwissenschaft sowie *Maschinenkonstruktion, Fliegerei und Alchemie* zum Studium für Männer und Frauen freigegeben.

In Asthenos sollte sich vieles wandeln, auch wenn das meiste davon nur ein Strohfeuer war und alsbald im Alltag wieder unterging. Denn die Menschen vergessen und sie langweilen sich. Manches, wie die Akademie, sollte aber bleiben. Doch davon wussten unsere Heldinnen und Helden noch nichts, denn ihr Weg war am Tag des Himmlischen Sturzfluges noch nicht zu Ende. Sie hatten schreckliche Verluste erlitten.

Während in Litho ein Fest tobte, wie es die Menschen in Asthenos lange nicht gesehen hatten, hatte eine kleine Gruppe gegen Abend hin mit einer gewöhnlichen Kutsche und einem großen, von vier Ochsen gezogenen Karren die Stadt verlassen. Niemand am Tor hatte sich groß darum gekümmert. Ein flüchtiger Blick auf die Papiere des Wagenführers hatte genügt, um die verwirrte, übriggebliebene Stadtwache zu befriedigen. Edgar, der die Kutsche führte, trennte sich nach einem halben Kilometer Fahrt von dem Ochsenkarren, auf dem Aki, Esra, Nonim und Widekind saßen und versprach, bald nachzukommen. Auf dem Ochsenkarren unter einer mit goldenen Sternen bestickten Wolldecke von Ruth waren die Körper von Raik und Saleh auf eine Trage gebunden. Sie erreichten nach zwei weiteren Kilometern Fahrt eine Stelle am Fluss Aphel, die von hohen und dichten Weiden gesäumt war. Es war ein wunderschöner, grüner Fleck. Der Fluss rauschte flach und leise vorbei, Sandbänke reichten mehrere Meter weit hinein. Hinter den Bäumen war die Ruine einer kleinen Schäferhütte zu sehen und über allem erhob sich viele Meilen weiter das Gebirge Perihel mit seinen immerwährend schneebedeckten Gipfeln. Schweigend hoben Aki, Widekind, Nonim und Esra die Tragen von dem Karren, schafften sie nahe an den Aphel und setzten sie vorsichtig ab. Aki, bleich und wie betäubt, starrte auf die Gipfel des Perihel, um die mit goldenen Sternen bestickte Wolldecke nicht ansehen zu müssen. So stand er während ein zweiter Wagen die Stelle erreichte. Schweigend und beflissen sprangen Andelin, der junge Leo und seine Freunde von dem Karren und luden Bretter aus. Aki mochte nicht hinzusehen. Noch immer stand er reglos neben den Tragen, den Blick auf den Gipfeln. Die jungen Männer errichteten unter Andelins Anleitung einen etwa meterhohen Bretterstapel, warfen Eimer von Spänen in sein Inneres und übergossen einige übrige Holzscheite mit einer scharfriechenden Flüssigkeit. Die Sonne erreichte den Horizont im Westen, neben den Gipfeln. Das Licht brach sich an der Atmosphäre und tauchte den Fluss, die Bäume, Aki und den Scheiterhaufen in ein unendlich warmes, goldenes Licht. Esra, die seit Stunden kein Wort gesagt hatte, schnitt mit einem Messer lange Fetzen aus ihrem bunten Rock und band sie sorgfältig oben an die Scheite. Nonim brach Zweige von den Bäumen und legte sie dazu. Bald war der Scheiterhaufen bunt beschmückt, ein Kranz aus Grün und buntem Stoff. Aki fühlte nur wenig, er sah nichts, wie betäubt ließ er alles geschehen. Die Zeit rannte und zog sich. Nichts davon schien wirklich zu geschehen. Die Schönheit des Abends und der Szenerie kam ihm unwirklich vor. Als der Himmel sich rosa und graublau färbte und ein erster goldener Stern in der Ferne blinkte, trat Nonim zu Aki und berührte ihn leicht an der Schulter.

„Komm, Junge. Heben wir ihn hinauf."

Und Aki blickte auf die Wolldecke, griff hilflos nach einem Haltestab und wusste nicht, mit wem zusammen, aber sie hoben die Tragen auf den Scheiterhaufen. Aki stolperte ein paar Schritte zurück. Mit dem Sonnenlicht verschwand auch Akis Betäubung. Es begann, dunkel zu werden. Kühle kroch seinen Arm hinauf und die Jungen entzündeten Fackeln. Aki zitterte. *Das ist Raik, der da liegt*, dachte er. *Raik ist tot. Raik liegt auf dem Scheiterhaufen. Gleich wird er verbrennen und seine Asche wird dem Aphel übergeben. Raik ist tot. Es ist Raik, der da oben liegt. Und Saleh, der gute Saleh.* Und der Schmerz überwältigte ihn in einem Augenblick, in dem er ihn nicht mehr erwartet hatte. Wie der Schlag einer eisernen Faust in den Rücken. Aus seiner Kehle quälte sich ein tiefes, animalisches Geräusch. Er krümmte sich zusammen. Raik, Raik der ihn vom Baum im Wald bei Jordengard gesammelt hatte. Sein Freund, sein Bruder. Jetzt war er allein, Raik war tot und lag da oben. Er war allein auf der Welt, da war niemand mehr, kein Verwandter, kein Freund, keine Heimat. Nur der sternenblitzende Nachthimmel und die leere Unendlichkeit dazwischen. Tränen strömten. Er spürte sie kaum, so gleißend hell, so metallisch, kalt und spitz war der Schmerz, der ihm in der Seele brannte und ihn lähmte. *Ich bin allein.* Er hörte kaum und er sah auch nicht, dass eine weitere Kutsche die Stelle am Aphel erreicht hatte. Durch einen Tränenschleier sah er jemanden näherkommen. Aber konnte das…? Aki erstarrte. Aus der Dunkelheit trat eine Gestalt mit einem langen, schwarzen Schnabel und leuchtenden Augen wie Diamanten. Sie kam auf ihn zu. Hastig fuhr sich Aki über das Gesicht und blinzelte wild. Die Gestalt kam immer näher und da stand sie vor ihm, griff nach ihrem Schnabel und zog die Falkenmaske weg. Frida stand da und lächelte verlegen.

„Heida Aki… ich war in Kipkadi, bei Salehs Tante und Edgar hat uns geholt… wir haben ja jetzt Religionsfreiheit und… und ja… wir dürfen die alten Riten wieder machen… Na, ich dachte, Saleh und Raik haben es jedenfalls verdient als erste in Litho wieder nach den alten Riten verabschiedet zu werden. Die Falkenpriesterinnen haben früher so Masken gehabt, weißt du. Damit Dogan vom Himmel kommt und in ihrer Gestalt unter die Menschen tritt. Das habe ich in der Bibliothek in einem der angeketteten Bücher gelesen."

Aki starrte sie an. Er erinnerte sich an einen Traum. Einen Traum, den er einmal hatte. Vor langer Zeit, wie es ihm vorkam, doch es war nicht einmal ein Monat vergangen. Das Mädchen, das einsame, weinende Mädchen im Licht der elektrischen Lampe mit der Falkenmaske. Frida blickte ihn mit großen, graublauen Augen unsicher an. Da musste auch Aki lächeln, auch wenn sein Gesicht dabei furchtbar weh tat und nass von den Tränen war. Esra fiel stumm in Fridas Arme und hielt sich an dem Mädchen fest. Frida nickte und zog die Falkenmaske wieder auf. Das große, lockige Falkenmädchen blickte mit dem Schnabel nach vorne, zu Raik und Saleh hin. Aki sah, dass nun alle versammelt waren. Edgar, Nonim, Andelin, Krumpmann, Susedka und Kazim, Widekind, die Unterstadt-Jungenbande, die alle Falkenmasken übergezogen hatten, Salehs Tante, die sich bleich und zitternd an Jon festhielt und Esra, die Frida wieder losgelassen hatte und nun verloren vor sich hinstarrte. Nonim hielt eine Fackel in der Hand, trat vor und reichte sie Aki. Er nahm sie und sah in die Flammen. Die Hitze des Feuers wärmte sein Gesicht. Langsam ging er zu dem geschmückten Thron aus Holz, auf dem die leblosen Körper der jungen Männer lagen. Er streckte den Arm nach vorne und sah, wie das Feuer der Fackel um das Holz züngelte. Schnell bahnten sich die Flammen einen Weg. Aki ging rückwärts davon. Schritt für Schritt. Eine leichte Brise strich über das Wasser und trug den Rauch zum Perihel hin davon. Aki zitterte und schwankte. Ein seltsames Rauschen klang in seinen Ohren, das Atmen wurde schwer und schwarze Punkte tanzten an seinen Augenrändern. Da streifte etwas seinen Arm. Zu seiner Linken stand Esra. Die Flammen tanzten im Widerschein ihrer schwarzen Augen.

Sie sah ausdruckslos zu, wie das Feuer heller und stärker wurde. Zu seiner Rechten trat Frida mit der Falkenmaske. Ihr Gesicht war nicht zu sehen. Aki schluckte. Die Unterstadt-Jungenbande war nähergekommen und ihre geschnäbelten Masken warfen gezackte Schatten. Das Rauschen in Akis Ohren wurde wieder schwächer, er schwankte nicht mehr und die Punkte hörten auf zu tanzen. Das Holz knackte, die Hitze schlug in sein Gesicht. Und da, unvermittelt, begann Esra laut zu singen. Es war ein Lied, dessen Klang er noch nie gehört hatte, in einer Sprache, die er nicht recht zuordnen konnte. War es Volta-Acalan? Er wusste nicht, dass Esra so singen konnte. Ihre Stimme war hell, klar und fremd und trug weit über das Wasser. Er verstand die Worte nicht, doch verstand er ihre Bedeutung. Es begann voller Anklage, Sehnsucht und Einsamkeit. Aki sah den Wald in Jordengard und die Hand, die Raik ihm damals aus den Ästen reichte, um ihn zurück auf den Boden zu tragen. Saleh, der stolze Südländer, der in der Dachkammer stand und ihn anlächelte. Die Silben verhärteten sich und die Worte grollten wie Blitz und Donner voller Wut über das Flammenmeer. Aki sah Raik, blass, mager und eingefallen mit einem von Splitterlauf gehetzten Blick. Blinde Wut und Verzweiflung schüttelten Aki. Er sah Saleh, der voller Panik und Wut durch das Stadttor rannte mit der Kunde von Splitterlauf. Aki stand auf dem Turm, er sah Saleh auf den Stufen liegen und er blickte in Raiks müdes Gesicht, das Bedauern und Frieden gleichzeitig zeigte als er langsam fiel. Die Worte des Liedes verwandelten sich in verzerrte Schreie, brummendes Keuchen und er sah, wie Esra sich vorüberbeugte und ihre Fingernägel sich vor Schmerz in ihren Rock gruben. Ein letzter, ewigdauernder Schrei kam über ihre Lippen, dann fielen ihre dichten schwarzen Haare in Strähnen vor ihr Gesicht. Nach einer kurzen Pause, in der Aki nach Luft schnappte, war es wieder die sehnsuchtsvolle Melodie, mit der das Lied begonnen hatte. Nur schien ihr der schmerzvolle Stachel genommen worden zu sein. Aki fühlte, wie die Spannung in seinem Körper langsam wich. Die Wörter schienen zu tanzen, zu fliegen und ihr fremder, melancholischer Klang schnitt in sein Herz. Er wusste nicht, wieso, er fühlte Trost. Und da sah er Raik neben dem großen Feuer stehen. Raik, wie er einmal war und er grinste ihm zu, mit dem schiefen Grinsen, er nickte. Esras Lied wurde leiser und es war, als fliege ihre Stimme in dem immer dunkler werdenden Himmel davon. Lange war es still, nur das Knacken des Holzes und das Züngeln des Feuers flirrte in den Ohren der Versammelten. Immer höher brannte es in die junge Nacht. Aki glaubte mit einem Mal, einen Schatten fliegen zu sehen. Ein dumpfer Vogelschrei klang aus der Ferne. Und Frida neben ihm sagte mit kratziger Stimme: „Meine Mutter wurde hier dem Aphel übergeben."

„Hier?", auch Akis Stimme krachte wie ein morscher Baumstamm.

„Ja, hier. An derselben Stelle. Hier sind die Berge am nächsten. Und da... da habe ich den Vogel auch gehört. Glaubst du...", ihre Stimme brach ab. „Was für ein Lied hast du gesungen?", fragte sie stattdessen Esra.

„Es heißt ‚In Nachtdämmer'. Es ist ein altes Lied", flüsterte Esra, die mit den Gedanken weit weg schien. „In Acalan, der Sprache des Kontinents geschrieben, sagen sie."

„Kannst du's übersetzen?", fragte Frida leise. Alle rückten gespannt näher. Esra nickte langsam. Zögerlich, mit bebender Stimme und mit vielen Pausen, sprach sie:

In Nachtdämmer.
Lass den Tag nicht vergehen und bleibe fern, fahler Mond.
Sag mir nicht Gute Nacht, mein Freund, denn es heißt Lebewohl.

Ich will nicht leben ohne dich und die Nacht bricht herein.
Warum nimmst du ihn von mir, fahler Mond, warum.
Mein Stern fällt vom Himmel und mein Herz zerreißt.
Ich sterbe mit dir, mein Freund. Nichts hält mich mehr hier.
Ich greife nach dem schwarzen Himmel, doch die Erde lässt mich nicht
gehen.

Der Falke ist mein König.
Wie das schönste Lied, der Falke ist meine Heimat, mein sicherer Platz.
Er ist das hellste Licht, erhellt den finstersten Traum.
Siehst du die Sterne, die seine Flügel zeichnen? Sie fallen nie.
Er ist stark und er bringt dich sicher nach Hause.
Ich gehöre zu ihm und trage ihn in meinem Herzen, wie dich.
Auf seinen Flügeln wirst du in den Himmel reiten.
Und ewig sein. Wie auch ich.

Am nächsten Tag besuchten Lyssa, Nonim und Frida die immer noch bewusstlosen Patienten Falka und David im Heilerhaus. Lyssa wollte den wiedergefundenen Fängernamen über Falka und David sprechen, damit sie bald wieder gesund werden konnten. Aki und Esra wollten mitkommen, weil das ziellose Herumsitzen in Edgars Haus unerträglich war. Ihre Gedanken und Gespräche kehrten immer wieder zu Saleh und Raik zurück. Und das war schmerzvoll.

Sie fuhren mit Edgars Automobil zum Heilerhaus. Frida, Aki und Esra quetschten sich auf die Rückbank. Vor dem Eingang stellten sie das Automobil ab und stiegen die Stufen zu der großen Doppeltür hinauf.

„Ich freue mich, Falka wieder zu sehen. Ich dachte, dass ich das nie mehr erleben werde", flüsterte Lyssa.

„Ich weiß." Nonim drückte ihre Hand.

Sie traten an den Empfang. Dort stand ein Heiler, der eilig dabei war, seine Sachen zusammenzupacken. Einige Heiler, die gerade ihre Jacken anzogen, liefen die Treppen hinunter und zum Ausgang. Nonim und Lyssa tauschten einen kurzen überraschten Blick aus.

„Ist gerade Schichtwechsel?", fragte Frida den Heiler am Empfang verwirrt.

„Aber nein, wir müssen gehen. Wir müssen alle gehen", sagte er, ging hinter dem Tresen hervor und lief zur Tür.

„Was zum Dogan?", fragte Aki. Doch er wurde unterbrochen. Lyssa legte eine Hand auf seinen Arm und starrte in die Luft.

„Jaja", sagte Lyssa von Bahlow. „Das stimmt. Wir müssen dringend los. Kommt!"

„Was?" Frida starrte sie an. Was sollte das? Sie begriff nicht, was geschah.

„Das ist wahr", sagte nun auch Nonim mit einem seltsam glasigen Blick. „Es ist wirklich Zeit, wir sollten uns beeilen."

„Das ist… ein Scherz, oder?", fragte Frida unsicher.

Sie hatte ein seltsames Gefühl. Drängend, kribbelnd. Unangenehm.

„Wir… wir müssen schnell…"

„Schnell hier raus", sagte nun auch Esra verträumt.

Sie gingen zur Tür und wieder hinaus, die Treppen hinunter von wo sie gekommen waren. Zusammen mit einigen Heilern liefen sie zurück zum Automobil. Frida fühlte ein Brummen im Kopf. Ihr war schwindlig. Sie ging langsamer. Lyssa, Nonim und Esra waren schon unten. Aki blickte sich nach ihr um, zögerte und ging weiter.

Frida.

Jäh fuhr sie zusammen und sah, dass Aki es auch tat. Mit einem Mal war das Brummen weg.

„Aki!", Frida packte ihn so fest am Kragen, dass er keuchend und schlingernd zum Halt kam. „Aki, du hast es auch gehört, ich weiß es, gib es sofort zu! Gib es zu, Wegemeistersohn!"

„Ich…", Aki wand sich. „Schon gut, Frida, lass mich!"

Er riss sich los und drehte sich unwillig um.

„Was hast du gehört?", presste er ebenso widerstrebend hervor.

Frida blickte wie Aki in Richtung des Heilerhauses hinter ihnen. Auf dem hohen Turm an der rechten Seite thronte die weiße Marmorkugel, glitzerte und blendete sie. Sie blinzelte und kniff die Augen zusammen. Das Haus schien zu schwanken. Blaugrüne Sonnenpunkte tanzten vor ihren geblendeten Augen. Und ein großer schwarzer Punkt tat sich zur Linken des Gebäudes auf. Frida meinte zu sehen, wie sich ein Turm erhob und aus dem Boden wuchs, auf seiner Spitze die schwarze Kugel. Schnell kniff sie die Augen zu. Sie fühlte, wie ein kalter Schauder von den Füßen aus über ihren ganzen Körper schlich. Ihr Herz schlug immer schneller und ihr Mund war so trocken, sie wagte nicht zu schlucken. Am liebsten hätte sie Reißaus genommen.

„Ich habe ein Wispern gehört", stammelte sie. „Mir war als hätte jemand meinen Namen geflüstert. Genau hinter mir. Ich habe es schon einmal gehört."

Aki, bleich und verstört, nickte. „Ja, ich weiß."

„Frida, Aki! Los kommt, wir müssen sofort zurück!"

Esras Stimme wehte von der Straße her. „Sofort!"

„Aber warum?", rief Frida ihr unsicher zu. Sie sah, wie immer mehr Menschen aus dem Gebäude strömten. Die breiten Flügeltüren wurden weit aufgestoßen und Heiler, Angestellte, sogar Kranke stolperten heraus als stünde das Haus in Flammen. Doch nirgends war Rauch zu sehen.

„Heiliger Dogan, was ist hier los?", kam es nun von Aki. „Warum verschwinden sie alle?"

„Aki, Frida, wir müssen los!", konnten sie nun Nonim hören.

„Warum, Nonim?", rief nun Aki. Es kam keine Antwort. Aki sah, wie Esra, Nonim und Lyssa nervös und unschlüssig neben dem Automobil verharrten. Lyssa hatte die Türe bereits aufgerissen und Nonim umklammerte die Schlüssel. Da sah er, wie Esra die Hände wüst über ihr Gesicht rieb und gleich darauf Nonim die Schlüssel aus der Hand riss. Dann sah sie zu Aki, sie bewegte sich nicht. Aki sah wieder zum Haus.

Das hochgewachsene schwarzlockige Mädchen und der kleine, stämmige Nordländer standen wie verlorene Felsen im Strom der fortlaufenden Menschen. Frida wurde von einem Heiler heftig angerempelt. Er blickte sich nicht einmal nach ihr um.

„Etwas geschieht, was nicht geschehen sollte, Aki Wegemeistersohn, nicht wahr? Was sollen wir nur tun?"

„Am liebsten will ich so weit wie möglich weg von hier", knurrte Aki.

„Ja, nicht nur du", murmelte Frida. „Aber dafür gibt's keinen Grund. Das fing plötzlich an als wir am Empfang standen. Ich kann mich erinnern, wir müssen gar nicht weg. Was ist denn nur die Ursache davon?"

Aki zögerte. Der Menschenstrom, der aus dem Heilerhaus drang, versiegte. Vor ihnen standen unheildrohend die breiten, weit offenen Flügeltüren, an denen goldene Ornamente prangten. Gesichter von Heilern und Kranken, die geheime Tinkturen und Pflanzen schwenkten. Die hunderten kleinen Augen der Gesichter der Flügeltüren schienen sie anzustarren, nur sie. Aki glaubte, in einen finsteren Abgrund zu blicken. Eine schreckliche Kälte strömte aus dem

Haus. Er glaubte, wieder bei finsterer Nacht im Truwenwald in seinem Zelt zu liegen und etwas schleichen zu hören.

„Großer Dogan", stöhnte er.

„Wir müssen reingehen und nachsehen, was die Ursache ist", hörte er Frida mit zitternder aber wütender Stimme sagen.

„Oh nein, ich glaube nicht, dass wir das müssen!", rief er aus, doch Frida hatte sich aus ihrer Erstarrung gerissen und stürmte wie ein Stier, mit gesenktem Kinn und vorgereckter Stirn, die Hände zu Fäusten geballt und die Augen zusammengekniffen auf die vieläugigen Flügeltüren zu. Es war als glaubte sie, nur reine Gewalt würde sie über die Schwelle bringen. Für einen kurzen Augenblick warf sie einen Blick über ihre Schulter. Aki sah ihr Gesicht. Sie trug eine dunkle Falkenmaske, wie eine alt-acalanische Priesterin, wie damals in seinen Träumen, wie an Raiks Abschied. Entsetzt kniff er die Augen zusammen und öffnete sie schnell wieder. Das trügerische Zerrbild war verschwunden. Frida hatte die Schwelle erreicht. Das Haus drohte, sie zu verschlucken.

„Verfluche dich Dogan, Frida Iringa!", brüllte Aki und stürmte ohne Zögern und ohne Nachzudenken hinter ihr her.

In dem leeren Heilerhaus hallte jeder Schritt wie ein Donnerschlag auf den Fliesen. Wohin sollte Frida sich wenden? Wo sollte sie suchen? Kurz hielt sie inne und schloss die Augen. Da! Es war leise, kaum wahrnehmbar, doch sie war sich sicher. Ein Wispern, ein Hauch, aus den oberen Stockwerken. Sie hastete die Treppen hinauf. Aber die Stufen, die sie vor kurzem noch so mühelos hinaufgestiegen war, fielen ihr nun schwer. Sie keuchte als sei das Gebirge Perihel in das Heilerhaus anstelle der Treppen versetzt worden. Am Fuße der Treppe angekommen, dachte sie, sofort wieder rückwärts hinunterstürzen zu müssen. Es ging nicht weiter. Sie schwankte am Treppenabsatz. Das nackte Grauen packte sie und sie schloss für eine Sekunde die Augen. Da war die Angst. Aber da war auch noch etwas anderes. Sie tastete wie ein Blinder in ihren Gefühlen umher. Was hatte Esra damals gesagt, in der Fabrik? Was ist da noch, jenseits der Angst? Sie entdeckte, leise und klein, die Neugier und den Trotz und... David. Mit aller Macht konzentrierte sie sich auf diese Gefühle und öffnete die Augen. Da war noch etwas anderes aber es war nicht in ihr, sondern hinter ihr. Etwas schlich hinter ihrem Rücken, eine unsichtbare Hand und sie wurde wieder vorwärtsgeschoben. Sie konnte hören, dass Aki hinter ihr an der untersten Stufe der Treppe angekommen war. War er das, schob er sie? Aber das war nicht möglich, er war viel zu weit weg. Ihr Nacken fühlte sich steif an, sie konnte ihn kaum drehen. Da war der rechte Gang zu den Betten der Oberstädter, der Gang zu Zimmer Nummer Sieben, Falkas und Davids Zimmer. Sie hatte es gewusst. Diesmal war das Wispern kaum mehr zu hören, es war vielmehr eine Ahnung von Unheil, die aus diesem Gang kam, in den Frida mühsam ihren Fuß setzte. Einen Fuß. Dann den anderen. Noch einen. Immer langsamer, immer schwerer. Sie konnte die Tür zu dem Krankenzimmer bereits sehen, sie stand offen.

Frida bewegte sich wie in Zeitlupe. Ihre Beine schwer, jeder Schritt war so anstrengend wie durch einen schnellen Strom zu waten. Die Tür verschwamm immer wieder vor ihren Augen. Sie fürchtete, ohnmächtig zu werden. Doch immer wieder fühlte sie eine Kraft in ihrem Rücken, die sie vorwärtsschob. Und sie ließ sich schieben, denn obwohl sie Angst hatte war sie auch neugierig. Irgendetwas versuchte sie wegzudrücken, wie eine unsichtbare, zähe Wand. Etwas oder jemand. Ja, jemand versuchte, sie zurückzuhalten, weg von dem Haus, weg von dem Zimmer, das wusste sie.

Versuch es nur, dachte Frida. *Gerade deswegen komme ich zu dir. Ich mache, was ich will. Ich will wissen, wer oder was du bist. Du kannst mich nicht verjagen.* Sie stürzte auf die Knie und kroch wie ein Kleinkind auf allen Vieren voran. Da endlich, ihre klammen Finger kratzten am Türrahmen. Sie fühlten sich an wie früher, wenn sie im Hochwinter nach dem Spielen draußen wieder in die Stube kam. Steif und ohne jegliches Gefühl. Dennoch ergriff sie das Holz und zog und zerrte ihren Körper zu der Krankenzimmertür. Da vernahm sie ein Keuchen hinter sich. Sie wand leicht den Kopf und nahm den Schatten von Aki wahr, der sich vornüber lehnte als versuche er, gegen einen heftigen Sturm anzurennen. Er schien sich große Mühe zu geben, direkt hinter ihr zu laufen. Als hätte sie eine Schneise in den Wind geschlagen. Was hatte das zu bedeuten? Sie musste in das Zimmer, sie musste zu David. Irgendwas geschah, was nicht geschehen sollte. Mit ganzer Kraft drückte Frida sich mit dem Rücken an den Türrahmen und schob sich Millimeter für Millimeter aufrecht in den Raum hinein. Sie konnte nichts erkennen, als hätte jemand das Licht ausgeknipst. Schließlich tasteten ihre Finger das Ende des Türrahmens und die Kuppen berührten die Wand im Inneren. Augenblicklich fühlte Frida, wie der immense Druck, der Gegenstrom zusammenbrach. Überrascht stolperte sie einen Schritt nach vorne. Taumelte, atmete klare Luft und die verschwommene Szene vor ihren Augen stellte augenblicklich scharf, wie ein Projektor, der zu voller Geschwindigkeit angelaufen war und an dessen Linse ordentlich in die richtige Richtung gedreht wurde.

Sie starrte auf die beiden Krankenbetten. David lag immer noch bewusstlos da. Falka hingegen saß aufrecht auf ihrem Bett, die Lederriemen, die sie an das Bett fixiert hatten, waren gelöst. Auf ihren Knien war ein Tablett. Auf dem Tablett stand ein Teller. Auf dem Teller lag ein Stück Kuchen. Falka hatte eine silberne Gabel in der

Hand und riss die Augen und den Mund auf als sie Frida erkannte – ganz als wäre sie nicht in Zeitlupe in das Zimmer gekrochen, sondern wie ein Poltergeist einfach aus dem Nichts erschienen. Sie zuckte so heftig zusammen, dass die Gabel aus ihrer Hand rutschte und klirrend auf den Fußboden fiel.

Und da erst sah Frida den Mann, der an Falkas Bett stand. Als hätten ihre Augen sich vorher schlicht geweigert, ihn zu sehen.

Es war ein Heiler. Er trug ein weißes Hemd und fixierte Frida mit einem kalten, abschätzigen Blick. Er war da. Und er war nicht da. Wie ein Déjà-vu, klar und trotzdem nicht greifbar.

„Frida", presste Falka hervor. „Wie zum heiligen Dogan…"

„*Hinaus*", sagte der Heiler.

Hätte er Frida ins Gesicht geschlagen, die Wucht mit der sie augenblicklich zurückgeschleudert wurde hätte nicht heftiger sein können. Sie schlitterte rückwärts und wäre sie nicht gegen Aki geprallt, der hinter ihr den Türrahmen erklommen hatte, wäre sie aus dem Zimmer geflogen wie ein dünnes Blatt Papier. Sie schnappte mühsam nach Luft.

„Wer bist du? Was machst du hier?", keuchte sie. Ihr Herz raste, die Hände zitterten.

Der Heiler wandte sich von ihr ab und wieder Falka zu. Frida sah, wie die silberne kleine Gabel zurück in Falkas Hand flog als liefe der Filmprojektor rückwärts. Falka starrte benommen und verdattert auf ihre Hand.

„*Iss*", sagte der Heiler zu ihr.

Frida atmete tief ein. Die Luft floss sanft und dünn über ihre Lippen wie Seide. Alles in ihr wurde still. So still, wie noch niemals irgendetwas zuvor. Sie stieß die Luft wieder aus, kein Geräusch drang an ihre Ohren. Das Bild war in ihren Augen arretiert wie ein Diapositiv. Falka mit der silbernen Gabel, den Kuchen vor sich, der

Heiler an ihrem Bett. Sie öffnete den Mund und schrie, aber sie konnte sich nicht hören. Sie schrie wieder und es blieb still. Falka senkte wie in Trance die Gabel und tat sich ein Stück Kuchen auf. Frida glaubte, ihre Lunge müsste zerspringen. Sie brüllte, doch da war keine Luft, da war kein Schall, da war nur Nichts, einfach nichts. Doch da. Eine warme Hand an ihrem Arm. Aki berührte ihren Arm. Er war bei ihr.

N…nicht

Frida konnte nicht sagen, woher das Wort kam. Es hing plötzlich in der Luft, zaghaft und unscheinbar. Es kam nirgendwo her, doch jemand musste es gesagt haben. Nicht nur sie hatte es bemerkt. Auch Falka hielt inne und lauschte. Der Heiler riss den Kopf herum. Akis Griff war fest und warm, sie konnte seinen rasenden Puls fühlen.

Falka nicht

Die Stille fiel in sich zusammen. Frida hörte das Rauschen ihres Blutes im Ohr, ihren eigenen keuchenden Atem, das stumpfe Kratzen der silbernen Gabel auf dem Porzellanteller.

„Iss das nicht Falka! Es wird dich töten", kreischte sie und noch niemals in ihrem Leben hatte sie sich so über den Klang ihrer eigenen Stimme gefreut. Falka ließ sofort die Gabel fallen.

Der Heiler wirbelte auf der Stelle herum und rannte auf sie zu.

„Was zur Yetunde…?", brachte Aki neben ihr hervor. Bewegungslos verharrte Frida. Wenige Zentimeter vor ihr kam der Heiler zum Halt. Sein ihr seltsam bekanntes Gesicht war geisterhaft leer als wäre es in einer Sprache geschrieben, die sie nicht lesen konnte.

„*Frida Iringa*", sagte er als spräche er einen Zauber aus. Seine Augen huschten hinter ihre Schulter. „*Aki genannt Wegemeistersohn*".

Einige Sekunden lang starrten sie sich an und nichts geschah. Er schien angestrengt zu überlegen. Dann zuckte er zusammen, runzelte die Stirn und blickte zur Seite, wie als ob er auf etwas lauschen würde. Doch Frida vernahm nichts. Plötzlich drehte er sich weg und ging gemäßigten Schrittes aus der Tür. Als hätte er einfach die Lust verloren. Frida und Aki standen wie festgefroren. Dann war er durch den Türrahmen verschwunden.

Die Sekunden verstrichen. Falka lehnte sich zitternd in ihrem Bett zurück. „Was geschieht hier?"

Ihre Stimme klang dünn und verängstigt.

„Ich konnte nix sagen. Ich konnte nix machen. Ich kann immer noch nix machen! Ich kann mich nicht bewegen! Dreimal verfluchte Yetunde!", knurrte Frida.

„Ich auch nicht. Du hast aber gesprochen, Frida", sagte Aki wie von fern. „Du hast gesprochen, obwohl, ja weiß Dogan, Yetunde oder Asis, die Luft weg war."

„Ich war das?"

„Frida…", Falka fiel in sich zusammen. Da gelang es Frida, die Beine vom Boden wegzureißen. Sie stürzte zu Falka ans Bett, fegte das Tablett beiseite und umarmte sie.

„Was ist passiert?", murmelte das geisterhaft bleiche Mädchen. Sie war so dünn wie ein Kind in Fridas Armen. Da flatterten ihre Augenlider und sie wurde ohnmächtig.

„Heiliger Falke!"

Esra, Nonim und Lyssa erschienen aufgeregt und völlig außer Atem im Türrahmen. „Was ist nur geschehen? Esra sagte, wir müssen euch nach, ob wir wollen oder nicht. Aber meine Beine! Oh! Es war wie ein Alptraum, wie durch Honig waten", rief Lyssa und stürmte an das Bett. „Was ist mit meinem Kind?"

„Was ist passiert?", verlangte auch Esra zu wissen, die heftig atmete als sei sie gerannt.

„Ein… ein Mann war hier. Wo ist er? Habt ihr gesehen? Er muss direkt in euch reingelaufen sein!"

„Nein, niemand war hier, nicht im Gang, nicht im Treppenhaus!", rief Esra. „Ich schwöre beim Dogan dem Herrn, dem Falken, ich hätte ihn gesehen. Sag mir sofort was passiert ist!"

„Es war… so seltsam. Ich hatte solche Angst, ich konnte fast nicht in das Zimmer rein. Er… wir konnten uns kaum bewegen. Ich… ich habe ihn nicht mal richtig gesehen. Der Mann stand an Falkas Bett, er hat ihr Kuchen gebracht. Und er hat die Gabel fliegen lassen."

„Kuchen?", fuhr Nonim scharf dazwischen und starrte Frida an. Sie nickte. Begriff er? Wusste er, was das bedeutete? Hatte er verstanden, was sie auch verstanden hatte? „Ja Nonim. Kuchen. Wie bei meiner Mutter. Ich wusste es, ich habe es gesehen und gefühlt, einfach gewusst, dass er Falka umbringen will."

Nonim griff nach dem Tablett, das Frida heruntergeworfen hatte. Der Kuchenteller war zerbrochen. Vorsichtig, ohne etwas zu berühren, nahm er die Reste hoch und beugte sich darüber. Dann verzog er das Gesicht und warf den Teller in einen Papierkorb. „Wir nehmen den Korb mit. Der starke Essiggeruch lässt vermuten, dass in dem Kuchen Rizin verbacken wurde."

„Rizin?"

„Ja, die Samen des Wunderbaumes. Absolut tödlich. Keiner von euch sollte das anfassen!"

Lyssa schrie entsetzt auf. „Rizin? Um Dogans Willen! Ihr sagt, ein Mann wollte ihr das geben? Wer war das? Und was meinst du damit, dass ihr euch nicht bewegen konntet?"

Stockend erzählte Aki, was sie erlebt hatten. Als er fertig war, sagte Nonim: „Nicht nur ihr habt das erlebt. Ich spürte den starken Drang, das Heilerhaus zu verlassen. Wie wir alle. Und nicht nur das – alle Heiler, Angestellten und Kranken beschlossen zum selben

Zeitpunkt, dass es Zeit war, zu gehen. Alle strömten aus dem Haus. Als ihr trotz allem zurückgegangen seid, wollten Lyssa und ich wegfahren. Aber Esra hielt mich und Lyssa fest, sie gab uns den Schlüssel für das Automobil nicht. Sie sagte, wenn ihr einen Grund habt, da wieder rein zu gehen, müssen wir das auch tun. Sie war Dogan sei Dank hartnäckig. Sie schrie uns an. Dieses Mädchen schlug mir ihre flache Hand ins Gesicht. Da war ich wieder bei Sinnen. So etwas habe ich noch nie erlebt. Und ich bin ein vollausgebildeter Falkenaut! Es ist als ob dieser Mann uns alle… fortgetrieben hätte."

„Das ist vollkommen unmöglich!", rief Lyssa.

„Und dennoch ist es geschehen", sagte Frida. Esra seufzte tief und schwer als schnüre ihr etwas den Brustkorb zu. Sie setzte sich nieder auf die Bettkante und raufte ihre Haare.

„Oh Yetunde", sagte sie, ihre Zunge war schwer wie von Wein. „Ich glaube, ich kann mich an was erinnern."

Alle starrten sie überrascht an.

„Es gibt", sprach Esra gequält, „nur eine lebende Seele, die so etwas zu vollbringen vermag. Ich kenne ihn. Heute nennt er sich Siad."

„Siad?", fuhr Lyssa heftig auf. „Siad wer? Diesen Namen kenne ich nicht!"

Nonim ergriff wie vom Donner gerührt Lyssas Arm. Frida konnte sehen, wie ihn Esras Worte erschüttert hatten. „Lyssa! Sie kennen die Verse des südländischen Dichters Ornell? Das Lied vom Jedermann? *Da ging ein Mann, du kanntest ihn. Er grüßte und verschwand. Ein Lächeln, Windstoß, offene Tür und dein Kind an seiner Hand. Der Todesengel sucht dich heim, zu holen was er kann. Keiner hält ihn, niemand weiß, er sieht aus wie Jedermann.* Ornell schrieb diese Worte schon vor hunderten von Jahren. In der achten Strophe des Lieds vom Jedermann heißt es, der Jedermann sei ein Fänger."

„Der Mann mit den vielen Namen", sagte Lyssa unvermittelt und tief schockiert. „Natürlich, jetzt erinnere ich mich auch. Idas, der Seefahrer, Siad, der Beobachter, Dias, der Wächter, Adis mit der Wolfsmaske. Er kommt in so vielen Sagen des Südlandes vor. Aber er… er ist nur eine Sagengestalt, er existiert nicht." Sie riss die Augen weit auf. „Guter Dogan, Siad ist ein Fänger, sagen Sie? Es gibt ihn wirklich? Ein Fänger will meine Enkelin töten? Aber warum, warum denn nur? Das kann nicht sein! Es ergibt keinen Sinn! Fänger gibt es nicht!"

Lyssa bebte vor Angst und Wut.

„Siad", sagte Esra langsam, „ist ein gefallener Fänger. Ein Abtrünniger, sagen sie. Wissen Sie das?"

Nonim nickte heftig. „Wer, wie du und ich, Esra, in den Sagen und Märchen des einfachen Volkes die letzten Überbleibsel des Do'on gefunden hat, der weiß, dass Siad der einzige Fänger ist, dem es gelungen ist, eines der Kinder von Asis und Yetunde aufzuspüren. Doch statt das Kind von der Erde zu vertreiben und zurückzubringen verbündete er sich mit ihm. Siad fand selbst Gefallen an der Erde und den Menschen, hier war er mehr und mächtiger als zuhause. Seitdem bewacht er das Kind vor den anderen Fängern."

„Aber was hat das mit meiner Enkelin zu tun?", verlangte Lyssa zu wissen.

Esra erhob sich wieder und ging nun eilig vor dem Bett auf und ab, die Hände ringend, das schwarze Haar fiel wie ein Vorhang über ihr düsteres Gesicht.

„Egal was der Rat herumgeschrien haben mag, Frau von Bahlow, egal was Radio Litho gesendet hat, sie sind nicht die letzte der Hexen. Hören Sie? Begreifen Sie das? Falka ist die letzte der Hexen.

Falka ist ihre Enkelin, die jüngste und letzte von Bahlow aus dem uralten Hause Nukan. Nachfahrin des Hexenmeisters, der das Biest von Harmadon bezwang, Nachfahrin der ersten Königin von Litho, Eira. Nach ihr kommt niemand. Zumindest... bisher."

Esras Augen wanderten zu David, der bewusstlos in seinem Bett lag. Die Wucht ihrer Worte hing noch einige Sekunden in dem kleinen Raum. Frida fühlte einen messerscharfen Stich in der Brust. Sie ballte die Fäuste.

„Warum sollte der Fänger Siad die letzte der Hexen töten wollen?", fragte sie, ohne jemand bestimmten anzusehen. Aber die Frage, die in ihr schrie, die lauter war als alles, konnte sie nicht stellen. Sie lautete: *Warum hat der Fänger Siad meine Mutter getötet*?

Nonim ergriff wieder das Wort. „Die anderen Fänger können Siad kaum mehr gefährlich werden. Sie sind über die Jahrhunderte schwach geworden, haben vergessen wer sie sind und woher sie kommen. Sie halten sich für Menschen, erinnern sich an nichts. Ihre magischen Kräfte sind fast verschwunden, denn sie haben ihre eigenen, himmlischen Namen vergessen. Siads größte Angst dürfte sein, dass ein Fänger mit der letzten Hexe in Kontakt gerät und so zu neuer Kraft kommt. Vergesst nicht: IM ASWET NUKAN SAKATI ESAR, im Hause Nukan lebe die Kraft. Solange das Haus Nukan besteht, bleibt die Magie am Leben und kann wieder aufflammen und ihre Flamme an die Fänger, die ihre Kraft und ihren Namen verloren haben, zurückgeben. Nur ein anderer Fänger kann einem Fänger gefährlich werden."

„Wie kann das alles wahr sein? Harmadon, Nukan, Eira, die Fänger... Wie konnte ich all die Jahre an nichts mehr davon glauben? Und warum nur hat Siad nicht schon früher versucht, die von Bahlows auszulöschen?", murmelte Lyssa überwältigt.

„Das hat er bestimmt. Es gab so viele Todesfälle und Erkrankungen im Hause Bahlow, das weißt du selbst am besten, Lyssa... doch der Zauber des Nukan war auch nach all den ewigen Jahren noch stark genug, um euch zu beschützen. Und mir scheint..." Nonim zögerte.

„Was scheint Ihnen?", fiel Aki, der stumm im Schatten der Tür gekauert hatte, in die Unterhaltung ein.

„In meinem ganzen Leben ist mir noch niemals so viel Unerklärliches geschehen wie in den letzten sieben Tagen. Und es scheint immer stärker, immer mehr zu werden. Ich glaube, dass ein Wandel auf der Erde heranbricht. Ich glaube, und ich habe keine konkreten Beweise, aber ich glaube, dass ein Erwachen der Magie bevorsteht. Oder auch vorbereitet wurde. Ein Pfad wurde in der Zeit gegraben. Lange vorbereitet, schon zur Zeit der Diamantenkriege. Und nun nähert es sich seinem Höhepunkt. Ich begreife die Hintergründe nicht. Noch nicht", fuhr er laut mit erhobener Hand vor, um Esra zum Schweigen zu bringen, die den Mund zum Reden geöffnet hatte. „Aber eines weiß ich genau: Siad ist nicht der einzige Fänger, der heute in Litho ist. Es ist kein Zufall, dass so viele von uns noch am Leben sind, nach allem, was geschehen ist. Hätten wir nicht einen anderen Fänger auf unserer Seite gehabt, hätte niemand von uns diesen Tag überlebt und Litho wäre in die Katastrophe gestürzt. Mir scheint als hätte dieser Fänger es geschafft, sich im allerletzten Moment daran zu erinnern, welchen Namen er trägt. Seinen wahren Namen. Er war schneller als Siad. Es ist auch kein Zufall, dass Frida und Aki die Anwesenheit von Siad bemerkt haben, nein, wirklich nicht."

„Ich hoffe mal sie wollen nicht sagen, dass Aki oder ich der zweite Fänger sind. Mein Vater kann beschwören, dass ich erst vor neunzehn Jahren auf die Welt gekommen bin, ja? Und ich kann mich an jedes einzelne Jahr erinnern", presste Frida hervor. „Und dieser Raik kannte Aki ja auch noch als Kind."

„Ich will nicht sagen, dass einer von euch beiden ein Fänger ist. Das ist nicht möglich, denn ihr könnt euch an eure Kindheit erinnern. Ich will nur sagen, dass Aki und du eine vergessene Fähigkeit habt, die schon seit langer Zeit nicht mehr auf der Erde gesehen wurde: ihr könnt Magie spüren. Und ihr bemerkt die Gefahr, die von ihr ausgeht. Wärt ihr beide heute nicht genau hier vor diesem Zimmer gewesen, dann wäre die letzte der Hexen mit Sicherheit tot."

Niemand sprach mehr ein Wort. Frida dachte an Mendax. War es möglich? Dieser seltsame Mann, dieser Strippenzieher im Hintergrund, der Eleonora erledigt hatte und Frida in die Fabrik schickte. Als wüsste er, dass das schwarze Glas darin verborgen wurde. War Mendax der Fänger? Dagegen sprach, dass ihr Vater und Eleonora ihn als jungen Mann kannten. Er war gealtert. Ein Mensch. Oder nicht? Frida schüttelte den Kopf. Da fing sie den Blick von Aki auf. Seine blauen Fuchsaugen funkelten. Sie lächelte. Warum sie beide? Warum Aki und Frida? Es gab nichts, das sie verband. Nur… Frida zögerte. Den Truwenwald. Aber nicht Frida war dort gewesen, sondern ihre Mutter Agnes. Agnes, die als Kind verloren ging und die Hexe getroffen hatte. Aki hatte seine Eltern im Truwenwald verloren. Und auch er war dort irgendetwas oder irgendwem begegnet. Vielleicht war es der Wald, der Spuren hinterlässt. Aber waren nicht Nonim und Krumpmann ebenso dort gewesen als sie das schwarze Glas mit Theodor Wilfand wegbrachten? Aber sie waren Falkenauten. Frida fand einfach keine Antworten.

Die kleine Gruppe drängte sich in das Krankenzimmer, an die Betten der beiden Schlafenden, während es draußen langsam dunkel wurde. Nach einer langen Zeit regte sich Lyssa wieder und sagte: „Wie kann ich Falka schützen? Er wird es immer und immer wieder versuchen. Wir müssen sie verstecken. Aber wo? Ein Fänger hat Kräfte, die über unsere weit hinaus gehen. Nukans Magie und der andere Fängername können sie offenbar nicht mehr schützen. Er wird sie überall finden!"

„Wenn es so ist, wie du gesagt hast, Nonim, können Aki und ich merken, wenn der Fänger da ist. Aki will ja so schnell es geht nach Jordengard zurück. Aber ich kann auf Falka aufpassen", sagte Frida beherzt.

Nonim lachte. Lyssa drückte sanft ihre Hand. „Das ist freundlich von dir, mein Kind aber ich glaube nicht, dass Falka in Litho bleiben kann. Der Fänger Siad muss sich hier bestens auskennen."

„Sie kann nicht in Litho bleiben…" Frida riss die Augen auf. „Und David?"

„Lyssa hat recht", sagte Nonim. „Falka muss weg, so schnell als möglich, so weit als möglich. Bevor Siad erneut angreift. Am besten noch heute."

„Wie wäre es denn…", leise mischte sich Esra ein. „Wenn Aki Falka mit nach Jordengard nimmt?"

„Was?", überrascht zuckte Aki zusammen. „Ich? Soll sie mit nach *Jordengard* nehmen?"

Er sah das schlafende Mädchen an. Dünn, klein und blass lag sie da, das hellblonde Haar wirr über dem Kopfkissen. Das leichte Heben und Senken ihrer Brust war kaum wahrzunehmen. Da lag die letzte der Hexen, weniger als ein Schatten von einem Mädchen, dem Splitterlauf entronnen und den sicheren Tod, den Fänger, Siad den Abtrünnigen auf den Fersen.

„Schaut sie an, sie kann nicht mal laufen. Wir schaffen es ja niemals aus der Stadt heraus. Wie soll sie nach Jordengard kommen und was soll sie dort auch?"

„Sie wäre sicher dort. Jordengard ist der abgelegenste Ort, den wir kennen. Du bist dort und du kannst auch den Fänger wahrnehmen. Und…", sie zögerte. „Jordengard liegt am Truwenwald. Wo die geheimnisvolle Frau wohnt, die Fridas Mutter Agnes einst getroffen hat. Wo die Bäume sich für Aki verneigt und sein Leben gerettet haben. Wo das schwarze Glas gefunden wurde. Wo alles begonnen hat. Wo die Dinge angestoßen wurden, vor vielen Jahren. Die erste Ursache und das letzte Glied der Kette der Ereignisse, nicht wahr."

Frida öffnete den Mund und schloss ihn wieder. Sie starrte Esra fassungslos an. Genau wie Lyssa und Aki. Nonim fuhr auf dem Absatz herum und machte einen jähen Schritt auf Esra zu. Er blickte drein wie ein Südländer aus der Wüste, der zum ersten Mal Schnee vom Himmel fallen sah. Um Jahre jünger.

„Ja", sagte er mit seltsam belegter Stimme. „Ja, das ist klug. Ich beginne zu verstehen. Ich glaube, zu verstehen. Du vermutest, dass die seltsame Frau, die Hexe vom Truwenwald… du vermutest, dass sie eines der verlorenen Kinder von Yetunde und Asis ist, nicht wahr? Dass sie es war, die Dinge ins Rollen gebracht hat. Die dafür gesorgt hat, dass Virilio das schwarze Glas fand? Dann ist die geheimnisvolle Frau, die Hexe vom Truwenwald… vielleicht die, die den Weg der dunklen Königin aus den Sagen des Nordlandes bereitet hat. Sie *ist* die dunkle Königin."

Seine Stimme überschlug sich fast vor Aufregung. Der alte Mann, Diener des Ga'an, der Wissenschaft und Wahrheit, oberster Falkenaut, Tempelherr von Litho, Feind von Magie, war mit einem Schlag zu einem begeisterten Kind geworden.

„Der Weg der dunklen Königin", murmelte Aki.

„Wir bringen Falka in ihre Nähe", sagte Esra. „Ich bin sicher, dass Siad sich nicht mit *ihr* verbündet hat. Sein Zuhause ist das Südland.

Er hat sich niemals im Nordland herumgetrieben. Welches der drei heiligen Kinder er auch immer schützen mag, es ist sicher nicht die Hexe vom Truwenwald. Siad aufzuhalten ist schwer, er ist ein Fänger. Aber die Tochter im Wald wird mächtiger sein als er. Natürlich", warnte sie, „wissen wir nicht, ob sie Falka helfen würde. Wir wissen nicht, welches Ziel sie verfolgt und ob wir sie finden können. Aber es gibt einen Funken Hoffnung, denn mit ihr begann diese Geschichte."

„Ich kann das alles kaum glauben", kam es erstickt von Lyssa. „Es ist so fantastisch. Ich habe niemals gedacht… trotz meiner Familie, trotz dem Fängernamen, den wir bewahrt haben… Ich habe wirklich niemals geglaubt, dass der Do'on oder der Ga'an wahr sein könnten und dass Dogan wirklich existiert. Ich musste alt und grau werden, dem Tod näher als dem Leben, um aufzuwachen. Heiliger Dogan, vergib mir! Ich habe gezweifelt, an allem, an dem Do'on, dem Ga'an, dem Falken selbst. Und nun… es ist als würden meine Kindheitsmärchen lebendig werden. Lebendig werden und meine Enkelin töten wollen. Ich denke, ich… ich…" Lyssa wrang mit sich. „Ich brauche ein Glas kräftigen Schnaps."

Da begann Frida zu lachen, glockenhell. Tränen liefen aus ihren Augenwinkeln.

„Es tut mir leid, Frau von Bahlow", sagte Frida nach einer Weile. „Aber ich glaube, ich werde verrückt."

„Nein", krächzte Lyssa. „Du wirst nicht verrückt, Kind. Vielleicht sind wir es alle schon. Es ist mir gleich, ob es Yetundes Tochter wirklich gibt und ob sie im Truwenwald sitzt und was sie will oder nicht will oder kann oder nicht kann. Ich will, dass meine Enkelin sicher ist. Und in Jordengard wird sie es mehr sein als hier. Junge…", sie wandte sich an den verwirrten Wegemeistersohn. „Bitte nimm sie mit. Bitte achte auf sie. Ich gebe dir Geld mit, soviel du tragen kannst."

„Aber David…", sagte Frida. Da lag er, stumm, schweigend und ahnungslos. Nichts wusste er von allem, was ihm, seiner Verlobten, Frida oder der ganzen Stadt Litho wiederfahren war. *Er wollte nur einen Film sehen*, dachte Frida. Wenn er aufwachen würde, wäre nichts mehr so wie vorher und seine Verlobte wäre meilenweit weg. Da regte sich eine leise Stimme. Schmeichelnd und lockend sprach sie in Frida.

‚Wenn Falka weg ist', sagte die schmeichelnde Stimme, ‚dann wird David vielleicht aufhören, sie zu lieben. Dann wird David frei sein und vielleicht erinnert er sich an dich…'

Frida erschauderte. Furcht, Scham und ein brennender, sehnsuchtsvoller Wunsch wogten in ihr auf und ab, wie ein kräftiger Sturm der über das Meer zieht. Das Atmen wurde ihr schwer. Mühsam zwang sie sich, Falka anzusehen, die in dem anderen Bett lag. *Beinahe wärst du gestorben wie meine Mutter*, dachte sie. Und ihre Gedanken wanderten zu Siad und rasende Wut krachte in wildgezackten Blitzen hinunter auf ihr inneres Gedankenmeer. *Siad*, dachte Frida, *ich kriege dich und du wirst mir sagen, warum meine Mutter sterben musste, ob du nun ein Fänger bist oder nicht.*

„Aber… aber wie kommen wir nach Jordengard?", fragte Aki.

Nonim nickte versonnen. „Edgar wird dir aushelfen können. Wir sollten uns schnellstmöglich auf den Weg machen. Und ich habe da noch eine vage Idee, die Form anzunehmen beginnt."

Lyssa bestand darauf, bei Falka und David im Krankenhaus zu bleiben, um endlich den Namen über sie zu sprechen. Doch Frida, Esra, Aki und Nonim machten sich zum letzten Mal auf den Weg in das Haus Vonnegut.

Der mechanische Falke

Der Falke spannte seine Flügel auf knapp sieben Meter Länge aus. Die gerade Linie flachte elegant zu einer spitzen Kurve nach hinten ab. Sein dünner, fugenloser Rumpf schimmerte wie das gemalte Gefieder silbermatt. Hinten spreizte er seinen Schwanz wie einen Fächer aus. Er stand stabil auf einem verchromten Gerüst, das über zwei cremeweißen Gummirädern thronte. Sein Schnabel war ein langes Metallstück, das sich einmal um die eigene Achse drehte. Stechende, braune Augen waren auf den Kopf gemalt. Auf der Heckflosse seines Fächerschwanzes hatte jemand das Wappen von Litho gezeichnet: ein blaues Schwert auf gelbem Grund, dessen Spitze sich in ein Drachenwesen bohrt. Die schwarzen, zierlich geschwungenen Buchstaben ‚Vonnegut & Katzgetier' rankten sich wie Efeu um das Wappen. Darunter, wie gedruckt, stand ‚Falke I'.

Voller Stolz schaute Edgar sich um und sah nur fassungslose Gesichter, offene Münder und große Augen.

„Edgar", sagte Aki schließlich. „Was zum Dogan ist das für ein Monster?"

„Kein Monster!", rief Edgar. „Eine Maschine. Eine Flugmaschine, ein Aeromobil!"

„Du… du meinst, das Ding kann fliegen?", keuchte Frida.

„Oh aber ja!", rief Edgar aufgeregt. „Es fliegt, mehrere hundert Meilen weit. Und es ist nicht einmal schwer zu steuern. Ich habe einen leichtgängigen Steuerknüppel verbaut, wie man es aus manchen Automobilen kennt. Dazu ein Bremspedal und den Rotorhebel, mehr gibt es nicht zu tun."

Alle drehten ihre Köpfe zu Aki. Der schluckte.

„Und… und du denkst, ich kann damit fliegen?"

„Du kannst", sagte Edgar bestimmt. „Du musst. Wir werden keine bessere Möglichkeit kriegen, das schwarze Glas aus Litho und dem Mittelland weg über die Köpfe und Augen der nordländischen Soldaten zu schaffen ohne dass sie es jemals erfahren. Alle Wege nach Litho, nach Kaon und Pion werden engmaschig überwacht und Karven ist fest entschlossen. Du wirst das schwarze Glas und Falka nach Jordengard schaffen. Der letzte Ort, an dem Karven und dieser Fänger sie vermuten werden. Dazu musst du fliegen."

„Und kann ich das mal üben?", krächzte Aki.

Nonim, der Tempelherr, trat aus dem Schatten eines Lagerregals und legte ihm die Hand auf die Schulter.

„Wir verlangen viel von dir, Aki, das ist mir klar. Aber Krumpmann wird nachkommen. Er will nach Hause zurück. Und ich werde auch kommen, sobald es geht. Aber ich wage mich nicht vor dem Winter aus der Stadt. Erst muss ich Widekind helfen, das Amt des Tempelherrn sicher zu vertreten."

„Wir können den ganzen Tag trocken üben, Aki. Ich erkläre dir alles, was du wissen musst. Und ich fliege heute Nacht einmal mit dir vor Kipkadi", sagte Edgar. „Wir bringen den Falken heute in der Pappverkleidung einer großen Orgelmaschinerie aus der Stadt nach Kipkadi. Die Stadtwächter sind ohnehin noch überfordert mit dem Chaos in Litho. Heute Nacht lernst du fliegen und morgen ganz früh, noch drei Stunden vor Sonnenaufgang, wirst du aufbrechen. Andelin hat dir Karten gezeichnet und die Route, der du folgen sollst. Jordengard ist vier Flugstunden entfernt. Im Dunkeln ist es nicht leicht, aber der Vollmond wird dir helfen und beim Sonnenaufgang wirst du auf einer Seite des Truwenwaldes landen können, bei der keine Straße entlang geht und keine Siedlung bekannt ist."

Aki presste die Lippen aufeinander. Er war noch nicht einmal in einem Automobil gesessen. Und nun das?

„Mach dir keinen Kopf, Wegemeistersohn, du hast sicher die Fähigkeiten dazu, vielleicht von uns allen die besten für sowas", sagte Esra. Bewundernd schritt sie um den mechanischen Falken herum. „Wenn ich gewusst hätte, was du unter deiner Plane in der Fabrik versteckst, lieber Edgar, hätte ich dich gleich ganz anders eingeschätzt. Wie fliegt er denn nun eigentlich?"

Edgar lachte und folgte Esra auf ihrem Rundgang. Er ergoss sich in technischen Details und seine Begeisterung war spürbar. Wie lange er daran geforscht und gearbeitet haben mochte, konnte Aki sich kaum vorstellen.

„Gibt es irgendwas, was du in Litho noch tun willst bevor du verschwindest?", fragte Frida, die entspannt auf einem halbfertigen Kinderschlitten Platz genommen hatte. Aki lächelte schwach und schüttelte den Kopf.

„Diese verdammte Stadt hat dir nix mehr zu geben, was, nachdem sie dir erst alles genommen hat. Aber vielleicht willst du mit mir unserem Edgar noch eine letzte Besucherzigarette klauen und auf dem Dach den Sonnenuntergang ansehen? Wenn du deine Flugstunden beendet hast?"

„Ich denke, das ist das Einzige, was ich noch will", sagte Aki.

Die Zeltstadt vor der verdammten Stadt, Kipkadi, war verstummt. In einigen Zelten brannten noch Öllampen und Fackeln aber die Bewohner bereiteten sich für die Nacht vor. Eine halbe Meile vor der Stadt, auf einem weiten, offenen Feld, standen einige Pferdekarren, ein riesiger mechanischer Falke und einige Menschen. Manche schraubten an dem mechanischen Falken, manche sprachen. Gerade reichte eine große, stämmige Frau, eine Feuerspuckerin, dem Mann oben an der Einstiegsluke eine seltsame Kiste. Sie war schwer und unhandlich.

„Vorsicht Judit", rief Edgar. „Schüttle sie nicht, sie muss absolut gerade hineingehoben werden."

Ächzend zerrten Edgar, Aki und Esra die Kiste in die Öffnung und banden sie mit festen Seilen an Ösen, die in der Flugkabine befestigt waren.

„Diese Kiste ist ein Nachbau der Konstruktion, die Wilfand und Krumpmann damals verwendet haben, um das schwarze Glas aus dem Truwenwald zu bergen."

In einiger Entfernung standen Jon, Canan und Frida.

„Sag die Wahrheit, Frida. Geradeheraus. Was spukt in deinem Kopf herum? Du bist seit gestern fahrig, ganz seltsam. Warum hast du all deine Sachen gepackt?", sprach Canan.

Frida wusste nicht, welche Worte sie wählen sollte.

„Ich… ich möchte gerne… nun ich möchte vielleicht noch etwas anderes sehen als Litho", begann sie.

„Du willst auch fortgehen? Wohin? Heute?", fragte Jon ruhig.

„Es ist wegen diesem Siad. Und… wegen Falka. Ich habe es dir erzählt. Wirst du wieder Film machen, Papa?"

Jon Iringa knurrte.

„Er wird", sagte Canan lachend. „Mit mir. Ich zwinge ihn dazu."

„Komm bald zurück, Frida", sagte Jon.

Frida nickte und ging einige Schritte weg, denn ihre Kehle schnürte sich langsam zu. Dort standen Krumpmann, Susedka und Kazim mit Dino oder besser, ihrem kleinen Wolf. Der Hund sprang an ihr hoch und leckte wild ihre Beine.

„Er wird mir so fehlen", sagte Frida traurig und kniete sich hin, um ihm die Ohren zu kraulen.

„Ich weiß", sagte Kazim gedrückt. „Wenn du…"

„Schon gut", unterbrach ihn Frida. „Er ist dein Hund, du hast ihn großgezogen. Wir werden immer Freunde bleiben und vielleicht kann ich einmal in dein Dorf kommen", sagte sie.

„Das wäre schön", sagte Kazim erleichtert. „Jetzt, wo Krumpmann geht, wird mir langweilig dort werden. Ich denke, ich bleibe noch ein wenig in Litho. Leo hat versprochen, mir die unterirdischen Gänge zu zeigen. Wir wollen außerdem den neugegründeten ‚Bund der roten Kornblumen' vorantreiben. Leo ist durch deine Flugblätter jetzt ein sehr wichtiger Mann in der Unterstadt geworden. Wir werden den Oberstädtern ordentlich einheizen, bevor ich zurück in mein Dorf gehe."

Frida lachte. „Ich wünsche dir viel Erfolg, Kazim!"

Die Verladung am Flugzeug war beinahe abgeschlossen. Nun kletterte Lyssa von Bahlow von einem der Pferdekarren. Vorsichtig stützte sie die in einen großen Reiseumhang gewickelte Falka. Das Mädchen schien benommen und schwach, aber stärker als im Heilerhaus zu sein. Esra und Widekind trugen sie mehr zu dem mechanischen Falken als dass sie selbst ging. Mit Judits Hilfe hoben sie das Mädchen hinein. Edgar drapierte sie zwischen zwei großen Kissen und band auch ihr ein lockeres Seil um.

„Hier Mädchen!" Andelin reichte von unten einen Eimer nach der Kabine. „Wenn Aeronautik auch nur ein wenig der Nautik gleicht, wirst du den Eimer vielleicht noch brauchen können."

Esra rollte mit den Augen und Judit kicherte. „Sei nicht so pessimistisch, Andelin!", rief sie.

„Und, hast du die Route auswendig gelernt, kannst du es noch?", befragte der besorgte Edgar Aki, der mit bleichem Gesicht auf dem Steuerungssitz Platz nahm.

Lyssa neigte sich zu ihrer Enkelin, um sich weinend zu verabschieden.

Respektvoll traten Esra und Andelin zurück. Sie sah ihn an. Er kannte diesen Blick, legte eine Hand auf ihren Ellenbogen und führte sie zu einem Pferdekarren, weg von den anderen.

„Was ist es, Esra?"

Sie atmete tief ein.

„Erzähl mir die Wahrheit, Andelin. Wie du mich gefunden hast. Du hast mich nicht am Hafen gefunden, oder? Du hast mich mitgebracht auf deinem Schiff. Auf deiner letzten Fahrt als du noch ein letztes Mal zum Kontinent gefahren bist. Ist es nicht so? Du hast mich vom Kontinent mitgebracht. Was hast du dort gesehen, die beiden Male? Du warst schon früher dort und kehrtest gebrochen zurück. Und beim zweiten Mal?"

Andelin schüttelte den Kopf. „Ich erzähle dir nichts, Esra. Ich weiß, dass manche Erinnerungen besser vergessen bleiben. Sie kehren zurück, wenn es an der Zeit ist. Aber nicht vorher."

„Ich vermisse Saleh", sagte Esra und weinte. Andelin legte den Arm um sie.

„Ja, ich vermisse ihn auch."

Schweigend standen sie eine Weile da. Dann sagte Andelin: „Du gehst fort, nicht?"

„Ja", sagte Esra. „Ich gehe in den Norden. Ich suche nach der dunklen Königin."

Andelin nickte. „Wirst du alleine gehen?"

„Ich glaube nicht", sagte sie. Sie streckte ihre Hand aus und zog einen Leinenrucksack und einen Hut hervor. „Nein, ich bin mir sicher."

Die Menschen versammelten sich um den mechanischen Falken.

„Abschiedsworte waren noch niemals meine große Stärke", sagte Nonim. „Mir bleibt nur, dir alles Glück für deine Reise und Mission zu wünschen, Aki. Wir legen eine schwere Last in deine Hände. Du bist nicht allein. Wir werden dir helfen, sobald wir können, wir lassen dich nicht lange damit im Dunkeln. Krumpmann kommt nach und ich auch. Bis dahin ist es deine Aufgabe, den mechanischen Falken, das schwarze Glas und Falka gut zu verstecken. Niemand von uns kennt den Truwenwald besser als du, Aki, Wegemeister aus Jordengard."

Aki zuckte zusammen. „Aber ich bin kein…"

„Du bist. Wenn du in Litho etwas bewiesen hast, dann das. Und wenn du es nicht glauben magst… ab jetzt kannst du kein Wegemeistersohn mehr sein. Du musst deine Pflicht als Wegemeister für Falka und das schwarze Glas erfüllen und sie sicher im Truwenwald verbergen."

Esra sprang vor und stieg mit einem Fuß auf die Tragfläche. Sie zog ein Pergament und einen Kohlstift hervor und schrieb etwas. Sie faltete es und reichte Aki das Schriftstück. Dann neigte sie sich zu ihm und flüsterte leise in sein Ohr. Aki runzelte die Stirn. Aber er nickte.

„Als dann", rief Edgar. „Guten Flug! Möge Dogan euch heil hinauf und wieder herunterbringen! Gib gut acht auf meinen mechanischen Falken!"

„Und auf meine Enkelin!", schrie Lyssa.

„Und auf… du weißt schon was auch!", schrie Frida.

Aki ließ ratternd den Rotor an. Er winkte. Sein Gesicht war weiß aber entschlossen.

„Lebt wohl!", rief er und schloss die Klappe.

Schnell liefen alle zurück. Der mechanische Falke wendete langsam und fuhr das Feld entlang. Das Geratter und Gestotterte des Motors war laut und zerriss die friedliche Stille um Kipkadi. Der Falke nahm Fahrt auf und neigte seinen Schnabel in den Himmel. Die Räder verließen wacklig den Boden und langsam stieg der Falke hinauf. Nonim und die anderen blickten ihm nach. Frida bemerkte eine Bewegung. Als sie sich umsah, entdeckte sie Esra, die mit einem Rucksack Richtung Westen davoneilte. Schnell rannte Frida zu ihrem Vater und umarmte ihn.

„Ich muss gehen. Ich habe keine Zeit für langen Abschied", stieß sie hervor. „Bevor sie weg ist."

Überrascht blickte Jon Iringa sich um. Er sah den Rücken von Esra im hellen Vollmondlicht verschwinden. Er brauchte einige Augenblicke, um sich zu fassen.

„Also gut, Mädchen, lauf!", brachte er schließlich heraus und Frida riss sich los und rannte davon.

„Und Frida, was willst du tun?"

Außer Atem betrachtete Frida die junge Frau in dem langen, luftig hellen Kleid. Auf dem Kopf trug sie einen Hut, über der Schulter einen Leinenrucksack. Da stand sie in ihren abgetretenen Lederschuhen, das Gesicht sanft und lauernd, vom langen Schwarzhaar umweht. Sie hatte den Blick hoch erhoben, in den dunklen bestirnten Himmel. Frida konnte nicht sagen, was es war, aber diese Esra weckte längst vergessene Erinnerungen in ihr. Ihre Mutter Agnes, die vor dem offenen Fenster stand, die Nachtluft der verdammten Stadt Litho verwirrte ihr langes Haar. Oder war es der Zug um ihren Mund, der Lidschlag ihrer dichten Wimpern? Frida vermochte es nicht zu sagen. Agnes Iringa, die Ketzerin, die im Truwenwald als kleines Kind die Hexe getroffen hatte, die getötet wurde von einem Fänger, von Siad dem Jedermann.

„Ich will dich begleiten", sagte Frida. *Und Siad finden*, dachte sie still.

Esra neigte leicht den Kopf. „Du willst Litho zurücklassen und eine von denen werden, die wandert?"

„Ich wollte schon immer mehr sehen als das, was da ist", sagte Frida trocken. „Ich war nur noch nie wo anders. Aber was macht es für einen Unterschied. Der Norden kann nicht so viel anders sein."

Esra zuckte mit den Achseln. „Die Häuser sind anders. Und die Sprache. Auch die Bäume und der Geruch. Im Norden essen sie andere Sachen als in Litho, sie erzählen sich andere Geschichten und sie tragen andere Kleidung. Es ist kälter dort oben und die Sterne stehen in andere Richtungen."

„Aber die Menschen sind dieselben?"

„Sie sind überall dieselben."

Frida grinste. „Dann werde ich jetzt eine, die wandert, genau wie du. Jon ist noch nicht so alt, dass er meine Hilfe bei irgendwas braucht. Ich hoffe, er kümmert sich jetzt wieder um Film und nicht um den Hafen. Canan kann ihn gut gebrauchen. Und sonst hält mich ja nichts mehr. Ich gehe mit dir die Hexe suchen oder die himmlische Tochter oder was zum Dogan auch immer sie ist. Hauptsache fort von daheim, von dieser verfluchten Stadt."

Frida fühlte, wie ein seltsam wissender Blick von Esra sie streifte. Sie konnte nicht von ihren Gefühlen zu David ahnen. Oder konnte sie?

„Und wenn wir sie nicht finden, Frida?"

Sie zuckte mit den Achseln. „Spielt keine Rolle. Es ist mir egal, wie es von hier aus weitergeht. Aber weiter will ich."

Am Himmel über Litho, zwischen zwei Wolken in der Form eines Seepferdchens und einer Lokomotive, glitzerte noch immer der mechanische Falke im Mondlicht, in dem Aki mit Falka saß und Richtung Norden, nach Hause flog. Eine lange, weiße Linie hinter ihm zeichnete seine Flugbahn nach. Frida runzelte leicht die Stirn.

„Sieht so aus als wäre er gerade ein paar Meter abgesackt und wieder hinaufgestiegen. Als wäre ihm das Lenkrad kurz abgerutscht."

Esra kicherte und ihr Gesicht schien zu rufen *Ja, ich weiß, darauf habe ich gewartet*.

Misstrauisch starrte Frida sie an. „Hat es was mit dem Zettel zu tun, den du ihm gegeben hast? Hat er ihn gerade gelesen und das Steuer kurz losgelassen?"

„Möglich", feixte Esra. Sie warf ihr langes Haar über die eine Schulter, packte den Riemen ihres Rucksacks fester, drehte sich um und schritt über den schmalen Trampelpfad, der sich über die Wiese schlang, hinunter und den fernen Weideländern entgegen.

„Los, lass uns wandern, Frida Iringa! Lass uns mehr sehen als das was da ist! Lass uns die Hexe suchen oder was immer sie ist!"

Fridas Herz stolperte ein paar Sekunden. Sie fühlte ein Kribbeln durch ihren Körper wogen, ein Gefühl zwischen Angst, Jubel und Ahnung. Sie rannte hinter der jungen Frau her, hatte Sorge, sie in der Dunkelheit zu verlieren.

„Halt, Esra, WAS stand auf dem Zettel?"

Das schwarze Haar flog hinter der flinken Gestalt her den Weg hinunter, sie wandte sich nicht mehr um. „Esra! Esra! Antworte mir! Was stand auf dem Zettel?"

Frida stolperte fast über die glatten Steine, so schnell flog Esra vor ihr davon. Und hinter ihr her flog ihre Antwort, die sie Frida gab.

„Mein wahrer Name", tönte ihre fröhliche Stimme wie ein Echo über den Hügel und wurde vom Wind fortgetragen.

Nachwort der Autorin

Ohne diese Menschen hätte ich diesen Weg nicht gehen können.
Ich danke euch:
Meinem besten Freund Flo, der mich mit einer WG-Wette endlich zum
Schreiben brachte. Meinem Vater, meiner Mutter, meinen Brüdern Mar-
kus und Paul, meiner Schwester Paula, die ich alle unendlich liebhabe.
Meinen wunderbaren Großeltern für alle unglaublichen und alle wahren
Geschichten, die in diesem Buch stehen.

Vielen Dank auch an:
Anna für einfach alles, Steffi, Nina und Anke für literarischen Bei-
stand, Chrissi für chemischen Rat zu Fullerenen, Lisa von „Wortspalte-
rei", für ihr sprachliches Können, das mir den Weg aufgezeigt hat, dem
Berliner Mädchen, das einen Zeitungspapier-Alien an das Fenster ihrer
Wohnung geklebt hatte und so Frida erschuf, Max für literarische Ma-
schinenkonstruktion und bewundernswerte Geduld, Prof. Joseph Garn-
carz für seine Vorlesung zur Geschichte des Films an der Uni Wien vor
zwölf Jahren, Terhi Voujala-Magga für einen unvergesslichen Besuch bei
den Sami, der Aki hervorbrachte und allen, die ich in der Aufregung ver-
gessen haben sollte.

Ich freue mich über Rezensionen, Nachrichten und Anregungen.
www.wegemeisterin.de

Herzlichen Dank für eure Zeit!

ISBN 978-3-7531-1853-6

www.epubli.de